Du même auteur, chez le même éditeur :

1. *Sorcière pour l'échafaud*
2. *Le Bon, la Brute et le Mort-Vivant*
3. *Sorcière blanche, cœur noir*
4. *Pour une poignée de charmes*

www.bragelonne.fr

KIM HARRISON

POUR UNE POIGNÉE DE CHARMES

Traduit de l'anglais (États-Unis) par Arnaud Demaegd

L'Ombre de Bragelonne

Collection *L'Ombre* de Bragelonne dirigée par Stéphane Marsan et Alain Névant

Titre original : *A Fistful of Charms*

Couverture :
Photographie : © Oleg Mitiukhin / iStockphoto
Illustration : Anne-Claire Payet

ISBN : 978-2-35294-333-4

Bragelonne
35, rue de la Bienfaisance – 75008 Paris

E-mail : info@bragelonne.fr
Site Internet : http://www.bragelonne.fr

À l'homme qui me répond toujours « Ah ? Si tu veux ! »
au lieu de « Hein ? qu'est-ce que tu veux faire !? »

Remerciements

Je souhaite remercier Gwen Hunter qui m'a aidée pour les questions médicales dans la scène du pont et T.B. qui a relu mes séquences de plongée. Si quelque chose ne colle pas, ce n'est pas leur faute – c'est moi qui ai poussé le bouchon. Et, bien entendu, un très grand merci à mon agent, Richard Curtis, et à mon éditrice, Diana Gill, sans qui le Cloaque serait resté à jamais dans mon imagination.

Chapitre premier

Le claquement mat de la portière de David se répercuta sur la façade en pierre de l'immeuble de sept étages le long duquel nous nous étions garés. Appuyée contre la voiture de sport grise, je mis ma main en visière et levai la tête en plissant les yeux pour contempler l'architecture, vieillie mais magnifique, des colonnes et des rebords de fenêtre à cannelures. L'étage du haut était doré, baigné par le soleil couchant, mais, au niveau du sol, il faisait frais et sombre. Il y avait une poignée de bâtiments historiques à Cincinnati ; la plupart étaient abandonnés, comme celui-ci semblait l'être.

— Tu es sûr que c'est ici ? demandai-je avant de retirer le plat de mes bras du toit de sa voiture.

Le fleuve n'était pas loin ; je sentais le mélange de fioul et d'huile caractéristique des bateaux. On pouvait sans doute les apercevoir du dernier étage. Bien que les rues soient propres, le quartier était manifestement sur le déclin. Mais avec un peu d'attention – et beaucoup d'argent – je l'imaginais bien devenir l'un des coins résidentiels les plus beaux et les plus modernes de la ville.

David posa sa mallette en cuir fatiguée et mit la main dans la poche intérieure de sa veste de costume. Il en sortit une liasse de documents, la retourna, puis vérifia le nom de la rue au coin de celle-ci.

— Oui, dit-il de sa voix douce qui trahissait une certaine tension mais aucune inquiétude.

Je tirai sur ma petite veste en cuir rouge, remontai mon sac sur mon épaule et contournai la voiture pour le rejoindre à grand renfort de claquements de talons. J'aimerais pouvoir dire que je portais mes bottes spéciales action pour le boulot, mais en réalité c'était juste parce que je les adorais. Elles allaient bien avec mon jean et mon tee-shirt noir ; en plus, avec ma casquette assortie, j'étais et je me sentais vraiment branchée, limite insolente.

David fronça les sourcils en entendant le raffut de mes talons – à moins que ce soit à cause de ma tenue –, mais se rabattit sur une expression d'acceptation polie en voyant que je me moquais de lui en silence. Il avait mis son costume de travailleur respectable, et arrivait bizarrement à faire passer le mélange détonnant de son trois-pièces et de ses cheveux noirs mi-longs ondulés maintenus en arrière par une barrette discrète. Je l'avais vu plusieurs fois avec un survêtement de jogging qui moulait son corps de trentenaire parfaitement entretenu – miam – ou en manteau long avec un chapeau de cow-boy – Van Helsing, tu n'as qu'à bien te tenir –, mais, malgré sa petite taille, il ne perdait rien de sa prestance quand il passait son costume d'agent d'assurances. David était plutôt du genre complexe, pour un garou.

J'hésitai en arrivant à sa hauteur. Nous regardâmes tous deux le bâtiment. J'entendais le bruit étouffé de la circulation trois rues plus loin, mais là où nous nous trouvions il n'y avait pas le moindre mouvement.

— C'est vraiment silencieux, dis-je en me tenant les coudes pour lutter contre la fraîcheur de cette soirée de mi-mai.

David plissa ses yeux marron et frotta ses joues rasées de près.

— C'est la bonne adresse, Rachel, insista-t-il en regardant le dernier étage du bâtiment. Si tu veux, je peux appeler pour vérifier.

— Non, c'est bon.

Un sourire crispé aux lèvres, je soupesai le sac pendu à mon épaule, légèrement alourdi par mon pistolet à air comprimé. C'était la course de David, pas la mienne ; en plus, on ne pouvait pas faire plus anodin : nous venions régulariser la plainte d'une sorcière de terre dont le mur s'était fissuré. Je n'allais pas avoir besoin des charmes de jolis rêves avec lesquels j'avais chargé mon pistolet de paint-ball modifié, mais j'avais pris mon sac machinalement quand David m'avait demandé de l'accompagner. Le pistolet, c'était pour ma course précédente – j'avais pris d'assaut l'arrière-boutique d'un contrevenant qui pratiquait le spam. Mon Dieu, comme il avait été satisfaisant de lui en coller une !

David se décida enfin. Il me fit galamment signe de passer devant. Il avait presque dix ans de plus que moi, mais ça ne se voyait pour ainsi dire pas, à moins de regarder ses yeux.

— Elle vit sans doute dans un de ces nouveaux appartements qu'ils construisent au-dessus de vieux entrepôts, dit-il en se dirigeant vers le perron orné.

Je pouffai, et David me regarda en haussant les sourcils.

— Quoi ?

Je le précédai à l'intérieur du bâtiment en poussant la porte suffisamment fort pour qu'il puisse rester sur mes talons.

— Je me disais que si tu vivais dans ce genre d'appart, ça resterait un entrepôt. Antre-pôt. Tu vois le jeu de mots ?

Il soupira, ce qui me fit froncer les sourcils. Jenks, mon ancien partenaire, ça l'aurait fait rire. Frappée par la culpabilité, je ralentis le pas. Jenks avait déserté ; il se cachait dans le sous-sol d'un garou parce que j'avais merdé dans les grandes lignes en ne lui faisant pas confiance. Mais comme on était au printemps, je pouvais à présent redoubler d'efforts pour m'excuser et le faire revenir.

Le hall était spacieux, plein de marbre gris et de pas grand-chose d'autre. Mes talons étaient d'autant plus bruyants, avec cette hauteur de plafond. Cela me donna la chair de poule. Je me mis à marcher plus calmement pour faire moins de bruit. À l'autre bout du hall, il y avait deux ascenseurs dont les portes étaient entourées d'un liseré noir. Nous nous dirigeâmes vers eux. David appuya sur le bouton pour monter et recula.

Je le regardai et souris légèrement. Bien qu'il essaie de le cacher, j'avais remarqué que cette course commençait à l'exciter. Expert en sinistres sur le terrain, ce n'était pas le travail de gratte-papier qu'on pouvait imaginer. La plupart des clients de sa compagnie étaient des Outres – des sorcières, des garous, voire à l'occasion des vampires –, et mettre au jour les vrais motifs de remboursement d'une simple voiture était plus difficile qu'on le pensait. Était-ce bien l'ado de la famille qui l'avait emboutie en reculant dans le garage, ou la sorcière qui vivait à côté avait-elle fini par en avoir marre qu'il klaxonne chaque fois qu'il sortait ? Un cas était couvert, l'autre pas, et découvrir la vérité réclamait parfois des méthodes d'interrogatoire... disons... créatives.

David remarqua que je lui souriais, et, malgré son teint mat, les rebords de ses oreilles rougirent.

— J'apprécie que tu m'aies accompagné, dit-il. (L'ascenseur sonna et les portes s'ouvrirent ; il s'avança.) Je te dois un dîner, OK ?

— Pas de problème.

Je le rejoignis dans la cabine et profitai de la faible lumière ambrée pour me regarder dans le miroir pendant que les portes se refermaient.

J'avais dû déplacer un entretien avec un client potentiel, mais David m'avait aidée par le passé, et c'était beaucoup plus important.

Le garou tiré à quatre épingles grimaça.

— La dernière fois que j'ai régularisé la plainte d'une sorcière de terre, j'ai découvert par la suite qu'elle avait roulé la compagnie. Mon ignorance leur a coûté des centaines de milliers de dollars. C'est pourquoi j'apprécie que tu me donnes ton avis pour savoir si elle a provoqué ce sinistre à cause d'une mauvaise utilisation de sa magie.

Je me coinçai derrière l'oreille une boucle de cheveux roux qui s'était échappée de ma tresse à la française, puis ajustai ma casquette en cuir. Ce vieil ascenseur se traînait.

— Encore une fois, pas de problème.

David regardait grimper les chiffres des étages.

— Je crois que mon patron essaie de me faire virer, murmura-t-il. C'est la troisième plainte qui arrive sur mon bureau cette semaine avec laquelle je ne suis pas familier. (La main du garou se déplaça sur sa mallette.) Il attend que je commette une erreur. Il fait même en sorte d'accélérer les choses.

Je m'appuyai contre le miroir et souris faiblement.

— Je suis désolée. Je sais ce que ça fait.

J'avais quitté mon poste à la SO, la Sécurité de l'Outremonde, près d'un an plus tôt pour me mettre à mon compte. Ç'avait été dur – et ça l'était encore de temps en temps – mais c'était la meilleure décision que j'avais prise de toute ma vie.

— Quand même, insista-t-il en se tournant vers moi. Ce n'est pas ton boulot. Je te dois une fière chandelle.

Une odeur de musc plutôt plaisante emplit l'espace confiné.

— David, laisse tomber, protestai-je d'un ton agacé. Je suis venue t'éviter de te faire rouler dans la farine par une sorcière, et je le fais de bon cœur. Ce n'est vraiment pas grand-chose. Je fais ça tous les jours. Dans le noir. Seule, la plupart du temps. Et, si j'ai de la chance, ça implique des poursuites, des hurlements, et mon pied dans le bide de quelqu'un.

Le sourire du garou dévoila ses grosses dents plates.

— Tu l'aimes, ton boulot, hein ?

Je lui rendis son sourire.

— Tu peux le dire.

Il y eut un soubresaut et les portes s'ouvrirent sur le dernier étage. David me laissa sortir la première. J'embrassai du regard la pièce gigantesque qui couvrait toute la surface du bâtiment. Le soleil couchant se déversait par les fenêtres qui allaient du sol au plafond et faisait scintiller les matériaux de construction disséminés un peu partout. Au-delà des fenêtres, le fleuve Ohio s'étendait, gris et brillant. Les odeurs de poutre et de poussière de plâtre me chatouillèrent le nez et me firent éternuer.

Les yeux de David se posaient partout.

— Ohé ? Madame Bryant ? lança-t-il. (En guise de réponse, l'écho de sa voix profonde nous revint.) Je m'appelle David. David Hue, de Garou Assurance. Je suis venu avec une assistante. (Il lança un regard désobligeant à mon jean moulant, mon tee-shirt et ma veste en cuir rouge.) Madame Bryant ?

Je lui emboîtai le pas et pénétrai plus avant dans la pièce en plissant le nez.

— Elle a dû fissurer son mur en enlevant ces poutres de soutainement, murmurai-je. Encore une fois, aucun problème.

— Madame Bryant ? insista David.

Je repensai à la rue déserte et à notre isolement. Derrière moi, les portes se refermèrent et l'ascenseur redescendit. Un léger bruissement à l'autre bout de la pièce fit monter mon adrénaline en flèche. Je fis volte-face.

David aussi était à cran. Nous rîmes l'un de l'autre en voyant, tout au bout de la pièce, une silhouette mince se lever d'un canapé posé à côté d'une cuisine moderne dont les meubles étaient encore emballés dans du plastique.

— Madame Bryant ? C'est David Hue.

— Aussi rapide que le disait votre dernier rapport annuel, répondit une voix masculine dont les doux accents semblaient tamisés par l'atmosphère de plus en plus sombre. Très bonne idée d'amener une sorcière avec vous pour vérifier la plainte du client. Dites-moi, vous le déduisez de vos impôts, ou vous le déclarez en tant que frais professionnels ?

David avait les yeux écarquillés.

— Frais professionnels, monsieur.

Mon regard passa de David à l'homme.

— Euh, David ? J'en déduis qu'il ne s'agit pas de Mme Bryant ?

Le garou secoua la tête en modifiant sa prise sur sa mallette.

— Je crois que c'est le président de la compagnie.

— Ah. (Je réfléchis à la question… puis réfléchis encore ; je n'aimais pas ça.) David ?

Il posa une main sur mon épaule et se pencha vers moi.

— Je crois que tu ferais mieux de partir, chuchota-t-il.

L'inquiétude que je lus dans ses yeux me frappa au plus profond de moi-même.

Je me rappelai ce qu'il avait dit dans l'ascenseur, à propos de son patron qui voulait sa peau, et mon pouls s'accéléra.

— David, pas question que je parte si tu es dans la mouise, protestai-je par-dessus nos bruits de pas tandis qu'il me poussait vers l'ascenseur.

— Je peux me débrouiller, dit-il d'un air sinistre.

J'essayai de me soustraire à sa poigne.

— Alors je reste et on retournera ensemble à la voiture quand tu en auras terminé.

Il me regarda brièvement.

— Non, Rachel. Mais merci quand même.

L'ascenseur s'ouvrit. Comme j'étais encore en train de protester, je fus prise de court lorsque David me poussa en arrière. Je relevai la tête et sentis un frisson me parcourir le dos. *Chiasse.* L'ascenseur était bourré de garous plus ou moins élégants. Cela allait du costume Armani et du tailleur sophistiqué au jean et au chemisier. Pis : ils respiraient tous l'orgueil calme et confiant du loup alpha. Et ils souriaient.

Merde. David avait un *gros* problème.

— Je t'en prie, dis-moi que c'est ton anniversaire et qu'ils t'ont organisé une fête surprise.

La dernière personne à sortir de l'ascenseur fut une jeune garou en robe rouge vif. Elle rejeta ses cheveux noirs longs et épais et me dévisagea. Bien qu'elle soit sûre d'elle, au moins, je pouvais dire à son maintien qu'il ne s'agissait pas d'une femelle alpha. Ça devenait vraiment bizarre. Les alphas ne se réunissaient jamais. Jamais. Surtout pas accompagnés de leurs meutes respectives.

— Ce n'est pas son anniversaire, siffla la femme, mais je pense qu'il est quand même surpris.

Je sentis la main de David se crisper sur mon bras.

— Salut, Karen, coupa-t-il d'un ton acerbe.

Mes muscles se raidirent et je sentis ma peau se couvrir de chair de poule. Les garous nous encerclaient. Je pensai au pistolet caché dans mon sac, puis cherchai une ligne d'énergie sans toutefois puiser dedans. Même en me payant, David n'aurait pas pu me faire partir, au point où on en était. Ça m'avait tout l'air d'un lynchage.

— Salut, David, répondit la femme en rouge derrière les mâles alpha. (La satisfaction perçait dans sa voix, mais aussi dans sa pose.) Tu imagines à quel point j'ai été ravie d'apprendre que tu avais créé une meute.

À présent, le patron de David nous avait rejoints. Il alla d'un pas vif et confiant se poster entre l'ascenseur et nous. La tension qui régnait dans la pièce monta d'un cran, et Karen se glissa derrière lui, la queue basse.

Je ne connaissais pas David depuis très longtemps, mais je n'avais encore jamais vu en lui un tel mélange de colère, d'orgueil et d'agacement. Il n'avait pas peur. David était un solitaire, et le pouvoir personnel d'un alpha n'avait donc que très peu de prise sur lui. Mais il y en avait huit, et l'un d'eux était son patron.

— Elle n'a rien à voir là-dedans, monsieur, lança-t-il d'un ton colérique mais respectueux. Laissez-la partir.

Le patron de David leva un sourcil.

— En réalité, ça n'a rien à voir avec vous.

Je retins ma respiration. *OK. C'est peut-être bien moi qui ai un problème.*

— Merci d'être venu, David, dit le garou raffiné. Votre présence n'est plus requise. (Il se tourna vers les autres et ajouta :) Faites-le sortir.

Je pris une grande goulée d'air. À l'aide de ma double vue, je cherchai une ligne d'énergie. Je me verrouillai sur celle qui passait sous l'université. Ma concentration se brisa quand deux hommes me saisirent par les bras.

— Eh là ! m'écriai-je lorsque l'un d'eux m'arracha mon sac et l'envoya valdinguer sur un tas de planches. Lâchez-moi !

Je ne parvenais pas à me soustraire à leur emprise.

David poussa un grognement de douleur. J'écrasai le pied de quelqu'un qui me jeta au sol. De la poussière de plâtre s'éleva du plancher et m'étouffa. L'air s'échappa de mes poumons lorsque quelqu'un s'assit sur moi. On me força à mettre les mains dans le dos ; je m'immobilisai.

— Aïe ! m'écriai-je.

Je soufflai pour écarter une mèche de mon visage, puis tentai une nouvelle ruade. Merde, ils traînaient David vers l'ascenseur.

Il continuait à se débattre. Le visage rubicond et tordu par la fureur, il distribuait les coups de poing. Chaque coup qui portait produisait un claquement désagréable. Il aurait pu se transformer pour combattre plus méchamment, mais il aurait été impuissant pendant cinq minutes.

— Faites-le sortir ! s'emporta son patron.

Les portes de l'ascenseur se refermèrent. Un bruit sourd se fit entendre à l'intérieur, puis la machinerie se déclencha et la cabine descendit. J'entendis un cri et des bruits de combat de plus en plus étouffés.

Traversée par un sentiment de peur, je me débattis de nouveau. Le patron de David se tourna vers moi.

— Attachez-la, dit-il avec plus de légèreté.

J'inspirai en sifflant. Je me reconcentrai frénétiquement sur la ligne d'énergie et puisai dedans d'une simple pensée. L'énergie de l'au-delà afflua en moi, emplit mon chi, puis s'enroula autour du fuseau secondaire que j'avais appris à former dans ma tête. Une douleur me vrilla le bras droit lorsque quelqu'un le plia un peu trop loin dans mon dos. On me plaqua un collier de serrage en plastique froid autour du poignet, puis on tira dessus d'un coup sec jusqu'à ce qu'une bonne longueur de lanière pende, ce qui produisit le son cranté familier. Je me sentis blêmir lorsque les dernières traces d'au-delà s'échappèrent de mon corps. J'avais un goût amer de pissenlit sur les lèvres. *Idiote ! Idiote de sorcière !*

— Fils de chienne ! hurlai-je.

Les garous assis sur moi s'écartèrent.

Je me remis tant bien que mal sur pied et essayai sans succès de me débarrasser de la lanière flexible gainée de plastique. Elle avait un cœur en argent enchanté, comme les menottes de la SO dont j'avais jadis possédé une paire. Je ne pouvais pas puiser d'énergie. Je ne pouvais rien faire. J'utilisais rarement mes nouvelles connaissances sur les lignes pour me défendre, et je n'avais jamais pensé à quel point il serait facile de les annihiler.

Je me tenais donc là, complètement privée de ma magie, dans les dernières lueurs ambrées qui entraient par les hautes fenêtres. J'étais seule avec une meute d'alphas. Mes pensées furent brusquement ramenées à la meute de M. Ray et au poisson à vœux que je lui avais accidentellement volé ; je me revis aussi facturer le temps passé pour ce faire à l'équipe de base-ball des Hurleurs. *Oh... chiasse. Il faut que je me sorte de là.*

Le patron de David fit passer son poids sur l'autre pied. Il était baigné par le soleil couchant qui faisait briller la poussière recouvrant ses chaussures de soirée.

— Mlle Morgan, n'est-ce pas ? demanda-t-il amicalement.

J'acquiesçai en m'essuyant les paumes sur mon jean. J'étais couverte de poussière de plâtre, ce qui n'arrangeait rien. Je me gardai de quitter le patron de David des yeux tout en sachant que c'était un signe évident de domination. J'avais déjà eu l'occasion de fréquenter des garous, mais David semblait être le seul à m'apprécier. Je ne savais pas pourquoi.

— C'est un plaisir de vous rencontrer, dit le garou. (Il s'approcha de moi en sortant des lunettes cerclées de métal de la poche intérieure de son veston.) Vous pouvez m'appeler M. Finley.

Il percha les lunettes sur son nez étroit et prit les documents agrafés que Karen lui tendait fièrement.

— Excusez-moi si je suis un peu lent, fit-il en survolant les feuilles. D'habitude, c'est ma secrétaire qui se charge de ce genre de choses. (Il me regarda par-dessus les documents et ouvrit son stylo avec un claquement.) C'est quoi, votre numéro de meute ?

— Hein ? fis-je d'un air intelligent.

Je me raidis en voyant le cercle des garous se rapprocher de moi. Karen gloussa et je me sentis rougir.

Les ridules de M. Finley se rapprochèrent les unes des autres lorsqu'il fronça les sourcils.

— Vous êtes l'alpha de David. Karen vous défie pour prendre votre place. Ça entraîne de la paperasse. Quel est votre numéro de meute ?

J'en restai comme deux ronds de flan. Ça n'avait rien à voir avec Ray ou les Hurleurs. C'était vrai, j'étais le seul membre de la meute de David – mais la relation n'existait que sur le papier ; sa seule finalité était d'avoir accès à une assurance dont les cotisations étaient beaucoup, beaucoup, beaucoup plus basses que celles d'avant, qui atteignaient des chiffres délirants, et que David puisse garder son boulot et contourner le système pour continuer à travailler seul, sans partenaire. Il ne voulait pas d'une vraie meute ; c'était un solitaire endurci, et il se débrouillait très bien comme ça. Mais comme il était quasiment impossible de virer un alpha, il m'avait demandé de créer cette meute avec lui.

Je me tournai soudain vers Karen qui souriait comme la reine du Nil, aussi brune et exotique qu'une putain égyptienne. Elle voulait me disputer mon rang ?

— Oh, bon sang, non ! m'exclamai-je. (Karen renifla, assimilant ma réaction à de la peur.) Je ne veux pas me battre avec elle ! David ne veut pas d'une vraie meute !

— Apparemment pas, dit-elle d'un ton méprisant. Je revendique l'ascension. Devant huit meutes, je revendique l'ascension.

Il ne restait pas huit alphas dans la pièce, mais les cinq qui étaient encore là allaient suffire à me forcer la main.

M. Finley laissa retomber sa main qui tenait les documents.

—Est-ce que quelqu'un a un fichier? Elle ne connaît pas son numéro de meute.

—J'en ai un, chantonna une femme en ramenant son sac devant elle et en le fouillant pour en extraire ce qui ressemblait à un petit carnet d'adresses. Nouvelle édition, ajouta-t-elle en l'ouvrant.

—Ça n'a rien de personnel, précisa Finley. Votre alpha est devenu le sujet de prédilection autour de la machine à café, et c'est la manière la plus simple de remettre David sur les rails et d'en finir avec ces rumeurs désagréables qui arrivent jusqu'à moi. J'ai invité les principaux actionnaires de la compagnie pour servir de témoins. (Il m'adressa un sourire dépourvu de chaleur). C'est légal.

—Ce sont des conneries! m'exclamai-je méchamment.

Certains des garous qui m'entouraient gloussèrent; les autres s'offusquèrent devant tant de témérité. Les lèvres scellées, je jetai un coup d'œil à mon sac qui contenait mon pistolet, au milieu de la pièce. Je me touchai le bas du dos, à la recherche de menottes qui n'existaient pas. Elles avaient disparu depuis longtemps, tout comme ma paie d'employée de la SO. Seigneur, qu'est-ce qu'elles me manquaient, ces menottes.

—Ah, voilà, c'est ici, dit la femme sans relever la tête. Rachel Morgan. O-C(H) 93AF.

—Vous vous êtes enregistrée à Cincinnati? demanda nonchalamment le patron de David en écrivant ce que venait de lui dicter la femme. (Il plia les documents et me regarda dans les yeux.) David n'est pas le premier à créer une meute avec quelqu'un qui n'est pas d'ascendance, hmm… garou, reprit-il enfin. Mais c'est le premier dans cette compagnie à l'avoir fait dans la seule intention de sauver son emploi. Ce n'est pas un exemple à suivre.

—Honneur au challenger, déclara Karen en attrapant le nœud de sa robe. Je choisis de me transformer d'abord.

Le patron de David referma son stylo.

—Alors commençons.

Quelqu'un me saisit par les bras, et je restai paralysée l'espace de trois battements de cœur. Honneur au challenger… le cul de ma grand-mère, oui! J'avais cinq minutes pour la neutraliser avant qu'elle ait fini de morpher, sans quoi j'étais perdue.

Je me tortillai en silence et me baissai en me débattant. Des cris s'élevèrent lorsque je fis un croc-en-jambe à la personne qui me tenait. Puis mes poumons se vidèrent quand quelqu'un d'autre se jeta lourdement sur moi. La poussée d'adrénaline fut douloureuse. On m'immobilisa les jambes. On m'appuya la tête sur le contreplaqué couvert de poussière de plâtre.

Ils ne vont pas me tuer, pensai-je en recrachant les cheveux qui étaient entrés dans ma bouche et en luttant pour prendre une inspiration digne de ce nom. *C'est juste une de leurs histoires débiles de domination, alors ils ne vont pas me tuer.*

C'est ce que je me disais, mais j'avais du mal à convaincre mes muscles tremblants.

Un grondement bas, bien plus profond qu'il n'aurait dû l'être, résonna dans tout l'étage vide, et les trois hommes qui me maintenaient me lâchèrent.

Mais bon sang, qu'est-ce que… ? pensai-je en me remettant sur pied en quatrième vitesse. Je n'en croyais pas mes yeux. Karen avait morphé. Elle s'était transformée en trente secondes chrono !

— Co… comment…, bégayai-je, incrédule.

Karen faisait une putain de louve. Sous sa forme humaine, elle était menue – elle devait faire dans les 55 kg. Mais transformez ces 55 kg en un animal qui grogne, et ça donne un loup gros comme un poney. *Merde.*

Elle laissa échapper un long grognement de mécontentement et retroussa les babines dans un rictus d'avertissement plus ancien que la terre. Elle était couverte d'une fourrure soyeuse qui rappelait ses cheveux noirs à l'exception de ses oreilles, qui étaient bordées de blanc. Ses vêtements étaient entassés sur le plancher, derrière le cercle de garous. Autour de moi, les visages étaient solennels. Il ne s'agissait pas d'une bagarre de rue mais d'une affaire sérieuse qui l'engagerait autant qu'un document légal.

Tout autour de moi, les garous reculèrent pour élargir le cercle. *Re-merde.*

M. Finley me lança un sourire entendu. Mon regard passa de lui aux alphas qui l'entouraient, avec leurs beaux vêtements et leurs chaussures à cinq cents dollars. Mon cœur battait la chamade. Je compris. J'étais dans la merde jusqu'au cou. Ils s'étaient liés les uns aux autres et formaient une ronde.

Effrayée, je me mis en position de combat. Quand les garous se liaient en dehors de leur propre meute, de drôles de choses se produisaient. J'avais déjà assisté à une scène similaire pendant un match des Hurleurs : plusieurs alphas s'étaient unis pour soutenir un joueur blessé ; ils avaient pris sa douleur pour qu'il puisse continuer à jouer et gagner le match. Illégal, mais extrêmement difficile à prouver, puisque retrouver les alphas responsables dans un stade gigantesque était quasi impossible. L'effet était temporaire, car les garous semblaient incapables de travailler longtemps sous les ordres de quelqu'un – surtout les alphas. Mais ils arriveraient à maintenir le cercle assez longtemps pour que Karen me fasse très, très mal.

Je pris appui plus fermement dans mes bottes et sentis mes poings se mettre à suer. Bon sang, c'était injuste ! Ils m'avaient privée de ma magie, si bien que je ne pouvais qu'essayer de l'assommer en lui tapant dessus, mais elle ne sentirait rien ! J'étais cuite. De la pâtée pour chien. J'allais vraiment la sentir passer, le lendemain matin. Mais il n'était pas question que je perde sans me battre.

Karen baissa les oreilles. Ce fut le seul avertissement qu'elle me donna.

L'instinct étant plus puissant que l'entraînement, je reculai en la voyant bondir. Ses mâchoires se refermèrent là où mon visage se trouvait un instant auparavant et nous tombâmes à la renverse, ses pattes sur ma poitrine. Je grognai en percutant le plancher de plein fouet. Son haleine chaude de chien me frappa au visage. Je lui donnai un coup de genou pour lui couper le souffle. Elle poussa un jappement de surprise et ses griffes usées me labourèrent le flanc lorsqu'elle recula précipitamment et se redressa.

Je restai à terre mais fis une roulade pour me retrouver à genoux afin qu'elle ne me refasse pas tomber. Sans attendre, elle bondit.

Je lui donnai une manchette en poussant un cri. Paniquée, je vis mon poing arriver droit dans sa gueule. Ses pattes, qui faisaient la taille de mes mains, prirent appui sur moi et me poussèrent. Je basculai en arrière. J'avais de la chance qu'elle n'ait pas tourné la tête pour m'arracher un morceau de bras. Déjà que j'avais écopé d'une vilaine entaille.

La toux déchirante de la louve, dont l'écho se répercutait sur les murs de la pièce, se mua en un grondement agressif.

— Qu'est-ce qu'il y a, Mère-Grand ? haletai-je en rejetant ma tresse en arrière. T'arrives pas à avaler le petit chaperon rouge ?

Les oreilles baissées, les poils hérissés, les babines retroussées, elle se jeta sur moi.

OK. Ce n'était peut-être pas ce qu'il y avait de mieux à dire. Karen me percuta comme une porte claquée, me fit basculer et tomber. Ses dents enserrèrent ma gorge et m'étouffèrent. Je saisis la patte qui me griffait et enfonçai mes ongles dans sa chair. Sa mâchoire serra de plus belle et ma respiration fut presque coupée.

Je lui donnai deux coups de poing dans les côtes. Mon genou se releva et la percuta. J'avais des poils soyeux dans la bouche. Je levai une main et lui tirai l'oreille. Ses dents serrèrent encore plus fort, me privant totalement d'air. Je commençais à avoir un voile noir devant les yeux. Paniquée, je m'en pris à ses yeux.

Ne pensant qu'à ma survie, je plantai mes ongles dans ses paupières. Ça, au moins, elle le sentit. Elle poussa un jappement et se débattit pour me repousser. J'inspirai bruyamment et me hissai sur un coude. Mon autre main alla tâter ma gorge. Elle en revint trempée de sang.

— Ce n'est pas juste ! hurlai-je en me relevant précipitamment.

J'étais folle de rage. Les articulations de mes doigts saignaient, j'avais mal au flanc, et je tremblais sous le coup de l'adrénaline et de la peur. Je voyais bien que Finley était excité – je sentais une odeur musquée de plus en plus forte. Ils prenaient tous leur pied à voir l'un des leurs mutiler une personne en toute légalité.

— Personne n'a dit que c'était censé être juste, répliqua-t-il à mi-voix en faisant un signe à Karen.

Mais l'élan de son attaque fut coupé par la sonnerie de l'ascenseur.

Je fus envahie par le désespoir. Avec trois alphas de plus, elle n'allait plus rien sentir. Pas même si je lui coupais un morceau.

Les portes s'ouvrirent et laissèrent apparaître David, appuyé contre la paroi du fond. Il avait un bleu qui allait probablement tourner à l'œil au beurre noir, et sa veste de costume était déchirée et souillée. Lentement, il leva la tête, une lueur de meurtre dans ses yeux marron.

— Allez-vous-en ! s'exclama son patron d'un ton cassant.

— J'ai oublié ma mallette, rétorqua David.

Il s'avança en boitillant. Il avait échappé aux trois garous qui l'avaient entraîné, mais il respirait bruyamment. Il comprit néanmoins la situation en un coup d'œil.

— Vous défiez mon alpha, reprit-il. Un peu, que je vais rester pour m'assurer que le combat est loyal. (Il traîna les pieds jusqu'à sa mallette, la ramassa, l'épousseta et se tourna vers moi.) Rachel, ça va ?

Je me sentis gagnée par la gratitude. Il ne venait pas à la rescousse ; il voulait s'assurer qu'ils étaient réglos.

— Je m'en tire, émis-je d'une voix cassée. Mais cette chienne ne ressent pas la douleur, et ils m'ont privée de ma magie.

J'allais perdre. J'allais perdre dans les grandes largeurs. *Désolée, David.*

Maintenant qu'il y avait un témoin, les garous qui nous entouraient échangèrent des regards mal à l'aise. Le teint de M. Finley s'assombrit.

— Finissez-en, ordonna-t-il.

Karen s'élança. Ses ongles griffèrent le plancher à la recherche d'une prise. Je retins ma respiration et me laissai choir en arrière avant qu'elle puisse me faire basculer. Je ramenai mes genoux contre ma poitrine et, au moment où elle me tombait dessus, je la reçus avec mes pieds. Je la fis passer par-dessus ma tête.

J'entendis un jappement de surprise et un coup sourd. David cria quelque chose. Il y avait deux combats en même temps.

Je pivotai sur mes fesses pour faire face à mon adversaire. J'écarquillai les yeux et levai un bras. Karen me percuta violemment et me cloua au sol. Elle était sur moi. La peur me transperça. Il fallait que je l'empêche de m'attaquer de nouveau à la gorge. Je poussai un cri lorsqu'elle me mordit le bras.

C'en était assez.

Je serrai le poing et le lui écrasai en pleine face. Elle me déchira le bras en levant la gueule, ce qui envoya une vague de douleur dans tout mon corps. Elle repassa instantanément à l'attaque, grondant de plus belle. Mais un soupçon d'espoir naquit en moi et me fit serrer les dents. Ce coup-là, elle l'avait senti passer.

J'entendais des cris et des coups en arrière-plan. David était intervenu, et leur concentration était brisée. La ronde était défaite. Je ne pouvais pas battre Karen, mais j'allais lui en donner pour son argent, pas de doute.

Comme il faut bien que la colère et l'excès d'adrénaline s'expriment, je me mis à hurler :

— Saloperie de clébard ! (Je lui donnai un gros coup de poing dans l'oreille, ce qui la fit japper.) T'es qu'un tas de merde, un chien-chien à sa mémère qui pue de la gueule ! Ça te plaît, ça ? Tiens ! (Je la frappai de nouveau, sans rien voir à travers le rideau de larmes qui troublait ma vision.) T'en veux encore ? Qu'est-ce que tu dis de celui-là ?

Elle prit mon épaule dans sa gueule et me souleva dans l'intention de se débarrasser de moi. Une oreille soyeuse entra dans ma bouche, et comme je n'arrivais pas à la recracher je mordis dedans de toutes mes forces.

Karen aboya puis disparut. Je pris une bonne inspiration, puis je me mis à quatre pattes pour la chercher.

— Rachel ! s'écria David.

Mon pistolet glissa par terre jusqu'à arriver à ma portée.

Je ramassai l'arme rouge cerise et, toujours à genoux, je visai Karen. Elle s'assit en agitant les pattes avant pour briser son élan. Les bras tremblants, je recrachai une touffe de poils blancs.

— Fin de la partie, sale chienne.

J'appuyai sur la gâchette.

Le souffle d'air provenant de mon pistolet fut presque couvert par un cri de frustration.

Le charme la frappa en pleine truffe et son visage fut recouvert de potion de jolis rêves – la chose la plus agressive qu'une sorcière blanche puisse utiliser. Karen s'effondra comme une marionnette dont on aurait coupé les ficelles et termina sa glissade à un mètre de moi.

Je me relevai, toute tremblante et si pleine d'adrénaline que je pouvais à peine tenir debout. Les bras raides, je braquai mon arme sur M. Finley. Le soleil avait disparu derrière les collines environnantes, au-delà du fleuve, et le visage du garou était plongé dans l'ombre. Cependant, il était facile de comprendre le sens de sa posture.

— J'ai gagné, dis-je.

David posa une main sur mon épaule. Je la repoussai.

— Du calme, Rachel, fit-il d'une voix apaisante.

— Je vais bien ! hurlai-je en ramenant ma mire sur son patron avant qu'il puisse bouger. Si vous voulez me défier pour mon titre, d'accord ! Mais je me bats en tant que sorcière, pas privée de mes pouvoirs ! Ce n'était pas équitable, et vous le savez !

— Allez, Rachel. On s'en va.

Mon pistolet était toujours braqué sur son patron. Je n'avais qu'une envie : lui en coller une. Mais dans ce que j'imaginai être un moment de grande classe, je baissai mon arme et arrachai mon sac, que David me tendait. Tout autour de moi, je sentis la tension des alphas redescendre d'un cran.

La mallette à la main, David m'escorta jusqu'à l'ascenseur. Je tremblais encore, mais je leur tournai le dos, sachant que cela leur ferait comprendre plus sûrement que des mots que je n'avais pas peur.

En réalité, j'étais effrayée. Si Karen avait tenté de me tuer plutôt que de me soumettre, tout aurait été terminé en trente secondes.

David appuya sur le bouton de l'ascenseur et nous nous retournâmes tous les deux.

— Ce n'était pas un combat juste, déclara-t-il. (Il s'essuya la bouche ; quand il retira sa main, elle était rouge de sang.) J'avais le droit d'être présent.

M. Finley secoua la tête.

— L'alpha de la femelle doit être présent ; s'il ne l'est pas, six alphas serviront de témoins pour éviter toute… (Il sourit.)… tricherie.

— Il n'y avait pas six alphas au moment du combat, répliqua David. Je m'attends que vous enregistriez la victoire de Rachel. Cette femme, là-bas, n'est pas mon alpha.

Je suivis son regard jusqu'à Karen, qui était étendue sur le sol, oubliée de tous. Je me demandai si quelqu'un allait l'arroser d'eau salée pour briser le charme ou s'ils allaient juste la larguer, inconsciente, sur le paillasson de sa meute. Je n'en avais rien à faire, et il était impensable que je pose la question.

— Bien ou mal, c'est la loi, dit M. Finley. (Les alphas se déplacèrent derrière lui en signe de soutien.) Et elle est prévue pour permettre d'éventuelles corrections quand un alpha fait fausse route. (Il prit une grande inspiration pour se donner le temps de réfléchir.) Nous enregistrerons l'issue du combat en tant que victoire pour votre alpha, reprit-il comme s'il n'en avait cure. À condition que vous ne portiez pas plainte. Mais, David, ce n'est pas une garou. Si elle n'est pas capable de l'emporter physiquement sur ses adversaires, c'est qu'elle ne mérite pas son statut d'alpha, et elle sera déchue.

Je sentis la peur me transpercer en repensant à Karen, perchée sur moi.

— Une personne ne peut pas tenir face à un loup, ajouta Finley. Pour avoir le début d'une chance, il faudrait qu'elle morphe, et les sorcières ne peuvent pas morpher.

L'homme me regarda dans les yeux, et même si je parvins à ne pas détourner le regard, la peur alla se nicher dans mon ventre. L'ascenseur sonna et je battis en retraite dans la cabine ; peu m'importait qu'ils sachent que j'avais peur. David me rejoignit. Je m'agrippai à mon sac et à mon pistolet, comme si je risquais de me casser la figure sans eux.

Le patron de David s'avança, menaçant ; à présent qu'il faisait nuit, il avait le visage complètement noyé dans l'obscurité.

— Vous êtes un alpha, dit-il comme s'il tançait un enfant. Arrêtez de jouer avec des sorcières, et faites ce que vous avez à faire.

Les portes se refermèrent, et je m'affalai contre le miroir. *Faites ce que vous avez à faire ? Qu'est-ce que c'est censé vouloir dire ?*

Lentement, l'ascenseur amorça sa descente. Mon stress s'apaisait un peu plus à chaque nouvel étage qui nous séparait d'eux. Ça sentait le garou en colère, là-dedans. Je jetai un coup d'œil à David. L'un des miroirs était fêlé, et mon reflet était horrible : la tresse en berne et couverte de poussière de plâtre, une trace de morsure sur la gorge – la peau était pleine d'hématomes et Karen l'avait même percée par endroits –, les jointures des doigts en sang après leur séjour dans sa gueule. J'avais mal au dos, au pied, et, bon sang, il me manquait une boucle d'oreille. En plus, c'étaient mes anneaux préférés.

Je me souvins de la sensation doucereuse de l'oreille de Karen dans ma bouche ; je revis la peau délicate céder brusquement quand je l'avais mordue. Ç'avait été particulièrement désagréable de faire mal à quelqu'un d'une manière aussi intime. Mais j'allais bien. Je n'étais pas morte. Rien n'avait changé. Je n'avais jamais essayé de me servir de ma magie de ligne dans un combat à couteaux tirés et au moins, maintenant, je savais que je devais me méfier des bracelets. Prise comme une ado qui vole à l'étalage – Dieu m'en préserve.

Je me léchai le pouce et essuyai une traînée de plâtre qui me barrait le front. Le bracelet était moche, mais j'allais avoir besoin des pinces d'Ivy pour m'en débarrasser. Je retirai la boucle d'oreille qui me restait et la laissai tomber dans mon sac. Affalé dans un coin, David se tenait les côtes, mais il n'avait pas l'air d'avoir peur de tomber sur les trois garous qu'il avait neutralisés. Je rangeai donc mon pistolet. Les loups solitaires étaient comme des alphas qui n'avaient pas besoin du soutien d'une meute pour être en confiance. Plutôt dangereux, quand on y pensait.

David ricana. Je le regardai en faisant la grimace. Il se mit à rire, mais s'arrêta en grimaçant un rictus de douleur. Son visage légèrement ridé trahissant toujours son amusement, il regarda le décompte des étages, puis se redressa et essaya de rajuster sa veste déchirée.

— Et ce dîner ? demanda-t-il.

Je pouffai.

— Du homard, pour moi… Les garous ne font jamais équipe en dehors de leur meute. Ils devaient vraiment en avoir après moi. Seigneur ! C'est quoi, leur problème ?

— Ce n'est pas toi, c'est moi, expliqua-t-il d'un air embarrassé. Ça leur déplaît, que j'aie formé une meute avec toi. Non, ce n'est pas exact. Ce qui leur déplaît, c'est que je ne contribue pas au développement de la population des garous.

Avec l'adrénaline qui baissait, j'avais mal partout. J'avais une amulette antidouleur dans mon sac, mais je me refusais à l'utiliser alors que David n'avait rien pour se soulager. Et puis, à quel moment, au juste, Karen m'avait-elle touchée au visage ? J'inclinai la tête et examinai la griffure rouge près de mon oreille dans la faible lumière de l'ascenseur. Ce n'est qu'à ce moment que les dernières paroles de David atteignirent mon cerveau.

— Pardon ? m'étonnai-je. Qu'est-ce que tu veux dire par « contribuer à développer la population des garous » ?

David baissa les yeux.

— Nous avons créé une meute ensemble.

J'essayai de me redresser, mais c'était trop douloureux.

— Ouais, j'ai bien compris qu'il n'y aurait pas de mômes entre nous. Qu'est-ce que ça peut leur faire ?

— Je n'ai pas non plus de relations, disons « informelles », avec des femmes garous.

Si c'était le cas, elles s'attendraient forcément à faire partie de sa meute.

— Et donc… ? l'encourageai-je.

Il se balançait sur ses pieds.

— Le seul moyen d'accroître le nombre de garous, c'est la procréation. Pas comme les vampires, qui peuvent transformer des humains, s'ils le souhaitent. Le nombre, c'est la force et le pouvoir…

Sa voix mourut, mais j'avais compris.

— Oh, bon sang, gémis-je en me tenant l'épaule. Alors c'était politique ?

L'ascenseur tinta et les portes s'ouvrirent.

— J'en ai bien peur. Ils laissent les subalternes faire ce qu'ils veulent mais, en tant que solitaire, mes actes ont une importance.

À l'affût, je me dépêchai de sortir la première, mais le hall abandonné était désert, à l'exception des trois garous effondrés dans un coin. David avait parlé avec amertume ; lorsqu'il m'ouvrit la porte de l'immeuble, je posai la main sur son bras en signe de soutien. Clairement surpris, il jeta un coup d'œil dans ma direction.

— Euh, à propos du dîner, commença-t-il en regardant ses vêtements, tu veux qu'on remette ça à une autre fois ?

Mes pieds se posèrent sur le trottoir. En entendant la cadence de mes talons, je compris que je boitais. La rue était silencieuse, mais l'absence de mouvement semblait renfermer une nouvelle menace. M. Finley avait raison sur un point. Tout cela allait se reproduire, à moins que je défende mon titre d'une manière qui forcerait leur respect.

J'emplis mes poumons d'air frais et me dirigeai vers la voiture de David.

— Pas question, mon gars. Tu me dois un dîner. Qu'est-ce que tu dirais de manger mexicain ? (J'eus un moment de confusion.) On va passer au drive-in. J'ai des recherches à faire, cette nuit.

— Rachel, protesta-t-il au moment où sa voiture émit un pépiement joyeux en se déverrouillant. Je crois que tu mérites au moins une nuit de relâche. (Il plissa les yeux et me regarda par-dessus le toit de la voiture.) Je suis vraiment désolé pour ce qui s'est passé. Peut-être que… nous ferions mieux de faire annuler le contrat de la meute.

J'allais ouvrir ma portière, mais je relevai la tête.

— Je te le défends ! m'écriai-je au cas où on nous aurait écoutés de là-haut. (Je pris un air penaud avant de reprendre moins fort :) Je n'ai pas les moyens de payer les malus que les autres compagnies me demandent pour mon assurance-vie.

David gloussa, mais je vis bien qu'il n'était pas satisfait. Nous nous glissâmes dans sa voiture – lentement, car nous nous découvrîmes de nouvelles douleurs – et essayâmes de nous asseoir aussi confortablement que possible. Seigneur, j'avais mal partout !

— Je pense ce que je dis, Rachel, reprit-il de sa voix basse qui emplit l'habitacle une fois les portières fermées. C'est injuste de te demander de gérer ces conneries.

Je le regardai en souriant.

— Ne t'inquiète pas, David. Ça me plaît, d'être ton alpha. Tout ce que j'ai à faire, c'est de trouver un charme pour me changer.

Il soupira. Sa petite silhouette s'affaissa en expirant… puis il pouffa.

— Quoi ? demandai-je en bouclant ma ceinture au moment où il démarrait.

— « Un charme pour me changer »…, répéta-t-il en passant une vitesse avant de déboîter. Tu n'as rien pour te changer ? Tu as compris le jeu de mots ? Comme « rien à te mettre » ?

Je portai une main à mon front et posai le coude sur le rebord de la fenêtre pour me soutenir.

— Ce n'est pas drôle, dis-je.

Mais, cette fois-ci, il rit malgré la douleur.

Chapitre 2

À genoux sur un tapis de caoutchouc mousse vert, je me contorsionnai pour atteindre l'arrière d'un parterre de fleurs envahi par les mauvaises herbes malgré l'ombre du vieux chêne qui le surplombait. Mes gants étaient constellés de taches de lumière printanière. J'entendais les bruits étouffés des voitures qui passaient dans la rue. Un geai bleu appela ; un autre lui répondit. Le samedi après-midi dans le Cloaque, c'était le summum de la décontraction.

Je me redressai en m'étirant pour faire craquer mon dos, puis me laissai retomber. Je grimaçai en ressentant un éclair de douleur lorsque mon amulette ne fut plus au contact de ma peau. Je savais que ce n'était pas une bonne idée de travailler en extérieur sous l'influence d'une amulette antidouleur, car je risquais de me faire mal sans m'en apercevoir, mais après les événements de la veille j'avais besoin de suer un peu pour assurer à mon subconscient que j'étais en vie. En plus, il fallait bien que quelqu'un s'occupe du jardin. C'était un vrai chantier, depuis que Jenks et sa famille n'étaient plus là pour le bichonner.

L'odeur du café en train de passer sortit par la fenêtre et se mélangea à l'air frais de cet après-midi printanier. Je compris qu'Ivy était debout. Je me relevai. Mon regard passa du cabanon en bois jaune, derrière l'église que nous louions, au cimetière clos au-delà de mon jardin de sorcière. Le cimetière occupait quatre parcelles et s'étendait d'une rue à l'autre. Bien que personne n'y ait été enterré depuis près de trente ans, votre serviteur se chargeait de passer la tondeuse. Pour moi, un cimetière propre, c'était un cimetière heureux.

Tout en me demandant si je devais crier pour qu'Ivy m'apporte du café, je décalai mon tapis au soleil, près d'un parterre de violettes noires à tiges molles plantées autour d'un rosier. Jenks les avait semées l'automne précédent, et je voulais les éclaircir avant que la compétition les rabougrisse. Je m'agenouillai devant le carré et entrepris d'enlever une fleur sur trois.

J'étais dehors depuis suffisamment longtemps pour que l'exercice me donne chaud, car l'inquiétude m'avait réveillée avant midi. Il faut dire que le sommeil avait aussi été long à venir. J'étais encore debout après le lever du soleil ; j'avais passé la nuit dans la cuisine à lire mes livres de sorts dans l'espoir de trouver un charme pour me transformer en loup. Au mieux, mes chances de succès étaient minces, car aucun sort ne permettait de se changer en être doué de sensations – du moins aucun sort légal. Et en plus, il fallait que ce soit un charme de terre, puisque la magie de ligne reposait surtout sur les illusions ou les explosions physiques d'énergie. Ma bibliothèque était restreinte mais unique ; pourtant, malgré le grand nombre de sorts et autres charmes à ma disposition, aucun ne permettait de morpher.

Déplaçant mon tapis le long du parterre de fleurs, je sentis l'élastique de l'inquiétude se tendre en moi. Comme l'avait dit David, la seule manière d'être garou, c'était de naître garou. Les morsures qu'avait laissées Karen sur ma gorge et mes phalanges bandées ne tarderaient pas à disparaître sans laisser de traces durables, à part dans ma mémoire. Je pourrais peut-être trouver un charme dans la section de la bibliothèque dédiée aux arts démoniques, mais la magie noire de terre nécessitait de vilains ingrédients – comme des organes humains dont les gens avaient généralement du mal à se défaire – et il était hors de question que j'aille jusque-là.

La seule fois où j'avais pensé à utiliser la magie noire de terre, je m'en étais sortie avec une marque démonique, puis j'avais écopé d'une autre, pour enfin réussir à me retrouver familière de démon. Heureusement pour moi, j'avais gardé mon âme et le marché avait été déclaré inexécutable. J'étais libre. Il ne me restait que la première marque de ce vieux Al et celle de Newt – je les garderais jusqu'à ce que je trouve un moyen de les payer tous les deux en échange des services rendus. Mais au moins, maintenant que le lien de familier était brisé, Al ne déboulait pas chaque fois que je puisais de l'énergie dans une ligne.

Les yeux plissés face au soleil, j'étalai de la terre sur mon poignet qui portait la marque d'Al. La terre était fraîche, et elle cachait le cercle barré plus sûrement que n'importe quel charme. Elle recouvrit aussi la rougeur laissée par le bracelet des garous. Seigneur, j'avais été une vraie idiote.

La brise agita une boucle rousse qui me chatouilla le visage. Je l'écartai et regardai le reste du carré de violettes, derrière le rosier. Le désarroi me fit ouvrir la bouche. Quelqu'un avait piétiné mes fleurs.

Une bonne partie des violettes étaient pliées à la base de leur tige ; elles étaient affalées et fanées. De minuscules empreintes de pieds trahissaient les auteurs des faits. Révoltée, je rassemblai une poignée de tiges pliées. Leur absence de rigidité était annonciatrice d'une mort inévitable. *Foutues fées des jardins.*

— Eh là ! m'écriai-je en me relevant d'un bond pour scruter la frondaison du frêne le plus proche.

Le sang au visage, j'allai me planter sous l'arbre d'un pas décidé, les violettes dans la main en guise de preuve de leur forfait. Cela faisait une semaine qu'elles avaient migré du Mexique et que je me battais avec elles, mais le combat était perdu d'avance. Les fées mangeaient des insectes, pas du nectar comme les pixies, et elles n'en avaient rien à faire de massacrer un jardin en cherchant leur pitance. De ce point de vue, elles étaient comme les humains : elles détruisaient ce qui les faisait vivre à long terme pour trouver des ressources à court terme. Il n'y en avait que six, mais elles ne respectaient rien.

— J'ai dit « Eh là » ! appelai-je plus fort en tendant le cou vers le tas de feuilles qui ressemblait à un nid d'écureuil à mi-hauteur de l'arbre. Je vous avais demandé de rester à l'écart de mon jardin si vous ne pouviez pas vous empêcher de le ruiner ! Qu'est-ce que vous comptez faire pour mes fleurs ?

Tandis que j'attendais une réponse en fulminant, il y eut un bruissement, et une feuille morte tomba en flottant. Un mâle – le chef du petit clan de célibataires – sortit sa minuscule tête pâle et la tourna immédiatement vers moi.

— Ce n'est pas votre jardin, dit-il bien fort. C'est mon jardin, et en ce qui me concerne, vous pouvez aller voir de l'autre côté des lignes si j'y suis.

J'en restai bouche bée. J'entendis une fenêtre se refermer derrière moi ; Ivy ne voulait rien avoir à faire avec ce qui allait suivre. Je ne pouvais pas lui en vouloir, mais c'était le jardin de Jenks, et si je ne faisais pas partir ces fées il serait dévasté avant que je parvienne à le convaincre de revenir. Mince, j'étais coureuse. Si je n'étais pas capable de garder le jardin de Jenks intact, je ne méritais pas ce titre. Mais c'était chaque fois un peu plus dur, et elles revenaient dès que je retournais à l'intérieur.

— Ne m'ignorez pas ! hurlai-je quand la fée disparut dans le nid commun. Espèce de sale petit crétin !

Je laissai échapper un cri outragé lorsqu'un petit cul nu prit la place du visage et se secoua à mon endroit. Ces sales bestioles se croyaient à l'abri, là-haut, hors de ma portée.

Dégoûtée, je lâchai mes violettes et allai à pas de loup jusqu'au cabanon. Elles ne voulaient pas venir à moi, j'irais donc à elles. J'avais une échelle.

Dans le cimetière, les geais bleus pépièrent, heureux d'avoir un nouveau sujet de commérage, pendant que je me battais avec mes quatre mètres de métal. L'échelle percuta les branches les plus basses lorsque je manœuvrai pour la poser contre le tronc de l'arbre, et le nid se vida avec force piaillements de protestation dans une explosion d'ailes de papillon bleues et orange. Je pris pied sur le premier barreau et soufflai sur une boucle rouge qui me gênait la vue. Je détestais faire ça mais, s'ils ravageaient le jardin, les enfants de Jenks mourraient de faim.

— Maintenant ! ordonna une voix impérieuse.

Je poussai un cri en sentant des pincements aigus dans mon dos. Je me recroquevillai, baissai la tête et fis volte-face. L'échelle glissa et s'effondra sur le carré de fleurs qu'elles avaient dévasté. Je levai la tête, en colère. Les fées me bombardaient de glands de l'année précédente. Le bout pointu était assez dur pour faire mal.

— Espèces de petites crottes de nez ! m'écriai-je.

Heureusement, je portais mon amulette antidouleur.

— Encore ! hurla le chef.

Mes yeux s'écarquillèrent lorsque je vis la poignée de glands qui arrivait sur moi.

— *Rhombus.*

Le mot déclencheur lança une réaction presque instinctive résultant d'un long entraînement mental. Plus rapide que la pensée, ma conscience entra en contact avec la petite ligne qui passait dans le cimetière. L'énergie s'engouffra en moi et s'équilibra dans l'instant entre le souvenir et l'action. Je fis un tour sur moi-même, pied tendu pour dessiner un cercle approximatif. Il s'emplit de la puissance de la ligne et se referma. J'aurais pu faire la même chose la veille au soir, sans leur bracelet enchanté en argent ; ça m'aurait évité de me faire massacrer.

Une bande chatoyante d'au-delà apparut. Le voile de réalité alternative, à peine plus épais qu'une molécule, fit un dôme qui se referma au-dessus de ma tête et deux mètres sous mes pieds. La bulle allongée ainsi formée ne laisserait rien passer de plus dangereux que de l'air. Bien sûr, elle avait été faite à la va-vite et n'aurait pas suffi à repousser un démon, mais les glands rebondirent dessus. Ça marchait même avec les balles.

— Ça suffit ! m'exclamai-je nerveusement.

L'énergie de l'au-delà, normalement rouge, vira au jaune doré en prenant la couleur principale de mon aura.

Voyant que j'étais en sécurité mais prisonnière de ma bulle, le plus grand de mes assaillants descendit en voletant avec ses ailes de papillon de nuit, les mains sur ses hanches étroites. Ses cheveux vaporeux, semblables à des toiles d'araignée, le faisaient ressembler à un négatif miniature de la Faucheuse. Ses lèvres rouges se découpaient nettement sur son visage blanc et ses traits fins étaient tirés par la détermination. Sa beauté sévère lui donnait un air incroyablement fragile, mais il était plus dur qu'un tendon. C'était une fée des jardins, pas l'un des assassins qui avaient failli me tuer au printemps précédent, mais tout de même habitué à se battre pour vivre.

— Rentrez chez vous, et nous ne vous ferons pas de mal, dit-il en me regardant avec mépris.

Je pouffai. Qu'allaient-ils faire ? M'envoyer des baisers papillons jusqu'à ce que mort s'ensuive ?

Un chuchotement excité attira mon attention vers les têtes d'enfants du quartier alignées au-dessus du haut mur du cimetière. Les yeux écarquillés, ils me regardaient essayer de venir à bout de ces petites choses volantes, ce qui, comme tout Outre le savait, était impossible. Merde, je me comportais comme un humain ignorant. Mais c'était le jardin de Jenks, et je comptais les empêcher d'en prendre possession aussi longtemps que je le pourrais.

Décidée, je m'extirpai de mon cercle. Je sursautai en sentant l'énergie de la bulle revenir en moi, s'engouffrer dans mon chi, puis retourner dans la ligne. Un cri perçant s'éleva, donnant l'ordre à mes adversaires de préparer les fléchettes.

Des fléchettes ? Super. Mon pouls s'accéléra. Je courus chercher le tuyau d'arrosage de l'autre côté de la cuisine.

— J'ai essayé d'être gentille. J'ai essayé d'être raisonnable, grommelai-je en ouvrant la valve.

L'eau commença à goutter au bout du tuyau. Les geais bleus pépièrent de nouveau, et je me mis difficilement en marche avec mon tuyau. Je fus brusquement arrêtée ; le tuyau était coincé contre l'angle de la cuisine. Je retirai mes gants et donnai un à-coup. Le tuyau s'écarta du mur tel un serpent et je faillis basculer en arrière. Des bruits aigus s'élevèrent en provenance du frêne, signe que les fées s'organisaient. Je ne les avais encore jamais arrosées. Peut-être que ça marcherait. Les ailes de fées fonctionnaient beaucoup moins bien quand on les mouillait.

— Mouchez-la ! cria une voix.

Je levai brusquement la tête. Les épines qu'elles tenaient braquées sur moi me semblèrent aussi grandes que des épées.

Je retins mon souffle, dirigeai le tuyau vers mes adversaires et appuyai sur la détente. Les fées décollèrent en trombe. Je les suivis, mais restai bouche bée lorsque le flot s'arqua et se mua en un filet pathétique qui alla mourir à mes pieds. *Putain, mais qu'est-ce que c'est ?* Je fis volte-face en entendant de l'eau jaillir derrière moi. Elles avaient coupé mon tuyau !

— Il m'a coûté vingt dollars, ce tuyau ! m'écriai-je.

Je me sentis blêmir en voyant le clan tout entier me faire face, leurs petites lances probablement enduites de sumac vénéneux.

— Euh… Peut-être qu'on pourrait discuter un peu ? bredouillai-je.

Je lâchai le tuyau, et la fée aux ailes orange sourit comme un stripteaseur vampire dans une fête de célibataires. Mon cœur se mit à battre la chamade. Je me demandai si je devais me replier à l'intérieur de l'église, ce qui me vaudrait d'essuyer les moqueries d'Ivy, ou rester plantée sur mes positions et endurer un bon empoisonnement au sumac.

J'entendis des bourdonnements d'ailes de pixies et mon cœur se serra.

— Jenks ! m'exclamai-je en me retournant pour suivre le regard inquiet du chef des fées.

Mais ce n'était pas Jenks. C'était sa femme, Matalina, et sa fille aînée, Jih.

— Reculez, dit Matalina d'un ton menaçant en voletant à hauteur de tête à côté de moi.

Mes mèches humides me chatouillaient le visage, agitées par le battement sévère de ses ailes de libellule, beaucoup plus manœuvrables que celles des fées. Elle semblait avoir maigri depuis l'hiver précédent, et ses traits enfantins étaient durs. Le regard déterminé, elle tenait un arc bandé armé d'une flèche. Sa fille avait l'air encore plus menaçante, une épée d'argent à poignée de bois dans la main. Elle avait un petit jardin à elle, de l'autre côté de la rue, et il lui fallait de l'argent pour le protéger – et se protéger – car elle ne s'était pas encore trouvé de mari.

— C'est chez moi, ici ! s'écria la fée d'une voix pleine de frustration. Deux femmes ne peuvent pas tenir un jardin !

— Moi, j'ai seulement besoin de tenir le sol au-dessus duquel je vole, répliqua Matalina. Partez. Tout de suite.

Il hésita ; Matalina banda encore un peu plus son arc, ce qui produisit un minuscule craquement.

— Pas de problème, on le prendra quand vous serez parties ! s'écria la fée en faisant signe à son clan de battre en retraite.

— Comme vous voudrez, dit la pixie. Mais tant que je serai ici, vous n'y serez pas.

Impressionnée, je regardai une pixie de dix centimètres mater tout un clan de fées. Cet exploit confirmait la réputation de Jenks et ce que je savais des capacités des pixies en général. Ils auraient pu dominer le monde à force de chantage et d'assassinats, s'ils en avaient eu envie. Mais, tout ce qu'ils voulaient, c'était un lopin de terre et la paix nécessaire pour s'en occuper.

— Merci, Matalina, murmurai-je.

Son regard d'acier suivit les fées jusqu'au muret qui séparait le jardin du cimetière.

— Tu me remercieras quand j'aurai arrosé mes plants avec leur sang, grommela-t-elle.

Sa réponse me choqua. La jolie pixie, toute de soie vêtue, avait l'air de n'avoir pas plus de dix-huit ans. Elle avait perdu son bronzage habituel en passant l'hiver dans le sous-sol de ce garou avec Jenks et leurs enfants. Sa robe verte vaporeuse voletait sous le vent produit par ses ailes. Ces dernières étaient rouge vif sous l'effet de la colère, tout comme celles de sa fille.

Le clan de fées des jardins se replia dans un angle du cimetière. Les créatures firent du surplace et entamèrent ce qui ressemblait à une danse guerrière, au-dessus des pissenlits, à près d'une rue de là. En l'espace d'un souffle, Matalina banda son arc et tira une flèche. Un point orange vif fit un bond en l'air puis retomba.

— Tu l'as eu ? demanda sa fille.

La violence contenue dans sa voix éthérée était effrayante.

Matalina baissa son arc.

— Je lui ai cloué l'aile à une pierre. Il se l'est déchirée en se détachant. Comme ça, il se rappellera de moi.

Je déglutis et m'essuyai nerveusement les mains sur mon jean. Elle avait fait mouche depuis l'autre bout du terrain. Je me repris et allai fermer le robinet.

— Matalina, dis-je en me redressant et en faisant un signe de tête à sa fille. Merci. Ces fées ont failli me farcir au sumac vénéneux… (Puis, sans transition :) Comment tu vas ? Et Jenks ? Il veut bien me reparler ?

Mais je la vis baisser les yeux, ce qui tua mon espoir dans l'œuf et me fit froncer les sourcils.

— Je suis désolée, Rachel. (Elle se posa sur la main que je lui tendais ; ses ailes s'agitèrent puis s'immobilisèrent en virant au bleu – un bleu lugubre.) Il… Je… C'est pour ça que je suis là.

— Oh, mon Dieu ! Est-ce qu'il va bien ?

Je m'aperçus soudain avec effroi que la jolie femme était au bord des larmes. Sa férocité s'était diluée dans sa peine, si bien que je jetai un coup d'œil aux fées, au loin, pendant que Matalina faisait de son mieux pour garder son calme.

Il est mort. Jenks est mort.

— Rachel…, gazouilla-t-elle. (Elle s'essuya les yeux du revers de la main, ce qui la fit ressembler d'autant plus à un ange.) Il a besoin de moi et il a interdit aux enfants de revenir. Surtout maintenant.

Je fus tout d'abord soulagée de comprendre qu'il était en vie, puis ce soulagement fit de nouveau place à l'inquiétude. Je rejetai un coup d'œil aux ailes de papillon. Elles se rapprochaient.

— Rentrons, proposai-je. Je vais te faire de l'eau sucrée.

Matalina secoua la tête. Son arc pendillait au bout de son bras. À côté d'elle, sa fille surveillait le cimetière.

— Merci, dit la mère. Je vais m'assurer que le jardin de Jih soit sûr, et je reviens.

Je regardai le devant de l'église, comme s'il m'était possible de voir son jardin de l'autre côté de la rue. Jih avait l'apparence d'une fillette de huit ans, mais en années de pixie, elle était assez vieille pour vivre seule et se chercher activement un mari ; elle était dans cette situation bien particulière où elle pouvait prendre son temps pour aménager son propre jardin tout en le protégeant avec l'argent que lui avait donné son père. Et comme elles venaient d'expulser un clan de fées, il semblait logique de s'assurer que personne ne s'en prendrait à Jih pendant qu'elle rentrerait chez elle.

— D'accord, fis-je. (Matalina et Jih s'élevèrent d'une dizaine de centimètres et m'envoyèrent une bouffée de verdure.) Je vais attendre à l'intérieur. Rentre directement. Je serai dans la cuisine.

Elles s'élevèrent dans un bourdonnement doux et survolèrent le haut mur. Je les regardai, inquiète. La vie ne devait pas être très facile pour elles ; l'orgueil de Jenks tenait sa famille éloignée de son jardin, et ils devaient avoir du mal à joindre les deux bouts. Décidément, les hommes, plus ils sont petits, plus ils sont fiers.

Je vérifiai que mes pansements n'avaient pas glissé de mes doigts, puis je gravis les marches en bois d'un pas lourd et enlevai mes baskets de jardinage avec les pieds. Je les laissai en plan et entrai dans le salon par la porte de derrière. L'odeur du café me fit presque l'effet d'une gifle. J'entendis une paire de bottes masculines sur le linoléum de la cuisine, de l'autre côté du couloir. J'hésitai. Ce n'était pas Ivy. *Kisten ?*

Curieuse, je me dirigeai vers la cuisine. Je restai sur le pas de la porte à contempler la salle apparemment déserte.

J'aimais bien ma cuisine. Non, attendez, je reformule. J'aimais ma cuisine avec la loyauté d'un bulldog pour son os favori. Elle était plus spacieuse que le salon, et il y avait deux poêles pour ne pas avoir à concocter des sorts et faire la cuisine sur le même feu. Il y avait de puissants néons, un plan de travail avec placards intégrés qui avait coûté les yeux de la tête et divers ustensiles à potions en céramique accrochés au-dessus de l'îlot central. Un grand verre à brandy contenant mon betta, Mr Poisson, était posé au-dessus de l'évier, sur le rebord de la fenêtre simple à rideau bleu. Un cercle peu profond était gravé dans le lino pour les cas où j'avais besoin de protections supplémentaires pour un sort sensible, et des herbes étaient pendues aux crochets d'un porte-tablier dans un coin de la pièce.

Une table de ferme, aussi lourde qu'ancienne, était installée le long du mur intérieur. Sur ma moitié était posée une pile de livres qui n'y était pas un peu plus tôt. La moitié d'Ivy, occupée par un ordinateur, une imprimante, des cartes, des marqueurs de couleur, et tout ce qui lui permettait de planifier ses courses jusqu'à ce qu'elles en deviennent ennuyeuses, était impeccablement rangée. La pile de livres me fit hausser les sourcils, mais je souris en voyant le derrière en jean qui dépassait de la porte ouverte du frigo en acier inoxydable.

— Kist, dis-je. (Ma voix réjouie lui fit lever la tête par-dessus la porte.) Je croyais que c'était Ivy.

— Salut, chérie, répondit-il en parvenant presque à ne pas me servir son imitation habituelle d'accent british. (Il referma négligemment la porte du bout du pied.) J'espère que ça ne te dérange pas que je me sois permis d'entrer. Je ne voulais pas risquer de réveiller la morte en sonnant.

Je souris. Il posa la crème de fromage sur le plan de travail et vint à moi. Ivy n'était pas encore morte, mais elle était mauvaise comme un troll des ponts SDF si vous la réveilliez avant l'heure où elle jugeait devoir se lever.

— Mmmm, tu peux rentrer librement tant que tu me fais du café, répondis-je en enroulant mes bras autour de sa taille élancée pour lui rendre son accolade.

Ses ongles bien taillés frôlèrent ma peau à deux centimètres des morsures et des bleus tout frais de ma gorge.

— Tu vas bien ? souffla-t-il.

L'inquiétude dans sa voix me fit fermer les yeux. Il avait voulu me rendre visite, la nuit dernière, et j'avais apprécié qu'il ne vienne pas, comme je le lui avais demandé.

— Oui.

Je fus tentée de lui avouer qu'ils n'avaient pas été fair-play ; cinq alphas formant une ronde pour donner l'avantage à leur femelle alors que le combat n'était déjà pas juste. Mais c'était tellement inhabituel que j'eus peur qu'il me soupçonne d'avoir tout inventé – en plus, je n'aimais pas les pleurnicheries.

Je posai plutôt la tête sur sa poitrine et m'imprégnai de son odeur : un mélange de cuir sombre et de soie. Il portait un tee-shirt en coton noir ajusté au niveau des épaules, mais les arômes de cuir et de soie restaient accrochés à lui, ainsi que la touche tamisée d'encens que les vampires laissaient dans leur sillage. Je n'avais pas identifié cette senteur propre aux vampires avant de vivre avec Ivy ; à présent, je pouvais discerner les yeux fermés son odeur de celle de Kisten.

Toutes ces senteurs étaient délicieuses, et j'inspirai profondément pour m'emplir des phéromones vampiriques qu'il produisait inconsciemment afin de m'apaiser et me relaxer. C'était une adaptation de son espèce pour faciliter la recherche des sources volontaires de sang. Pourtant nous ne partagions pas le sang. La petite sorcière refusait de marcher dans ce genre de combines. Ni maintenant, ni jamais. Le risque de devenir le jouet d'un vampire en lui faisant cadeau de ma volonté n'était que trop réel. Mais ça ne signifiait pas que je ne pouvais pas profiter de la version *light*.

J'entendais battre son cœur. Je m'attardai contre lui pendant que ses doigts dessinaient un chemin délicieux jusqu'au bas de mon dos. Je déplaçai mon front sur son épaule – plus bas que d'habitude, car il était en bottes alors que j'étais en chaussettes. Je sentis son souffle sur mes cheveux. Cela me fit relever la tête, et je le regardai droit dans ses yeux bleus, sous ses longues mèches. À la taille normale de ses pupilles, je vis qu'il avait étanché sa soif de sang avant de venir. C'était habituel.

— J'aime bien quand tu sens la crasse, dit-il en me regardant avec ses yeux mi-clos dans lesquels perçait une lueur rusée.

Je souris en passant un ongle sur sa joue rugueuse. Son nez et son menton étaient petits, et il entretenait généralement une barbe d'un jour pour se donner un air plus rude. Ses cheveux teints en blond allaient avec son début de barbe, bien que je n'aie jamais vu la moindre racine plus sombre sur lui – ni même le moindre charme de couleur.

— Ils sont de quelle couleur, tes cheveux, en vrai ? demandai-je sur un coup de tête en jouant avec les mèches fines de sa nuque.

Il s'écarta de moi en clignant des yeux d'un air surpris. Deux toasts sautèrent dans le grille-pain. Kisten alla vers le plan de travail, sortit une assiette et disposa les tranches de pain dessus.

— Euh, blonds.

Mes yeux se promenèrent sur son beau postérieur. Je m'appuyai contre le plan de travail pour profiter de la vue. Les bords de ses oreilles étaient légèrement rouges, ce qui me décida à me mettre en mouvement. Je me penchai et fis courir un doigt sur son lobe – il était déchiré depuis que quelqu'un lui avait arraché un de ses clous jumeaux sertis de diamants. Les deux clous de son oreille droite étaient toujours là ; je me demandai qui était en possession de la boucle manquante. Je lui aurais bien posé la question, mais j'avais peur qu'il me dise que c'était Ivy.

— Non, mais pour de vrai ?

Il ouvrit la crème de fromage et en tartina une bonne couche sur un toast sans me regarder.

— Un genre de châtain. Pourquoi ? Ça pose un problème ?

Je fis descendre mes mains sur sa taille et le fis se retourner. Je l'immobilisai contre le plan de travail et me penchai jusqu'à ce que nos hanches se touchent.

— Mon Dieu, non. Je me posais juste la question.

— Ah.

Manifestement soulagé, il me prit par la taille et inhala lentement, donnant l'impression d'aspirer mon âme même. Une étincelle de désir sortit de lui et me pénétra au plus profond. Je retins mon souffle. Je savais qu'il me sentait, qu'il lisait dans la légère tension de mon corps contre le sien mon envie d'aller plus loin. Je savais que le mélange de nos odeurs corporelles était un puissant aphrodisiaque de sang. Je savais aussi qu'Ivy le tuerait s'il me perçait la peau, ne serait-ce que par accident. Rien de neuf, en somme. Et puis il aurait fallu que je sois idiote pour ne pas admettre qu'une partie de l'attraction qu'il exerçait sur moi résultait de ce mélange d'intimité profonde et de danger potentiel : il pouvait à tout moment perdre le contrôle et me mordre. Ouais, j'étais une petite idiote naïve, mais niveau sexe, c'était le pied.

En plus, Kisten fait très attention, pensai-je. Je me retirai sagement en entendant un grognement sourd dans sa poitrine. Il ne serait pas venu s'il n'avait pas été certain de pouvoir se maîtriser ; mon sang interdit lui mettait l'eau à la bouche et il aimait ça, tout comme j'aimais mettre ma volonté au défi de résister à l'extase charnelle de la morsure vampirique, censée être meilleure que le sexe.

— Je vois que tu t'es fait des nouveaux amis de tes voisins, dit-il.

Je m'écartai de lui pour aller rouvrir la fenêtre et me laver les mains. Si je ne m'arrêtais pas, Ivy le sentirait et déboulerait en furie comme une amoureuse éconduite. Nous étions colocataires et partenaires en affaires – c'était tout – mais elle ne cherchait pas à cacher qu'elle attendait davantage de moi. Une fois, elle m'avait demandé d'être son scion, c'est-à-dire une sorte de bras droit dépositaire du pouvoir du vampire quand celui-ci est limité par la lumière du soleil. Elle n'était pas encore morte, et n'avait donc pas besoin d'un scion, mais Ivy était du genre prévoyant.

Cette position était un honneur, mais je n'en voulais pas, même si, en tant que sorcière, je ne pouvais être changée en vampire. Sa proposition impliquait un échange de sang pour cimenter la relation. C'était pour cette raison que j'avais refusé tout net la première fois qu'elle me l'avait demandé. Mais après avoir rencontré son ancienne colocataire de lycée, je me disais qu'elle voulait aller encore plus loin. Kisten savait séparer sa soif de sang de son besoin de sexe, mais pas Ivy, et les sensations qu'un vampire assoiffé de sang éveillait chez moi s'apparentaient trop au désir sexuel pour que je puisse penser autrement. En me proposant de devenir son scion, elle m'offrait aussi d'être son amante et, même si elle comptait énormément pour moi, je n'étais pas faite comme ça.

Je coupai l'eau et m'essuyai les mains dans le torchon. Je fronçai les sourcils en voyant les ailes de papillon se rapprocher de mon jardin.

— Tu aurais pu m'aider quand j'étais dehors, dis-je d'un ton amer.

— Moi ? (Ses yeux bleus brillèrent d'un éclat amusé ; il posa le jus d'orange sur le plan de travail et referma le frigo.) Rachel chérie, je t'aime, bien sûr, mais qu'est-ce que tu voulais que je fasse ?

Je jetai le torchon sur le plan de travail et tournai le dos à Kisten pour observer, bras croisés, les ailes qui approchaient avec maintes précautions. Il avait raison, mais ça ne voulait pas dire que ça devait forcément me plaire. J'avais eu de la chance que Matalina arrive. Je me demandai d'ailleurs de nouveau ce qu'elle me voulait.

Un souffle chaud se posa sur mon épaule et me fit sursauter. Je compris que Kisten s'était glissé dans mon dos sans que je l'entende, à cause de son pas léger de vampire.

—Je serais sorti si tu avais eu besoin de moi, dit-il. (Sa voix rocailleuse me pénétra de nouveau.) Mais c'étaient seulement des fées des jardins.

—Oui, soupirai-je. Je suppose que tu as raison. (Je me retournai, et mes yeux se posèrent au-delà de son épaule sur les trois livres posés sur la table.) C'est pour moi ? demandai-je pour changer de sujet.

Kisten tendit la main derrière moi et cueillit une marguerite sortie en avance dans le vase posé à côté de Mr Poisson.

—Ils étaient dans une vitrine chez Piscary. Ça m'a tout l'air d'être des livres de sorts. Je me disais que tu pourrais peut-être y trouver quelque chose pour morpher. Ils sont à toi, si tu les veux. Je ne lui dirai pas où ils sont passés.

Je lus dans ses yeux qu'il mourait d'envie de m'aider, mais je ne fis pas un geste. Je restai plantée devant l'évier, bras croisés, à regarder les livres. Pour que le maître vampire les mette sous verre, ils devaient être plus vieux que le soleil. Pis encore, ils avaient l'air de traiter de magie démonique, ce qui les rendait inutilisables, puisque seuls les démons pouvaient s'en servir. En règle générale.

Je décroisai les bras et repris mon observation. Peut-être, après tout, renfermaient-ils quelque chose d'utilisable.

—Merci, dis-je en allant toucher le livre posé sur le dessus de la pile.

Je réprimai un frisson – j'avais l'impression d'être spongieuse, comme si mon aura, de liquide, était devenue sirupeuse. Mes blessures m'élancèrent. Je m'essuyai les mains sur mon jean.

—Tu es sûr que tu ne vas pas avoir de problèmes ?

Sa mâchoire se crispa, mais ce fut le seul signe de nervosité qu'il donna.

—Tu veux dire plus de problèmes que quand j'ai essayé de le tuer ? lança-t-il en écartant les mèches qui lui gênaient les yeux.

Je lui fis un sourire las.

—Je vois ce que tu veux dire.

J'allai me prendre une tasse de café pendant que Kisten se versait un petit verre de jus d'orange. Il sortit un plateau de derrière le micro-ondes et posa le verre dessus, puis l'assiette de toasts et la marguerite qu'il venait de cueillir. Je l'observais, et ma curiosité s'accentua lorsqu'il me fit un petit sourire de travers dévoilant ses canines pointues. Il emporta le plateau dans le couloir. D'accord. Donc, ce n'était pas pour moi.

Je sirotai mon café, appuyée contre le plan de travail, tout en écoutant le grincement de la porte d'Ivy.

— Bonjour, Ivy, chantonna joyeusement Kisten. On se réveille, tartines et café au programme.

— Tu sais où tu peux te les mettre, tes tartines ? grommela Ivy d'une voix endormie. Eh ! s'écria-t-elle. N'ouvre pas ! Bon sang, mais qu'est-ce que tu fais ?

Mon sourire vira au ricanement. J'allai m'installer à table avec mon café.

— Làààààà, cajola Kisten. Redresse-toi. Prends ce foutu plateau avant que je renverse le café.

— On est samedi, grogna-t-elle. Qu'est-ce que tu fabriques ici de si bonne heure ?

J'écoutai la voix apaisante de Kisten monter et descendre pour lui servir un boniment indistinct et me demandai ce qui se passait. Tous deux issus de familles fortunées, Kisten et Ivy avaient grandi ensemble, avaient essayé de cohabiter, puis s'étaient séparés bons amis. D'après la rumeur, Piscary avait prévu qu'ils se mettent ensemble et fassent une ribambelle d'enfants pour prolonger sa lignée de vampires vivants avant que l'un des deux meure. Je n'étais pas une experte en relations, mais même moi je savais que ça n'avait aucune chance d'arriver. Kisten était profondément attaché à Ivy et elle l'était tout autant, mais quand je les voyais ensemble, j'avais le sentiment de voir un frère et une sœur particulièrement proches l'un de l'autre. Pourtant, ce petit déjeuner au lit était inhabituel.

— Attention au café ! s'exclama Kisten.

Aussitôt, Ivy poussa un jappement.

— Tu ne m'aides pas, là. Sors de ma chambre ! ordonna-t-elle sévèrement de sa voix de soie grise.

— Je te choisis tes affaires, chérie ? demanda Kisten. (Son faux accent british était de retour ; à son ton, j'entendis qu'il avait envie de rire.) J'adore cette jupe rose que tu as portée tout l'automne dernier. Pourquoi tu ne la portes plus ?

— Sors d'ici ! s'exclama-t-elle.

Quelque chose percuta le mur.

— Des pancakes, demain ?

— Putain ! Sors de ma chambre !

La porte se referma. Kisten arriva tout sourires – moi-même, je ne pouvais m'empêcher de sourire – et alla se servir un café.

— On a perdu un pari ? devinai-je.

Il acquiesça, ses sourcils fins levés. Je poussai une chaise du pied et il s'installa en face de moi avec sa tasse. Ses longues jambes entourèrent les miennes sous le coin de la table.

— J'ai dit que tu étais capable d'accompagner David pour une course et de revenir à la maison sans que ça tourne à la foire d'empoigne. Elle a parié que tu n'en étais pas capable.

Il tendit la main vers le sucrier et se mit deux cuillers de sucre.

— Merci, fis-je.

J'étais heureuse qu'il ait tenu le pari.

— Je voulais perdre.

Il m'avait coupée dans mon élan ; j'avais eu l'intention de me justifier.

— Merci beaucoup, me corrigeai-je en retirant mes pieds d'entre les siens.

Il posa sa tasse, se pencha en avant et prit mes mains dans les siennes.

— Arrête un peu, Rachel. Quelle autre excuse j'aurais pu trouver pour venir chez vous tous les matins pendant une semaine ?

À présent, il m'était impossible de lui en vouloir. Je souris donc en baissant les yeux sur nos mains entrelacées. Les miennes étaient bien pâles et délicates, à côté de ses mains masculines et hâlées. C'était agréable, de les voir unies de cette manière. Ces quatre derniers mois, il ne s'était pas montré très attentionné ; toutefois, il était présent et disponible chaque fois que l'un de nous deux était d'humeur.

Il était incroyablement occupé à gérer les affaires de Piscary, maintenant que le maître vampire mort était en prison – grâce à moi – et j'étais moi-même accaparée par Charmes Vampiriques, notre société de coureuses. En conséquence, Kisten et moi partagions des bribes de moments très intenses que je trouvais à la fois extrêmement satisfaisants et curieusement libérateurs. Nos conversations, brèves mais quasi quotidiennes autour d'un café, étaient plus amusantes et rassurantes qu'un week-end de trois jours à faire du trekking dans les Adirondacks en esquivant les garous sportifs du dimanche et en tuant des moustiques.

Il n'était pas jaloux du temps que je passais à poursuivre ma carrière, et je ne ressentais que du soulagement à l'idée qu'il étanche sa soif de sang à droite et à gauche – c'était une partie de lui que je comptais ignorer jusqu'à ce que je trouve un moyen de la gérer. Des problèmes nous attendaient dans le futur, car vampires vivants et sorcières non liées par le sang n'étaient pas réputés pour faire des couples durables. Mais j'en avais assez d'être seule, et Kisten satisfaisait tous mes besoins émotionnels de même que je satisfaisais tous les siens sauf un, laissant à quelqu'un d'autre le soin de combler ce manque-là sans que cela éveille en moi la moindre jalousie. Notre relation était trop belle pour être vraie, et je me demandai pour la énième fois comment je faisais pour trouver du réconfort auprès d'un vampire alors que je n'avais jamais pu construire quoi que ce soit de durable avec un sorcier.

Ou avec Nick, pensai-je. Je sentis mon visage perdre son expression.

— Quoi ? demanda Kisten.

Il était plus conscient de mon changement d'humeur que si je m'étais peint le visage en bleu.

Je pris une inspiration. Je m'en voulais de penser à Nick dans un moment pareil.

— Rien. (Je souris faiblement.) Je me disais juste que j'adorais être avec toi.

— Ah. (Son visage mal rasé se déforma en un sourire inquiet.) Qu'est-ce que tu fais, aujourd'hui ?

Je m'adossai à la chaise et lui repris ma main, non sans mettre mes pieds autour de ses genoux pour qu'il ne pense pas que je le fuyais. Mon regard dériva sur mon sac à main et mon chéquier. Je n'avais pas un besoin désespéré d'argent – c'était déjà un petit miracle, dans la mesure où les clients m'appelaient nettement moins depuis que j'étais passée aux infos de 18 heures, l'hiver précédent, et que tout le monde avait vu un démon me traîner sur le cul en pleine rue. Suivant le conseil de David, je me laissais quelques jours pour récupérer. J'aurais dû les passer à faire des recherches, à faire mes comptes ou à nettoyer la salle de bain… à faire quelque chose de constructif, quoi.

Mais alors mon regard croisa celui de Kisten, et la seule idée qui me passa par la tête… n'était, euh… pas constructive du tout. Ses yeux n'étaient pas calmes. Le noir de ses pupilles était très légèrement dilaté, le bleu de ses iris très légèrement rétracté. Le regard vissé au mien, il prit l'un de mes pieds, le posa sur ses cuisses et entreprit de le masser.

Il s'enhardit en sentant mon pouls accélérer, et se mit à me caresser à un rythme… plein de promesses.

Ma respiration était irrégulière. Je ne voyais aucune soif de sang dans ses yeux, juste un désir qui me prenait aux tripes et titillait ma cicatrice démonique.

— Il faut que je fasse… ma lessive, dis-je en arquant les sourcils.

— Lessive. (Sans me quitter des yeux, il cessa de me caresser le pied ; sa main s'aventura plus haut, me frôla, me malaxa, se fit plus explicite dans ses mouvements.) Ça m'évoque de l'eau et du savon… Mmm. Ça doit être glissant. Et salissant. Je dois avoir une savonnette quelque part. Tu veux un coup de main ?

Oh-oh, pensai-je. Mon esprit rebondit sur les différentes manières de me donner un « coup de main », et chercha un moyen de faire sortir Ivy de l'église pendant quelques heures.

Lisant mon… euh… « accord » serait sans doute un peu faible – disons mon enthousiasme dans mon sourire amène, Kisten tendit les bras et, avec sa force de vampire vivant, rapprocha ma chaise de la sienne en lui faisant contourner l'angle de la table avec force raclements sur le lino. J'écartai les jambes pour prendre ses cuisses entre les miennes et il se pencha en avant. Ses iris bleus étaient réduits à un mince ruban.

La tension montant, je posai mes lèvres près de son lobe déchiré. Son odeur de cuir et de soie me percuta de plein fouet, et je fermai les yeux, dans l'anticipation.

— Tu as tes capuchons ? murmurai-je.

Je le sentis acquiescer, mais ce qui m'intéressait davantage, c'était l'endroit où ses lèvres se dirigeaient. Il mit une main en coupe autour de mon menton et me fit tourner la tête vers lui.

— Toujours, dit-il. Toujours et pour toujours avec toi.

Oh mon Dieu, pensai-je, sur le point de fondre. Kisten portait des capuchons sur ses canines pointues pour éviter de me percer la peau dans un moment de passion. Normalement, c'étaient les vampires adolescents manquant de maîtrise qui portaient ce genre de protections, et Kisten risquait de se faire sévèrement ridiculiser si quelqu'un découvrait qu'il en portait pour coucher avec moi. Il avait choisi de respecter mon désir de ne pas lui donner mon sang – surtout qu'Ivy l'avait menacé de lui planter par deux fois un pieu dans le cœur s'il décidait de me le prendre de force. Kisten affirmait qu'il était possible d'être lié à un vampire sans devenir son ombre, mais tout ce que j'avais vu jusque-là indiquait le contraire. J'avais toujours peur. Donc, il gardait ses capuchons.

J'inspirai pour m'imprégner de ses phéromones vampiriques. J'avais envie de leur pouvoir relaxant, et je prenais plaisir dans la promesse lancinante qui émanait de ma cicatrice démonique et se répandait dans tout mon corps. C'est alors que Kisten se raidit et s'écarta de moi.

— Ivy ? murmurai-je.

Je sentis mon regard se charger d'inquiétude en même temps que le sien se faisait distant.

— Des ailes de pixie, dit-il en repoussant ma chaise.

— Matalina, répliquai-je en me tournant vers l'arcade qui donnait sur le couloir.

Nous entendîmes un coup sourd quelque part dans l'église.

— Jenks ? appela Ivy d'une voix étouffée depuis sa chambre.

Ma bouche s'entrouvrit sous l'effet de la surprise. Ivy avait entendu les ailes de Matalina à travers une porte close ? Super. Vraiment super. Alors elle avait aussi entendu notre conversation.

— C'est Matalina ! criai-je afin de lui éviter de sortir en trombe pour s'apercevoir qu'il ne s'agissait pas de Jenks.

Mais c'était trop tard. Je me levai maladroitement en entendant sa porte s'ouvrir à la volée. Matalina arriva dans la cuisine une seconde avant qu'Ivy déboule. La vampire pila et s'immobilisa dans une pose inélégante, une main sur l'encadrement de la porte pour ne pas tomber.

Elle n'avait pas encore quitté sa minuscule chemise de nuit. Sa robe de chambre de soie noire ne parvenait presque pas à cacher sa silhouette élancée, avec ses jambes galbées dues à sa pratique assidue des arts martiaux. Son visage ovale était encadré par ses cheveux noirs, raides et dépeignés, froissés par l'oreiller. Elle les avait fait couper peu de temps auparavant, et je ne m'étais pas encore habituée à les voir pendiller juste sous ses oreilles. Son cou paraissait d'autant plus long, et on y décelait la présence d'une cicatrice unique que la chirurgie esthétique avait rendue quasi invisible. Encore un peu hagarde d'avoir été tirée du lit, elle ouvrait de grands yeux marron en forme d'amande et ses lèvres fines entrouvertes révélaient ses petites dents.

La tête penchée, Kisten se retourna sur sa chaise. Il sourit en voyant qu'elle était dénudée.

Ivy grimaça en s'apercevant que son entrée était loin d'être distinguée ; elle se redressa et essaya de brider ses émotions avec sa contenance habituelle. Ses joues pâles rougirent et elle referma sèchement les pans de sa robe de chambre en prenant soin de ne pas croiser mon regard.

— Matalina, dit-elle d'une voix encore un peu embuée par le sommeil. Jenks va bien ? Il veut bien nous reparler ?

— Seigneur, j'espère bien, intervint sèchement Kisten en faisant pivoter sa chaise pour ne pas tourner le dos à Ivy.

La pixie agitée alla se poser sur le plan de travail central. Une traînée scintillante d'étincelles argentées s'échappa d'elle et tomba lentement, imitant l'espace d'un instant un rayon de soleil. C'était un signe sans équivoque de son état de nervosité. Même si je connaissais déjà sa réponse, je ne pus m'empêcher de baisser les épaules quand elle secoua la tête. Ses ailes s'immobilisèrent. Ses jolis yeux s'écarquillèrent et elle entortilla sa robe en soie.

— S'il vous plaît, gémit-elle d'une voix si inquiète que c'en était effrayant. Jenks ne veut pas venir vous voir. J'ai si peur, Rachel. Il ne peut pas y aller tout seul. Il ne reviendra pas, sinon !

Je fus soudain beaucoup plus inquiète.

— Aller où ? demandai-je en me rapprochant d'elle.

Ivy fit de même et nous restâmes plantées là, collées l'une à l'autre, impuissantes, pendant que la pixie, capable de tenir la dragée haute à six fées, fondait en larmes. Kisten, toujours aussi gentleman, déchira soigneusement un Kleenex et lui en tendit un morceau grand comme l'ongle de son pouce. Il aurait pu lui servir de gant de toilette.

— C'est Jax, poursuivit Matalina en retenant sa respiration entre deux sanglots.

Jax était son fils aîné.

La sensation de peur que je ressentais s'approfondit.

— Il vit dans l'appartement de Nick, intervins-je. Je vais t'y conduire.

Matalina secoua la tête.

— Il n'y est pas. Il est parti avec Nick au moment du solstice d'hiver.

Je me redressai en sursaut comme si on m'avait donné un coup de pied dans le ventre.

— N… Nick était là ? bégayai-je. Au moment du solstice ? Il n'a même pas appelé !

Je me tournai vers Ivy, sous le choc. Petit salopard d'humain ! Il était venu vider son appartement et était reparti ; comme Jenks l'avait prévu. Et moi qui croyais qu'il tenait toujours à moi. J'étais blessée, à moitié morte d'hypothermie, et il était parti ? Fulminante, j'eus l'impression que ce sentiment de trahison et de confusion mêlées, sentiment que je croyais depuis longtemps disparu, enflait en moi au point de me donner mal à la tête.

— On a reçu un appel, ce matin, poursuivit Matalina sans prêter attention à mon état. (Ivy et Kisten échangèrent quant à eux des regards entendus.) On pense qu'il est dans le Michigan.

— Dans le Michigan ! m'exclamai-je. Nom d'un petit Tournant, qu'est-ce qu'il fait dans le Michigan ?

Ivy se rapprocha de Matalina, s'interposant presque entre la pixie et moi.

— Tu as dit « on pense ». Tu n'en es pas sûre ?

Matalina tourna son visage zébré de traînées de larmes vers Ivy. C'était aussi intensément tragique que de voir un ange éploré.

— Nick a dit à Jax qu'ils étaient dans le Michigan, mais ils l'ont déplacé. Jax n'est pas sûr de lui.

Ils l'ont déplacé ?

— Qui l'a déplacé ? demandai-je en me penchant sur elle. Ils ont des ennuis ?

La femme minuscule avait le regard effrayé.

— Je n'ai jamais vu Jenks aussi en colère. Nick a emmené Jax pour l'aider dans son travail, mais ça a mal tourné. Maintenant, Nick est blessé, et Jax ne peut pas rentrer. Il fait froid, là-haut, et je suis très inquiète.

Je regardai Ivy. Ses pupilles sombres étaient dilatées et ses lèvres serrées sous l'effet de la colère. Pour l'aider dans son travail ? Nick nettoyait des artefacts pour des musées et restaurait de vieux livres. Pourquoi diable avait-il besoin d'un pixie ? Dans le Michigan, en plus ? Et au printemps, alors que la plupart des pixies se réveillaient à peine de leur hibernation sous cette latitude ?

Je repensai à la confiance, à la désinvolture de Nick, à son aversion pour tout ce qui portait un insigne, à son esprit méchamment vif et à sa capacité incroyable de tout comprendre pourvu qu'on lui en laisse le temps. J'avais fait sa connaissance dans les combats de rats de Cincinnati ; il avait été transformé en rat après avoir « emprunté » un grimoire à un vampire.

Il était revenu en ville sans me le dire et était reparti avec Jax. Pourquoi avoir emmené le pixie avec lui ?

Je sentis la chaleur me monter au visage et mes genoux se mettre à trembler. Les pixies avaient d'autres talents que le jardinage. *Merde. Nick est un voleur.*

Je m'affalai contre le plan de travail et mes yeux allèrent de Kisten à Ivy. Je vis à son expression qu'elle le savait, mais qu'elle savait aussi qu'il serait inutile de me le dire, que cela ne ferait que me mettre en colère, et qu'il valait mieux attendre que je comprenne par moi-même. Mon Dieu, quelle idiote je faisais ! La vérité avait été sous mon nez depuis le début, et j'avais refusé de la regarder en face.

J'ouvris la bouche, mais Kisten me donna un coup de coude dans les côtes qui me fit sursauter. Il se tourna vers Matalina. La pauvre femme n'était pas au courant. Je refermai la bouche. J'avais froid dans le dos.

— Matalina, dis-je doucement. Y a-t-il un moyen de savoir où ils sont ? Peut-être que Jax pourrait trouver un journal, ou quelque chose qui pourrait le renseigner.

— Jax ne sait pas lire, murmura-t-elle. (Elle laissa tomber son visage dans ses mains et ses ailes s'affaissèrent.) Aucun de nous ne sait lire. (Elle pleura de plus belle.) À part Jenks. Il a appris pour pouvoir travailler à la SO.

Je me sentais vraiment impuissante. Que pouvais-je faire ? Comment prend-on une personne de dix centimètres dans ses bras ? Comment lui avouer que son fils aîné s'est fait embringuer par un voleur ? Un voleur à qui j'avais fait confiance ?

— J'ai tellement peur, reprit la minuscule pixie d'une voix étouffée. Jenks part à sa recherche. Il va dans le nord pour le retrouver. Il ne reviendra pas. C'est trop loin. Il ne mangera pas à sa faim, et il fait trop froid, à moins de trouver un endroit sûr pour passer la nuit.

Elle laissa retomber ses mains. La détresse et le désespoir sur son petit visage me firent peur.

— Où est-il ? demandai-je.

La colère commençait à l'emporter sur la peur.

— Je ne sais pas. (Matalina renifla en regardant le Kleenex déchiré dans ses mains.) Jax a dit qu'il faisait froid et que tout le monde fabriquait des bonbons. Il y a un grand pont vert et beaucoup d'eau.

Je secouai la tête avec impatience.

— Pas Jax. Jenks.

L'expression pleine d'espoir de Matalina la rendit plus belle que tous les anges du paradis.

— Tu vas lui parler ? chevrota-t-elle.

J'inspirai profondément en jetant un coup d'œil à Ivy.

— Il a assez boudé, dis-je. Je vais parler à ce petit crétin, et il va m'écouter. Et nous partirons ensemble.

Ivy se raidit. Elle recula de deux pas, les bras serrés le long du corps. Elle avait les yeux écarquillés et son visage était soigneusement dénué d'expression.

— Rachel…, commença Kisten.

L'avertissement dans sa voix attira mon attention sur lui.

Matalina s'éleva de dix centimètres dans les airs, le visage rayonnant malgré les larmes qui continuaient à couler.

— Il va être en colère s'il découvre que je vous ai demandé de l'aide. Ne… ne lui dis pas que je suis venue.

J'inspirai d'un air décidé, ignorant l'avertissement de Kisten.

— Dis-moi où le trouver, et je m'en charge. Hors de question qu'il se débrouille tout seul. Je me fiche qu'il me parle ou pas, mais je vais avec lui.

Chapitre 3

Mon café était froid. Je ne m'en souvins qu'au moment où je portai la tasse à mes lèvres. Son goût amer et intense me fit grimacer un instant avant que je le fasse glisser dans ma gorge. Avec un tressaillement, je gardai une autre gorgée dans ma bouche. Un léger frisson me parcourut lorsque je puisai de l'énergie dans la ligne du cimetière. Je posai mon crayon sur la table de la cuisine.

— De la flamme des bougies à la rotation des planètes, articulai-je maladroitement malgré ma bouche pleine tout en dessinant une forme complexe avec mes doigts. C'est avec la friction que tout commence et tout s'arrête. (Je roulai des yeux et claquai des mains tout en disant :) *Consimilis.*

Je sais, c'était un peu théâtral, mais les vers m'aidaient vraiment à me remémorer les mouvements de doigts et les deux mots qui étaient réellement à la base du charme.

— Du froid au bouillant, de mon contrôle dépendant, terminai-je. (Je fis le geste adéquat pour transformer le café que j'avais dans la bouche en un objet focal qui me permettrait, par exemple, de réchauffer l'eau du bocal de Mr Poisson.) *Calefacio*, ajoutai-je. (Je souris en sentant la quantité d'énergie diminuer en moi, comme d'habitude ; je me concentrai pour relâcher ce que je savais être la quantité idéale pour exciter les molécules d'eau et réchauffer mon café.) Excellent, soufflai-je en voyant la tasse se mettre à fumer.

Mes doigts enserrèrent la porcelaine chaude et je lâchai complètement la ligne. *C'est nettement mieux*, pensai-je. C'est alors que j'entrepris de boire une gorgée, mais j'eus un mouvement de recul. Je me touchai la lèvre. Le café était bouillant. Ceri avait dit que je finirais par maîtriser ce sort à force d'entraînement, mais j'attendais toujours.

Je reposai la tasse et poussai les cartes d'Ivy qui empiétaient sur ma moitié de table. Les rouges-gorges chantaient bruyamment. Je plissai les yeux en feuilletant les livres que Kisten avait empruntés. Il était difficile de lire car la lumière commençait à décliner à cause des nuages chargés de pluie qui emplissaient le ciel. Je devais partir une demi-heure plus tard pour tomber par hasard sur Jenks au beau milieu d'une course, et j'avais la bougeotte.

Ivy était de mauvaise humeur, si bien que Kisten l'avait entraînée dehors juste après le départ de Matalina pour qu'elle ne passe pas l'après-midi à me rendre dingue. Je découvrirais bien assez tôt ce qui la dérangeait, et peut-être Kisten pouvait-il s'occuper d'elle en attendant.

Ma colonne vertébrale craqua lorsque je me redressai et m'étirai en arrière en inspirant à fond. Je retirai les doigts des caractères d'imprimerie baignés d'ombre et sentis un élancement au moment de la déconnexion, comme l'inverse d'un coup d'électricité statique. Les livres de Kisten étaient bien de nature démonique. Je m'étais vite habituée à l'engourdissement de mes doigts au contact des pages. Ce qui m'avait encouragée à en apprendre davantage, c'était que toutes les malédictions contenues dans ces pages mélangeaient la magie de terre à celle des lignes pour obtenir quelque chose de plus puissant que la somme des parties. C'était une lecture fascinante, même si mon latin était à chier. Ce ne fut qu'après avoir enlevé mes doigts que je me rappelai que j'étais censée avoir peur de ce genre de choses. Je n'y croyais pas vraiment.

Bien sûr, il y avait les vilains sorts pour retourner comme un gant le chien du voisin qui aboie tout le temps, faire souffrir votre prof de CM1 ou faire tomber une boule de feu infernal sur le gars qui vous file le train, mais il y avait aussi des sorts plus légers. Tellement légers que je ne voyais pas le mal qu'il y avait à les lancer. Des sorts qui avaient les mêmes effets que la plupart de mes charmes de terre parfaitement légaux. Et c'était bien ce qui m'effrayait le plus.

L'humeur étant à l'introspection, je feuilletai l'un des livres et trouvai une malédiction qui permettait d'enchâsser quelqu'un dans une épaisse couche d'air pour le ralentir comme s'il était dans de la mélasse. Je suppose qu'on pouvait s'en servir pour prendre l'avantage dans un combat et tuer ses adversaires d'un coup à la tête ou avec un couteau, mais le sort ternirait-il l'âme du lanceur s'il se contentait de ralentir son adversaire pour lui passer les menottes ? Plus j'y pensais, plus j'avais du mal à faire la part des choses. J'étais toujours partie du principe que les malédictions démoniques étaient noires par nature, mais là, je ne voyais vraiment pas le mal.

Ce qui était encore plus inquiétant, c'était la puissance qu'elles recelaient toutes potentiellement. La malédiction que j'avais sous les yeux ne consistait pas à donner l'illusion de mélasse, contrairement à la magie noire que les sorcières de ligne utilisaient pour faire faire des cauchemars aux gens, cauchemars dans lesquels ils ne parvenaient pas à échapper à quelque chose ou à venir en aide à un être aimé. De même, elle était très différente du charme de terre qui, lui, devait être soigneusement concocté et ciblé sur une personne précise, et dont l'effet était de ralentir les actions de la cible, plutôt que cette immobilité quasi totale. La malédiction démonique impliquait la mise en œuvre rapide et le large spectre d'applications de la magie des lignes mais, étant exploitée à travers deux amulettes « polarisées », elle avait la réalité et la permanence de la magie de terre. C'était un mélange des deux. De la vraie magie. De la magie démonique. Et j'étais l'une des deux seules personnes à pouvoir à la fois l'utiliser et marcher au soleil.

— Merci, Trent, marmonnai-je en tournant la page. (Le bout de mes doigts me démangea.) Ton père était un ange.

Mais je ne me plaignais pas. Je n'étais pas censée vivre assez longtemps pour connaître la puberté. L'aberration génétique qui m'affectait tuait systématiquement les sorcières avant l'âge de deux ans. Je croyais vraiment que le père de Trent Kalamack ne savait pas que cette particularité qui me tuait me rendait capable d'utiliser la magie démonique en contournant accidentellement le système d'équilibre génétique. Tout ce qu'il savait, c'était que la fille de son ami se mourait d'un mal ancien et qu'il avait la connaissance et la technologie – fût-elle illégale – pour me sauver la vie.

C'était ce qu'il avait fait. Et ça m'inquiétait un peu de savoir que la seule autre personne guérie par le père de Trent vivait l'enfer dans l'au-delà en tant que familier du démon Algaliarept.

La culpabilité m'assaillit, mais pas longtemps. J'avais dit à Lee de ne pas me livrer à Al. Je l'avais averti qu'il fallait qu'il nous sorte de l'au-delà tant que nous en avions la possibilité. Mais noooon. Le vilain sorcier de l'ouest pensait tout savoir et, à présent, il payait son erreur de sa vie. C'était lui ou moi, et je me plaisais bien de ce côté des lignes.

Une rafale de vent rafraîchissante souleva les rideaux, porteuse d'une odeur de pluie. Je me replongeai dans mon livre et tournai la page pour découvrir un sort qui consistait à priver une personne de son intelligence au point qu'elle finissait avec le cerveau d'un ver. Je clignai des yeux et refermai le livre. OK. Bon, de toute évidence, certains de ces sorts étaient noirs, mais existait-il des malédictions blanches ?

Le problème était que je savais que la magie de terre était puissante, mais lui donner la rapidité et la flexibilité de la magie des lignes était proprement effrayant. Et toutes les malédictions consistaient en ce mélange des deux branches de la magie. Au cours des quelques heures passées à compulser ces livres, j'avais trouvé des sorts pour transformer la masse en énergie de ligne et inversement, si bien qu'on pouvait changer quelque chose de petit en quelque chose de grand et vice versa, plutôt que de se contenter de donner l'illusion d'un changement de taille comme ç'aurait été le cas avec la magie des lignes ; le fait d'utiliser une potion de magie de terre dans le processus rendait le changement réel – aussi réel que d'avoir un « rejeton viable ».

Je m'écartai nerveusement de la table. Je tapotai un rythme rapide du bout des doigts sur le bois ancien, puis jetai un coup d'œil à la pendule. Il était presque 18 heures. Je ne pouvais pas rester assise là plus longtemps. Le temps changeait, et j'avais hâte de m'y mettre.

Je me levai d'un bond, me dépêchai de prendre le livre et allai m'agenouiller devant l'étagère du bas, sous le plan de travail central. Je ne voulais pas ranger ces livres dans ma bibliothèque, mais il était aussi hors de question que je les mette sous mon oreiller. Après un instant d'hésitation, je déplaçai un livre de cuisine « traditionnelle » pour faire tampon entre mes grimoires et les volumes démoniques. Vous me trouvez superstitieuse ? Faites-moi donc un procès.

Après avoir inséré les deux derniers livres, je me redressai et m'essuyai les mains sur mon jean en regardant comme ils allaient bien entre le *Cuisiner des cookies pour les amis* que j'avais piqué à ma mère et l'exemplaire de *Les vraies sorcières mangent du gruyère* que j'avais eu à une opération « Père Noël secret » de la SO, trois ans plus tôt. Devinez lequel me servait le plus.

J'attrapai mon sac au passage et me dirigeai vers la sortie, claquant des talons sur les dalles du couloir en passant devant nos chambres en direction du sanctuaire. Il y avait longtemps que les bancs avaient disparu ; il ne restait que le vague souvenir d'une croix gigantesque au-dessus de l'endroit où se trouvait jadis l'autel. Des fenêtres en vitraux partaient au niveau des genoux et s'étiraient jusqu'au plafond, qui s'élevait à pas moins de trois mètres soixante. Les poutres apparentes de ce dernier étaient noyées dans la pénombre précoce. J'aurais porté ma culotte en guise de chapeau pour entendre de nouveau les murmures et les gloussements de pixies perchés là-haut à préparer un mauvais coup.

La grande salle occupait la moitié de la surface chauffée de l'église ; elle était vide à l'exception de mon bureau jonché de plantes, posé sur le promontoire d'une vingtaine de centimètres jadis occupé par l'autel, et du piano à queue d'Ivy, juste de l'autre côté de l'entrée. Je ne l'avais entendue en jouer qu'une seule fois – ses longs doigts avaient réussi à arracher aux touches des émotions que j'avais rarement vues sur son visage.

Je pris les clés de voiture posées sur mon bureau en passant. Je poursuivis mon chemin dans le hall sombre, accompagnée par leur tintement joyeux. Je plissai les yeux et empoignai ma veste et ma casquette de cuir rouge accrochées à côté de la double porte en chêne, épaisse de douze bons centimètres. Au dernier moment, je me saisis du parapluie à poignée d'ébène d'Ivy avant de pousser la porte. Il n'y avait pas de serrure – rien qu'une barre à baisser de l'intérieur – mais personne de ce côté des lignes n'oserait cambrioler un vampire de la lignée Tamwood.

La porte se referma derrière moi en claquant. Je descendis les marches au pas de course jusqu'au trottoir fissuré. C'était une douce soirée de printemps et l'humidité de la tempête approchante changeait la pression de l'air, ce qui faisait chanter les rouges-gorges et stimulait mon rythme cardiaque. Je sentais la pluie et imaginais le grondement lointain du tonnerre. J'aimais les orages printaniers ; je souris en voyant les jeunes feuilles se soulever sous l'effet de la brise montante.

Je pressai le pas à la vue de ma voiture engoncée sous son abri minuscule : c'était une décapotable rouge vif avec deux sièges à l'avant et dont les deux sièges arrière étaient inutilisables. Un peu plus bas de l'autre côté de la rue, Keasley, notre voisin, se tenait au bord de son perron, la colonne courbée par l'arthrite mais la tête levée pour humer le vent changeant. Il leva une main noueuse pour me rendre mon salut, ce qui me laissa penser qu'il allait bien. Quelque part, des enfants d'âge préscolaire criaient, répondant au changement de pression atmosphérique avec moins de retenue que moi.

De tous côtés, des gens sortaient de leurs maisons de classe moyenne et levaient la tête pour regarder le ciel. C'était la première pluie chaude de la saison, et la nouvelle lune ne datait que de trois jours. La SO allait devoir se démener pour que tout le monde se tienne tranquille.

Ce n'est plus mon problème, pensai-je gaiement en m'installant derrière mon volant. Je pris le temps de baisser la capote pour pouvoir sentir le vent dans mes cheveux. Oui, il allait pleuvoir, mais pas avant quelques heures.

Ma petite casquette impertinente sur la tête, ma veste classe en cuir pour me protéger du vent, je traversai le Cloaque à une allure raisonnable. J'attendis d'avoir franchi le pont et d'être sur la nationale pour décapoter ma voiture. Le vent humide qui me fouettait le visage amenait jusqu'à moi des odeurs plus précises, plus vivaces qu'elles ne l'avaient été pendant des mois ; le grondement des pneus, du moteur et du vent étouffait tous les autres bruits, ce qui m'évoquait, plus que toute autre chose, la liberté absolue. Je roulais à presque cent trente kilomètres-heure lorsque je vis la voiture de police garée sur une rampe d'accès. Elle portait l'emblème du Bureau Fédéral de l'Outremonde. Je la dépassai en agitant joyeusement la main. En échange, j'eus droit à un coup de gyrophare. Tout le monde au BFO – une organisation tenue par les humains – connaissait ma voiture. À vrai dire, c'étaient même eux qui me l'avaient donnée ! Le BFO ne ferait rien pour m'arrêter, mais ce serait différent avec la SO, l'équivalent du BFO chez les Outres, car ces minables m'en voulaient d'avoir quitté leur force de police nationale.

Je me coinçai une mèche de cheveux derrière l'oreille et, un peu inquiète, je vérifiai que personne ne me suivait. Cela ne faisait que quelques mois que j'avais ma voiture, et déjà toute la flotte des larbins de la SO qui sillonnait les rues de la ville la reconnaissait de vue et saisissait chaque occasion de m'aider à perdre des points sur mon permis. Ce n'était pas juste ! Si j'avais grillé un feu rouge, un mois plus tôt, c'était pour une sacrée bonne raison – en plus, à 5 heures du matin, il n'y avait personne à cette intersection, à part ce flic. Encore aujourd'hui, je me demande d'où il était sorti – de mon coffre, peut-être ? Il m'avait arrêtée sur le bas-côté pour excès de vitesse à cent trente et, du coup, j'avais été en retard à mon rendez-vous. Je n'allais pourtant pas tellement plus vite que les autres.

— Idiote de voiture, marmonnai-je affectueusement.

Je n'aurais échangé mon petit aimant à amendes rouge pour rien au monde. Ce n'était pas sa faute si la SO sautait sur la moindre occasion de m'empoisonner l'existence.

Mais *Walkie Talkie Man* passait à fond sur la radio, et Steriogram chantait si vite que seul un vampire pouvait tenir la distance, et avant longtemps la petite aiguille blanche se rapprochait de nouveau des cent trente, entraînant mon humeur dans son sillage. Je me trouvai même un petit motard mignon pour flirter sur le chemin d'Edgemont, lieu de la course de Jenks.

Quand je quittai la nationale, le vent s'arrêta presque violemment de souffler. Je sentis un vrai coup de tonnerre, aussi allai-je me ranger sur le côté de la route pour remonter la capote. Je relevai la tête lorsque le cycliste passa à toute vitesse en levant la main pour me saluer. Un léger sourire s'attarda sur mes lèvres avant de disparaître.

Si je n'arrivais pas à forcer Jenks à me parler, j'allais le tuer, ce petit crétin.

Je pris une grande inspiration, mis mon téléphone sur vibreur, éteignis la musique et m'insérai dans la circulation. Je traversai une ligne de chemin de fer en cahotant et scrutai la pénombre grandissante. Je remarquai que les piétons et les cyclistes avançaient de plus en plus vite à mesure que la menace de pluie se précisait. J'étais dans un quartier d'affaires, l'une de ces anciennes zones industrielles dans lesquelles la ville avait mis un tas d'argent pour les transformer en centre commercial et en parkings afin d'attirer en périphérie les boutiques et appartements habituels. Cela me rappela l'appartement de « Mme Bryant » ; je fronçai les sourcils.

Je dépassai l'adresse pour étudier le bâtiment haut et tentaculaire. Le look Art déco et la boîte à lettres accessible en voiture faisaient ressembler cette enfilade de petits commerces et d'appartements haut de gamme à un complexe industriel. Je n'avais pas vu Jenks, mais ça n'avait rien d'étonnant puisqu'il devait être en train de filer quelqu'un. D'après Matalina, il avait accepté de suivre une femme adultère pour réunir l'argent nécessaire à l'achat d'un billet d'avion.

Le front plissé par l'inquiétude, je tournai à l'angle du bâtiment et tombai sur une place devant un café. Je tirai le frein à main et mis la voiture au point mort. Les pixies ne pouvaient pas emprunter les vols commerciaux – les changements de pression atmosphérique étaient catastrophiques pour eux. Jenks n'avait plus les idées en place. Pas étonnant que Matalina soit venue me trouver.

Je pris mon sac et sortis quand la circulation me le permit. Je jetai un coup d'œil rapide aux nuages de plus en plus bas et pris le parapluie d'Ivy. L'odeur du café m'attirait vers l'établissement, mais, consciencieusement, je partis dans l'autre direction. Après une seconde d'observation, je m'engageai dans l'allée menant au bâtiment en question, marchant silencieusement grâce à mes bottes vampiriques.

L'allée sentait fortement les détritus et l'urine canine. Je plissai le nez et m'emmitouflai dans ma veste. Je me mis en quête d'un endroit où je pourrais me cacher pour surveiller l'entrée du complexe. Si je parvenais à l'intercepter avant qu'il entre, ce serait d'autant mieux. Soudain, je m'immobilisai en entendant un bourdonnement d'ailes familier.

Mon visage se figea. Je scrutai l'allée étroite et vis un pixie habillé d'une combinaison en lycra noir ; il essuyait une fenêtre de l'étage couverte de poussière et d'excréments d'oiseaux pour voir à travers.

La honte me rendait muette. Dieu, qu'est-ce que j'avais été bête. Je ne lui en voulais pas d'être parti, d'avoir pensé que je ne lui faisais pas confiance. Pour dire la vérité, il ne s'était pas trompé. Au dernier solstice d'été, j'avais découvert que Trent Kalamack était un elfe, et pour convaincre ce fils de pute fortuné de ne pas me tuer – j'étais désormais l'une des rares personnes à savoir que les elfes n'étaient pas éteints mais se cachaient – j'avais dû recourir à un joli chantage. Trouver à quelle race d'Outre Trent appartenait était devenu le Saint-Graal du monde des pixies, et je savais que la tentation d'en parler serait trop forte pour Jenks. Cependant, il méritait mieux que mes mensonges par omission. Je craignais qu'il ne veuille pas m'écouter, même dans un moment pareil.

Jenks volait sur place, concentré sur ce qui se trouvait à l'intérieur. Comme il était calme et confiant, ses ailes de libellule étaient invisibles et pas un grain de poussière pixie ne s'échappait de lui. Il avait un bandana rouge noué autour de la tête. C'était une précaution au cas où il envahirait sans le vouloir le territoire d'un rival pixie ou d'une fée : le bandana indiquait qu'il n'était pas là pour braconner et qu'il serait vite parti.

Nerveuse, je rassemblai mon courage. J'inspectai le mur avant de m'appuyer dessus en essayant d'avoir l'air décontractée.

— Alors, elle trompe son mari ? demandai-je.

— Nan, répondit Jenks sans décoller les yeux de sa fenêtre. Elle suit des cours pour lui faire une surprise à l'occasion de leur vingt-cinquième anniversaire de mariage. Il ne la mérite pas, ce connard méfiant.

C'est alors qu'il sursauta et se projeta en arrière de deux bons mètres, manquant de peu de percuter l'immeuble d'en face.

— C'est toi ! s'écria-t-il. (Il lâcha tellement de poussière pixie qu'on aurait dit que des rayons de soleil s'échappaient de son postérieur.) Bon sang, mais qu'est-ce que tu fais là ?

Je m'écartai du mur et fis un pas en avant.

— Jenks…

Il tomba comme une pierre et vint faire du surplace devant moi, un doigt pointé en avant, cependant que la poussière qui s'était échappée de lui tombait lentement sur nous. Ses traits minuscules déformés par la colère lui donnaient un air sinistre et menaçant.

— Elle t'a parlé ! cria-t-il d'une voix perçante.

Il avait les mâchoires serrées et le visage rouge sous ses cheveux blonds coupés court.

Effrayée, je fis un pas en arrière.

— Jenks, elle est inquiète…

— Allez toutes les deux au diable, grogna-t-il. Je me casse.

Il se retourna, me présentant ses ailes rouges qui vibraient si vite qu'elles étaient complètement floues. Agacée, j'entrai en contact avec la ligne la plus proche. L'énergie s'engouffra en moi et s'équilibra en moins de temps qu'il en faut à une bulle qui éclate pour disparaître.

— *Rhombus*, dis-je hargneusement en imaginant un cercle.

Un voile doré apparut en vrombissant. Il était tellement épais que les murs de l'allée m'apparaissaient flous. Je titubai ; mon équilibre était précaire, parce que je n'avais même pas pris le temps de faire semblant de dessiner un rond dans l'air.

Jenks s'arrêta net à deux centimètres du cercle.

— Espèce d'idiote de sorcière ! cria-t-il. (Il chercha quelque chose de pire à me dire, en vain.) Laisse-moi sortir. Je vais tuer ta voiture ! Je vais mettre des œufs de limace dans tes chaussons ! Je vais… je vais…

Les mains sur les hanches, j'allai lui parler dans le nez.

— Tu vas surtout m'écouter ! (Il écarquilla les yeux ; je me penchai en avant jusqu'à ce qu'il soit forcé de reculer.) C'est quoi, ton problème, Jenks ? Ça ne peut pas juste être parce que je ne t'ai pas dit pour Trent !

L'expression de surprise de Jenks disparut. Ses yeux se posèrent sur les pansements et les hématomes de ma gorge, puis descendirent sur mon amulette antidouleur. Il me donna l'impression de se forcer à plisser les yeux pour retrouver une ancienne colère.

— C'est vrai, admit-il en voletant juste devant mon nez. C'est parce que tu m'as menti ! C'est parce que ton manque de confiance en moi t'a poussée à me cacher des informations. C'est parce que tu as pissé sur notre partenariat !

Enfin, pensai-je. *Enfin*. Je serrai les dents. Il était tellement près que je louchais presque.

— Bon Dieu ! Si je te dis ce qu'est Trent, tu seras content ?

— Ferme-la ! cria-t-il. Je n'en ai plus rien à faire, et je n'ai pas besoin de ton aide. Brise ton cercle pour que je puisse mettre de la distance entre toi et moi, ou je te fourre quelque chose là où ça fait le plus mal, sorcière.

— Pauvre cul ! m'emportai-je. Comme tu voudras !

Furieuse, je mis un pied dans le cercle. Je retins mon souffle lorsque son énergie s'engouffra en moi. Au bout de l'allée, des passants curieux nous regardèrent.

— Allez, casse-toi ! dis-je en gesticulant dans tous les sens sans me préoccuper d'eux. Va-t'en, espèce de boule de morve d'araignée sans couilles. Ça fait cinq mois que j'essaie de m'excuser, mais tu es tellement préoccupé par tes petits sentiments blessés de merde que tu ne veux rien entendre. Je crois que tu aimes te sentir offensé. Je crois que tu te sens en sécurité, avec ta mentalité de pixie opprimé. Je crois que tu t'éclates, avec ces conneries de pauvre petit pixie que personne ne prend au sérieux dans lesquelles tu te réfugies. Et, alors que je croyais en toi, tu as pris peur et tu t'es cassé dès que tu as compris que tu allais devoir être à la hauteur de tes propres ambitions !

Jenks avait la bouche ouverte et il perdait lentement de l'altitude. Le voyant en difficulté, je me précipitai dans la brèche. J'avais dans l'idée que j'avais enfin réussi à le secouer. Mes jambes se mirent à trembler.

— Vas-y, casse-toi, poursuivis-je. Retourne te cacher dans ton petit sous-sol puant. Mais Matalina et les enfants rentrent vivre au jardin. Toi, en ce qui me concerne, tu peux te coller une cerise dans le cul et en faire de la confiture, mais j'ai besoin d'eux. Je n'arrive pas à tenir ces foutues fées à distance pour sauver mes pissenlits, et j'ai autant besoin de mon jardin que de renforts par une nuit de pleine lune. Et tu peux rouspéter ou pleurnicher, je n'en ai plus rien à foutre, parce que j'ai tout tenté pour me faire pardonner et toi, tu n'as fait que me chier dessus. Eh ben, c'est fini ! Je ne m'excuserai plus !

Il faisait du surplace, ses ailes d'un rouge de plus en plus pâle. Il semblait ne pas savoir quoi faire de ses mains ; elles ajustèrent son bandana, puis se posèrent sur son épée.

— Je vais aller chercher Jax et Nick, repris-je plus calmement. (J'avais dit ce que j'avais à dire ; il ne me restait qu'à entendre ce qu'il en pensait.) Tu viens avec moi ou pas ?

Jenks s'éleva.

— Mon voyage dans le nord ne te concerne pas, fit-il sèchement.

— Tu parles, qu'il ne me concerne pas, répliquai-je en entendant les premières grosses gouttes de pluie tomber sur la benne à ordures à quelques mètres de nous. C'est peut-être ton fils qui est dans la panade, mais c'est mon ex qui l'y a mis. Il t'a menti. Il m'a menti. Donc, je vais dans le nord pour envoyer Nick dans l'au-delà à coups de pied dans le cul.

Malgré l'amertume évidente de mon ton, Jenks m'adressa un sourire mauvais.

— Fais attention, m'aiguillonna-t-il. On pourrait croire que tu l'aimes toujours.

— Non, c'est faux. (Je commençais à avoir la migraine.) Mais il a des problèmes, et je ne peux pas rester là sans rien faire à attendre qu'on le tue.

Son visage reprit une expression à la fois amère et impertinente. Il alla se poser au bout d'une planche qui dépassait d'une poubelle.

— Mouais, fit-il sournoisement, les mains sur les hanches. Pourquoi tu y vas, en vrai ?

— Je viens de te le dire, répondis-je.

Je cachai ma main blessée lorsqu'il la regarda.

Il hocha la tête.

— Blablabla, lança-t-il en me faisant signe de continuer mon baratin. Je sais pourquoi tu y vas, mais je veux te l'entendre dire.

Incrédule, je mis un temps à réagir. La pluie tombait régulièrement à présent. Si la conversation devait se poursuivre beaucoup plus longtemps, nous allions être trempés.

— Mais parce que je suis folle de rage ! Il avait dit qu'il reviendrait, et il est revenu – juste assez longtemps pour vider son appartement. Il est reparti sans dire au revoir, sans même un « c'était super, bébé, mais je dois partir ». Je dois lui dire en face qu'il s'est foutu de ma gueule et que je ne l'aime plus.

Les sourcils minuscules de Jenks s'arquèrent ; j'aurais voulu qu'il soit plus grand pour pouvoir lui faire ravaler son sourire narquois.

— Ah, alors c'est un truc de femme qui veut rompre ?

Je répondis à son sarcasme avec un sourire de mépris.

— Écoute, fis-je. Je vais chercher Jax et tirer le petit cul de Nick du bordel dans lequel il s'est collé. Est-ce que tu viens avec moi, ou est-ce que tu vas perdre ton temps sur des affaires d'adultères pour finir par gâcher l'argent que tu auras récupéré dans un billet d'avion qui va te valoir trois jours d'hosto ? (Je me calmai ; je pensai pouvoir en appeler à son amour pour Matalina sans que ça le fasse fuir.) Matalina a peur, Jenks. Elle a peur que tu ne reviennes pas, si tu y vas seul.

Son visage se vida de toute expression et, l'espace d'un instant, je pensai être allée trop loin.

— Je peux me débrouiller tout seul, s'énerva-t-il. Je n'ai pas besoin de ton aide.

Je pensai à son approvisionnement aléatoire, ainsi qu'aux nuits nordiques glacées. Il arrivait qu'il neige en mai, dans le Michigan. Jenks le savait.

— Bien sûr, que tu n'en as pas besoin, dis-je en croisant les bras et en l'affrontant du regard. C'est pareil pour moi : j'aurais pu m'en tirer sans ton aide face à ces fées assassines, l'année dernière.

Toujours perché sur sa planche, il fit la moue. Il inspira pour dire quelque chose, leva la main en pointant un doigt vers moi. J'écarquillai les yeux dans une expression moqueuse. Lentement, sa main retomba. Ses ailes s'affaissèrent.

— Tu y vas ?

Je fis un effort pour ne pas lui montrer mon espoir.

— Oui. Mais pour avoir un début de chance, j'ai besoin d'un expert en contournement de dispositifs de sécurité, d'un éclaireur, et de quelqu'un en qui je puisse avoir confiance pour me couvrir. Ivy ne peut rien pour moi. Elle ne peut pas quitter Cincinnati.

Les ailes de Jenks se remirent à vrombir, puis s'immobilisèrent de nouveau.

— Tu m'as fait beaucoup de mal, Rachel.

Mon cœur se serra sous l'effet de la culpabilité.

— Je sais, murmurai-je. Et j'en suis désolée. Je ne mérite pas ton aide, mais je te conjure de me l'offrir.

Je relevai la tête et l'implorai du regard. Pour la première fois, la souffrance que je lui avais occasionnée se lisait sur son visage. Mon cœur se serra de nouveau.

— Je vais y réfléchir, marmonna-t-il en s'élevant dans les airs.

Je fis un pas hésitant dans sa direction.

— Je pars demain. Vers midi.

Jenks fit demi-tour et revint vers moi dans un bourdonnement d'ailes. Je faillis lever la main pour qu'il se pose dessus, mais j'aurais trop souffert qu'il la dédaigne.

— Je suppose que ça fait tôt pour une sorcière, dit-il. (La tonalité de la vibration de ses ailes monta dans les suraigus au point que j'en eus mal aux yeux.) C'est d'accord. Je viens avec toi, mais je ne reviens pas dans la société. C'est juste pour cette fois.

Ma gorge se serra. J'avalai ma salive. Il finirait par revenir. Il le savait tout comme moi. J'aurais voulu crier un « Yes ! » bien exubérant, hurler mon bonheur aux passants, mais je me contentai d'un petit sourire.

— D'accord, répondis-je finalement.

J'étais si soulagée que j'avais envie de pleurer.

Je le suivis jusqu'à l'entrée de l'allée en clignant abondamment des yeux. Jadis, Jenks serait venu se lover sous ma casquette pour s'abriter de la pluie, mais pour l'instant c'était trop lui demander.

— Tu peux venir me retrouver à l'église ce soir, après minuit ? J'ai quelques charmes à préparer avant notre départ.

Nous quittâmes l'allée ensemble. La pénombre légèrement moins profonde me donna l'impression de sortir d'un trou noir. Nous marchions tous deux sur des œufs ; nous retrouvions nos habitudes, mais ne voulions pas heurter nos sensibilités si fragiles.

— Ça devrait pouvoir se faire, dit-il avec appréhension en levant la tête pour regarder la pluie.

— Bien. Bien. (J'écoutai le bruit de mes talons sur le béton ; chaque pas ébranlait ma colonne vertébrale.) Tu as toujours ta moitié du lot de téléphones que tu m'as offert ?

J'entendais l'hésitation percer dans ma voix. Je me demandais si Jenks l'entendait aussi. J'avais gardé le téléphone qu'il m'avait offert pour le solstice. Mince, je l'avais, pour ainsi dire, mis sous verre.

J'ouvris le parapluie d'Ivy et Jenks vint s'abriter dessous. Cinq mois plus tôt, il se serait posé sur mon épaule, mais cette simple démonstration de confiance me suffit.

— David me l'a apporté, répondit-il d'une voix sèche.

Il volait le plus loin possible de moi tout en restant sous le parapluie.

— Bien, répétai-je. (Je me sentais bête.) Tu peux venir avec ?

— Il est un peu gros pour ma poche, mais je devrais pouvoir me débrouiller.

C'était sarcastique et mordant, mais ça ressemblait davantage au Jenks que je connaissais.

Je le regardai et vis qu'il laissait dans son sillage un minuscule panache d'étincelles argentées. Ma voiture était juste devant. Je me demandai s'il m'en voudrait de lui proposer de le raccompagner.

— Espèce de boule de morve d'araignée sans couilles, hein ? dit-il en se dépêchant d'entrer dans la voiture lorsque j'ouvris la portière.

J'avalai ma salive en fixant le trottoir. Les gens se mettaient à courir, car les nuages s'ouvraient et l'averse commençait. Il était de retour. J'avais réussi à le ramener. Ce n'était pas parfait, mais il fallait bien commencer par quelque chose. La respiration chevrotante, je pliai le parapluie et pris place derrière le volant.

— Oh, ça va, fis-je en démarrant le moteur et en mettant le chauffage à fond pour Jenks. J'ai dû improviser.

Chapitre 4

Je tenais le petit haut noir en dentelle devant moi. Je poussai un soupir et décidai de ne pas l'emporter. Je le repliai et le fourrai dans le troisième tiroir. Sûr, il m'allait bien, mais c'était une mission de sauvetage, pas une soirée en boîte. À la place, je pris ma chemise pêche à manches courtes. Je la posai sur les jeans que j'avais déjà casés dans la valise que maman m'avait donnée pour mon diplôme. Elle s'était toujours défendue d'avoir voulu me faire passer un message, mais j'avais encore des doutes.

Je passai au tiroir du haut et pris assez de chaussettes et de sous-vêtements pour une semaine. L'église était vide, car Ivy était allée chercher Jenks et sa famille. La pluie clapotait agréablement sur les vitraux de ma petite fenêtre. Je l'avais bloquée en position ouverte avec un crayon ; le rebord était mouillé, mais ce n'était pas grave. J'entendis un crapaud coasser dans la nuit. Ses trilles se mélangeaient bien au soft jazz en provenance du salon.

Je retrouvai le pull à col roulé que j'avais rangé une semaine plus tôt au fond de mon placard. Je le secouai pour le débarrasser de son cintre, puis le pliai soigneusement avant de le mettre dans la valise avec le reste. J'ajoutai un short de sport et mon tee-shirt préféré, un noir avec écrit STAFF dessus que j'avais eu lorsque j'avais travaillé au concert de Takata, l'hiver précédent. Il pouvait faire vingt-cinq degrés comme zéro, dans le Michigan, à cette époque de l'année.

Je soupirai, heureuse. Une pluie de minuit, un crapaud qui chantait, du jazz, et Jenks qui revenait. Difficile de faire mieux.

Le grincement de la porte principale de l'église me fit lever la tête.

— Salut, c'est moi, appela Kisten.

Voilà qui était encore mieux. Je fis deux pas dans la direction du couloir et me penchai en me tenant à l'encadrement de la porte.

— Ici, dans ma chambre, répondis-je.

La lumière du sanctuaire était tamisée ; je ne voyais de lui que sa belle silhouette mystérieuse et élancée. Il secoua son imperméable dégoulinant de pluie.

Je me repliai dans ma chambre et parvins à refermer le tiroir de mes sous-vêtements juste avant que Kisten entre, accompagné du son reconnaissable de ses chaussures de luxe effleurant le plancher d'un pas décidé. Il embaumait la pizza et le parfum d'une autre ; ses cheveux bien coiffés, sa barbe rasée, son pantalon hors de prix et sa chemise de soie indiquaient qu'il rentrait du travail. J'aimais tout autant le directeur de club respectable et financièrement à l'aise que le mauvais garçon, chez Kisten. Il était aussi bon dans les deux rôles.

— Salut, chérie, dit-il en forçant son faux accent british pour me faire sourire.

Il tenait un sac d'épicerie en papier constellé de gouttes de pluie et dont le haut était replié. Je m'avançai vers lui. Avec mes baskets, je devais me mettre sur la pointe des pieds pour l'embrasser. En me reculant, je jouai du bout des doigts avec ses cheveux mouillés. Cette gentille provocation le fit sourire.

— Salut, répondis-je en tendant les mains vers le sac. C'est ça ?

Il hocha la tête et me l'abandonna. Je le posai sur le lit, l'ouvris et regardai son contenu. Comme je le lui avais demandé, il m'avait apporté un pantalon de survêtement et un sweat-shirt doux en flanelle.

Kisten regarda le sac. Il désirait sans aucun doute savoir pourquoi j'avais besoin de ces vêtements, mais il se contenta de demander :

— Ivy est sortie ?

— Elle est allée chercher Jenks à cause de la pluie. (J'ouvris pensivement un autre tiroir et remis un tee-shirt dans la valise.) Il lui a manqué autant qu'à moi, finis-je dans un murmure.

L'air fatigué, Kisten s'assit en tête de lit. De ses longs doigts, il referma le sac. Je fermai ma valise sans en remonter la fermeture Éclair. Il était inhabituel qu'il quitte le club de Piscary alors que la journée était loin d'être terminée. Il avait quelque chose sur le cœur, c'était évident. Je me redressai et attendis bras croisés.

— Je ne crois pas que ce soit une bonne idée, d'aller là-bas, dit-il d'un air sérieux.

Ma bouche s'ouvrit, et ma surprise se transforma en colère lorsque je fis le lien.

— C'est à propos de Nick ? demandai-je en me tournant vers ma commode pour prendre le flacon de parfum scandaleusement cher qui empêchait mon odeur naturelle de se mélanger avec celle d'un vampire. Kisten, j'ai tourné la page. Crois un peu en moi.

— Ce n'est pas ça. Ivy…

— Ivy ! (Je me raidis et jetai un coup d'œil dans le couloir désert.) Qu'est-ce qu'elle a ? Est-ce que Piscary…

Il fit lentement non de la tête, et je me détendis un peu.

— Il la laisse tranquille. Mais elle se repose plus sur toi que tu le penses. Si tu pars, les choses pourraient changer.

Agacée, je mis le parfum dans une trousse et le fourrai dans une poche de mon vanity-case.

— Je ne serai absente qu'une semaine, peut-être deux. Ce n'est pas comme si j'étais son scion.

— Non. Mais tu es son amie. Et en ce moment, c'est la chose la plus importante du monde, pour elle.

Bras croisés, je m'appuyai contre ma commode.

— Je ne suis pas responsable d'elle, protestai-je. J'ai ma vie à moi. Bon Dieu, on partage un loyer, on n'est pas mariées !

Les yeux de Kisten étaient sombres, à la faible lumière de ma lampe de chevet. Il avait le front plissé par l'inquiétude.

— Tu prends un café avec elle tous les jours quand elle se lève. Quand elle tire ses rideaux pour aller se coucher, tu es de l'autre côté du couloir. Ça ne signifie peut-être pas grand-chose pour toi, mais pour elle, c'est tout. Tu es sa première véritable amie depuis… Bon sang, je pense que ça fait plus de dix ans.

— Toi aussi, tu es son ami. Et Skimmer, qu'est-ce que tu en fais ?

— Tu es la seule amie qu'elle ait qui n'en ait pas après son sang, corrigea-t-il l'air triste. C'est différent.

— C'est des conneries, dis-je en prenant l'unique survivante de ma paire de boucles d'oreilles préférée. (Je ne savais pas trop quoi en faire ; dégoûtée, je la jetai.) Ivy ne m'a pas dit qu'elle ne voulait pas que je parte.

— Rachel…

Il se leva et me prit par les coudes. Je sentais ses doigts chauds se crisper et se relâcher. Dans le salon, la musique alternait entre force et douceur.

— Elle ne le fera pas, conclut-il.

Je baissai la tête, frustrée.

— Je ne lui ai jamais dit que nous serions autre chose l'une pour l'autre que ce que nous sommes aujourd'hui. Nous ne partageons ni notre lit, ni notre sang, ni quoi que ce soit ! Je ne lui appartiens pas, et ce n'est pas mon rôle de la maintenir en un morceau. Et puis pourquoi tout ça pèse sur mes épaules à moi ? Tu la connais depuis plus longtemps que moi.

— Je connais son passé. Pas toi. Elle se repose davantage sur toi parce que tu ignores ce qu'elle était avant. (Il eut une hésitation avant de poursuivre.) Ce n'était pas beau à voir, Rachel. Piscary l'a déformée, il a fait d'elle une amante sauvage et vicieuse incapable de séparer le sang de la chair ou de l'amour. Pour survivre, elle est devenue ce qu'elle détestait et a dû accepter de se renier en faisant du mal à toutes les personnes qu'elle pensait aimer.

Je n'avais pas envie d'entendre ça, mais lorsque j'essayai de m'écarter il resserra sa prise. Ses yeux bleus m'imploraient de l'écouter.

— Elle va mieux, maintenant, poursuivit-il. Elle a mis longtemps à briser son carcan, et plus longtemps encore à recommencer à s'aimer. Je ne l'ai jamais vue aussi heureuse et, que ça te plaise ou non, c'est grâce à toi. Elle aime Skimmer, mais cette femme représente en grande partie ce qu'elle était et comment elle est devenue comme ça, et si tu pars…

Je serrai les dents et me raidis. Je n'aimais pas ça du tout – j'en avais mal au ventre.

— Je ne suis pas le chaperon d'Ivy, dis-je. Je n'ai jamais signé pour ça, Kisten !

Mais il se contenta de sourire, d'un sourire doux et plein de regrets. J'aimais bien Ivy – je l'aimais bien, je la respectais, et j'aurais aimé avoir la moitié de sa volonté – mais je ne voulais pas que quiconque se repose sur moi à ce point. Bon sang, j'avais déjà du mal à prendre soin de moi, alors d'une vampire surpuissante victime de maltraitance mentale…

— Elle ne te demandera pas plus que tu pourras lui donner, répliqua Kisten. Surtout si elle en a besoin. Mais tu t'es installée avec elle et, plus important, tu es restée quand votre relation a commencé à évoluer.

— Pardon ? m'exclamai-je en essayant de me soustraire à son emprise.

Comme il ne voulait pas me lâcher, je donnai un coup vers l'arrière qui me fit reculer de deux pas.

L'expression de Kisten était légèrement accusatrice.

— Elle t'a demandé d'être son scion, dit-il.

— Et j'ai répondu non !

— Mais tu lui as pardonné d'avoir essayé de te forcer, et tu l'as fait le plus naturellement du monde.

C'était des conneries. Il avait déjà entendu cette histoire. Pourquoi en faisait-il tout un plat ?

— Seulement parce que je lui ai sauté dessus et que je lui ai soufflé dans l'oreille pendant un entraînement ! m'exclamai-je. Je suis allée trop loin, ce n'était pas sa faute. En plus, elle avait peur que Piscary me tue, si elle ne faisait pas de moi son scion.

Kisten acquiesça. Son calme m'aida à me débarrasser de ma colère.

— C'est un combat que vous ne pouviez pas gagner, déclara-t-il à mi-voix. Et vous avez toutes les deux fait de votre mieux, mais la vérité, c'est que tu lui as sauté dessus en sachant ce que ça pouvait déclencher.

J'étais sur le point de protester, mais je me détournai, morveuse.

— C'était une erreur, et je ne trouvais pas juste de partir alors que j'étais responsable de l'incident.

Effrayée, je le bousculai pour sortir. Je ne pouvais pas rester.

— Rachel, dit-il avec autorité en m'attirant de force contre lui. Pourquoi tu n'es pas partie à ce moment-là ? Personne ne t'en aurait voulu.

Je respirai pour me calmer.

— Parce qu'Ivy est mon amie, répondis-je en regardant mes pieds et en parlant bas pour ne pas chevroter. Voilà pourquoi. Et il aurait été injuste de partir à cause de mon erreur parce qu'elle… compte sur moi.

Mes épaules s'affaissèrent. La prise de Kisten s'adoucit et il m'attira contre lui.

— Bon sang, Kist, fis-je en plaquant la joue contre sa chemise pour m'imprégner de son odeur. J'ai déjà du mal à prendre soin de moi. Je ne peux pas sauver Ivy en plus.

— Personne n'a dit que tu devais la sauver. (Sa voix semblable à un grondement résonna en moi.) Et personne ne dit que ça va continuer comme ça. T'aider à rester en vie et à ne pas te retrouver liée à cause de ta cicatrice, ça la fait se sentir utile – elle a l'impression de contribuer à un monde meilleur. Tu sais à quel point c'est difficile à trouver, pour un vampire ? Elle se repose plus sur toi que sur moi parce qu'elle se sent responsable de toi et qu'elle a l'impression que tu lui es redevable.

Il y a un peu de ça, pensai-je en me rappelant à quel point le fait que ma cicatrice vampirique soit sans propriétaire me rendait vulnérable. Mais, si je n'avais pas laissé tomber Ivy, ce n'était pas à cause de ma dette envers elle. Nick avait dit que je me trouvais des excuses pour rester dans une situation dangereuse, qu'en réalité je voulais qu'elle me morde. Je n'y croyais pas. C'était juste de l'amitié… non ?

Kisten me caressait les cheveux. C'était apaisant. Je passai mes bras autour de sa taille, réconfortée par son contact.

— En partant, conclut-il, tu lui prends sa force.

— Je n'ai jamais voulu ça.

Comment étais-je devenue son aimant ? Son sauveur ? Tout ce que je voulais, c'était être son amie.

— Je sais. (Je sentis son souffle dans mes cheveux.) Tu vas rester ?

Je déglutis. Je n'avais aucune envie de bouger.

— Je ne peux pas. (Il m'écarta doucement de lui pour voir mon visage.) Jenks a besoin de moi. Ce sera rapide. C'est à huit cents kilomètres. Dans quel genre de problème veux-tu que Nick et Jax se soient mis ? Ils ont sans doute juste besoin d'argent pour payer une caution. Je vais revenir.

Le visage de Kisten grimaçait ; sa grâce et son élégance étaient marquées par le chagrin. Il y avait quelque chose de beau dans son attachement envers Ivy et moi.

— Je sais que tu vas revenir. J'espère juste qu'Ivy sera là à ton retour.

Mal à l'aise, j'allai faire semblant de fouiller mon placard.

— C'est une grande fille. Elle va s'en tirer. Ce n'est qu'à un jour de voiture.

Il se prépara à dire quelque chose mais se balança un instant sur ses pieds avant de se raviser. Il retourna près du lit, ouvrit le sac froissé contenant ses vêtements de sport et regarda dedans.

— Et d'abord, pourquoi tu m'as demandé de te rapporter ça ? C'est pour te déguiser ou pour penser à moi ?

Contente qu'il change de sujet, je me retournai, mes bottes spéciales bottage de cul à la main, et les posai près du lit.

— Pour penser à toi ?

Le bord de ses oreilles rougit.

— Ouais. Je me suis dit que tu voulais les mettre sous ton oreiller, un truc comme ça. Pour avoir l'impression que je suis là.

Je lui pris le sac et jetai un coup d'œil interrogateur à son contenu.

— Tu les as déjà portés ?

Mal à l'aise, il caressa son menton lisse.

— Euh, juste une fois. Mais je n'ai pas sué dedans, hein ? Je suis sorti avec une fille qui aimait bien mettre une chemise à moi pour dormir. Elle disait que c'était comme si je la tenais dans mes bras toute la nuit. Je me disais que c'était un truc, euh, un truc de fille, quoi.

Je ne pus m'empêcher de sourire.

— Tu veux dire comme ça ?

Me sentant vilaine, je sortis le sweat-shirt du sac et l'enfilai par-dessus mon haut. Je me pris dans mes propres bras et me balançai, les yeux fermés, en respirant bruyamment. Peu m'importait qu'il sente aussi bon à cause d'un millier d'années d'évolution dans l'intention de se trouver plus facilement des proies.

— Vilaine, vilaine sorcière, murmura Kisten. (La chaleur soudaine dans sa voix me fit ouvrir les yeux ; il respirait profondément et tout son corps bougeait.) Oh seigneur, qu'est-ce que tu sens bon.

— Ah oui ? Et maintenant ?

Le sourire aux lèvres, je fis une série de sauts bras écartés, sachant que le mélange de nos odeurs le rendrait légèrement dingue.

Comme prévu, ses pupilles se dilatèrent instantanément, trahissant sa soif de sang.

— Rachel, dit-il d'une voix crispée. Ne fais pas ça.

Je gloussai en évitant sa main tendue.

— Attends ! Attends ! haletai-je. Je peux faire pire que ça.

— Arrête, insista-t-il.

Cette fois, sa voix était basse, maîtrisée. Elle recelait un soupçon de menace. Il essaya de m'attraper, mais je poussai un petit cri et courus de l'autre côté du lit. Il me suivit avec sa rapidité de vampire et me plaqua au mur. Le choc me coupa le souffle.

Les yeux mi-clos, sourire aux lèvres, je me trémoussai, prenant plaisir à le provoquer. Après lui avoir opposé une résistance symbolique, je m'arrêtai et le laissai m'embrasser.

Mon souffle m'échappa lentement lorsque je me pressai contre lui. Mes bras étaient écrasés entre nous. Dominateur, possessif, il me tenait fermement par les épaules. Mais je savais qu'il me relâcherait à ma première vraie tentative pour me libérer. La musique douce complétait le tableau.

Ses doigts s'ouvraient et se refermaient convulsivement. Ses lèvres descendirent jusqu'à me frôler le menton puis glissèrent le long de ma mâchoire jusqu'au creux sous mon oreille. Mon cœur battait la chamade. J'inclinai la tête. Surprise, je retins ma respiration en sentant ma cicatrice m'élancer soudainement. Avec la rapidité et la violence d'un drapeau claquant au vent, une sensation de chaleur se répandit en moi suivant le réseau de mes veines et se mit à battre avec insistance, exigeant que l'acte se poursuive jusqu'à sa conclusion naturelle.

Kisten le sentit et sa respiration s'accéléra. Je décoinçai mes mains et lui frôlai la nuque. Je fermai les yeux et m'imprégnai de son désir. Il entra en résonance avec le mien, le rendit plus fort. Je laissai échapper un gémissement lorsque ses lèvres frôlèrent ma vieille cicatrice. Mon corps se rebella devant ce soudain afflux de passion, et mes genoux se dérobèrent. Il s'y attendait ; il me tenait fermement contre lui. J'en avais envie. Dieu, comme j'en avais envie. J'aurais dû essayer de porter des vêtements à lui depuis longtemps.

— Rachel, murmura-t-il.

Sa respiration était alourdie par le désir.

— Quoi ? haletai-je.

Mon sang continuait à bourdonner alors que les lèvres de Kisten n'étaient plus sur ma cicatrice.

— Ne porte... plus jamais... d'affaires à moi. Je ne peux pas...

Je m'immobilisai – je ne comprenais pas. Je fis mine de me libérer, mais il me tenait fermement. Dans mon corps, la peur remplaça douloureusement la passion. Je plongeai les yeux dans les siens, perdus, noirs, puis regardai sa bouche. Il ne portait pas ses capuchons. *Merde, je l'ai poussé trop loin.*

— Je ne peux pas te lâcher, dit-il sans remuer les lèvres.

L'adrénaline monta. Une goutte de sueur se forma à la naissance de ses cheveux. *Merde, merde, merde.* J'étais dans la panade. Je vis un croc briller dans le coin de sa bouche. Le temps de dire ouf, la pièce du désir s'était retournée de la face sexe sur la face sang. Bon Dieu, les dix secondes qui venaient allaient vraiment être risquées.

— Je crois que je pourrai te lâcher si tu n'as pas peur, reprit-il d'une voix où se mélangeaient la peur et la soif de sang.

Je n'arrivais pas à arracher mon regard de ses yeux noirs. Je n'y arrivais pas. Alors que Kisten larguait inconsciemment dans l'air des phéromones qui forçaient ma cicatrice à envoyer vague sur vague de passion dans mon corps au rythme effreiné de mon pouls, mes tripes se nouèrent.

Tout en réfléchissant, je m'obligeai à respirer à un rythme lent et régulier. Ma peur le ferait basculer. J'avais poussé Ivy à bout, une fois, et je savais que s'il était encore capable de parler, les probabilités étaient largement en ma faveur.

— Écoute…, commençai-je.

L'extase qui émanait de ma cicatrice vampirique se mêlait à ma peur dans un magma irréel. Comme c'était bon. Un vrai rush, comme d'éprouver en même temps le frisson du sexe et d'un saut en parachute. Pire : je savais que si je me laissais mordre, la sensation serait trois fois plus forte. Dire que j'allais le lâcher et le repousser.

— Je vais fermer les yeux parce que j'ai confiance en toi, terminai-je.

— Rachel ? implora-t-il d'une voix douce.

Il avait vraiment envie de s'abandonner. Bon sang, c'était ma faute. La tension me donnait mal à la tête. Je fermai les yeux sur les orbes noirs en lesquels ses yeux à lui s'étaient changés. Cela rendit ma peur dix fois plus difficile à surmonter, mais j'avais vraiment confiance en lui. Je pouvais puiser de l'énergie dans une ligne et l'envoyer valser contre le mur – et, si on en arrivait là, je le ferais – mais ça affecterait gravement notre relation, et je l'aimais. D'un amour calme, prudent, qui recelait l'effrayante promesse de grandir si je ne foirais pas. Et je voulais un amour basé sur la confiance, plutôt que sur une force déraisonnable.

— Kisten, dis-je après m'être forcée à desserrer les dents. Je vais te lâcher, et toi, tu vas lâcher mes épaules et reculer. Prêt ?

J'entendais sa respiration, rude et insistante. Elle trouva son écho en moi, et nous frissonnâmes à l'unisson.

Ce serait si bon de le laisser me mordre – ses dents s'enfonceraient en moi, m'attireraient vers lui ; la douleur, changée en plaisir, me traverserait comme un incendie, me couperait le souffle, me ferait atteindre des sommets fantasmés d'extase. Ce serait incroyable. La plus belle sensation de ma vie – ma vie, d'ailleurs, en serait changée à tout jamais… Et ça, c'était hors de question. Car je savais que tout le plaisir qui m'était promis cachait une réalité d'une laideur au moins égale. Et ça me faisait peur.

— Maintenant, Kisten, ordonnai-je sans ouvrir les yeux.

Je forçai mes doigts à bouger. Mes mains le lâchèrent, et il recula. Mes yeux se rouvrirent à la hâte. Il me tournait le dos et avait une main posée sur le pied de mon lit qui lui arrivait au niveau de la taille. Sa main libre tremblait. J'allais lui toucher le bras, mais je me ravisai.

— Kisten, je suis désolée, dis-je d'une voix tremblante.

Il hocha la tête.

— Moi aussi. (Sa voix rauque me traversa comme l'eau traverse le sable et me laissa fiévreuse, frissonnante.) Rends-moi service – ne fais plus jamais ça.

— Tu peux me faire confiance.

Je croisai les bras devant moi, enlevai son sweat-shirt et le laissai tomber sur le lit. Les picotements de mon cou diminuèrent, me laissant tremblante et nauséeuse. Je savais que le mélange de nos odeurs était un aphrodisiaque du sang, mais pas à quel point cet aphrodisiaque serait puissant, ni qu'il agirait aussi vite. Je continuais à commettre des erreurs. Après un an à ce régime, je continuais à commettre des erreurs.

Kisten leva la tête, et je ne fus pas surprise d'entendre la porte de l'église s'ouvrir. En trois secondes à peine, six rais d'argent et d'or passèrent à toute vitesse devant ma porte à hauteur d'homme. Deux secondes plus tard, ils étaient de retour.

— Bonjour, mademoiselle Morgan ! brailla une voix stridente.

Une fille pixie s'arrêta net à l'entrée de la chambre et regarda à l'intérieur. Sa robe voleta autour de ses chevilles. Elle avait le visage rouge, et ses cheveux blonds étaient agités par le souffle de ses ailes. Il y eut un bruit de casse dans le salon. La fille ressortit précipitamment en poussant des cris si aigus qu'ils me donnèrent la migraine. La musique monta soudainement, puis s'éteignit.

Je fis un pas dans la direction de la porte, mais m'arrêtai lorsque Matalina freina devant moi.

— Je suis désolée, Rachel, dit la jolie femme pixie d'un air éreinté. Je vais m'en occuper. Je les amènerai à la souche dès qu'il aura cessé de pleuvoir.

Tout en triturant le rebord irrégulier des pansements qui protégeaient mes articulations, j'essayai de me purger de ce qui restait de mes passions évaporées et de ma peur pour que Kisten puisse se calmer. Il n'avait pas bougé ; manifestement, il en était encore à faire des efforts pour se contrôler.

— Ce n'est pas grave, assurai-je. Je n'ai pas eu le temps de faire en sorte que l'église soit à l'épreuve des pixies.

Il y eut un nouveau fracas – dans la cuisine, cette fois. Une poignée de pixies passa devant la porte. Ils parlaient tous en même temps. Matalina les suivit et leur ordonna de rester à l'écart de mes placards.

Mon inquiétude s'accentua quand Ivy passa à son tour devant ma chambre. Jenks, qui était sur son épaule, me regarda d'un air incertain et me salua de la tête. Ivy remarqua Kisten et recula. Ses cheveux courts se balancèrent. Elle posa le regard sur le sweat-shirt en boule sur le lit, puis vit mon expression légèrement coupable et mes mains qui tremblaient. Ses narines se dilatèrent; elle huma les phéromones vampiriques ainsi que ma peur. En quelques secondes, elle comprit ce qui s'était passé. Je haussai les épaules pour montrer qu'on n'y pouvait rien.

— On est de retour, déclara-t-elle sèchement.

Elle passa son chemin et alla dans la cuisine. Ses pas plus lourds, la légère tension dans son corps étaient les seuls signes montrant qu'elle avait compris que j'avais poussé Kisten à bout.

Kisten, quant à lui, refusait de me regarder dans les yeux, mais je fus soulagée de voir que ses iris étaient de nouveau visibles autour de ses pupilles.

— Ça va? demandai-je.

Il me sourit, lèvres serrées.

— Je n'aurais pas dû t'apporter des vêtements que j'avais déjà portés, dit-il en fourrant le sweat-shirt dans le sac. Tu ferais mieux de les laver.

Il me tendit le sac. Je le pris, embarrassée. Il me suivit dans le couloir et partit vers la cuisine tandis que je tournai dans la direction opposée pour lancer une machine. L'odeur forte de la lessive me chatouilla le nez. J'en mis une pleine dosette, puis en rajoutai un peu. Je refermai le couvercle et attendis, les mains posées sur la machine, qu'elle se remplisse. J'avais la tête baissée. Je contemplai ma main blessée. Parfois, j'avais l'impression d'être la sorcière la plus bête du monde. Je me redressai et collai une expression amène sur mon visage avant d'aller dans la cuisine. J'appréhendais le regard moqueur d'Ivy.

Incapable de regarder qui que ce soit dans les yeux, j'allai directement me servir un café pour pouvoir me cacher derrière ma tasse. Tous les enfants pixies étaient dans le salon, et les échos de leurs jeux se mélangeaient au doux bruit de la pluie qu'on entendait par la fenêtre ouverte. Ivy me lança un regard ironique et désabusé avant de retourner à son ordinateur. Elle s'était enfermée dans la lecture de ses mails, à l'écart. Jenks était sur le rebord de la fenêtre et me tournait le dos pour contempler le jardin mouillé. Kisten, quant à lui, était vautré sur ma chaise; ses jambes tendues dépassaient sur le côté de la table. Personne ne parlait.

— Eh, euh, Kist, bégayai-je. (Il releva la tête.) J'ai trouvé un sort pour morpher, dans un des livres que tu m'as donnés.

Il semblait avoir retrouvé son calme. Il avait même le regard fatigué, alors que moi, j'étais tendue comme une corde à linge.

— Pas possible, fit-il.

Encouragée, je sortis le livre en question et le posai devant lui, ouvert à la bonne page.

Jenks voleta vers nous. Il faillit se poser sur mon épaule mais choisit celle de Kisten au dernier moment. Il regarda le livre et ses ailes s'immobilisèrent. Il releva la tête en sursaut.

— Ça ne serait pas...

— Ouais, l'interrompis-je. C'est de la magie démonique. Mais regarde, on ne me demande pas de tuer quoi que ce soit.

Kisten souffla. En quittant le livre des yeux, il croisa le regard vide d'Ivy.

— Tu peux pratiquer la magie démonique ? demanda-t-il.

J'acquiesçai en coinçant une mèche de cheveux derrière mon oreille. Je n'avais pas envie de lui expliquer pourquoi j'en étais capable, et Kisten était trop bien élevé pour me le demander en public. Jenks, c'était une autre histoire. Ses ailes vrombirent et il posa les mains sur ses hanches en fronçant les sourcils, me gratifiant ainsi de sa plus belle imitation de Peter Pan.

— Comment se fait-il que tu sois la seule personne capable de pratiquer la magie démonique ?

— Je ne suis pas la seule, répliquai-je.

C'est alors que le *bong* de la cloche qui nous servait de sonnette résonna dans l'air humide.

Ivy et Kisten se redressèrent.

— Ça doit être Ceri, dis-je. Je lui ai demandé de venir me donner un coup de main pour préparer mes sorts cette nuit.

— Tes sorts démoniques ? repartit Jenks d'un ton cassant.

Je fronçai les sourcils ; je n'avais pas envie de me battre.

— Je vais lui ouvrir, annonça Kisten en se levant. Il faut que j'y aille. J'ai... un rendez-vous.

À entendre sa voix, il avait l'air tendu. Je me recroquevillai en comprenant que j'avais éveillé sa faim. Merde, qu'est-ce qu'il avait du mal à se maîtriser, ce soir-là. Je me sentais super mal. C'était clair : je ne referais jamais cette erreur.

D'un geste gracieux, Kisten tendit le bras vers moi. Il posa une main légère sur mon épaule. J'accueillis son baiser sans broncher.

— Je t'appellerai après la fermeture. Tu seras debout ?

J'acquiesçai.

— Kisten, je suis désolée, murmurai-je.

Il me fit un sourire avant de sortir d'un pas lent et mesuré. Je n'aurais pas dû l'exciter en sachant que je ne satisferais pas sa faim ; ce n'était pas juste.

Jenks se posa sur la table à côté de moi et battit des ailes pour attirer mon attention.

— Rachel, il s'agit de magie démonique, reprit-il avec une attitude agressive qui ne parvenait pas à cacher son inquiétude.

— C'est pourquoi j'ai demandé à Ceri d'y jeter un œil. Je sais ce que je fais.

— Mais c'est de la magie démonique ! Ivy, dis-lui qu'elle joue aux connes.

— Elle sait qu'elle joue aux connes. (Ivy éteignit son ordinateur en quelques clics.) Vois un peu ce qu'elle a fait à Kist.

Je croisai les bras.

— Bon, d'accord, c'est de la magie démonique. Mais ça ne veut pas forcément dire que c'est de la magie noire. Nous pourrions écouter ce que Ceri en pense, avant de prendre une décision ?

Nous. Oui, nous. C'était de nouveau « nous », et ça allait rester comme ça, bon sang de bonsoir.

Soudain, Ivy se leva, s'étira vers le plafond avec son jean noir et son tricot moulant.

— Attends, Kist ! cria-t-elle en prenant son sac à main.

Jenks et moi la dévisageâmes.

— Tu pars avec lui ? demandai-je pour nous deux.

Ivy braqua son regard désapprobateur sur moi seule.

— Je veux m'assurer que personne ne profite de lui pour qu'il n'ait pas à s'en vouloir au lever du soleil. (Elle enfila sa veste et mit ses lunettes de soleil bien qu'il fasse nuit.) Si tu me faisais le même coup, je te clouerais au mur et je me servirais. Kist est un gentleman. Tu ne le mérites pas.

Je retins ma respiration en repensant aux lèvres de Kisten sur ma gorge, quand j'étais dos au mur. Une pointe de désir résiduel courut de ma gorge à mon entrejambe. Ivy retint son souffle comme si je venais de la gifler. Ses sens exacerbés percevaient mon état aussi facilement que je voyais les étincelles qui s'échappaient de Jenks.

— Je suis désolée, dis-je. Je n'ai pas réfléchi.

— C'est pour ça que je t'ai donné ce foutu bouquin, répliqua-t-elle d'un ton sec. Pour que tu n'aies pas à réfléchir.

— Qu'est-ce qu'elle a fait ? demanda Jenks.

Mais Ivy était déjà sortie en claquant des talons.

— Quel bouquin ? insista Jenks. Celui sur les rendez-vous galants avec des vampires ? Par la culotte de Clochette, tu l'as toujours ?

— Je rapporterai une pizza, lança Ivy depuis le couloir.

— Qu'est-ce que tu as fait, Rache ? répéta Jenks.

Le vent de ses ailes me rafraîchissait les joues.

— J'ai mis le sweat-shirt de Kisten et j'ai fait des sauts, avouai-je d'un ton embarrassé.

Le petit pixie gloussa amèrement. Il alla regarder la pluie sur le rebord de la fenêtre.

— Si tu continues à jouer des tours comme ça, les gens vont penser que tu as envie de te faire mordre.

— Ouais, marmonnai-je.

Je m'appuyai contre le plan de travail central et pris une gorgée de mon café presque froid. Je continuais à faire des erreurs. C'est alors que je repensai à ce que m'avait dit Quen, un jour : *Une fois, c'est une erreur. Deux fois, ce n'est plus une erreur.*

Chapitre 5

Je relevai la tête en entendant une conversation étouffée dans le sanctuaire, suivie de bruits de pas légers. Ceri passa timidement la tête à la porte de la cuisine. Elle sourit en baissant sa capuche. Elle avait l'air contente de voir que Jenks et moi nous reparlions.

— Jenks, en ce qui concerne Trent…, commençai-je.

Ses ailes avaient viré au rouge, une couleur qui trahissait son agitation. Il savait que Trent et Ceri appartenaient tous deux à la même race, quelle qu'elle soit.

— Je peux trouver tout seul, dit-il en se concentrant sur Ceri. Boucle-la.

Je la bouclai donc.

Je me levai et tendis les mains vers Ceri pour la prendre dans mes bras. Je n'étais pas du genre tactile, mais Ceri, si. Elle avait été la familière d'Al jusqu'à ce que je la lui subtilise dans le court laps de temps entre sa retraite et mon intronisation supposée. Elle jeta un rapide coup d'œil à ma gorge meurtrie et à mes doigts pansés et fit une moue désapprobatrice. Heureusement, elle ne dit rien. Son petit corps presque éthéré vint à la rencontre du mien, et je sentis à travers mon tee-shirt la fraîcheur du crucifix en argent fait main qu'Ivy lui avait donné. L'accolade fut brève mais sincère ; quand elle s'écarta et me tint à bout de bras, elle souriait de nouveau. Ses cheveux blonds et fins étaient libres et tombaient en cascade dans son dos ; elle avait un petit menton, un nez délicat, un orgueil démesuré, mauvais caractère, et était généralement effacée sauf si on la poussait à bout.

Elle enleva sa cape imperméable et la mit sur la chaise d'Ivy qui, pour l'occasion, se trouva donc élevée au rang de trône. Quand elle était à son service, Al habillait Ceri à la hauteur du statut qu'elle avait jadis, au cours de sa vie terrestre. C'était à la fois sa favorite, son esclave, celle qui réchauffait sa couche, et un ornement. Et même si, à présent, elle portait un jean et un sweat-shirt de ses couleurs de prédilection – violet, or et noir – plutôt qu'une robe moulante de soie chatoyante brodée d'or, elle n'avait rien perdu de sa prestance.

— Merci d'être venue, dis-je en toute franchise, car j'étais vraiment contente de la voir. Tu veux du thé ?

— Non, merci. (D'un mouvement élégant, elle tendit sa main fine pour que Jenks se pose dessus.) Il est bon de vous revoir là où vous pouvez aider les gens qui ont le plus besoin de vous, Maître Pixie.

Je serais prête à jurer que les ailes de Jenks passèrent par trois rouges différents.

— Salut Ceri, répondit-il. Tu as l'air reposée. Tu as bien dormi, cette nuit ?

Le visage en forme de cœur de Ceri se fit rusé. Elle avait compris qu'il essayait de déterminer à quelle race de l'Outremonde elle appartenait en s'appuyant sur son rythme de sommeil.

— Je n'ai pas encore dormi, aujourd'hui, dit-elle en bougeant les doigts jusqu'à ce que le pixie s'envole. (Elle aperçut le livre ouvert sur la table.) C'est ça ?

Je fus traversée par un frisson d'adrénaline.

— C'en est un. Il est d'origine démonique ?

Elle coinça ses longs cheveux blonds derrière son oreille et se pencha sur le livre pour le voir plus en détail.

— Oh oui.

Tout à coup, je me sentis beaucoup plus nerveuse. Je posai ma tasse sur le plan de travail pendant que mon ventre faisait du yoyo.

— Il y a peut-être un ou deux charmes que je voudrais essayer. Tu veux bien y jeter un œil et me dire ce que tu en penses ?

Les traits délicats de Ceri irradièrent de plaisir.

— J'adorerais ça.

Je soufflai, soulagée.

— Merci. (Je m'essuyai les mains sur mon jean et montrai le sort pour morpher.) Celui-ci. Qu'est-ce que tu en penses ? Tu crois que je peux le lancer sans problème ?

La pointe de ses cheveux raides comme la justice frôla les pages jaunies et tachées lorsqu'elle se pencha sur le livre. Elle fronça les sourcils et écarta les mèches qui la gênaient. Jenks voleta jusqu'à la table pendant qu'elle lisait, les yeux plissés, et se posa sur la salière. Il y eut un fracas dans le salon, suivi de piaillements de pixies. Jenks soupira.

—Je reviens de suite.

Il sortit dans un vrombissement d'ailes.

—Je l'ai déjà préparé, celui-ci, annonça Ceri.

Ses doigts survolaient le texte.

—Quel est son effet ? demandai-je. (J'étais de nouveau nerveuse.) Je veux dire, est-ce qu'il va me transformer en vraie louve, ou est-ce que je vais juste y ressembler ?

Ceri se redressa et lança un regard vers le couloir ; les remontrances de Jenks nous parvinrent, si criardes que j'en eus mal aux yeux.

—C'est une malédiction de transformation standard, de la même classe que celles qu'utilise Al. Tu gardes ton intelligence et ta personnalité, comme si tu te transformais grâce à un sort de terre. La différence, c'est que ton mélange avec le loup se fait au niveau cellulaire. Si vous étiez deux, tu pourrais avoir des louveteaux avec l'intellect d'une sorcière en restant sous forme de louve tout au long de la gestation.

Ma bouche s'ouvrit toute seule. J'allais toucher la page, mais me ravisai.

—Ah.

Avec un intérêt empreint d'un certain détachement, elle fit courir son doigt sur la liste des ingrédients, tous en latin.

—Ça ne fera pas de toi un garou, mais c'est comme ça que les garous ont commencé, dit-elle sur le ton de la conversation. Il y a environ six mille ans, le tourment à la mode chez les démons pour faire payer les femmes en échange d'un vœu de vanité, c'était de les forcer à s'accoupler avec l'un d'eux après qu'ils avaient pris la forme d'un loup. Il en résultait invariablement un enfant capable de morpher.

Je la dévisageai, mais elle ne remarqua pas ma stupeur. Seigneur, c'était… dégoûtant. Et tellement tragique, pour la femme comme pour l'enfant. La honte d'avoir pactisé avec un démon ne s'effaçait jamais, irrémédiablement liée à l'enfant comme à l'amour maternel. Je m'étais souvent demandé comment les garous étaient apparus puisque, contrairement aux sorcières et aux elfes, ils n'étaient pas originaires de l'au-delà.

—Tu veux que je te le prépare ? demanda Ceri.

Ses yeux verts ne cillèrent pas.

Je sursautai et me reconcentrai.

—C'est sans danger ?

Elle hocha la tête et prit mon plus petit pot en cuivre, sous le plan de travail.

— Peu importe. Celui-là, je pourrais le faire les yeux fermés. C'est le travail des familiers. Ça ne prendra pas plus de trente minutes. (Semblant ne pas remarquer mon trouble, elle prit le livre et alla tranquillement le poser sur le plan de travail central.) Les démons ne sont pas plus puissants que les sorcières, ajouta-t-elle. Mais ils sont prêts à toute éventualité ; c'est ça qui les fait paraître plus forts.

— Mais Al morphe si vite, et en tellement de choses différentes, objectai-je en m'appuyant sur le plan de travail.

Avec des claquements de ses bottes minuscules, Ceri revint d'un placard avec une botte d'herbes de Saint-Christophe à la main. C'était une herbe toxique à forte dose, si bien que j'en ressentis une certaine inquiétude.

— Al est un démon supérieur, expliqua-t-elle. Tu pourrais sans doute l'emporter sur un démon inférieur de la surface avec les charmes de terre de ton placard à sorts. Encore qu'avec suffisamment de préparation, un démon inférieur soit aussi puissant qu'Al.

Était-elle en train de dire que j'étais capable de battre Al avec ma magie ? Je n'y croyais pas une seconde.

Absorbée mais toujours pleine de grâce, Ceri alluma une bougie au brûleur à gaz, puis s'en servit pour mettre le feu à une boîte de Sterno. Le poêle me servait d'âtre puisqu'il était toujours en veilleuse, ce qui permettait de bien commencer n'importe quel sort.

— Ceri, protestai-je. Je peux m'en charger.

— Va t'asseoir. Ou regarde. Je veux me rendre utile. (Elle sourit sans ouvrir la bouche ; la tristesse obscurcissait ses yeux clairs.) Où ranges-tu tes bougies bénites ?

— Euh, avec les grosses cuillers de service en argent, dis-je en pointant le tiroir du doigt.

Comme tout le monde, non ?

Jenks arriva en trombe en laissant une traînée d'étincelles dorées trahissant son agitation.

— Désolé pour la lampe, marmonna-t-il. Demain, ils laveront les deux côtés des fenêtres.

— Ce n'est pas grave. Elle était à Ivy.

Je me dis qu'ils pouvaient bien casser toutes les lampes de l'église si ça leur chantait ; les voir de retour était mieux que bien – c'était normal.

—Al est une pharmacie ambulante, dit Ceri en tournant les pages pour vérifier quelque chose dans un index. (Jenks laissa échapper un hoquet de surprise.) C'est pour ça que les démons attendent de leurs familiers qu'ils soient des faiseurs de sort expérimentés. Ce sont les familiers qui fabriquent les malédictions dont ils se servent. Les démons ne font que les activer ; ils les gardent en eux jusqu'au moment de les invoquer avec la magie des lignes.

Commençant tout juste à comprendre, je sortis un autre livre de magie démonique et le survolai rapidement. Je reconnus les schémas derrière la magie d'Al.

—Alors chaque fois qu'il se transforme ou qu'il se sert d'un charme…

—… ou qu'il traverse les lignes, il utilise une malédiction ou un sort, termina Ceri à ma place. Probablement confectionné pour lui par mes soins. (Elle prit l'un des stylos d'Ivy et, plissant les yeux, corrigea quelque chose dans le texte en chuchotant un mot latin pour s'assurer que son ajout ne s'effacerait pas.) Traverser les lignes noircit énormément l'âme. C'est pourquoi les démons sont tellement en colère quand vous les appelez. Al a accepté de payer le prix pour te faire traverser la première fois, et il veut des informations pour compenser la souillure.

Je regardai la cicatrice circulaire sur mon poignet. J'en avais une autre sous le pied ; je la devais à Newt, un démon à qui j'avais acheté mon billet de retour la dernière fois que je m'étais retrouvée coincée dans l'au-delà. Nerveuse, je cachai mon pied derrière l'autre. Je n'en avais pas parlé à Ceri parce qu'elle avait peur de Newt. Qu'elle soit effrayée par ce démon manifestement cinglé et qu'elle ne craigne pas Al me réconfortait. Jamais je ne retraverserais les lignes.

—Je peux avoir une boucle de tes cheveux ? demanda Ceri à ma grande surprise.

Elle me tendit les ciseaux en argent massif que j'avais achetés à grands frais. Je les pris et me coupai une mèche de la taille d'un spaghetti au niveau de la nuque.

—Je schématise un peu, reprit-elle quand je la lui donnai. Et tu as probablement remarqué qu'il y a quelques formes et sorts qu'il affectionne plus particulièrement.

—Le noble britannique avec son manteau vert.

Les joues délicates de Ceri rosirent. Je me demandai ce que pouvait bien être l'histoire derrière ce déguisement, mais je me refusai à poser la question.

— J'ai passé trois ans à ne faire que ce sort, dit-elle pensivement.

Jenks, perché sur la louche, attira notre attention en battant des ailes.

— Trois ans ?

— Elle a mille ans, révélai-je.

Il écarquilla les yeux. L'elfe rit de le voir si troublé.

— Ce n'est pas mon espérance de vie normale. J'ai recommencé à vieillir comme vous.

Les ailes de Jenks battirent si vite qu'elles devinrent floues, puis s'immobilisèrent.

— Moi je peux vivre vingt ans, dit-il d'une voix où perçait la frustration. Et toi ?

Ceri tourna ses yeux verts solennels vers moi, en quête d'un conseil. Je lui avais conseillé de garder pour elle le fait que les elfes ne se soient pas totalement éteints, et bien qu'elle sache que sa seule espérance de vie ne trahirait pas ce secret, Jenks pourrait s'en servir pour reconstituer la vérité. J'acquiesçai, et elle ferma lentement les yeux en signe de compréhension.

— Environ cent soixante ans, dit-elle à mi-voix. Comme les sorcières.

Je les observai tous les deux. Jenks essayait de dissimuler une émotion inconnue. Je n'avais jamais su quelle était l'espérance de vie des elfes et, tout en regardant Ceri tresser ma mèche pour en faire une chaîne élaborée qui se refermait sur elle-même, je me demandai quel âge avaient les parents de Trent quand ils l'avaient eu. Les sorcières étaient fertiles pendant une centaine d'années, avec une période creuse de vingt ans au début, et de quarante à la fin. Je n'avais pas eu mes règles depuis deux ans, car la mécanique s'arrêtait tant qu'il n'y avait pas un candidat adéquat pour la remettre en marche. Et malgré mon attachement à Kisten, il fallait un sorcier pour que je me remette à produire les bonnes hormones. Sachant que les elfes, comme les sorcières, étaient originaires de l'au-delà, j'étais prête à parier que leur physiologie s'approchait plus de celle des sorcières que de celle des humains.

Comme si elle avait senti la détresse de Jenks, Matalina arriva en voletant, entraînant trois de leurs filles et un bambin qui commençait tout juste à voler dans son sillage.

— Jenks chéri, dit-elle en m'adressant un regard d'excuse. La pluie s'est calmée. Je vais sortir tout le monde pour que les filles puissent avoir un peu la paix.

Jenks posa la main sur la poignée de son épée.

—J'aimerais bien commencer par faire une vérification pièce par pièce.

—Non. (Elle vola jusqu'à lui et lui déposa un baiser sur sa joue ; elle avait l'air satisfaite, heureuse, et j'aimais la voir comme ça.) Reste ici. Les sceaux sont intacts.

Je courbai ma lèvre inférieure et la coinçai entre mes dents. Jenks n'allait pas aimer ce que j'allais dire.

—En fait, Matalina, j'aimerais bien que tu restes, si tu peux.

Jenks sursauta et alla rejoindre sa femme, inquiet. Ils parvinrent à faire du surplace l'un à côté de l'autre sans s'emmêler les ailes.

—Pourquoi ? demanda-t-il d'une voix monocorde.

—Euh…

Je jetai un coup d'œil à Ceri qui marmonnait en latin en faisant des gestes au-dessus de l'anneau de cheveux qui était posé au milieu d'un pentagramme de la taille d'une assiette qu'elle avait tracé avec du sel. Je réprimai mon inquiétude : nouer des cheveux constituait un lien incassable avec leur propriétaire. L'anneau disparut avec un petit bruit sec et fut remplacé par un tas de cendres. Apparemment, c'était normal, car Ceri sourit en raclant les cendres et le sel pour les faire tomber dans le pot à sorts de la taille d'un verre à shot.

—Rachel…, insista Jenks.

Je me forçai à détourner le regard de Ceri ; elle venait de toucher une ligne, et ses cheveux étaient agités par une brise qu'elle seule sentait.

—Elle pourrait vouloir donner son avis sur le sort suivant, précisai-je.

Je rapprochai nerveusement le livre démonique et l'ouvris à la page marquée par le signet en soie qu'Ivy avait acheté en solde la semaine précédente.

Jenks vint faire du surplace à trois centimètres du texte pendant que Matalina donnait des instructions précises à ses filles. Ces dernières filèrent de la cuisine en entraînant le bébé gémissant.

—Ceri, dis-je timidement, car je rechignais à la déranger. Celui-ci, on peut le faire sans danger ?

L'elfe cligna des yeux comme si elle sortait de transe. Elle hocha la tête, remonta ses manches et traversa la pièce jusqu'au bac de quarante litres d'eau salée dont je me servais pour purifier les amulettes utilisées. Surprise, je la regardai immerger ses mains dedans. Lorsqu'elle les ressortit, l'eau lui dégoulinait des bras. Je lui lançai un torchon en me demandant si je devais me mettre à faire comme elle. Les doigts agiles, elle s'essuya les mains en venant regarder le grimoire posé sur la table. Elle écarquilla les yeux en découvrant le sort que j'avais trouvé, et qui permettait de faire grandir ce qui était petit.

— C'est pour..., commença-t-elle en regardant Jenks.

J'acquiesçai.

— C'est sans danger ?

Elle se mordilla les lèvres et un joli froncement traversa ses traits délicats et anguleux.

— Il faudrait le modifier avec quelque chose qui supplée la masse osseuse. Peut-être changer le métabolisme pour qu'il se consume moins vite. Et puis il faudrait prendre les ailes en compte.

— Holà ! s'exclama Jenks en faisant un bond jusqu'au plafond. C'est absolument hors de question. On ne touche pas au pixie. Pas question. Pas question !

Sans prêter attention à lui, je regardai Matalina prendre une grande inspiration, les mains jointes devant elle. Je me tournai vers Ceri.

— C'est faisable ?

— Oh, oui. C'est principalement de la magie de ligne. Et tu as les ingrédients de terre nécessaires en stock. Le plus difficile, ce sera les malédictions supplémentaires pour faire les réglages qui vont limiter son inconfort. Mais je peux le faire.

— Non ! s'écria Jenks. *Augmen*. Je le connais, ce mot-là. Il veut dire grand. Je ne veux pas être grand. Oubliez ça ! J'aime être comme je suis, et je ne pourrai pas faire mon boulot si je suis grand.

Il avait rejoint Matalina sur le plan de travail. Elle était inhabituellement calme. Je fis un geste d'impuissance.

— Jenks, l'encourageai-je. Écoute un peu.

— Non, dit-il d'une voix perçante en me pointant du doigt. Tu n'es qu'une foutue tarée de sorcière, et tu fais fausse route ! Je refuse de le faire !

Je me raidis en entendant la porte de derrière s'ouvrir. Les rideaux s'agitèrent. Je reconnus les pas d'Ivy. Une odeur de pizza se mélangea aux riches senteurs du jardin mouillé, et la vampire apparut, tel un fantasme d'adolescent, dans son manteau trempé – du sexe en cuir. Elle portait une boîte de pizza carrée. Ses cheveux courts se balancèrent tandis qu'elle posait la boîte sur la table. Elle nous regarda, l'air calme et solennel, puis déplaça la cape de Ceri sur une autre chaise. La tension monta d'un cran.

— Si tu es grand, poursuivis-je pendant qu'Ivy se prenait une assiette, tu n'auras pas à te préoccuper des changements de température. Il va peut-être neiger, dans le nord, Jenks.

— Non.

Ivy ouvrit sa boîte et prit une part de pizza. Elle la disposa soigneusement dans son assiette et se replia dans son coin de la pièce.

— Tu veux faire grandir Jenks ? demanda-t-elle. Les sorcières sont capables de faire ça ?

— Euh…, bégayai-je.

Je n'avais pas envie d'expliquer pourquoi mon sang me permettait de pratiquer la magie démonique.

— Elle, elle en est capable, dit Ceri, ce qui résolut le problème.

— Et la nourriture ne sera plus un problème, m'exclamai-je pour que la conversation reste centrée sur Jenks plutôt que sur moi.

Le pixie se hérissa malgré la main de Matalina sur son épaule.

— Je n'ai jamais eu de mal à nourrir ma famille, s'offusqua-t-il

— Je n'ai pas dit ça. (L'odeur de la pizza me donna mal au cœur, car j'avais l'estomac noué ; je dus m'asseoir.) Mais on parle de huit cents kilomètres, et s'ils sont là où je crois qu'ils sont, je ne veux pas être obligée de m'arrêter toutes les heures pour que tu disputes ta pitance à des fées des parcs sur le bord de la route. Tu sais bien que de l'eau sucrée et du beurre de cacahuète ne suffiront pas.

Jenks inspira pour protester. Ivy alla se mettre sur sa chaise et posa les pieds sur la table à côté de son clavier. Tout en mangeant, elle nous regardait à tour de rôle.

Je coinçai une boucle de cheveux derrière mon oreille en espérant ne pas trop mettre à l'épreuve notre fragile relation de travail.

— Et puis tu pourras voir comment on vit, nous, les grands, ajoutai-je. Tu n'auras pas à attendre qu'on t'ouvre une porte, ou qu'on te décroche le téléphone. Mince, tu vas même pouvoir conduire…

Ses ailes vibrèrent à toute vitesse. Matalina avait l'air effrayée.

— Écoute, repris-je. (Je commençais à me sentir mal à l'aise.) Pourquoi vous n'en discuteriez pas, Matalina et toi ?

— Je n'ai pas besoin d'en discuter, répliqua-t-il sèchement. Je refuse.

Mes épaules s'affaissèrent, mais j'avais trop peur de le perdre pour insister davantage.

— Bien, dis-je avec amertume. Excusez-moi, je dois sortir mon linge.

Dissimulant mon inquiétude derrière une colère feinte, je sortis d'un pas déterminé. Les semelles de mes baskets couinèrent sur le lino, puis sur le parquet. Je me rendis dans ma salle de bain. Je claquai les portes blanches émaillées un peu plus fort que nécessaire, puis je mis le sweat-shirt de Kisten dans le sèche-linge. Jenks n'allait pas en avoir besoin, en fin de compte, mais je n'allais quand même pas le rendre mouillé à son propriétaire.

Je tournai le sélecteur sur « séchage », poussai sur le bouton « on » et écoutai la machine commencer à tourner. Les bras écartés, je m'appuyai sur le sèche-linge. À la tombée de la nuit, les basses températures limiteraient sévèrement Jenks. Un mois plus tard, ça n'aurait pas eu d'importance, mais le mois de mai pouvait être froid, dans le Michigan.

Je me redressai, résignée. Après tout, c'était son choix. Je retournai d'un pas résolu dans la cuisine et me forçai à cesser de froncer les sourcils.

— S'il te plaît, Jenks, entendis-je Ivy l'implorer juste avant d'entrer dans la pièce. (L'émotion inhabituelle dans sa voix me fit m'arrêter net ; elle ne dévoilait jamais ses émotions de cette manière.) Rachel a besoin que quelqu'un fasse tampon entre elle et les vampires qu'elle va rencontrer hors de Cincinnati, murmura-t-elle sans savoir que je l'entendais. Tous les vampires de la ville savent que je les tuerai par deux fois s'ils la touchent, mais dès qu'elle sera hors de ma zone d'influence, sa cicatrice sans propriétaire va faire d'elle une proie facile. Je ne peux pas venir avec vous. Piscary… (Elle prit une inspiration chevrotante.) Il serait vraiment fâché, si je quittais la ville. Bon Dieu, Jenks, ça me tue. Je ne peux pas l'accompagner. Il faut que tu le fasses. Et tu dois être grand, sinon, personne ne va te prendre au sérieux.

Mon visage se refroidit subitement. Je posai une main sur ma cicatrice.

Merde. J'avais oublié ça.

— Je n'ai pas besoin d'être grand pour la protéger, se défendit-il.

J'acquiesçai.

— Je le sais bien, et elle aussi, contra Ivy. Mais un vampire assoiffé de sang n'en aura cure. Et il pourrait y en avoir plusieurs.

Tremblant intérieurement, je battis lentement en retraite. Mes doigts touchèrent la poignée de porte de ma salle de bain. Je la claquai comme si je venais juste de sortir, puis entrai d'un pas vif dans la cuisine sans regarder personne. Ceri se tenait à côté de mon plus petit récipient à sorts, un couteau à la main ; ce qu'elle attendait ne faisait aucun doute.

Ivy faisait semblant de lire ses mails, et Jenks était à côté de Matalina et arborait une expression horrifiée.

— Alors je suppose qu'on va s'arrêter toutes les heures ? demandai-je.

Jenks avala bruyamment sa salive.

— Je vais le faire.

— Attends, Jenks, m'écriai-je en essayant de cacher ma culpabilité. Ce n'est pas grave. Tu n'es pas obligé de le faire.

Il s'envola, vint sous mon nez, les mains sur les hanches.

— Je suis partant, alors ferme-la et dis-moi merci.

— Merci, murmurai-je.

Je me sentais mal, vulnérable.

Il voleta jusqu'à Matalina en claquant des ailes et en poussant un petit soupir. Elle s'agrippa à lui. Son beau visage d'ange était effrayé. Elle le fit pivoter de manière qu'il me tourne le dos, et ils discutèrent. Leurs mots étaient si aigus, si rapides, qu'il m'était impossible de suivre.

Avec le silence exercé d'une esclave, Ceri s'approcha et posa le récipient contenant le sort de transformation à côté de moi. Elle posa aussi le couteau avec un petit claquement, et recula. Toujours contrariée, je m'efforçai de déplier la lame stérile en regardant la potion. On aurait dit que le pot en cuivre contenait du jus de cerise.

— Merci, grommelai-je.

Qu'elle soit blanche ou noire, je n'avais pas tellement envie d'être connue pour avoir utilisé la magie démonique. La piqûre de la lame fut douloureuse ; je me massai le doigt. Trois gouttes de sang tombèrent dans le récipient, et je fus prise à la gorge par une odeur d'ambre brûlé, signe que mon sang activait le sort démonique. *Super, non ?*

Je regardai la potion ; mon estomac se noua.

— Ça ne risque pas de se déclencher trop tôt ?

Ceri secoua la tête. Elle souleva le lourd grimoire et me le présenta.

— Regarde, dit-elle en posant le doigt sur un passage du texte. C'est le mot d'invocation. Ça ne fonctionnera que si tu es connectée à une ligne ou si tu as assez d'énergie en réserve pour effectuer la transformation. Je sais ce que tu peux contenir – ça suffira. Ce mot-là, ajouta-t-elle en descendant le doigt plus bas sur la page, c'est la formule pour te retransformer. Je te suggère de ne pas l'utiliser à moins d'être connectée à une ligne. Avec ce mot, tu prends de la masse au lieu d'en perdre, et il est difficile de savoir combien d'énergie tu dois garder dans ta réserve pour compenser le déséquilibre. Il est plus facile de se connecter à une ligne et de la laisser s'équilibrer elle-même. L'eau salée ne peut pas briser la magie démonique, alors n'oublie pas le contre-sort.

Nerveuse, je pris le récipient de cuivre. Il contenait assez de potion pour sept charmes de terre, mais avec la magie de ligne, c'était généralement un sort à la fois. Je revérifiai le mot d'invocation. *Lupus.* Plutôt évident.

— Ça ne fonctionnera que lorsque la potion sera en toi, ajouta Ceri d'un air agacé.

Jenks se rapprocha et fit du surplace au-dessus du livre. Il regarda le texte, puis moi.

— Comment va-t-elle faire pour prononcer le mot pour se retransformer, si elle est sous forme de loup ?

Je fus saisie par l'angoisse, mais je me rappelai que pour la plupart des charmes de ligne, il suffisait de penser assez fort à la formule. Cela dit, hurler un mot d'invocation ajoutait indéniablement une certaine puissance.

Les yeux verts de Ceri s'étrécirent.

— Il suffira qu'elle le prononce dans sa tête. Tu veux que je te mette la potion dans un pentagramme, ou tu la bois tout de suite ?

Je levai le récipient et m'efforçai de ne pas plisser le front, histoire d'avoir l'air calme. C'était juste une potion de déguisement élaborée. Une potion de déguisement qui me rendrait poilue et me donnerait de grandes dents. Avec de la chance, je n'aurais jamais à l'invoquer. Je sentis qu'Ivy me regardait. Je descendis la potion sous la surveillance de mes amis.

J'essayai de ne pas la goûter, mais la texture mordante des cendres et le goût amer d'aluminium, de chlorophylle et de sel me firent faire la moue.

— Oh, seigneur, gémis-je pendant qu'Ivy se reprenait une tranche de pizza. Le goût est vraiment à chier.

J'allai tremper rapidement le pot dans la cuve de dissolution, puis je le posai dans l'évier. La potion me brûlait. J'essayai en vain de réprimer un frisson.

— Ça va ? demanda Ivy en me voyant frissonner et en entendant le pot racler la porcelaine de l'évier avant que je parvienne à le lâcher.

— Super, répondis-je d'une voix rauque.

Je venais d'avaler une potion démonique. Volontairement. J'allais parfaitement bien, et le lendemain à la même heure, je serais en train faire une visite guidée des plus beaux coins de l'enfer.

Ceri essaya de ne pas montrer qu'elle souriait. Je fronçai les sourcils.

— Quoi ! fis-je d'un ton hargneux.

Mais je ne parvins qu'à la faire sourire encore plus.

— C'est ce que disait Al chaque fois qu'il prenait ses potions.

— Super, grognai-je.

J'allai m'asseoir à table et rapprochai la pizza. Je savais que c'était l'anxiété qui me rendait irritable, aussi essayai-je de prendre une expression plus neutre, comme si ce qu'elle avait dit ne m'affectait pas.

— Tu vois, Matalina ? dit Jenks d'une voix rassurante. (Il s'envola et alla se poser sur le rebord de la fenêtre, à côté de mon poisson.) Ce n'est pas dangereux. Rachel a pris une potion démonique, et elle va bien. Ce sera plus facile, et je ne risque pas de mourir de froid. Je serai grand comme elle. Ça va aller, Matie. Je te le promets.

Matalina s'éleva dans une gerbe d'étincelles argentées. Elle regarda tout le monde en se tortillant les mains pendant un moment. Sa détresse était évidente – et elle me brisait le cœur. Un instant plus tard, elle était dehors, sous la pluie. Elle était passée par le trou à pixies de la moustiquaire.

Debout sur le rebord, Jenks laissa retomber ses ailes. Je ressentis un éclair de culpabilité que je m'empressai d'étouffer. Jenks serait parti avec ou sans moi. En étant grand, il aurait plus de chances de revenir en un morceau. Mais Matalina était tellement bouleversée qu'il m'aurait été difficile de ne pas me dire que c'était ma faute.

— OK, dis-je. (La pizza n'avait pas de goût.) Par quoi on commence, pour Jenks ?

Ceri sembla se détendre et elle saisit son crucifix dans un geste de satisfaction involontaire.

— On va devoir faire un sort sur mesure. Et il vaudrait peut-être mieux dresser un cercle. Ça va être difficile.

Chapitre 6

L'odeur âpre de la teinture du tissu de mauvaise qualité ne se mélangeait pas bien avec la senteur savoureuse de cuir et de soie qui s'accompagnait d'un parfum mat d'encens. Je m'en imprégnais à chacune de mes inspirations mesurées en gardant mes muscles détendus, relâchés. *Kisten.* Mon nez me chatouilla. J'écartai la couverture afghane de mon visage et me lovai encore plus près des battements de son cœur. Je le sentis bouger, et malgré la somnolence une partie de moi se rappela que nous étions sur le canapé du salon, emboîtés comme des cuillers. J'avais la tête calée sous son menton, et son bras était passé autour de mon ventre, chaud et protecteur.

— Rachel ? murmura-t-il si doucement que mes cheveux bougèrent à peine.

— Mmmm ?

Je n'avais pas envie de me déplacer. Au cours des onze derniers mois, j'avais découvert que la soif de sang des vampires était aussi variable que les humeurs ; elle dépendait du stress, du tempérament, de l'éducation, et de quand ils l'avaient étanchée pour la dernière fois. J'étais complètement naïve, quand je m'étais installée avec Ivy. Il s'était avéré qu'à l'époque, elle était tout en haut du classement des croque-mitaines. Elle vivait sous la pression exercée sur elle par Piscary, qui voulait qu'elle fasse de moi son jouet ou qu'elle me tue – pression exacerbée par son abstinence vis-à-vis du sang et la culpabilité liée, justement, à son désir de sang. Trois ans d'abstinence, ça donnait un vampire particulièrement anxieux. Je ne voulais pas savoir ce qu'était Ivy avant son sevrage et sa tentative de refaire sa vie. Tout ce que je savais, c'était qu'elle était beaucoup plus facile à vivre maintenant qu'elle avait « repris les choses en main », même si elle s'en voulait et avait un sentiment d'échec chaque fois qu'elle succombait à sa soif.

J'avais aussi découvert que Kisten se trouvait à l'autre bout du classement : pour commencer, il était d'un tempérament réservé, et il n'éprouvait aucun remords à satisfaire sa soif. Faire la sieste dans la même pièce qu'Ivy m'aurait rendue mal à l'aise, mais me serrer contre Kisten ne me posait aucun problème à condition qu'il ait bu du sang avant. *Et que je ne fasse pas de l'exercice en portant ses affaires*, pensai-je amèrement.

— Rachel chérie, répéta-t-il plus fort d'un ton légèrement implorant. (Je sentis ses muscles se crisper et sa respiration s'accélérer.) Je crois que Ceri est prête et que tu peux aller activer le sort de Jenks. Personnellement, j'aimerais assez me charger de te prélever du sang, mais il vaut peut-être mieux que tu te débrouilles.

J'ouvris soudain les yeux sur l'imposant équipement électronique d'Ivy.

— Elle a fini ? m'étonnai-je.

J'appuyai mon coude sur l'estomac de Kisten pour me redresser. Il poussa un grognement. Je sautai sur le tapis en chaussettes et regardai l'horloge de la télévision. *Il est plus de midi ?*

— Je me suis endormie ! m'exclamai-je en voyant nos assiettes pleines de croûtes de pizza sur la table basse. Kist, me plaignis-je. Tu n'étais pas censé me laisser m'endormir !

Il resta allongé sur le canapé de suédine grise d'Ivy, les cheveux en bataille et le regard satisfait et un peu endormi.

— Désolé, fit-il en bâillant.

Il n'avait pas l'air désolé du tout.

— Bon sang, j'étais censée aider Ceri.

Déjà qu'elle faisait le sort à ma place… En profiter pour piquer un roupillon, c'était carrément incorrect.

Il haussa une épaule et la laissa retomber.

— Elle m'a dit de te laisser dormir.

Je laissai échapper un soupir d'exaspération et tirai sur mon jean pour le défroisser. Je détestais m'endormir habillée. Au moins, j'avais pris une douche avant de dîner pour me débarrasser de l'odeur persistante de son sweat-shirt sur ma peau – c'était la moindre des choses.

— Ceri ? appelai-je en courant dans la cuisine.

Bon sang de bois, j'avais prévu de charger le van que Kisten avait emprunté et d'être sur la route, à cette heure-là.

Ceri était assise, accoudée sur la table ancienne d'Ivy. Une boîte de pizza était posée à côté d'elle, vide à l'exception d'une part et d'un récipient intact de sauce à l'ail. Seuls ses longs cheveux fins bougeaient sous la brise fraîche provenant de la fenêtre ouverte. Je n'aurais jamais pu garder la cuisine aussi propre en concoctant mes sorts : les seules traces de son travail étaient les bols de cuivre proprement empilés dans l'évier, le sel qui lui avait servi à faire un cercle et qui craquait sous mes pieds, quelques ustensiles de magie de ligne et des herbes de magie de terre. Un livre démonique était ouvert sur le plan de travail central, et la bougie violette que j'avais utilisée au dernier Halloween gouttait encore.

Le soleil de ce début d'après-midi entrait en un rai brillant par la fenêtre. Au-delà des rideaux qui se balançaient au gré du vent, des pixies piaillaient en s'amusant à détruire le nid de fées perché dans le frêne avec un enthousiasme sauvage. Jenks était assis sur la table, vautré contre la tasse de thé à moitié vide de Ceri.

— Ceri, dis-je en tendant le bras pour lui toucher l'épaule.

Elle sursauta.

— *O di immortals*, Gally, s'exclama-t-elle. (Elle n'était manifestement pas bien réveillée.) Mes excuses ! Ta malédiction est prête. Je vais te préparer ton thé de suite.

Jenks décolla dans un claquement d'ailes. Je ramenai mon attention vers Ceri.

— Ceri ? répétai-je d'un ton effrayé.

Elle appelait Algaliarept « Gally » ?

La jeune femme se raidit, puis enfouit sa tête dans ses mains.

— Dieu me vienne en aide, Rachel, dit-elle d'une voix étouffée. L'espace d'un instant…

Ma main glissa de son épaule. Elle avait cru être de nouveau avec Al. Cela ne fit que renforcer ma culpabilité.

— Je suis désolée. Je me suis endormie et Kisten ne m'a pas réveillée. Ça va ?

Elle se tourna, un sourire fragile sur son visage en forme de cœur. Ses yeux verts étaient las. J'étais certaine qu'elle n'avait pas dormi depuis l'après-midi précédent ; elle avait l'air sur le point de s'effondrer.

— Je vais bien, assura-t-elle avec un léger chuintement.

Manifestement, elle n'allait pas si bien que ça. Embarrassée, je m'assis en face d'elle.

— Bon sang, Ceri, j'aurais pu t'aider.

— Je vais bien, répéta-t-elle en regardant le ruban de fumée qui s'échappait de la bougie. Jenks m'a aidé avec les plantes. Il est très calé.

Je haussai les sourcils et regardai Jenks tirer sur sa veste de jardinage en soie verte.

— Tu crois que je vais prendre un charme sans savoir ce qu'il y a dedans ?

— Jenks t'a aidé à préparer le sort ? demandai-je.

Elle haussa les épaules.

— Peu importe qui le fait, tant que c'est toi qui l'actives.

Son visage blême esquissa un sourire fatigué et elle désigna du menton la potion et le couteau.

Je me levai lentement et me rapprochai du sort de Jenks. La sécurité du couteau produisit un claquement bruyant en s'ouvrant.

— Utilise ton doigt de Jupiter, conseilla Ceri. Ça ajoutera la force de ta volonté à la potion.

Ça change quelque chose ? me demandai-je. Je me sentais mal, et ce n'était pas uniquement dû au manque de sommeil. Je me piquai le doigt et en extirpai trois gouttes de sang. J'entendis Kisten bouger dans le salon au moment où les gouttes tombaient dans la potion et où s'élevait une odeur d'ambre brûlé. Les ailes de Jenks s'agitèrent et je retins mon souffle, attendant que quelque chose se produise. Rien. Mais avant, il fallait que je prononce les « mots magiques ».

— Voilà, c'est fait, dit Ceri en s'affalant sur sa chaise.

Je me tournai vers la silhouette élancée de Kisten lorsqu'il entra dans la cuisine, pieds nus et chiffonné.

— Bonjour mesdemoiselles, salua-t-il.

Il rapprocha la boîte de pizza et posa la dernière part séchée sur une assiette. Ce n'était pas le premier gars à poser sa brosse à dents sur mon lavabo, mais c'était le seul à l'y avoir laissée si longtemps ; le voir là, échevelé, la chemise défaite, à son aise et heureux, me fit du bien.

— Du café ? demandai-je.

Il hocha la tête. Apparemment, il n'était pas encore en état de marche à tous les niveaux. Il prit son assiette et quitta la pièce en grattant sa barbe naissante.

Il me fit sursauter en tambourinant à la porte d'Ivy.

— Ivy ! Debout ! hurla-t-il. C'est le petit déjeuner. Rachel s'en va, et tu ferais mieux de te dépêcher si tu veux voir la transformation de Jenks.

Au temps pour le café, les tartines, le jus d'orange et la fleur, pensai-je en entendant la voix d'Ivy s'élever dans une exclamation de dégoût juste avant que Kisten la coupe en refermant sa porte. Ceri avait l'air déconcertée ; je secouai la tête pour lui signifier que cela ne valait pas une explication. J'allai nettoyer la cafetière. Je baissai le débit de l'eau en entendant Kisten s'enfermer dans ma salle de bain et ouvrir la douche.

— Bon, alors on le fait, Jenks ? l'encourageai-je en faisant tourbillonner l'eau dans la cafetière.

Ses ailes virèrent au bleu. Il se posa à côté de la tasse de potion, à peine plus grande qu'un verre à apéritif.

— Je la bois ?

Ceri acquiesça.

— Une fois que la potion sera en toi, Rachel l'invoquera. Tant qu'elle ne l'aura pas fait, il ne se passera rien.

— Il doit tout boire ? m'étonnai-je. Ça doit être l'équivalent de quatre litres, à son échelle.

Jenks haussa les épaules.

— Je bois la même quantité d'eau sucrée tous les matins au petit déjeuner.

Je fronçai les sourcils. S'il buvait comme ça, on allait peut-être devoir s'arrêter toutes les heures, qu'il soit petit ou grand.

Je dépliai maladroitement le sachet de café. L'odeur sombre de la mouture me frappa, épaisse, réconfortante. Je mis la quantité de poudre nécessaire dans le filtre neuf, puis j'en ajoutai un soupçon tout en observant discrètement Jenks, qui retardait l'échéance. Finalement, il s'avança en traînant les pieds et préleva une portion de liquide avec un récipient minuscule. Il descendit le contenu du verre dégoulinant en une fois. Lorsqu'il le baissa, il grimaçait.

J'allumai la machine à café et m'appuyai contre le plan de travail en croisant les bras.

— Ça a quel goût ? demandai-je en me souvenant que j'avais moi-même un sort démonique en moi.

J'espérais qu'il n'allait pas dire que ça avait le goût de mon sang.

— Euh… (Il s'en prit une autre portion.) Ça a le goût d'un jardin en automne, quand les gens viennent de brûler leurs feuilles mortes.

Le goût de cendres mortes ? Supeeer.

Il leva le menton et avala le contenu du récipient avant de se tourner vers moi.

— Pour l'amour de Clochette, tu ne vas pas rester plantée là à me regarder, si ?

Je fis la grimace et m'écartai du plan de travail.

—Je te fais du thé ? demandai-je à Ceri.

Je ne voulais pas avoir l'air de l'observer, mais je ne voulais pas non plus m'en aller. Que se passerait-il s'il faisait une réaction ?

D'un mouvement à peine perceptible, Ceri se redressa. Ma proposition sembla réveiller en elle une série entièrement nouvelle de comportements.

—Oui, merci, dit-elle en soignant sa prononciation.

Je retournai remplir la bouilloire au robinet. Les grognements et les petits rots de Jenks me firent grimacer. Au bruit de l'eau, Ceri sembla revivre. Elle se leva et entreprit de ranger la cuisine.

—Je peux m'en occuper, protestai-je.

Elle vit que je regardais l'horloge au-dessus de l'évier.

Merde, il se fait tard.

—Moi aussi, répondit-elle. Tu as de la route à faire, alors que moi, tout ce que j'ai à faire, c'est… (Elle embrassa la cuisine du regard, l'air amer.) Je n'ai rien à faire, à part dormir. Je devrais te remercier. C'était excitant de faire une potion aussi complexe. C'est l'une des plus belles malédictions que j'aie jamais préparées.

Son orgueil était évident. Après avoir allumé le brûleur sous la bouilloire, je retournai contre le plan de travail et regardai Jenks réciter l'alphabet en rotant. Quel talent ! La curiosité finit par l'emporter, et je demandai :

—C'était comment, d'être son familier ?

Debout devant l'évier, Ceri lavait sa tasse. Elle semblait à moitié assoupie.

—Il est dominateur et cruel, dit-elle à mi-voix. (Elle lava ses mains fines, tête baissée.) Mais mes origines me rendaient unique. Il aimait bien m'exhiber, alors il m'entretenait. À partir du moment où je suis devenue docile, il m'a souvent accordé des faveurs et des politesses auxquelles peu de familiers ont eu droit.

Je repensai à son embarras, quand elle avait parlé de la préférence d'Al pour son déguisement de noble anglais. Ils avaient vécu ensemble pendant un millénaire, et les cas où les captifs tombaient amoureux de leur ravisseur étaient légion. Et il y avait ce surnom… J'essayai de croiser son regard, mais elle se détourna.

—Je reviens, dit Jenks en se tapotant le ventre. Elle fait pisser comme un crapaud, cette potion.

Je rentrai la tête dans les épaules lorsqu'il prit son envol et passa lourdement au-dessus de Ceri. Il sortit par le trou de la moustiquaire. Je jetai un coup d'œil au pot contenant la potion, et je ne pus m'empêcher d'écarquiller les yeux. Il était à moitié vide. *Bon sang, ce type a une descente plus impressionnante que celle d'un étudiant!*

— Je préparais entre trente et cinquante malédictions par jour, reprit Ceri. (Elle prit un torchon posé sur l'évier et essuya le sel qui restait sur le plan de travail central.) En plus de chauffer son lit et de mettre de la nourriture sur sa table. Tous les sept jours, il venait travailler avec moi au laboratoire pour approfondir mes connaissances. Ce charme… (Le regard distant, elle toucha le plan de travail à proximité de la potion.) Nous aurions passé la journée dessus; nous y serions allés lentement, pour qu'il puisse m'expliquer les difficultés de la préparation. Ces jours-là… je me sentais presque bien.

Les mains jointes sur le ventre, je me sentis blêmir en entendant son ton mélancolique. Elle semblait presque regretter de ne plus se saigner aux quatre veines pour un démon. Le regard absent, elle retira l'eau bouillante du feu et la versa dans une petite théière.

Jenks revint sans un mot et reprit sa place devant la potion avec son écuelle miniature. Mes cheveux se dressèrent sur ma nuque. Ivy entra en traînant un peu les pieds, les mains dans le dos pour rentrer sa chemise dans son jean. Sans un regard pour nous, elle alla droit vers la cafetière et la vida dans deux tasses; les dernières gouttes tombèrent sur la plaque chaude. Je relevai la tête, surprise, car elle posa l'une des tasses à côté de moi d'un mouvement hésitant.

Je la regardai s'asseoir devant son ordinateur, marteler le bouton «on» et taper le raccourci pour accéder à ses mails; ses gestes secs trahissaient sa tension. Je repensai à ce qu'avait dit Kisten – qu'elle se reposait davantage sur moi que sur lui parce que je ne connaissais pas son passé – et mes tripes se nouèrent. Je l'observais tandis qu'elle s'asseyait à l'autre bout de la cuisine, distante tout en faisant partie du groupe. Son visage parfait était calme, immobile; il était impossible d'y lire le moindre indice concernant son passé sauvage. Je ressentis un frisson en pensant à ce qui pouvait se cacher sous la surface, à ce qui pourrait ressortir si je la quittais. Comme elle avait dû souffrir.

Ivy détourna les yeux de son moniteur et me regarda de sous sa frange. Je baissai la tête. *Mon Dieu. Ce n'est que pour quelques jours.*

— Merci pour le café, murmurai-je.

Je dépliai les doigts et les entrelaçai autour de la tasse chaude tout en faisant un effort pour ne pas montrer mes émotions. J'étais obligée de partir. Nick et Jax avaient besoin de mon aide. Je reviendrais.

Elle ne répondit rien. Son visage resta impassible. De nouveaux mails apparurent les uns après les autres – il y en avait un plein écran. Elle entreprit de les passer en revue.

Nerveuse, je me tournai vers Ceri.

— J'apprécie vraiment ton aide, dis-je en pensant à la longue route qui m'attendait. Sans cela, je n'aurais même pas essayé. Je suis contente que ce ne soit pas un charme noir.

Encore une fois, je ne voulais pas rester dans les mémoires pour m'être servie de la magie démonique, qu'elle soit blanche ou noire.

Au milieu de sa tache de soleil, Ceri se raidit.

— Euh, Rachel ?

J'eus l'impression que mon cœur avait cessé de battre l'espace d'un instant. Je levai lentement la tête. J'avais la bouche sèche. Jenks s'immobilisa, la tasse à mi-chemin de ses lèvres. Nos regards se croisèrent, et ses ailes cessèrent de battre.

— C'est un charme noir ? demandai-je avec un petit couinement en fin de phrase.

— Ben… c'est de la magie démonique…, dit-elle avec un ton d'excuse. C'est toujours noir. (Déconcertée, elle nous regarda, Jenks et moi.) Je pensais que tu le savais.

Chapitre 7

Je pris une inspiration chevrotante et posai la main sur le plan de travail. *C'était un sort noir ? J'ai avalé un sort noir ? De mieux en mieux. Bon sang, pourquoi ne m'a-t-elle rien dit ?*

— Oh non ! (Jenks s'envola dans une gerbe d'étincelles cuivrées.) Oubliez ça ! Ivy, oublie ! J'arrête là !

Tandis qu'Ivy grognait après Jenks pour lui dire qu'il allait obtempérer ou sinon elle le fourrerait dans un trou de serrure les fesses vers l'extérieur, j'allai en titubant m'affaler sur ma chaise. Ceri était vraiment bizarre – aussi innocente que Jeanne d'Arc en apparence, mais aussi ouverte à la magie noire que si elle faisait les ongles de pied de Lucifer un mercredi sur deux. Tous ces sorts étaient noirs, et elle ne voyait pas le problème ? Remarquez, Jeanne d'Arc a entendu des voix qui lui ont dit d'aller tuer des gens.

— Rachel…

Ceri posa la main sur mon épaule. Je relevai la tête et la fixai.

— Je, euh…, marmonnai-je. Je m'attendais un peu à ce que ce soit de la magie noire, mais comme ça n'avait pas l'air de te poser de problème de les préparer…

Je regardai ce qui restait de la potion de Jenks et me demandai s'il n'aurait pas de soucis en s'arrêtant maintenant.

— Il a besoin de cette malédiction. (Ceri s'assit avec élégance pour que je ne voie pas Jenks et Ivy se disputer de l'autre côté de la table.) Et puis, pour une ou deux, la souillure est insignifiante.

Lorsqu'elle entendit les couinements aigus de Jenks, Matalina accourut par le trou de la moustiquaire, apportant avec elle l'odeur de ce midi printanier. Sa robe jaune voleta joliment autour de ses chevilles quand elle s'arrêta net, l'air inquisiteur – elle se demandait ce qui se passait. J'avais du mal à respirer. Insignifiante ? Ne comprenait-elle pas le problème ?

— Mais si je les utilise pour faire le bien ? essayai-je. Est-ce que ça va quand même souiller mon âme, si c'est pour faire le bien ?

Les ailes de Matalina cessèrent de battre. Elle fit une chute de huit centimètres sur la table, perdit l'équilibre et tomba en se pliant une aile dans le mauvais sens. Ceri poussa un soupir d'exaspération.

— Tu brises nettement les lois de la nature avec ces malédictions, expliqua-t-elle pompeusement en plissant ses yeux verts. Beaucoup plus qu'avec la magie de terre ou la magie de ligne prises individuellement. Peu importe qu'elles servent à faire le bien ou le mal, la souillure est la même. Quand on gomme ce qui est écrit dans le livre de la nature, on en paie le prix.

Je jetai un coup d'œil à Jenks et Matalina par-dessus son épaule. La femme miniature s'était relevée ; elle avait posé une main sur l'épaule de Jenks, qui était voûté, les mains appuyées sur les genoux. Apparemment, il était en hyperventilation. La poussière pixie qui s'échappait de lui pour aller se disperser sur le lino était rougeâtre. À la voir tourbillonner dans les courants d'air, on aurait pu trouver ça joli, mais je savais que cette couleur signifiait que Jenks subissait un stress sévère.

Ivy avait les lèvres serrées. Je ne comprenais pas pourquoi elle se disputait avec lui. Je ne m'attendais pas qu'il accepte d'aller plus loin en sachant que c'était de la magie noire. Bon sang, Ceri avait passé son temps à parler de « malédictions », et je n'avais pas écouté.

— Mais je ne veux pas que mon âme noircisse, pleurnichai-je presque. Je viens à peine de me débarrasser de l'aura d'Al.

Les traits délicats de Ceri se tirèrent. Elle se leva.

— Alors débarrasse-t'en.

Jenks releva la tête ; il avait le regard effrayé.

— Rachel n'est pas une sorcière noire ! hurla-t-il. (Ce sursaut de loyauté m'étonna.) Elle ne va pas s'en débarrasser sur le dos d'un innocent !

— Je n'ai pas dit que c'était ce qu'elle devait faire, se hérissa Ceri.

— Ceri, commençai-je avec hésitation en écoutant Matalina essayer de rassurer son mari. Peut-on se débarrasser autrement de ce déséquilibre de la réalité qu'en le transmettant à quelqu'un d'autre ?

Tout à fait consciente que Jenks était prêt à lui sauter dessus, Ceri alla calmement prendre son thé qui avait fini d'infuser.

— Non. Une fois que tu as ingéré une malédiction, la seule manière de t'en débarrasser, c'est de la transmettre à quelqu'un d'autre. Mais je ne suis pas en train de te suggérer de la passer à un innocent. Tu auras toujours des gens pour l'accepter de plein gré, si tu trouves un moyen de faire passer la pilule.

Je n'aimais pas trop cette idée.

— Pourquoi quelqu'un assumerait-il volontairement la noirceur de mon âme ? demandai-je.

L'elfe soupira. Elle ravala visiblement son agacement. Malgré sa gentillesse et sa bonne volonté débordante, le mot « tact » ne faisait pas partie de son vocabulaire.

— Il faut que tu l'associes à une chose que la personne désire, Rachel. Un sort, un service. Une information.

J'écarquillai les yeux ; je venais de comprendre.

— Comme les démons, dis-je.

Elle acquiesça.

Oh, Seigneur. J'avais mal à l'estomac. La seule manière de se débarrasser de ces malédictions, ce serait de forcer quelqu'un à les accepter. Comme le faisaient les démons.

Ceri se tenait devant mon évier, baignée dans un rayon de soleil qui la faisait ressembler à une princesse vêtue d'un jean et d'un pull noir et or.

— C'est une bonne option, reprit-elle en soufflant sur son thé pour le faire refroidir. Mon propre déséquilibre est trop important pour que je puisse m'en débarrasser de cette manière, mais peut-être que si j'allais explorer l'au-delà à la recherche de captifs toujours en possession de leur âme, ils accepteraient de prendre cent années de mon déséquilibre en échange de leur liberté.

— Ceri ! protestai-je avec effroi.

Elle leva une main pour me rassurer.

— Je n'irai pas dans l'au-delà. Mais si l'occasion d'aider quelqu'un à se libérer se présente, tu pourras me le dire ?

Ivy remua sur sa chaise.

— Rache n'ira pas dans l'au-delà ! s'emporta Jenks.

— Il a raison, dis-je en me levant. (J'avais les genoux qui flageolaient.) Je ne peux pas demander à quelqu'un d'assumer le noir que j'ai mis moi-même sur mon âme. Oublie ça. (Je pris ce qui restait de la potion de Jenks et me dirigeai vers la cuve de dissolution.) Je ne suis pas une sorcière noire.

Matalina poussa un soupir de soulagement et Jenks lui-même sembla se détendre ; il s'arrêta au milieu d'une flaque de poussière rouge, mais s'envola aussitôt lorsque Ceri frappa du plat de la main sur le plan de travail.

— Écoutez – écoutez-moi bien ! hurla-t-elle. (Ivy sursauta ; j'étais sous le choc.) Ce n'est pas parce que j'ai un millier d'années de souillure démonique sur mon âme que je suis mauvaise ! (La pointe de ses cheveux se balançait et elle avait les joues rouges.) Chaque fois qu'on bouscule la réalité, la nature doit compenser. Le noir de ton âme n'est pas mauvais, c'est une promesse de payer pour ce que tu as fait. C'est une marque, pas une condamnation à mort. Et, avec le temps, tu peux t'en débarrasser.

— Ceri, je suis désolée…, marmonnai-je.

Mais elle ne voulait rien entendre.

— Tu n'es qu'une sorcière ignorante et stupide, m'admonesta-t-elle. (Je rentrai la tête dans les épaules et mes doigts serrèrent le récipient de cuivre ; sa colère m'avait frappée de plein fouet.) Tu penses que parce que je porte sur moi la puanteur de la magie démonique, je suis forcément mauvaise ?

— Non…, plaçai-je.

— Que Dieu ne me montrera aucune pitié ? continua-t-elle en me fusillant de ses yeux verts. Que parce que, par peur, j'ai commis une erreur qui m'en a fait commettre un millier d'autres, je vais brûler en enfer ?

— Non, Ceri…

Je fis un pas vers elle.

— Mon âme est noire. (Ses joues soudainement pâles trahissaient sa peur.) Je n'arriverai jamais à me débarrasser de toute cette noirceur avant ma mort. J'en souffrirai, mais ce ne sera pas pour avoir été mauvaise ; ce sera parce que j'aurai eu peur.

— C'est pour ça que je ne veux pas le faire, dis-je d'un ton implorant.

Elle retint son souffle comme si elle venait seulement de s'apercevoir qu'elle hurlait. Elle ferma les yeux et se calma. Quand elle les rouvrit, sa colère s'était réduite à un mince reflet noir dans ses iris verts. Comme nous étions habitués à son tempérament effacé, nous avions du mal à nous souvenir qu'elle avait jadis fait partie de la royauté et qu'elle avait l'habitude de commander.

Encore méfiante, Ivy prit une gorgée de café sans quitter Ceri des yeux. Kisten coupa l'eau de sa douche, et le silence qui s'ensuivit sembla assourdissant.

— Je suis désolée, se reprit Ceri. (Elle baissa la tête et son visage s'en trouva caché derrière le rideau de ses cheveux blonds.) Je n'aurais pas dû élever la voix.

Je posai le récipient de cuivre sur le plan de travail.

— Ne t'inquiète pas, répondis-je. Comme tu l'as si bien dit, je ne suis qu'une sorcière ignorante.

Son sourire amer trahit son léger embarras.

— Non, ce n'est pas vrai. Tu ne peux pas savoir ce qu'on ne t'a pas enseigné. (Elle se frotta les cuisses pour s'apaiser.) Peut-être que la dette que je porte en moi m'inquiète plus que je veux bien l'admettre. En te voyant t'inquiéter pour une ou deux malédictions alors que j'en ai des millions sur mon âme, ça m'a rendue… (Elle rougit délicatement, et je me demandai si ses oreilles n'étaient pas un tout petit peu pointues.) J'ai été très injuste avec toi.

Sa voix avait retrouvé sa noble cadence. J'entendis Ivy croiser les jambes derrière moi.

— Laisse tomber, fis-je.

Je me sentais comme anesthésiée.

— Rachel. (Ceri joignit les mains pour que je ne voie pas qu'elles tremblaient.) La noirceur qui accompagne ces deux malédictions est insignifiante, comparée aux bénéfices qui en ressortiront : Jenks pourra aller sauver son fils en toute sécurité, et toi tu pourras morpher pour garder le titre d'alpha qui te revient de droit. Il serait criminel de renoncer et de laisser la situation t'échapper – ce serait pire que d'accepter de payer de ta personne pour faire ce qui est juste.

Elle toucha la mixture de Jenks. Je regardai le pot, mal à l'aise. Il était hors de question que je demande à mon ami de terminer sa potion.

— Tout ce qui a de la valeur ou de la puissance a aussi un prix, poursuivit Ceri. Laisser Jax et Nick souffrir par peur, ça ferait de toi quelqu'un… d'excessivement timide.

Dis plutôt quelqu'un de lâche, pensai-je en regardant Jenks. Savoir que j'avais en moi un sort qui n'attendait que d'être déclenché me rendait malade. Et dire que je m'étais fait ça moi-même.

— Je vais assumer la noirceur de ma malédiction, proféra soudain Jenks.

Son visage arborait une expression très déterminée.

Matalina, qui était toujours sur la table, poussa un petit hoquet ; je lus la peur dans ses traits enfantins. Elle aimait Jenks plus que la vie elle-même.

— Non, dis-je. Tu n'as plus que quelques années pour t'en débarrasser. Et c'est mon idée, mon sort. Ma malédiction. C'est moi qui dois l'assumer.

Les ailes rouges, le visage sévère, Jenks vint à quelques centimètres de mon nez.

— La ferme ! hurla-t-il. (Je reculai précipitamment pour que mes yeux puissent faire la mise au point sur lui.) C'est mon fils ! Je prends la malédiction. Je paie le prix.

La porte de ma salle de bain s'ouvrit et Kisten fit son entrée dans la cuisine, la chemise froissée, un sourire rusé aux lèvres. Ses cheveux mouillés étaient peignés en arrière et sa barbe humide accrochait le soleil. Il était magnifique, et il le savait. Mais sa confiance s'effrita quand il vit Ivy renfrognée devant son ordinateur, Jenks et Matalina bouleversés, moi, sans aucun doute l'air effrayée avec mes bras croisés, et bien sûr Ceri. Elle était exaspérée à force d'essayer d'expliquer aux plébéiens ce qui était le mieux pour eux.

— J'ai manqué quelque chose ? demanda-t-il en allant se verser ce qui restait de café dans l'une de mes tasses géantes.

Ivy recula avec sa chaise, l'air maussade.

— Ce sont des malédictions démoniques. Elles vont laisser des marques sur l'âme de Rachel. Jenks a des doutes.

— Non, je n'ai aucun doute ! s'écria le pixie. Mais je préférerais embrasser une fée sur le cul plutôt que de laisser Rachel assumer ma malédiction.

Kisten rentra méthodiquement sa chemise dans son jean et but son café. Il regardait de tous côtés en respirant profondément pour s'imprégner des odeurs de la pièce. Il allait s'en servir pour évaluer la situation.

— Jenks, protestai-je.

Mais je ne pus que m'avouer vaincue en le voyant voler jusqu'à la potion et la boire en faisant de gros mouvements de gorge au fur et à mesure qu'il l'avalait. Les ailes immobiles, Matalina se laissa retomber sur la table. Petit point de lumière, elle semblait plus seule que jamais. Elle regardait son mari mettre sa vie en danger pour ma sécurité et celle de leur fils.

La cuisine était silencieuse à l'exception des piaillements de leurs enfants qui jouaient dans le jardin. Jenks posa agressivement sa tasse miniature dans le pot à sorts, qui produisit une vibration terne.

— Bon, je pense que c'est réglé, dis-je en rassemblant mes esprits.

Je me penchai pour voir l'heure qu'indiquait la pendule accrochée au-dessus de l'évier. Je n'aimais pas ça. Pas du tout.

Matalina faisait des efforts désespérés pour ne pas pleurer. Elle frotta ses ailes l'une contre l'autre, ce qui produisit un sifflement perçant. En moins de trois secondes, l'intégralité de la famille de Jenks ou presque déboula du couloir. Ils amenèrent avec eux une odeur âcre de cendres – je compris qu'ils étaient entrés par la cheminée.

— Sortez ! s'exclama Jenks. Je vous ai dit que vous pouviez regarder depuis la porte !

Dans un tourbillon cauchemardesque digne de Disney, ses enfants allèrent se poser sur l'encadrement de la porte. Ils se bousculaient en poussant des cris à vous vriller le cerveau, se disputant le meilleur poste d'observation. Ivy et Kisten grimacèrent visiblement, et Jenks siffla de nouveau pour rappeler sa progéniture à l'ordre. Ils s'installèrent sagement en chuchotant si bas que je les entendais à peine. Ivy jura à mi-voix et son expression se fit sombre. Kisten traversa la cuisine à grands pas gracieux pour la rejoindre et lui versa la moitié de son café pour adoucir son humeur. Elle ne serait pas au mieux avant le coucher du soleil – et encore.

— OK, Jenks, décidai-je. (Lancer volontairement un sort démonique était un acte prodigieusement stupide et, si ça me tuait, j'allais en entendre parler – qu'allait dire ma mère ?) Prêt ?

Les pixies alignés sur l'encadrement de la porte couinèrent et Matalina voleta jusqu'à lui. Son joli visage était pâle.

— Fais attention, mon amour, murmura-t-elle.

Je détournai le regard tandis qu'ils se prenaient une dernière fois dans les bras l'un l'autre. Ils s'élevèrent tous deux dans un nuage d'étincelles dorées avant de se séparer. Elle alla se poser sur le rebord de la fenêtre. Ses ailes s'agitaient irrégulièrement en produisant des flashs de lumière scintillante. Tout cela allait la tuer ; j'en ressentis de la culpabilité, même si c'était sans doute la meilleure manière d'assurer la sécurité de son mari.

Dans un rayon de soleil, à côté de Matalina, Ceri hocha la tête d'un air confiant. Kisten posa une main sur l'épaule d'Ivy en signe d'encouragement. J'inspirai et allai jusqu'à la table. Je m'installai nerveusement à l'endroit habituel et posai le grimoire démonique sur mes genoux. Il était lourd, et le sang de mes cuisses se mit à bourdonner, un peu comme s'il essayait d'entrer en contact avec les pages de l'ouvrage. *Oh, en voilà une jolie pensée !*

— Que va-t-il se passer ? demanda Jenks.

Il se posa sur le plan de travail central et se mit à gigoter. Je m'assis de côté sur ma chaise pour le voir.

Je me passai la langue sur les lèvres et regardai le texte. C'était du latin, mais Ceri et moi l'avions lu ensemble en mangeant une part de pizza avant que je m'endorme.

— Version *La Magie pour les Nuls*, s'il te plaît, ajouta-t-il.

Cela me fit sourire.

— Je touche une ligne et je prononce les mots d'invocation, expliquai-je. Pour te rendre ta taille normale, je les répéterai. Comme pour mon charme à moi.

— C'est tout ? s'étonna-t-il.

Ceri renifla.

— Vous avez demandé la version courte, dit-elle en débarrassant le plan de travail et en remplissant l'évier. J'ai fait une quantité épouvantable de préparatifs, pour que ce soit aussi simple, Maître Pixie.

Les ailes de Jenks s'affaissèrent.

— Désolé.

Les bras croisés comme pour se tenir chaud, Ivy fronça les sourcils. Son agressivité était à mettre sur le compte d'une inquiétude mal placée.

— On pourrait peut-être reprendre ? suggéra-t-elle.

Je me replongeai dans mon texte. J'exhalai en étirant ma conscience au-delà des murs à bardeaux de la cuisine, au-delà même des parterres de fleurs qui sentaient déjà la présence légère des pixies, jusqu'à la petite ligne d'énergie sous-exploitée qui traversait le cimetière. Je la touchai du doigt par la pensée et réprimai un sursaut en ressentant la décharge de la connexion. Jadis, l'afflux énergétique en moi avait été lent, indolent. Ce n'était plus le cas.

La décharge me traversa ; le ressac que je sentis dans les tréfonds de mon corps était pour le moins désagréable. L'énergie s'installa dans mon chi, aussi chaude et satisfaisante qu'un chocolat au lait. J'aurais pu en accumuler davantage et la mettre en réserve dans ma tête pour plus tard, mais c'était inutile ; je laissai donc le lourd flux d'énergie bourdonnante suivre son cours et s'échapper pour retourner dans la ligne. J'étais comme un filet – la ligne me traversait librement, mais je prélevais l'énergie dont j'avais besoin au passage.

Tout cela avait duré le temps d'un battement de cœur. Je levai la tête, les yeux fermés. Mes cheveux bougeaient sous le vent qui, semblait-il, soufflait en permanence dans l'au-delà. Je passai une main dans mes boucles libres pour les dompter. Je remerciai Dieu qu'il fasse jour et que je ne puisse par conséquent apercevoir la moindre trace de l'au-delà. Ç'aurait été différent si je m'étais tenue au milieu de la ligne, mais ce n'était pas le cas.

— Je déteste ça, quand elle touche une ligne, murmura Ivy à l'oreille de Kisten dans un coin de la pièce. Tu as déjà vu un truc aussi flippant ?

— Tu devrais voir les grimaces qu'elle fait quand elle…

— La ferme, Kist ! m'exclamai-je en rouvrant les yeux pour voir qu'il me souriait bêtement.

Toujours dans son rayon de soleil, Ceri tenait sa tasse de thé avec distinction en essayant d'avoir l'air érudite. Malheureusement, son rictus ruinait ses efforts.

— Ça va faire mal ? s'inquiéta Jenks.

De la poussière dorée s'échappait de lui sans discontinuer.

Je me recroquevillai en pensant à la douleur abominable que j'avais ressentie quand je m'étais transformée en vison.

— Ferme les yeux et compte à rebours à partir de dix, répondis-je. Je déclencherai le sort quand tu arriveras à zéro.

Il inspira. Ses cils noirs battirent contre ses pommettes. Ses ailes s'immobilisèrent progressivement jusqu'à ce qu'il finisse par se poser en douceur sur le plan de travail central dégagé.

— Dix… neuf…, commença-t-il d'une voix régulière.

Je posai le livre sur la table et me levai. Me sentant légère et irréelle à cause de la ligne qui me traversait, je mis une main au-dessus de lui. Mes genoux tremblaient, et j'espérais que personne ne le voyait. *De la magie démonique. Dieu me vienne en aide.* Je respirai.

— *Non sum qualis eram*, récitai-je.

— Huit…

Ivy retint son souffle et moi-même je vacillai ; Jenks était enveloppé d'un tourbillon doré d'au-delà né de ma main.

— Jenks ! cria Matalina en s'envolant dans les ustensiles.

Je n'arrivais plus à respirer. Je reculai en titubant et mis une main derrière moi pour chercher un point d'appui. Bouche bée, je sentis un torrent d'énergie me percuter. Je chassai les mains qui vinrent à mon aide. J'eus l'impression que ma tête grossissait, et je ne pus réprimer un cri lorsque la ligne sortit de moi dans une explosion et frappa Jenks avec un bruit de choc que les autres avaient forcément entendu.

Mes jambes se dérobèrent. Ivy m'attrapa sous les bras et me posa en douceur sur le sol de la cuisine. Impossible de respirer. Tandis que j'essayais désespérément de me rappeler comment faire fonctionner mes poumons, un fracas retentit dans les ustensiles pendus au-dessus du plan de travail central, suivi par un grognement et un bruit mat.

— Sainte mère de Clochette, fit une nouvelle voix légèrement masculine. Je meurs. Je meurs. Matalina ! Mon cœur ne bat plus !

Je pris le temps de respirer, appuyée sur Ivy. J'eus très chaud, puis très froid. Je voyais trouble. Je regardai par-dessus le rebord du plan de travail et vis Kisten qui se tenait à côté de Ceri, immobile, comme s'il ne savait quoi faire. Je repoussai la main d'Ivy et m'assis. C'est alors que je compris ce qui m'avait mise KO : ce n'était pas l'énergie que j'avais canalisée, mais bien la putain de dette que je venais de coller à mon âme. C'était moi qui en avais hérité, pas Jenks, et ça resterait comme ça.

Le cœur battant à tout rompre, je me relevai et restai comme deux ronds de flan en voyant Jenks sur son plan de travail.

— Oh… mon… Dieu…, murmurai-je.

Jenks se tourna vers moi, ses yeux écarquillés exprimant son effroi. Son visage angulaire se pinça et il regarda le plafond. Sa poitrine se soulevait à un rythme effréné ; il était en hyperventilation. Ceri, elle, avait l'air radieuse, devant son évier. À côté de moi, Ivy était bouche bée, sous le choc. Kisten n'était pas logé à meilleure enseigne. Matalina était en larmes et les enfants pixies volaient en tous sens. L'un d'eux s'emmêla dans mes cheveux, ce qui me fit revenir à la réalité.

— Que tous ceux qui ont moins de quinze ans sortent de cette cuisine ! hurlai-je. Que quelqu'un m'apporte un sac en papier. Ivy, va chercher une serviette pour Jenks. On dirait que tu n'as jamais vu un homme nu !

Ivy sursauta et se mit en mouvement.

— Pas assis sur mon plan de travail, grommela-t-elle en allant chercher la serviette.

Les yeux paniqués, Jenks me regarda prendre le sac que Kisten me tendait. Je le secouai pour l'ouvrir et soufflai dedans.

— Tiens, respire là-dedans.

— Rache ? haleta-t-il. (Il était pâle, et lorsque je posai la main sur son épaule, elle était glacée ; il eut un mouvement de recul, puis me laissa lui tenir le sac sous le nez.) Mon cœur, dit-il d'une voix étouffée par le sac. Il y a un problème ! Rache, retransforme-moi ! Je vais mourir !

Je souris en le voyant assis sur mon plan de travail, nu comme un ver, à hyperventiler, la tête dans un sac en papier.

— Le cœur ne bat pas plus vite que ça, quand on est grand,

expliquai-je. Et tu n'es pas obligé de respirer aussi vite. Ralentis. Ferme les yeux. Inspire. Compte jusqu'à trois. Expire. Compte jusqu'à quatre.

— Mon cul, oui ! protesta-t-il en se recroquevillant et en se mettant à trembler. Regarde ce qui est arrivé, la dernière fois que tu m'as dit de fermer les yeux et de compter de dix à zéro.

Ivy revint avec deux serviettes. Elle posa la première sur les cuisses de Jenks, et la seconde sur ses épaules. Il était en train de se calmer. Ses yeux passaient la cuisine en revue, bondissaient du plafond à l'arc de l'entrée. Il retint son souffle en apercevant le jardin par la fenêtre.

— Sainte merde, murmura-t-il.

Je retirai le sac ; il ne ressemblait peut-être pas à Jenks, mais à l'entendre, c'était bien lui.

— Ça va mieux ? demandai-je en reculant d'un pas.

Il acquiesça, et pendant qu'il se concentrait sur sa respiration, nous contemplions ce pixie d'un mètre quatre-vingts, bouche bée. En un mot, il était... waouh !

Jenks avait dit qu'il avait dix-huit ans, et il les faisait vraiment. C'était un jeune homme très athlétique, avec de grands yeux innocents, un visage lisse et une grosse touffe de cheveux bouclés emmêlés qui avait bien besoin d'un coup de peigne. Il n'avait plus d'ailes ; il ne restait que de larges épaules et les muscles fins qui les avaient jadis soutenues. Il avait la taille fine, et ses pieds, qui pendillaient vers le sol, étaient longs et étroits. Leur forme était parfaite, ce qui me surprit ; j'avais déjà vu ses pieds, et l'un d'eux était complètement difforme.

Sans piper mot, je passai en revue le reste de son corps, et m'aperçus que toutes ses cicatrices avaient disparu. Ses abdominaux, incroyablement dessinés, étaient parfaitement lisses. Il n'avait pas un gramme de graisse sur le corps, ce corps pur et lisse de jeune adulte. Tout en lui était mince et fort. Il n'avait pas non plus le moindre poil, exception faite de ses sourcils et du dessus de sa tête. Je le savais. J'avais regardé.

Il me regarda de sous sa frange chiffonnée, et je fus saisie par ses yeux. Ceux de Ceri étaient verts, mais les siens l'étaient tellement que c'en était choquant. Comme de jeunes pousses. Ils étaient plissés par l'inquiétude, mais même sa peur de moins en moins prononcée ne pouvait cacher sa jeunesse. Bien sûr, il avait une femme et cinquante-quatre enfants, mais il avait l'air d'un étudiant en première année de fac. Un étudiant appétissant passant un diplôme de Oh-mon-Dieu-il-faut-que-j'y-goûte.

Jenks se frotta la tête, car il s'était cogné au support des ustensiles en grandissant.

— Matalina ? dit-il. (La cadence de sa voix était familière, mais le son était étrange.) Oh, Matalina, répéta-t-il lorsqu'elle vint se poser sur sa main tremblante. Comme tu es belle…

— Jenks, sanglota-t-elle. Je suis si fière de toi. Je…

— Chut… (Il grimaça de douleur en s'apercevant qu'il ne pouvait pas la toucher.) S'il te plaît, ne pleure pas, Matie. Ça va aller. Je te le promets.

Elle joua avec les plis de sa robe, et mes yeux me brûlèrent à force de ne pas pleurer.

— Je suis désolée, dit-elle. Je m'étais promis que je ne pleurerais pas. Je ne veux pas que tu me voies pleurer !

Elle décolla et partit comme une flèche dans le couloir. Oubliant sans doute qu'il n'avait plus d'ailes, Jenks fit mine de la suivre. Il se pencha en avant et tomba par terre face la première.

— Jenks ! m'écriai-je en entendant le bruit mat qu'il produisit sur le lino.

Il jura.

— Laisse-moi ! Laisse-moi, bon Dieu ! s'exclama-t-il en agitant les bras dans ma direction. (Il essaya de se lever mais retomba ; il perdit sa serviette et s'efforça de la maintenir en place tout en poursuivant ses efforts pour se relever.) Bon sang de bonsoir ! Pourquoi je n'arrive pas à garder mon équilibre ? (Son teint vira au blanc ; il s'arrêta de lutter.) Merde, il faut que je retourne pisser.

J'implorai Kisten du regard. Le vampire vivant se mit en branle. Il n'eut aucun mal à éviter les coups de Jenks et à le soulever par les aisselles. Jenks faisait dix centimètres de plus que lui, mais Kisten avait déjà joué les videurs dans son club.

— Allez, Jenks, fit-il en le poussant vers le couloir. J'ai des vêtements pour toi. Tomber, ça fait moins mal quand il y a quelque chose entre ton cul et la moquette.

— Matalina ! appela Jenks d'une voix paniquée depuis le couloir. Eh, je peux marcher, protesta-t-il. J'avais juste oublié que je n'avais pas d'ailes. Lâche-moi, je peux aller aux toilettes tout seul.

Je sursautai lorsque Kisten claqua la porte de ma salle de bain.

— Joli cul, Jenks, déclara Ivy au milieu du silence.

Elle ramassa, en secouant la tête, la seconde serviette que Jenks avait laissée derrière lui, puis la plia comme si elle avait besoin de se trouver quelque chose à faire.

J'exhalai longuement.

— Ça doit être le sort le plus incroyable que j'aie jamais vu, dis-je à Ceri.

Elle m'adressa un sourire radieux, et je compris qu'elle avait attendu anxieusement mon approbation.

— La *malédiction*, tu veux dire, corrigea-t-elle en baissant les yeux sur sa tasse et en rougissant. Merci, ajouta-t-elle modestement. Je l'ai notée derrière en incluant toutes les malédictions supplémentaires au cas où tu voudrais t'en resservir. Et j'ai aussi inclu la contremalédiction, comme il se doit. Tu n'as qu'à toucher une ligne et à dire les mots.

La contremalédiction, pensai-je avec morosité. Je me demandai si cela rajouterait de la noirceur à mon âme ou si j'avais déjà tout pris.

— Euh… merci, Ceri. Tu es incroyable. Je ne serai jamais capable de faire un charme aussi complexe. Merci.

Elle sirotait son thé devant la fenêtre, l'air satisfaite.

— Tu m'as rendu mon âme, Rachel Mariana Morgan. Le moins que je puisse faire, c'est de te faciliter la vie.

Ivy fit un bruit grossier et posa la serviette pliée sur la table. Elle avait l'air de ne plus savoir quoi faire. *Mon âme*, pensai-je. *Ma pauvre âme ternie et chaque jour un peu plus noire.*

Ma bouche s'assécha lorsque je saisis l'énormité de ce que je venais de faire. Merde. Je faisais joujou avec la magie noire. Non, pas la magie noire – ce qui pouvait déjà me valoir la prison – mais les arts démoniques. Il n'y avait même pas de lois pour les gens pratiquant la magie démonique. J'eus froid, puis très chaud. Non seulement je venais d'affubler mon âme d'une bonne dose de noirceur, mais en plus j'avais prétexté que c'était pour une bonne cause.

Oh, Seigneur, je crois que je vais être malade.

— Rachel ?

Je me laissai tomber sur ma chaise, car j'avais l'impression que mes jambes n'allaient plus pouvoir me porter. Ceri posa la main sur mon épaule, mais je la sentis à peine. Ivy hurla quelque chose, mais Ceri lui dit de s'asseoir et de se tenir tranquille, que c'était seulement le contrecoup d'avoir accepté ce déséquilibre de la réalité et que j'allais bientôt aller mieux.

Mieux ? pensai-je en posant la tête sur la table avant de m'effondrer. *Peut-être.*

— *Rhombus*, murmurai-je.

Je ressentis la connexion instantanée à la ligne et le cercle protecteur se dresser autour de moi. Ceri fit un bond en avant pour me rejoindre avant qu'il se referme. Je m'étais entraînée à lancer ce sort pendant trois mois, et c'était de la magie blanche, bon sang, pas de la noire.

— Rachel ! s'écria Ivy tandis que la bande chatoyante d'au-delà s'élevait entre nous.

Je relevai la tête, déterminée à ne pas vomir. Je voulais voir ce que j'avais fait à mon âme, et, bien que je ne puisse voir mon aura, le voile magique me donnait un aperçu des dommages qu'elle avait subis.

— Dieu me vienne en aide, murmurai-je en me sentant pâlir.

— Rachel, ce n'est rien. (Ceri était accroupie devant moi et me tenait la main en essayant de me forcer à la regarder dans les yeux.) Ce que tu vois, c'est une teinte modifiée artificiellement. Elle n'a pas encore eu le temps de pénétrer ton aura. Ce n'est pas aussi grave que ça en a l'air.

— Pénétrer ? dis-je d'une voix cassée. Mais je ne veux pas qu'elle pénètre !

Mon aura avait fait virer le reflet rouge habituel de l'au-delà au noir. Au milieu du noir, on discernait avec difficulté le scintillement de mon aura dorée. Cela me rappelait une vieille patine. J'avalai ma salive. Je n'allais pas vomir. Je n'allais pas vomir.

— Ça va s'arranger. Je te le promets.

Je la regardai dans les yeux et ma panique diminua. Ça allait s'arranger. C'était Ceri qui l'avait dit ; il fallait que je la croie.

— Rachel ! s'écria Ivy. (Elle se tenait, impuissante, à l'extérieur du cercle.) Abaisse ton cercle !

J'avais la migraine et du mal à respirer.

— Désolée, soufflai-je.

Je coupai mon lien avec la ligne. Le voile d'au-delà clignota avant de disparaître. Je sentis une surtension d'énergie ; je venais de vider mon chi. Je ne voulais rien avoir de superflu en moi. J'étais trop pleine de noirceur.

L'air embarrassé, Ivy se força à évacuer la tension de ses épaules. Elle cligna plusieurs fois des yeux afin de retrouver sa placidité habituelle, alors que je savais pertinemment qu'elle n'avait qu'une envie, c'était de me coller une claque en me disant que je m'étais conduite comme une idiote – ou, à la rigueur, de me prendre dans ses bras pour me dire que tout allait bien se passer. Mais comme elle ne pouvait faire ni l'un ni l'autre, elle restait plantée là, malheureuse.

— Il faut que j'y aille, dis-je brusquement en me levant d'un bond.

Ceri se leva d'un mouvement plein de grâce et s'écarta de mon chemin, mais Ivy tendit la main vers moi.

— Rachel, attends, protesta-t-elle.

J'hésitai. Une Ivy floue m'attrapa par le coude.

Je ne pouvais pas rester. J'avais l'impression d'être une lépreuse dans une maisonnée d'innocents, un paria parmi les nobles. J'étais recouverte de noirceur et, cette fois-ci, elle était toute à moi.

— Jenks ! m'écriai-je. (Je m'arrachai aux griffes d'Ivy et me dirigeai vers ma chambre.) On y va !

— Rachel, qu'est-ce que tu fais ?

J'entrai dans ma chambre, enfilai mes chaussures, pris mon sac au passage, puis retournai dans le couloir en bousculant Ivy.

— Je fais exactement ce que j'avais prévu de faire, répondis-je.

J'ignorai la vampire qui me suivait de bien trop près.

— Tu n'as rien mangé. Tu tiens à peine debout, depuis que tu as invoqué… ce sort. Ça ne va pas te tuer de t'asseoir pour boire une tasse de thé.

Il y eut un choc en provenance de ma salle de bain, suivi de l'exclamation étouffée de Kisten. La porte s'ouvrit brusquement. Je m'arrêtai dans l'embrasure. Kisten était appuyé sur la machine. Le visage tordu par la douleur, il essayait de reprendre sa respiration. Jenks se tenait à l'encadrement de la porte ; il semblait à l'aise dans le survêtement gris et noir de Kisten, mais son regard vert trahissait son stress.

— Désolé, fit-il. (Il me sembla sincère.) J'ai, euh… j'ai glissé. (Il me dévisagea de pied en cap et vit mon air hagard.) Tu es prête ?

Je sentais la présence d'Ivy, juste derrière moi.

— Tiens, dis-je en tendant ma valise à Jenks. Rends-toi utile et apporte ça dans le van.

Il écarquilla les yeux, avant de sourire de ses dents blanches et régulières.

— Ouais. Je devrais pouvoir la porter.

Je lui donnai la valise, et il vacilla sous son poids. Il se cogna la tête contre le mur de l'étroit couloir.

— Bon sang de bois ! (Il se cogna de l'autre côté en essayant de compenser.) Ça va, ça va ! s'empressa-t-il d'ajouter en faisant signe qu'il n'avait pas besoin d'aide. Je vais bien. Sainte mère de Clochette, ces foutus murs sont tellement proches ! J'ai l'impression de marcher dans une saleté de fourmilière.

Je le surveillai pour m'assurer qu'il n'aurait pas d'autres problèmes. Je tendis le bras par réflexe en le voyant vaciller lorsqu'il ne fut plus guidé par les murs des couloirs et entra dans l'espace ouvert du sanctuaire.

Ses enfants l'accompagnaient, ce qui ajoutait au brouhaha général, car ils lui criaient encouragements et conseils. Espérant qu'il allait prendre le temps de descendre les marches au lieu de les sauter, je me dirigeai vers la cuisine. Ivy était toujours sur mes talons, et Kisten la suivait de près, pensif et silencieux.

— Rachel, dit Ivy. (Je m'arrêtai devant Ceri et essayai de me rappeler ce qui m'amenait dans la cuisine.) Je viens avec vous.

— Pas question, répliquai-je.

Ah oui. Mes affaires. Je me saisis du sac contenant mes charmes habituels puis ouvris le garde-manger pour prendre l'un des sacs de toile qu'Ivy emportait en course.

— Si tu t'en vas, Piscary se glissera dans ta tête.

— Alors emmène Kisten, insista-t-elle. (Le désespoir commençait à s'insinuer dans sa voix de soie grise.) Tu ne peux pas y aller seule.

— Je n'y vais pas seule. Jenks m'accompagne.

Je fourrai les trois grimoires démoniques dans le sac puis me penchai pour récupérer mon pistolet à air comprimé dans le placard sous le plan de travail – je le rangeais volontairement aussi bas pour pouvoir m'en saisir en étant à terre. Je ne savais pas de quoi j'allais avoir besoin mais, s'il me fallait utiliser la magie démonique, je n'allais pas m'en priver. Mon cœur se serra et je dus retenir ma respiration pour ne pas me mettre à pleurer. *Bon sang, mais c'est quoi mon problème ?*

— Jenks tient à peine debout ! s'exclama Ivy tandis que je ramassais tous les charmes de mon armoire pour les mettre dans mon sac.

Amulettes antidouleur, charmes de déguisement génériques… Oui, ça devrait faire l'affaire. Je m'arrêtai brusquement, le cœur battant à tout rompre, en voyant la détresse d'Ivy.

— Tu ne te sens pas bien, renchérit-elle. Il est hors de question que je te laisse partir seule.

— Je vais bien ! répliquai-je en tremblant. Et je ne suis pas seule. Jenks m'accompagne ! (Je haussai la voix ; Kisten me fit les gros yeux.) Jenks est le seul soutien dont j'aie besoin. Il est le seul soutien dont j'aie jamais eu besoin. Je ne me plante royalement que quand il n'est pas là. Et tu n'as pas le droit de remettre sa compétence en cause !

La bouche d'Ivy se referma avec un bruit sec.

— Ce n'est pas ce que je voulais dire, répondit-elle.

Je la poussai et retournai dans le couloir. Je faillis faire tomber Jenks, et compris qu'il avait tout entendu.

— Je peux te porter ça, dit-il doucement.

Je lui tendis le sac contenant les textes démoniques. Il chancela, mais cette fois-ci sa tête ne heurta pas les murs. Il remonta le couloir sombre en boitillant.

La respiration rapide, j'entrai dans la chambre d'Ivy et m'agenouillai à côté de son lit, sous lequel je l'avais vue ranger son épée. Je pris l'arme.

— Rachel, protesta-t-elle depuis le couloir tandis que je me relevais en tenant le katana méchamment aiguisé à l'abri dans son fourreau.

— Je peux le prendre ? demandai-je sèchement. (Elle acquiesça.) Merci.

Jenks avait besoin d'une épée. Bon, d'accord, il ne pouvait pas faire trois pas sans se cogner dans quelque chose, mais il finirait par aller mieux, et alors il aurait besoin d'une épée.

Kisten et Ivy sur les talons, je m'engageai rageusement dans le couloir en mettant l'épée sur mon épaule avec le sac de charmes. Il fallait que je sois en colère ; si je n'avais pas été en colère, j'aurais fondu en larmes. Mon âme était noire. Je faisais dans la magie démonique. J'étais en train de devenir tout ce que j'avais toujours craint et détesté, et c'était pour sauver quelqu'un qui m'avait menti et m'avait quittée pour faire du fils de mon partenaire un vulgaire voleur.

Je me penchai dans ma salle de bain et pris mon vanity-case au passage. Jenks allait avoir besoin d'une brosse à dents. Mince, il allait même avoir besoin d'une garde-robe, mais il fallait que je sorte au plus vite. Si je ne me dépêchais pas, j'allais comprendre à quel point je m'étais mise dans la merde. À peine arrivée dans le hall, je pris ma veste en cuir sur le portemanteau.

— Rachel, attends, s'écria Ivy. (J'ouvris la porte.) Rachel, arrête !

Je m'immobilisai sur le seuil, les cheveux soulevés par la brise printanière au milieu des gazouillements d'oiseaux, le sac et l'épée d'Ivy pendus à l'épaule, le vanity-case dans une main et le manteau sur le bras. Devant le trottoir, Jenks s'amusait à ouvrir et refermer la porte coulissante du van comme s'il s'agissait de son nouveau jouet. Ses cheveux luisaient sous le soleil et ses enfants voletaient autour de sa tête. Le cœur battant la chamade, je me retournai.

Dans l'encadrement de la porte ouverte, Ivy semblait hantée ; son visage habituellement placide affichait une expression sévère et ses yeux dilatés trahissaient sa panique.

— Je t'ai acheté un ordinateur portable, dit-elle.

Elle me le tendit en baissant les yeux.

Oh, mon Dieu, elle m'a offert un morceau de sa sécurité.

— Merci, murmurai-je.

Le souffle coupé, j'acceptai son cadeau. Il était dans une sacoche en cuir et devait peser un ou deux kilos tout au plus.

— Il est enregistré à ton nom, précisa-t-elle en me regardant passer la sangle sur mon épaule libre. Et je t'ai déjà ajoutée à mon système, comme ça tu n'as plus qu'à te brancher et à cliquer. Je t'ai écrit une liste de numéros locaux pour te connecter dans les villes que tu vas traverser.

— Merci, répétai-je. (Elle venait de me donner un morceau de ce qui rendait sa vie supportable.) Ivy, je vais revenir.

C'était ce que m'avait dit Nick. Mais moi, je reviendrais. Dans mon cas, ce n'était pas un mensonge.

Sous l'impulsion de l'instant, je posai mon bagage sur le pas de la porte et me penchai pour la prendre dans mes bras. Elle se raidit mais finit par me rendre mon étreinte. Son odeur mate emplit mes sens. Je m'écartai d'elle.

Kisten attendait patiemment derrière elle. Ce n'était que maintenant que je la voyais, un bras pendant et l'autre sur le ventre, que je comprenais ce qu'il avait essayé de me dire. Elle n'avait pas peur pour moi mais pour elle-même ; peur de retomber dans ses vieux travers si je n'étais plus là pour lui rappeler la femme qu'elle voulait être. Ç'avait donc été si terrible ?

Ma colère ressurgit. Bon sang, ce n'était pas juste. Oui, j'étais son amie, mais elle pouvait quand même prendre soin d'elle !

— Ivy, dis-je. Je n'ai pas envie de partir, mais je n'ai pas le choix.

— Alors vas-y ! explosa-t-elle. (Son visage parfait grimaça sous l'effet de la fureur et ses yeux virèrent au noir.) Je ne t'ai jamais demandé de rester !

Elle tourna sèchement les talons et ouvrit la porte de l'église avec sa rapidité vampirique. Elle la claqua derrière elle. Les yeux écarquillés, je regardai la porte en pensant que ça n'augurait rien de bon. Non, elle ne m'avait pas demandé de rester ; c'était Kisten qui s'en était chargé.

Ce dernier ramassa mon bagage et nous descendîmes l'escalier ensemble, mes lacets battant sur les marches. En approchant du van, je me contorsionnai pour chercher les clés dans mon sac à main. Je restai plantée devant la portière côté conducteur : je venais de me souvenir que Kisten ne me les avait pas encore données. Elles produisirent un tintement lorsqu'il les brandit. À l'intérieur du van, les pixies poussaient des cris excités.

— Tu vas garder un œil sur elle ? demandai-je.

— Parole de scout. (Ses yeux étaient plissés, et ce n'était pas seulement dû au soleil.) Je prends quelques jours de congé.

Jenks fit le tour du van par l'avant, prit ma veste, mon vanity-case et mon épée sans un mot – l'épée lui fit tout de même pousser un grognement impatient. J'entendis la porte coulissante se refermer, puis, lorsque ce fut le tour de la portière de Jenks, mes épaules s'affaissèrent.

— Kisten, dis-je. (Je me sentais un peu coupable.) C'est une grande fille. Pourquoi la traite-t-on comme une invalide ?

Il me prit par les épaules.

— Parce que c'est ce qu'elle est. Parce que Piscary peut se projeter dans son esprit et lui faire faire à peu près n'importe quoi – et ça la tue un peu plus chaque fois. Parce qu'il la remplit de sa propre soif de sang, ce qui la force à faire des choses qu'elle n'a pas envie de faire. Parce qu'elle essaie de gérer les affaires illégales de ce salaud par sens du devoir tout en assumant par amour sa part de travail pour votre société de coureuses.

— Ouais. C'est ce que je pensais. (Mes lèvres se serrèrent et je me redressai.) Je n'ai jamais dit que je resterais à l'église, et encore moins à Cincinnati. La garder en un seul morceau, ce n'est pas mon boulot !

— Tu as raison, répondit-il avec calme, mais le fait est qu'on en est là.

— On ne devrait pas. Bon sang, Kisten, je voulais seulement l'aider !

— Mais tu l'as aidée, répliqua-t-il en m'embrassant sur le front. Ça va aller. Mais elle ne se serait pas autant reposée sur toi si tu ne l'avais pas laissée faire, et tu le sais.

Je baissai les bras. Super, la culpabilité, c'était exactement ce qu'il me fallait. Le vent souffla dans ses cheveux. J'hésitai en regardant la porte en chêne qui me séparait d'Ivy.

— C'était si terrible que ça, ce qu'elle a vécu ? murmurai-je.

Le visage de Kisten perdit toute émotion.

— Piscary…, souffla-t-il. Piscary l'a si bien travaillée, les premières années, que ses parents ont dû l'envoyer loin d'ici pour ses deux dernières années de lycée. Ils espéraient qu'il se désintéresserait d'elle. Grâce à Skimmer, quand elle est revenue, elle savait encore moins où elle en était. (Il plissa les yeux ; sa colère, bien qu'ancienne, était toujours puissante.) Cette femme aurait pu sauver Ivy avec son amour, mais elle avait tellement soif d'un sang meilleur, de sexe plus chaud, qu'elle n'a fait que l'enfoncer davantage.

J'avais froid, et la brise agitait mes boucles. Tout ça, je le savais déjà, mais manifestement il n'avait pas terminé.

Voyant mon malaise, Kisten fronça les sourcils.

—Quand elle est revenue, Piscary a commencé à jouer sur ses nouvelles vulnérabilités. Il se repaissait de la détresse qu'elle ressentait quand il la récompensait pour un comportement qui allait à l'encontre de ce en quoi elle voulait croire. Elle a fini par laisser tomber pour ne pas devenir folle ; elle s'est mise entre parenthèses et a laissé Piscary faire d'elle ce qu'il voulait. Elle a fait du mal aux gens qu'elle aimait quand ils traversaient un moment de vulnérabilité, et quand ils l'ont abandonnée elle a commencé à charmer des innocents.

Kisten baissa les yeux et regarda ses pieds nus. Je savais qu'il faisait partie des gens auxquels elle avait fait du mal, et je voyais bien qu'il se sentait coupable de l'avoir abandonnée.

—Il n'y avait rien que tu puisses faire, le rassurai-je.

Il releva la tête, les yeux pleins de colère.

—C'était terrible, Rachel. J'aurais dû faire quelque chose. Au lieu de ça, je lui ai tourné le dos et je suis parti. Elle n'a jamais voulu m'en parler, mais je crois qu'elle a tué des gens pour satisfaire sa soif de sang. Dieu, j'espère que c'était accidentel.

J'avalai ma salive, mais il n'en avait pas encore terminé.

—Pendant des années, elle a été lâchée dans les rues, poursuivit-il. (Il était tourné dans la direction du van mais son regard était trouble, comme s'il contemplait le passé.) C'était une vampire vivante, mais elle fonctionnait comme une morte – sauf qu'elle marchait sous le soleil, aussi belle et séduisante que la mort. C'était Piscary qui faisait d'elle ce qu'elle était, et ses crimes lui étaient pardonnés. Comme à un enfant préféré.

Il avait dit ces derniers mots d'un ton amer. Son regard se posa sur moi.

—Je ne sais pas ce qui s'est passé, poursuivit-il, mais un jour, je l'ai trouvée par terre dans ma cuisine. Elle était couverte de sang et elle pleurait. Je ne l'avais pas vue depuis des années, mais je l'ai hébergée. Piscary l'a laissée tranquille et, au bout d'un moment, son état s'est amélioré. Je crois que s'il l'a laissée souffler, c'était pour qu'elle ne se tue pas trop tôt à son goût. Tout ce que je sais, c'est qu'elle a trouvé un moyen de gérer sa soif de sang ; elle l'a en quelque sorte enchaînée en la mélangeant avec l'amour. Ensuite, elle t'a rencontrée, et elle a trouvé la force de dire non à tout ça. (Il me regarda en me passant une main dans les cheveux.) Elle aime ce qu'elle est devenue. Tu as raison de penser qu'elle ne va pas tout laisser tomber juste parce que tu t'en vas. C'est juste… (Il plissa les yeux et son regard redevint distant.) C'était terrible, Rachel. Ça s'est amélioré. Et quand elle t'a rencontrée, elle a trouvé dans son cœur une force que Piscary n'avait pas réussi à dénaturer. C'est juste que je ne veux pas que cette force s'étiole.

Je tremblais à l'intérieur. Mes mains parvinrent à trouver les siennes.

—Je reviendrai.

Il acquiesça en regardant mes doigts dans les siens.

—Je sais.

Je ressentis le besoin de partir. Peu m'importait que ce soit à cause de ce que je venais d'apprendre. Je baissai les yeux sur les clés.

—Merci de me laisser utiliser ton van.

—C'est rien. (Il se força à sourire, mais ses yeux étaient inquiets – terriblement inquiets.) Ramène-le juste avec le réservoir plein.

Il tendit les bras vers moi, et je posai la tête sur sa poitrine pour sentir son odeur une dernière fois. Je penchai la tête et nos lèvres se rencontrèrent, mais ce fut un baiser vide; mon inquiétude m'avait purgée de toute ma passion. *C'est pour Jenks, pas pour Nick. Nick, je ne lui dois rien.*

—J'ai glissé quelque chose pour toi dans ta valise, dit Kisten.

Je m'écartai de lui.

—Qu'est-ce que c'est?

Il ne répondit pas; il me sourit avant de reculer avec réticence. Sa main s'attarda sur mon bras puis glissa.

—Au revoir, Kist, murmurai-je. Ce n'est que pour quelques jours.

Il hocha la tête.

—Salut, chérie. Fais attention à toi.

—Toi aussi.

Il se retourna et rentra dans l'église sans que ses pieds nus fassent le moindre bruit. La porte se referma en grinçant, et il disparut.

Quelque peu engourdie, j'ouvris ma portière. Les enfants de Jenks se déversèrent par sa vitre ouverte tandis que j'entrais. Je claquai la portière derrière moi. L'ordinateur portable tenait sous le siège avec mon sac. Je mis le contact. Le puissant moteur s'alluma et s'installa dans un ronron lent et régulier. Ce ne fut qu'à cet instant que je regardai Jenks, encore une fois surprise de le voir là, assis à côté de moi dans le survêt de Kisten avec ses cheveux d'un jaune choquant. C'était vraiment bizarre.

Il avait mis sa ceinture de sécurité. Il arrêta de jouer avec le rétroviseur.

— Tu as l'air petite, dit-il enfin.

Il arrivait à avoir l'air à la fois sage et innocent.

Je souris du coin des lèvres. Je passai la première et accélérai.

Chapitre 8

— Pour l'amour de Clochette, grommela Jenks en tournant un nouveau Cheeto pour le faire entrer dans sa bouche. (Il mâcha méticuleusement avant d'avaler.) Ses cheveux ressemblent à du pissenlit. Quelqu'un pourrait le lui dire. Il y en a assez pour s'en faire une couverture.

J'avais le regard rivé sur la voiture de devant qui roulait à la vitesse exaspérante de quatre-vingt-dix kilomètres-heure sur la deux-voies à ligne continue. La femme en question avait des cheveux blancs encore plus frisés que les miens. Il avait raison.

— Jenks, tu mets des miettes partout. C'est le van de Kisten.

Il me répondit par un petit craquement de cellophane à peine audible par-dessus la musique – une musique bien gaie, et bien incompatible avec mon humeur.

— Désolé, dit-il en repliant le sachet.

Il le fourra à l'arrière, puis lécha ses doigts couverts de poudre orange en recommençant à farfouiller dans les CD de Kisten. Pour changer. Ensuite, il triturerait la boîte à gants ou passerait cinq minutes à ajuster trèèèèès précisément la hauteur de sa fenêtre, ou bien tripoterait sa ceinture de sécurité ou se consacrerait à l'une des cinq ou six autres activités qui l'occupaient depuis qu'il était monté à bord. Tout cela s'accompagnant de petits commentaires à voix basse dont il ne savait sans doute pas que je les entendais. La journée avait été longue.

J'ajustai ma prise sur le volant en soupirant. Nous avions quitté l'autoroute depuis près de deux cent cinquante kilomètres ; nous avions choisi d'emprunter cette route à deux voies plutôt que de continuer jusqu'à Mackinaw. Nous étions cernés par une forêt de pins qui ne laissait qu'occasionnellement passer le soleil. Ce dernier s'approchait de l'horizon, et le vent qui entrait par ma fenêtre était frais. Il était porteur d'odeurs de terre et de verdure. Je trouvais cela apaisant, contrairement à la musique.

Le panneau de l'Office national des forêts attira mon regard ; je freinai prestement. Je ne pouvais pas rester coincée derrière cette bonne femme. Et si j'entendais encore une fois cette chanson, j'allais fourrer la Thunderbird de papa dans la gorge de Jenks [1]. Sans compter que monsieur « J'ai une vessie de la taille d'une noix » allait peut-être devoir se resservir de la canette, ce qui expliquait pourquoi nous nous retrouvions sur des routes de traverse au lieu de foncer sur l'autoroute. Jenks devenait dingue, quand il ne pouvait pas faire pipi à sa guise.

Il s'arracha à sa fouille méthodique de la boîte à gants au moment où je ralentissais pour passer en cahotant sur un pont en bois qui enjambait un fossé de drainage. C'était la quatrième fois qu'il passait son contenu en revue, mais peut-être que quelque chose avait changé depuis la dernière fois qu'il avait rangé les vieilles serviettes, la carte grise, l'assurance et le crayon cassé. Je devais faire des efforts pour me souvenir que, contrairement aux apparences, Jenks était un pixie, pas un humain, et que par conséquent il était curieux comme un pixie.

— Une aire de repos ? s'étonna-t-il. (Ses yeux écarquillés étaient pleins d'innocence.) Pour quoi faire ?

Je tournai sur la droite, traversai la ligne blanche effacée et repassai en première. Le lac Huron s'étendait sous nos yeux, mais j'étais trop fatiguée pour profiter de la vue.

— Pour se reposer.

La musique s'arrêta en même temps que le moteur.

Je passai la main sous le siège. Mes phalanges en voie de guérison frôlèrent le portable lorsque je fis pivoter mon dossier vers l'arrière. Je fermai les yeux, pris une longue inspiration et m'enfonçai dans mon fauteuil, les mains posées sur le volant. *S'il te plaît, Jenks, va faire un tour dehors.*

Jenks ne disait rien. J'entendis un sachet plastique craquer ; il rassemblait les poubelles. Ce type-là n'arrêtait jamais de bouffer. J'allais lui présenter le tout-puissant hamburger, ce soir. Peut-être que cent soixante grammes de viande allaient le ralentir.

— Tu veux que je conduise ? demanda-t-il.

J'entrouvris une paupière et le regardai du coin de l'œil.

1. Référence à la chanson *Fun, fun, fun* des Beach Boys. (*NdT*)

Ça, c'est une idée. Comme ça, si on se fait arrêter, c'est moi qui perds les points.

— Naaan, dis-je. (Mes mains tombèrent du volant sur mes cuisses.) On est presque arrivés. J'ai juste besoin de me dégourdir les jambes.

Jenks me dévisagea. Il était bien plus sage que son âge apparent le laissait penser. Ses épaules s'affaissèrent, et je me demandai s'il avait compris qu'il m'agaçait. Peut-être y avait-il une raison pour que les pixies fassent dix centimètres.

— Moi aussi, dit-il docilement. (Il ouvrit sa portière, ce qui fit entrer le vent rafraîchi par le crépuscule qui embaumait le pin et l'eau. Tu as de la monnaie, pour le distributeur ?

Soulagée, je posai mon sac sur mes genoux et lui tendis un billet de cinq. J'aurais pu lui donner plus, mais il n'avait rien pour ranger sa monnaie. Il avait besoin d'un porte-monnaie. Et d'un pantalon pour le ranger. Je l'avais fait sortir si vite de l'église qu'il n'avait pris que son téléphone, qu'il arborait fièrement accroché à l'élastique de son bas de survêtement et qui était resté désespérément muet. Nous avions espéré que Jax rappellerait, mais non.

— Merci, fit-il en sortant.

Il s'emmêla les pieds dans les claquettes que je lui avais achetées à la première station-service à laquelle nous nous étions arrêtés. Le van tangua lorsqu'il referma la porte. Jenks se dirigea vers une poubelle rouillée enchaînée à un arbre à une quinzaine de mètres du parking. Son équilibre s'était nettement amélioré ; il éprouvait les difficultés habituelles des gens qui essaient de marcher avec des morceaux de plastique orange attachés aux pieds.

Il se débarrassa du sac-poubelle et prit la direction d'un arbre avec une détermination inquiétante. Je pris ma respiration pour l'appeler, et il s'arrêta net. Dépité, il scruta le parc et se rendit aux toilettes. Telles étaient les épreuves de la vie d'un pixie d'un mètre quatre-vingts.

Je soupirai en le voyant ralentir devant un parterre d'hémérocalles poussant de manière anarchique pour discuter avec les pixies du coin. Venus des quatre coins du parc comme des lucioles en mission, les lutins tourbillonnèrent autour de lui dans une gerbe d'étincelles dorées et argentées. En quelques secondes, un nuage de poussière s'était formé au-dessus de Jenks, d'autant plus brillant que l'atmosphère devenait crépusculaire.

Mon attention fut attirée par une voiture qui vint se garer au ralenti à quelques places de moi. Trois garçons en escalier jaillirent du véhicule en se battant pour savoir qui avait changé les piles mortes de qui dans leurs consoles portables. Maman ne dit rien. Fatiguée, elle alla ouvrir le coffre et régla la dispute avec un paquet de douze piles AA. Papa donna de la monnaie aux trois enfants qui coururent aux distributeurs sous un abri rustique, chacun poussant les deux autres pour arriver le premier. Jenks rattrapa le plus petit avant qu'il tombe dans les fleurs. J'avais le sentiment qu'il s'inquiétait plus pour les plantes que pour le garçon. Je souris en voyant le couple appuyé sur la voiture regarder ses enfants en soufflant. Je savais ce qu'ils ressentaient.

Mon sourire se fit progressivement mélancolique. J'avais toujours voulu avoir des enfants, mais comme j'avais cent ans de fertilité devant moi, il n'y avait pas d'urgence. Mes pensées se posèrent sur Kisten ; je cessai de regarder les enfants devant le distributeur.

Les sorcières se mariaient fréquemment avec des gens n'appartenant pas à leur espèce, surtout avant le Tournant. Il y avait des options tout à fait acceptables : l'adoption, l'insémination artificielle, emprunter le petit copain de votre meilleure amie l'espace d'une nuit. La moralité importait peu, quand on tombait amoureuse d'un homme à qui on ne pouvait pas dire qu'on n'était pas humaine. Ça allait de paire avec le plan « on se cache parmi les humains pendant cinq mille ans ». Nous ne nous cachions plus, mais pourquoi se limiter pour la seule raison qu'il n'y avait plus de problèmes de sécurité ? Il était beaucoup trop tôt pour que je pense à avoir des enfants, mais, avec Kisten comme petit ami, il me faudrait trouver un autre géniteur.

Frustrée, je sortis du van. J'avais mal partout, car c'était mon premier jour sans amulette antidouleur depuis que j'avais été blessée. Le couple s'éloigna en discutant. *Il n'est pas non plus question d'avoir des enfants avec Nick*, pensai-je, *alors ce n'est pas exactement comme si je n'étais pas habituée.*

Je m'étirai douloureusement pour toucher mes orteils et restai paralysée en m'apercevant que j'avais pensé à lui au présent. Bon sang. Ce n'était pas un choix entre eux deux. *Oh, mon Dieu. Dites-moi que je suis seulement ici pour aider Jenks. Qu'il n'y a aucune flamme à rallumer en moi.* Mais la cale du doute vint se loger entre ma logique et moi, et je me sentis bête.

En colère contre moi-même, je refis quelques étirements puis, me demandant si la noirceur qui recouvrait mon aura avait fini par s'imprégner, je touchai une ligne et créai un cercle. Je fis une moue de dégoût. Le voile d'énergie chatoyante s'éleva, noir et laid ; la lumière rougeâtre du soleil couchant qui s'insinuait entre les arbres lui ajoutait une teinte menaçante. La patine dorée de mon aura avait complètement disparu. Écœurée, je lâchai la ligne et le cercle s'effaça en me laissant désespérée. Pis, papa et maman chien-chien appelèrent leurs enfants et, curieusement, les poussant sans répondre à leurs questions, ils firent monter tout le monde dans la voiture et s'en allèrent avec un petit crissement de pneus sur le goudron.

— C'est ça, grommelai-je en les regardant freiner avant de s'insérer dans la circulation. Fuyez la sorcière noire.

J'avais l'impression d'être une lépreuse. Je m'appuyai contre l'aile chaude du van et croisai les bras ; je me souvenais à présent pourquoi mes parents nous emmenaient toujours dans des grandes villes ou des endroits genre Disney World pour les vacances. Les petites villes n'avaient généralement pas une grande population d'Outres, et ceux qui y vivaient faisaient profil bas. Très bas.

Le schlip-schlap des claquettes de Jenks se fit plus fort. Il revenait par le trottoir fissuré. Les pixies l'abandonnèrent un par un jusqu'à ce qu'il fût seul. Derrière lui, je discernai la silhouette de deux îles ; elles étaient tellement grandes qu'on aurait dit que c'était la rive opposée. Tout à fait à gauche, je vis le pont qui m'avait fait penser que ce devait être l'endroit où se trouvait Jax. L'édifice commençait à scintiller sous la lumière déclinante. Il était énorme, même à cette distance.

— Ils n'ont pas vu Jax, dit Jenks en me tendant une barre énergétique. Mais ils ont promis de l'héberger, s'ils le croisent.

J'écarquillai les yeux.

— Vraiment ?

Les pixies gardaient jalousement leur territoire, y compris contre ceux de leur espèce ; leur offre était donc pour le moins étonnante.

Il acquiesça. Sous sa touffe de cheveux, son demi-sourire lui donnait l'air franc.

— Je crois que je les ai impressionnés.

— Jenks, le roi des pixies, ironisai-je.

Cela le fit rire. Ce son merveilleux se répercuta en moi et me donna des ailes. Il s'éteignit lentement, laissant dans son sillage un silence malheureux.

— Nous le retrouverons, Jenks, dis-je en lui touchant l'épaule.

Il sursauta, puis s'empressa de m'adresser un sourire nerveux. Je laissai retomber ma main en me rappelant la colère qu'il éprouvait à mon égard pour le mensonge que je lui avais fait. Pas étonnant qu'il ne veuille pas que je le touche.

—Je suis certaine qu'ils sont à Mackinaw, ajoutai-je d'un ton morose.

Tournant le dos à l'eau, le visage vide de toute émotion, Jenks regardait la circulation sporadique.

—Où veux-tu qu'ils soient, sinon ? (Je déchirai l'emballage de ma barre et mordis dans le caramel et le chocolat – davantage pour faire quelque chose que pour manger ; le van irradiait de chaleur, et il était agréable d'être appuyée sur le côté du moteur.) Jax a dit qu'ils étaient dans le Michigan, expliquai-je en mâchant. Un gros pont vert retenu par des câbles. Beaucoup d'eau douce. Des fudges au chocolat. Un minigolf. Nous le trouverons.

Une douleur aiguë traversa le visage de Jenks.

—Jax est le premier enfant à qui Matie et moi ayons réussi à faire passer un hiver, murmura-t-il avec une douceur qui me fit cesser de mâcher. Il était si petit que, pour lui tenir chaud, je l'ai gardé quatre mois dans mes mains pendant que je dormais. Il faut que je le retrouve, Rache.

Oh, mon Dieu, pensai-je en déglutissant. Je me demandais si j'avais jamais aimé quelqu'un aussi profondément.

—Nous le trouverons, répétai-je.

Ne me sentant pas à ma place, je tendis la main vers lui, mais me ravisai au dernier moment. Il s'en aperçut et un silence maladroit s'ensuivit.

—Prêt à repartir ? demandai-je. (Je repliai l'emballage autour de la barre chocolatée et mis la main sur la poignée de ma portière.) On est presque arrivés. On va se trouver une chambre, quelque chose à manger, et ensuite je t'emmène faire du shopping.

—Du shopping ? s'étonna-t-il en passant devant le van.

Nos portières se fermèrent simultanément. Je bouclai ma ceinture, reposée, pleine de résolution.

—Tu ne crois pas que je veux être vue en compagnie d'une sucrerie d'un mètre quatre-vingts dans un vilain jogging, non ?

Jenks écarta ses cheveux de ses yeux. Son visage anguleux trahit un amusement rusé étonnamment intense.

—Je n'aurais rien contre des sous-vêtements.

Je gloussai en démarrant le moteur. J'enclenchai la marche arrière et éteignis le lecteur CD avant qu'il se remette en route.

—Désolée, c'est ma faute. Mais il fallait vraiment que je sorte de l'église.

— Moi aussi, répliqua-t-il. (Cela me surprit.) Et je n'allais quand même pas mettre ceux de Kisten. Il est sympa, et tout, mais qu'est-ce qu'il pue. (Il marqua une pause et tira sur son col.) Et, euh, merci pour ce que tu as dit, tout à l'heure.

Je fronçai les sourcils. Après m'être assurée que la voie était libre, je m'engageai sur la route.

— Sur l'aire de repos ?

Penaud, il haussa les épaules.

— Non, dans la cuisine – tu as dit que j'étais le seul soutien dont tu aies jamais eu besoin.

— Ah. (Me sentant rougir, je m'efforçai de garder les yeux rivés sur la voiture de devant, une Corvette noire rouillée par le sel qui me rappela l'autre véhicule de Kisten.) Je le pensais, Jenks. Tu m'as manqué, ces cinq derniers mois. Et, si tu ne reprends pas ta place dans notre société, je te jure que je te plante là.

Il eut l'air paniqué, mais se détendit en voyant que je plaisantais.

— Pour l'amour de Clochette, ne t'avise pas de me laisser sur le carreau. Je ne peux même plus pixer les gens. Tu sais que je sue au lieu de poussiérer ? Je produis de l'eau au lieu de produire de la poussière. Qu'est-ce que tu veux que je fasse avec de la sueur ? Me frotter sur quelqu'un pour le faire gerber ? Je t'ai vu suer, et ce n'est pas joli, joli. Je ne veux même pas penser au sexe – deux corps mouillés pressés l'un contre l'autre ? Dégoûtant. Tu parles d'un contrôle des naissances – pas étonnant que vous n'ayez qu'une poignée d'enfants.

Il frissonna, ce qui me fit sourire. *Ce bon vieux Jenks. Il n'a pas changé.*

Je ne pus m'empêcher de me crisper quand il commença à farfouiller dans les CD. Apparemment, il s'en aperçut, car il s'arrêta et posa les mains sur ses cuisses et regarda le ciel de plus en plus sombre par le pare-brise avant.

Nous étions sortis des bois et commencions à voir une mince enfilade d'habitations et de commerces le long de la route. Derrière les bâtiments, on apercevait le bleu monotone du lac qui grisonnait dans la pénombre croissante.

— Rachel, dit-il d'une voix adoucie par le regret. Je ne sais pas si je peux revenir.

Apeurée, je me tournai vers lui, puis vers la route, puis me retournai vers lui.

— Comment ça, tu ne sais pas ? Si c'est à propos de Trent…

Il leva une main en fronçant les sourcils.

—Ce n'est pas Trent. J'ai compris que c'était un elfe après avoir aidé Ceri cette nuit.

Je sursautai. Le van fit une embardée; on me klaxonna, ce qui me fit donner un coup de volant pour réintégrer ma file.

—Tu... tu as compris? bégayai-je en sentant mon cœur s'emballer. Jenks, j'aurais voulu te le dire. Vraiment. Mais j'avais peur que tu craches le morceau et...

—Je ne le dirai à personne, me coupa-t-il. (Je voyais bien que ça le tuait; cette découverte lui aurait apporté énormément de prestige dans le monde des pixies.) Si je crache le morceau, alors ça voudra dire que tu as eu raison de ne pas m'en parler, et c'est faux.

Sa voix était dure; je ressentis une pointe de culpabilité.

—Alors pourquoi? insistai-je.

J'aurais préféré qu'il aborde le sujet quand nous étions encore garés plutôt qu'à ce moment, alors que j'essayais de m'y retrouver aux abords d'une ville qui ne m'était pas familière et dont les néons m'éblouissaient.

L'espace d'un instant, il ne répondit pas. Son jeune visage se fit pensif tandis qu'il essayait de mettre de l'ordre dans ses pensées.

—J'ai dix-huit ans, dit-il finalement. Tu sais ce que ça fait, comme âge, pour un pixie? Je suis de plus en plus lent. L'automne dernier, tu m'as pris de vitesse. Ivy, elle, me prend quand elle veut.

—Ivy a les réflexes de Piscary – des réflexes de vampire mort, m'offusquai-je. Et moi, j'ai eu de la chance. Jenks, tu as l'air en pleine forme. Tu n'es pas vieux.

Il soupira.

—Rachel... Nos enfants nous quittent pour aller construire leur propre vie. Le jardin commence à se vider. (Il s'empressa d'ajouter:) Je ne me plains pas. Le vœu de stérilité que tu m'as accordé est une bénédiction: les enfants qu'un pixie fait dans ses trois dernières années ont une espérance de vie très limitée, et ça tuerait Matalina de savoir qu'elle pourrait avoir d'autres enfants qui ne lui survivraient pas plus d'une semaine. La petite Josephina... elle vole, maintenant. Elle va vivre.

Sa voix dérailla. Je sentis un nœud se former dans ma gorge.

—Entre ce vœu et le jardin, poursuivit-il les yeux rivés sur le pare-brise, je suis sûr que tous nos enfants nous survivront, à Matie et à moi, et je t'en remercie.

—Jenks..., commençai-je.

Je voulais qu'il arrête.

— La ferme, s'emporta-t-il en rougissant. Je ne veux pas de ta pitié. (Clairement en colère, il posa le coude sur le rebord de sa fenêtre ouverte.) C'est moi qui suis en cause. Tout ça ne m'a jamais dérangé, avant de vous connaître Ivy et toi. Je suis vieux. Je me fous de mon apparence – ça me rend dingue que vous continuiez à diriger la société jusqu'à la fin des temps alors que moi je ne serai plus là. C'est pour ça que je ne suis pas revenu. Ce n'est pas parce que tu ne m'as pas dit pour Trent.

Je ne répondis rien. Je me contentai de serrer les dents avec désespoir. Je ne savais pas qu'il était si âgé. Je mis mon clignotant et tournai à droite pour suivre la voie qui longeait le lac. Devant nous se dressait le pont énorme qui reliait la péninsule supérieure du Michigan à l'inférieure qui brillait et clignotait de tous ses feux.

— Ça ne doit pas t'empêcher de revenir, dis-je d'un ton hésitant. Je pratique la magie démonique, et Ivy est le scion de Piscary.

Je tournai le volant et entrai dans le parking d'un petit hôtel avec une piscine d'extérieur lovée au creux du L que formait le bâtiment. Je m'arrêtai sous le vieil auvent à bandes rouges et blanches et regardai les enfants en maillot de bain passer devant le van en courant, leurs brassards en plastique autour des bras, tout à fait certains que je n'allais pas les renverser. À la traîne, la mère me remercia d'un signe de la main. Il devait s'agir soit de fous, soit de garous, car il faisait à peine quinze degrés dehors.

— L'un comme l'autre, nous pourrions mourir demain, conclus-je.

Il me regarda, et ses rides de colère s'estompèrent.

— Tu ne vas pas mourir demain, dit-il.

Je garai le van et me tournai vers Jenks.

— Comment le sais-tu ?

Jenks défit sa ceinture et m'adressa un petit sourire de travers qui rivalisait de malice avec ceux de Kisten.

— Parce que je suis avec toi.

Je laissai échapper un grognement. Cette vanne-là, je m'étais jetée droit dessus.

Il sortit en souriant et jeta un coup d'œil aux premières étoiles, presque invisibles derrière les lumières de la ville. Le dos raidi par le long trajet, je le suivis dans le minuscule bureau. Il était vide, à l'exception d'un incroyable étalage de bibelots et de brochures. Les mains en avant, Jenks se dirigea comme un affamé vers les étagères de miniatures. Sa curiosité de pixie, son besoin de tout tripoter lui rendait le présentoir irrésistible. La porte se referma derrière nous et, voyant qu'il était perdu dans les affres de la félicité pixie, je lui donnai un coup dans le bras.

— Aïe ! s'exclama-t-il en se tenant le bras et en me lançant un regard blessé. Pourquoi tu m'as frappé ?

— Tu le sais, répondis-je sèchement.

Je parvins à retrouver mon sourire en me retournant vers la femme habillée de façon décontractée qui arriva d'une pièce dans le fond par une arcade ouverte. J'entendais une télévision au loin, et une odeur de déjeuner me parvint. Ou plutôt de dîner, vu qu'il s'agissait d'une humaine.

Elle écarquilla les yeux en nous voyant.

— Que puis-je faire pour vous ? demanda-t-elle.

Elle se fit hésitante en comprenant que nous étions des Outres. Mackinaw, une ville touristique, n'était sans doute pas assez grande pour attirer une grosse population originaire de l'Outremonde.

— Oui, une chambre pour deux personnes, s'il vous plaît, dis-je en prenant le stylo et la fiche d'enregistrement.

Je fronçai les sourcils en découvrant le formulaire. *Bon, on n'a qu'à s'inscrire sous mon nom*, pensai-je en écrivant Mlle Rachel Morgan de ma grande écriture bouclée. J'entendis les claquements de la céramique et de l'étain qu'on prenait et reposait sur les présentoirs. La femme derrière le comptoir grimaça en regardant Jenks par-dessus mon épaule.

— Jenks, tu peux aller voir le numéro de la plaque pour moi ? demandai-je.

Il sortit en faisant claquer brutalement le mobile en coquillages pendu au-dessus de la porte.

— Ce sera deux cent vingt dollars, annonça-t-elle sèchement.

Super, pensai-je. *Pas cher – pas cher du tout. C'est vraiment cool, les petites villes touristiques hors saison.*

— On ne reste que pour une nuit, pas la semaine entière, précisai-je en notant l'adresse de l'église.

— C'est le prix de la nuit, répondit-elle d'un ton arrogant.

Je relevai la tête.

— Deux cent vingt dollars ? Mais c'est la saison creuse, m'offusquai-je. (Elle haussa les épaules ; sous le choc, je dus réfléchir un moment.) J'ai droit à une remise en étant assurée chez Garou Assurances ?

Elle me regarda d'un air moqueur.

— On ne fait de ristournes qu'aux membres de l'Association des automobilistes américains.

Mes lèvres se serrèrent et je sentis la moutarde me monter au nez. Je fermai lentement le poing et cachai mes phalanges bandées sous le comptoir. *Pas cool – pas cool du tout. Les gens ont vraiment une mentalité merdique, dans ces petites villes touristiques.* Elle avait augmenté ses tarifs rien que pour nous en espérant qu'on irait voir ailleurs.

— En liquide, ajouta-t-elle pour me narguer. On n'accepte ni les chèques personnels ni les chèques en bois.

La plaque ébréchée derrière elle disait le contraire, mais il était hors de question que je m'en aille. J'avais ma fierté, et l'argent n'était rien en comparaison.

— Vous avez une chambre avec cuisine ? demandai-je en tremblant intérieurement.

Deux cent vingt dollars, ça va faire un sacré trou dans mon compte.

— Pour trente dollars de plus.

— Bien sûr, grommelai-je.

En colère, j'ouvris mon sac d'un geste sec et en sortis deux billets de cent et un de cinquante au moment où Jenks entra. Il regarda l'argent que je tenais, puis le visage satisfait de la femme, et enfin ma colère, qui ne le surprit pas le moins du monde. Bon sang, il avait dû entendre toute la conversation avec son ouïe de pixie.

Il leva les yeux sur la fausse caméra accrochée dans un coin du plafond, puis regarda le parking par la porte vitrée.

— Rache, je crois qu'on a un sujet en or pour le prime time, dit-il en prenant le stylo relié au bureau. (Il nota le numéro de notre plaque sur le formulaire.) Quelqu'un vient juste de faire pipi dans la piscine et je sens d'ici qu'il y a de la moisissure dans les douches. Si on se dépêche, on peut faire un plan du pont au coucher du soleil pour le générique de début.

La femme posa une clé sur le comptoir. Ses gestes étaient tout de suite beaucoup plus hésitants.

Jenks ouvrit son portable.

— Tu as gardé le numéro du département santé du comté, depuis notre dernier arrêt ?

Je m'efforçai de prendre l'air blasé.

— Dans mon bloc-notes. Mais on n'est pas pressés, pour le générique. On pourra faire un plan avec le lever du soleil. Tom nous a piqué une colère, la dernière fois qu'on a gâché de la pellicule avant qu'il ait eu le temps de quadriller les points chauds du coin pour trouver les pires contrevenants.

La femme blêmit.

Je lâchai les billets sur le comptoir et pris la clé fatiguée avec sa petite étiquette en plastique. Je haussai les sourcils ; chambre numéro treize – comme c'était de circonstance.

— Merci, dis-je.

Je me retournai pour sortir, mais Jenks s'empressa de me précéder.

— Si vous me permettez, mademoiselle Morgan, susurra-t-il.

Il ouvrit la porte d'un geste gracieux et je quittai le bureau. Mon orgueil était sauf.

Je parvins tant bien que mal à garder mon sérieux jusqu'à ce que la porte se referme avec un claquement métallique. Mais Jenks ricana, et il me fut impossible de me retenir.

— Merci, articulai-je entre deux renâclements. Seigneur, j'étais prête à lui en coller une bonne.

— Pas de problème, répondit-il. (Il scruta les fenêtres et son regard se fixa sur la dernière chambre coincée au bout de la petite partie du L.) Je peux conduire le van jusque-là ?

Comme je pensais qu'il avait bien mérité de se faire plaisir, je le laissai se débrouiller. Je traversai le parking sombre qui recrachait la chaleur accumulée au cours de la journée en écoutant les enfants se défouler dans la piscine. Les éclairages du bassin s'étaient allumés et se reflétaient sur les parasols ouverts, ce qui rendait la scène attirante. S'il n'avait pas fait si froid, j'aurais demandé à Jenks si les pixies savaient nager. Pouvoir confronter l'image mentale que je me faisais de Jenks en maillot de bain avec la réalité valait bien un peu de chair de poule.

La clé n'entra pas tout de suite dans la serrure, mais en la faisant jouer un peu tout rentra dans l'ordre et la porte s'ouvrit. Des odeurs d'agrumes et de linge propre s'en échappèrent.

Jenks conduisit le van jusqu'à la place vide devant notre porte. Les phares qui éclairèrent la chambre révélèrent un tapis marron particulièrement laid et un couvre-lit jaune. J'allumai la lumière, entrai et me dirigeai vers la prétendue cuisine et l'autre porte, au fond de la pièce. Je posai mon sac sur le lit. Inquiète, je m'aperçus que cette porte ne donnait pas sur une seconde chambre mais sur la salle de bain.

Jenks entra avec mon bagage. Il regarda le plafond peu élevé et marmonna quelque chose à propos d'une caverne. Il posa le sac à côté de la porte, me lança les clés du van et ressortit, non sans avoir auparavant actionné plusieurs fois l'interrupteur de la lumière.

— Euh, Jenks… (Je me fis mal aux doigts en rattrapant les clés.) Il faut qu'on change de chambre.

Jenks revint avec mon ordinateur et l'épée d'Ivy et les posa sur la table ronde, devant la fenêtre qui donnait sur le parking.

—Ah bon ? Je plaisantais, pour la moisissure. (Il inhala profondément en plissant le nez.) On dirait que ça sent… enfin, pas la moisissure.

Je préférais ne pas savoir ce que ça sentait. Je pointai le lit unique du doigt, mais Jenks se contenta de hausser les épaules en me regardant de ses grands yeux innocents d'un vert magnifique. Je gesticulai, impuissante, en voyant qu'il ne comprenait pas.

—Il n'y a qu'un lit.

—Et alors ? (Il rougit soudain en se tournant vers la boîte de mouchoirs en papier posée sur la table de chevet.) Ah. Effectivement. Je ne tiens plus dans la boîte de Kleenex.

Bien que je n'aie aucune envie de revoir la bonne femme de l'accueil, je me dirigeai vers la porte en prenant mon sac au passage.

—Je vais demander une autre chambre. Sois gentil, n'utilise pas les toilettes. Elle serait capable de nous faire payer un supplément pour la femme de ménage.

—Je t'accompagne.

Nous sortîmes et retraversâmes le parking.

Les enfants étaient sortis de la piscine ; ils piquèrent un sprint pour retourner dans leur chambre en tremblotant sous leur minuscule serviette blanche mouillée. Jenks m'ouvrit la porte de l'accueil. Tandis que nous entrions, des éclats de voix et des sanglots se mélangèrent au tintement du mobile en coquillages.

—Tu leur as fait payer le tarif du 4 Juillet ? s'écria un homme.

La femme marmonna quelque chose pour sa défense. Je lançai un regard interrogateur à Jenks, qui se râcla bruyamment la gorge. Silence.

Après un échange de mots à mi-voix, un homme courtaud handicapé du follicule en chemise écossaise arriva en repeignant son crâne en passe de devenir chauve.

—Oui ? dit-il d'un air faussement intéressé. Que puis-je faire pour vous ? Vous voulez des serviettes supplémentaires pour la piscine ?

Quelque part dans l'arrière-salle, la femme étouffa un sanglot. L'homme rougit.

—En fait, expliquai-je en posant la clé de notre chambre sur le comptoir qui m'arrivait à la poitrine, j'aimerais savoir si nous pouvons avoir une autre chambre. Il nous faut deux lits, pas un grand. C'est ma faute, je n'ai pas été claire.

Je souriais comme si je n'avais rien entendu de leur dispute.

L'homme posa les yeux sur Jenks, et il rougit de plus belle.

— Ah, oui. La treize, c'est ça ? dit-il en récupérant la clé avant de m'en donner une autre.

Jenks se dirigea vers les bibelots mais, comme je poussai un soupir lourd de sens, il se détourna vers les brochures. Je posai mon sac sur le comptoir et demandai d'un ton arrogant :

— Il y a une différence de prix ?

— Non, non, s'empressa-t-il de répondre. C'est le même prix. Je peux faire autre chose pour vous ? Peut-être m'occuper de prendre des réservations pour vous et le reste de votre équipe ? (Il cligna des yeux, l'air malade.) Est-ce qu'ils vont aussi s'installer dans notre hôtel ?

Jenks se retourna vers la porte vitrée et mit une main sur son menton lisse pour s'empêcher de rire.

— Non, dis-je d'un ton léger. Ils ont appelé pour nous dire qu'ils avaient trouvé un endroit où on remplit la piscine avec de l'eau du lac, de l'autre côté de la ville. C'est quand même autre chose que des salles de bain moisies.

La bouche de l'homme remua, mais rien n'en sortit.

Jenks s'agita. Je jetai un coup d'œil par-dessus mon épaule et vis qu'il était voûté et tenait une brochure à quelques centimètres de son nez.

— Merci, repris-je en brandissant les clés avec un sourire. Il se pourrait que nous restions une nuit de plus. Vous avez des tarifs spéciaux pour deux jours ?

— Oui, madame, dit-il. (Il avait l'air soulagé.) La deuxième nuit est à moitié prix en basse saison. Si vous voulez, je vous inscris.

Il jeta un coup d'œil à sa femme, invisible de l'autre côté de l'arcade.

— Super, fis-je. Et on peut payer mardi ?

— « Encaisser mardi », répéta-t-il en griffonnant dans le registre. Pas de problème. Merci d'avoir choisi notre hôtel.

Je hochai la tête en souriant, puis je pris Jenks par le bras et, comme il ne semblait pas vouloir bouger, plongé qu'il était dans sa brochure, je l'entraînai dehors.

— Merci, lançai-je gaiement. Passez une bonne nuit.

Le carillon tinta mollement et, une fois dehors dans l'air nocturne de plus en plus frais, j'expirai longuement. Le parking était silencieux à l'exception du bruit de la circulation alentour. Je jetai un coup d'œil satisfait à la clé sous l'auvent. Cette fois-ci, c'était la chambre onze.

— Rache. (Jenks me mit la brochure sous le nez.) Là. Il est là. J'en suis sûr ! Monte dans le van. Ils ferment dans dix minutes !

Il m'attrapa par le bras et m'entraîna dans la direction de notre véhicule.

— Jenks, m'exclamai-je en cahotant. Jenks, attends ! Jax ? Il est où ?

— Là, dit-il en agitant la brochure sous mes yeux. C'est là que j'irais, moi.

Perplexe, je regardai le document coloré plié en trois à la faible lumière d'un réverbère. Ma bouche s'entrouvrit. Je sortis mes clés pendant que Jenks chargeait nos affaires à la hâte dans le van et claquait la porte du motel. Il tremblait d'impatience.

La Cabane aux papillons. Bien sûr.

Chapitre 9

Tout en chantonnant nerveusement, Jenks mit le pot de miel dans le panier avec mes pansements et le reste de nos courses. Il gigota ; je haussai les sourcils.

— Du miel, Jenks ?

— C'est bon pour la santé, répondit-il en rougissant.

Il se tourna vers le déploiement de matériel de cuisson, les pieds écartés dans sa pose de Peter Pan. Il tendit le bras vers une des étagères du haut et mit un pot de levure dans le panier.

— De la gelée royale, marmonna-t-il dans sa barbe. Mais par le lupanar de Clochette, où est-ce qu'ils rangent les compléments vitaminés ? Je ne trouve rien dans cette foutue boutique. Qui se charge de l'organisation, ici ? Gilligan ?

Il leva la tête pour regarder les pancartes au-dessus des allées.

— Les vitamines doivent être avec les médicaments, dis-je.

Il sursauta, sous le choc.

— Tu… tu as entendu ? bégaya-t-il. (Je haussai les épaules.) Bon sang, fit-il en s'éloignant. Je ne savais pas que tu avais une si bonne oreille. Avant, tu ne m'aurais pas entendu.

Je lui emboîtai le pas, les mains vides. Jenks insistait pour tout porter, pour m'ouvrir chaque porte – bon sang, il aurait tiré la chasse à ma place, si je l'avais laissé faire. Ce n'était pas par machisme, mais simplement parce qu'il en était capable. Ce qu'il préférait, c'étaient les portes automatiques, et, bien qu'il n'ait pas encore joué à les ouvrir et les refermer en marchant sur le senseur, je savais qu'il en mourait d'envie.

Il marchait d'un pas rapide, sans faire de bruit grâce aux nouvelles bottes que je lui avais achetées une bonne heure plus tôt. Il n'avait pas apprécié que j'insiste pour aller faire des achats avant d'aller voir si Jax était à la Cabane aux papillons, une boutique de nature qui faisait exposition de papillons, mais il avait admis que si Jax s'y trouvait, il devait se cacher, sinon le propriétaire nous aurait appelés pour que nous venions le chercher. Nous ne connaissions pas la situation, et si nous avions frappé à la porte du propriétaire pour lui dire qu'il hébergeait un pixie, qui plus est potentiellement impliqué dans une affaire de vol, nous aurions risqué de faire jaser.

Jenks et moi laissâmes donc le temps au propriétaire de fermer boutique et de compter son argent et en profitâmes pour faire quelques achats en prévision de notre effraction. J'avais été agréablement surprise de trouver des magasins de standing juste à côté des pièges à touristes. Ils étaient installés dans de petits bâtiments commerciaux neufs qui avaient dû pousser dans les cinq dernières années. En tout cas, les arbres n'étaient pas plus vieux que ça ; j'étais une sorcière, alors je sentais ce genre de choses.

Comme nous étions juste avant la saison touristique, il y avait du choix et les prix étaient presque raisonnables. Cela allait changer la semaine suivante, quand les écoles lâcheraient leurs marmots et que la ville triplerait sa population lorsque les « fudgies » – les touristes de Mackinaw étaient ainsi nommés à cause des confiseries qui constituaient la spécialité de la ville, les fudges – feraient leur descente.

Jenks se révéla être un fondu de shopping. Cela venait sans doute de son habitude de la cueillette ; quoi qu'il en soit, en très peu de temps, nous avions fait trois boutiques de vêtements, un Dance Outlet et un magasin de chaussures. Par conséquent, au lieu d'un beau jeune homme en jogging et en claquettes, j'avais avec moi un jeune homme athlétique et angoissé d'un mètre quatre-vingts vêtu d'un pantalon décontracté en lin et d'une chemise assortie couleur fauve. En dessous, il portait un ensemble slip, maillot de corps en soie et fibre élastique qui le moulait et nous avait fait perdre quelques centaines de dollars. Mais, en le voyant dedans, je n'avais pu qu'acquiescer et sortir la carte. C'est moi qui régale.

Je ne pus m'empêcher de le dévorer des yeux lorsqu'il s'accroupit devant un présentoir de vitamines en enlevant les lunettes de soleil que je lui avais achetées, ne voulant pas me refarcir ses jérémiades sur le soleil jusqu'à ce qu'on en ait terminé. Manifestement ennuyé, voire inquiet, il se gratouilla la tête sous sa casquette. Le cuir rouge aurait dû jurer avec le reste de ses vêtements, mais sur lui, c'était… miam.

Jenks était vraiment très beau, et je regrettais de ne pas avoir emporté de plus belles affaires. Et un appareil photo. Il fallait sacrément s'accrocher pour être à la hauteur, une fois qu'on l'avait débarrassé de ses claquettes et de son survêt.

— De la gelée royale, dit-il. (Il secoua la main pour faire descendre la manche de sa veste d'aviateur toute neuve et prit le pot en verre ; il souffla dessus, car le couvercle était recouvert de poussière.) Vu le goût de ce truc, on pourrait croire qu'il est déjà passé par la tuyauterie d'une abeille, expliqua-t-il en se levant pour mettre le pot avec le reste des courses, mais comme les seules fleurs du coin sont des marguerites fanées et des roses déshydratées, ça devrait aller.

Sa voix exprimait de la dérision et même une certaine dureté. Je regardai le prix sans un mot. Pas étonnant que les pixies passent plus de temps dans le jardin qu'à travailler huit heures par jour pour s'acheter à manger, comme tout le monde. Les deux bouteilles de sirop d'érable qu'il voulait coûtaient pas moins de neuf dollars. Pièce. Et quand j'avais essayé de les remplacer par un ersatz, il en avait ajouté une troisième.

— Attends, je vais porter quelque chose, proposai-je.

Je me sentais inutile.

Il secoua la tête et se dirigea vers les caisses d'un pas décidé.

— Si on ne part pas tout de suite, il va finir par être trop tard pour trouver un pixie qui pourrait nous aider. Et puis le proprio doit déjà être chez lui devant la télé. Il est près de 21 heures.

Je jetai un coup d'œil au téléphone accroché à sa ceinture.

— Il est 21 h 20. Allons-y.

— 21 h 20, hein ? me railla-t-il en soulevant le panier. Ça ne fait qu'une heure que le soleil est couché.

Il fit un pas de côté lorsque j'arrachai le téléphone de sa ceinture. Je lui mis sous le nez pour qu'il voie l'heure.

— 21 h 20, répétai-je.

Je ne savais pas si je devais me moquer ou m'inquiéter de ce que son sens infaillible du temps qui passe soit en berne. J'espérais que Ceri ne l'avait pas réduit à néant.

L'espace d'un instant, Jenks eut l'air horrifié, puis il me fit un petit sourire entendu.

— On a changé de latitude, dit-il. Je vais avoir… (Il me prit le téléphone et consulta de nouveau l'heure.)… vingt minutes de retard au coucher du soleil, et vingt d'avance au lever. (Il ricana.) Je n'avais jamais pensé que j'aurais un jour besoin d'une montre, mais ça sera plus facile que d'essayer de m'y faire et de me réhabituer ensuite.

Je haussai les épaules. Je n'avais jamais eu besoin de montre, sauf quand j'avais besoin de me synchroniser avec Ivy pour qu'elle ne pique pas une crise, et encore, dans ces cas-là, je me servais de Jenks. Me sentant petite à côté de lui, je le tirai pour qu'il sorte de la queue du self-service, sinon nous en aurions eu pour la nuit. Jenks se chargea de vider le panier. Je n'avais rien à faire, à part sourire avec neutralité à la caissière.

Elle haussa ses sourcils épilés en voyant la gelée royale, la levure, le miel, le sirop d'érable, la bière, les pansements et la plante souffreteuse que Jenks avait sauvée du présentoir moitié prix du minuscule rayon fleurs.

— On cuisine ? demanda-t-elle d'un air malin.

Son sourire était lourd de sens ; elle semblait en être arrivée à de drôles de conclusions quant à ce que pouvaient faire deux personnes avec une liste de courses comme la nôtre. D'après l'étiquette sur sa poitrine, elle s'appelait Terri. Elle avait dix bons kilos de trop et des doigts boudinés surchargés de bagues.

Les yeux verts pleins d'innocence de Jenks étaient grands ouverts.

— Jane, ma chérie, me dit-il. Tu veux bien être un ange et retourner chercher un pudding instantané. (Il baissa la voix et prit un ton très sensuel.) Essayons au caramel écossais, cette fois. J'en ai assez du chocolat.

Me sentant vilaine, je me plaquai contre lui et jouai avec les bouclettes autour de ses oreilles.

— Tu sais bien qu'Alexia est allergique au beurre salé, surenchéris-je. Et puis Tom ferait absolument n'importe quoi pour des pistaches. Et j'en ai dans le frigo. Juste à côté du caramel liquide et de la crème fouettée. (Je gloussai en rejetant mes cheveux rouges en arrière.) Seigneur, j'aime tellement le caramel ! Il faut une éternité pour le nettoyer avec la langue.

Jenks fit un sourire diabolique et regarda la caissière de sous sa casquette en prenant une poignée de brosses à dents en vrac. Il les posa sur le tapis roulant.

— C'est ce que j'adore chez ma petite Janie, poursuivit-il en m'attirant si fort à lui qu'il me déséquilibra. Elle pense toujours aux autres. N'est-elle pas la fille la plus gentille du monde ?

La femme avait les joues rouges. Honteuse, elle essayait encore et encore d'enregistrer la plante à moitié prix. Elle finit par laisser tomber et la ranger dans un sachet plastique.

— Soixante-trois dollars et vingt-sept cents, bégaya-t-elle sans oser croiser le regard de Jenks.

Arrogant, Jenks sortit le portefeuille qu'il s'était acheté quinze minutes auparavant et le fouilla à la recherche de la carte de crédit Charmes Vampiriques. Il l'inséra soigneusement dans la machine. Il prenait manifestement plaisir à appuyer sur les bons boutons. Il y avait une éternité qu'Ivy avait pris les dispositions nécessaires pour que nous ayons une carte; la signature de Jenks était tout naturellement enregistrée. C'était la première fois qu'il avait l'occasion de s'en servir, mais il avait l'air de savoir ce qu'il faisait.

La caissière fixa son écran sur lequel était apparu le nom de notre firme et sa mâchoire tomba en lui faisant un double menton.

Plein de sérieux, Jenks signa soigneusement sur le récepteur et sourit à la femme lorsqu'elle lui tendit son reçu et un ticket de remises.

— Salut, lança-t-il.

Il prit tous les sacs et se les passa au bras avec un bruissement de plastique. Je me retournai au moment où les portes en verre s'ouvrirent et où l'air nocturne froid en provenance du détroit souffla dans mes cheveux qui vinrent me chatouiller le visage. La caissière était déjà en train de cancaner avec son responsable; elle mit une main devant sa bouche en voyant que je la regardais.

— Bon sang, Jenks, dis-je en prenant l'un des sacs pour voir le ticket de caisse.

Plus de soixante dollars pour deux sacs de courses? Et pourquoi avoir acheté autant de brosses à dents?

— Peut-être qu'on aurait pu faire quelque chose de vraiment dégoûtant, comme de lécher son micro!

— Ça t'a plu et tu le sais, sorcière. (J'allais jeter le ticket et les coupons, mais il me les arracha des mains.) Donne-moi ça, dit-il en les rangeant dans une poche. Ils pourraient me servir une autre fois.

— Mais personne ne se sert de ces coupons!

Penchée en avant, je cherchai les clés dans mon sac à main. Les phares du van clignotèrent et les portières se déverrouillèrent. Jenks m'ouvrit la mienne avant de faire le tour pour déposer les courses à côté de ses sacs de pantalons, de chemises, de boxers en soie, de chaussettes. Il y avait même une robe de chambre en soie contre l'achat de laquelle je me serais élevée si je n'avais pas eu l'intention de la récupérer quand il redeviendrait petit. Ce type ne pouvait rien acheter à un prix raisonnable. Il disait que les vêtements à base de pétrole lui donnaient des boutons, et je ne l'aurais pas cru si je ne l'avais pas vu de mes yeux.

Sa portière s'ouvrit. Il s'installa et boucla sa ceinture avec soin, comme si c'était un acte religieux.

— Prêt ? demandai-je.

Je sentais la décontraction du shopping se changer en anticipation de la course à venir. Une course illégale. Nous comptions sauver le fils de Jenks, pas cambrioler la boutique, mais nos petits culs se retrouveraient quand même en prison si nous nous faisions prendre.

Jenks leva la tête et la baissa ; il ferma et rouvrit la petite banane dans laquelle il avait rangé ses quelques outils. J'inspirai pour me calmer, puis je démarrai le van et me dirigeai vers les boutiques et le cinéma. Cela faisait près d'un mois que la circulation sur le pont était congestionnée, d'après le vendeur renfrogné qui nous avait servis au magasin de chaussures. Apparemment, il ne restait qu'une voie dans les deux sens, car ils faisaient des réparations vingt-quatre heures sur vingt-quatre pour finir avant le Jour du Mémorial. Heureusement, nous n'avions pas à traverser le pont ; il nous faudrait juste nous frayer un chemin dans les bouchons.

Le van soufflait de l'air froid bien que j'aie mis le chauffage, et je remerciai les étoiles que Jenks soit grand. Il aurait été mal barré s'il avait fait dix centimètres. En revanche, j'espérais que Jax s'était trouvé un coin chaud. Une exposition de papillons était l'endroit idéal pour qu'il se trouve de quoi manger, mais à quoi bon chauffer à vingt-cinq degrés quand dix suffisent ?

Le cinéma était dans un dédale de nouvelles boutiques s'adressant aux touristes à pied – c'était une sorte de centre commercial en plein air juste à côté du centre-ville – mais il avait son parking. Je m'y garai entre un camion blanc et une Toyota rouillée avec, sur son pare-choc, un autocollant disant ET SI ON ALLAIT FAIRE UN TOUR DANS LE MICHIGAN SUPÉRIEUR ?

Je coupai le moteur et profitai du silence pour regarder Jenks. J'entendis des criquets chanter au ralenti dans un terrain vague, non loin de là. Il semblait nerveux ; ses doigts s'agitaient sur la fermeture Éclair de sa banane.

— Ça va aller ? demandai-je en m'apercevant que c'était la première fois qu'il était impliqué dans une course sans avoir la possibilité de s'envoler en cas de danger.

Il acquiesça. L'inquiétude profonde qui se lisait sur son visage semblait complètement déplacée, sur quelqu'un d'aussi jeune. Il farfouilla dans un sac plastique derrière son siège et en sortit une bouteille de sirop d'érable. Ses yeux verts croisèrent les miens. Dans cette lumière incertaine, ils avaient l'air d'être noirs.

— Dis, euh, quand on sera dehors, tu pourras faire semblant de refaire ton lacet, ou un truc dans le genre ? Je voudrais m'occuper des caméras à l'arrière du bâtiment, et ça pourrait être une bonne idée de détourner leur attention.

Je regardai la bouteille, puis son expression inquiète. Je ne voyais pas bien comment du sirop d'érable allait lui permettre de régler le problème des caméras, mais je ne voyais pas de raison de ne pas lui faire confiance.

— Bien sûr.

Soulagé, il sortit. Je fis de même et m'appuyai contre le van pour retirer ma chaussure et la secouer pour la vider d'un gravillon inexistant. Une partie de mon attention était fixée sur Jenks. Je compris ce qu'il comptait faire lorsqu'il siffla en tripotant anxieusement sa casquette rouge tandis qu'un pixie à la fois curieux et agressif voletait jusqu'à lui dans la froidure du crépuscule.

Je n'entendis pas ce qui se disait, mais Jenks revint, l'air satisfait et sans sa bouteille de sirop d'érable. Il attendit que je le rejoigne.

— Alors ? demandai-je.

— Ils vont se charger de mettre les caméras en boucle quand on aura quitté le bâtiment.

Il ne me prit pas par le bras comme l'auraient fait Nick ou Kisten, mais il marchait étrangement près. Les boutiques le long de la rue étaient fermées, cependant il y avait la queue devant le cinéma. Elle était composée de gens du coin, à en juger par leurs discussions bruyantes. Le film qui se jouait était sorti depuis trois semaines, à Cincinnati, mais il ne devait pas y avoir grand-chose à faire dans cette contrée.

Mon pouls s'accélérait à mesure que nous nous approchions du guichet.

— Ils vont trafiquer les caméras en échange d'une bouteille de sirop d'érable ? demandai-je à mi-voix.

Jenks haussa les épaules en regardant l'auvent.

— Bien sûr. Ce truc, c'est de l'or liquide.

Je pris un billet de vingt dans mon sac en réfléchissant à ce qu'il venait de dire. Peut-être pourrais-je me faire plus d'argent en procurant du sirop d'érable aux pixies qu'en étant coureuse ? Nous achetâmes deux billets pour le film de SF et, après avoir pris un sachet de pop-corn pour Jenks, nous entrâmes dans le cinéma et ressortîmes aussitôt par la sortie de secours.

Je regardai les caméras en haut de l'immeuble et entraperçus le reflet d'un réverbère sur les ailes d'un pixie. La précaution pourrait sembler exagérée, mais avoir des places au cinéma pourrait faire que mes pieds restent posés dans la rue plutôt qu'ils aillent geler sur un lit de prison.

Nous remontâmes la ruelle pour retourner côté rue. Jenks s'effeuillait en chemin. Tous les quelques mètres, il me donnait un vêtement que je fourrais dans mon sac. C'était terriblement déconcentrant, mais je parvins à ne pas percuter les bennes ou les poubelles de recyclage. Le temps d'arriver dans la zone touristique dont les rideaux étaient baissés, Jenks ne portait plus que ses bottes à semelles molles et son ensemble moulant. Nous étions ressortis à quelques pâtés de maisons du cinéma. Je trouvais effrayant d'être en pleine rue alors que tout était fermé, car cela me rappelait à quel point j'étais loin de chez moi et de mon élément. La Cabane aux papillons était coincée au fond d'un cul-de-sac. Nous nous dirigeâmes vers elle sans que nos pieds fassent le moindre bruit sur le ciment.

— Couvre-moi, chuchota Jenks.

Il m'abandonna dans un recoin sombre et alla regarder dans la serrure en faisant tournoyer à toute vitesse son outil allongé dans ses doigts.

Après l'avoir quelque peu maté, je me retournai pour surveiller la rue piétonne. *Aucun problème, Jenks,* pensai-je. Bien sûr, il était marié, mais ça n'empêchait pas de se rincer un peu l'œil.

— Des gens, soufflai-je.

Mais il avait entendu et était déjà caché derrière les buissons faméliques qui bordaient la porte. Il s'agissait de buddleias, si je ne m'abusais, et ils n'étaient pas en très bon état. N'importe quelle autre boutique les aurait enlevés.

Je me recroquevillai dans mon recoin et retins mon souffle jusqu'à ce que le couple soit passé. Les talons de la femme claquaient rapidement sur le revêtement tandis que l'homme ronchonnait qu'ils allaient rater les bandes-annonces. Cinq secondes plus tard, Jenks était de nouveau au travail sur la serrure. Il la tritura un moment, puis se leva pour appuyer délicatement sur la poignée. La porte s'ouvrit avec un claquement et une jolie lumière verte clignota gaiement sur le verrou pour nous accueillir.

Jenks sourit et me fit signe de le rejoindre. Je me glissai dans la boutique et m'écartai pour le laisser passer. S'il y avait d'autres systèmes de sécurité, Jenks les repérerait bien plus facilement que moi.

La porte se referma. Les lumières tamisées de la rue entraient par les grandes vitres. Aussi prestement que s'il avait des ailes, Jenks se faufila et passa devant moi.

— Caméra derrière le miroir, dans le coin, dit-il. Je ne peux rien y faire, vu ma taille. Il n'y a plus qu'à croiser les doigts. Trouvons Jax et tirons-nous.

Mes tripes se nouèrent. C'était un peu trop je-m'en-foutiste pour moi, et pourtant j'avais des critères assez larges.

— Au fond ? murmurai-je.

Je scrutai les rayonnages silencieux et autres présentoirs d'animaux de la forêt amazonienne en peluche et de livres hors de prix sur les meilleures méthodes pour adapter votre jardin à la vie sauvage. Ça sentait merveilleusement bon – une odeur riche de subtils parfums de fleurs exotiques et de plantes grimpantes qui parvenait à filtrer malgré la double porte en verre. En revanche, il faisait froid. Officiellement, la saison touristique ne commençait pas avant la semaine suivante, et j'étais certaine qu'ils maintenaient une température basse la nuit pour prolonger la vie des insectes.

Jenks se faufila vers le fond du magasin. Je me sentais gauche, derrière lui. Il se déplaçait avec tant de furtivité que je me demandais même s'il apparaissait sur les caméras. Le bruit d'aspiration de la première porte du sas de fortune en verre fut assez fort. Les yeux grands ouverts pour profiter du peu de lumière qu'il y avait, Jenks me tint la porte. Nerveuse, je passai sous son bras et inhalai pour m'imprégner de l'odeur de terre humide. Jenks ouvrit la seconde porte, et le bruit de l'eau qui coulait compléta le tableau. Malgré ma tension, mes épaules se décrispèrent. Il s'engagea dans le couloir qui traversait l'exposition. Je lui emboîtai le pas.

La salle était haute comme deux étages. Les parois étaient en verre à trois mètres du sol. La nuit faisait comme un plafond noir tapissé de vignes, de pétunias tombants qui embaumaient le musc et de bégonias semblables à des joyaux. La pièce, qui faisait dans les quatre mètres cinquante sur douze, était une petite tranche d'un autre continent. Et il y faisait froid. Je mis les mains sur mes épaules et regardai Jenks, inquiète.

— Jax ? appela-t-il. (L'espoir dans sa voix était à vous briser le cœur.) Tu es là ? C'est moi, papa.

Papa, pensai-je avec envie. Comme j'aurais aimé qu'on me dise ça dans les moments difficiles. J'écartai cette horrible pensée ; j'étais contente que Jax ait un père pour sauver ses miches. C'était déjà bien assez dur de grandir sans avoir en plus à se tirer soi-même des conneries dans lesquelles on s'était fourré tout seul en prenant des décisions avant que son cerveau ait eu le temps de suivre. Surtout quand on n'avait pas non plus les jambes pour fuir.

J'entendis un gazouillement en provenance des incubateurs entassés à l'écart du passage. Je levai les sourcils ; Jenks se crispa.

— Là ! soufflai-je en pointant du doigt. Sous cette armoire, là où il y a la lampe à chaleur.

— Jax ! chuchota Jenks en s'élançant sur le sol en ardoise bordé de mousse. Est-ce que ça va ?

Je ne pus m'empêcher de faire un grand sourire de soulagement en voyant un pixie jaillir de sous l'armoire dans une gerbe d'étincelles. C'était Jax. Il tournait autour de nous à toute vitesse en claquant des ailes. Il allait bien. Mince, il allait mieux que bien : il avait l'air de péter la forme.

— Mademoiselle Morgan ! s'exclama le jeune pixie. (Surexcité, il volait tout autour de moi en illuminant l'espace restreint comme une luciole folle.) Vous êtes en vie ? On vous croyait morte ! Où est mon papa ? (Il monta jusqu'au plafond puis se laissa retomber.) Papa ?

Comme paralysé, Jenks regardait son fils survoler l'exposition. Il ouvrit la bouche puis la referma. Il essayait désespérément de trouver un moyen de toucher son fils sans lui faire mal.

— Jax…, murmura-t-il.

Ses yeux étaient à la fois jeunes et vieux – pleins de souffrance et de joie.

Jax laissa échapper un gazouillis d'étonnement et tomba d'une bonne soixantaine de centimètres avant de se reprendre.

— Papa ! s'écria-t-il en émettant de la poussière pixie. Que s'est-il passé ? Tu es grand !

Il se posa sur la main tremblante de son père.

— Je suis devenu grand pour te retrouver. Il fait trop froid pour se promener dehors sans un endroit où aller. Et c'est dangereux pour Mlle Morgan de quitter Cincinnati sans escorte.

Je grimaçai ; la vérité m'irritait, même si nous n'avions pas croisé de vampire, et encore moins un vampire affamé. Ils n'aimaient pas les petites villes.

— Jax, m'impatientai-je. Où est Nick ?

Le petit pixie ouvrit de grands yeux et le flot de poussière qui s'échappait de lui sembla se tarir.

— Ils l'ont pris. Je peux vous montrer où il est. Sainte crotte, il va être content de vous voir ! Nous ne savions pas que vous étiez en vie, mademoiselle Morgan. On vous croyait morte !

C'était la deuxième fois qu'il le disait, mais je venais de comprendre. *Oh, mon Dieu.* Nick avait appelé la nuit où Al avait coupé le lien de familier qui nous unissait. Al avait répondu à ma place et avait dit que je lui appartenais. Ensuite, les médias avaient dit que j'étais morte dans l'explosion du bateau que Kisten avait fait sauter. Nick me croyait morte. C'était pourquoi il ne m'avait jamais rappelée. C'était pourquoi il ne m'avait pas dit qu'il serait de retour pour le solstice. C'était pourquoi il avait déménagé. Il me croyait morte.

— Dieu me vienne en aide, murmurai-je.

Je m'appuyai sur l'incubateur sale plein de chrysalides de papillons.

Le bouton de rose sur le pas de ma porte dans un pot de gelée avec un pentagramme dessiné dessus, c'était lui. *Nick ne m'a pas abandonnée. Il croit que je suis morte.*

— Rache ?

Jenks posa une main hésitante sur mon bras et me fit sursauter.

— Je vais bien, murmurai-je même si c'était loin d'être le cas.

J'allais devoir gérer ça plus tard.

— Il faut qu'on s'en aille, déclarai-je en me détournant.

— Attendez, s'exclama Jax. (Il se laissa tomber par terre et regarda sous le placard.) Minou, minou, minou…

— Jax ! cria Jenks.

Horrifié, il ramassa son fils.

— Papa ! protesta Jax en glissant sans peine entre les doigts de son père. Laisse-moi !

J'écarquillai les yeux en voyant une boule de duvet orange s'extirper de sous le placard et s'étirer en clignant des yeux. Incrédule, j'y regardai à deux fois.

— C'est un chat, dis-je.

Une remarque d'une telle intelligence m'aurait valu le Pulitzer. Enfin, en réalité, il s'agissait d'un chaton. Tant pis pour le Pulitzer.

La bouche de Jenks bougeait, mais rien n'en sortait. Il recula, les yeux pleins de terreur.

— C'est un chat ! répétai-je avant d'ajouter : Jax ! Non ! d'un ton frénétique quand le pixie redescendit.

Je tendis le bras vers lui mais me ravisai lorsque le chaton orange bomba le dos en me crachant dessus.

— Elle s'appelle Rex, annonça fièrement Jax.

Les ailes immobiles, il était debout sur le sol poussiéreux à côté de l'incubateur et grattait vigoureusement l'animal sous le menton. Celui-ci se détendit et m'oublia. Il tendit le cou pour que Jax puisse atteindre l'endroit le plus sensible.

Je pris une longue inspiration. *Comme dans Tyrannosaurus rex ? Super. Pas effrayant, en plus.*

— Je veux la garder, dit Jax.

Le chat se mit en boule et ronronna en sortant et rentrant ses petites griffes aiguisées et en fermant les yeux.

C'est un chat. Ben mon vieux, rien ne m'échappait, ce soir-là.

— Jax, commençai-je d'un ton persuasif.

Le petit pixie se hérissa.

— Pas question que je la laisse ! protesta-t-il. Sans elle, j'aurais gelé dès la première nuit. Elle m'a tenu chaud, et si je m'en vais, la vilaine vieille sorcière à qui appartient cette boutique la retrouvera et appellera la fourrière. Elle l'a dit, je l'ai entendue !

Je regardai Jenks et le chat à tour de rôle. Le pixie avait l'air d'être en hyperventilation. Je le pris par le bras au cas où il s'évanouirait.

— Jax, tu ne peux pas la garder.

— Rex est à moi ! protesta-t-il. Je la nourris de chrysalides et elle me tient chaud. Elle ne me fera pas de mal. Regardez !

Jenks faillit avoir une attaque en regardant son fils voleter sous le nez du chat pour le tenter. Le bout blanc de la queue de l'animal s'agita et il remua son arrière-train.

— Jax ! cria Jenks.

Il l'attrapa au vol au moment où la patte de Rex jaillit.

Mon cœur fit un bond, et j'eus du mal à m'empêcher de me jeter moi aussi sur Jax.

— Papa, lâche-moi ! s'exclama Jax avant de se libérer.

Il voleta au-dessus de nos têtes ; le chaton le regardait avec une intensité angoissante.

Jenks avala visiblement sa salive.

— Ce chat a sauvé la vie de mon fils, dit-il en tremblant. Pas question de le laisser pour qu'il meure de faim ici ou à la fourrière.

— Jenks…, protestai-je. (La tête en l'air et le pas léger, le chaton suivait le trajet de Jax.) Elle se trouvera bien une maison. Regarde comme elle est mignonne. (Je joignis les mains pour ne pas la prendre.) C'est sûr… (Je sentis ma résolution faiblir en voyant Rex tomber ; elle paraissait douce et inoffensive, avec son petit ventre blanc en l'air.) Elle est toute douce et mignonne, pour l'instant, mais elle va grandir. Et alors il y aura des cris, des hurlements, et des boules de poils dans mon jardin.

Jenks fronça les sourcils.

— Je ne compte pas la garder. Je vais lui trouver une maison. Mais elle a sauvé mon fils, et je ne la laisserai pas mourir de faim ici.

Je secouai la tête, et tandis que Jax poussait des cris de joie, son père ramassa délicatement le chaton. Rex se tortilla un peu pour la forme puis s'installa au creux du bras de Jenks. Ce dernier la tenait solidement mais avec douceur – comme il l'aurait fait avec un enfant.

— Attends, je vais la prendre, dis-je en tendant les bras.

— Je la tiens bien. (Son visage anguleux était très pâle, comme s'il était sur le point de s'évanouir.) Jax, il fait froid, dehors. Rentre dans le sac de Mlle Morgan jusqu'à ce qu'on soit à l'hôtel.

— Bon sang, non ! s'écria Jax. (La véhémence de sa protestation me choqua ; il vint se poser sur mon épaule.) Pas question que je fasse le trajet dans un sac à main. Je serai très bien avec Rex. Par le diaphragme de Clochette, papa ! Où crois-tu que j'aie dormi, ces quatre derniers jours ?

— Par le dia… ? bredouilla Jenks. Surveille tes paroles, jeune homme.

Tout ça n'arrive pas pour de vrai.

Jax se posa sur Rex et alla se lover contre son ventre, disparaissant presque dans le duvet. Jenks respira plusieurs fois ; ses épaules étaient si tendues qu'on aurait pu casser des œufs dessus.

— Il faut y aller, murmurai-je. On pourra en reparler plus tard.

Jenks acquiesça et, d'un pas incertain d'alcoolique, retourna au début de l'exposition. Lui s'occupait du chaton ; je me chargeais d'ouvrir les portes. Les odeurs de livres et de moquette donnaient l'impression que la boutique de souvenirs était morte. Apeurée, je cherchai des gyrophares rouges et bleus à l'extérieur, mais fus soulagée de ne trouver qu'une obscurité réconfortante et une rue pavée déserte.

Je ne dis rien quand Jenks sortit, d'une main maladroite, son portefeuille de sa poche arrière et déposa sur le comptoir tout ce qu'il restait de l'argent que je lui avais donné. Il fit un signe de tête respectueux à la caméra cachée derrière le miroir, et nous sortîmes comme nous étions entrés.

Nous ne vîmes personne sur le trajet qui nous ramena au parking, mais je ne pus respirer à fond qu'une fois la portière du van refermée derrière moi. Les doigts tremblants, je démarrai le moteur, reculai précautionneusement et repris la route de l'hôtel.

— Rache, dit Jenks. (Il avait brisé son silence assourdissant sans quitter des yeux le chat qu'il tenait dans ses bras.) On peut retourner à l'épicerie et prendre de la nourriture pour chat ? J'ai un coupon de réduction.

Et voilà, c'est reparti, pensai-je. J'ajoutai mentalement tout le nécessaire à litière, un ouvre-boîtes, une petite coupe pour l'eau. Et peut-être une souris en peluche. Ou dix.

Je regardai Jenks du coin de l'œil ; ses longs doigts fuselés caressaient la fourrure entre les oreilles du chat pendant que ce dernier ronronnait suffisamment fort pour qu'on l'entende malgré le bruit du moteur. Blotti entre ses pattes, Jax dormait comme s'il était exténué. Je souris légèrement et me sentis me détendre. Nous nous débarrasserions de ce chat dès que nous lui aurions trouvé un bon foyer.

Ben voyons.

Chapitre 10

— Il va bien, dis-je dans mon téléphone portable.

L'estomac noué, je regardai Rex qui s'approchait discrètement de Jax depuis l'autre côté du lit. Le pixie était assis sur l'abat-jour de la lampe et balançait ses pieds d'un air déprimé pendant que son père lui faisait la morale.

— Comment avez-vous fait pour le trouver aussi vite ? demanda Kisten d'une voix rendue fluette par le trop grand nombre de relais téléphoniques qui nous séparaient.

Je me préparai à avertir Jenks pour le chat, mais sans cesser sa harangue il se baissa et ramassa la boule orange, véritable petite guerrière en devenir. Il la tint contre sa poitrine et la berça pour qu'elle oublie ce qu'elle avait l'intention de faire. Je laissai échapper le souffle que j'avais retenu et marquai une pause pour me rappeler ce que je voulais dire.

— Il était à une expo de papillons.

Je me tournai dans mon fauteuil près de la fenêtre aux rideaux tirés et pointai la télécommande cabossée vers la télévision pour couper le journal local de 22 heures. Il n'y avait pas eu de nouvelle de dernière minute sur une boutique cambriolée ; il semblait donc que nous allions nous en sortir. J'étais prête à parier que personne ne se donnerait la peine de regarder les enregistrements de la caméra malgré l'argent que Jenks avait laissé.

— Il a fait ami-ami avec un chaton, ajoutai-je en me penchant pour prendre la dernière part de pizza.

Le bracelet d'or noir que j'avais trouvé dans mon bagage scintillait sous la lumière. Ce cadeau me fit sourire ; peu m'importait dans l'immédiat qu'il offre ce bijou à toutes ses amoureuses, manière assez peu subtile de montrer ses conquêtes à ceux qui étaient dans le secret. Ivy en avait un. Ainsi que Candice, la vampire qui avait essayé de me tuer au solstice précédent. J'aimais particulièrement le petit crâne porte-bonheur qu'il faisait accrocher dessus, mais peut-être qu'après tout ce n'était pas un club très enviable.

— Un chaton ? s'étonna Kisten. Sans déconner !

Je gloussai en secouant le poignet pour faire tinter le crâne sur le cœur.

— Bah ouais. (Je mordis dans ma pizza.) Il la nourrissait de chrysalides, et en échange elle lui tenait chaud, expliquai-je la bouche pleine.

— Elle ? demanda-t-il d'une voix clairement incrédule.

— Elle s'appelle Rex, dis-je gaiement en cessant de secouer les petits porte-bonheur.

Logique, qu'un pixie de neuf ans donne ce nom à un prédateur qui fait cent fois sa taille. Voyant le chat somnoler dans les bras de Jenks, je haussai les sourcils.

— Tu veux un chat ?

Kisten rit, et les kilomètres qui nous séparaient s'effacèrent.

— Je vis sur un bateau, Rachel.

— Les chats peuvent vivre sur des bateaux, objectai-je.

J'étais contente qu'il ait déménagé de chez Piscary quand Skimmer avait emménagé. Son yacht de deux étages était amarré devant le restaurant, et c'était déjà bien assez près comme ça.

— Et, euh, comment va Ivy ? demandai-je à voix basse en me déplaçant pour passer les jambes sur le bras de mon fauteuil vert.

Kisten soupira, ce qui m'inquiéta.

— Skimmer est à l'église depuis que tu es partie.

Je me crispai. Il jetait un hameçon pour voir si j'étais jalouse ; je l'entendais à sa voix.

— Ah bon ? fis-je d'un ton léger.

Mais je me sentis blêmir tandis que j'analysais mes sentiments, me demandant si le léger ennui que j'éprouvais était dû à la jalousie ou à l'idée qu'une inconnue était dans mon église, mangeait à ma table, se servait de mes cuillers à sorts en céramique pour faire des brownies. Je jetai la demi-part de pizza dans le carton.

— Elle retombe dans ses vieux travers, dit-il. (Du coup, je me sentis encore mieux.) Je le vois bien. Elle sait que c'est en train de se produire, mais elle ne peut pas s'en empêcher. Rachel, Ivy a besoin de toi ; il faut que tu reviennes pour qu'elle n'oublie pas ce qu'elle veut.

Ma mâchoire se crispa lorsque je repensai à la conversation que nous avions eue à côté de son van. Ayant vécu avec Ivy pendant près d'un an, j'avais eu le temps de voir les marques que la manipulation de Piscary avait laissées sur ses pensées et ses réactions ; je n'avais pas eu besoin de savoir comment ils en étaient arrivés là. En apprenant à quel point la situation avait été terrible, mon estomac s'était retourné. Je ne pouvais pas croire qu'elle y retourne volontairement, même si Skimmer lui ouvrait la porte et la poussait de force. Kisten exagérait.

— Ivy ne va pas s'écrouler parce que je ne suis pas là. Seigneur, Kisten. Crois un peu en elle.

— Elle est vulnérable.

Je fronçai les sourcils et donnai des coups de pied répétés dans les rideaux. Jenks avait posé sa plante souffreteuse sur la table, et elle avait déjà l'air d'aller mieux.

— C'est la vampire vivante la plus puissante de Cincinnati, dis-je.

— Et c'est pourquoi elle est vulnérable.

Je ne pus rien répondre ; je savais qu'il avait raison.

— Ce n'est que pour quelques jours. (Je regrettais d'avoir une conversation aussi importante au téléphone.) On revient dès qu'on aura récupéré Nick.

Jenks grogna sévèrement, si bien que je m'arrachai à la contemplation de sa plante.

— Depuis quand on est censés récupérer Nick ? tonna-t-il. (Son jeune visage était plein de colère contenue.) On est venus pour Jax. On l'a trouvé. Demain, on se tire.

Surprise, j'écarquillai les yeux.

— Euh, Kist, je peux te rappeler ?

Il soupira. Il ne faisait aucun doute qu'il avait entendu Jenks.

— Bien sûr. (Il avait l'air résigné ; il avait compris que je ne rentrerais pas avant d'avoir retrouvé Nick.) À plus tard. Je t'aime.

Mon cœur fit un bond. Je réentendis sa dernière phrase dans ma tête. *Je t'aime.* Il le pensait. Je le savais au plus profond de moi.

— Moi aussi, je t'aime, dis-je doucement.

J'aurais même pu murmurer ; il aurait entendu de toute façon.

La connexion fut coupée. J'éteignis mon téléphone. Il n'avait presque plus de batterie. Pendant que je rassemblais mes pensées en vue de la dispute à venir avec Jenks, je pris le chargeur dans mon sac et le branchai. Lorsque je me retournai, Jenks était dans sa pose de Peter

Pan, mains sur les hanches et pieds écartés. C'était moins efficace, maintenant qu'il faisait un mètre quatre-vingts, mais quand on le voyait dans son ensemble noir moulant, on se disait qu'il pouvait prendre la pose qu'il voulait.

Rex était par terre et levait ses yeux innocents de chaton sur lui en clignant de fatigue. Jax en profita pour filer dans la cuisine. Il se posa sur l'une des coupelles en plastique dans leurs petites gaines de cellophane. Les yeux écarquillés, il nous observait entre deux bouchées de la vilaine concoction de gelée royale et de sirop d'érable que son père lui avait préparée dès notre retour.

— Pas question que je parte sans Nick, attaquai-je en forçant mes dents à se desserrer.

Il ne m'avait pas quittée. Il me croyait morte. Et il avait besoin d'aide.

L'expression de Jenks se durcit.

— C'est lui qui a attiré mon fils ici. Il lui a appris à être un voleur, et encore, pas un bon. Il a fait de lui un demi-sel tellement mauvais qu'il s'est fait prendre !

J'hésitai ; je ne savais pas trop s'il était mécontent que son fils soit un voleur, ou qu'il soit un mauvais voleur. Décidant que ça n'avait aucune importance, je pris moi-même la pose de Peter Pan et pointai le parking d'un doigt agressif.

— Ce van ne reprendra pas la direction du sud tant que nous ne serons pas tous dedans.

Depuis la cuisine, Jax claqua des ailes pour attirer notre attention.

— Ils vont le tuer, papa. Ils le tabassent pour qu'il leur dise où se trouve quelque chose, et ils vont continuer jusqu'à ce qu'il parle ou jusqu'à ce qu'il meure.

Jenks se tourna et ramassa Rex ; le prédateur avait repéré Jax et recommencé à s'approcher de lui.

— Où se trouve quoi ? demanda-t-il avec méfiance.

Jax, qui était sur le point de reprendre un gâteau à la gelée royale et au sirop d'érable, s'immobilisa.

— Euh…, marmonna-t-il.

Ses ailes étaient prises de soubresauts.

Voyant cela, je me laissai retomber dans mon fauteuil et fixai le plafond, épuisée.

— Écoute, Jenks, dis-je en étirant mes jambes. Ce qui est fait est fait. Je suis désolée que tu sois en colère contre Nick, et si tu veux rester là à regarder la télé pendant que je vais sauver ses miches, je ne t'en voudrai pas. (Ses doigts cessèrent de caresser Rex, et je sus que j'avais touché un point sensible.) Mais Nick m'a sauvé la vie, rappelai-je en croisant les jambes. (Un sentiment de culpabilité me traversa – *Il te sauve la vie, et toi tu t'envoies en l'air avec le premier type qui s'intéresse à toi,* pensai-je.) Je ne peux pas repartir sans lui.

Jenks fit mine d'avancer, puis de reculer. Il avait manifestement besoin de bouger, ce qui était étrange maintenant qu'il était de taille normale et vêtu de son ensemble moulant. J'aurais aimé qu'il mette quelque chose par-dessus, car c'était assez gênant pour la concentration. Je sortis de sous le carton de la pizza la carte des environs que j'avais achetée à l'accueil et la déployai. Les craquements du papier me firent penser à Ivy, et mon inquiétude se renforça. Skimmer dormait à la maison ?

Skimmer était l'avocate de Piscary. Elle venait de la côte Ouest et était première de sa classe – éminemment à l'aise pour manipuler les gens afin d'obtenir ce qu'elle voulait. Ivy n'avait pas envie de vivre comme un vampire, mais Skimmer n'en avait cure. Ce qu'elle voulait, elle, c'était Ivy, et si ce qu'avait dit Kisten était vrai, elle n'hésiterait pas à la faire rechuter pour l'avoir. Rien que ça suffisait à me faire détester cette femme particulièrement intelligente.

Je n'avais pas été étonnée d'apprendre que Skimmer était en partie responsable des problèmes d'Ivy. Elles s'étaient sans aucun doute dévergondées ensemble ; elles y avaient gagné la réputation de mêler leur soif de sang à des pratiques sexuelles agressives. Il n'était pas surprenant qu'Ivy ait si intimement mélangé les émotions de l'amour et l'extase du sang qu'elles ne faisaient qu'une dans sa tête. À l'époque, elle était vulnérable et seule pour la première fois de sa vie ; Skimmer devait être plus que partante pour l'aider à creuser les techniques sophistiquées de partage du sang qu'Ivy avait apprises quand Piscary la travaillait. Ce salaud avait sans doute tout prémédité.

Ce n'était pas un problème, pour un vampire, d'exprimer son amour à travers le sang. Mais, à ce qu'il semblait, Piscary avait perverti cette tendance au point que plus les sentiments amoureux d'Ivy étaient forts, plus elle devenait sauvage. Si ça ne gênait pas Piscary – bon sang, c'était lui qui l'avait rendue comme ça, de toute façon –, Kisten, lui, l'avait quittée. Je n'aurais pas été surprise qu'Ivy ait effectivement tué quelqu'un qu'elle aimait dans un moment de passion. Cela aurait expliqué qu'elle se soit abstenue de goûter au sang pendant trois ans en essayant de séparer ses sentiments amoureux de sa soif. Je me demandai si elle y était parvenue ; je me dis aussi qu'elle devait traverser un véritable enfer, car plus elle aimait quelqu'un, plus elle avait de chances de lui faire du mal.

Skimmer ne ressentait pas de scrupules particuliers, car son affection pour Ivy était profonde, et, bien qu'Ivy l'aime en retour, Skimmer représentait tout ce à quoi elle essayait d'échapper. Plus Ivy partagerait le sang avec son ancienne amante, plus elle aurait de chances de retomber dans ses anciens travers, des travers sauvages qui lui feraient payer sa longue désaffection à leur égard si elle s'amourachait de quelqu'un de moins fort qu'elle.

Et dire que j'étais partie en sachant que Skimmer risquait de s'engouffrer dans la brèche. Seigneur, je n'aurais pas dû la laisser.

Ce n'est que pour quelques jours, me rassurai-je en posant la boîte de la pizza par terre. J'allumai la lampe posée sur la table.

—Jax, l'appelai-je en déployant la carte. (J'exilai la plante maigrichonne de Jenks à la périphérie de la région.) Tu as dit qu'ils le détenaient sur une île. Laquelle ?

Peut-être qu'il m'aime encore. Et moi, je l'aime encore ? Est-ce que je l'ai jamais aimé ? Ou est-ce que j'aimais le fait qu'il m'accepte comme je suis ?

Mon bracelet frotta sur la carte. Jax s'approcha en voletant et se posa. Il émanait de lui une odeur amère de sirop d'érable.

—Celle-ci, mademoiselle Morgan, désigna-t-il d'une voix aiguë.

Des grains de pollen tombèrent sur la carte. Je soufflai dessus quand Jax s'envola pour aller s'asseoir sur l'abat-jour de la lampe. Je vis Jenks gigoter à l'orée de ma vision. Je ne pourrais pas m'en sortir avec un pixie à demi entraîné. J'allais avoir besoin de Jenks.

Je fis courir mes doigts le long du détroit entourant la grande île. J'avais l'impression d'être Ivy qui planifiait ses courses à grand renfort de cartes et de marqueurs. Je m'immobilisai et restai un instant les yeux dans le vague. Je venais de comprendre. Ce n'était pas qu'Ivy avait un besoin maladif d'organisation. C'était une façade pour cacher son sentiment de ne pas être à sa place.

—Bon sang, murmurai-je.

Ce n'était pas bon. Ivy était beaucoup plus fragile qu'il y paraissait. C'était une vampire, et on l'avait modelée depuis sa naissance pour qu'elle cherche les conseils de quelqu'un, même si elle pouvait attirer l'attention des gens rien qu'en mettant les pieds quelque part et aurait la force de me briser la nuque sans même s'en apercevoir.

Je me rassurai en pensant que Nick avait plus besoin de moi dans l'immédiat qu'Ivy – après tout, elle n'allait pas devenir folle en trois jours. J'oubliai mon inquiétude et regardai l'île sur laquelle Nick était censé se trouver. D'après le prospectus sur la pêche que j'avais dégoté à l'accueil, l'île Bois Blanc était une propriété publique avant le Tournant. Peu de temps après, une assez grosse meute de garous avait racheté toutes les propriétés de l'île et avait fait de cette dernière une sorte de station thermale de chasse. Entrer par effraction n'était pas une bonne idée.

Mon pouls s'accéléra lorsque Jenks posa Rex sur le lit et s'approcha, une expression étrange mêlant angoisse existentielle adolescente et inquiétude paternelle sur son visage. Je pris une inspiration et m'adressai à la carte :

— J'ai besoin de ton aide, Jenks. Je le ferai sans soutien, s'il le faut. Mais, chaque fois que ça m'arrive, je me retrouve le cul par terre. Tu es le meilleur homme de terrain que je connaisse, à part Ivy. S'il te plaît. Je ne peux pas le laisser tomber.

Jenks ramena une chaise à dos droit de la cuisine, la traîna sur la moquette et s'assit près de moi de manière à voir la carte dans le bon sens. Il jeta un coup d'œil à Jax sur sa lampe. La poussière pixie qui s'échappait de lui montait à cause de la chaleur de l'ampoule. Je n'arrivais pas à déterminer s'il comptait m'aider ou pas.

— Qu'est-ce que vous faisiez quand vous vous êtes fait prendre, Jax ? demanda-t-il.

Les ailes de son fils se brouillèrent et il laissa échapper un peu plus de poussière.

— Tu vas te mettre en colère.

Ses traits minuscules trahissaient sa peur. Peu importait qu'il soit adulte suivant les critères des pixies ; en ce qui me concernait, il avait quand même l'air d'avoir huit ans.

— Je suis déjà en colère, répliqua Jenks. (On aurait dit mon père quand j'avais préféré être punie toute une semaine plutôt que de lui dire pourquoi j'étais interdite de séjour à la piste de patins à roulettes.) Partir en vadrouille avec un voleur à la petite semaine comme lui. Jax, si tu voulais faire quelque chose de plus excitant que du jardinage, pourquoi ne me l'as-tu pas dit ? J'aurais pu t'aider, te donner les outils dont tu avais besoin.

Les yeux écarquillés, je m'adossai à mon siège. Je savais que ce n'était pas la SO qui avait enseigné à Jenks les talents qui lui avaient valu de travailler pour eux, mais c'était tout de même inattendu.

—Je n'ai jamais été un voleur, s'expliqua-t-il en jetant un rapide coup d'œil dans ma direction. Mais je sais quelques petites choses. Je les ai apprises à mes dépens, et Jax n'a pas besoin de vivre la même chose.

Ce dernier se mit à gigoter, sur la défensive.

—J'ai essayé, fit-il d'une petite voix. Mais tu désirais que je sois jardinier. Je ne voulais pas te décevoir, alors c'était plus facile de partir.

Jenks eut l'air abattu. J'aurais aimé être ailleurs à cet instant.

—Je suis désolé, dit-il. Je voulais juste que tu sois en sécurité. Ce n'est pas une vie facile. Regarde-moi : je suis vieux et plein de cicatrices, et si je n'avais pas de jardin, à mon âge, je ne serais rien. Je ne veux pas de cette vie pour toi.

Les ailes de Jax s'agitèrent et il vint se poser devant son père.

—La moitié de tes cicatrices viennent du jardin, protesta-t-il. Celles dont tu as failli mourir. Les saisons me font penser à la mort, pas à la vie. Elles tournent lentement en rond sans but. Alors, quand Nick m'a demandé mon aide, j'ai accepté. Je n'avais pas envie de m'occuper de ses saletés de plantes, je voulais l'aider.

Je lançai un regard de compassion à Jenks. On aurait dit qu'il mourait de l'intérieur ; il savait que son fils voulait ce qu'il avait, et qu'il lui serait très dur d'arriver à ses fins.

—Papa, dit Jax en s'élevant jusqu'à ce que Jenks lui tende une main en guise de perchoir. Je sais que maman et toi, vous ne voulez pas que je sois en danger, mais un jardin, c'est loin d'être sûr. C'est juste un endroit plus agréable pour mourir. Je veux connaître le frisson de la course. Je veux que les jours ne se ressemblent pas. Je ne m'attends pas à ce que tu me comprennes.

—Je te comprends plus que tu le penses.

À ces mots, les ailes de son fils s'agitèrent.

Rex alla furtivement voler une croûte de pizza dans la boîte, puis fila dans la cuisine. Elle s'assit et rongea son butin comme un os tout en nous regardant de ses grands yeux noirs mauvais. En la voyant, Jenks prit une grande inspiration et la tension soudaine me fit me redresser. Il avait décidé de m'aider.

—Dis-moi ce que vous faisiez quand on vous a pris. J'aiderai Nick à deux conditions.

Mon pouls s'emballa et je m'aperçus que j'étais en train de tapoter sur la table avec mon crayon.

—Lesquelles ? demanda Jax d'un ton plein d'espoir, ainsi que d'une méfiance bienvenue.

— La première, c'est que tu n'entreprennes pas de nouvelle course tant que je ne t'aurai pas enseigné les compétences nécessaires pour garder tes ailes en bon état. Nick est dangereux, et je ne veux pas qu'on profite de toi. J'ai peut-être élevé un coureur, mais certainement pas un voleur.

Jax me regarda, puis regarda de nouveau son père les yeux écarquillés. De la poussière s'échappait de lui.

— Et l'autre ?

Jenks grimaça et rougit des oreilles.

— Que tu n'en parles pas à ta mère.

Je parvins *in extremis* à m'empêcher de sourire.

Les ailes de Jax vibrèrent au point de devenir invisibles.

— D'accord, dit-il. (Une montée d'adrénaline me ramena à ma carte.) Nick et moi avons passé un contrat avec une meute de garous. Ceux-là. (Il quitta la main de Jenks pour aller se poser sur l'île, et mon frisson se changea en malaise.) Ils voulaient une statue. On ne savait même pas où la trouver. Nick a appelé un démon, papa. (Il projeta une giclée d'étincelles qui donna l'impression qu'il était au milieu d'un rayon de soleil.) Il a appelé un démon, et le démon lui a dit où était la statue.

OK. Maintenant, je suis officiellement inquiète.

— Est-ce que le démon lui est apparu sous la forme d'un chien et s'est transformé en un gars portant un costume de velours vert et des lunettes fumées ? demandai-je en reposant mon stylo et en croisant les bras pour me rassurer.

Pourquoi, Nick ? Pourquoi tu joues avec ton âme ?

Jax secoua la tête. Il ouvrait de grands yeux effrayés.

— Il est apparu sous votre forme à vous, mademoiselle Morgan. Nick s'est mis en colère et lui a crié après. Nous pensions que vous étiez morte. Ce n'était pas Al. C'est Nick qui l'a dit.

Mon premier réflexe de soulagement se transforma en inquiétude. Un deuxième démon. De mieux en mieux.

— Et après ? murmurai-je.

Rex sauta sur les genoux de Jenks. Je faillis avoir une crise cardiaque ; j'avais cru qu'elle allait se jeter sur Jax. Je ne comprenais pas comment Jenks avait fait pour percevoir les intentions de l'animal.

De la poussière pixie giclait de Jax.

— Le démon, euh, a pris ce qu'il voulait, et a dit à Nick où se trouvait la statue. C'était un vampire de Detroit qui l'avait. Elle est plus vieille que tout.

Pourquoi un vampire posséderait-il un artefact garou? me demandai-je. Je jetai un coup d'œil à Jenks qui faisait barrière de ses mains pour que Rex ne tombe pas, occupée qu'elle était à se nettoyer maladroitement les oreilles.

Jenks avança les sourcils – ses traits réguliers essayèrent de se froncer sans succès.

—Qu'est-ce qu'elle fait, cette statue, Jax?

La différence de maturité entre son jeune visage et le ton de sa voix était choquante. Il avait l'air d'avoir dix-huit ans, mais parlait comme un quadragénaire avec une vilaine hypothèque sur le dos.

Jax rougit.

—Je ne sais pas. Mais on l'a récupérée. Le vampire s'était pris un pieu dans le cœur vers 1900, et la statue était là, dans son sang, oubliée.

—Donc, vous l'avez trouvée, l'encourageai-je. Quel est le problème? Pourquoi lui font-ils du mal?

Jax s'envola. Les yeux de chasseur de Rex virèrent au noir mais Jenks l'apaisa en enfonçant les doigts dans sa fourrure orange.

—Euh…, commença Jax d'une voix haut perchée. Nick m'a dit qu'ils lui avaient caché des choses à propos de la statue. Une autre meute a appris que c'était lui qui l'avait et lui a fait une meilleure offre – assez pour rembourser la première meute pour les dépenses occasionnées par l'opération tout en gardant un très gros rab.

Jenks avait l'air dégoûté.

—Grippe-sou à la con, grommela-t-il entre ses dents serrées.

Mécontente, je m'enfonçai dans mon siège en croisant les bras.

—Donc, il a vendu la statue au second groupe, et le premier n'a pas apprécié?

Jax secoua la tête avec solennité tout en descendant lentement jusqu'à ce que ses pieds se posent sur la carte.

—Non, Nick a dit qu'aucune des deux meutes ne devait récupérer la statue. Nous devions partir pour la côte Ouest. Là-bas, il y avait un gars qui pouvait lui fournir une nouvelle identité. Il voulait nous mettre à l'abri avant de rendre son argent à la première meute pour ne plus jamais entendre parler de cette affaire.

Mon visage tout entier se fronça. *C'est ça. Il comptait se cacher et vendre la statue au plus offrant sur Internet.*

—Où est la statue, Jax? demandai-je.

Je commençais à ressentir un certain agacement.

— Il ne me l'a pas dit. Un jour elle était là, et le lendemain elle avait disparu.

Soudain, Rex sauta sur la table. Je sentis mon adrénaline monter, mais Jax frotta ses ailes, ce qui produisit un son particulièrement doux. Le chaton se contenta de marcher sur la table.

— Elle n'est pas dans notre cabane, cela dit. (Debout sous la mâchoire du chat, le minuscule pixie se mit sur la pointe des pieds pour lui gratouiller la gorge.) Les garous l'ont mise en pièces. (Il sortit d'entre les pattes de Rex et me regarda d'un air effrayé.) Je ne sais pas où elle est, et Nick ne parlera pas. Il ne veut pas qu'ils mettent la main dessus, mademoiselle Morgan.

Ce fils de pute est d'une avidité! pensai-je en me demandant en quoi le fait qu'il m'aime ou pas pouvait bien m'intéresser.

— Et leur argent, où est-il ? demandai-je. Peut-être que c'est tout ce qu'ils veulent, et qu'après ils le laisseront partir.

— Ils l'ont récupéré. (Jax avait l'air mécontent.) Ils ont pris en même temps Nick et l'argent. Ce qu'ils veulent, c'est la statue. Ils s'en fichent, de l'argent.

Je posai la main sur la table pour attirer Rex à moi, mais elle se contenta de me renifler les ongles. Jenks passa sa longue main sous le ventre de l'animal et le posa par terre, d'où il le regarda.

— Et ils sont là ? demanda Jenks.

Je suivis son regard, posé sur la carte.

Jax hocha la tête.

— Ouais. Je peux vous montrer où exactement.

Jenks et moi échangeâmes un regard sans dire un mot. Ç'allait être plus long qu'une simple opération d'extraction.

— D'accord, dis-je en me demandant s'il y avait un annuaire dans la chambre. On est là pour une nuit de plus, au bas mot ; probablement pour la semaine. Jax, je veux tout savoir.

Jax fit un bond et atteignit presque le plafond.

— Génial ! s'écria-t-il.

Jenks le fusilla du regard.

— Toi, tu restes ici.

Son ton était plein de maîtrise paternelle, même si lui-même ressemblait à un gosse. Il avait les bras croisés, et la détermination qui se lisait dans ses yeux aurait poussé un bulldog à lâcher son os.

— Non, mais ça va p…, s'offusqua Jax.

Mais il poussa un jappement lorsque Jenks l'attrapa en plein vol.

J'écarquillai les yeux. Je ne voyais pas pourquoi Jenks s'inquiétait ; il n'avait rien perdu de sa rapidité.

— Tu vas rester ici ! aboya-t-il. Peu m'importe ton âge, tu restes mon fils. Il fait trop froid pour que tu sois efficace, et si tu veux que je t'apprenne quelque chose, alors ce sera ta première leçon. (Il lâcha Jax, qui fit du surplace à l'endroit où son père l'avait laissé, l'air terrifié.) Avant que je puisse seulement t'emmener dehors avec moi, tu dois apprendre à lire.

— À lire ! s'exclama Jax. Je m'en sors très bien.

Mal à l'aise, je me levai et m'étirai. J'ouvris tous les tiroirs jusqu'à trouver les Pages jaunes. Je voulais connaître les ressources dont je disposais, comme nous n'étions pas à Cincinnati. Mais qu'est-ce qu'on allait fabriquer sur une île ?

— Je n'ai pas besoin d'apprendre à lire ! cracha Jax.

— Mais oui, c'est ça, répliqua son père. Tu veux vivre cette vie ? C'est ton choix. Je t'apprendrai ce que je sais, mais tu vas devoir le mériter !

Je m'assis en tête de lit pour pouvoir feuilleter les minces pages de l'annuaire tout en gardant un œil sur eux. C'était le bottin de l'année précédente, mais les choses n'évoluaient pas vite, dans les petites villes. Je ralentis en découvrant un grand nombre de boutiques de charmes. Je m'étais doutée qu'il devait y avoir une population de sorcières autochtones pour tirer profit des lignes d'énergie importantes du coin.

La colère de Jenks disparut aussi vite qu'elle était venue.

— Jax, expliqua-t-il d'un ton plus doux. Si tu avais su lire, tu aurais pu nous dire où tu étais. Tu aurais pu prendre le premier bus pour Cincinnati et être de retour avant le coucher du soleil. Tu veux apprendre à crocheter des serrures ? Mettre une caméra en boucle ? Passer les sécurités ? Alors prouve-le-moi en commençant par apprendre ce qui te sera le plus utile.

Jax grimaça et se laissa lentement retomber jusqu'à ce que ses pieds se posent dans une flaque de poussière pixie scintillante.

— Tiens. (Jenks prit le crayon que j'avais posé et se pencha sur la carte.) Regarde, c'est comme ça qu'on écrit ton nom. (Quelques instants de silence.) Et voici l'alphabet. (Je fronçai les sourcils en entendant le bruit sec de la mine du crayon qui se brisait ; Jenks la tendit à son fils.) Tu te rappelles la chanson ? Chante-la en t'entraînant à dessiner les lettres. Et attention : L-M-N-O-P, ce n'est pas une lettre mais cinq. J'ai mis une éternité à le comprendre.

— Papa…, gémit Jax.

Jenks se leva et orienta l'abat-jour pour que la carte soit mieux éclairée.

— Il y a quinze fabricants de serrures aux États-Unis. Tu dois savoir ce que tu crochètes, sinon tu risques d'envoyer ton coureur et toi-même dans l'au-delà.

Jax émit un son sec avec ses ailes, mais il se mit à recopier les lettres.

— Fais-les aussi grandes que tes pieds, dit Jenks en venant voir où j'en étais avec mon annuaire. Sinon, personne ne pourra lire ce que tu écris, et c'est quand même le but.

L'air coupable, Jenks s'assit à côté de moi. Je me décalai pour ne pas glisser vers lui. La chanson de l'alphabet s'éleva de l'autre côté de la pièce, aussi joyeuse qu'un chant funèbre.

— Ne t'inquiète pas, Jenks. (Je regardai le chat sauter sur le lit et traverser le couvre-lit à petits bonds pour venir sur Jenks.) Il va s'en sortir.

— Je sais bien, répondit-il d'un air encore plus inquiet. (Rex monta sur ses genoux ; Jenks baissa les yeux.) Ce n'est pas lui qui m'inquiète, murmura-t-il. C'est toi.

Je relevai la tête sans cesser de tourner les pages.

— Moi ?

Jenks ne quitta pas le chat des yeux. L'animal ressemblait à un petit monticule orange sur ses cuisses.

— Je n'ai qu'un an pour le mettre à niveau pour qu'il te seconde quand je ne serai plus là.

Oh, Seigneur.

— Jenks, tu n'es pas une brique de lait avec une date de péremption. Tu as l'air en pleine forme…

— Ne fais pas ça, me coupa-t-il à voix basse sans quitter des yeux ses doigts enfoncés dans la fourrure de Rex. Il me reste peut-être une année convenable. Quand le déclin commence, ça va vite. Ce n'est pas grave. Je veux m'assurer que tu sois d'accord ; s'il travaille pour toi, il ne sera pas tenté de refaire des bêtises avec Nick.

Je déglutis pour me débarrasser du nœud qui m'obstruait la gorge. Je ne l'avais pas fait revenir pour le perdre.

— Bon sang, Jenks ! m'exclamai-je pendant que Jax reprenait sa chanson du début. Il doit y avoir un sort ou un charme…

— Non. (Il me regarda enfin dans les yeux ; les siens étaient profondément amers, marqués par la colère.) C'est comme ça, Rache. Je ne veux pas te laisser seule. Laisse-moi faire ça pour toi. Il ne t'abandonnera pas, et moi je préfère le savoir avec toi plutôt qu'à la botte de Nick et de ses semblables.

Malheureuse, je restai assise à côté de lui sans rien faire. J'aurais voulu le prendre dans mes bras ou pleurer sur son épaule, mais, à part quand nous étions à l'épicerie avec Terri, il avait sursauté chaque fois que je l'avais touché.

— Merci, Jenks.

Je me replongeai dans mon bottin pour qu'il ne voie pas mes yeux se remplir de larmes. Tout ce que je pourrais dire aurait pour seul résultat de nous faire nous sentir moins bien.

Sa main changea de position sur le pelage de Rex – apparemment, il avait lui aussi envie de changer de sujet.

— Comment ça s'annonce, au niveau de la location de bateaux ?

Je pris le temps de respirer, puis me concentrai sur les caractères légèrement effacés par le temps.

— Pas mal, mais il restera le problème du bruit. (Il me regarda, interdit.) Ce serait idiot de penser qu'ils ne surveillent pas l'eau. Et il ne faut pas compter débarquer sur la plage sans se faire voir. Même de nuit, un bateau, ça fait du bruit. Le son se propage trop facilement sur l'eau.

— On pourrait y aller à la rame, suggéra-t-il.

Je lui lançai un regard lourd de sens.

— Euh, Jenks ? Ce n'est pas un lac, c'est un foutu océan d'eau douce. Tu as vu la taille du pétrolier qui est passé sous le pont quand on est arrivés en ville ? Les vagues qu'il laissait dans son sillage auraient pu nous faire chavirer. Pas question que je traverse en canoë, à moins que tu t'appelles Pocahontas. D'ailleurs, les lumières de la ville nous trahiront, même si on est dans le premier quartier de lune. Il serait ridicule de compter sur du brouillard.

Il fit la grimace, jeta un coup d'œil à Jax et se racla la gorge pour que celui-ci recommence à chanter.

— Tu veux y aller par la voie des airs ? Non, parce que j'ai perdu mes ailes, hein ?

— On va y aller à la nage. (Je tournai quelques pages.) Sous l'eau.

Jenks écarquilla les yeux.

— Rache, tu devrais arrêter ce substitut de sucre. Sous l'eau ? Tu as vu la température qu'il fait ?

— Écoute-moi.

Je trouvai la page que je cherchais. Je pris Rex de ses genoux et posai le bottin à sa place. C'était mon tour de l'avoir, ce chat. Il se tortilla, se trémoussa, se lova au creux de mes cuisses ; je l'enveloppai de mes mains chaudes.

— Regarde, commençai-je. (Charmée, j'observai Rex donner des coups de patte à mon bracelet qui pendillait.) Ils organisent des séances de plongée dans les épaves – sous l'effet de charmes, pour que les gens ne meurent pas de froid. L'eau est plutôt limpide malgré le courant, et comme les épaves leur appartiennent, tu peux prendre ce que tu veux dedans. C'est une chasse au trésor du pauvre.

Jenks grogna.

— Je n'ai jamais nagé de ma vie, et, à moins que tu aies pris des cours sans m'en informer, tu ne sais pas plonger.

— C'est sans importance. (Je posai le doigt sur la publicité qui remplissait la moitié de la page.) Tu vois ? Ils ont le droit de te prendre quelle que soit ton expérience. J'ai entendu parler de ce genre de trucs. Ils t'en apprennent assez pour que tu ne te tues pas, et après tu plonges avec un guide. Une fois que tu as signé la décharge, leur responsabilité n'est plus engagée – sauf négligence grossière de leur part.

Il haussa les sourcils et me dévisagea.

— Sauf négligence grossière ? Comme de perdre deux plongeurs, par exemple ? Personne ne va le remarquer, si on ne revient pas au bateau ?

Le mouvement de mes doigts dans la fourrure de Rex s'accéléra. Elle leva son petit visage de chaton tout mignon pour me regarder.

— En fait, je ne comptais pas vraiment leur fausser compagnie. Je, euh…, je voulais parler au patron. Peut-être monter un coup.

Jenks regarda son fils qui survolait littéralement son travail, puis se retourna vers moi.

— Tu crois qu'un humain serait capable de tenir sa langue ?

— Seigneur, Jenks. Tu préfères que je les assomme pour leur piquer leur matériel ?

— Non, dit-il. (L'empressement avec lequel il avait répondu me fit subodorer qu'effectivement, il pensait que c'était la meilleure chose à faire ; il soupira en fronçant les sourcils.) Admettons que tu parles au proprio et qu'il accepte d'en être. Comment prévois-tu de regagner la ville avec Nick ?

Ah oui, j'avais oublié ça.

— Peut-être qu'ils voudront bien nous fournir une bouteille et de l'équipement supplémentaire pour qu'on puisse tous rentrer à la nage.

Si on ne peut pas retourner jusqu'à la ville, on peut aller sur Mackinac Island. Regarde, on pourrait presque traverser en marchant sous l'eau. De là, on pourra prendre le ferry et rejoindre un côté ou l'autre du détroit, histoire de brouiller un peu plus les pistes.

J'écartai fièrement une mèche de mes yeux.

Jenks se leva et posa l'annuaire sur le lit, à côté de moi.

— Ça fait beaucoup de « si ».

— Disons que ça fait un gros « si », admis-je. Mais on n'a pas le temps de passer une semaine à faire de la reconnaissance, et si on commence à poser des questions à droite, à gauche, ils vont avoir vent de notre présence. C'est la meilleure manière d'aller sur l'île sans être détectés.

» Et pour m'échapper, je préférerais être invisible sous l'eau plutôt qu'à la vue de tous *sur* l'eau. On pourra ressortir n'importe où sur la côte et disparaître.

Jenks renifla.

— C'est tellement James Bond. Et si Nick est trop abîmé pour nager, qu'est-ce qu'on fait ?

Je sentis l'inquiétude monter.

— Alors on piquera un bateau. C'est une île, ils doivent en avoir. Ce n'est pas une mauvaise idée en soi. On pourrait remonter en bateau jusqu'à Toledo, si besoin était. Si tu as une meilleure idée, je t'écoute.

Il regarda ses pieds et secoua la tête.

— C'est ta course. À toi de voir.

Le soulagement initial que j'éprouvai à l'entendre me donner son accord ne dura pas longtemps, car je commençai aussitôt à dresser une liste mentale des préparatifs nécessaires.

— De nouvelles potions de jolis rêves, murmurai-je. (Rex commençait à s'endormir sous mes caresses ; Jenks, quant à lui, alla voir où en était Jax.) Une vraie carte. Et il faut qu'on se comporte en touristes ; qu'on parle aux pêcheurs du coin autour d'un café pour découvrir le rythme auquel les bateaux viennent de Bois Blanc et y retournent. Tu veux t'en charger ? Tu aimes bien discuter.

— Par la culotte de Clochette, tu commences à faire comme Ivy, se plaignit-il d'un ton léger.

Il se pencha sur la table pour indiquer une erreur à Jax. Je clignai des yeux et détournai le regard de son cul de garçon de dix-huit ans moulé dans son collant noir. *Les pixies mariés – c'est mon nouveau credo.*

— Et ce n'est pas forcément une mauvaise chose, termina-t-il en se redressant.

Je regardai le téléphone de la chambre ; j'avais envie de savoir s'ils étaient ouverts pour la saison ou si nous allions devoir attendre une semaine, mais je restai assise avec Rex sur les genoux. L'établissement devait être tenu par des humains, ce qui voulait dire qu'ils seraient fermés pour la nuit.

— Pas d'erreurs, Jenks, dis-je. (J'avais froid, à part à l'endroit où Rex était couchée.) La vie de Nick pourrait en dépendre.

Chapitre 11

Malgré le soleil matinal éblouissant, le vent était mordant. Je regardai l'horizon, les yeux plissés, en me tenant au bastingage du bateau qui bringuebalait en direction du site de l'épave. Jenks était assis à côté de moi, à l'abri du vent derrière la cabine. Il semblait à la fois étonné et effrayé de pouvoir observer un panache de vapeur s'échapper de sa bouche sans risquer de mourir de froid pour autant. L'air ne m'avait pas semblé aussi froid sur le plancher des vaches, mais là, il gelait carrément, car l'eau était aussi froide que de la glace, et ce même à travers le caoutchouc de nos combinaisons. Quand, au juste, comptaient-ils nous fournir les amulettes de chaleur ?

— Ça va ? demanda Jenks par-dessus les gloussements du moteur.

Je hochai la tête et vis ses mains rougies par le froid serrant son gobelet de café muni d'un couvercle ; il essayait d'économiser la chaleur de la boisson tandis que nous rebondissions sur les vagues levées par le vent. Il avait l'air nerveux, même si je ne voyais pas pourquoi. Il s'en était bien tiré, dans le bassin d'entraînement, la veille. Je lui tapotai le genou, ce qui le fit sursauter. Je battis en retraite et me tournai vers les autres passagers – des lycéens en sortie.

Nous avions eu de la chance. J'avais appelé les Épaves de Marshal et obtenu un après-midi d'entraînement dans la piscine du lycée, ainsi que deux places sur le bateau. Je n'avais toujours pas réussi à parler au capitaine Marshal, mais je n'allais plus avoir le choix. Le capitaine, qui officiait en tant que prof de natation au lycée, avait été particulièrement gentil : il avait passé l'après-midi à nager sur place en se donnant tout le mal du monde pour faire descendre Jenks dans l'eau au-delà des genoux. Mais chaque fois que j'avais essayé de lui exposer les raisons qui me poussaient à prendre ce bateau, quelqu'un – généralement son assistante – nous interrompait. Avant que j'aie eu le temps de dire ouf, le cours était terminé et Marshal était parti. Il portait un maillot de bain moulant, et j'en avais profité pour me rincer l'œil. Du coup, je m'étais retrouvée toute rouge et bégayante devant lui à essayer d'attirer son attention pour obtenir son aide. Il devait me prendre pour une rouquine dingo. En tout cas, c'était ce que pensait Debbie, son assistante.

C'était leur première sortie de la saison, et la tradition voulait qu'ils emmènent l'équipe de plongée du lycée pour découvrir ce que les tempêtes de l'hiver précédent avaient pu déterrer avant que ce soit recouvert par les courants. Quand les premiers « fudgies » arriveraient, le vendredi suivant, tous les objets intéressants seraient en sécurité et les boutons et autres clous seraient soigneusement disposés pour les touristes. Je ne savais pas si c'était éthique, mais les gens trouveraient évidemment décevant de dépenser autant d'argent et de n'avoir rien à montrer à leurs amis, que ce soit faux ou vrai.

Avec sa jeunesse apparente, Jenks semblait parfaitement à sa place. Il était très beau, avec sa combinaison de location et son bonnet rouge de péquenaud du cru qui lui recouvrait les oreilles. Les joues rougies par le froid, il sirotait son café. Ce dernier était tellement sucré qu'il en était sirupeux.

Seigneur, ce garçon est si beau qu'on en mangerait, pensai-je. Je rougis et croisai les jambes, bien que cela gêne mon équilibre.

— Un peu de café avec ton sucre, Jenks ? demandai-je.

Il s'immobilisa tandis que le bateau descendait dans un creux.

— Tu comptes parler au capitaine Adidas avant d'entrer dans l'eau, ou une fois dessous ? répliqua-t-il.

Je lui donnai une petite claque sur la cuisse, histoire d'évacuer un peu de mon angoisse. Cette fois-ci, il ne sursauta pas, ce qui me fit me sentir mieux. J'acceptai même qu'il se moque un peu de moi.

Pendant que Jenks ricanait, je me tournai vers Marshal. Le capitaine me regardait du coin de l'œil depuis que j'étais montée à bord. Contrairement à nous tous qui étions en tenue de plongée, il portait un slip de bain noir et un coupe-vent rouge ; ses jambes joliment musclées étaient couvertes de chair de poule. Manifestement, il avait froid, mais il était bien trop macho pour l'admettre. Je m'accrochai pour ne pas valdinguer à cause des grosses vagues et ouvris la bouche pour attirer son attention, mais Debbie l'appela, le détournant une fois de plus de moi.

Bon sang. Je me laissai retomber dans mon siège. J'étais vraiment maudite.

Je me forçai à respirer plus posément, en attendant que son assistante ait fini de lui poser sa question d'une importance probablement capitale. Le soleil brillait joliment sur l'eau, et je me surpris à penser que c'était vraiment une heure indue pour être dehors, et plus encore pour ne pas être au lit. Jenks était en forme, car il avait l'habitude de se lever bien avant le soleil.

— 9 h 48, l'entendis-je murmurer. 9 h 48.

Il s'efforçait de décaler son horloge interne.

Le ronron du moteur me rendait somnolente malgré la caféine que Jenks m'avait fait prendre et la sieste qu'il m'avait forcée à faire la veille.

Essayant de ne pas bâiller, je me redressai. Ma main se posa sur la trousse que je portais à la ceinture et qui contenait mes charmes et mon pistolet, à l'abri dans des sachets imperméables. J'avais passé une bonne partie de la journée précédente dans la cuisine quasi inutilisable. J'avais acheté un récipient à sorts jetable en cuivre dans une solderie, et Jenks avait échangé du sirop d'érable contre tous les ingrédients nécessaires à la confection d'une potion de jolis rêves et de sorts de camouflage des odeurs.

La boutique de paint-ball avait été la plus difficile à dénicher – elle se trouvait « à gauche au niveau de l'ancien bureau de poste, après l'église baptiste qui a brûlé en 1975 et à droite à la ferme Higgan. Impossible de la manquer ».

Entre le cours de préparation à la plongée, l'interrogatoire de Jax pour lui extirper des détails et les trois heures passées au fort de Mackinaw à jouer aux touristes, j'étais mentalement et physiquement fatiguée. Mais le plus étrange, et de loin, avait été d'observer Jenks en train d'apprendre à lire à Jax.

Le petit pixie prenait le coup bien plus vite que je l'aurais pensé. Pendant que je touillais mes potions, Jenks et Jax avaient regardé *1, rue Sésame* – si, si – et il semblait que la musique et les marionnettes trouvent un écho spécifique dans la mentalité pixie. Une chanson, en particulier, s'était imposée dans ma tête, le ver de la mélodie se lovant fermement dans mon cortex cérébral comme un extraterrestre dans un film de science-fiction.

M'apercevant que je tapais du pied au rythme entraînant du morceau, je me forçai à garder la semelle collée au plancher. Je me demandai si j'allais avoir cette chanson dans la tête toute la journée et si ma situation plairait à Elmo. Un pistolet dans ma banane, un pixie géant à mes côtés – fais ton choix, Elmo, et essaie de ne pas ricaner.

L'île Bois Blanc était de plus en plus précise à l'horizon. J'aperçus le haut d'un phare dépassant du sommet des arbres, et je sus que nous avions raison de passer par la voie sous-marine. Nous avions déjà dépassé l'île Mackinac, interdite aux voitures, et le pont gigantesque enjambait le point le plus étroit entre les deux, derrière nous à gauche. Ouais, le plus étroit, mon œil. Le pont faisait huit foutus kilomètres de long. Un pétrolier passait dessous à destination de l'océan ; on aurait dit une souris sous une chaise.

Le pont était effectivement énorme : d'après ce que j'avais lu la veille sur mon set de table en mangeant mon hamburger, la tour Carew ne lui rendait que quelques mètres de hauteur : les pylônes s'élevaient à cent cinquante mètres au-dessus de la surface du lac et faisaient soixante mètres de mieux sous la surface jusqu'aux soubassements. C'était le troisième plus long pont suspendu du monde, le plus long de l'hémisphère ouest – un gros salopard dont la construction avait coûté la vie à cinq ouvriers et l'un d'eux n'avait jamais été retrouvé. Tomber dans l'eau de cette hauteur, c'était comme de tomber sur du béton. Je me serais attendue à voir ce genre d'édifice dans une grande ville, mais certainement pas à la cambrousse, où les orignaux et les loups traversaient sur la glace en hiver.

Je fus emportée en avant lorsque le bateau ralentit et que le bruit de son moteur se fit moins aigu. Nous tanguâmes dans notre propre sillage. Les six gars entassés au bout du bateau se bousculèrent. Ils frimaient devant Debbie, toute moulée dans sa combinaison de plongée. Elle avait la poitrine de Barbie, alors que moi j'avais celle de sa petite sœur Ellie. Je ne pus m'empêcher de me demander si ce n'était pas un peu à cause d'elle que tous ces sacs d'hormones baveux avaient rejoint le club de plongée.

— Seigneur, je me sens vieille, Jenks, chuchotai-je en coinçant une mèche rebelle derrière mon oreille.

— Ouais, moi aussi.

Et mince. Était-il possible de mettre encore plus les pieds dans le plat ?

Le vent sembla souffler plus fort quand le bateau vira de bord. De ses mains expertes, Debbie attrapa la bouée avec un crochet et nous attacha. Le moteur fut coupé, le drapeau de plongée fut hissé et le niveau d'excitation monta d'un cran.

— Plongeurs, écoutez-moi ! dit Marshal en se levant pour que nous le regardions. Référez-vous tous à votre guide. Il vous donnera votre amulette de chaleur et s'assurera qu'elle fonctionne, même si je ne doute pas que vous nous chanterez une jolie chanson quand vous entrerez dans l'eau si elle ne fonctionne pas.

— Comme vous voudrez, prof, chanta l'un des gosses d'une voix de fausset.

Cela lui valut des rires de la part de ses camarades.

— C'est « capitaine », quand on est sur l'eau, petit malin, répliqua Marshal en jetant un coup d'œil vers Jenks et moi. Debbie, tu te charges des garçons. (Il baissa la fermeture Éclair de son coupe-vent.) Je m'occupe de M. Morgan et de sa sœur.

Je ne me sentis absolument pas mal d'avoir menti en remplissant la décharge… Je me levai et commençai à avoir mal au ventre.

— Je te revaudrai ça, grommela Jenks.

Je lui donnai un coup de pied discret.

Deux des garçons s'en tapèrent cinq et s'agglutinèrent autour de la femme en latex, qui résistait mollement à leurs démonstrations exubérantes. Elle connaissait jusqu'à leurs prénoms, et leur petit jeu me sembla être habituel. Je sentis mon pouls s'accélérer en voyant le nombre de bouteilles alignées sur le côté du bateau diminuer à mesure qu'on les détachait pour les faire rouler jusqu'à la poupe. Tout le monde semblait savoir ce qu'il avait à faire, y compris le type qui nous avait amenés là et qui alla s'asseoir à la proue avec une console portable.

— Mademoiselle ?

Je revins en sursaut à la réalité et me retrouvai nez à poitrail avec le capitaine Marshal. Dieu, qu'il était grand. Et vraiment, vraiment… imberbe. Complètement. Pas un poil ne venait gâcher la couleur de miel régulière de sa peau. Pas de barbe. Pas de moustache. Pas de sourcils – ce qui m'avait d'ailleurs dérangée, la veille, jusqu'à ce que je comprenne que, comme nombre de nageurs professionnels, il prenait probablement une potion contre les poils. Les charmes de terre ne sont pas très précis, ce qui signifie qu'une telle potion fait disparaître absolument tous les poils. L'effet peut être souhaité, mais il faut s'attendre à être chauve. De partout.

Il me souriait et me dévisageait de ses yeux marron, dans l'expectative. Il devait avoir un peu moins de trente ans, à en juger par l'apparence de ses cuisses nues, élancées mais musclées, et des abdominaux empilés au-dessus de son maillot de bain minuscule. Je décidai que ça lui allait bien d'être imberbe. Des jambes bien dessinées, des épaules larges et, entre les deux, c'était mmmmmmh bon. En plus, c'était un sorcier qui avait monté sa propre affaire. *Ma mère adorerait que je le lui ramène, celui-là*, pensai-je avant de faire la grimace. Je venais de me souvenir comment ça avait fini la dernière fois que j'avais pensé ça.

— C'est moi qui vais vous servir de guide, aujourd'hui, dit-il en nous regardant Jenks et moi (le pixie se tenait derrière moi). Nous allons laisser l'équipe de plongée débarrasser le plancher, puis ce sera notre tour.

— Ça me semble bien.

Je m'étais forcée à parler d'un ton enjoué, mais à l'intérieur j'étais dans un état catastrophique. Il y avait trop de monde. Je voulais lui parler en privé, mais je commençais à manquer de temps.

— Voici vos amulettes, poursuivit Marshal en me tendant un sachet contenant deux disques en séquoia. (Il posa les yeux sur ma gorge, toujours pleine d'hématomes depuis mon combat avec Karen, puis détourna le regard.) Elles sont déjà invoquées. Vous pouvez les mettre dès maintenant, mais vous allez mourir de chaud jusqu'à ce que vous entriez dans l'eau.

— Euh, euh, merci, bégayai-je.

Je tripotai les amulettes à travers leur sachet plastique. Le nom et le numéro de licence de Marshal figuraient sur des étiquettes collées sur une face. Je n'avais qu'à en enfiler une de manière qu'elle soit en contact avec ma peau, et je ne sentirais plus le froid, pas même une minuscule sensation de fraîcheur matinale.

Je tendis le sachet à Jenks, qui le secoua immédiatement pour faire tomber une amulette dans le creux de sa main. Il poussa un soupir de soulagement en sentant sa chaleur. Voyant que les charmes fonctionnaient, j'étudai sérieusement la possibilité de tirer des potions de jolis rêves sur toute l'assistance et de voler tout ce dont nous aurions besoin.

— Euh, monsieur Marshal...

Il baissa la tête et me fit un grand sourire qui révéla ses dents blanches et régulières. Je sentais son odeur de séquoia, aussi entêtante que de l'épice. Il faisait lui-même ses charmes ; ça se voyait.

— Capitaine Marshal, corrigea-t-il comme s'il s'agissait d'une blague. Marshal, c'est mon prénom.

— Capitaine Marshal, me repris-je. Écoutez, j'ai quelque chose à vous demander.

Debbie l'appela.

— Une petite seconde, dit-il en levant un long doigt fuselé.

Il s'éloigna.

— Bon sang ! m'exclamai-je à voix basse. Mais elle a un problème, cette fille, ou quoi ? Elle ne peut rien faire sans le consulter avant ?

Jenks haussa les épaules et plissa les yeux sous le soleil matinal en retirant son bonnet. Il se mit à triturer sa combinaison.

— Elle croit que tu t'intéresses à lui.

J'écarquillai les yeux.

— Mademoiselle ?

La main de Marshal se posa sur mon épaule. Je sursautai et me retournai à demi. Sa main me serra plus fermement. Surprise, je me retrouvai à le regarder dans le blanc des yeux.

— Vous êtes prêts, on y va ?

— Euh…, hésitai-je en jetant un coup d'œil à Debbie derrière lui.

Elle me fusilla du regard en ajustant ses palmes avec des gestes brusques, puis bascula par-dessus bord. Il n'y avait plus que Marshal, Jenks, moi, et le type voûté sur sa console à la proue. Le fiasco de la veille à la piscine d'entraînement prenait une tout autre dimension.

— Euh, Marshal, en ce qui concerne la plongée…

Un sourire se dessina sur les lèvres du sorcier.

— Ça va bien se passer, mademoiselle Morgan, assura-t-il avec sollicitude. On va y aller progressivement. Je sais que le détroit est impressionnant, mais vous vous en êtes bien tirée, dans le bassin.

Bassiiin, pensai-je. J'aimais bien son accent un peu traînant.

— Euh, ce n'est pas ça, dis-je tandis qu'il choisissait une bouteille en me faisant signe d'approcher.

Nos regards se croisèrent, et je fus choquée de voir qu'il me souriait d'un air entendu. Ses yeux sombres trahissaient une bonne dose d'attirance.

— Capitaine Marshal, je suis vraiment désolée, repris-je d'un ton neutre. J'aurais dû vous en parler plus tôt. Je ne suis pas venue faire de la plongée dans une épave.

— Asseyez-vous là, que je puisse vous installer votre bouteille.

— Capitaine. (Il me prit par les épaules, me fit asseoir et tendit les bras pour ajuster mon équipement.) Je voulais vous demander avant qu'on fasse tout ce chemin… (Je regardai dans la direction de Jenks pour obtenir de l'aide, mais il se moquait de moi.) Bon sang, jurai-je. Je suis désolée, Marshal. Je suis ici pour une autre raison.

— Je suis flatté, mademoiselle Morgan, dit-il en me regardant de sous ses arcades glabres. Mais vous avez payé pour une séance de plongée dans mon épave, et je me sens obligé de faire en sorte que vous en ayez pour votre argent. Si vous êtes encore en ville pour quelques jours, peut-être qu'on pourra s'organiser un dîner.

Je venais de comprendre pourquoi il me regardait depuis le début. J'en restai bouche bée. Oh, mon Dieu. Debbie n'était pas la seule à croire que je m'intéressais à lui. Je vis soudain mes bégaiements, mes vaines tentatives pour lui parler, sous une lumière bien différente. Jenks ricana et je me sentis rougir.

— Capitaine Marshal, rétorquai-je fermement. Je ne suis pas venue me trouver un petit ami.

Le visage de l'homme perdit lentement son expression ; les petites rides de son sourire se lissèrent jusqu'à disparaître complètement. Il se redressa.

— Je, euh… Ah non ? Je croyais que vous étiez frère et sœur.

— C'est mon partenaire, dis-je avant de me dépêcher d'ajouter : enfin, mon associé.

— Vous… vous aimez les femmes ? bégaya Marshal en reculant d'un pas. (On aurait dit qu'il était sur le point de mourir d'embarras.) Merde, je déteste mal lire le comportement des gens. Seigneur, je suis désolé.

— Non, ce n'est pas ça non plus. (Je grimaçai en retirant de ma bouche les cheveux qui s'étaient échappés de ma tresse.) Vous êtes un homme séduisant et, en temps normal, je saliverais à l'idée d'un cours particulier dans votre bassin… (*Bassiiin.*) Mais j'ai besoin de votre aide.

L'air mal à l'aise, Marshal remonta la fermeture Éclair de son coupe-vent. Je jetai un coup d'œil à Jenks et pris ma respiration.

— Mon ancien petit ami est détenu sur cette île, et je dois le sauver sans que personne me voie.

Il me dévisageait sans qu'aucune expression vienne altérer ses traits réguliers. Le soleil se réverbérait sur le sommet de son crâne.

— Je suis coureuse indépendante. (Je farfouillai dans ma banane et lui tendis l'une de mes cartes de visite noires.) Une meute de garous l'a kidnappé, et ils le retiennent prisonnier. Il faut que je me rende là-bas sans être détectée, et je vous ai trouvé dans l'annuaire. Euh, si je pouvais vous emprunter un équipement complet supplémentaire et des bouteilles pour qu'il reparte à la nage, ce serait… super. Je suis prête à payer ce qu'il faudra. Vous, euh… vous avez enregistré ma carte de crédit, n'est-ce pas ?

Il s'arracha à la contemplation de ma carte et battit abondamment des paupières. Il regarda Jenks, les yeux mi-clos, en bougeant la tête à la manière d'un hibou. Son regard se fit plus intense, presque carnassier. Jenks recula d'un pas. J'observai le capitaine, de plus en plus nerveuse.

— Qu'est-ce que vous faites ? finis-je par demander.

— Je cherche la caméra.

Je serrai les dents.

— Vous ne me croyez pas.

— Je devrais ?

Dégoûtée, je sentis la colère monter en moi.

— Écoutez, dis-je tandis que le sillage d'un bateau qui passait aggravait le nœud de mon estomac. J'aurais pu me pointer, tous vous descendre à coups de potions de jolis rêves et prendre ce dont j'avais besoin, mais là, je vous demande de m'aider.

— Et parce que vous avez décidé de ne pas enfreindre la loi, moi je devrais le faire ? (Il avait les pieds écartés pour ne pas vaciller sous l'effet du roulis.) Même si je le voulais, je ne pourrais pas vous laisser partir seuls à la nage. Même si je vous croyais, je ne le ferais pas. Non seulement je perdrais ma licence, mais vous pourriez vous tuer.

— Je ne vous demande pas de perdre votre licence, m'énervai-je. Tout ce que je vous demande, c'est de me prêter de l'équipement.

Marshal passa une main sur son crâne chauve. Il rit presque de colère.

— J'ai mis trois ans à décrocher ma licence, dit-il avec un mélange d'incrédulité et de frustration. Trois ans. Ça, c'était juste pour l'affaire de plongée. Ajoutez-y quatre ans pour mon diplôme de magie de terre, histoire de pouvoir fabriquer mes propres amulettes et rentabiliser le bateau. Vous devez être une petite fille sacrément gâtée et égoïste pour croire que je vais risquer de tout perdre juste parce que votre petit copain s'est fait la malle et que vous voulez le surprendre pendant qu'il vous trompe. On vous a toujours tout donné, c'est ça ? Vous ne savez pas ce que c'est, de travailler dur ! Vous ne savez pas ce que c'est que le sacrifice !

— Il n'est pas parti avec une autre ! hurlai-je.

Le type assis à la proue se redressa pour voir ce qui se passait. Furieuse, je me levai pour pouvoir poser l'index sur le torse de Marshal – enfin, si j'en avais le courage.

— Et ne venez pas me dire que je ne sais pas ce que c'est de travailler dur ou de faire des sacrifices, repris-je moins fort. J'ai bossé pendant sept ans à la botte de la SO, je me suis cassée le cul à rompre le contrat qui m'unissait à eux, et je risque ma vie au front tous les jours pour payer mon loyer ! Alors vous pouvez vous faire rentrer vos conneries de mec supérieur par où elles sont sorties. Mon ancien petit ami s'est attaqué à plus fort que lui et il a besoin de mon aide. Les garous l'ont enlevé… (Je pointai l'île du doigt.)… et vous êtes la meilleure chance que j'aie de me rendre là-bas sans être détectée.

Décontenancé, il sembla hésiter.

— Pourquoi n'êtes-vous pas simplement allée voir la SO ?

Je serrai les lèvres en pensant que les choses pourraient dégénérer très vite s'il décidait d'appeler la SO avec sa radio.

— Parce que ce sont des abrutis incompétents, et sauver les gens, c'est mon métier. (Il me regarda d'un air soupçonneux, notamment mon cou meurtri.) Bon, d'habitude, j'assure mieux que ça, repris-je. (Hors de question que je m'explique pour les traces de morsures.) Je suis un peu hors de mon élément, ici. Je voulais vous parler plus tôt, mais cette chère Debbie n'arrêtait pas de m'interrompre.

Cette dernière remarque le fit sourire et il se détendit.

— D'accord. Je vous écoute.

Je jetai un coup d'œil à la proue et à l'homme assis avec sa console. *De toute façon, il ne remarquerait même pas si un grand requin blanc venait chiquer l'arrière du bateau.*

— Merci, soufflai-je en me rasseyant.

Marshal fit de même, et Jenks se mit en tailleur de manière à nous voir tous les deux. Le soleil faisait chatoyer ses cheveux jaunes. Manifestement, l'amulette fonctionnait : il avait de nouveau les lèvres rouges, et il était très détendu – à la limite de se prélasser au soleil.

— Écoutez, dis-je. (Maintenant que la balle était dans mon camp, j'étais un peu gênée.) Mon petit ami – mon ancien petit ami…, me repris-je en rougissant. Il se trouve qu'il… (Je ne pouvais pas lui dire que c'était un voleur.) Il se procure des choses.

— C'est un voleur. (J'écarquillai les yeux ; voyant ma confusion, il grommela :) Laissez-moi deviner. Il a volé quelque chose aux garous et il s'est fait prendre.

— Non, répliquai-je en écartant une mèche folle emportée par le vent. En réalité, ils l'ont engagé pour se procurer quelque chose, et quand il a trouvé cette chose, il a décidé de la garder et de leur rendre leur argent. Il faut que je lui fasse quitter cette île.

Marshal regarda Jenks, qui haussa les épaules.

— Bien, repris-je. (Je me sentais bête.) Je ne vous en voudrai pas si vous voulez me ramener au port et me dire d'aller me faire voir de l'autre côté des lignes. Mais, d'une manière ou d'une autre, je vais passer par-dessus bord. Je préférerais que ce soit en tenue de plongée et avec une de vos amulettes. (Je le dévisageai en plissant les yeux.) Je peux au moins vous acheter un sort ? Pour qu'il ne meure pas de froid quand je le ramènerai ?

Le visage lisse de Marshal se froissa.

— Je n'ai pas le droit de vendre mes charmes – seulement de les utiliser dans le cadre de mon travail.

Je hochai la tête et sentis un doigt de soulagement s'immiscer entre mon cœur et la bande qui l'enveloppait.

— Oui, moi aussi. Et si on faisait un échange ?

Il se pencha vers moi et me renifla, non sans m'en avoir au préalable demandé la permission d'un regard. Je sentis un soupçon de chlore sur sa peau, en plus de l'odeur de séquoia. Apparemment, je sentais suffisamment la sorcière, car il reprit sa position, satisfait.

— Qu'est-ce que vous avez à échanger ?

Je laissai échapper un souffle de soulagement. Je ramenai ma banane devant moi et farfouillai dedans.

— Euh, sur moi ? Pas grand-chose, mais je pourrai vous envoyer quelque chose quand je serai de retour à la maison. J'ai des potions de jolis rêves dans des boules de paint-ball et trois amulettes de camouflage des odeurs.

Jenks ferma les yeux pour profiter de son bain de soleil. Il souriait.

— Des amulettes anti-odeurs ? s'étonna Marshal en promenant ses doigts sur les muscles du haut de son bras caché sous la manche de son coupe-vent. Qu'est-ce que vous voulez que j'en fasse ?

Vexée, je restai paralysée.

— J'en utilise tout le temps !

— Eh bien moi pas. Je prends un bain tous les jours.

Jenks ricana ; je sentais la moutarde me monter au nez.

— Ce ne sont pas des charmes déodorants, m'offusquai-je. Ils servent à dissimuler votre odeur pour que les garous ne puissent pas vous suivre.

Le regard de Marshal passa de moi à l'île.

— Vous êtes sérieuse. Bon sang, mais qui vous êtes, au juste ?

Je me redressai sur mon siège et tendis ma main d'un blanc crémeux en me disant qu'elle devait être toute moite à cause du froid humide qui régnait au-dessus de l'eau.

—Rachel Morgan, troisième associée de la société Charmes Vampiriques, basée à Cincinnati. Et voici Jenks, deuxième associé de la même société.

Marshal avait la main chaude. Pendant que nous échangions une poignée de mains, il regarda Jenks du coin de l'œil. Un sourire déforma le coin de ses lèvres, ce qui me fit penser qu'il ne me croyait toujours pas.

—Vous, vous êtes l'associé silencieux, hein ? (Jenks souleva une paupière et la laissa retomber.) Vous savez, poursuivit-il en me lâchant la main, j'étais prêt à jouer le jeu parce que vous êtes mignonne et qu'on n'a pas tellement de sorcières mignonnes parmi nos touristes. Mais cette histoire… (Il agita la main dans la direction de l'île lointaine.) On ne pourrait pas juste se faire un dîner ?

Je plissai les yeux et me penchai en avant jusqu'à me trouver trop près de lui pour être tout à fait à l'aise.

—Écoutez, Monsieur le Capitaine du bon navire avantageusement nommé *La Sucette*. Peu m'importe que vous me croyiez ou non. Il faut que je me rende sur cette île. Je vais plonger. Je vous propose quelque chose en échange d'un charme supplémentaire pour que mon petit ami… (Je serrai les dents.) Mon *ex*-petit ami ne meure pas de froid sur le chemin du retour. En fait, je veux vous en échanger trois, parce que je n'ai pas d'amulette de chaleur et que je trouve ça super cool. En ce qui concerne l'équipement, j'aimerais une location prolongée. Si je le perds en route, ce qui est un risque non négligeable, vous pourrez prélever le prix sur ma carte. Vous l'avez enregistrée.

Il me dévisagea. L'adrénaline me donnait la nausée.

—Elle est vraie, votre carte ?

—Évidemment, qu'elle est vraie ! Elle est passée dans votre terminal, non ?

Il fronça ses sourcils sans poils et m'évalua du regard.

—Comment je peux être sûr que votre magie est bonne ? Vous sentez bon, mais ça ne veut foutrement rien dire.

Je regardai Jenks, qui acquiesça.

—Jenks est un pixie, dis-je en donnant un coup de tête dans sa direction. Je l'ai rendu grand pour qu'il puisse supporter le froid du Michigan et venir sauver son fils.

Bon, d'accord, techniquement, c'était Ceri qui avait fait la malédiction, mais je n'étais pas obligée de lui dire la vérité.

Marshal sembla impressionné, mais il se contenta de répondre :

— C’est son fils, votre petit ami ?

Exaspérée, je sentis mes mains se mettre à trembler ; j’avais envie de hurler.

— Non. Mais le fils de Jenks était avec lui. Et ce n’est pas mon petit ami – c’est mon ex.

Il expira longuement et regarda Jenks puis moi. J’attendis en retenant mon souffle.

— Bob ! cria-t-il à l’intention de l’homme assis à la proue. (Je me raidis.) Viens par ici m’aider à mettre mon équipement. Je vais emmener M. et Mme Morgan faire une randonnée un peu plus longue que prévu. (Il me regarda et vit que j’étais soulagée.) Bien que je ne sache pas pourquoi, termina-t-il moins fort.

Chapitre 12

Je n'aimais pas le froid. Je n'aimais pas la pression engendrée par toute cette eau au-dessus de ma tête. Je n'aimais pas être indirectement connectée à l'océan, n'en être séparée que par le fleuve. Et je regrettais carrément d'avoir regardé *Les Dents de la mer* sur Classic Channel, le mois précédent. Deux fois, en plus.

Nous nagions depuis un certain temps, pris entre le gris de la surface et le gris du fond invisible, assez bas pour qu'un bateau ne nous taille pas un short, mais assez près de la surface pour que la lumière pénètre jusqu'à nous. Marshal était un peu mal à l'aise de quitter la sécurité du drapeau de plongée, mais il était assez jeune pour aimer briser les règles quand ça lui chantait. Je pense que c'est pour ça qu'il avait décidé de m'aider. La vie ne devait pas être très excitante dans le coin.

La sensation claustrophobique de la plongée avait diminué, mais je n'aimais toujours pas ça. Marshal avait choisi une direction depuis le bateau, et tout ce que nous avions à faire c'était de la suivre en se servant de la boussole intégrée à la jauge d'air. Jenks était en pointe, je le suivais, Marshal fermait la marche. Il faisait froid malgré les amulettes, et plus nous avancions, plus j'éprouvais de reconnaissance à son égard.

Marshal n'en retirerait rien, à part une bonne histoire qu'il ne pourrait raconter à personne. Il ne m'avait demandé qu'une seule chose, et j'avais accepté tout de suite, en ajoutant ma propre requête.

Il nous emmènerait jusqu'à l'île en toute discrétion, mais il repartirait avec son équipement. Ce n'était pas la perte matérielle qui l'inquiétait, mais plutôt que Jenks et moi essayions de retraverser par le canal emprunté par les bateaux et que nous nous fassions réduire en nourriture à poisson par l'hélice d'un pétrolier. C'était une bonne raison, mais j'avais accepté pour la sécurité de Marshal, pas pour la nôtre.

Je voulais qu'il reparte sain et sauf. Il vivait dans le coin. Si je me faisais attraper et que les garous le soupçonnaient de nous avoir aidés, ils risquaient de s'en prendre à lui. Je lui avais fait promettre qu'il retournerait au bateau, terminerait son boulot et rentrerait au port comme si de rien n'était.

Je lui avais demandé de m'oublier, mais égoïstement j'espérais qu'il n'y arriverait pas. Ça m'avait plu de discuter magie avec quelqu'un qui vivait des sorts qu'il préparait. C'était finalement assez rare.

L'eau s'éclaircissait lentement autour de moi car le fond réfléchissait de mieux en mieux la lumière en se rapprochant de la surface. J'eus un sursaut d'adrénaline lorsque je m'aperçus que nous avions atteint l'île. La pente était forte à cause du courant. Nous nous arrêtâmes à dix mètres du bord de l'eau ; mes palmes étaient posées sur les pierres lisses, grosses comme le poing, qui tapissaient le fond.

Première étape – Reconnaître le terrain, pensai-je en sortant la tête de l'eau. Mon cœur battait à tout rompre à cause du stress de la plongée. Marshal avait eu beau nous prévenir, c'était une surprise. Nager au rythme endormi d'un poisson, c'était plus facile à dire qu'à faire. J'avais les jambes en coton, et le reste de mon corps était aussi lourd que du plomb.

Le retour au vent et au bruit fut un choc. Je plissai les yeux pour voir la côte à travers mon masque embué. Soulagée de constater qu'elle était déserte, je m'avançai jusqu'à pouvoir m'asseoir en ayant de l'eau jusqu'au cou. Elle était légèrement plus chaude ici. Je retirai mon masque et l'embout du tuyau de ma bouche et pris une goulée d'air froid qui n'avait pas le goût du plastique.

Jenks avait déjà sorti la tête de l'eau. Son visage était barré de rides rouges dues à la pression ; il avait l'air aussi fatigué que je l'étais. Question de muscles sollicités, décidai-je. Ou alors c'était le froid. Marshal émergea à côté de moi dans un jaillissement de bulles. Je me retournai dans la direction du bateau, contente de ne voir qu'une tache blanche au loin. Plus il se tenait à distance, moins les garous étaient susceptibles de le considérer comme une menace.

— Ça va ? demandai-je à Jenks.

Il acquiesça, mais il avait l'air de souffrir du froid malgré l'amulette de chaleur que Marshal lui avait donnée. Contente de pouvoir faire une pause pour reprendre mon souffle, je scrutai la côte déserte. Elle avait l'air plutôt paisible ; quelques mouettes marchaient sur la plage étroite et criaient en évaluant la possibilité qu'un repas soit en approche.

— En volant, j'aurais pu le faire en trois minutes, grommela Jenks en jouant des épaules pour quitter son harnachement.

— Ouais, dis-je en l'imitant. Mais tu serais mort de froid à mi-chemin et tu aurais été nourrir les poissons.

— Jax y est bien arrivé, répondit-il amèrement. Et puis rien ne nous dit que je ne vais pas mourir de froid quoi qu'il arrive. Comment tu fais pour supporter cette température, Rache ? Par les nénés de Clochette, j'ai l'impression d'avoir perdu des morceaux en route.

Je reniflai en enlevant mes gants. Les doigts gourds, je m'efforçai de défaire ma ceinture. Jenks m'aida à me débarrasser de mon équipement, et je me sentis soudain mille fois plus légère. J'avais trouvé le moyen de me rouvrir les phalanges, mais mes mains étaient trop froides pour saigner. Je regardai les entailles entourées de peau livide en pensant qu'à ce rythme, elles ne cicatriseraient jamais.

Marshal se leva, le masque relevé sur le front. Il était élégant, avec sa combinaison noir et or sur mesure.

— Rachel, commença-t-il. (Ses yeux marron étaient pleins d'inquiétude.) J'ai changé d'avis. Ce n'est pas une bonne idée de vous laisser ici.

Jenks me regarda. Je réprimai un soupir, car je m'attendais à un coup dans ce genre-là.

— C'est gentil, dis-je en faisant un effort pour me lever. (Je faillis retomber.) Mais la meilleure manière de m'aider, c'est de retourner sur votre bateau et de finir votre journée comme si vous n'aviez jamais entendu parler de moi. Si des garous viennent renifler dans les parages, dites-leur que vous m'avez emmenée sur votre bateau et que je vous ai donné un coup sur la tête pour vous voler votre équipement. Vous n'êtes pas allé voir la SO parce que vous aviez honte.

À côté de moi, Jenks regarda la musculature de Marshal, joliment soulignée par l'épais latex de sa combinaison. Il gloussa. Le sourire de Marshal s'élargit. Son visage mouillé luisait.

— Vous êtes une drôle de femme, Rachel. Peut-être…

Les palmes et le reste de mon équipement à la main, je me dirigeai vers la plage pour retirer ma combinaison.

— Pas de « peut-être », dis-je sans me retourner.

Mes pieds nus pataugeaient dans l'écume scintillante. Je laissai tout tomber à part ma banane et essayai d'entrer en contact avec une ligne d'énergie. Je n'en trouvai aucune. Cela ne me surprit pas. J'avais mis de l'énergie en réserve dans ma tête, mais il m'était impossible de faire un cercle sans toucher une ligne. C'était gênant, mais pas rédhibitoire.

— J'ai votre carte de visite sur le bateau, insista-t-il en me suivant.

Jenks était juste derrière lui. Sa force de pixie lui permettait de porter à la fois son équipement et nos deux bouteilles.

— Vous devriez la brûler, suggérai-je.

Je trébuchai sur les galets et décidai de m'asseoir avant de tomber. Je retirai un gros caillou de sous mes fesses et le jetai au loin. Je me sentais bien différente de James Bond.

Jenks déposa son équipement là où j'avais laissé le mien et vint s'asseoir à côté de moi en poussant un soupir de fatigue. Il m'aida à m'extraire de ma tenue de plongée. À présent, j'avais froid et je me sentais vulnérable.

Marshal se tenait, l'air emprunté, entre l'eau et moi. Si quelqu'un venait à sortir des bois qui bordaient la plage, il ferait une cible facile.

— J'aurais dû me douter que quelque chose n'allait pas quand j'ai vu que vous portiez des collants de course sous votre tenue de plongée, dit-il tandis que j'enlevais ma combinaison.

Les galets étaient froids, à travers l'élasthanne mouillé. Je posai ma banane sur mes cuisses et l'ouvris. Le contenu des sachets était sec. Pendant que Jenks quittait sa combinaison, j'enfilai mes baskets légères malgré mes doigts engourdis. Marshal écarquilla les yeux lorsque mon pistolet pointa le bout de son nez par l'ouverture de la banane. Je le laissai se rincer l'œil; je passai à Jenks son amulette de camouflage d'odeurs, puis enfilai la mienne en la glissant sous le col de ma combinaison de course deux pièces. Cela me fit penser que je devais rendre son amulette à Marshal. Je la lui tendis. Marshal allait protester, mais je l'interrompis.

— Il y a votre nom dessus.

Je donnai un coup de coude à Jenks, qui se sépara de son amulette avec réticence. Tandis que nous nous préparions à partir, l'expression de Marshal passa lentement de la confusion à l'inquiétude. Il faisait nettement plus froid sans les amulettes, et je sentais le vent glacial à travers l'élasthanne. Raidie par la tension, je pliai la tenue de plongée et la lui tendis.

— Ça ne me dit rien de bon, grommela-t-il en la prenant.

Je m'assis sur les rochers et levai les yeux sur lui.

— Non, effectivement. Mais on en est là.

J'avais froid, et j'étais mouillée et fatiguée.

Ses pieds se déplacèrent sur les galets et son regard s'égara sur le pistolet. Pendant qu'il gigotait, je tendis à Jenks sa part de munitions de paint-ball. Il les lâcha dans le filet à provisions attaché à sa taille. J'avais proposé de lui acheter son propre pistolet, lorsque nous étions dans la boutique où j'avais acquis les munitions que je comptais remplir de potion de jolis rêves, mais il avait préféré le lance-pierres, qu'il trouvait plus impressionnant. Il se fixait à son bras et avait l'air aussi puissant qu'une arbalète. En plus, j'étais prête à parier qu'il était aussi précis.

Quand il fut prêt à partir, Jenks se leva dans un cliquetis de galets. Il prit un morceau de bois flotté et le brandit comme une épée. Ses mouvements étaient pleins de grâce et parfaitement contrôlés. Marshal l'observa un moment avant de me tendre la main pour m'aider à me relever.

— Vous êtes une gentille sorcière, au moins ?

Je pris sa main ferme et chaude.

— Malgré les apparences, oui.

Je remontai le revers de ma manche pour couvrir ma cicatrice démonique. Nos doigts se séparèrent et il recula d'un pas. *Bon sang, un peu, que je suis une sorcière blanche.* Derrière moi, Jenks estoquait et parait en silence, exception faite du bruit de ses pieds sur les galets. Il fallait que nous partions, mais Marshal restait planté devant moi, élégant dans sa tenue de plongée, les amulettes de chaleur pendues aux doigts.

Il se retourna pour voir son bateau, puis regarda le matériel empilé sur la plage. Il serra les lèvres ; je sus qu'il avait pris une décision. Il se pencha et décolla l'étiquette d'une amulette.

— Tenez, lança-t-il en me la tendant.

J'écarquillai les yeux en sentant sa chaleur se propager dans mes doigts.

— Marshal…

Mais il était déjà parti. Ses longs muscles fins se tendirent lorsqu'il ramassa une partie de l'équipement. Il se rendit à l'orée de la végétation.

— Gardez tout, dit-il en cachant le matériel dans les broussailles. (Il revint en chercher une deuxième fournée.) J'ai changé d'avis. Je croyais que vous plaisantiez, à propos de cette histoire de sauvetage. Je ne peux pas vous abandonner ici sans moyen de repartir. Votre petit ami pourra utiliser mon équipement. Je raconterai à mes gars que vous avez paniqué et que vous m'avez fait appeler une vedette par radio pour vous raccompagner sur la terre ferme. Si vous êtes obligés de repartir à la nage, longez Round Island pour rejoindre Mackinac et prendre le ferry. Vous n'aurez qu'à tout laisser dans une consigne au port et m'envoyer la clé par la poste. Si vous repartez par un autre moyen, je passerai récupérer mon matériel la prochaine fois que le brouillard sera assez épais.

J'eus l'impression que mon cœur gonflait et que j'allais pleurer de gratitude.

— Et votre pilote ?

Marshal haussa les épaules – ses belles épaules gainées de latex qui luisaient sous le soleil.

— On peut compter sur lui. On est de vieux amis, lui et moi. (Il plissa les yeux d'un air inquiet.) Promettez-moi que vous n'essaierez pas de traverser le détroit. Il est trop large.

J'acquiesçai. Il rendit son amulette à Jenks.

— Attention aux ferrys qui vont vers l'île Mackinac. Surtout aux aéroglisseurs. Ils foncent. Il y a une amulette supplémentaire pour votre petit ami dans mon équipement. J'en ai toujours une en cas d'urgence. (Il grimaça et haussa ses sourcils glabres.) On peut dire que c'en est un.

Je ne savais pas quoi dire. À côté de moi, Jenks décollait l'étiquette de son amulette. Il la donna à manger à l'une des mouettes qui nous encerclaient. Elle s'envola en criant, ardemment poursuivie par trois autres.

— M… Marshal…, bégayai-je. Vous risquez de perdre votre licence.

Dans le meilleur des cas.

— Non. J'ai confiance en vous. Vous n'êtes pas des pros de la plongée, mais je suis sûr que vous êtes des pros dans votre domaine et vous avez besoin d'aide. Si vous avez des problèmes, laissez le matériel au fond et nagez à la surface. Cela dit, si vous pouviez éviter… (Il promena son regard ombrageux sur les arbres.) Il se passe quelque chose de bizarre dans le coin, et je n'aime pas ça. (Il parvint à sourire malgré son inquiétude.) J'espère que vous ramènerez votre petit ami.

Je fus gagnée par le soulagement. Seigneur, quel gentil garçon.

— Merci, Marshal, fis-je en me relevant pour l'embrasser sur la joue. Vous allez réussir à retourner au bateau ?

Il sourit, l'air décontenancé.

— Je fais pas mal de plongée libre. C'est du gâteau.

Je me remémorai mes tentatives de nage dans l'Ohio gelé. Je croisai les doigts pour que tout se passe bien.

— Je vous appellerai dès que possible pour vous dire que nous sommes tirés d'affaire et où se trouve votre matériel.

— Merci, dit-il en se retournant vers moi. C'est gentil. Un jour, je vous retrouverai, et vous m'expliquerez de quoi il était question.

Je sentis un sourire idiot apparaître sur mes lèvres.

— Mais c'est un rendez-vous ! Je serai obligée de vous tuer.

Il se détourna en riant, puis hésita. Sa tenue scintilla sous le soleil.

— Il faut vraiment que je brûle votre carte ?

J'acquiesçai en ramenant mes cheveux mouillés en arrière.

— D'accord.

Cette fois, il ne s'arrêta pas. Je le regardai patauger dans l'écume puis plonger dans une vague et partir dans la direction de son bateau avec des mouvements déliés.

— Maintenant, j'ai l'impression d'être James Bond, dis-je.

Jenks rit.

— Bon, on va dans les bois, décida-t-il.

Je jetai un dernier coup d'œil à Marshal par-dessus mon épaule et me dirigeai vers les buissons. Il était difficile de marcher sur les galets car ils étaient lisses. Je me sentais bête, à le suivre en titubant. Il faisait plus chaud, à l'abri du vent, et au bout de quelques pas seulement la plage se transforma en une épaisse broussaille.

Les premières frondaisons vert printemps se refermèrent au-dessus de nous.

— Tu l'aimes bien ? demanda Jenks tandis que je me frayais un chemin à travers la végétation.

— Non, m'empressai-je de répondre.

Je ressentis la tension du mensonge. Comment ne pas l'aimer ? Il risquait son gagne-pain, et peut-être même sa vie.

— C'est un sorcier, suggéra Jenks comme si cela suffisait à tout expliquer.

Je caressai l'idée de lui donner un coup de bâton – accidentel, bien sûr – mais je me contentai de lui dire :

— Jenks, arrête un peu, tu n'es pas ma mère.

Les broussailles se raréfiaient à mesure que nous progressions et que les arbres gagnaient en hauteur.

— Moi, je crois que tu l'aimes bien, insista Jenks. Il a un beau corps.

Ma respiration s'accéléra.

— Bon, d'accord, je l'aime bien. Mais un beau corps, ça ne suffit pas, Jenks. Bon sang, je ne suis quand même pas si superficielle que ça. Tu as un corps magnifique, et je n'essaie pas pour autant d'entrer dans ton maillot.

Il rougit. Nous débouchâmes dans une clairière. Je m'arrêtai pour réfléchir à la bonne direction.

— Et dans quel sens se trouve l'enceinte, à ton avis ?

Jenks était plus précis qu'une boussole. Il pointa le doigt dans la bonne direction.

— Tu veux faire le chemin en courant ?

J'acquiesçai. Jenks portait l'amulette de Marshal. Il avait l'air de rôtir. C'était trop pour moi. Sans amulette, je bougeais au ralenti ; j'espérais ne pas me blesser avant de m'être réchauffée. Entre Jax et les relevés cadastraux du musée local, nous avions une idée précise du plan de l'île.

Jenks passa un doigt entre son talon et sa chaussure, puis il prit une grande inspiration et se lança dans une foulée assez lente pour ne pas nous fatiguer et éviter les obstacles. Jax avait dit que la plupart des bâtiments qui n'étaient pas désaffectés se trouvaient près des lacs de l'île ; c'était donc notre destination. Je pensai à Marshal, qui devait toujours être en train de nager vers son bateau. J'espérais qu'il allait bien.

Comme d'habitude, Jenks prit la tête. Il sautait par-dessus les souches pourries, contournait des rochers de la taille d'une petite voiture probablement laissés par la fonte du dernier glacier. Il était beau quand il courait ; je me demandai s'il accepterait de faire quelques tours avec moi au zoo avant que je le retransforme. Je ne serais pas mécontente qu'on me voie en sa compagnie ; ça me remonterait le moral. Seuls quelques oiseaux et animaux troublaient le silence matinal. Un geai nous aperçut et nous suivit en criant, puis se désintéressa de nous. Un avion vrombit au-dessus de nos têtes. La cime des arbres se balançait constamment sous l'effet du vent. La nature respirait le printemps ; l'air frais, le soleil qui brillait, un daim qui fuyait – tout cela me donnait l'impression que nous avions reculé dans le temps.

L'île avait toujours été une propriété privée. Elle n'avait jamais dépassé le stade de la forêt de bois tendre et des prés caractéristiques d'une zone tempérée. Officiellement, elle servait de retraite à des chasseurs, suivant le modèle d'Isle Royale, plus au nord. Mais au lieu de vrais loups traquant l'orignal, cette île-ci était réservée aux garous qui s'amusaient à chasser le daim à queue blanche.

Au terme d'un interrogatoire poussé des autochtones, Jenks et moi avions appris qu'ils avaient une piètre opinion des touristes qui revenaient tous les ans comme des gens qui ne faisaient que traverser la ville pour se rendre sur l'île sans même prendre le temps de déjeuner ou de faire le plein d'essence. Un homme avait raconté à Jenks qu'ils devaient veiller chaque année au repeuplement des daims, car les animaux qui y parvenaient traversaient jusqu'au continent – ce qui me bouleversait rien que d'y penser.

D'après les cartes et ce que nous avait dit le petit Jax, une route rudimentaire faisait le tour de l'île. Nous la trouvâmes enfin. Je respirais aussi bruyamment qu'un bœuf, mais je me déplaçais sans problème. Dès que nous fûmes de l'autre côté, Jenks tourna à droite toute. Par ailleurs, il ralentit, mais cela ne nous empêcha pas de nous diriger tout droit sur un cadavre de daim.

Jenks s'arrêta net. Je lui rentrai dedans et fis une roulade pour éviter la carcasse évidée, avec sa tête retournée sur son dos et ses yeux troubles.

— Sainte merde, jura Jenks. (Il recula en haletant ; il était blême.) C'est un daim, ça, non ?

J'acquiesçai, clouée par l'horreur, la respiration lourde. L'odeur était étonnamment légère ; la température avait ralenti le processus de décomposition. Mais, ce qui m'inquiétait, c'était que l'animal avait été étripé. Ses entrailles avaient été dévorées en premier. Le reste tenait lieu de buffet scandinave.

— Tirons-nous d'ici, dis-je.

Je ne pus m'empêcher de penser que, bien que les garous soient sur leur île, ils ne rendaient pas du tout service à leur espèce. Se souvenir de son héritage et l'honorer, c'était une chose. Retourner à l'état sauvage, c'en était une autre.

Nous reculâmes. Le grondement sourd qui s'éleva derrière nous me fit m'arrêter net. *Merde.* Un jappement aigu retentit de l'autre côté. *Re-merde.* Une vague d'adrénaline me parcourut, me donnant mal à la tête et me poussant à poser la main sur mon pistolet pour me rassurer. Jenks se tourna et nous nous mîmes dos à dos. *Merde alors. Pourquoi rien ne peut jamais être facile ?*

— Où sont-ils ? chuchotai-je avec perplexité.

La clairière semblait déserte.

— Rache ? J'ai peut-être perdu la notion des tailles, mais je crois que c'est un vrai loup.

Je suivis son regard, mais je ne vis rien jusqu'à ce qu'il y ait un mouvement. La peur que j'avais tout d'abord ressentie redoubla d'intensité. Je pouvais raisonner un garou, crier des choses du genre « Enquête de la SO », « Enquête administrative » ou « C'est la télévision », mais que dire à un loup dont on vient de trouver la proie ? Et puis qu'est-ce qu'ils fabriquaient avec de vrais loups ? Seigneur, je n'étais pas sûre de vouloir le savoir.

— Monte mettre ton cul à l'abri dans un arbre, dis-je.

Bras tendus et raides, je braquai mon pistolet dans la direction des deux orbes jaunes qui m'observaient.

— Ils sont trop fragiles, murmura-t-il. En plus, je surveille tes arrières.

Mes tripes se nouèrent. Trois loups de plus sortirent furtivement des broussailles, grognant les uns après les autres en resserrant le cercle. Cela signifiait clairement que nous devions partir, mais nous n'avions nulle part où aller.

— Tu penses pouvoir assurer, avec ton lance-pierres ?

J'avais parlé fort en espérant que le son de nos voix les ferait fuir. Maaaiiis oui, ma grande !

J'entendis la vibration grave du caoutchouc et le loup le plus proche jappa. Il fit un écart et essaya de mordre l'un de ses compagnons de meute.

— La bille ne s'est pas rompue à cause de la fourrure, dit Jenks. S'ils étaient plus près, peut-être.

Je me léchai les lèvres et ma prise sur la crosse de mon arme se raffermit. Merde, je n'avais pas envie de gâcher mes sorts sur des loups, mais je ne voulais pas non plus finir comme ce daim. Ils n'avaient pas peur des gens. Et ce que cela impliquait ne me mettait pas particulièrement à l'aise. Ils traînaient avec des garous.

Mon cœur se mit à battre à tout rompre quand le loup le plus proche se dirigea vers moi d'un pas déroutant. Le souvenir de Karen m'immobilisant au sol et m'étouffant jusqu'à ce que je manque de perdre conscience me traversa l'esprit. Oh, mon Dieu, ces loups n'allaient pas retenir leurs coups. Et je ne pouvais pas créer de cercle pour nous protéger.

— Pas le moment d'économiser, Rache ! s'exclama Jenks. (Nous étions toujours dos à dos.) Il y en a trois de plus qui approchent de mon côté !

Dans un sursaut d'adrénaline, je fus gagnée par une impression d'irréel – le calme du combat. Je soufflai puis appuyai sur la gâchette en visant la truffe du loup qui s'approchait de moi. Il jappa et tomba raide. Le reste de la meute chargea. Je retins ma respiration et priai pour que l'air comprimé ne me lâche pas tandis que je tirais à répétition.

— Stop ! cria une voix masculine au loin.

Le bruit de quelqu'un qui écarte des broussailles me fit faire volte-face.

— Rachel ! s'écria Jenks en tombant.

Une ombre noire me percuta de plein fouet. Je hurlai et me roulai en boule en touchant le sol. Ma joue s'enfonça dans de la moisissure de feuille. Une odeur musquée de garou envahit mes sens. J'étais paralysée par le souvenir des dents de Karen sur ma gorge.

— Ils sont vivants ! hurlai-je en me couvrant le visage. Bon sang, ne me faites pas de mal, ils sont vivants !

Ce n'était pas un duel entre alphas, mais une attaque dans les bois, alors j'avais le droit d'avoir peur si ça me chantait.

— Randy, recule ! cria la voix masculine.

J'ai toujours mon pistolet. J'ai toujours mon pistolet. Cette pensée s'insinua au cœur de ma panique. Si besoin, je pouvais en coller une à ce fils de chienne, mais peut-être que le descendre ne serait pas la meilleure manière de gérer la situation. Maintenant que nous étions repérés, je préférais essayer de parlementer.

Le garou qui se tenait debout penché sur moi prit mon épaule dans sa gueule. Je perdis tout contrôle.

— Je me soumets ! hurlai-je en sachant que cela déclencherait une nouvelle série de réactions.

J'avais toujours le pistolet à la main et, si les choses n'évoluaient pas très rapidement, j'allais le descendre.

— Lâche-la, dit Jenks d'une voix grave et maîtrisée. Tout de suite.

Je ne voyais que des cheveux de garou – des cheveux bruns, longs et soyeux. La chaleur qui émanait de lui était moite et sentait le musc. J'essayai de ne pas me laisser emporter par le sursaut d'adrénaline quand le garou grogna sans me lâcher. J'entendis trois paires de pieds débouler pour s'arrêter net autour de nous.

— C'est quoi, comme race ? murmura l'un des nouveaux arrivants.

— Il va servir de joujou à mâchouiller, s'il ne pose pas ce lance-pierres, répondit un autre.

Je pris une grande inspiration et m'efforçai de cesser de trembler.

—Si ce vieux loup moisi ne me lâche pas, je lui lance un sort! hurlai-je en espérant ne pas chevroter.

Le garou grogna.

—Je vais le faire! criai-je sans pouvoir m'en empêcher en sentant sa mâchoire se refermer sur mon épaule.

—Randy, tire ton cul plein de vers de là! s'exclama la première voix. Elle a dit vrai. Ils ne sont pas morts; ils sont assommés. Lâche-la.

La pression de sa gueule s'accentua, puis disparut. Je m'assis, la main sur l'épaule, et essayai de ne pas trembler en survolant la situation. La clairière était pleine de loups abattus et de garous; ces derniers étaient tous en habits humains sauf un.

Jenks était entouré par trois garous en treillis bruns qui tenaient des armes conventionnelles. Je ne savais pas de quel genre d'armes il s'agissait, mais elles avaient l'air assez grosses pour faire des trous. Jenks n'avait toujours pas baissé son lance-pierres; il était braqué sur un quatrième garou qui se tenait un peu à l'écart de la mêlée. Lui n'avait pas dégainé d'arme, mais il ne faisait aucun doute que c'était le chef, car il avait un petit emblème brillant sur sa casquette, au lieu d'une pièce en tissu, comme les autres. De plus, il avait l'air plus âgé. Il portait un pistolet dans un holster accroché à sa ceinture et son visage était peinturluré de marron. Super, on était tombés sur un groupe d'adeptes de la survie. Vraiment adorable.

Le garou qui m'avait attaquée reniflait les trois loups endormis. Non loin, un autre loup hurla, ce qui me fit frissonner. Je tendis les jambes.

—Je peux me lever?

Le garou à l'emblème laissa échapper un reniflement moqueur.

—Je ne sais pas, m'dame. À vous de nous le dire.

Mais c'est qu'il est drôle, cet homme-là. Le chef parlait d'une voix nasillarde, comme s'il venait du sud. Prenant sa remarque pour une permission, je me relevai d'un air maussade en frottant mes habits couverts de brindilles et de moisissure.

—Votre arme, reprit l'homme à l'insigne en suivant des yeux chacun de mes mouvements. Avec le sac, et tous vos charmes.

J'hésitai trois bonnes secondes, puis je vidai la chambre de mon pistolet. J'écrasai toutes les billes à coups de talons avant de lui lancer l'arme. Il l'attrapa avec facilité, voire même avec grâce, et le sourire aux lèvres. Son regard s'attarda sur mon cou et les morsures, clairement d'origine garou. Je fis une grimace d'exaspération. Seigneur! J'aurais peut-être mieux fait de porter un col roulé, pour prendre la forteresse rebelle d'assaut.

— Sorcière ? demanda-t-il.

J'acquiesçai en lui lançant ma banane et mes deux amulettes. J'aurais pu les rendre à Marshal, vu combien elles m'avaient été utiles.

— Je suis venue chercher Nick, dis-je en frissonnant. (Il faisait soudain froid.) Qu'est-ce que vous voulez en échange ?

Les garous qui nous encerclaient semblèrent se détendre. Jenks sursauta quand l'un d'eux essaya de lui prendre son lance-pierres. Je restai immobile lorsqu'ils le plaquèrent au sol et lui arrachèrent son arme ainsi que le filet accroché à sa ceinture. On aurait dit des brutes tombant sur un gosse à la sortie de l'école. Je serrai les dents en entendant les grognements et les bruits de coups de poing s'enfonçant dans la chair. Mais je ne quittai pas le chef des yeux ; je voulais savoir à qui nous avions affaire. Pendant que ses hommes soumettaient temporairement Jenks par la force, je décidai que cet homme n'était pas un alpha. Mais, à voir son visage rasé de près et son maintien, il était haut placé dans la meute.

Il faisait ma taille, avec ses lourdes bottes militaires. C'était grand, pour un garou. Bien habillé dans son treillis tout propre, il était joliment proportionné, avec des épaules étroites et un corps qui semblait habitué à la course. Mince, et pas du tout trapu. Il devait avoir la quarantaine – il avait les cheveux coupés trop courts pour qu'on voie s'ils étaient gris ou simplement blonds.

Jenks repoussa les trois garous d'un air dégoûté et se releva, renfrogné, vaincu. Son front égratigné saignait. Il blêmit en découvrant le sang sur ses mains. Cela le priva de toute velléité de résistance ; il vint sagement se mettre derrière moi en boitillant quand on nous intima l'ordre de retourner vers la route.

Il était temps d'aller voir le grand chef.

Chapitre 13

Tandis que le Hummer remontait la route ombrageuse en cahotant, le courant d'air séchait ma sueur et aplatissait mes boucles emmêlées. Jenks et moi étions assis à l'arrière du véhicule sans toit – waouh, une décapotable – avec le garou à l'emblème face à nous, ainsi que trois de ses gars, leurs armes braquées sur nous. C'était vraiment triste, quand on y pensait : à condition d'être prête à risquer de me faire tirer dessus, il m'aurait été facile d'arracher son arme à l'un d'eux et de sauter du véhicule. Mais Jenks, qui était assis à côté de moi, tremblait comme une feuille. Il appuyait sur le pansement propre qu'ils lui avaient donné pour empêcher son cuir chevelu de saigner. Sa blessure ne me semblait pas alarmante, mais à voir sa réaction, il lui restait cinq minutes à vivre. Je voulais savoir si c'était grave avant de tenter quoi que ce soit de spectaculaire.

Le garou en habit de loup était à l'avant avec le conducteur, les yeux plissés sous le vent, la langue sortie. La situation aurait été drôle, s'il n'y avait pas eu les flingues.

— Ils sont vraiment obligés de conduire aussi vite, grommelai-je à l'intention de Jenks. Il y a des daims en liberté, dans le coin.

Mon regard croisa celui du chef. Il avait les yeux marron. Ils étaient jolis, avec cette lumière clignotante qui traversait la maigre frondaison des arbres. On aurait dit les yeux du patron de David ; ils étaient à la fois partout et nulle part.

— Ils se déplacent peu, à part au crépuscule, m'dame, dit-il.

Je hochai la tête. *Surtout quand ils sont morts et étripés*, pensai-je avec amertume.

Je me détournai sans trop me préoccuper de lui. Je savais ce que je voulais savoir : il n'avait rien contre le fait que Jenks et moi parlions. Je ne savais pas si nous étions des prisonniers ou des invités. Mais il y avait ces armes…

M. Je-suis-le-chef-des-opérations ajusta sa casquette, puis secoua le coude du conducteur en désignant la radio.

— Saluuut, dit-il de son ton traînant dans le micro après que le conducteur le lui eut passé. Il y a quelqu'un ?

Au bout d'un moment, il y eut une série de crépitements.

— Quoi ? répondit une voix.

Les lèvres déjà fines de l'homme à l'emblème s'amincirent encore.

— Trois membres de la meute d'Aretha ont été touchés sur le lieu de la chasse de samedi. Je veux qu'on envoie un camion-citerne sur place… sur-le-champ. Recueillez un max de données avant de les arroser.

— Je n'ai pas d'eau salée prête à partir, se plaignit l'autre. Personne ne m'a dit qu'on récoltait des données, ce mois-ci.

— Parce que ce n'est pas le cas. (La colère monta sur le visage du chef, mais ne perça pas dans son parler lent.) Mais ils sont endormis, et comme Aretha a des petits dans le ventre, je veux des ultrasons. Et faites attention. Ils sont remontés et se conduiront probablement de manière imprévisible.

— Des ultrasons ? s'indigna la voix. Mais, bon sang, qui est à l'appareil ?

— Ici, c'est Brett, répondit le chef en ramenant sa casquette en arrière et en plissant les yeux pour regarder le soleil. (Nous passâmes sur une bosse ; je me tins à la barre prévue à cet effet.) Et qui est en ligne ?

Pour toute réponse, il y eut un grésillement d'électricité statique. Je ricanai – au moins, je n'étais pas la seule à être dans la panade.

— Alors, dis-je quand Brett rendit le micro au conducteur et se réinstalla. Vous êtes un groupe de survivalistes, ou vous conduisez des recherches sur les loups ?

— Les deux.

Il nous étudia de ses yeux marron. Le pixie géant était penché en avant et ignorait tout le monde dans ses efforts pour garder la main sur sa blessure.

Je retirai une mèche de ma bouche. J'aurais aimé avoir un peu plus que mon justaucorps noir sur moi. Non seulement je ressemblais à une voleuse, mais les hommes qui m'entouraient en avaient pour leur argent. Ils portaient des treillis bouffants et, d'après ce que je pouvais voir, chacun portait un tatouage représentant un nœud celtique au-dessus de l'oreille. C'était le même symbole que sur leur casquette. Hmm.

La plupart des meutes avaient un tatouage commun à tous leurs membres, mais généralement il se trouvait à un endroit plus traditionnel. Les garous aimaient les ornements corporels, contrairement aux vampires qui fuyaient les tatouages – même si, de toute façon, rares étaient les tatoueurs prêts à travailler sur eux : la douleur était inévitable, et comme les vamps avaient la faculté de la transformer en plaisir, les volontaires ne couraient pas les rues. Les garous, quant à eux, s'en donnaient à cœur joie, et les meilleurs tatoueurs pouvaient courir à quatre pattes aussi bien qu'à deux. J'étais bien contente que David n'ait pas suggéré un tatouage pour notre meute.

Jenks commençait à hyperventiler. Je mis une main sur son épaule.

— Du calme, Jenks, le rassurai-je. Je te trouverai quelque chose dès que nous serons à l'arrêt.

Inquiète, je remarquai que la lumière s'intensifiait et nous ralentîmes. Nous entrâmes dans une enceinte assez agréable. Il y avait un lac à proximité ; il était entouré par un méli-mélo de petites cabanes et de demeures plus spacieuses. Des routes de terre bien entretenues serpentaient un peu partout.

— C'est vrai ? demanda-t-il en inclinant la tête pour me regarder dans les yeux. Tu vas trouver une solution ?

Je faillis rire en voyant son expression de panique, puis je me souvins que c'était le devoir ancestral des femmes de pixie – et de personne d'autre – de faire en sorte que leur compagnon reste en vie. Mais Matalina n'était pas là.

— Ça ne dérangera pas Matalina… si ?

Ses traits de petit jeunot se froissèrent sous l'effet du soulagement.

— Non. Je ne voulais pas partir du principe que…

— Bon Dieu, Jenks, dis-je. (Mon poids se déplaça vers l'avant quand le véhicule s'arrêta.) Ce n'est pas grand-chose.

Brett nous étudiait de ses yeux vifs en se demandant de quoi nous pouvions bien parler. Il nous fit rester assis jusqu'à ce que tout le monde soit descendu de voiture. Le garou en habit de loup sortit le dernier, et dès que nos pieds touchèrent le sol du parking Brett nous donna pour consigne de nous diriger vers le lac. Les gens qui nous voyaient étaient curieux, mais les seuls qui s'arrêtaient pour nous regarder portaient soit des vêtements vifs et flamboyants, soit des costumes décontractés.

Ils ne semblaient pas à leur place, au milieu de tous ces treillis. Il ne s'agissait manifestement pas de militaires, aussi me demandai-je ce qu'ils pouvaient bien faire là. Tout le monde marchait sur deux pattes, ce qui n'était pas surprenant, car il semblait y avoir deux, voire trois meutes sur l'île – de grosses meutes –, et quand les meutes se mélangeaient, les poils volaient. À moins que leurs membres restent sous forme humaine.

Il était extrêmement inhabituel que des meutes se mêlent ainsi. D'ailleurs, il suffisait de voir le dédain à peine déguisé dont les garous en treillis faisaient preuve envers les garous des rues, ainsi que l'attitude très « Qu'est-ce que j'en ai à faire de ce que tu penses de moi » des seconds à l'adresse des premiers.

Les mésanges à tête noire appelaient dans la fraîcheur printanière, et le soleil traversait les feuillages vert pâle des jeunes arbres. Le coin était joli, mais il y avait comme une odeur fétide – et je ne parle pas de l'haleine du garou qui nous escortait à quatre pattes sur ma droite.

Inquiète, je suivis le regard de Jenks en direction du lac. Des bûches étaient disposées en cercle autour d'un bûcher éteint. Je sentis une légère odeur acide – l'odeur de la violence et de la douleur – par-dessus celle des vieilles cendres. Tout à coup, je n'avais plus du tout envie de me rendre là-bas.

Jenks se raidit en bougeant les narines. Il planta les talons dans le sol et serra les mâchoires d'un air de défi. Gagnée par sa tension, je m'arrêtai à mon tour. Les hommes nous imitèrent en resserrant leur prise sur leur arme. Les oreilles aplaties, le garou à quatre pattes grogna. Ses babines retroussées dévoilèrent ses dents blanches.

— Allez, tout le monde se calme, dit doucement Brett. (Il évalua avec soin la détermination de Jenks et sembla ne pas vouloir s'y frotter.) On ne va pas dans la fosse. M. Vincent va vouloir vous voir. (Il fit un signe de tête au conducteur du Hummer.) Installez-les dans le salon, apportez-leur une trousse de premier secours et partez.

Je haussai les sourcils ; les hommes qui nous entouraient, avec leurs treillis identiques et leurs jolies casquettes se regardèrent, l'air emprunté.

— Euh, chef…, hésita le chauffeur.

Il n'avait pas l'air de vouloir se lancer. Brett le regarda en plissant les yeux.

— Vous avez un problème ? demanda-t-il en deux fois plus de temps que nécessaire à cause de son accent traînant. Ou est-ce que les questions de sécurité vous dépassent quand il s'agit d'une sorcière et d'un… type dans son genre ?

— Je ne peux pas les laisser seuls dans le salon de M. Vincent, dit le chauffeur d'un air inquiet.

Une jeep avec une citerne d'un blanc laiteux à laquelle était fixé un tuyau d'arrosage enroulé démarra. Brett sourit en plissant les yeux à cause du soleil.

— Débrouillez-vous. Et, la prochaine fois, ne commençez pas à morpher avant que je vous en aie donné l'ordre. En plus, ce monsieur m'a l'air futé, dit-il en montrant Jenks. Et très calme. Un vrai gentleman. Je suis prêt à parier qu'il ne fera rien d'inconsidéré. (Son comportement aimable laissa la place à une volonté de fer.) *Capisce ?* demanda-t-il à Jenks.

Le campagnard décontracté avait disparu sans laisser de trace.

Jenks acquiesça, l'air à la fois sérieux et effrayé. Peu m'importait de savoir s'ils nous servaient leur numéro habituel du bon et du méchant flic, tant qu'on ne m'obligeait pas à aller au lac. Soulagée, je souris avec gratitude à Brett sans même avoir à me forcer. À la lumière plus vive de la périphérie du parking, je découvris que ses cheveux étaient effectivement gris ; il était donc plus près de la quarantaine que de la trentaine. Le visage de Brett se rida lorsqu'il me rendit mon sourire. Il eut l'air amusé – il avait dû comprendre que je jouais à la captive reconnaissante et que je n'étais sans doute pas aussi impuissante qu'il y semblait.

— Randy ? dit-il. (Les oreilles du garou à quatre pattes se dressèrent.) Tu viens avec moi.

Il tourna les talons et se rendit d'un pas décidé vers le deuxième plus grand bâtiment, à l'écart des autres. Le garou, grand comme un poney, trottait à ses côtés. Le conducteur les regarda s'éloigner et jura dans sa barbe. Sans chercher à dissimuler sa colère, il agita son arme pour nous indiquer que nous devions prendre un autre chemin. Jenks et moi nous mîmes en marche avant que qui que ce soit ait pu nous toucher. *On dirait que c'est l'heure de se taper le méchant flic.*

Nous nous éloignâmes de la fosse, mais je ne me sentis pas mieux pour autant. Le trottoir était fait de plaques d'ardoise. Nos baskets étaient parfaitement silencieuses, surtout comparées aux frottements de leurs bottes, derrière nous. Le bâtiment vers lequel nous nous dirigions semblait avoir été construit dans les années 1970 ; il était bas, fait de pierres couleur saumon, avec des fenêtres hautes et étroites donnant sur le lac. La section du milieu était plus haute. J'imaginai que les plafonds devaient être voûtés, car il n'y avait pas tout à fait assez de place pour un étage. Je ralentis le pas en approchant de l'entrée ; la porte massive en bois et en acier rappelait celle d'un caveau.

— Je suis censée entrer ? demandai-je d'un ton hésitant.

L'homme sourit d'un air moqueur. Il n'était pas très content que son chef l'ait affublé d'une tâche aussi ingrate, car il savait que si nous nous enfuyions, il serait puni. Sans compter que Brett était parti avec le seul membre de son équipe capable de nous rattraper.

Prenant sa réaction pour une réponse affirmative, Jenks me précéda et ouvrit la porte. Il laissa une trace de sang dessus. Ce serait un bon indice de notre présence dans ce bâtiment pour quelqu'un qui nous chercherait – à condition qu'ils oublient de la nettoyer. Je ne crois pas que qui que ce soit l'aurait remarquée. Nous entrâmes.

— Au bout du couloir à gauche, dit le conducteur en agitant la crosse de son arme.

J'en avais assez de son attitude ; ce n'était pas ma faute si Brett était en colère contre lui. Je pris Jenks par le coude – apparemment, la vue de son sang l'avait de nouveau rendu tout chose – et remontai le couloir désert jusqu'à un encadrement de porte par où entrait de la lumière. C'était effectivement un salon. J'évaluai les possibilités qu'il pourrait nous offrir pendant que le conducteur avait une conversation à voix basse avec les hommes qui montaient la garde à l'entrée de la pièce. Eux aussi étaient armés, mais ils ne portaient pas de peintures de camouflage ni d'insigne – juste un tatouage.

Le plafond bas du couloir céda la place à cette pièce d'un étage et demi que j'avais remarquée du dehors. Sur ma droite, une série de fenêtres donnaient sur une cour fermée décorée d'arbustes et d'une fontaine très formelle. Le mur extérieur qui faisait face au lac était à gauche. Sous les hautes fenêtres, il y avait une sorte de coursive. La salle en contrebas était particulièrement bien défendue, ce qui me fit repenser à ma première idée, à savoir que j'avais affaire à un groupe de survivalistes. J'étais prête à parier que même quand ils nous laisseraient seuls, ils continueraient à nous surveiller. Je ne fus donc pas surprise quand Jenks marmonna :

— Il y a six caméras dans la pièce. Je n'arrive pas à toutes les placer, mais j'entends leurs différentes fréquences.

— Pas possible, dis-je.

Je scrutai le salon cossu sans rien remarquer. Il y avait deux canapés face à face, une table basse, deux chaises à côté des fenêtres, ainsi que ce qui me sembla être un coin loisir modeste – jusqu'à ce que je m'aperçoive qu'il y avait deux gigantesques écrans plats, trois boîtiers satellite et un ordinateur qui aurait fait saliver Ivy.

Je suivis Jenks. Nous descendîmes la petite marche et allâmes nous asseoir sur le plus éloigné des deux canapés.

— Et magnez-vous de rapporter cette trousse de premier secours ! aboyai-je d'un ton moqueur tandis que le conducteur poussait tout le monde vers la sortie.

Il leva son fusil en signe d'agressivité. Je lui répondis par un sourire affecté.

— C'est ça, fis-je en m'affalant dans le canapé et en écartant les bras le long de son dossier. Vous allez me descendre dans le salon de votre patron et mettre du sang partout sur son tapis juste parce que je vous ai taquiné. Vous savez à quel point il est difficile de nettoyer du sang sur de la moquette ? Soyez un bon chien-chien, et faites ce qu'on vous demande.

Jenks gigota nerveusement. L'homme, quant à lui, vira au rouge. Les muscles de ses mâchoires se tendirent.

— Reculez dans votre coin, répliqua-t-il en baissant son arme. Quand le moment sera venu, je serai là.

— Mais oui, mais oui.

Je levai la tête pour lui dévoiler ma gorge déjà meurtrie, bien que cela me rende mal à l'aise. Chez les garous, c'était votre rang qui déterminait la manière dont vous étiez traité, et moi, je voulais qu'on me traite bien. Je comptais donc me conduire comme une chienne dans tous les sens du terme.

Je ne l'entendis pas partir, mais je relâchai l'air que j'avais inhalé tandis que Jenks se détendait.

— Il est parti ? murmurai-je.

Jenks prit un air exaspéré.

— Par la culotte de Clochette, Rache, dit-il en s'asseyant au bord du canapé à côté de moi et en posant le coude sur son genou. C'était vraiment inconsidéré, même venant de toi.

Je rebaissai la tête pour le regarder. Même entourée de murs et de moquette, je sentais l'effet du lac sur moi. Je passai une main dans mes cheveux humides. Mes doigts se coincèrent dans des boucles emmêlées. J'eus l'idée de pousser le coude sur lequel il était appuyé, mais ne la mis pas à exécution car il saignait toujours. À la place, je me redressai et fis mine de toucher le pansement collé à son front.

— Non, fit-il d'un ton frénétique.

Il eut un mouvement de recul.

Je fis la moue et lançai des regards noirs aux quatre coins de la pièce.

— Où elle est, cette putain de trousse de soins ? hurlai-je à l'intention des caméras invisibles. Vous feriez mieux de me l'apporter, ou je vais vraiment m'énerver !

— Rache, protesta Jenks. Je ne veux pas me retrouver dans cette fosse. L'odeur était horrible.

Voyant qu'il était véritablement inquiet, je m'efforçai de sourire.

— Crois-moi, j'essaie de faire en sorte qu'on ne s'y retrouve pas. Mais si nous nous comportons comme des proies, ils vont nous traiter comme des antilopes blessées. Tu as déjà regardé la chaîne *Animaux*, non ?

Nous relevâmes tous deux la tête lorsqu'une fille de petite taille en jean et sweat-shirt entra par l'unique porte de la pièce. Elle portait une boîte de pêche. Elle la posa sans un mot sur la table basse. Sans nous regarder, elle recula de trois pas avant de tourner les talons.

— Merci, dis-je.

Elle ne s'arrêta pas mais me regarda par-dessus son épaule, l'air surpris.

— De rien.

Elle trébucha sur la marche, à l'entrée de la pièce. Ses oreilles virèrent au rouge. J'eus l'impression qu'elle n'avait guère plus de treize ans. La vie traditionnelle d'un garou qui faisait partie d'une meute était agréable si vous vous situiez en haut de l'échelle, merdique si vous étiez en bas. Je me demandai où elle se trouvait.

Jenks fit un bruit grossier. J'ouvris la boîte qui contenait le matériel habituel – mais rien de pointu ou de coupant.

— Alors, pourquoi tu as été gentille avec elle ? demanda-t-il.

Je fouillai la boîte jusqu'à trouver un pansement de bonne taille et un sachet de lingettes antiseptiques.

— Parce qu'elle a été gentille avec moi. (J'écartai la boîte pour faire de la place sur la table et m'assis de côté.) Bon, maintenant, tu comptes être gentil, ou est-ce que tu vas me forcer à être vilaine ?

Il prit une grande inspiration et son expression se fit à la fois inquiète et solennelle, ce qui m'étonna.

— D'accord, dit-il en décollant lentement son pansement.

Sa respiration s'accéléra quand il vit le sang sur la gaze. Je faillis sourire en m'apercevant que sa blessure était à peine plus grave qu'une égratignure. Peut-être que s'il avait fait dix centimètres de haut et avait contenu un dé à coudre de sang, elle aurait été problématique, mais là, ce n'était vraiment rien. Cela dit, il saignait encore. Je déchirai le sachet de lingettes.

— Tiens-toi tranquille. (J'eus un instant d'hésitation en le voyant gigoter.) Bon Dieu, Jenks. Tiens-toi tranquille. Ça ne va pas faire si mal que ça. C'est juste une égratignure. À te voir, on dirait une blessure par arme blanche qui va nécessiter des points.

Il arracha ses yeux du pansement sanguinolent pour me regarder. La lumière de la cour lui faisait des pupilles très vertes.

— Ce n'est pas ça, dit-il. (Cela me rappela que nous étions sous surveillance.) Personne d'autre que Matalina ne s'est jamais occupé de moi. Enfin, à part ma mère.

Je posai les mains sur mes genoux. Je me rappelai avoir entendu dire que les pixies se liaient pour la vie. Une goutte de sang roula en direction de ses yeux. Je l'essuyai.

— Elle te manque, Matalina ? demandai-je à voix basse.

Il acquiesça en regardant le chiffon que je tamponnais sur son front en écartant doucement ses bouclettes blondes. Il avait les cheveux secs comme de la paille.

— Je n'ai jamais été loin d'elle aussi longtemps. En dix ans, on n'a jamais été séparés plus d'un jour.

Je ne pus m'empêcher de l'envier. Dire que j'étais là, à m'occuper d'un môme de dix-huit ans prêt à mourir et à qui sa femme manquait.

— Tu as de la chance, Jenks. Ce serait l'extase, si j'arrivais à rester un an avec le même mec.

— C'est hormonal, répondit-il.

Vexée, j'eus un mouvement de recul.

— Je crois que j'ai vu de l'alcool, là-dedans, grommelai-je en rouvrant la boîte.

— Je voulais dire entre Matalina et moi, s'empressa-t-il d'ajouter. (Le bout de ses oreilles rougit.) Je suis désolé que tu n'arrives pas à trouver l'amour. Avec Matalina, c'était comme une évidence.

Je fis une grimace amère et pris une autre lingette. Je tamponnai son égratignure pour décoller un morceau de feuille d'arbre.

— Ah oui ? Eh bien les sorcières n'ont pas cette chance.

Je jetai la gaze ensanglantée sur la table et Jenks s'affala, inerte et l'œil embrumé.

— Je me rappelle la première fois que je l'ai vue. (Je fis un « mmm » d'encouragement, car il avait enfin cessé de gigoter.) Je venais de partir de chez moi. J'étais un garçon de la campagne. Tu le savais ?

— C'est vrai ?

Le pansement que j'avais sorti était trop gros. J'examinai le contenu de la boîte à la recherche d'un modèle plus petit. Je repérai une lingette à mains ; je la lui tendis pour qu'il s'essuie les doigts.

— Trop de pluie, pas assez de soleil, dit-il en posant son chiffon et en ouvrant le sachet avec mille précautions. (Il déplia la lingette avec délicatesse.) Le jardin était dans un état catastrophique. Soit je me débrouillais, soit je prenais la nourriture de la bouche de mes frères et sœurs. Alors je suis parti. Je suis monté dans un camion de fruits et légumes et j'ai atterri aux halles de Cincinnati. La première fois que je me suis aventuré dans les rues, je me suis fait tabasser. Je débarquais, je ne connaissais rien à rien.

— Désolée.

Je me dis qu'il allait peut-être se vexer si je lui mettais le pansement Barbie que j'avais trouvé ; j'en dégotai un autre à l'effigie de Musclor. *Mais enfin, qui ils soignent, ici ? Des enfants de maternelle ?*

— J'ai eu de la chance que ce soit Matalina, et pas un de ses frères, qui m'ait trouvé endormi sous une campanule : elle m'a trouvé, m'a réveillé, et alors seulement elle a essayé de me tuer. J'ai eu encore plus de chance qu'elle finisse par me proposer de passer la nuit chez elle, enfreignant par là la règle numéro un de sa famille.

Je relevai la tête et me détendis en voyant l'amour dans ses yeux. Il était presque choquant de lire un sentiment aussi brut et honnête sur un visage aussi jeune.

Il me sourit faiblement.

— Je suis parti avant le lever du soleil, mais quand j'ai entendu parler des projets de développement immobilier près d'Eden Park, je suis allé voir les plans. Ils prévoyaient pas mal de verdure. J'ai demandé à Matalina de m'aider, et quand les camions sont arrivés nous étions là. Seul, on ne peut rien faire, mais à deux on peut conquérir le monde, Rache.

J'avais l'impression qu'il essayait de m'en dire plus qu'il y paraissait, mais je ne voulais pas en entendre davantage.

— Tiens-toi tranquille, ordonnai-je en écartant ses cheveux du chemin.

Je lui mis son pansement. Je m'enfonçai dans le canapé et regardai ses mèches sanguinolentes retomber dessus. Je me tournai vers la table et rassemblai mon bazar sans trop savoir quoi en faire.

— Merci, dit-il à voix basse.

Je jetai un coup d'œil dans sa direction.

— De rien. Matalina m'a bien recousue, et je suis contente de pouvoir lui rendre ce service.

Un bruissement nous fit nous retourner vers l'entrée. Un petit homme en pantalon décontracté et en polo rouge était entré d'un pas rapide et confiant – un homme occupé, c'était l'impression qu'il donnait. Il était accompagné de deux hommes en treillis portant des pistolets dans des holsters accrochés à leur cuisse. Je me levai. Jenks s'empressa de m'imiter et écarta ses bouclettes rougies de ses yeux.

L'homme avait les cheveux coupés très court, genre brosse militaire. Ils étaient blancs, ce qui contrastait avec sa peau bien bronzée et ses traits bistrés par le vent. Il n'avait ni barbe ni moustache, ce qui ne me surprit pas. Il descendit la marche qui menait au salon. Sa confiance irradiait de lui comme de l'eau de Cologne. Elle n'était pas fondée sur la manipulation, contrairement à Trent Kalamack. Non, lui se sentait fort parce qu'il savait qu'il pouvait vous coller au sol et vous faire mal. Il avait la cinquantaine, à vue de nez, et il était petit mais costaud. En tout cas, il n'avait pas une once de graisse sur le corps.

— Monsieur le grand patron, je présume ? murmurai-je.

Il s'arrêta net de l'autre côté de la table, à un mètre cinquante de moi. Le regard plein d'intelligence, il nous étudia, debout dans nos tenues noires de voleurs, en tâtonnant dans sa poche de poitrine à la recherche de ses lunettes.

Il respira comme pour se donner le temps de la réflexion.

— Bon sang, dit-il à Jenks. (Sa voix était rauque, comme s'il fumait beaucoup.) Ça fait cinq minutes que je vous observe, et je suis incapable de dire ce que vous êtes.

Jenks me regarda. Je haussai les épaules, surprise par l'ouverture et la franchise de notre hôte.

— Je suis un pixie.

Jenks mit la main dans le dos pour que l'homme ne soit pas tenté de la lui serrer.

— Grand Dieu, un pixie ? s'exclama-t-il en écarquillant ses yeux marron. (Il se tourna vers moi, mit ses lunettes, prit une inspiration et ajouta :) C'est votre œuvre ?

— Ouais, répondis-je en tendant la main.

Je fis un bond en arrière en retenant mon souffle quand les deux gardes qui étaient entrés avec lui braquèrent leurs armes sur moi. Je ne les avais pas vus dégainer.

— Baissez vos armes ! hurla le chef.

Jenks sursauta. Le cri de l'homme avait été étonnamment sonore et profond ; sa voix claquait comme un fouet. Le cœur battant la chamade, je regardai les deux gardes baisser leur mire. Mais ils ne rangèrent pas leurs armes. Je commençais à les détester, leurs petites casquettes.

— Walter Vincent, dit l'homme en faisant claquer son T.

Je jetai un coup d'œil aux gardes derrière lui et tendis de nouveau la main.

— Rachel Morgan, répondis-je avec plus de confiance que j'en avais en réalité. Et voici Jenks, mon associé.

C'était une situation à la fois bizarre et civilisée. *Oui, monsieur, je suis venue vous voler. — C'est exquis de votre part ; prendrez-vous un peu de thé avant ?*

Le garou fit la moue et haussa ses sourcils blancs. Je vis qu'il réfléchissait à toute vitesse. Je me surpris à penser que, malgré son âge, il avait une beauté rugueuse. Il allait sans doute demander à quelqu'un de me faire mal. Je ne pouvais pas résister aux hommes intelligents, surtout quand leur cerveau s'accompagnait d'un corps bien entretenu.

— Rachel Morgan, répéta-t-il. (Surpris, il avait commencé par parler fort, puis s'était maîtrisé.) Vous me croirez si vous voulez, mais j'ai entendu parler de vous. Bien que M. Sparagmos pense que vous êtes morte.

Mon cœur fit un bond. Nick était là. Il était vivant. Soudain nerveuse, je me passai la langue sur les lèvres.

— C'était juste une mauvaise journée, mais allez raconter ça aux médias, soufflai-je sans le quitter des yeux. (Je sentais que j'étais en train de le défier, mais je savais aussi que je n'avais pas le choix.) Je ne repartirai pas sans lui.

Walter hocha la tête et recula rapidement de deux pas. Ses hommes avaient tout à coup une ligne de mire dégagée. Mon cœur se mit à battre plus fort. Jenks ne bougea pas, mais j'entendis sa respiration s'accélérer.

— On n'a jamais rien dit de plus vrai, répliqua Walter.

C'était une menace. Je n'aimais pas le désintérêt total dans son ton. Jenks vint se positionner à côté de moi, et la tension monta d'un cran.

Un petit homme en treillis entra sans un bruit, une feuille à la main, et attira l'attention de Walter. Les yeux de ce dernier s'arrachèrent lentement à moi, et le frisson que j'avais réprimé m'échappa. Je fermai la bouche, gênée qu'il ait percé mes défenses. Walter alla se mettre sous la fenêtre large qui déversa sur lui sa lumière. Il consulta le document en plissant les yeux. Tout en lisant, il montra le kit de premiers soins ; l'homme ramassa tout le nécessaire et s'éclipsa.

— Rachel Morgan, coureuse indépendante et détentrice d'un tiers des parts de Charmes Vampiriques. Vous avez quitté la SO en juin dernier et vous avez survécu ?

Il ramena son attention sur moi. Une forte curiosité perçant dans son visage rugueux et bronzé, il s'assit dans un fauteuil trop rembourré et laissa tomber la feuille. Personne ne la ramassa. Je la regardai et vis une photo floue de moi, les cheveux en bataille et la bouche entrouverte comme si j'étais sous l'emprise du Soufre. Je fronçai les sourcils ; je ne me rappelai pas quand cette photo avait été prise.

Walter posa une cheville sur un genou. Je relevai la tête et attendis.

— Il faut être très malin ou très riche, pour survivre à une menace de mort de la SO, dit-il en faisant une digue avec ses doigts épais et puissants. Vous n'êtes pas maligne, à voir comme on vous a prise, et manifestement vous travaillez pour gagner votre subsistance. Comme vous êtes de Cincinnati, vous devez être l'un des plus jolis agneaux sacrificiels de Kalamack.

Je m'apprêtai à répliquer sous le coup de la colère, mais Jenks m'attrapa par le coude et m'attira en arrière.

— Je ne travaille pas pour Trent, répliquai-je. (Je me sentis chauffer.) J'ai cassé mon contrat avec la SO de mon plein gré. Il n'a rien à voir là-dedans, à part qu'en échange de ma liberté j'ai failli le faire mettre en taule pour trafic de biodrogue.

Le sourire de Walter me dévoila ses petites dents blanches.

— Il est dit ici que vous avez pris votre petit déjeuner ensemble après avoir passé une nuit en ville.

Ma colère se mua en embarras.

— Je souffrais d'hypothermie, et il n'a pas voulu me déposer à l'hôpital ou à mon bureau.

Dans un cas, cela aurait impliqué l'intervention des forces de l'ordre, dans l'autre, celle de ma colocataire ; les deux étaient à éviter quand on s'appelait Kalamack.

— Précisément. (Walter se pencha en avant en me regardant dans les yeux.) Vous lui avez sauvé la vie.

Je me massai le front.

— C'était un contrat unique. Peut-être que si j'avais réfléchi, je l'aurais laissé se noyer, mais j'aurais aussi dû rendre les dix mille dollars.

Il avait l'air fier, dans son fauteuil, avec le soleil qui brillait sur ses cheveux blancs.

— La question à laquelle je veux que vous répondiez, c'est comment Kalamack a-t-il appris l'existence de l'artefact et, plus étonnant, comment a-t-il su que quelqu'un savait où le trouver et où était cette personne ?

Les gestes lents, je m'assis au bord du canapé. Je commençais à me sentir mal. Jenks alla s'asseoir de l'autre côté de la table basse pour surveiller à la fois mes arrières, Walter et la porte. Les garous mâles avaient la réputation de ne pas trop s'attaquer aux femelles quelle que soit leur espèce, car leurs hormones guidaient leurs pensées, mais la logique voulait que les choses finissent par s'envenimer. Je jetai un coup d'œil aux deux gardes postés devant la porte, puis à la fenêtre en verre dépoli. Aucune de ces deux options n'était bonne. Je n'avais nulle part où aller.

— Je n'ai rien contre vous, reprit Walter. (Il me coupa dans mes pensées : j'étais en train d'envisager de balancer quelqu'un à travers la fenêtre, résolvant ainsi les deux problèmes à la fois.) Et je suis prêt à vous laisser repartir, votre associé et vous.

Surprise, je fus assez bête pour ne rien faire quand le petit homme se leva de son fauteuil d'un geste extrêmement rapide. Les deux gardes près de la porte s'étaient déjà mis en mouvement. Je retins mon souffle et étouffai un cri quand le garou râblé arriva sur moi.

— Rache ! s'écria Jenks.

J'entendis le claquement des sécurités, des bruits de pas, puis le râle de douleur de Jenks, mais je ne le voyais pas. Le visage calme et calculateur de Walter était entre lui et moi. Ses doigts entouraient mon cou juste sous le menton, mais sans serrer. L'adrénaline me donnait mal à la tête. En moins de temps qu'il ne faut pour le dire, le garou le plus âgé de la pièce m'avait plaquée au canapé.

Le cœur battant, je réprimai mon instinct initial qui était de me battre, mais ce fut dur, très dur. Je fixai ses yeux marron très calmes, et la peur s'empara de moi. Il était si serein, tellement sûr de sa supériorité. Je sentais son après-rasage et l'odeur de plus en plus présente du musc. Il était penché au-dessus de moi, et sa main petite mais puissante sur ma gorge était le seul point de contact entre nous. Son pouls et sa respiration étaient rapides, mais ses yeux, eux, étaient calmes.

Je ne fis pas un geste, car je savais que cela déclencherait tout un enchaînement de joyeusetés. Jenks en souffrirait, puis ce serait mon tour. Tant que je ne ferais rien, Walter m'imiterait. C'était un jeu de l'esprit garou et, bien qu'il s'oppose à ce que me dictait mon instinct, je pouvais tenir la dragée haute à mon adversaire. Cependant, mes doigts étaient raides et mon bras armé, prêts à le frapper en plein plexus solaire quand bien même cela me vaudrait de me faire tirer dessus.

— Je suis prêt à vous laisser repartir, répéta-t-il à voix basse sans bouger les lèvres. (Son haleine sentait le dentifrice à la cannelle.) Retournez voir Kalamack, et dites-lui que l'artefact est à moi. Il ne l'aura pas. Il m'appartient. Cet elfe à la con croit qu'il peut dominer le monde, murmura-t-il de manière que je sois seule à l'entendre. C'est notre tour. Ils ont eu leur chance.

Je sentis mon pouls s'accélérer contre ses doigts.

— Il me semble qu'il appartient à Nick, cet artefact.

Mais comment sait-il que Trent est un elfe ?

Il me fit sursauter en s'écartant et, en un clin d'œil, il fut à deux mètres de moi. Je me tournai vers Jenks. Ils l'avaient traîné jusqu'au milieu de la pièce ; il se tenait de manière à solliciter sa jambe droite. Il me sourit comme pour s'excuser bien qu'il n'ait pas à le faire, et les deux hommes qui le tenaient le lâchèrent lorsque Walter leur fit un petit signe. Le sang séché dans les cheveux de Jenks virait à la croûte brune. Je me forçai à ramener mon attention sur Walter.

Ébouriffée, je refusai de me toucher la gorge ; à la place, j'étalai mes bras sur le dossier du canapé. Je tremblais intérieurement. Je n'aimais pas les garous. Qu'il me frappe ou qu'il laisse tomber, mais toutes ces postures et ces menaces me semblaient inutiles.

Walter transpirait la confiance et la satisfaction. Il s'assit sur le canapé d'en face et imita ma pose presque à la lettre. Il était clair qu'il ne comptait pas briser le silence ; c'était donc moi qui le ferais. Cela me coûterait des points dans ce jeu idiot, mais je voulais en finir avant que le soleil se transforme en supernova.

— Je n'en ai rien à foutre, de votre artefact, dis-je. (J'avais parlé à voix basse pour qu'elle ne tremble pas comme mes mains menaçaient de le faire.) Et, pour autant que je le sache, Trent non plus. Je ne travaille pas pour lui. Intentionnellement. Je suis venue chercher Nick. Maintenant… (J'inspirai lentement.)… est-ce que vous comptez me le livrer, ou est-ce que je vais devoir vous le prendre de force ?

Au lieu de rire, il fronça les sourcils et se mordit les lèvres.

— Kalamack n'est pas au courant, affirma-t-il d'un ton neutre. Pourquoi êtes-vous venue ? Qu'est-ce que ça peut vous faire, ce qui arrive à Sparagmos ?

Je mis une main sur ma hanche et agitai l'autre avec exaspération.

— Vous savez, je me suis posé la même question ce matin.

Il sourit et jeta un coup d'œil à un miroir décoratif et probablement sans tain.

— Un sauvetage de cœur ? s'amusa-t-il. (Son ton moqueur me fit rougir.) Vous l'aimez et il vous croit morte. Oh, c'est un vrai classique. Mais c'est assez idiot pour être la vérité.

Je serrai les dents sans rien dire. Jenks se rapprocha et les sentinelles ajustèrent leur prise sur leurs armes.

— Pam ? appela Walter.

Je ne fus pas surprise de voir une femme minuscule entrer en balançant les bras avec nonchalance, une amulette à la main. Elle portait un corsaire de coton assorti à son chemisier. Ses longs cheveux noirs lui arrivaient au milieu du dos. Ses sourcils bien dessinés, ses lèvres boudeuses et la structure osseuse délicate de son visage me firent penser à une poupée de porcelaine. *Une poupée très athlétique*, me corrigeai-je lorsqu'elle laissa ostensiblement tomber l'amulette sur la table basse d'un air accusateur.

Un charme de vérité, pensai-je en regardant les entailles dont la tranche était parsemée. Je fis semblant de ne pas regarder dans la direction de la table. Les garous utilisaient davantage la sorcellerie que les vampires. Je me demandai si c'était parce qu'ils avaient plus besoin de renforcer leurs pouvoirs ou parce que les vamps étaient si sûrs de leur supériorité qu'ils pensaient ne pas avoir besoin de magie pour l'emporter sur le reste de l'Outremonde.

— Elle ne ment pas, déclara la femme. (Elle m'adressa un rapide sourire qui n'était ni chaud, ni accueillant.) Tout ce qu'elle a dit était vrai.

Walter soupira comme si c'était une mauvaise nouvelle.

— Désolé d'entendre ça, murmura-t-il.

Merde. Je regardai Jenks. Il avait les yeux écarquillés et semblait anxieux. Lui aussi avait entendu. Quelque chose avait changé. *Re-merde.*

Six autres hommes entrèrent et Walter se leva. Il passa le bras autour de la taille de Pam et l'attira contre lui avec familiarité.

— Mettez-les au trou, dit-il d'un ton plein de regret. (Jenks se crispa.) Je veux savoir si quelqu'un va venir la récupérer. (Il sourit à Pam.) Essaie de ne rien faire qui ne puisse pas être défait. Il se pourrait que nous devions les rendre à la personne qui les a soutenus sur ce coup. Peut-être n'appartient-elle pas à Kalamack, mais elle appartient à quelqu'un.

— Oh là ! Une seconde, lançai-je en me levant à mon tour. Vous me laisseriez partir si je travaillais pour Trent et que j'en avais après votre statue merdique, mais vous allez m'enfermer parce que je suis seulement venue pour Nick ?

Jenks grogna. Paralysée, je vis Walter et Pam regarder l'amulette de vérité sur la table. Elle brillait d'un joli éclat vert amical.

— Et comment saviez-vous qu'il s'agissait d'une statue ? demanda Walter à mi-voix.

Tartine de merde. Mais quelle idiote de sorcière ! À présent, ils n'auraient de cesse de nous cuisiner jusqu'à ce que nous leur parlions de Jax. Je compris que les pensées de Jenks étaient comparables aux miennes en le voyant gigoter avec anxiété.

— Découvrez ce qu'ils savent, dit Walter.

Jenks eut l'air effrayé.

Je m'efforçai de résister aux mains qui s'emparèrent de moi et me tirèrent de plus en plus fort pour me faire avancer. La silhouette râblée de Brett apparut dans l'encadrement de la porte. Son expression signifiait clairement qu'il pensait que ses acolytes commettaient une erreur.

— Je ne parlerai pas, affirmai-je en tremblant intérieurement. Il n'existe pas, le sort qui pourra me faire dire quoi que ce soit, surtout la vérité.

Walter me gratifia d'un grand sourire.

— Je ne prévoyais pas d'utiliser des sorts pour vous faire parler. Nous avons des drogues, pour ça. (J'eus froid dans le dos.) Sparagmos y a bien résisté, et nous avons donc décidé d'en revenir aux vieilles méthodes. Il y résiste aussi, mais peut-être qu'on peut le faire changer d'avis en vous faisant du mal à vous. Il ne fait que pleurer, quand on lui demande où est la statue. Pam, tu veux bien superviser l'interrogatoire de mademoiselle ? Mon ulcère se réveille, quand je fais mal à une femme.

Il se dirigea vers Brett et la sortie, nous laissant Jenks et moi face à une pleine pièce d'armes à feu. Je regardai frénétiquement Jenks, puis Walter qui donnait des instructions à voix basse à Brett. Je scrutai la pièce à la recherche d'une solution, n'en trouvai pas.

— Si elle sait, reprit Walter, quelqu'un d'autre sait aussi. Trouvez qui.

— Rache ? chuchota Jenks.

Il était prêt à agir, mais il semblait attendre mon feu vert.

— Je revendique l'ascension, dis-je malgré ma peur.

Oh, Seigneur, non. Pas encore. Et de mon propre chef, en plus.

Walter sursauta, mais Pam fit volte-face, bouche bée, ses longs cheveux noirs emportés par le mouvement, poupée surprise aux joues rouges.

— Je revendique le droit de monter au sein de la meute, aboyai-je plus fort.

Je ne comptais pas la combattre, mais je cherchais à gagner du temps. Kisten comprendrait qu'il y avait un problème si je ne l'appelais pas dans les trois jours. Au point où j'en étais, peu m'importait qu'on doive venir me sauver.

— Je veux trois jours pour me préparer, repris-je. Vous ne pouvez pas me toucher, ajoutai-je pour faire bonne mesure.

Les sourcils blancs de Walter se froncèrent sous l'effet de la colère et des sillons se creusèrent dans son front.

— Vous n'avez pas le droit ! Vous n'êtes pas garou, et même si vous l'étiez vous ne seriez rien qu'une putain à la mords-moi-l'nœud.

Mon intervention n'avait pas aidé Jenks à se détendre, mais au moins il écoutait, comme tous les occupants de la pièce. En suspens. En attente.

— J'ai le droit, dis-je en jouant des épaules pour me soustraire à l'emprise de la personne qui me tenait. Et je le prends. Mon numéro de meute est O-C(H) 93AF. Et en tant qu'alpha, je peux revendiquer l'ascension sur qui je veux. Vous n'avez qu'à regarder. Je figure dans le répertoire.

Malgré mes tremblements, j'adressai un haussement d'épaules à Pam pour lui signifier que ça n'avait rien de personnel. Elle regarda les bleus sur ma gorge ; ses sourcils s'arquèrent mais ses pensées me restèrent étrangères.

— Je ne veux pas diriger votre meute merdique et infestée de tiques, précisai-je pour m'assurer que tout le monde avait bien compris à qui il avait affaire. Ce que je veux, c'est Nick. Si je l'emporte sur votre alpha, je le prends et je m'en vais. (Je marquai une pause.) Nous nous en allons tous. Libres et indemnes.

— Non ! aboya Walter.

Tout le monde sursauta, à part Pam et moi. Jenks avait l'air inquiet ; ses yeux verts étaient plissés.

— Rache, dit-il sans sembler se soucier que tout le monde l'entende. Tu te souviens de ce qui s'est passé, la dernière fois ?

Je lui lançai un regard empoisonné.

— La dernière fois, j'ai gagné, m'énervai-je.

— Grâce à un point de loi.

Il essaya de s'approcher de moi mais se ravisa en voyant l'air menaçant de tous les gardes qui l'entouraient.

— Jenks, fis-je patiemment. (J'ignorai pour ma part les armes braquées sur nous.) On peut essayer d'échapper à un groupe de survivalistes tarés par la force, rejoindre la côte à la nage en espérant qu'ils ne nous rattraperont pas, ou je peux me battre contre un misérable garou. Dans un cas, on finit blessés et sans rien. Dans l'autre, je suis la seule à être blessée, et on peut s'en tirer en ramenant Nick avec nous. C'est tout ce qui m'importe.

Le visage de Jenks prit une expression de haine inhabituelle et qui ne lui allait pas.

— Mais pourquoi ? murmura-t-il. Qu'est-ce que tu en as à faire de lui ?

Je baissai les yeux ; je me posais la même question.

— Ce n'est pas un jeu, nous coupa Walter. (Ses joues rondes étaient rouges de colère contenue.) Faites venir le doc avec ses drogues. Je veux savoir qui les a envoyés, et ce qu'ils savent.

L'homme s'empara de nouveau de moi, et je me crispai.

— Euh, Walter chéri ? dit Pam d'une voix glacée qui paralysa toute l'assistance. Par les couilles de Cerbère, qu'est-ce que tu fabriques ?

Walter se tourna vers elle. On aurait entendu une mouche voler.

— Elle n'est pas garou. Je pensais...

Pam fit un petit bruit qui le coupa dans son élan. Elle posa les mains sur les hanches et plissa les yeux.

— On m'a défiée. (Elle monta la voix.) Comment veux-tu que je quitte cette pièce sans que le dernier des chiens pleurnichards pense que je suis lâche ? Je me fiche que ce soit une leprechaun et qu'elle ait les seins verts, elle vient de pisser dans mon écuelle !

Jenks ricana, ce à quoi Walter réagit en rougissant des oreilles.

— Chérie...

Malgré son ton enjôleur, il était voûté, soumis. Je levai un sourcil à l'intention de Jenks. J'avais peut-être mal compris les garous. C'étaient les femelles qui avaient le pouvoir, car elles tenaient les mâles alphas par les couilles.

— Mais ma pupuce, essaya-t-il de nouveau quand elle le repoussa. Elle essaie de gagner du temps. Je veux savoir qui va venir la sortir de là avant que ça arrive. Elle n'est pas garou, et je ne veux pas risquer de compromettre la récupération de l'artefact à cause de vieilles traditions qui n'ont plus de raisons d'être.

— Ce sont ces mêmes traditions qui t'ont mis là où tu es aujourd'hui, rétorqua-t-elle d'un ton cinglant. Nous ne sommes pas obligés de lui laisser trois jours. (Elle se tourna vers moi en minaudant.) On va régler ça sur-le-champ. Tu n'as qu'à te dire que je vais l'attendrir un peu. On va s'amuser. Et si elle triche avec sa magie, la meute pourra toujours la mettre en lambeaux.

Comme on dit, mon espoir partit dans les chiottes en tourbillonnant. Apparemment, Walter ne savait pas quoi faire non plus ; il resta planté, complètement perplexe, pendant que Pam lui déposait un baiser sur la joue en souriant.

— Donnez-moi vingt minutes pour me changer, conclut-elle.

Puis elle sortit en se pavanant.

Je regardai Jenks. Merde. Ce n'était pas ce qui était prévu.

Chapitre 14

Le soleil passait difficilement à travers les délicates feuilles printanières. Je frissonnai. *C'est le froid*, pensai-je. Pas l'odeur putride de cendre et de boyaux sortis, ni les curieux qui se joignaient à la foule bruyante par groupes de deux ou trois. Ce n'était pas non plus parce que Jenks était menotté, non. Ni même parce qu'on se serait cru à un festival, avec tous ces gens rassemblés pour me voir me faire mutiler. C'était forcément à cause de la fraîcheur de cet après-midi de mai.

— Mais oui, c'est ça, murmurai-je pour moi-même.

Je me forçai à décroiser les bras et me mis sur la pointe des pieds pour me dénouer les muscles. Une odeur de vieille fumée émanait de la fosse à feu, non loin de là. Elle était si forte qu'elle cachait presque celle du musc, de plus en plus présente. J'avais le sentiment que s'il n'avait pas été aussi tôt, ils auraient volontiers allumé le bûcher pour ajouter à la farce. Les hommes en treillis et coiffés de leur petite casquette s'assemblaient par petits groupes dans un coin. De l'autre côté de la place, les garous des rues, dans leurs vêtements larges et colorés, étaient plus calmes ; ils affichaient une indifférence aussi feinte qu'efficace. Au milieu, il y avait un troisième groupe en robes et pantalons décontractés. Ils se moquaient en silence des hommes en treillis, mais se méfiaient visiblement des garous des rues, avec leur style plus sauvage, plus rude, leurs bijoux et leurs éclats de voix. Tous ces bavardages excités me portaient sur les nerfs. Je sentais le pouvoir qui s'accumulait derrière toute cette agitation. Cette sensation peu familière me titilla longuement. L'œil vide, je finis par la reconnaître. Repensant au fiasco de ma précédente confrontation avec des garous, j'ouvris l'œil de mon esprit pour voir les auras des gens autour de moi. Mes tripes se nouèrent lorsqu'elles flottèrent devant moi.

Tartine de merde, pensai-je en jetant un coup d'œil inquiet à Jenks. Les auras des trois meutes avaient le même reflet brun. La couche extérieure de l'aura des garous rappelait généralement la couleur de leur mâle alpha, et les chances que les trois alphas de l'île aient une aura brune étaient minces. Ils étaient liés sous l'égide d'un seul chef. Une ronde ! Bon sang, c'était injuste !

En plus, le lien était fort, comme je m'en aperçus en scrutant l'enceinte à la recherche d'une solution. Assez fort pour que je le sente, en tout cas ; ça n'avait pas été le cas lors de ma confrontation avec Karen, ce qui n'augurait rien de bon pour la suite. En entendant les bavardages et les quolibets autour de moi, je ne pus m'empêcher de penser que le surcroît de puissance venait des membres subordonnés qui se joignaient au groupe.

Walter n'était pas un alpha particulièrement puissant, et je n'étais pas assez vaniteuse pour croire qu'ils s'étaient liés dans la seule intention de me regarder me faire massacrer. J'avais la sensation que ces garous avaient un but commun ; leur lien existait probablement depuis des semaines, ou au moins plusieurs jours.

Déconcertée, j'abandonnai ma seconde vue et m'étirai sur place, jambes écartées, en me pliant en deux de manière à poser le plat de mes avant-bras sur la terre compacte. Il fallait que je trouve un moyen de briser leur ronde, ou ce combat serait un remake de celui contre Karen, mais sans le happy-end.

J'avais le derrière en l'air et seuls mes collants noirs me séparaient de leur imagination. Un rire gras retentit ; je me relevai en expirant lentement. Je me tournai vers Jenks. Ils l'avaient laissé nettoyer le sang de ses cheveux et sa touffe blonde frisée pendait librement, contrastant fortement avec ses yeux verts. Ses jeunes traits étaient pincés, il se tenait pour une fois absolument immobile, et je ne pensais pas que c'était à cause des gardes armés qui le surveillaient. En fait, j'étais étonnée qu'ils l'aient amené, mais il fallait avouer qu'il était très distrayant et constituait une curiosité pour les garous. Je comprenais leur confiance. Même si nous nous faisions la malle, comment échapper à des survivalistes, des gangs de rue et des garous munis de cartes de crédit ?

Mon seul avantage ou presque, c'était que le rapport de Walter ne faisait pas état de ma connaissance rudimentaire des lignes d'énergie. Selon lui, j'étais exclusivement une sorcière de terre, et comme je n'avais pas créé de cercle ni frappé les loups avec autre chose que des charmes de terre, ils ne pouvaient pas savoir que j'étais aussi capable de pratiquer la magie des lignes. C'était aussi bien. Ils m'auraient collé un de ces satanés bracelets noirs de peur que je touche une ligne à travers mon familier pour les transformer en crapauds. Peu importait que je n'aie pas de familier. Le bracelet m'aurait tout de même rendue impuissante ; j'aurais été privée de l'énergie contenue dans mon chi et dans ma tête. Et je comptais bien m'en servir.

Je regardai mes pieds et étouffai un frisson de nervosité. J'aurais voulu rendre sa taille normale à Jenks avant que la curée commence. Jax nous attendait à l'hôtel, et tant qu'il faisait chaud, Jenks pouvait rentrer par la voie des airs et emmener son fils loin de là. Ce n'était plus une simple opération de sauvetage ; il nous fallait sauver les meubles.

Les garous s'excitèrent – j'eus l'impression qu'on passait mon aura au papier de verre, maintenant que j'étais consciente du lien qui les unissait. Je suivis leur regard et vis Pam, qui s'approchait nonchalamment de nous. Sa robe de chambre rouge flottait autour de ses pieds nus, et elle avait un air exotique, avec ses cheveux au vent ; elle marchait sous les arbres comme si elle appartenait à la terre. Mes muscles se tendirent. J'évitai de la regarder dans les yeux et allai voir Jenks pour échanger un dernier mot.

— Stop ! aboya l'un de ses gardes.

Je m'immobilisai, la hanche en l'air. Je n'avais pas fait un mètre.

— Foutez-moi la paix, répliquai-je d'une voix puissante comme si je ne tremblais pas intérieurement. Par le Tournant, qu'est-ce que vous croyez que je vais faire ?

La voix de Pam s'éleva haut et clair, porteuse d'une moquerie dont je ne savais pas si elle était destinée aux gardes ou à moi :

— Laissez-la lui parler. C'est peut-être la dernière fois qu'elle aura toute sa tête.

C'est gentil, pensai-je. La menace de leur docteur et de ses aiguilles m'aida à rester calme.

Pam s'arrêta devant deux femmes. Elles ne se ressemblaient pas assez pour être amies. La plus grande portait un haut en cuir usé et un jean déchiré de manière classique, tandis que l'autre était en tenue de soirée et talons hauts, ce qui était fort peu approprié. Je supposai qu'il s'agissait d'alphas en visite.

Les quatre hommes qui entouraient Jenks baissèrent un tantinet leur arme. Je me faufilai entre eux. J'avais moins de mal à ignorer les canons pointés sur moi, même si j'étais plus tendue que le dernier blind-date d'Ivy.

—Jenks, je veux te retransformer.

Son inquiétude fit place à de l'incrédulité.

—Mais pour quoi faire ?

Je grimaçai – j'aurais préféré que les gardes n'entendent rien de tout cela.

—Tu pourras retraverser le lac en volant pendant qu'il fera chaud, prendre un bus pour rentrer à la maison et oublier que je t'ai demandé de m'aider sur ce coup. Je ne sais pas si j'ai emmagasiné assez d'au-delà pour alimenter les deux sorts, et je ne veux pas que tu risques de rester coincer ici au cas où je… (Je grimaçai.)… où je perdrais. Je ne pense pas que Ceri puisse se charger d'inverser le sort ; elle serait obligée d'en faire un nouveau, et pour ça elle aurait besoin du sang d'un démon…

J'avais envie qu'il me réponde que je disais des conneries et qu'il resterait à mes côtés jusqu'au bout, mais je me devais de lui laisser le choix.

Il fronça les sourcils.

—Tu as terminé ? demanda-t-il à voix basse.

Je ne répondis pas. Il se pencha vers moi pour me parler à l'oreille.

—Tu n'es qu'une idiote de sorcière, chuchota-t-il. (Sa voix était douce mais décidée ; je souris.) Si je pouvais, je te pixerais pendant une semaine pour m'avoir suggéré de t'abandonner ici. Tu vas utiliser ta réserve d'au-delà pour morpher. Ensuite, tu vas régler son compte à cette bonne femme. Et, pour finir, on se tirera de cette île avec Nick.

» Je suis là en renfort. (Les joues rouges, il recula d'un pas.) Pas un gentil copain qui se casse à la première difficulté. Tu as besoin de moi, sorcière. Tu as besoin de moi pour porter Nick s'il est inconscient, démarrer la jeep aux fils pour regagner la plage, voler un bateau s'il n'est pas en état de nager. Quant à Jax, il va bien. Il est grand, maintenant, et il peut se débrouiller. Avant de partir, je me suis assuré qu'il connaissait le numéro de l'église et qu'il pouvait lire « Cincinnati » sur les horaires de bus.

Ses rides d'expression se lissèrent, et une lueur rusée remplaça la colère qui brûlait dans ses yeux.

—Je n'ai pas besoin d'être petit pour me débarrasser de ces menottes, ajouta-t-il. (Il leva un sourcil, ce qui lui donna un air de chenapan.) Facile, j'en ai pour cinq secondes.

Le soulagement qui me gagna fut désespérément court.

— Je ne vais pas me laisser massacrer comme ça. Je vais me battre jusqu'à ne plus pouvoir. Mais si je meurs, tu es coincé sous ta forme actuelle.

Son sourire s'élargit.

— Oh, tu ne vas pas mourir, dit-il d'un ton malicieux.

— Pourquoi ? Parce que tu es là ?

— Oooh, mais c'est qu'il lui arrive d'apprendre des choses. (Il fit en sorte que ses mains ne soient pas visibles par les gardes et se déboîta le pouce avec un geste absolument dégoûtant de manière à pouvoir se débarrasser sans problème de ses menottes.) Maintenant, va lui mordre le cul, à cette chienne.

Il secoua les poignets pour que les menottes en métal reprennent leur place.

Je gloussai.

— Merci, coach.

J'entrevis l'ombre d'un espoir et cela apaisa ma légère migraine, mais lorsque je me tournai vers la foule bruyante, la déprime reprit le dessus. Je n'avais aucune envie de m'embarquer là-dedans. Il était question d'une malédiction démonique, bon sang ! *Et la meilleure manière de me tirer de ce mauvais pas*, pensai-je. Ceri avait affirmé que le prix à payer ne serait pas si terrible. Échapper à leurs drogues valait bien une souillure. Je l'avais vue faire cette malédiction ; rien n'était mort dans le processus. C'était moi qui en payais le prix, pas quelque pauvre animal ni une personne sacrifiée. Était-il possible qu'une malédiction soit techniquement noire, mais moralement blanche ? Serait-il pour autant juste de s'en servir, ou n'étais-je qu'une poule mouillée qui avait choisi l'option la plus facile et se trouvait tout un tas de bonnes raisons pour s'épargner pas mal de souffrances ?

On ne peut plus rien faire quand on est mort, conclus-je. J'aurais bien le temps de m'inquiéter de tout ça plus tard.

Gagnée par la nausée, je regardai au-dessus des têtes de la foule de plus en plus compacte. L'énergie qui émanait des gens semblait tourbillonner au-dessus de moi comme un brouillard. J'en avais la peau parcourue de frissons. OK… J'allais me transformer en louve. Je ne serais pas impuissante comme la fois précédente. Pam ne sentirait peut-être pas la douleur, mais si je prenais sa gorge dans mes dents, j'allais lui faire connaître une variante du sommeil.

Je jetai un coup d'œil rapide à Pam et secouai les mains pour les détendre. En tant que challenger, c'était à moi d'entrer sur le ring la première. Je retins mon souffle et avançai de cinq pas dans la zone dégagée au milieu de la foule. Le brouhaha s'accentua et me rappela brièvement l'époque où j'avais concouru dans les combats de rats illégaux de Cincinnati. J'avais vraiment un problème avec les bastonnades organisées.

Pam se tourna. La tête haute, elle sourit aux femmes qui étaient avec elle et posa la main sur l'épaule de la plus raffinée des deux avant de leur fausser compagnie. Elle s'avança pieds nus, le pas léger. La foule se concentra et le brouhaha diminua. Il n'était pas difficile de voir en mon adversaire une sauvage prédatrice, et ce malgré sa petite taille. Elle me rappelait Ivy, bien que leur seul point commun soit leur grâce.

— Rache ? appela Jenks.

L'inquiétude dans sa voix me fit me retourner. Du menton, il désigna Walter, qui arrivait par le chemin que sa femme avait emprunté. Il était accompagné de deux hommes : l'un en costume, et le plus jeune habillé de soie rouge des pieds à la tête. La démarche de fanfaron de ce dernier faisait se balancer ses nombreux colliers et bracelets.

Walter s'arrêta à la lisière du cercle, et sur un coup de tête j'activai ma double vue. L'aura de Walter n'était pas simplement dotée d'un reflet brun : elle était littéralement engorgée de cette couleur. L'ensemble des membres des trois meutes avait commencé à accepter sa domination.

Je jetai un coup d'œil rapide à l'aura des deux autres mâles alpha. Aucune trace de l'influence de Walter, tout comme chez leurs femmes. Cela dit, les visiteurs avaient forcément senti ce qui arrivait à leurs meutes. Ça me filait les chocottes, qu'ils acceptent sa mainmise de plein gré. Quoi que Nick ait pu voler, ce devait être sacrément important pour qu'ils acceptent d'être liés aussi longtemps, au point que l'égide de Walter commençait à s'affirmer sur leurs deux tribus. Cela allait à l'encontre des traditions et de l'instinct des garous. Ça ne se faisait tout simplement pas.

Walter avait l'air totalement satisfait. Il me regarda et haussa les sourcils comme s'il savait que je voyais littéralement la connexion mentale qu'il avait établie avec la meute d'un autre alpha. Il me fit un petit sourire narquois, puis se tourna vers Pam et lui fit un signe.

Pam commença à dénouer la ceinture de sa robe de chambre.

— Attendez ! lançai-je. (Une onde de rires parcourut la foule ; ils croyaient que j'avais peur.) J'ai un sort pour morpher, et je ne voudrais pas me faire tirer dessus parce que je l'utilise.

Il y eut une hésitation collective, et la plupart des conversations se turent. C'était le gang des rues qui marmonnait le plus fort. Je me balançai d'un pied sur l'autre, en attente. Ce fut Pam qui réagit le plus vite ; elle s'immobilisa à trois bons mètres de moi.

— Vous pouvez morpher ? s'étonna-t-elle avec un sourire moqueur. Walter chéri, je ne savais pas que les sorcières en étaient capables.

— Elles n'en sont pas capables. Elle ment pour pouvoir nous lancer un mauvais sort.

— Je sais morpher, dis-je en abandonnant ma double vue. C'est... un charme de ligne, et si j'avais voulu vous lancer un sort, je l'aurais déjà fait. Je suis une sorcière blanche.

J'avais mal au ventre ; il fallait que j'aille aux toilettes. Oh, Seigneur, j'étais bien une sorcière blanche, mais la malédiction, elle, était noire. Je m'étais juré de ne jamais tomber aussi bas, et voilà que je me jetais dans le trou la tête la première. Peu importait qu'il s'agisse d'une quantité négligeable de noir ; elle souillerait mon âme de toute façon. Enfer et damnation, mais qu'est-ce que je fabriquais ?

Walter se tourna vers la foule en entendant s'élever quelques voix qui exigeaient que l'on passe aux choses sérieuses.

— Pam ? demanda-t-il.

La petite femme leur sourit pour se les mettre dans la poche.

— C'est le challenger qui choisit, trancha-t-elle.

La foule de garous l'applaudit.

Walter acquiesça.

— C'est vous qui choisissez, me confirma-t-il. Voulez-vous commencer sur deux pieds et faire de votre rapidité de transformation un élément déterminant du duel, ou préférez-vous morpher avant de vous battre ?

— Je sais ce que ça veut dire, « le challenger choisit », répliquai-je avec arrogance. Ce n'est pas la première fois que je fais ça. Et ce n'est pas légal. Mon alpha n'est pas là, et il n'y a pas six alphas pour arbitrer en son absence.

Le visage de Walter trahit son choc l'espace d'un instant, puis il se reprit.

— Mais nous avons six alphas, prétendit-il.

— Mon adversaire ne compte pas ! m'offusquai-je.

Ils se contentèrent de me rire au nez. *Comme si j'avais pensé, ne serait-ce qu'un instant, qu'ils feraient ça dans les règles.*

— On commence à quatre pattes, dis-je à mi-voix.

De toute façon, je savais qu'elle ne mettrait pas longtemps à morpher ; autant avoir une chance de respirer un peu avant de commencer.

Cela plut à la foule. Pam défit nonchalamment la ceinture de sa robe, qui glissa le long de son corps et tomba en tas à ses pieds. Elle était totalement nue. On aurait dit une déesse, avec son bronzage parfait, une jambe légèrement devant l'autre. Même ses vergetures ajoutaient à son image de fière survivante. Le brouhaha de la foule ne varia pas spécialement en réaction à sa nouvelle, euh… tenue.

Les joues rouges, je préférai baisser les yeux. Dieu me vienne en aide – il était hors de question que je l'imite. Les vêtements de Jenks avaient disparu, ainsi que ses cicatrices, quand il s'était transformé. Je m'attendais qu'il m'arrive la même chose ; je n'apparaîtrais pas sous la forme d'une louve en collants noirs avec des sous-vêtements en dentelles – même si ç'aurait sans doute été drôle. Pas question que je leur montre ma peau toute blanche et mes taches de rousseur.

Je fus parcourue par un frisson dû à la poussée d'adrénaline. Cela provoqua une réaction dans la foule. L'une des alphas en visite apporta à Pam une poignée de ces herbes âpres – les herbes de Saint-Christophe. Un murmure d'approbation parcourut l'assistance lorsqu'elle les refusa sèchement. Personne ne vint m'en proposer, à moi. *Les chiennes.* De toute façon, ça n'aurait pas changé grand-chose.

Pam ferma les yeux et j'assistai, bouche bée, au début de sa transformation. Je n'avais vu ça qu'au cinéma et, bon Dieu, c'était fidèle. Ses traits se remodelèrent : son visage s'allongea, ses membres s'étirèrent. On aurait dit une grossière caricature d'humain et de loup. Je ne savais pas où elle trouvait l'énergie nécessaire pour morpher, puisque les garous ne pouvaient utiliser les lignes pour se transformer, contrairement aux renards-garous. C'était parce qu'ils se servaient des lignes que ces derniers avaient la possibilité de changer de taille – une faculté que les garous leur enviaient.

Pam s'effondra sur elle-même – sans doute parce que son bassin ne pouvait plus la soutenir sous cette forme – et se redressa sur ses bras transformés. Sa peau toute entière vira au noir et commença à se couvrir de fourrure. Elle gémit, et ses yeux s'ouvrirent brusquement – des yeux encore humains et particulièrement grotesques au milieu de ce visage horrible doté d'un long museau dont les dents étaient elles aussi encore humaines. Elle n'était ni femme ni louve mais se trouvait quelque part entre les deux, totalement impuissante. Mais, bon sang, que sa transformation était rapide !

— Rache ! cria Jenks. Fais quelque chose !

Je le regardai par-dessus la foule vagissante tandis que Pam tombait à la renverse, les pattes raides, tremblant de douleur pendant que ses organes internes changeaient de place.

Ah, oui! C'est vrai...

Le cœur battant à tout rompre, je fermai les yeux. Immédiatement, je fus frappée par la soudaine odeur de musc et la puanteur de ma propre sueur, ainsi que par celle de la chair infestée de vers montant de cette fosse dont je n'avais toujours pas vu le fond. Je ne pensais pas qu'il y ait un seul survivant, mais je n'en aurais pas mis ma main à couper. Le brouhaha m'atteignait de plein fouet par vagues successives qui m'empêchaient de me concentrer. Je joignis les mains sur mon chi et priai pour que ça ne fasse pas trop mal.

— *Lupus*, soufflai-je en battant des cils.

J'inspirai et ouvris les yeux quand l'au-delà jaillit de mes pensées. C'était délicieusement douloureux, comme une croûte qu'on décolle ; j'avais l'impression de retourner à un état antérieur. Un voile d'au-delà teinté de noir m'enveloppa, m'empêchant d'y voir clairement. Mon audition était aussi aux abonnés absents, comme si j'étais enroulée dans une couverture de brume.

Je perdis l'équilibre. Mes genoux et mes mains heurtèrent la terre et semblèrent même s'enfoncer dedans. Je rejetai la tête en arrière et retins mon souffle en sentant des connexions électriques inhabituelles se mettre en place. Mais ça ne faisait pas mal, contrairement à ce charme de terre qui m'avait transformée en vison. Il ne s'agissait pas d'un assemblage de bric et de broc, mais une évolution naturelle des atomes en souvenir, un phénomène aussi naturel et indolore que la respiration. Je me sentais vivante, comme si chacun de mes nerfs ressentait véritablement les choses pour la première fois de ma vie. J'étais vivante. J'étais présente. C'était enivrant.

Le visage tourné vers le ciel, je ris sans retenue. Mon gloussement se changea progressivement en hurlement de loup. L'au-delà noir s'écoula de moi, et je récupérai mon audition dans une grande explosion qui m'emplit les oreilles de ce son provenant des tréfonds de moi-même. J'étais vivante, bon sang, je ne me contentais pas d'exister, et il fallait que tout le monde le sache.

Mon hurlement exubérant s'éleva, et l'assemblée se tut. Au loin, un cri me répondit. Je le reconnus. C'était Aretha, la louve que nous avions croisée en arrivant sur l'île. Sa voix vint à la rencontre de la mienne pour me dire qu'elle aussi, se sentait vivante.

C'est alors que le prix à payer pour avoir enfreint les lois de la nature me frappa. Ma voix se coupa dans un gargouillis étranglé. Incapable de respirer, je tombai. Je me griffai le museau avec mes ongles émoussés. Je paniquai en sentant le poids écrasant de la noirceur qui s'immisçait en moi. Je frissonnai et mes yeux me piquèrent, car j'avais oublié de les fermer en me frottant le visage dans la terre. La bande de noirceur s'enroula encore plus fort autour de mon âme.

Non! pensai-je en voyant la couleur grise de l'inconscience menacer à l'orée de ma vision. Je survivrais. Je ne me laisserais pas tuer. Je pouvais le supporter. Ceri avait enduré mille fois pire. Je pouvais y arriver. Mais ça faisait mal. Ça faisait mal comme la honte et le désespoir devenus réalité.

Ma volonté entra en jeu ; j'acceptai ce que j'avais fait. Haletante, je forçai ma langue à rentrer dans ma bouche. Elle était pleine de terre ; ça craquait entre les dents. Secouée, je restai allongée, inerte, contente de sentir mes poumons fonctionner. Je voyais en noir et blanc au-delà d'un mètre ou deux. Je ne distinguais les couleurs que si elles étaient assez proches. Je regardais le monde en essayant de trouver un moyen de me lever, et mon esprit se mit à inventer des couleurs jusqu'à ce que cela me semble naturel. Ce que j'entendais me semblait aussi étranger. Je n'arrivais pas à assembler les sons ; tout ce que je ne parvenais pas à déchiffrer se transformait en bruit de fond.

— Rache ! s'écria Jenks.

Je grimaçai en sentant mes oreilles se plaquer vers l'arrière et ma queue battre le sol. *C'est pathétique*, pensai-je. Je retins mon souffle pour me relever et m'aperçus que je n'étais pas encore assez coordonnée pour faire les deux en même temps. Frustrée, je me mis maladroitement sur mes pattes. Je faillis retomber avant de comprendre que mes muscles fonctionnaient différemment.

Pam était toujours étalée au sol ; elle terminait de se transformer en haletant. Elle ne devait plus être très loin – Karen avait morphé en trente secondes, environ. On en était à peu près à la même durée. La puanteur des cendres et de la chair en décomposition était étouffante, mais elle ne parvenait pas à masquer l'odeur des trois meutes, aussi précise que des empreintes digitales : certains garous sentaient la poudre, d'autres puaient la gomina, et le reste empestait le parfum – des fragrances délicates et précieuses. Pam sentait un mélange de tout ça, et c'était une sensation bizarre ; son étrangeté – son état mi-femme, mi-animal – était particulièrement désagréable à mon palais et à ma truffe, un peu comme un goût d'œuf pourri.

Je faillis tomber en éternuant. La foule retint son souffle. C'est alors que je m'aperçus qu'elle était muette ; les gens me regardaient, à la fois impressionnés et choqués. J'avais morphé – et alors ? Je les avais prévenus, après tout.

— Elle est rousse ! murmura quelqu'un.

Surprise, je regardai ce qu'il m'était donné de voir de moi-même. *Sainte merde, mais c'est vrai !* Je m'étais transformée en un bon sang de loup rouge. Ma fourrure légèrement bouclée virait au noir au niveau des pattes. *Eh ! Mais c'est que je suis jolie !*

À quatre pattes, je levai la tête pour voir Jenks. Son regard croisa brièvement le mien puis s'en détacha pour me faire signe de faire attention à ce qui se passait.

— C'est une louve rouge, dit un garou en pantalon flottant en secouant le bras de son voisin. Sa transformation est parfaite ! (L'homme haussa la voix, impressionné.) Regardez-moi ça ! C'est une putain de louve rouge !

Ses paroles furent répétées et amplifiées, et, si tant est qu'un loup puisse rougir, c'est ce que je fis. Quelle importance, de quelle couleur j'étais ? Tout ce que j'avais à faire, c'était de vaincre Pam.

Comme si elle avait entendu mes pensées, Pam se leva d'un bond. Elle était énorme car elle avait retenu toute sa masse humaine. Ses babines se retroussèrent et elle laissa échapper un léger grognement sans me quitter de ses yeux bruns. Mon pouls s'emballa, et ma patte arrière glissa. La clameur de la foule qui applaudissait ma déconvenue me fit mal aux oreilles. Pam continua à grogner, ce qui promettait pas mal de douleur pour bibi. Walter essaierait sans doute de l'empêcher de me tuer le temps que je leur donne l'information qu'ils voulaient, mais je ne pensais pas qu'il y parviendrait.

— Fais de ton mieux, aboyai-je.

Elle s'élança en envoyant une gerbe de terre derrière elle.

Le temps qu'elle parcoure la moitié de la distance qui nous séparait, son grondement était devenu agressif. Mes pensées se posèrent sur Karen, ses mâchoires autour de ma gorge, la peur qui m'avait paralysée. C'est alors que je lus de l'orgueil dans les yeux de Pam, et quelque chose en moi changea. Derrière sa fourrure et ses muscles fins mais puissants, elle était intelligente, ce qui signifiait qu'elle connaissait la douleur – qu'elle la ressente ou non.

Je forçai mon corps à se ramasser, puis m'élançai à mon tour en silence, le poitrail près du sol.

Nous entrâmes en collision dans un tourbillon de claquements de dent et de coups de patte. Elle ne s'y était pas attendue, et sa tentative de me prendre à la gorge aboutit sur mon arrière-train. Elle se contorsionna pour atteindre mon cou, les pattes avant presque sur moi. Ventre à terre, je passai sous elle et trouvai quelque chose à mordre. C'était une patte étroite, pleine de fourrure et de muscles. J'enfonçai mes dents de toutes mes forces. Je refusais de mourir ici à cause de l'orgueil d'une autre.

L'horrible frottement de mes dents sur l'os me fit l'effet d'ongles griffant un tableau noir. Elle poussa un jappement de douleur qui me redonna espoir. *Elle a senti ma morsure?*

Je la privai de son équilibre, si bien qu'elle me tomba dessus. Elle roula sur elle-même tandis que je reculais sur mes quatre pattes. J'étais couverte de terre, et vu l'élancement que je ressentais au niveau de la hanche, elle avait réussi à me mordre.

Tout autour de nous, les garous hurlaient de joie. D'une certaine manière, malgré leurs beaux habits, les businessmen étaient plus laids que les hommes en treillis qui agitaient leurs armes en l'honneur de leur alpha. Jenks semblait prêt à voler à mon secours, et les soldats qui le retenaient étaient de moins en moins concentrés. Je me demandai pourquoi ils n'avaient pas pris la douleur de Pam – à part au moment de sa transformation –, puis je m'aperçus que c'était ce qu'ils cherchaient à faire. Le patron de David avait voulu régler au plus vite un problème administratif. Mais eux?

Je regardai leurs visages tandis qu'ils l'encourageaient. Ils étaient sauvages, sans manières, assoiffés de sang. Ce n'était pas un comportement normal pour des garous, même si nous étions dans les bois, à des lieues d'un semblant de juridiction de la SO. En plus, ça ne concernait pas que les militaires ou les garous des rues. Ceux avec leur costume et leurs belles chaussures étaient de la partie. Pendant que Pam et moi tournions en rond pour déceler une faiblesse dans la défense de l'autre, j'eus le sentiment écœurant que la différence venait de ce qu'ils étaient tous liés dans la même ronde. Ils avaient tous l'ego d'un alpha en eux, mais il leur manquait la sophistication nécessaire pour le gérer. Ils se vautraient dans l'extase et étaient aussi agressifs qu'un alpha sans en avoir la maîtrise.

Ça m'aurait vraiment inquiétée si je n'avais pas eu à m'occuper de Pam.

De l'autre côté de l'arène, elle me regardait d'un air déterminé, une patte levée. Ramassée sur moi-même, je grognai. Je savais qu'il s'agissait d'une posture de soumission, mais je n'étais pas une louve au plus profond de moi.

— Rache ! s'écria Jenks d'une voix perçante un instant avant que Pam attaque.

Je reculai, mais elle m'atteignit. Mes membres se firent inertes quand ses mâchoires, plus grandes que les miennes, trouvèrent mon cou et me secouèrent. En plus de la douleur aiguë, ma respiration s'en trouva coupée. Au bord de la panique, je donnai des coups de patte avant en direction de ses yeux. Trop court.

Elle recommença à me secouer. Sa force était terrifiante. J'avais l'impression d'avoir la colonne vertébrale en feu. La douleur obscurcissait mes pensées. Les spectateurs me harcelaient de leurs cris, me disant de me soumettre. Ma gorge toujours dans sa gueule, je repliai mes pattes arrière comme pour me rouler en boule. Je ruai désespérément. Elle jappa quand mes griffes trouvèrent ses yeux. Elle m'envoya faire un roulé-boulé aux pieds du public.

— Rachel ! s'écria de nouveau Jenks.

Je me relevai en tremblant.

— Trouve Nick ! aboyai-je.

Les poils du cou hérissés, je m'éloignai des spectateurs en boitant avant de me prendre un coup de pied. Je ne savais plus comment tout cela allait se terminer. Je n'allais pas me soumettre. Nous n'étions pas toutes les deux obligées de mourir.

Pam haletait ; la peau autour d'un de ses yeux était déchirée. Du sang en coulait. Elle suivait mes mouvements du regard.

— Va chercher Nick ! répétai-je tout en sachant qu'il ne me comprendrait pas. Je vous rattraperai !

Je ne savais pas si c'était un doux rêve ou la vérité.

— C'est dur, Rachel, dit-il doucement. (Mais je l'avais entendu et Pam aussi.) Je reviendrai te chercher quand je l'aurai trouvé.

Les oreilles de Pam se dressèrent quand elle comprit que nous avions toujours l'intention de tout tenter pour récupérer Nick. La tête inclinée pour protéger son œil, elle bondit en poussant un grognement sauvage. Elle se dirigeait droit sur Jenks.

— Fuis ! hurlai-je en m'élançant pour l'intercepter.

Elle fit un dérapage contrôlé et s'arrêta. Je me trouvais entre elle et Jenks. Je l'avais mordue à deux reprises, et elle commençait à comprendre que plus petit signifiait aussi plus rapide. Je ne pouvais me retourner pour vérifier s'il était parti, mais à voir Pam suivre quelque chose des yeux derrière moi, j'étais bien forcée de croire que c'était le cas. Personne ne faisait attention à lui. Je me sentis tout à coup plus déterminée. Il était mon avant-garde et cette fois c'était moi qui couvrais ses arrières. Je ne laisserais pas cette louve le rattraper.

Pam gratta le sol pour évacuer sa frustration. Elle leva le museau vers le ciel et hurla, sans doute pour essayer de prévenir les autres. Les garous se joignirent à elle en pensant qu'elle essayait de m'intimider. Leurs voix humaines firent presque concurrence à la sienne.

— Tu ne passeras pas ! aboyai-je.

Puis, en guise de démonstration, je levai aussi la tête et hurlai en essayant de noyer son cri.

Je suis vivante. Et je le resterai !

Le hurlement de Pam se coupa sous l'effet de la surprise et ma voix s'éleva contre celles du public ; elle était plus aiguë, plus authentique, et pleine de défi. Non loin, un autre cri s'éleva. Aretha.

Les garous se turent complètement, l'air interrogateur, voire, pour certains, apeuré. L'espace d'un moment, la voix d'Aretha et la mienne s'entremêlèrent, puis nous nous tûmes en parfaite synchronisation.

Pam eut l'air choquée que la louve m'ait répondu. Elle se tenait immobile, la queue entre les jambes, l'œil ensanglanté et la patte arrière gauche levée. J'avais mal partout : au dos, à la hanche... Et je sentais l'odeur du sang qui s'écoulait de mon oreille d'où irradiait une douleur lancinante. Quand m'avait-elle fait ça, au juste ?

Mais Jenks m'attendait. Je grognai en me ramassant, puis je bondis.

Pam tomba en arrière et essaya en vain de me mordre à la gorge tandis que je m'en prenais à sa patte avant. Je m'efforçai de m'extraire de sous elle. Une douleur aiguë dans mon oreille me signala qu'elle m'avait de nouveau touchée. Je fis une roulade, mais elle me suivit. Je me relevai d'un bond et me retrouvai truffe à truffe avec elle, sa gueule ouverte face à mon rictus agressif.

Elle me sauta dessus sans attendre, mais j'esquivai. Les spectateurs ne faisaient plus un bruit. Ils retenaient leur souffle. Quelqu'un allait mourir, et Jenks n'était plus à mes côtés.

Je trouvai sa gorge, mais mes dents se refermèrent dans le vide car elle se déroba. Elle prit ma patte dans sa gueule et je sentis l'adrénaline monter. J'avais une demi-seconde avant qu'elle la broie.

Je me laissai tomber et tirai de toutes mes forces. Ses mâchoires se refermèrent sur mes coussinets. Je jappai et me relevai à la hâte avant de battre en retraite. Pantelantes, nous hésitâmes. Derrière nous, le cercle de garous s'était transformé en petits groupes de spectateurs sur les nerfs. Personne n'avait remarqué la disparition de Jenks. Pam se préparait à repasser à l'attaque. Je sentis la colère me gagner. Je n'avais pas de temps à perdre avec ça.

Mais elle hésita. Elle s'immobilisa en regardant le bord du lac derrière moi. Ma fourrure se hérissa. Je ne me retournai pas. Je n'en eus pas besoin. Je lus de l'inquiétude dans ses yeux quand elle me vit regarder le deuxième loup longer le parking derrière elle, visible au-delà des gens assemblés par petits groupes. Un murmure effrayé s'éleva ; des doigts se pointèrent, des gens mirent la main devant la bouche en comprenant qu'Aretha avait osé pénétrer dans l'enceinte. Désensibilisée à l'odeur des garous, elle avait été attirée par les bruits de notre duel. Aretha était là, et elle n'avait pas l'air contente.

Les oreilles dressées, la louve traversa le parking d'un pas confiant et arriva à l'ombre des arbres environnants. Son ventre commençait à s'arrondir, trahissant le fait qu'elle portait des louveteaux. Je commençai à avoir peur. Pam et moi nous disputions la domination de son île. Sa meute nous avait encerclées pendant que nous nous battions sans faire attention à ce qui se passait autour. Merde.

Ne fuis pas, Pam, pensai-je en voyant qu'elle était effrayée. Bien que garou, elle était aussi humaine. Elle était blessée et encerclée par la meute d'une alpha sauvage. Et elle empestait le garou, pas le loup.

— Pam ! aboyai-je. (Elle commençait à se détourner de moi.) Ne faites pas ça !

Mais elle ne m'écouta pas. Elle se retourna et détala en faisant le pari que les loups m'attaqueraient si elle se mettait à l'abri dans les bâtiments. Comme on dit, il est inutile d'être plus rapide que le loup qui vous poursuit, il suffit d'être plus rapide que les autres personnes qui le fuient.

Je dus faire un effort de volonté pour ne pas l'imiter. Je sursautai en voyant trois ombres grises me dépasser à toute vitesse pour se lancer à sa poursuite. La foule paniqua et s'éparpilla dans le chaos. Les femmes poussaient des cris, les hommes hurlaient. Quelqu'un sortit son arme. Je détalai, mes griffes s'enfonçant dans la terre malgré sa dureté. Mon cœur battait à tout rompre.

Mais j'avais les yeux rivés sur les quatre loups qui zigzaguaient à toute vitesse entre les arbres et les tables de pique-nique. Terrifiée, Pam oublia d'aller s'abriter à l'intérieur et fonça sous les arbres. Quelques secondes plus tard, ils avaient tous disparu. Un jappement aigu de douleur s'éleva par-dessus le brouhaha de la foule effrayée. Walter leur cria de se taire, et quand tout le monde obtempéra nous entendîmes des grognements et des aboiements sauvages. Puis un silence terrifiant.

Le teint blême, Walter fit un signe, et un groupe d'hommes s'élança dans les bois, l'arme à la main. Je me sentais mal. Ce qui arrivait n'était pas ma faute.

Je fis volte-face en entendant une femme pousser un petit cri. Mon cœur accéléra encore. J'avais les pattes en coton. Sans un bruit, Aretha était entrée sur la place où Pam et moi nous étions battues, comme si les gens autour de nous n'existaient pas. Elle agita les oreilles et s'arrêta à cinq bons mètres de moi. Elle avait le pelage couleur écorce argentée. Je la regardai avec mes yeux de louve et vis sa beauté, sa grâce... et qu'elle m'était totalement étrangère. Je ressemblais peut-être à une louve, mais je n'en étais pas une, et nous le savions toutes les deux.

Je sursautai et m'immobilisai de nouveau lorsqu'elle leva le museau. Un hurlement bas, étrange, monta d'elle. Trois autres voix y répondirent le long de la crête. Elle vérifiait qui avait gagné.

Je fus parcourue par une vague d'adrénaline. Aretha baissa la tête et me lança un dernier regard de ses yeux jaunes avant de se détourner et de retraverser la place, satisfaite.

Le vent qui soufflait dans les arbres vint ébouriffer la fourrure sur mon corps endolori et meurtri. Mais que s'était-il passé, au juste ?

Une brindille craqua, ce qui me fit faire un écart comme un cheval apeuré. Je m'arrêtai sans la moindre grâce, le cœur battant. C'était l'alpha des garous des rues. Malgré sa pâleur, il avait l'air déterminé. Sa meute l'entourait.

— Ce n'est pas ma faute ! aboyai-je tout en sachant qu'il ne me comprenait pas.

Le visage amaigri par l'abus de Soufre, il me regarda, impressionné, puis se tourna vers l'endroit par où Aretha avait disparu. Ses multiples tatouages de meute lui donnaient des airs de gros dur, mais il était rasé d'aussi près que Jenks. Il se baissa et ramassa une touffe de poils roux que Pam m'avait arrachée et la fixa comme s'il s'agissait d'un signe.

— La louve, dit-il en s'adressant à Walter. (C'était d'Aretha qu'il parlait, car il la cherchait du regard.) Elle a choisi de laisser la vie à Morgan et de faire mourir votre femelle.

Les garous qui nous entouraient se mirent à parler. Le ton monta à mesure que leur stupeur se transformait en colère. J'attendais, pantelante, ma patte meurtrie levée, comptant les secondes qui s'écoulaient. Je frissonnai et ma fourrure se hérissa. Il se passait quelque chose.

Le garou des rues rangea la touffe de poils dans sa poche arrière. Il semblait avoir pris une décision.

— Les légendes les plus anciennes disent qu'avant qu'on perde sa trace, la statue appartenait à un loup rouge. (Sa femme le rejoignit.) Morgan a tenu bon alors que votre femelle s'est enfuie. Elle a gagné. Livrez-lui Sparagmos. Si la douleur et l'humiliation ne parviennent pas à rendre la mémoire à ce voleur, peut-être que l'amour le fera. Peu m'importe à qui appartient la statue du moment que je peux en avoir une part.

— Mais vous m'avez juré allégeance ! s'exclama Walter.

— Je vous ai dit que je vous suivrais quand vous m'avez affirmé que vous l'aviez en votre possession ! répliqua le jeune garou.

Il serra les poings et ses bijoux tintèrent. Sa femme avait beau faire une tête de plus que lui, il n'avait pas l'air moins menaçant qu'elle.

— Mais vous ne l'avez pas, reprit-il. Sparagmos, si. Et elle a revendiqué de le récupérer. Dissolvez mon serment de sang. Je suivrai un loup rouge autant qu'un blanc. En ce qui me concerne, je ne vous suis plus, vous.

— Misérable corniaud ! grogna Walter. (Ses joues rougissantes ressortaient de plus en plus au milieu de ses cheveux blancs.) Sparagmos est à moi, et la statue sera à moi, et votre tête me servira de cendrier !

La foule se séparait en deux. Je le voyais bien. Je le sentais. Les vieux schémas, aussi confortables que familiers, se reformaient. Les poils se dressèrent sur ma nuque. Au prix d'un léger effort, je fis appel à ma double vue. Mon cœur s'accéléra. Les garous des rues étaient à présent enveloppés d'une aura blanc perle, et celle des garous en costume était rouge terre. Le lien n'avait pas tardé à se défaire.

La situation évolua très vite. Les garous des rues se replièrent dans les bois. Je sentais l'odeur de Soufre qui les entourait. S'ils se transformaient en loups, rien ne pourrait les arrêter.

— Monsieur..., intervint un garou en treillis d'un ton chargé de tristesse.

Je me tournai vers les six hommes qui portaient Pam. Leurs pas lents me firent comprendre qu'il était trop tard.

— Pam ! s'exclama Walter.

Sa voix était ravagée par la détresse. Les garous posèrent la dépouille avec délicatesse. Walter tomba à genoux à côté de sa femme et écarta sauvagement ses hommes. Ses mains s'enfoncèrent dans la fourrure de Pam. Il la souleva et la serra contre lui.

— Non, gémit-il d'un ton incrédule.

La meute d'Aretha avait égorgé Pam. Le sang encroûtait sa fourrure noire et souillait son poitrail. L'homme puissant se balançait d'avant en arrière en essayant de reconstituer les pièces de son monde, éparpillées comme les feuilles mortes qui voletaient entre nous.

— Non ! s'écria Walter en relevant la tête et en me cherchant du regard. Je m'y refuse ! Cette louve sorcière n'est pas mon alpha, et je ne lui donnerai pas Sparagmos. Tuez-la !

Les sécurités sautèrent. *Sainte merde !* Prise de panique, je détalai vers la zone du parking que je pouvais voir. Un instant plus tard, j'étais de l'autre côté. Des jurons hurlés me poussèrent à fuir. Ventre à terre, je pénétrai dans les bois. Je dérapai sur des feuilles et des plantes mal accrochées, mais parvins à ne pas tomber.

Luttant pour ne pas perdre l'équilibre, je continuai à fuir. J'entendis des coups de feu, mais j'étais trop loin – pour l'instant. Ils avaient des Hummer et des téléphones portables. Moi, j'avais un pixie d'un mètre quatre-vingts et trois minutes d'avance – au mieux.

Pam est morte. Ce n'est pas ma faute !

J'entendis derrière moi les bruits reconnaissables d'une foule en train de s'organiser. Pour l'instant, j'avais affaire à des gens, mais ça allait changer. J'avais tout de suite compris que la paix ne durerait pas. Les garous restaient garous avant tout. Ils ne se liaient jamais entre eux. Ils n'en étaient tout simplement pas capables. Cela allait à l'encontre de leur nature.

Dieu merci, pensai-je en suivant la piste de brindilles cassées qu'avait laissée Jenks. À défaut d'une autre méthode, le pixie pourrait retrouver Nick à l'odeur. Nous avions encore la possibilité de quitter cette fichue île. Peut-être la dissolution de la ronde allait-elle nous donner quelques minutes de plus.

Nick, pensai-je, et mon cœur s'emballa – mais pas seulement à cause de ma fuite. D'accord, ce n'était pas ainsi que les choses étaient censées se passer. Et alors ?

Chapitre 15

Je progressais à un rythme complètement irrégulier dans l'atmosphère de plus en plus chaude de la forêt, sautant de-ci, de-là, tombant chaque fois que ma patte avant se posait trop lourdement. Il y avait des détonations au loin, mais mon ouïe de louve ne parvenait pas à identifier leur provenance. En tout cas, rien à proximité. Une douleur montait de mon dos au rythme de mes pas et ma patte avant m'élançait. Le vent me faisait très mal à l'oreille que Pam m'avait déchirée. J'allais aussi vite que possible, la truffe à dix bons centimètres du sol pour sentir la piste d'arbrisseaux cassés qu'avait laissée Jenks derrière lui.

J'étais en sursis. L'île était certes grande, mais pas tant que ça, et la peine, au lieu de les ralentir, rendrait sans doute leurs pieds plus rapides. Quelqu'un finirait inévitablement par me rattraper. Au pire, ce serait Jenks qui rencontrerait de la résistance en trouvant Nick. Ils étaient équipés de radios.

Plus vite, pensai-je, ce qui ne manqua pas de me faire trébucher. Une douleur glaçante remonta le long de ma patte. J'essayai de me rétablir avant de me retrouver truffe la première dans la terre. Ma patte meurtrie céda. Je me maudis pour ma maladresse mais, n'ayant plus le choix, je levai la tête et me laissai tomber. Je me mordis la langue en finissant en dérapage incontrôlé. J'en avais assez d'être une louve. Je ne voyais pas d'avantage à être sous cette forme, et il m'était difficile d'en retirer un quelconque plaisir si je ne pouvais pas courir. Mais je ne pouvais prononcer le mot de déclenchement pour me retransformer tant que je n'aurais pas retraversé le lac pour pouvoir puiser l'énergie d'une ligne.

En plus, pensai-je en me relevant et en m'ébrouant, *je me retrouverais nue.*

J'évacuai la poussière et la moisissure de mon nez en éternuant. Je ne pus m'empêcher de gémir quand mon corps tout entier se rebella sous l'effet de la douleur. C'est alors que j'entendis le claquement du bois sur le métal. Je relevai la tête en retenant mon souffle.

— Descendez-le ! cria un homme.

Puis il y eut trois détonations successives.

Jenks !

Oubliant mes douleurs, je forçai mon corps à courir.

Les arbres se raréfièrent et il fit tout à coup moins sombre. Je débouchai étonnamment vite dans ce qui semblait avoir été un parc national, avec des rondins cloués au sol pour figurer des places de parking. Une jeep était garée à l'ombre d'un bâtiment en blocs de ciment peint en marron ; près de l'entrée, je vis Jenks attaquer deux hommes avec une branche à laquelle étaient encore accrochées des feuilles.

Je m'élançai. Tel un danseur, Jenks fit un grand moulinet avec sa branche et frappa un homme au niveau de l'oreille. Il ne prit pas le temps de le regarder s'écrouler de douleur ; il tourna sur lui-même et planta le bout déchiqueté de la branche dans le plexus solaire du second homme. Avec une férocité silencieuse, il se retourna vers le premier et, des deux mains, abattit son arme sur sa nuque. L'homme tomba sans une protestation.

Jenks poussa un cri de victoire sans la moindre retenue tout en faisant tournoyer sa branche au-dessus de sa tête. Elle vint frapper le second garde au niveau du jarret, puis derrière le crâne. Je m'arrêtai tout net, sous le choc. Il les avait neutralisés en six secondes.

— Rache ! s'exclama-t-il gaiement.

Il écarta ses mèches blondes de ses yeux, révélant son pansement Musclor. Il avait la joue rouge et l'œil brillant.

— J'en déduis que nous nous rabattons sur le plan B ? Il est à l'intérieur. Je le sens d'ici, cet abruti.

Mon cœur s'emballa. Je sautai par-dessus le garou en treillis assommé en travers de l'entrée. Mon nez repéra l'odeur de café froid provenant de la cuisine minuscule, la moisissure vieille de quarante ans qui tapissait les murs des toilettes et le sent-bon au pin qui faisait de son mieux pour lutter contre la puanteur musquée du petit salon festonné d'armes à feu, et dans lequel une radio exigeait avec frénésie que quelqu'un décroche. Mes muscles se crispèrent lorsque je sentis l'odeur du sang sous celle du chlore. Les griffes cliquetant sur le carrelage blanc, je remontai le couloir étroit à la recherche de Nick.

Je tombai sur une porte close au bout d'un corridor sombre. J'attendis impatiemment que Jenks arrive. Il tendit le bras par-dessus ma tête et tourna la poignée. La porte s'ouvrit en grinçant. Il faisait sombre ; le peu de lumière entrait par une fenêtre sale et grillagée en hauteur. L'air empestait l'urine. Au milieu de la pièce, il y avait une table rachitique jonchée d'outils en métal et de casseroles pleines de liquide. Nick n'était plus là ; je perdis tout espoir.

— Oh, mon Dieu, dit Jenks en retenant son souffle.

Je suivis son regard jusque dans un recoin sombre.

— Nick, murmurai-je.

Mais seul un gémissement sortit de ma bouche.

Il avait réagi à la voix de Jenks. Il releva légèrement la tête. Il avait les yeux ouverts mais ne voyait rien à cause de ses cheveux longs. Ils l'avaient attaché au mur en position de crucifixion, dans une parodie de passion et de grâce. Il y avait des trous de brûlures sur ses vêtements ; en dessous, on apercevait sa peau rougie et ses poils calcinés. Il était constellé de croûtes de sang. Ses lèvres coupées et sanguinolentes s'entrouvrirent, mais aucun son n'en sortit.

— Je ne dirai…, finit-il par murmurer. Vous ne pouvez pas… il est… à moi.

Jenks entra en me bousculant. Il toucha un couteau avec précaution, essayant de déterminer s'il contenait de l'argent avant de le ramasser. Je restai plantée sur le seuil, incrédule. Ils l'avaient torturé. Ils lui avaient fait du mal pour récupérer leur foutue statue. Qu'est-ce que ça pouvait bien être ? Pourquoi ne la leur avait-il pas tout simplement rendue ? Ça ne pouvait pas être une question d'argent. Nick était un voleur, mais la vie comptait plus que le fric pour lui. Enfin je crois.

— Il n'y a rien que tu puisses faire ici, Rache, dit Jenks. (Il parlait en serrant les dents, car il avait commencé à scier les liens de Nick.) Va jeter un œil à l'entrée. Je vais le détacher.

Nick me fit sursauter en se mettant à hurler. Manifestement, il pensait qu'ils remettaient ça. Il criait mon nom, encore et encore.

— Du calme, abruti ! cria Jenks. J'essaie de t'aider !

— Ma faute, gémit Nick. (Il s'effondra en avant, retenu par ses liens.) Il l'a prise. Il aurait dû me prendre moi. Je l'ai tuée. Ra-ra, je suis désolé. Je suis désolé…

Secouée, je sortis de la salle à reculons. Ils ne lui avaient pas dit que j'étais en vie. J'en étais malade. Je tournai les talons et fonçai vers la sortie, mes griffes patinant sur le carrelage. Je tombai sur le garde allongé en travers de la porte et fis un roulé-boulé. Le soleil me frappa ; ce fut comme un électrochoc, et mon effroi commença à se changer en colère. Rien ne valait tant de souffrances.

Des geais bleus pépièrent au loin. Un bruit de moteur se rapprochait.

— Jenks ! jappai-je.

— Je les entends ! répondit-il depuis l'autre côté du bâtiment.

Mon pouls s'accéléra. Je regardai les hommes étendus sur la terre battue. Je pris le plus proche par l'épaule et le traînai dans le bâtiment sans m'inquiéter de savoir si je le mordais trop fort. Il pouvait être mort, pour ce que j'en avais à faire. Je le tirai par à-coups jusqu'à la moitié du couloir. Je l'abandonnai là et retournai chercher l'autre. Jenks sortit au moment où je passais le pas de la porte avec le corps inerte. Je le lâchai. J'avais mal au dos et à la mâchoire.

— Bonne idée, approuva Jenks.

Il avait le bras de Nick passé sur son épaule. Ce dernier était apparemment incapable de soutenir son propre poids. Sa tête pendait et ses pieds bougeaient au ralenti. Il semblait avoir du mal à respirer. Il avait des marques d'abrasion sur les poignets et ne semblait pas encore être en mesure de plier les jambes. Quand il releva la tête, je vis qu'il avait le regard troublé par une pellicule de gel. Il s'essuya les paupières avec des gestes lents en clignant abondamment. Il fut secoué par une toux sèche. Il mit la main sur sa poitrine et retint son souffle pour essayer d'arrêter de tousser.

— Allez, ordonna Jenks.

J'arrachai mes yeux de Nick. Mon malaise était revenu. Lorsque mes pattes touchèrent de nouveau la terre battue, je me demandai où, exactement, nous étions supposé « aller ». Il n'y avait qu'une route par laquelle repartir, et une voiture était en train de la remonter. Et, traverser les bois avec un blessé, c'était la meilleure manière de se faire prendre.

— Fais le tour du bâtiment… vite !

Je trottai à côté de lui, mal à l'aise. Je me sentais petite. Les muscles de Nick commençaient à retrouver leurs sensations et il faisait de son mieux pour faciliter la manœuvre. Jenks l'assit doucement par terre, puis l'appuya contre le mur en ciment. Il faisait frais, là derrière, à l'abri du soleil. Il grognait en se tenant les jambes. Je pensai aux amulettes de chaleur de Marshal. Il ne nous en restait qu'une – à condition qu'ils n'aient pas trouvé notre équipement. Peut-être Nick et Jenks trouveraient-ils un moyen de se la partager. Moi, j'avais ma fourrure. Mais étais-je capable de nager sur une aussi grande distance sous cette forme ?

— Reste ici, dit Jenks en se redressant de toute sa hauteur. (Il avait les sourcils froncés.) Fais en sorte qu'il reste calme. Je vais m'occuper d'eux, et on repartira en voiture.

Je posai la patte sur sa chaussure pour attirer son attention. Je levai sur lui des yeux implorants. Je n'avais pas aimé que nous nous séparions, et je ne voulais pas remettre ça. Nous nous en tirions mieux ensemble que seuls.

— Je ferai attention, promit-il en se tournant dans la direction du bruit de moteur en approche. S'ils sont trop nombreux, je ferai le cri du hibou. (Je haussai mes sourcils canins, ce qui le fit rire.) OK, je t'appellerai.

Je hochai la tête et il s'éclipsa en silence, avec ses baskets et son justaucorps noir. Je me tournai vers Nick. Il n'avait pas de chaussures, et ses pieds pâles étaient dans un triste état. *Nick*, pensai-je en le poussant de la truffe.

Cela le fit réagir. Il se frotta les yeux et les plissa pour mieux y voir.

— Tu es trop petite pour une garou. J'ai cru que tu en étais une. Bon chien. Bon chien…, murmura-t-il en enfonçant les doigts dans ma fourrure rouge et légèrement bouclée.

Il ne savait pas qui j'étais. Je n'avais même pas l'impression qu'il ait reconnu Jenks.

— Bon chien, répéta-t-il. Comment tu t'appelles, ma belle ? Et comment tu as atterri sur cette île d'enfer ?

J'inspirai profondément, car je détestais ça. Il n'avait pas l'air bien du tout, à la lumière du jour. Nick n'avait jamais été corpulent, mais au cours des semaines que, d'après Jax, il avait passées sur l'île, il était passé de mince à émacié. Ses longues mains étaient squelettiques et il avait le teint jaune. Une barbe cachait ses pommettes et le faisait ressembler à un SDF. Il puait la sueur, la crasse, et une infection bien installée.

En le voyant, on n'aurait jamais deviné à quel point son esprit était rapide. Ni à quel point il lui était facile de me faire rire. Ni combien je l'aimais – il m'acceptait comme j'étais, et je n'avais jamais eu besoin de m'excuser d'exister. C'était un homme qui vivait dangereusement ; il invoquait des démons et était prompt à prendre tous les risques pour se montrer plus intelligent que les autres.

Enfin, tout ça, c'était avant que je fasse accidentellement de lui mon familier et que je touche une ligne à travers lui, ce qui lui avait fait avoir une attaque. Je fermai longuement les yeux en repensant à ces trois mois terribles au long desquels il n'avait eu de cesse de m'éviter faute d'avoir voulu admettre que chaque fois que je touchais une ligne, il revivait en pensée ce moment terrifiant. À la fin, il ne pouvait même plus vivre dans la même ville que moi.

Je suis désolée, Nick, pensai-je en posant mon museau sur son épaule. J'aurais voulu le prendre dans mes bras. Le lien de maître à familier était brisé, à présent. Peut-être pouvions-nous redevenir comme avant. Mais la voix de la sagesse me demanda : *Est-ce vraiment ce que tu désires ?*

Je levai la tête et dressai les oreilles en entendant le véhicule rétrograder. Je me rapprochai du coin du bâtiment et jetai un coup d'œil de l'autre côté. Je vis une jeep sans toit s'arrêter en se balançant sur ses suspensions. Nick fit mine de me rejoindre. Je grognai pour l'en dissuader.

— Bonne fifille, dit-il en pensant que j'en avais après nos ennemis. Reste là.

Mes babines se retroussèrent sous l'effet de l'agacement. *Bonne fifille ? Reste là ?*

Deux des quatre hommes armés descendirent du véhicule et appelèrent les gardes de Nick. Mon pouls s'accéléra quand ils entrèrent dans le bâtiment. Jenks et moi n'avions pas esquissé la moindre stratégie, à part : « Attends là, je m'en occupe. » Qu'est-ce que c'était que ce plan foireux, d'abord ?

J'agitais la patte avant en me demandant si je devais faire quelque chose quand, tout à coup, Jenks sauta des arbres pour atterrir dans la jeep. Deux coups de bâton incroyablement violents, et les occupants du véhicule s'affaissèrent en silence. Jenks prit la casquette du second avant même qu'il ait fini de s'effondrer. Il se la vissa sur la tête et nous sourit en nous faisant signe de rester où nous étions.

Nick et moi nous fîmes tout petits en entendant un cri à l'intérieur du bâtiment. Le cœur battant à tout rompre, je regardai Jenks redresser l'un des deux corps. Trois coups de feu retentirent, et le sang du garou derrière lequel Jenks s'était abrité se mit à couler. Les deux hommes partis en reconnaissance s'avancèrent vers la jeep.

Jenks lâcha le cadavre et remonta dans son arbre comme un singe. Les branches s'agitèrent et des feuilles voletèrent. Les deux garous se crièrent des encouragements et furent assez bêtes pour courir sous l'arbre afin d'avoir un meilleur angle. Et si je dis « bêtes », c'est parce qu'ils avaient totalement perdu de vue qu'il pourrait y avoir quelqu'un d'autre derrière eux.

— Non, ma belle ! s'écria Nick lorsque je m'élançai à la rescousse de Jenks.

Merci infiniment, Nick, pensai-je en voyant les deux garous se retourner. Je percutai le premier dans la seule intention de le faire tomber. Il écarquilla les yeux. Un rictus aux lèvres, j'aboyai et jappai à qui mieux mieux en essayant de rester sur lui dans l'espoir que son compagnon ne me tire pas dessus de peur de le toucher lui.

Il y eut une détonation et un craquement de bois. Je fus distraite l'espace d'un instant, que le garou mit à profit pour me repousser.

— Taré de loup ! cria-t-il.

Il braqua le canon de son arme sur moi. Derrière lui, Jenks était paralysé par la panique. L'autre homme était assommé à ses pieds, mais il était trop loin pour me venir en aide.

Un coup de tonnerre retentit. L'homme qui braquait son arme sur moi sursauta. Le cœur battant, j'attendis que la douleur arrive.

Mais le garou se retourna, et je ne pus que regarder avec étonnement le trou béant dans son dos. C'est alors que je vis Nick, appuyé contre le mur du bâtiment, un fusil à la main.

— Nick, non ! aboyai-je.

Mais il visa et, malgré son visage blême et ses mains tremblantes, tira de nouveau sur l'homme. Le garou appuya sur la détente de son arme à l'instant où la balle le frappa, mais ce ne fut guère plus que le dernier réflexe d'un mort. Le second tir de Nick l'avait touché en pleine gorge. Je m'écartai lorsque l'homme tomba. Ses poumons se remplirent, et il commença à se noyer dans son propre sang. Il se griffa la gorge en cherchant de l'air.

Dieu me vienne en aide. Nick l'a tué.

— Bande de fils de chiennes ! cria-t-il. (Il était à terre ; le recul de l'arme l'avait fait tomber.) Je vous tuerai tous, espèces de connards à tête de chien ! Je vous tuerai… (Il prit une inspiration chevrotante.) Je vous tuerai tous…

Il sanglota et se mit à pleurer.

Effrayée, je regardai Jenks. Le pixie restait planté sous l'arbre, rempli d'effroi, le teint blême.

— Je vous tuerai…, répéta Nick.

Il était à quatre pattes, la tête basse.

Je m'approchai lentement de lui. J'étais un loup, pas un garou. Il n'allait pas me tirer dessus… pas vrai ?

— Bonne fifille, dit-il quand je le poussai de la truffe.

Il s'essuya le visage puis me tapota la tête. C'était un homme brisé. Il se laissa même prendre son arme. Ma langue se contracta en réaction au goût amer de la poudre.

— Bonne fifille.

Il se leva et s'avança d'un pas chancelant.

Bien qu'il n'ait aucune envie de le toucher, Jenks l'aida à prendre place à l'arrière de la jeep. Nick s'y effondra. Jenks éjecta sans cérémonie les hommes inconscients de l'avant du véhicule. Je sautai sur le siège côté passager en essayant d'ignorer que l'homme que Nick avait descendu avait cessé de faire du bruit. Jenks démarra, et après quelques soubresauts, le temps qu'il se fasse au maniement du levier de vitesse, nous nous engageâmes sur la route. Je touchai la radio du bout de la truffe et il monta le volume pour que nous entendions ce qui se disait sur les ondes.

Le vent ramenant ses boucles blondes en arrière, Jenks se tourna vers moi.

— Il ne peut pas nager, chuchota-t-il. Et nous n'avons qu'une seule amulette de chaleur.

— Je peux nager.

Nick avait la tête enfouie dans les mains et les coudes sur les cuisses. Il essayait de lutter contre les cahots de la route.

— Ils doivent avoir un appontement quelque part, poursuivit Jenks. (Il fit semblant de ne pas faire attention à Nick mais jeta tout de même un coup d'œil nerveux dans le rétroviseur.) Cela dit, il doit y avoir un comité d'accueil.

— Je me tuerai plutôt que de les laisser me ramener là-bas, dit Nick en pensant que Jenks s'adressait à lui. Merci. Merci de m'avoir sorti de cet enfer.

Les lèvres de Jenks se pressèrent. Il raffermit sa prise sur le volant en rétrogradant pour prendre un virage en épingle.

— Je sens un mélange d'huile et d'essence au sud, presque exactement à l'endroit par où on est arrivés. C'est sans doute la marina.

Nick leva la tête. Le vent souffla dans ses cheveux emmêlés et dégagea ses yeux.

— C'est au chien, que vous parlez ?

Jenks jeta un coup d'œil à Nick de sous sa nouvelle casquette, puis détourna le regard.

— C'est une louve. Fais un peu attention, abruti. Par la culotte de Clochette, tu dois être la merde la plus bête sur laquelle j'ai jamais mis le pied.

Nick écarquilla les yeux en s'agrippant au côté de la jeep.

— J… Jenks ! bégaya-t-il en devenant encore plus blanc. Qu'est-ce qui t'est arrivé ?

Jenks serra les dents mais ne répondit pas.

Nick me regarda.

— Vous êtes une personne, devina-t-il. (Son air perplexe le faisait paraître encore plus décharné.) Jenks, qui est-elle ?

Je tremblais sans pouvoir répondre. Jenks serra encore plus son volant. Le moteur faillit caler lorsqu'il ralentit pour prendre un virage sans rétrograder.

— Personne n'en a rien à carrer de toi, répondit-il enfin. À ton avis, qui c'est ?

Nick retint son souffle et commença à glisser sur le plancher de la jeep.

— Rachel ?

Je vis ses paupières se dilater un instant avant qu'il s'évanouisse et que sa tête heurte le siège.

Jenks jeta un rapide coup d'œil par-dessus son épaule.

— Super. Vraiment super. Maintenant, je vais devoir le porter.

Chapitre 16

Je m'étais jetée sur la banquette arrière pour être au côté de Nick. Cette odeur d'infection m'inquiétait, tout comme le fait qu'il n'ait pas encore repris connaissance. Jenks descendait la route cahotante qui menait vers cette prétendue marina à toute vitesse. Le vent soulevait les poils autour de mes oreilles, ce qui troublait ma « perception » des sons, mais me donnait une image étendue des odeurs. Les discussions tonitruantes à la radio mirent Jenks au courant de la mort de Pam et de la dissolution de la ronde. Apparemment, personne ne s'était dit que nous pourrions avoir volé une jeep et être en train d'écouter ce qui se racontait. Les survivalistes avaient divisé leurs forces pour maintenir leur domination sur l'île tout en continuant à nous chercher. Cela jouait en notre faveur.

Jenks ajusta sa casquette garou et ralentit en entendant la voix traînante de Brett entre deux interférences. Je tournai les oreilles vers l'avant et me félicitai de ce ralentissement.

— À toutes les équipes, conservez un ratio de trois sur patte contre un sur pied. La cellule est vide. Ils sont armés, il y a deux morts, alors surveillez vos arrières. Aucun signe de leur bateau ; ils se dirigent sans doute vers les docks. Je veux un ratio de cinq contre un, là-bas.

Jenks ralentit pour se garer sur l'herbe courte qui tentait de survivre au milieu de toute cette terre. Je levai la tête pour l'interroger du regard et vis qu'il avait l'air inquiet. Pourquoi s'était-il arrêté ?

— Ils savent qu'on arrive. (Il se contorsionna maladroitement pour faire demi-tour en trois fois afin de retourner d'où nous venions.) Je ne peux pas combattre autant de garous à la fois. On va devoir nager.

Mon cœur se mit à battre la chamade et je laissai échapper un gémissement. Jenks accéléra. Son visage anguleux était tendu.

— Je ne vais pas te laisser te noyer, reprit-il. Ou alors, peut-être qu'on peut se trouver une cachette le temps que les choses se calment.

Il savait tout comme moi que plus nous resterions, plus nous aurions de chances de nous faire prendre. Mais Nick était inconscient, et l'idée de patauger comme un chien sur toute la largeur du lac était intimidante, même en considérant que je pourrais faire une pause en passant par Round Island en chemin. Je n'aurais pas été capable de faire la traversée sous forme humaine ; à quoi cela m'avancerait-il d'être sous forme lupine ? C'était vraiment une situation à la con, mais il fallait bien qu'on quitte cette île.

— Fermez-la ! Que tout le monde la ferme ! s'écria une voix à la radio. (Je me penchai sur Nick en tournant les oreilles.) Ici le phare. On a un problème. Arrivée d'une force inconnue ! Six bateaux en provenance du dock des ferries de Mackinac. Il y a des garous ! fit la voix aiguë et pas très âgée. En uniforme. Ils savent qu'elle a des problèmes et ils viennent la chercher !

Vraiment ?

J'avais comme l'impression qu'il s'agissait plutôt d'une faction rivale essayant de tirer partie du chaos que d'une opération de sauvetage inattendue.

Bon sang, voilà qui va rendre la situation un brin compliquée !

La voix de Brett intervint avec un crachotement de parasites, et ce qu'il dit me fit froid dans le dos.

— Silence radio. Aux chefs des escouades de recherche : prenez contact avec moi par téléphone portable. Aux autres : retrouvez-les ! Tirez s'il le faut, mais ils ne doivent pas repartir avec Sparagmos !

Sa voix fit place à un sifflement rugueux.

Jenks se gara sur le bas-côté.

— Réveille-le, dit-il sèchement. (Il défit sa ceinture et descendit de voiture.) C'est par ici qu'on est arrivés.

Mon nez se plissa lorsque je sentis une légère odeur de décomposition portée par la brise. Nous n'étions pas loin de la carcasse de daim qui pourrissait au soleil. Les muscles tendus, j'eus un instant d'hésitation, puis je me décidai. Je léchai le côté du nez de Nick, ne sachant que faire d'autre. Bon sang, dans les films, ça marchait toujours.

Les pieds écartés, Jenks regarda la route en amont et en aval en plissant les yeux sous la visière de sa casquette d'emprunt. Ma langue avait laissé une longue trace mouillée sur la peau de Nick, mais à part ça il n'y avait aucun changement. Jenks se pencha dans la jeep, souleva la tête de Nick par les cheveux et le gifla.

Nick se réveilla dans une explosion de mouvements. Il frappa en tous sens tout en criant des obscénités. Effrayée, je sautai au bas de la jeep. Les griffes enfoncées dans la terre, je le dévisageai.

Les yeux fous, Nick prit une inspiration chevrotante en comprenant où il se trouvait. Son air hanté se mua en ressentiment lorsqu'il vit Jenks qui se tenait les mains sur les hanches, une expression désagréable sur le visage, avec sa casquette de meute. Les geais piaillèrent en réponse à ses cris. J'aurais voulu qu'ils se la ferment.

— On se tire de là, abruti, dit le pixie d'un ton sombre. Allons-y. Tu as déjà fait de la plongée ?

Nick descendit prudemment de la jeep et faillit tomber lorsque ses pieds nus touchèrent la terre compacte de la route.

— Une ou deux fois, répondit-il d'une voix rauque.

Il était voûté et se tenait les côtes.

Mes oreilles se dressèrent ; je me demandai s'il parlait sérieusement. Si je ne m'inquiétais pas trop pour Nick, j'aurais peut-être une chance de me concentrer pour garder le museau au-dessus de la surface. Jenks sembla lui aussi surpris. Il nous précéda dans les buissons sans ajouter un mot.

Je levai une patte, puis hésitai. Jenks allait du mauvais côté – vers l'intérieur de l'île plutôt que dans la direction de la plage. Un gémissement interrogateur le fit se retourner. Il me fit signe de le suivre et s'agenouilla à l'abri du sous-bois. Nick s'enfonça dans les broussailles en boitillant. Inquiète, je rejoignis Jenks au petit trot.

Il me regarda droit dans les yeux. Encore heureux, il n'essaya pas de me caresser.

— Nick pue, expliqua-t-il. (Ce dernier se racla la gorge en signe de protestation.) Ils connaissent mon odeur et la tienne, mais elles ne sautent pas au nez comme celle de Nick. Si tu avais encore tes amulettes anti-odeurs, on pourrait peut-être traverser leurs lignes en toute discrétion, mais là, comme ça, non. Je te parie que les garous de l'île et ceux qui débarquent de Mackinac vont commencer leurs recherches sur les plages et s'enfoncer progressivement.

Comme ça, ils nous attraperont à l'intérieur des terres plutôt que sur la plage, pensai-je. Mais Jenks changea de pied d'appui et je me remis à l'écouter.

— Je veux que tu emmènes cet abruti à la carcasse et que vous ne bougiez plus de là. Cachez-vous derrière sa puanteur. Je vais remonter la route avec la jeep pour brouiller les pistes, et puis je reviendrai.

Il voulait que nous nous séparions ? Encore ? Mes pattes noires gigotèrent, ce qui le fit sourire.

— Ça va bien se passer, Rachel. Je passerai d'arbre en arbre comme un écureuil. Ils ne pourront pas me suivre et remonter jusqu'à vous. Une fois qu'ils nous auront dépassés, on se fera la malle en douceur.

Ce qui m'inquiétait, ce n'était pas le risque qu'il les attire sur nous. Je gémis.

— Tu peux le faire, assura-t-il doucement. Je sais que c'est contraire à ta nature, de te cacher et d'attendre, et s'il n'y avait que nous deux je te dirais de foncer et de botter le cul de tous ceux qui s'interposeraient entre la plage et nous...

Je poussai un soupir de chien. Nick n'en serait pas capable. Nous devions nous adapter à son état. En signe d'assentiment, je battis de la queue sur le sol. OK, c'était peut-être dégradant, mais tout le monde comprend les chiens, alors que personne ne comprend le Rachel-garou à part moi.

Jenks sourit de nouveau. Il se redressa de toute sa taille. Son contentement se mua en agacement lorsqu'il se tourna vers Nick.

— Tu as entendu ? demanda-t-il. (Nick acquiesça sans relever la tête.) Il y a une carcasse de daim à dix mètres d'ici. Va faire ami-ami avec.

Nick partit d'un air fatigué en écrasant les feuilles sous ses pieds nus.

— Faites profil bas jusqu'à mon retour, conclut Jenks en manipulant ses clés de manière qu'elles ne tintent pas.

Je le regardai revenir sur ses pas et jeter un coup d'œil à droite et à gauche avant de quitter la sécurité des broussailles. Il sauta dans la jeep. Il faillit caler en la ramenant sur la route, mais une fois dessus il s'éloigna avec l'enthousiasme d'un gosse de dix-huit ans jouant aux gendarmes et aux voleurs.

Je n'aimais pas du tout son plan, mais je me résolus à suivre Nick.

— Un daim mort ? dit-il en plissant les yeux pour me voir. (Il tituba vers l'avant.) C'est vraiment ça, que je sens ?

Que pouvais-je répondre ? Sans un bruit, je le poussai de l'épaule pour le forcer à aller vers la droite. J'essayai de sentir si Aretha n'était pas à proximité. Je n'en avais pas l'impression. Il y avait eu pas mal de raffut dans la zone et, bien qu'elle n'ait pas peur des garous, elle avait probablement emmené sa meute dans un coin plus reculé de l'île.

Nick fit la grimace en découvrant le cadavre. Je m'assis en réfléchissant à une manière de faire fonctionner ce plan. La clairière était remplie de traces de la rixe qui avait eu lieu quelques heures plus tôt. Nos odeurs ainsi que celles des loups, de Jenks et des garous étaient à peine perceptibles derrière la puanteur de la putréfaction et de l'eau salée, mais nous ne pouvions nous contenter de nous asseoir à côté de la carcasse en espérant que nos poursuivants l'éviteraient sous prétexte qu'elle schlinguait.

Nick survola la situation en plissant ses yeux bleus.

— Là, dit-il. (De sa main tremblante aux doigts gonflés, il indiqua une pente abrupte où un arbre avait laissé un trou béant en se déracinant.) Si j'arrive à ramener le daim par là…

Il secoua la main pour faire descendre sa manche afin de se protéger de la carcasse. Il prit cette dernière par un sabot et entreprit de la traîner. Il y avait six mètres à parcourir, et ce serait dur. Nick blêmit en découvrant un élevage de vers sous le cadavre. Je retins mon souffle et le recouvris de feuilles.

La peur de Nick l'emportait apparemment sur son dégoût. Jenks parti, il avait tout à coup recommencé à réfléchir. Il retrouva ses forces et tira le daim jusqu'à l'arbre dont les racines étaient à l'air. Une fois la carcasse au bord du trou, il lâcha ses pattes. Il me regarda. Je hochai la tête. C'était dégoûtant, mais s'il se calait entre le daim et les racines, il serait dissimulé à la vue et à l'odorat. Il pourrait même se couvrir de feuilles pour parfaire son camouflage.

Il fit une moue écœurée et alla lentement s'allonger derrière l'animal. Il sursauta quand des brindilles touchèrent sa peau nue, aux endroits où ses vêtements étaient brûlés. Il racla soigneusement les débris qui jonchaient le versant du trou et disposa méticuleusement couche sur couche de feuilles mortes en partant de ses pieds et en remontant vers sa tête.

— C'est bon ? demanda-t-il quand il estima avoir terminé.

Sa tête était légèrement recouverte. J'acquiesçai. Il ferma les yeux, épuisé. Sa puanteur se mêlait à la nature environnante comme un camouflage ; l'odeur de l'infection était cachée par la puanteur de la décomposition.

Nerveuse, je me rapprochai et, tout en faisant un effort pour ne pas respirer, je m'immisçai dans l'espace derrière lui. Je posai la tête sur son épaule. Mes oreilles touchaient le plafond de notre caverne miniature. C'était un peu tiré par les cheveux, mais je recourbai la queue de manière à abriter mon nez pour filtrer les mauvaises odeurs. Il ne restait plus qu'à attendre Jenks. Les racines faisaient comme un toit qui nous permettait de ne pas être à ciel ouvert, et l'odeur de la terre était une alternative plutôt plaisante à celle de la pourriture. J'eus du mal à ne pas m'enfouir la truffe dedans. Une mouche bleue marchait sur le daim. Elle devait être en train de pondre des œufs invisibles à l'œil nu. Si elle se posait sur moi, je me tirais.

Tandis que les geais chantaient et que le vent agitait la frondaison des arbres, j'étudiais le visage hagard de Nick, tellement proche du mien. La chaleur de nos corps qui se touchaient était plaisante – j'en ressentais d'ailleurs une certaine culpabilité. Il respirait lentement. Je m'aperçus qu'il était endormi, car ses paupières se mirent à s'agiter sous l'effet du sommeil paradoxal. Je n'avais aucune idée de ce qu'il avait enduré, mais je ne pouvais imaginer quoi que ce soit qui vaille la peine de faire ça à quelqu'un.

Les cris des oiseaux se rapprochèrent. Apeurée, je m'aperçus que ces cris avaient un sens. Quelque chose de petit détala sous les buissons puis disparut. Je dressai les oreilles et scrutai ce qu'il m'était donné de voir de la clairière dont la paix avait été troublée. J'entendis le murmure du vent, de plus en plus fort. J'entendis les feuilles bouger, puis plus rien. Un mélange d'huile, d'essence et de nylon me chatouilla les narines. J'eus soudain froid à cause du rush d'adrénaline. Ils nous encerclaient. Dieu nous préserve, nous avions eu raison de ne pas perdre de temps avant de nous cacher.

Le cœur battant, j'observai la verdure silencieuse sans oser bouger la tête. Une feuille tomba, et je priai pour que Nick ne se réveille pas. Je ne voyais personne, mais je les entendais. C'était comme si des fantômes passaient devant moi, muets et impossibles à repérer sinon à leur odeur.

Je tournai le regard dans la direction d'un reflet de soleil sur de la peau glabre. Mes pattes se mirent à trembler ; je m'efforçai de ne pas bouger. Ils étaient deux. L'un était sur pied, l'autre sur patte. Je ne pensais pas qu'il s'agissait de garous de l'île, mais plutôt de ceux qui avaient débarqué de Mackinac – l'uniforme évoquait des forces gouvernementales, et l'équipement était plus agressif.

Le plus grand des deux grimaça en sentant la puanteur du cadavre. Je plissai les yeux autant que possible quand celui à quatre pattes lui poussa la jambe et lui montra du bout de la truffe d'où venait l'odeur. Le garou murmura quelque chose dans la radio attachée au revers de sa veste. Dix mètres plus loin, j'entendis le bruit d'un canal radio s'ouvrir ; je vis une ombre brune et verte s'immobiliser en attendant de voir ce qu'ils avaient découvert.

Merde. Il y en avait toute une ligne. S'ils nous trouvaient, je n'aurais pas à me battre avec deux garous, mais avec tout un peloton.

J'entendis le mot « jeep », mais il n'y eut aucun signe de jubilation. J'en déduisis que Jenks était toujours au large. Alors seulement les deux garous pénétrèrent dans la clairière. Celui qui était couvert de fourrure trouva les billes de paint-ball cassées et les trois flaques qui restaient de l'eau salée avec laquelle on avait arrosé Aretha et sa meute pour briser le charme de jolis rêves. L'autre toucha le sol à l'endroit où le corps du daim avait reposé. Il releva la tête et posa les yeux sur la carcasse. Je fus prise de panique, croyant qu'il nous avait vus, mais il produisit un claquement de langue pour attirer l'attention de son compagnon à quatre pattes. Ensemble, ils passèrent en revue la clairière où nous avions été attaqués et discutèrent par signes de ce qui avait pu se passer. Ils évitèrent le daim.

Les geais se rapprochèrent. Ils crièrent juste au-dessus de nos têtes avant de passer leur chemin et de suivre une ligne invisible. Le garou en fourrure claqua des dents et l'autre se leva. Il sortit un drapeau rouge de sa poche et le planta au sol pour marquer la clairière. Sans un mot, ils poursuivirent leur chemin vers l'intérieur des terres. Il y eut un léger bruissement d'étoffe, puis plus rien.

Mon cœur battait à cent à l'heure. Rester plantée là à attendre qu'ils partent avait été l'une des expériences les plus effrayantes de ma vie. Les cris des geais se firent à peine audibles, et je m'autorisai à exhaler. Je me mis à haleter.

En attendant Jenks, je repensai à la tranquille assurance dont avaient fait montre les envahisseurs. Leur prudence bien avisée rendait la brutalité des trois meutes auxquelles nous avions eu affaire d'autant plus choquante. Les garous n'étaient pas des sauvages – vraiment pas – et je ressentis une pointe d'inquiétude en me rappelant l'horrible férocité du public autour de moi. Ils ne voulaient pas seulement voir un combat. Ils s'étaient comportés comme une tout autre espèce, plus jeune, plus dangereuse, sans la maîtrise que les alphas leur offraient. Les problèmes que pouvait poser une meute un peu rebelle à Cincinnati suffisaient à me donner les chocottes. La seule raison pour laquelle Outres et humains arrivaient à coexister, c'était que chacun connaissait sa place dans l'ordre social.

J'étais tellement concentrée sur mes pensées que je faillis aboyer de surprise quand Jenks sauta de l'arbre qui nous surplombait.

— Sainte merde, chuchota-t-il. J'étais sûr qu'il vous avait vus. Bon sang, ce daim pue plus que le papier cul usagé d'une fée. Tirons-nous.

Rien ne pouvait me mettre plus en joie. J'abandonnai ma réflexion sur la puissance des garous qui prenaient la peine de s'assembler et sortis en rampant de mon abri. Dans ma hâte, je sautai par-dessus Nick. Il ouvrit soudain les yeux et se redressa sur un coude en voyant Jenks. Des feuilles de son camouflage allèrent couvrir les yeux vitreux du daim.

— Je me suis endormi, admit-il, honteux. Désolé.

— On est derrière leur ligne.

Jenks ne se proposa pas de l'aider à se relever. J'attendis que Nick se soit remis sur pied en s'appuyant sur la souche. Il avait les mains gonflées et certaines de ses brûlures étaient luisantes de pus. Des petits débris de feuilles y étaient collés. Je gémis pour dire à Jenks d'être plus gentil avec lui, mais il refusa de me regarder. Il tourna les talons et partit vers la route ouvrir la voie.

En chemin, j'essayai de trouver des traces du passage des envahisseurs mais ne vis rien. Nick, qui empestait le daim mort, titubait derrière moi. Je m'efforçais de choisir le chemin le plus pratique pour lui. À mesure que la forêt se faisait moins épaisse, sa respiration était de plus en plus laborieuse. Nous débouchâmes sur la route et piquâmes un sprint pour rejoindre la sécurité des arbres, de l'autre côté.

Jenks ne faisait quasiment aucun bruit, même pour mon ouïe de louve, et moi-même j'étais plutôt silencieuse. Nick faisait de son mieux, mais à chaque pas un peu mal placé, il produisait des bruits de dérapage et autres craquements de feuilles mortes et de brindilles. Le fait qu'il soit pieds nus n'arrangeait rien. Je me demandai pourquoi nous n'avions pas emprunté les bottes de quelqu'un. Au bout d'un moment, je rejoignis Jenks au trot et lui lançai un regard que j'espérais être parlant, puis je m'éloignai pour aller vérifier qu'il n'y avait personne alentour. Le son ne se propage pas aussi bien qu'on pourrait le penser dans les bois et, tant que personne ne se trouvait à proximité, Nick pouvait bien faire tout le bruit qu'il voulait.

— Rache, siffla Jenks en me voyant m'éloigner. Tu vas jouer les éclaireurs ?

J'acquiesçai d'une manière très humaine. Nick le rattrapa en haletant. Il s'appuya sur un arbre mort qui se brisa aussitôt en produisant un bruit de coup de feu.

Tandis que Jenks le maudissait en parvenant à peine à cacher son dégoût, je m'élançai dans les buissons et virai sur la gauche dès que je n'entendis plus les bruits de Nick. Quelque part devant nous se trouvait notre équipement de plongée. Peut-être pourrions-nous nous cacher sur

Round Island. À moins que, par miracle, Marshal soit toujours là. Je priai pour que ce ne soit pas le cas, car je ne voulais par avoir à choisir.

Je progressais trois fois plus vite qu'eux, et je ne mis pas longtemps à faire un circuit complet sans rien trouver. J'entrepris de faire des allers-retours en éclaireur en gardant une oreille sur leur progression et l'autre sur la forêt devant eux. Plus tôt que prévu, la lumière verte qui filtrait à travers les feuillages s'intensifia et j'entendis un bruit qui me sembla être celui de vagues. Mais mon cœur faillit s'arrêter. Je compris que le chuintement provenait en fait d'une radio.

— Leur silence radio continue, dit une voix.

Je m'immobilisai, une patte en l'air, et me tapis lentement. Tous les muscles de mon corps protestèrent. J'entendais des coups sporadiques par-dessus l'eau. J'étais certaine que cela venait de l'endroit par lequel nous étions arrivés plutôt que de la marina. Et puisque Brett avait dit qu'ils n'avaient pas retrouvé notre bateau, cela signifiait qu'ils n'avaient pas non plus retrouvé notre équipement de plongée. Le bruit devait provenir des six bateaux dont nous avions entendu parler.

Super. Vraiment super. Nous voilà tirés de la poêle à frire pour atterrir dans les griffes du gouvernement.

— Ils ne l'ont pas récupéré, répondit une voix plus aiguë à la radio. La troisième bouteille et l'équipement supplémentaire indiquent qu'ils se dirigent sans doute droit sur vous. Déplacez les bateaux derrière la courbe de la côte et gardez l'œil ouvert. Avec un peu de chance, ils vont vous tomber directement dans les bras en sortant de la forêt. Si vous les récupérez, n'attendez pas. Éloignez-vous et appelez depuis le lac.

— Oui, monsieur.

La radio ne produisit plus qu'un chuintement.

Bon sang, pensai-je. Ils avaient vu nos bouteilles depuis l'eau et avaient débarqué à l'endroit exact par où il nous fallait repartir. Ils avaient appris tout ce que les garous de l'île savaient en espionnant leurs échanges radio. Encore quelqu'un qui voulait Nick. Mais enfin, qu'est-ce que c'était que cette statue ?

Je dus me concentrer pour ne pas haleter. Je balançai néanmoins la tête en essayant de les repérer. J'entrevis un visage bien rasé et coiffé d'une casquette vert camouflage. Les hommes s'affairaient pour appliquer les ordres. Je pris peur. Je battis lentement en retraite en veillant à me déplacer en toute discrétion jusqu'à ce que je n'entende plus leurs voix. Je tournai les talons et fonçai tout droit en direction de Jenks.

Je les trouvai ensemble. Jenks avait l'air légèrement plus accommodant ; il tenait Nick par le coude pour l'aider à enjamber des branches mortes. Nick se déplaçait comme un octogénaire, la tête basse, l'équilibre incertain. Jenks m'entendit et le fit s'arrêter.

— Un problème ? chuchota-t-il.

J'acquiesçai. Nick grogna. Il avait l'air désespéré sous sa barbe.

— La ferme, murmura Jenks.

Je levai nerveusement ma patte avant endolorie.

— Montre-moi.

Nous laissâmes Nick se débrouiller tout seul et retournâmes près de la plage. Les mouvements de Jenks se firent plus lents, presque lascifs, car les broussailles étaient plus denses au bord de l'île. Finalement, il s'accroupit près d'un arbre à l'orée du bois.

Je me glissai à côté de lui et, langue pendante, savourai l'air frais en provenance du lac.

— Marshal est parti, observa Jenks. (Son point de vue était plus élevé que le mien.) Brave type. Il y a quatre garous avec des semi-automatiques… Et là, à l'ombre de cet arbre, ça pourrait bien être un garou en fourrure. En tout cas, notre équipement a disparu. Il doit être sur un de ces bateaux. (Il plissa les yeux.) Par la culotte de Clochette, si j'étais dans mon état normal, ce serait facile d'aller jeter un coup d'œil en volant ou de les faire se tirer dessus ou de leur planter une épine dans l'œil. Comment on fait, Rache, quand on est de la même taille que les autres ?

Mes dents s'écartèrent et je lui fis un sourire canin.

Jenks changea de pied d'appui sans quitter des yeux la plage paisible jonchée de bateaux tirés sur la grève. Deux hommes montaient la garde pendant que leurs deux acolytes se préparaient à remettre le premier bateau à flot.

— J'ai une idée, murmura Jenks. Tu vas sur ce tas de rochers éboulés, là-bas, et quand tu as attiré leur attention, moi je les contourne et je leur mets un bon coup sur la caboche.

Il avait les yeux brillants. Je n'aimais pas trop le côté approximatif de son plan, mais j'appréciai la confiance qu'il avait dans le fait qu'il fonctionnerait. Et, comme nous n'avions pas tellement le choix, j'agitai les oreilles en signe d'assentiment.

— Bien. Va te mouiller avant qu'ils te voient, comme ça tu auras l'air d'être noire plutôt que rousse.

Il me sourit comme s'il prévoyait de chiper la pomme de l'instituteur plutôt qu'un bateau à quatre garous armés de semi-automatiques, puis il retourna en arrière pour expliquer le plan à Nick. Je sortis des broussailles et longeai l'orée du bois. Mon pouls s'accéléra. Je n'aimais pas jouer le rôle de l'appât mais, comme je pouvais sans doute traverser la plage en quatre secondes, je n'aurais aucun mal à venir en aide à Jenks.

Les genoux branlants, je regardai l'étendue de plage caillouteuse qui me séparait du lac. Le soleil scintillait sur l'eau, et les vagues avaient l'air formidables, au-delà du calme relatif de la crique. Deux garous en armes faisaient face à la forêt ; les deux autres apprêtaient un bateau. Ils étaient certains d'entendre si quelqu'un arrivait par l'eau et se rapprochait assez pour constituer une menace. Ils avaient raison.

Je pris le temps de respirer une dernière fois, puis j'entrai dans l'eau froide au trot. Je m'y roulai. J'oubliai instantanément mon besoin de haleter. Le lac était vraiment glacé, sans l'amulette de Marshal. J'avais tout d'abord considéré comme un coup du sort le fait que cette seconde faction de garous ait vu notre équipement, mais finalement c'était peut-être une chance. Nick n'aurait pas pu survivre à une eau aussi froide. Il ne nous restait plus qu'à neutraliser cinq personnes plutôt que tous les hommes qui devaient nous attendre à la marina.

J'entendis un jappement destiné à attirer l'attention. Je relevai la tête et m'immobilisai, tel un loup surpris. Mais, de toute façon, je serais restée paralysée. Il y avait cinq personnes qui me regardaient ; quatre avec des armes et une avec des dents. Je crois que c'est cette dernière qui me faisait le plus peur. Bon sang, quelle masse !

Mon pouls battait la chamade. Je n'avais nulle part où aller à part les bois et, s'ils remarquaient que j'étais plus qu'un loup, ils me tomberaient dessus en quelques secondes. Heureusement, ils avaient l'air plus curieux que soupçonneux.

Il y eut un léger mouvement derrière eux, et Jenks apparut. Je résistai à l'instinct qui me poussait à le regarder. À la place, je dressai les oreilles et fixai les garous comme si je me demandais s'ils allaient me jeter la viande de leur pique-nique.

Les hommes discutaient à voix basse, les mains posées sur leur arme sans la serrer. Deux d'entre eux voulaient m'attirer avec de la nourriture. Ils dirent au garou en fourrure de reculer avant que je prenne peur.

Idiots, pensai-je.

Je ne ressentis aucune pitié pour eux lorsque Jenks leur tomba dessus par-derrière. Il poussa un hurlement sauvage, fit un moulinet avec sa branche pleine de feuilles et assomma le premier avant même que les autres se soient aperçus qu'ils subissaient une attaque. Je me mis en mouvement. J'eus l'impression de courir dans de la mélasse jusqu'à ce que je sois sortie de l'eau. Jenks se déplaçait si vite qu'il était flou, mais c'était le garou en fourrure qui m'inquiétait. Je traversai la plage de galets à toute vitesse et me jetai sur son arrière-train.

Ils n'avaient toujours rien compris. Le garou se retourna en poussant un jappement, surpris de me trouver sur lui.

Je reculai en grognant, les poils du cou hérissés. Il aboya comme s'il venait de comprendre ce qui se passait puis s'élança, les oreilles en arrière. Sainte merde, il était vraiment énorme – il devait peser près de quatre fois plus lourd que moi dans ma forme de loup. Ma colonne vertébrale protesta. Je me défilai afin de ne pas me retrouver entre ses dents.

Je sus immédiatement que j'étais dans la mouise. Impossible de mettre de la distance entre nous. Pam se battait comme une danseuse suivant une chorégraphie ; ce type était un militaire, et j'étais nettement surclassée. La peur s'insinua en moi. Je changeai de direction au hasard, traversant la plage en zigzaguant. Ma patte meurtrie glissait sur les galets lisses. Une patte énorme me frappa et m'envoya valser.

Je jappai lorsqu'il me tomba dessus. Allongée sur le dos, je lui griffai le visage en me contorsionnant pour m'extirper de sous lui. Il avait l'haleine chaude et un trèfle tatoué sur la langue.

—Assez ! cria Jenks.

Mais ni le garou ni moi ne prêtâmes attention à lui jusqu'à ce qu'un coup de feu pousse mon adversaire à abandonner.

Je me remis sur pied en haletant. Il y avait trois hommes inconscients ; ils saignaient de la tête. Le quatrième était hors d'état de nuire, l'air abattu. Jenks était le seul à être debout. Le soleil scintillait sur son collant noir et ses boucles blondes, et le semi-automatique dans ses mains rendait sa pose de Peter Pan menaçante.

—Nick ! cria-t-il en levant son arme. Viens là. Je voudrais que tu les surveilles une seconde. Tu crois que tu peux t'en charger, abruti ?

Les deux garous se crispèrent en voyant Nick sortir des bois en chancelant, mais ils se tinrent tranquilles devant l'air menaçant de Jenks. Ils eurent de nouveau une réaction au moment où Jenks passait le fusil à Nick, et échangèrent ensuite des regards car Nick le brandissait beaucoup moins efficacement que le pixie. L'air mauvais, ils firent profil bas. Ils attendaient clairement une occasion.

Avec le coup de feu qui avait été tiré, nous ne disposions que de quelques minutes avant que l'enfer se déchaîne sur nous. Pendant que

Nick tenait nos prisonniers en respect malgré ses tremblements et sa fatigue musculaire, Jenks retira les bougies de tous les bateaux sauf un. Il les jeta à l'eau avec toutes les armes qu'il trouva.

— Rache ? appela-t-il depuis le bateau qu'il nous avait choisi.

Je sautai à bord avec soulagement. Mes griffes patinèrent sur le pont en fibre de verre. Je me laissai tomber sur le tapis imitation herbe derrière le cockpit. J'eus l'agréable surprise de découvrir notre équipement et nos tenues de plongée. Je n'aurais pas été très pressée de découvrir l'effet que la perte de tout ce matériel aurait pu avoir sur mon compte en banque. Marshal allait être content.

Nick pataugea sur le côté du bateau et, après avoir rendu son arme à Jenks, il monta à bord. Il pinça ses lèvres gercées entre ses dents et démarra le moteur tandis que la radio posée sur la plage demandait avec de plus en plus d'insistance des renseignements sur la situation.

Jenks était toujours dans l'eau. Il poussait le bateau d'une main en gardant son arme braquée sur nos prisonniers de l'autre. Bouche bée, je le regardai faire un saut périlleux arrière et atterrir sur la proue. Le semi-automatique ne s'était pas détourné une seule seconde de sa cible. Les deux garous écarquillèrent les yeux mais n'esquissèrent pas le moindre geste.

— Mais qu'est-ce que vous êtes, par Cerbère ? demanda celui qui était sous forme humaine d'un air choqué.

— Je suis Jenks ! lança le pixie.

Apparemment, il était d'humeur expansive.

Il dut se rattraper au bastingage lorsque Nick accéléra. Il transforma son début de chute en un mouvement plein de grâce qui le mena derrière le cockpit. Il se posta à côté de moi, l'arme toujours pointée sur les deux garous. Nick nous fit faire demi-tour à vitesse réduite, puis poussa les gaz à fond. Je titubai, puis retrouvai mon équilibre. Jenks agita sa casquette en riant à l'intention de nos captifs, puis il jeta son arme dans notre sillage.

Tandis que nous nous éloignions à toute vitesse de l'île, les premiers garous sortirent de la forêt en fulminant, à grand renfort de claquements de dent et d'aboiements d'obscénités. L'un d'eux cherchait déjà les bougies dans l'eau. Nous avions réussi – pour le moment. Il ne nous restait qu'à traverser le détroit sans nous embourber dans les grosses vagues, puis à nous fondre dans la populace. Il resterait alors la question de la sécurité de Nick. Et de la mienne, puisqu'il semblait que j'étais grillée et que tous les garous à l'est du Mississippi savaient que j'avais Nick, qui savait où se trouvait la statue – cette fameuse statue dont nous ne savions rien.

Le visage au vent, je plissai les yeux et laissai échapper un soupir parfaitement canin en m'apercevant que le sauvetage de Nick ne faisait que commencer. Que pouvait-il bien avoir volé qui vaille tout cela ?

Jenks tendit le bras et baissa la manette des gaz pour nous faire ralentir.

— Comment as-tu su te servir de cette arme ? demanda Nick d'une voix rauque.

Ses mains tremblaient sur le volant. Il clignait des yeux comme si cela faisait plusieurs jours qu'il n'avait pas vu de lumière aussi vive. Ce qui était probablement le cas.

Nous tanguions sur les vagues – nous n'en prenions pas une dans le bon sens. Jenks sourit. Son pansement se décollait, mais il était d'humeur joyeuse et triomphante.

— Arnold, dit-il avec un gros accent autrichien.

Il me fit aboyer de rire.

Je regardai l'île s'éloigner et fus soulagée de constater que personne ne nous suivait pour l'instant. Il ne nous faudrait que quelques minutes pour nous mêler à la légère circulation lacustre ; quinze tout au plus pour retrouver le plancher des vaches. Nous abandonnerions le bateau mais récupérerions le matériel pour le rendre à Marshal à la première occasion. Même si je devais emporter tout ça avec moi à Cincinnati, il finirait par le récupérer.

Jenks baissa encore un peu notre vitesse, mais Nick la remonta. Je ne pouvais pas lui en vouloir, mais les vagues nous bringuebalaient comme un grain de pop-corn. Jenks gérait mieux le tangage que moi malgré mes quatre pattes. Il se mit à farfouiller, à ouvrir chaque panneau, à soulever chaque siège. C'était sa curiosité de pixie. Je commençais à me sentir malade, aussi allai-je poser la tête sur les cuisses de Nick ; je lui fis mon regard de chien battu dans l'espoir qu'il ralentisse un peu. Mon plan fonctionna à merveille : il me sourit pour la première fois depuis que nous l'avions retrouvé et, après avoir posé sa main étroite sur ma tête, il décéléra.

— Désolé, Ra-ra, murmura-t-il par-dessus le bruit du moteur. Je ne peux pas… je ne peux pas retourner en arrière. (Il avala sa salive et sa respiration s'accéléra.) Mais tu as réussi. Merci. Je te dois une fière chandelle. Je te dois la vie. (Il me regarda dans les yeux ; ses mains tremblantes serraient spasmodiquement le volant gainé de plastique.) Je te pensais morte. Il faut que tu me croies.

Je le croyais. Il n'aurait pas laissé cette rose dans ce pot de gelée, sinon.

Jenks laissa échapper une exclamation en découvrant le contenu d'un placard.

— Quelqu'un a faim ? cria-t-il pour couvrir le bruit du vent et du moteur. J'ai trouvé leur réserve de nourriture.

Nick sursauta.

— Je meurs de faim, gémit-il en regardant par-dessus son épaule d'un air presque paniqué.

Jenks commença par grimacer, puis se reprit en voyant le regard de Nick.

— Oui, dit-il doucement en lui faisant signe de lâcher le volant. Je suppose. Mange. Je vais conduire.

Je sautai sur le siège du copilote pour ne pas être dans leurs pattes. Nick se leva avec difficulté et s'agrippa au bateau. Il était secoué à chaque vague. Il s'approcha en chancelant de la banquette arrière et prit un moment pour disposer sur ses épaules la couverture en laine que Jenks lui avait trouvée. Il s'assit et ouvrit un emballage de barres énergétiques avec les dents, puisque ses ongles avaient été arrachés.

Jenks prit sa place derrière le volant. Il fit une légère embardée vers le pont et la traversée devint moins chaotique. Je regardai les émotions alterner sur son visage régulier. Je savais qu'il était fou de colère comme un troll plaqué devant l'autel car Nick avait tout de même détourné son fils du droit chemin, mais à le voir battu, torturé et faible au point qu'il arrivait à peine à ouvrir cet emballage idiot, il était difficile de ne pas avoir pitié de lui.

Pour que Jenks relâche un peu la pression, je posai la tête sur ses genoux et levai les yeux vers lui.

— Ne me regarde pas comme ça, Rache. (Il scrutait le rivage approchant à la recherche de la marina fatiguée que nous avions évoquée comme point de chute potentiel.) Je t'ai vue faire le coup à Nick, et avec moi ça ne marche pas. J'ai cinquante-quatre enfants, alors tu n'as aucune chance.

Je soupirai bruyamment en haussant mes sourcils de louve. Là, au moins, il daigna baisser les yeux.

— Par la culotte de Clochette, grommela-t-il. D'accord, je vais être plus gentil. Mais, dès qu'il va mieux, je lui en colle une.

Satisfaite, je levai la tête et lui léchai la joue.

— Ne fais pas ça, protesta-t-il en s'essuyant.

Mais son embarras était teinté de compréhension.

C'était déjà bien. Mais avant même que j'aie pu retourner voir si Nick pouvait m'ouvrir une de ces barres énergétiques gouvernementales, Jenks se leva, une main sur le volant et l'autre sur sa casquette.

— Euh, Rache ? dit-il par-dessus le ronflement du moteur et le chuintement des vagues. Tu as peut-être une meilleure vue que moi. C'est bien Ivy, que je vois sur le quai ?

Chapitre 17

Je plissai les yeux contre le vent et m'assis sur le siège du copilote. Je discernais de mieux en mieux les pompes à essence et leurs décennies de rouille. Ivy attendait, appuyée avec nonchalance contre un poteau. Le soleil faisait scintiller ses cheveux noirs courts. Elle portait un jean et un long sweat-shirt, mais avec ses bottes et ses lunettes de soleil elle parvenait à avoir l'air svelte. Elle semblait agacée ; il y avait un vieux mal fagoté à côté d'elle. Je m'inquiétai soudain de ce qui avait bien pu se passer à Cincinnati pour qu'elle soit obligée de venir me chercher.

À moins qu'elle soit là parce qu'elle pense que je ne suis pas capable de m'en sortir sans elle.

L'homme qui attendait avec elle portait un bleu de travail élimé. L'air à la fois nerveux et excité, il se tenait à un bon mètre cinquante d'elle. La brise soulevait sa veste en plaid ouverte. On ne devait pas voir beaucoup de vampires vivants dans les parages, et il semblait plus curieux qu'inquiet.

Jenks décéléra, et je pus entendre les bruits de la côte. Mes émotions se balançaient d'un extrême à l'autre. Si Ivy était venue avec l'idée que je ne pourrais pas m'en sortir, j'allais être très en colère – même si, dans le fond, les choses n'allaient pas si bien que ça. Si elle était là parce qu'il y avait un problème à Cincinnati, c'était inquiétant. Personnellement, je croyais même qu'elle ne pouvait pas quitter la ville, donc, quelle que soit la raison qui l'avait poussée à partir, ce devait être grave.

Je déplaçai mon poids pour compenser le ralentissement du bateau tout en gigotant d'appréhension. Jenks baissa encore les gaz et nous nous approchâmes à vitesse réduite.

— On peut s'amarrer ici ? lança-t-il à l'homme qui devait être le patron de la marina.

— Bien sûr ! répondit-il d'un ton aigu et plein d'excitation. Allez jusqu'à la place cinquante-trois. Votre amie a déjà payé. (Il pointa le doigt vers ladite place et, l'air nerveux, ajouta :) Il est sacrément gros, votre chien. La loi exige qu'on les tienne en laisse, de ce côté du détroit.

J'attendais de voir comment réagirait Ivy en me voyant en louve, mais elle eut l'air amusée, derrière ses lunettes noires. Un peu comme si tout ça n'était qu'une grosse blague.

— Passez me voir quand vous serez garé, reprit l'homme. (Il marqua une pause en voyant Nick, voûté sous sa couverture.) Il faut que je vous enregistre.

Super. Une preuve de notre passage.

Ivy remontait déjà le quai désert en direction de la place que le capitaine du port avait indiquée. Derrière moi, Nick s'affairait. Il trouva les amarres et jeta les bouées antichocs à l'eau.

— Tu as déjà garé un bateau ? demanda-t-il à Jenks.

— Non, mais jusqu'ici je m'en tire.

Je restai où j'étais pendant que les deux hommes cherchaient comment procéder. Nous nous garâmes par à-coups et à grand renfort de « recule » et d'« avance ». Ivy nous observait depuis le quai. Une poignée de personnes qui préparaient leur bateau firent de même. Nerveuse, j'allai me cacher dans un recoin de notre embarcation. Les garous de l'île et ceux à qui nous avions volé le bateau essaieraient de retrouver notre trace, et un gros chien rouge constituait un indice particulièrement mémorable. Nous allions devoir mettre sans tarder un maximum de distance entre notre bateau d'emprunt et nous.

Jenks coupa le moteur et se hissa hors de l'embarcation. Il atterrit avec légèreté sur le ponton en bois et alla amarrer la poupe. Ivy s'était accroupie pour attacher la proue. Elle se releva.

— Par l'enfer contractuel de Clochette, qu'est-ce que tu fiches ici ? demanda Jenks. (Il jeta un coup d'œil aux gens qui passaient le fond de leur bateau au papier de verre.) Tu croyais qu'on ne pourrait pas se débrouiller tout seuls ? ajouta-t-il moins fort.

Ivy fronça les sourcils.

— Super, ton pansement, Jenks. (Le pixie porta la main à son front.) N'oublie pas que tu es assez grand pour te faire mordre, maintenant, moustique, alors ferme-la.

— Faudrait d'abord que tu m'attrapes, répliqua-t-il en rougissant. Arrête de nous prendre pour des débutants. C'était de la rigolade.

Je lui aurais bien dit de baisser d'un ton, mais mes pensées tournaient autour de la même question. Clairement en colère, Ivy poussa la corde dans l'eau pour éviter que quelqu'un se prenne les pieds dedans.

— Salut, Nick, dit-elle. (Elle étudia sa silhouette voûtée enveloppée dans la couverture et ses pieds nus.) Alors, les choses sont parties à vau-l'eau ?

Nick essaya de se dresser de toute sa hauteur sous l'œil désapprobateur d'Ivy. Il dut se raviser et poussa un grognement. Il ne payait vraiment pas de mine. Sa barbe était dégoûtante, il avait les cheveux gras et, maintenant que le vent n'était plus là pour la camoufler, son odeur était insoutenable.

— Salut, Ivy, répondit-il d'une voix rauque. Piscary t'a envoyée acheter des caramels ?

Elle se crispa et se retourna. Mon pouls s'accéléra lorsque je repensai au vampire mort. Elle n'aurait pas dû se trouver là. Il y aurait un prix à payer, ce qui me fit penser qu'il devait y avoir une autre raison à sa présence que le simple fait de venir voir comment nous nous en tirions. Elle aurait pu appeler, si c'était tout ce qui l'inquiétait.

J'émis un petit *wouf* pour attirer l'attention de Jenks, mais, à voir sa soudaine inquiétude, il en était arrivé à la même conclusion que moi. Il posa les mains sur les hanches, prit sa respiration comme s'il allait lui poser la question, puis regarda Nick et se ravisa.

— Eh, euh, Ivy, dit-il beaucoup plus gentiment. Il faut qu'on se tire.

Ivy suivit son regard jusqu'à la tache que faisait l'île à l'horizon.

— Tu es chaud ? demanda-t-elle. (Il acquiesça.) Alors montons-le dans le van.

Enfin, on rentre.

— Tu es venue avec le van ? (Jenks sauta dans le bateau ; le plancher en fibre de verre trembla à peine sous mes pattes.) Comment as-tu su où nous trouver ?

— J'ai fait le tour de la ville jusqu'à ce que je dégote votre motel, expliqua-t-elle sans me quitter des yeux. Ce n'est pas si grand que ça. La Corvette de Kist est garée devant le restaurant, juste en face de votre chambre.

Au moins, ils étaient gentils l'un avec l'autre. Il me fallait des vêtements et un moment pour me changer, et puisqu'Ivy avait ramené le van – dans lequel nous avions chargé nos affaires au cas où nous devrions déguerpir en vitesse – alors tout était pour le mieux. Je me penchai pour évaluer la distance, puis sautai sur le ponton. Mes griffes patinèrent sur le bois. Les gens qui s'occupaient de leur bateau laissèrent échapper un *Ooooh* impressionné. Je baissai les oreilles, puis les redressai.

— Il faut que j'aille m'enregistrer, dit Jenks comme s'il en était fier. (Puis il marqua une pause ; toute trace d'agacement avait disparu.) Je suis content que tu sois là. (Voilà qui ne manqua pas de me surprendre !) Elle, elle ne peut plus conduire, et il est hors de question que je monte dans une voiture si c'est l'autre abruti qui est derrière le volant.

— Assez ! l'interrompis-je.

Mon intervention se retranscrit par un aboiement agressif. Toute la marina se retourna. Je me fis toute petite tel un bon chien-chien. C'était un mardi, mais comme c'était le dernier avant le Jour du Mémorial, il y avait des retraités qui travaillaient sur leur bateau.

Jenks ricana. D'un pas jovial, il se dirigea vers la capitainerie mouchetée de crottes d'oiseaux. Je ne savais toujours pas pourquoi Ivy était venue, et je ne le saurais sans doute pas tant que Nick écouterait.

Ivy se mit sur un genou et me regarda dans les yeux, ce qui me mit mal à l'aise. Il y avait un éclat doré inédit dans ses lobes. Quand avait-elle commencé à porter des boucles d'oreilles ?

— Tu vas bien ? demanda-t-elle comme pour savoir s'il s'agissait bien de moi.

J'allais la mordre, mais elle m'attrapa par les poils du cou. Ses doigts chauds touchèrent ma peau moite sous ma fourrure.

— Tu es mouillée.

Le fait qu'une pleine bouche de vilaines dents vienne de manquer son bras ne semblait pas l'avoir impressionnée.

— Il y a une couverture dans le van. Tu veux te retransformer ?

Morveuse, je tirai doucement sur sa main et, cette fois, elle me lâcha. Je hochai la tête et me tournai vers Nick. Quand il s'aperçut que je le regardais, il ajusta sa couverture pour cacher ses vêtements brûlés. Il frissonna. Je voulais parler à Ivy, mais je ne pouvais pas me retransformer devant tout le monde. Que les indigènes alentour la voient parler à un gros chien était déjà bien assez grave.

— Tirons-nous, dit-elle en se levant.

Elle monta sur le bateau.

— Je vais vous aider à transporter… votre équipement de plongée ? termina-t-elle en soulevant la bâche qui abritait le matériel. (Elle se tourna vers moi.) Tu fais de la plongée ?

Je haussai les épaules – si tant est qu'un loup puisse hausser les épaules.

Ivy remit précipitamment la bâche avant que les gens qui ponçaient encore et encore le même mètre carré de coque voient ce qu'elle dissimulait. Elle jeta un coup d'œil dans ma direction, puis dans celle du cabanon où se trouvait Jenks. Elle voulait me parler seule à seule.

— Eh, Nick, lança-t-elle avec un filet de menace dans la voix. Ça va prendre un peu de temps, pour transbahuter tout ça. Il y a des commodités pour les plaisanciers, dans le port. Tu ne veux pas aller prendre une douche pendant qu'on charge le van ?

Le visage allongé de Nick se fit plus allongé encore quand ses lèvres s'entrouvrirent.

— Qu'est-ce que tu en as à faire, de mon confort ?

Fidèle à elle-même, Ivy lui adressa un sourire méprisant.

— Rien. Mais tu schlingues, et je ne veux pas que tu empuantisses le van.

Elle regarda le cabanon, sourcils froncés.

— Eh, vieux ! cria-t-elle. (L'écho de sa voix se répercuta sur les eaux plates du port ; Jenks sortit la tête par la porte du cabanon.) Paie-lui une douche, tu veux ? On a le temps.

On n'avait pas le temps, mais Jenks acquiesça tout de même avant de retourner à l'intérieur. Je fronçai mes sourcils de louve. Nick n'avait pas l'air content non plus ; il avait sans doute compris que nous essayions de l'éloigner un moment. Il souleva un coussin et sortit un pantalon de survêtement en flanelle grise à l'air très officiel ainsi qu'une paire de baskets pointure 42 qui attendaient le retour de leur garou de propriétaire. Ce serait sans doute trop petit pour Nick, mais c'était toujours mieux que ce qu'il portait. Voûté sous sa couverture, il alla clopin-clopant au bord du bateau et s'arrêta devant Ivy, car elle lui barrait le passage.

— Tu as une sacrée chance, dit-elle en posant une main sur la hanche. Moi, je t'aurais laissé moisir.

Il referma les pans de sa couverture et dépassa la vampire.

— Si tu crois que j'en ai quelque chose à faire.

Ivy se prépara à répliquer, mais Nick attrapa un poteau pour descendre du bateau et la couverture glissa, révélant ses brûlures. Elle me regarda, horrifiée.

Ne sachant pas qu'elle avait vu ses stigmates, Nick agrippa ses affaires et, suivant le panneau indiquant en lettres bleues la direction des douches, se dirigea vers un bâtiment en moellons non loin de là en veillant à mettre les pieds où il fallait. Le capitaine du port sortit de son bureau avec un jeton en plastique. Nick eut droit à une savonnette et à une tape compatissante sur l'épaule. Pendant ce temps, Jenks revenait lentement vers nous.

La silhouette décharnée et meurtrie de Nick disparut au coin du bâtiment et nous n'entendîmes plus que le bruit de ses pieds nus sur le ciment. Je me retournai et trouvai Ivy à côté du siège du capitaine.

— Mon Dieu, mais qu'est-ce qu'ils lui ont fait ? murmura-t-elle.

Comme si je pouvais parler !

Au-dessus de nous, Jenks s'arrêta maladroitement avec un couinement de chaussure. Il regarda l'île en plissant les yeux.

— Il n'a pas le temps de prendre une douche, dit-il en ajustant sa casquette.

Il n'avait plus son pansement et avait retourné sa casquette de l'intérieur vers l'extérieur de manière à cacher l'emblème de la meute. Ça rendait bien sur lui. Il allait sans doute lancer une mode.

— Hors de question qu'il monte dans le van de Kisten en puant comme ça. (Ivy regarda la bâche qui dissimulait notre matériel de plongée.) Qu'est-ce qu'on en fait ?

Jenks chercha mon avis du regard. Je soufflai.

— On emporte tout avec nous. Marshal va vouloir récupérer son équipement. Mais je suggère qu'on le garde jusqu'à ce qu'on soit tirés d'affaire.

— Marshal ? demanda Ivy.

Tout en souriant, Jenks redisposa la bâche dans l'espace limité et commença à déplacer l'équipement dessus.

— Un sorcier du coin à qui Rachel a fait du gringue pour qu'il nous loue son matériel. Sympa. Lui et Rachel ont pris rendez-vous pour quand tout sera fini.

Je gémis, et Jenks éclata de rire. Mais Ivy ne trouva pas ça drôle ; elle s'écarta du siège du capitaine sans rien dire. Elle évita de croiser mon regard en aidant Jenks à mettre tout le matériel dans la bâche. Entre sa force de vampire et la santé de pixie de Jenks, ils n'eurent aucun mal à hisser le balluchon de fortune. Les gens qui nous croyaient n'avaient aucun moyen de savoir ce qu'il contenait.

Tandis que je les observais depuis le ponton, Jenks et Ivy, sous prétexte de nettoyer le bateau, effacèrent toutes nos empreintes digitales. Déplaçant une bâche au fur et à mesure de leur progression, ils avancèrent de la proue à la poupe, éliminant toute trace facilement repérable de notre présence. Jenks quitta le bateau en dernier. Il sauta sur le ponton et atterrit à côté de moi d'une manière si athlétique et pleine de grâce qu'Ivy écarquilla les yeux pour montrer son appréciation.

— Je vois que tu as des jambes, murmura-t-elle avant d'attraper un bout de la bâche.

Jenks sourit. Ils se dirigèrent vers le van comme si leur fardeau ne pesait pas plus qu'un réfrigérateur. Je les suivis sans me presser. J'étais d'humeur maussade, à la limite de l'agacement. J'étais debout depuis près de vingt-quatre heures, et j'étais aussi affamée que fatiguée. Si l'un d'eux essayait de me mettre une laisse, il allait passer un sale quart d'heure.

Une fois arrivé sur le parking couvert de graviers, Jenks pressa le pas. Bien qu'il ait raté l'heure de sa sieste, il était de bonne humeur.

— Comment as-tu su que nous allions débarquer ici ? demanda-t-il en posant sa moitié de leur fardeau.

Il ouvrit la porte latérale du van, qui produisit un grand grincement.

— Papa ! s'exclama Jax d'une voix suraiguë. (Il jaillit du van et tourbillonna autour de nous.) Comment ça s'est passé ? Où est Nick ? Vous l'avez vu ? Il est mort ? Oh, waouh ! Mlle Morgan s'est transformée en louve !

— Euh..., le coupa Jenks. On l'a récupéré. Il prend une douche. Il pue.

J'allais sauter dans le van quand je vis Rex. Il me regarda, se transforma en boule hérissée orange et disparut sous le siège avant dans un accès de bon sens. *Pauvre minette. Elle croit que je vais la manger.*

— Eh, mademoiselle Morgan ! dit le petit pixie. (Il se posa sur ma tête et y resta jusqu'à ce que je le chasse en agitant les oreilles.) Nick va être fou. Attendez de voir ce qu'a rapporté Ivy.

Jenks fronça les sourcils.

— C'est Mlle Tamwood, fils, le tança-t-il en chargeant la bâche dans le véhicule.

Jax entra dans le van et voleta parmi les affaires que nous avions entreposées pêle-mêle en quittant l'hôtel. Il se posa sur le sol du camion et essaya de faire sortir Rex de sa cachette en se servant de lui-même comme d'un appât. Je l'observais, assise au soleil et vaguement inquiète que personne ne s'interpose. Je voulais aussi un short et un tee-shirt pour me changer, mais j'étais pressée, alors il valait peut-être mieux que je fasse ça dans le van, derrière un rideau. Jax avait changé de tactique pour attirer Rex ; à présent il claquait de la langue et sifflotait, et ces petits bruits haïssables me faisaient mal à la tête.

Ivy ouvrit la portière côté conducteur et monta en la laissant entrouverte. La brise fraîche de l'après-midi agitait la pointe de ses cheveux.

— Tu veux emmener Nick au Canada avant de rentrer, ou tu le laisses juste partir de son côté ?

Je fis la grimace mais, étant sous forme de louve, je devais avoir l'air d'être sur le point de bouffer un oiseau. Les choses n'étaient plus aussi simples ; cependant, il fallait que je me change avant de pouvoir expliquer quoi que ce soit. Le van sentait la sorcière, le pixie et Ivy, et je n'avais aucune envie de monter tant que je n'y serais pas obligée. J'apercevais ma valise mais, pour l'ouvrir, ce serait une autre histoire.

Jenks entra dans le van et essaya en vain d'attraper Jax. Il marmonna presque à voix haute et entreprit de ranger un peu afin que nous entrions tous dans l'espace réduit. Il ne perdait pas son fils des yeux.

— Qu'y a-t-il, Rachel ? s'inquiéta Ivy en me regardant dans le rétroviseur. Tu n'as pas l'air contente, pour quelqu'un qui vient de terminer une course – même bénévole.

Jenks posa ma valise sur une boîte et l'ouvrit.

— Ça s'est très bien passé, dit-il en farfouillant dans mes affaires avec un regard avide. À l'arrache – c'est comme ça que Rache bosse le mieux.

— Je déteste que vous travailliez de cette manière, répliqua Ivy.

Jenks, au moins, se rappelait que je n'avais pas de mains. Je lui en fus reconnaissante.

— Ils nous ont attrapés, mais Rachel a conclu un marché pour affronter leur femelle alpha. Le prix, c'était Nick. (Jenks brandit une de mes culottes à la vue de tous.) Je n'ai jamais vu un garou se transformer aussi vite. C'était incroyable, Ivy. Presque aussi rapide que la magie de Rachel.

Je sentis de nouveau une pointe d'inquiétude en repensant à la sauvagerie dont ils étaient capables quand ils étaient liés sous la direction d'un même alpha et au nom d'une cause commune. La pilule n'était toujours pas passée. Ivy s'immobilisa, puis se retourna sur son siège pour regarder le pixie. Je battis de la queue en signe de contrition ; une légère ride apparut sur le front d'Ivy.

— Un marché ? demanda-t-elle.

Jenks acquiesça. Il hésitait entre un tee-shirt à manches longues et un haut plus dénudé.

— Si elle battait leur alpha, on repartait avec Nick. Je n'ai pas tout vu parce que j'étais à la recherche de l'autre abruti, mais le bruit du combat a attiré une meute de vrais loups. L'alpha que Rachel combattait a fui. Pour moi, ça veut dire qu'elle a gagné. (Ma respiration redevint normale lorsqu'il choisit de reposer le petit haut.) Ce n'est pas sa faute si leur femelle s'est fait croquer par de vrais loups.

Ivy prit une inspiration pour réfléchir et ne la relâcha pas. Nos regards se croisèrent et je compris qu'elle avait pigé le véritable problème. Je grimaçai. Un léger rush d'adrénaline me traversa.

— Ils savent qui vous êtes ? demanda Ivy en suivant mon regard, qui se tourna dans la direction de l'île.

Remarquant l'inquiétude qui perçait dans sa voix, Jenks se redressa jusqu'à ce que sa tête frôle le plafond.

— Ah, mince. On ne peut pas retourner chez nous. Ils vont nous suivre, qu'on ait Nick ou pas. Bordel de Disneyland ! Où est cet abruti ? Jax ! Qu'est-ce que c'est que cette statue que vous avez volée, tous les deux, d'abord ? Et comment on va faire pour convaincre quatre meutes qu'on ne l'a pas ou que Nick ne nous a pas dit où la trouver ?

Jax n'était plus là. Je l'avais vu filer trois battements de cœur de pixie après que son père avait parlé vainement de Disney. Furibard, Jenks sauta du van et traversa le parking en direction des douches. Il avait les joues rouges et agitait les bras.

— Eh ! Abruti ! cria-t-il.

Je me levai et m'étirai avant de me lancer à sa poursuite. Il pila lorsque je m'arrêtai devant lui. Je me frottai contre ses jambes pour lui faire comprendre que ce n'était pas grave, que nous allions trouver une solution à ce nouveau problème. Les épaules raides, Jenks me regarda de haut.

— Je serai gentil, dit-il sans desserrer les dents. Mais on part, et tout de suite. Il faut qu'on aille se planquer sous un tapis de feuilles en espérant que les araignées auront eu le temps de tisser leurs toiles au-dessus de nous avant qu'ils pensent à regarder là où on sera.

Je n'étais pas sûre de comprendre ce que venaient faire les araignées dans toute cette histoire, mais je retournai vers le van tandis qu'il martelait à la porte des douches. Ivy démarra le moteur. Quand je sautai sur le siège du passager, elle se pencha pour baisser légèrement ma vitre. L'odeur sourde de l'encens glissa sur moi, familière et riche de nuances que seul mon subconscient avait perçues jusque-là. Réconfortant.

Une porte métallique qui se referma en claquant attira mon attention sur le parking. Jenks se glissa dans le van. Pas de doute, il était énervé. Cinq mètres derrière lui, je vis Nick, sans barbe et les cheveux dégoulinants sur son survêtement gris. Il se déplaçait mieux, la tête haute, et il avait le regard éveillé. Je ne m'étais pas trompée : les chaussures étaient trop petites. Il marchait pieds nus et les tenait au bout de son index et de son majeur.

— Tu es trop gentille avec lui, Rachel, dit Ivy à voix basse. Tu devrais fulminer de colère, et au lieu de ça… C'est un menteur doublé d'un voleur. Et il t'a fait du mal. Je t'en prie. Réfléchis à ce que tu fais.

Ne t'inquiète pas pour ça, pensai-je. Je dus me résigner à supporter une fois de plus l'indignité de battre de la queue afin d'essayer de la convaincre que je ne laisserais pas Nick revenir dans ma vie. Mais quand le souvenir de son corps meurtri et de sa volonté de ne rien dire malgré les drogues et la douleur me revint, j'eus bien du mal à rester en colère contre lui.

Chapitre 18

— Mon Dieu, murmurai-je.

Assise sur le lit du van, je regardais mes jambes. J'étais horrifiée. Elles étaient poilues – pas poilues comme celles d'un loup mais poilues genre ça-fait-six-mois-que-je-n'ai-pas-mis-la-main-sur-mon-rasoir. Complètement dégoûtée, je jetai un coup d'œil à mon aisselle. Je sursautai en découvrant l'horreur.

— Ça va, Rachel ? fit la voix d'Ivy depuis l'avant du van.

Je me dépêchai de prendre mon tee-shirt noir à manches longues pour me couvrir, malgré l'épais rideau qui me cachait du reste du monde qui passait et s'arrêtait, passait et s'arrêtait, avec des pointes à cinquante kilomètres-heure.

— Ça va, répondis-je en enfilant précipitamment le tee-shirt.

Je me demandais pourquoi mes ongles, eux, n'avaient pas poussé, même s'ils avaient perdu leur vernis. Mes boucles rouges étaient plus longues – elles m'arrivaient en dessous des épaules comme à l'hiver précédent, avant qu'Al m'en coupe une bonne touffe. J'avais comme l'impression que ma pilosité abondante était à mettre à l'actif de Ceri. C'était elle qui avait créé le sort pour me retransformer et, apparemment, ils ne se rasaient pas dans son coin.

J'étais on ne peut plus contente que Jenks, Jax et Rex nous suivent dans la Corvette de Kisten. Il était déjà bien assez difficile de s'habiller à l'arrière d'un van, mais s'il y avait eu des pixies pour m'observer, ç'aurait été carrément intolérable. Je l'avais déjà fait. Pas question de recommencer.

Je frissonnai en revoyant les longs poils roux sur mes jambes. Je secouai une paire de chaussettes pour la déplier. J'aurais préféré des socquettes. Je fis la grimace en les enfilant. Ça ne durerait pas ; dès que j'aurais dix minutes à moi, je m'enfermerais dans des toilettes avec de la cire, et hop ! Pourquoi Jenks, en se transformant, était-il devenu aussi lisse que des fesses de bébé ? Voilà qui me dépassait. Peut-être les pixies n'avaient-ils que le dessus de la tête de poilu.

J'enfilai mon jean par saccades et rougis lorsque le bruit de ma fermeture Éclair emplit le silence. J'écartai le rideau en grimaçant, puis je me secouai les cheveux pour leur redonner de l'épaisseur. Devant moi se dressait le pont ; il bouchait la vue d'une grande partie du ciel. La circulation faisait toujours l'accordéon, d'autant plus qu'elle était réduite à une voie dans les deux sens à cause des travaux. Mais la camionnette de Nick était à St. Ignace, de l'autre côté du détroit, et il fallait bien que nous traversions pour la récupérer.

— Salut tout le monde, dis-je en m'agenouillant de manière à avoir vue sur l'extérieur. Me revoilà.

Ivy me regarda dans le rétroviseur. Ses yeux s'attardèrent sur mes boucles rouges. Nick, qui cherchait de la monnaie pour le péage dans la console, releva la tête et me sourit, malgré le léger tremblement qui agitait ses longs doigts de pianiste. Quand il eut trouvé la somme exacte, il s'enfonça dans son siège et écarta ses cheveux mouillés de son front.

La douche lui avait fait du bien. Après une semaine de privations, sa silhouette déjà étroite à la base était devenue décharnée ; ses joues rasées de près étaient creuses et sa pomme d'Adam proéminente. Alors que sa silhouette lui donnait auparavant un air intellectuel, à présent, il était tout simplement maigre. Il ne remplissait pas son survêtement gris, et je me demandai quand il avait pris un repas chaud pour la dernière fois.

En revanche, ses yeux bleus avaient retrouvé leur éclat intelligent – la douche, les barres énergétiques et l'éloignement l'avaient aidé à gérer ce qu'il avait enduré. Il était en sécurité. Enfin, pour le moment.

Je le revis, appuyé au bâtiment marron en blocs de ciment ; à cet instant, c'était un homme brisé qui avait pressé la détente du fusil.

Ivy s'éclaircit la voix. Je croisai son regard dans la glace rectangulaire et répondis à son air accusateur par un haussement d'épaules. Elle savait à quoi je pensais.

— Attention devant ! m'exclamai-je.

Elle se reconcentra sur la route. J'étais déjà en train de me saisir d'une poignée quand elle écrasa la pédale des freins, manquant de peu le pare-chocs de la Toyota arrêtée devant nous. Emportée par mon élan, je lui lançai un regard noir. Nick s'était appuyé contre le tableau de bord, et bien que son expression soit pleine de dégoût il ne dit rien. Ivy sourit au conducteur énervé dont nous avions failli emboutir la voiture; son rictus dévoila ses canines pointues de manière que le type se calme et soit content que nous ne nous arrêtions pas pour vérifier si tout allait bien.

Pendant que nous attendions que le feu passe au vert, je tendis le bras pour atteindre le sac contenant mes charmes. Nick avait mal, et il n'y avait pas de raison que ça dure. Oui, j'étais folle de colère contre lui, mais sa souffrance ne nous aiderait en rien.

Je sentis le contact lisse de deux amulettes antidouleur. Lentement, j'en lâchai une. Je n'avais plus du tout mal depuis que je m'étais retransformée; mon dos et ma main meurtris ne ressentaient absolument aucune douleur. Interloquée, je fouillai mon sac à la recherche d'une petite lame. Ignorant la piqûre, je me massai le doigt pour en extirper trois gouttes de sang. Une odeur pure de séquoia s'éleva et le sang sortit.

— Euh, Rachel? paniqua Ivy.

Je mis le doigt à la bouche.

— Quoi?

Il y eut un court silence.

— Oh, rien.

Elle entrouvrit sa vitre. En sentant le souffle de l'air frais en provenance du lac dans mes cheveux, je décidai de rester là un moment. Il fallait la ramener à la maison dès que possible. Les vamps étaient casaniers – des casaniers du genre je vis la grande vie, je fais la fête comme s'il n'y avait pas de lendemain, et me regarde pas de travers ou je te tue… mais casaniers tout de même. Et pour des raisons évidentes. Je ne savais toujours pas pourquoi elle était là. La manière dont elle allait gérer son addiction sans le réseau de gens qu'elle avait laissé derrière elle à Cincinnati m'inquiétait. Peut-être cela serait-il plus facile hors de la zone d'influence de Piscary. Seigneur, je l'espérais.

Le van accéléra doucement. Je fouillai mon sac à la recherche d'un charme de joli teint. Il y avait trop de cahots pour se maquiller, mais au moins j'aurais l'air reposée et détendue. *Et puis ça cachera les valises que j'ai sous les yeux*, pensai-je avec morosité. J'ouvris mon petit miroir portable. Je dus plisser les yeux à cause du manque de luminosité et y regarder à deux fois.

— Eh, Ivy? (Je me précipitai vers l'avant pour qu'elle puisse me voir.) Mes taches de rousseur – elles sont parties?

Les yeux écarquillés, j'étais penchée entre Nick et Ivy. J'inclinai la tête pour qu'ils me voient tous les deux.

Ivy jeta un coup d'œil sur moi avant de se reconcentrer sur la route. Lentement, un sourire apparut sur son visage ; j'avais eu ma réponse sans qu'elle dise un mot.

— Ouvre la bouche, dit-elle.

Interloquée, je m'exécutai. Elle m'inspecta. Nerveuse, je la vis piler sans regarder la voiture qui s'était arrêtée devant nous.

— Ils sont partis ? murmura Nick sur ma droite.

Ivy acquiesça.

— Qu'est-ce qui est parti ? (Je refilai l'amulette antidouleur à Nick et ouvris la bouche pour essayer de voir ce qu'ils regardaient.) Mes plombages ! Ils ont disparu ! m'exclamai-je. (J'étais sous le choc ; le cœur battant à tout rompre, je regardai mon poignet.) Mais j'ai toujours ma cicatrice, ajoutai-je en voyant la marque démonique d'Al. (J'aurais voulu regarder la plante de mon pied pour vérifier si celle que Newt m'avait laissée y était toujours, mais n'en fis rien à cause de mes jambes poilues ; à la place, je me regardai le coude.) En revanche, celle que je m'étais faite en tombant de vélo a disparu.

Je me contorsionnai pour voir l'arrière de mon épaule ; je m'étais coupée sur la tondeuse à gazon en faisant la roue. Oui, je sais, c'est idiot, comme accident.

— Il n'y a plus de marque sur ton cou, affirma Ivy à voix basse. (Je restai paralysée en croisant son regard dans le rétroviseur ; ses pupilles étaient légèrement dilatées.) Tu veux que je regarde si elle est vraiment partie ?

Je me rassis, car je venais de me rappeler qu'Ivy était une vampire. Nick se racla la gorge, signe subtil de désapprobation. Cela me coupa dans mon premier réflexe qui était de dire non. La disparition de ma cicatrice valait toute la noirceur dont j'avais affublé mon âme. J'acquiesçai malgré mes réticences.

Ivy exhala longuement. Le bruit de sa respiration me fit bourdonner le sang. Ses yeux virèrent totalement au noir. Je me crispai, hypnotisée par son regard dans le rétroviseur. Bien que ses doigts n'aient pas quitté le volant, j'eus l'impression qu'elle me touchait le cou avec une intimité choquante, en me frôlant doucement mais avec insistance.

Je repris mon souffle, et cela provoqua en moi un assaut de sensations – aussi soudain que l'inflammation d'une allumette. Une vague de chaleur se déversa en moi, suivant une ligne entre mon cou et mon chi. Je laissai échapper un petit gémissement qui, si j'avais été en état de penser, m'aurait rendue mal à l'aise.

Ivy brisa notre contact visuel. Elle retint son souffle et essaya de ne pas laisser libre cours à sa faim.

—Elle y est toujours, proféra-t-elle d'une voix à la fois rauque et lisse. (Après une hésitation, elle me regarda brièvement dans le rétroviseur puis détourna les yeux.) Désolée.

Ses doigts serraient le volant. Sentant mon sang cogner dans toutes les veines de mon corps, je battis en retraite et retournai m'asseoir sur le lit. C'était une idée stupide, de lui demander de vérifier si ma cicatrice était toujours là. L'élancement disparut avec lenteur. Aucune cicatrice n'affleurait de mon cou mais, de toute évidence, le virus vampire y était bel et bien. J'étais vraiment contente d'être une sorcière ; comme ça, au moins, je ne pouvais pas être Tournée. Ça n'arriverait jamais. Et j'avais l'impression que c'était l'une des raisons pour lesquelles Ivy supportait toutes mes conneries.

Un silence inconfortable gagna le van. De plus, il y avait des courants d'air, maintenant que la vitre d'Ivy était complètement baissée. Il faisait froid, mais pas question que je dise quoi que ce soit. J'avais mon parfum, quelque part – ce fameux parfum qui empêchait mon odeur de se mélanger à celle d'Ivy. Il valait peut-être mieux que je le retrouve.

La tension baissa lentement quand nous nous engageâmes sur le pont. Je regardai mes mains et, malgré la pénombre ambiante, vis qu'elles étaient lisses et parfaites, vierges de tout défaut dû au temps qui passe. Il semblait que la malédiction avait remis les compteurs à zéro : plus de taches de rousseur, plus de cicatrices d'enfance, plus de plombages…

La panique s'insinua en moi. Je retournai précipitamment m'agenouiller entre eux.

—Nick, murmurai-je. Et si j'avais perdu ce que le père de Trent…

Nick me prit la main en souriant. Il sentait le savon d'hôtel.

—Tu vas bien, Ra-ra. Si le virus vampire est resté fixé à tes cellules, alors il n'y a pas de raison qu'il en aille autrement des changements qu'a opérés le père de Trent, quels qu'ils soient.

Gagnée par une impression d'irréalité, je retirai ma main de la sienne.

—Tu en es sûr ?

—Tes taches de rousseur ont disparu, mais tu as gardé ta sensibilité aux vampires, ce qui suggère que le charme a altéré ta forme au niveau de ton ADN. Et si ton ADN a été modifié, que ce soit par un virus ou… (Il jeta un coup d'œil à Ivy, qui regardait par sa fenêtre ; ses mains étaient trompeusement détendues sur le volant.)… ou par quelque chose d'autre, la modification s'est transmise.

Il se pencha vers moi en souriant. Je restai d'abord paralysée puis, comprenant qu'il allait m'embrasser, j'eus un mouvement de recul.

Nick se renfrogna dans son siège. Son visage se vida de toute émotion. Je m'écartai en rougissant. Je ne voulais pas qu'il m'embrasse. *Bon sang, mais il a un problème, ce type.*

— Ce n'était pas un charme mais une malédiction démonique, précisa Ivy d'un ton sombre tout en redémarrant sèchement. (Sa conduite saccadée n'était pas due à la circulation en accordéon, mais plutôt à son mécontentement.) Elle a mis une putain de couche de noir sur son âme pour sauver tes miches, abruti.

Nick écarquilla les yeux. Il pivota sur son siège, l'air hanté.

— Une malédiction démonique ? Ra-ra, je t'en prie, ne me dis pas que tu as contracté une malédiction pour m'aider.

— Je suis une sorcière blanche, Nick, répliquai-je avec aigreur. (Mon ton était d'autant plus dur que je repensais à ce que je m'étais fait à moi-même.) Je n'ai conclu aucun marché. Je l'ai faite moi-même, cette malédiction.

Bon, en réalité, c'était Ceri qui s'en était chargée, mais il ne me sembla pas avisé de le préciser.

— Mais tu n'en es pas capable ! C'est de la magie démonique !

Ivy écrasa la pédale des freins. Le van pila devant un énième feu orange, manquant de me faire tomber. Derrière nous, Jenks klaxonna. Ivy l'ignora.

— Tu la traites de menteuse ? demanda-t-elle en se tournant pour le regarder en face.

Le visage allongé de Nick rougit ; ses joues rasées étaient à peine plus claires que le reste.

— Je ne la traite de rien du tout, mais il n'y a qu'auprès d'un démon qu'on peut se procurer un charme démonique en état de marche.

Ivy rit. C'était un rire horrible et déplaisant.

— Tu n'y connais que dalle.

— Arrêtez, tous les deux ! m'exclamai-je. Bon Dieu, on dirait des mômes qui se disputent une grenouille.

Ils m'avaient mise en colère. Je retournai m'asseoir sur le lit, les abandonnant à leur silence boudeur. Le tintement de la monnaie tressautant dans la main de Nick était bruyant. Je me forçai à me calmer tandis que nous nous traînions le long de la voie unique. Nick avait très probablement raison quand il disait que je n'allais pas me retrouver d'un coup à mourir pour la seconde fois d'une maladie infantile, mais je n'étais pas tout à fait rassurée.

— Regardez, là ! s'exclama-t-il d'une voix chargée d'avertissement. Ra-ra, cache-toi.

Je rappliquai immédiatement à l'avant, ce qui me valut un soupir impatient de la part d'Ivy. Devant nous s'étendait le pont, sa gloire amoindrie par la présence des équipes d'ouvriers. Nous étions presque dessus, mais le type qui brandissait le panneau « Ralentissez » regardait tout le monde avec une intensité suspecte. À trois voitures de distance, je vis qu'il s'agissait d'un garou ; un tatouage représentant un nœud celtique enveloppait son épaule droite tout entière.

— Bon sang, grommela Ivy en serrant les dents. Je le vois. Rachel, accroche-toi.

Je m'exécutai à l'instant où Ivy mit son clignotant et s'extirpa de la file au dernier moment. Je regardai par la fenêtre sale à l'arrière et vis que Jenks suivait. Jax et Rex gambadaient sur le tableau de bord – je ne voyais pas comment Jenks pouvait arriver à conduire dans ces conditions.

Une fois lancé, le van se mit à tanguer. Cela me donna mal au cœur.

— Et maintenant ? demandai-je.

Je trouvai les claquettes de Jenks et les enfilai.

Ivy soupira. Elle serra le volant, puis sembla se détendre. Elle jeta un coup d'œil dans le rétroviseur et nos regards se croisèrent. La camionnette de Nick attendrait. J'écoutai la circulation et la respiration paniquée de Nick. J'entendais presque son cœur battre, je voyais presque son pouls pulser dans son cou tandis qu'il essayait de repousser sa peur née d'une semaine de torture.

— J'ai faim, dit soudain Ivy. Quelqu'un veut une pizza ?

Chapitre 19

Les yeux sur le rétroviseur, Ivy inséra le van dans la zone d'ombre entre deux semi-remorques garés sur le parking du restaurant. Le bruit de la circulation qui entrait par sa fenêtre était assourdissant, et je ne pus m'empêcher d'être impressionnée par le fait que nous soyons si bien cachés à quelques mètres à peine de la route principale. Elle mit le levier de vitesse au point mort, défit sa ceinture et se retourna.

— Rachel, il y a une boîte sous le plancher. Tu veux bien me la passer ?

— Bien sûr.

Pendant qu'elle sortait, je retournai le tapis de sol et insérai mes doigts dans la rainure pour retirer la plaque en métal censée abriter la roue de secours. À la place, je trouvai une boîte en carton poussiéreuse. Je la posai sur le siège du conducteur en faisant en sorte qu'elle n'entre pas en contact avec mes vêtements. Ivy dépassa les camions pour regarder Jenks se garer de l'autre côté du parking. Elle siffla et Jax jaillit de la voiture avant même que son père ait eu le temps d'en sortir.

— Qu'y a-t-il, mademoiselle Tamwood ? lui demanda le jeune pixie en s'arrêtant devant elle. Pourquoi on s'est arrêtés ? Il y a un problème ? Vous avez besoin d'essence ? Mon papa doit aller faire pipi. Vous pouvez l'attendre ?

Je fus rassurée de voir que Jax portait du rouge à la ceinture. Cela symbolisait ses bonnes intentions vis-à-vis des autres pixies. Au cas où il entrerait par erreur sur le territoire d'un autre, cela signifiait aussi qu'il ne faisait que passer. J'étais contente de voir qu'il apprenait les ficelles de la vie de pixie, même si les raisons de cet apprentissage étaient déprimantes.

— Les garous ont investi le pont, annonça Ivy.

Elle fit signe à Jenks de rester à côté de la voiture de Kisten. Il était en train de se battre avec sa casquette retournée, mais il était tout de même très beau, avec son jean par-dessus son collant de course et sa veste d'aviateur.

— Dis à ton père de prendre une table si le terrain lui semble dégagé, ajouta Ivy en plissant les yeux sous ses lunettes de soleil. J'en ai pour une minute.

— Pas de problème, mademoiselle Tamwood.

Il fila dans un vrombissement d'ailes. Une légère brise souffla dans les cheveux d'Ivy. Debout à côté de sa portière ouverte, la vampire ouvrit la boîte poussiéreuse et en sortit un rouleau d'épais ruban. Un petit sourire déforma le coin de sa bouche. Nick et moi attendîmes une explication.

— Je n'ai pas fait ça depuis des années, dit-elle en regardant la mince tranche de parking entre les deux camions. Je ne pense pas qu'ils nous aient vus, mais d'ici cette nuit ils auront remonté votre piste jusqu'à votre motel, et la fille leur dira que vous conduisiez un van blanc. Si nous devons rester en ville plus longtemps que prévu, quelques petites modifications s'imposent.

Je m'aperçus qu'il s'agissait d'une bande magnétique. Je levai les sourcils.

Cool. On va maquiller le van.

— Il y a une plaque minéralogique, quelque part à l'arrière, reprit-elle. (J'acquiesçai et partis à sa recherche.) Et tu peux prendre le tournevis ?

Nick s'éclaircit la voix d'un air impressionné.

— Qu'est-ce que c'est ? Une bande magnétique ?

Ivy ne le regarda pas.

— Kisten a aussi des éclairs noirs et des croix enflammées.

Et des bombes de peintures illégales, ajoutai-je mentalement lorsqu'elle en agita une.

Elle posa la boîte sur le marchepied du semi-remorque. La porte du van se referma en claquant, et Nick et moi nous retrouvâmes consignés à l'intérieur.

— Le temps que j'en finisse avec elle, elle pourrait bien gagner le prix spécial gothique dans un concours de tuning, dis-je.

Le sourire aux lèvres, je lui passai la plaque de l'Ohio et le tournevis par la fenêtre. Même les dates de la plaque étaient à jour.

— Restez bien assis, ordonna-t-elle. Personne ne bouge tant que je n'ai pas entendu l'avis de Jenks sur ce restau.

— Je suis sûre qu'il est très bien, assurai-je en venant m'asseoir derrière le volant. J'ai tellement faim que je pourrais bouffer le rembourrage des sièges.

Nos regards se croisèrent par-dessus ses lunettes de soleil et elle secoua la bombe moins énergiquement.

— Ce n'est pas la nourriture qui m'inquiète. Je veux m'assurer qu'il y a une majorité d'humains. (Son visage se fit inquiet.) Au premier garou, on se tire.

Ah oui, c'est vrai. Inquiète, je m'affalai derrière le volant. Ivy, elle, semblait ne pas s'en faire. Elle sortit un chiffon de la boîte et entreprit de nettoyer la poussière du van. J'étais contente qu'elle soit là. Bien sûr, j'étais coureuse, et formée traditionnellement, mais alors que le camouflage faisait partie du jeu, le fait de se cacher d'un grand nombre de gens à votre recherche, carrément pas. Je supposai que c'était sur ce genre de choses qu'Ivy s'était fait les dents.

Nick défit sa ceinture quand Ivy quitta notre champ de vision. Je l'entendais œuvrer. Les chuintements sporadiques de la bombe furent suivis des couinements du chiffon sur les pare-chocs – elle les nettoyait avant de les repeindre. L'odeur du fixatif me chatouilla les narines. Je jetai un coup d'œil à Nick, qui ouvrit la bouche.

— Eh, je trouve que c'est une bonne idée, de se déguiser, m'empressai-je de dire avant de me retourner pour atteindre mon sac. Je dois avoir une bonne demi-douzaine d'amulettes prévues à cet effet. C'est pour les odeurs, pas pour le physique, puisque les garous traquent leurs proies à l'odeur – ils nous auront sentis bien avant de nous voir. Ils m'ont pris celles que j'avais emportées sur l'île, mais j'en avais préparé d'autres.

Je faisais du remplissage, et Nick le savait bien. Il souffla et s'adossa à son siège pendant que je fouillais mon sac.

— Ça semble être une bonne idée, effectivement. Merci.

— C'est normal.

Je sortis une nouvelle lame et une poignée d'amulettes. Je déchirai l'emballage stérile de la lame et disposai quatre amulettes sur mes cuisses. Je ne savais plus comment traiter Nick. Nous étions bien ensemble jusqu'à ce que tout se casse la figure, mais pas question d'oublier les trois longs mois de solitude qui avaient précédé son départ. J'étais en colère contre lui, pourtant c'était difficile. Je savais bien que c'était à cause de ma tendance naturelle à vouloir aider les opprimés, mais le résultat était là.

Le silence me mettait mal à l'aise. Je me piquai de nouveau le doigt. Une odeur de séquoia emplit l'habitacle lorsque j'invoquai toutes les amulettes. Je lui tendis la première d'entre elles.

—Merci, dit-il en la prenant. (Il se la passa autour du cou ; elle vint frapper avec un petit claquement sur son amulette antidouleur.) Merci pour tout, Ra-ra. Je te dois vraiment une fière chandelle. Ce que tu as fait pour moi… je ne pourrai jamais te rendre la pareille.

C'était la première fois que nous nous retrouvions en tête-à-tête depuis que nous l'avions sorti de la salle de torture, et je ne fus pas surprise par ses paroles. Je lui adressai un sourire neutre avant de détourner le regard. Je me passai ma propre amulette autour du cou et la glissai sous mon tee-shirt pour qu'elle soit en contact avec ma peau.

—Ce n'est rien, fis-je. (Je n'avais vraiment pas envie de parler de ça.) Tu m'as sauvé la vie ; je t'ai sauvé la vie.

—Alors, euh, ça veut dire qu'on est quittes ?

—Ce n'est pas… ce que je voulais dire.

Je regardai Ivy peindre un symbole complexe sur le capot. Je ne lui connaissais pas ce talent : son œuvre était à la fois belle et surprenante, et ses fondus entre la peinture grise et le blanc du camion me semblaient tout à fait professionnels. Elle me lança un regard interrogateur, jeta la bombe dans la boîte et alla changer la plaque à l'arrière du van.

Nick brisa le silence.

—Tu peux morpher, maintenant ? (Des ridules de stress se dessinèrent aux coins de ses yeux, dont le bleu semblait moins éclatant qu'avant.) Tu es belle, en louve.

—Merci.

Mais je ne pouvais pas en rester là. Je me tournai vers lui et le vis seul et triste. Bon sang, pourquoi je craquais toujours pour les perdants ?

—C'était juste pour cette fois, repris-je. Pour le refaire, il faut que je lance une nouvelle malédiction. Ça… n'arrivera plus.

J'avais tellement de noir à l'âme que je ne parviendrais jamais à m'en débarrasser. Je voulais faire porter le chapeau à Nick, mais c'était moi qui avais fait ce choix. J'aurais pu me soumettre à l'épreuve des drogues en attendant que quelqu'un vienne sauver mes miches, mais noooon. J'avais choisi la facilité en me servant d'une malédiction démonique, et j'allais en payer le prix fort.

Il hochait la tête ; s'il ne connaissait pas le fond de mes pensées, il était content que je parle.

— Bon, alors ce n'est pas comme si tu étais devenue garou en plus d'être une sorcière.

Je secouai la tête, et fus légèrement surprise de sentir mes cheveux toucher mes épaules. Il savait que la seule manière d'être garou était de naître ainsi ; il essayait juste de prolonger la conversation.

Ivy revint devant la portière en s'essuyant les doigts avec un chiffon. Elle sentait le fixatif à plein nez.

— Tiens, dit-elle. (Elle me tendit l'ancienne plaque par la fenêtre.) Si tu regardes dans la console, il doit y avoir une fausse carte d'enregistrement scotchée sous le rabat. Tu peux faire l'échange ?

— Bien sûr.

Ajoutons la falsification de documents légaux à la liste, pensai-je. Je pris néanmoins la plaque du Kentucky et le tournevis et lui tendis deux amulettes en échange.

— C'est pour toi et Jenks. Assure-toi qu'il la mette. Et peu importe ce qu'il trouve que ça sent.

Les longs doigts d'Ivy s'enroulèrent autour des amulettes, puis elle fit un mouvement pour les tenir par la corde afin qu'elles ne l'affectent pas.

— Déguisement des odeurs ? Bonne idée – pour vous. (Elle m'en rendit une en rougissant très légèrement sous l'effet de la nervosité.) Je n'en veux pas.

— Ivy, protestai-je.

Je ne comprenais pas pourquoi elle refusait systématiquement mes charmes et mes sorts.

— Ils ne connaissent pas mon odeur, et je refuse de la porter !

Je levai une main en signe de reddition. Aussitôt, les ridules de son front disparurent. Elle prit les clés du van dans l'une de ses poches et me les tendit par la fenêtre.

— Je reviens, lança-t-elle. Si je ne suis pas de retour dans quatre minutes, partez. (J'allais protester, mais elle reprit :) Je suis sérieuse. N'hésite pas à venir à mon aide, mais je t'en prie, prévois un plan d'attaque – n'entre pas en trombe avec tes claquettes et tes cheveux en bataille.

Je souris à demi.

— Quatre minutes, dis-je.

Elle s'éloigna. Je la regardai dans le rétroviseur extérieur. Elle avait la tête basse, les épaules voûtées. Puis elle disparut.

— J'ai un mauvais pressentiment, murmurai-je.

— Quoi ? demanda Nick à voix basse. Tu crois qu'elle est en train de se jeter dans un piège ?

Je me tournai vers lui.

— Non. Je crois qu'elle ne va pas partir avant que tout soit terminé.

Ses yeux s'emplirent d'inquiétude. Il allait dire quelque chose que je ne voulais pas entendre.

— Rachel…

— Nom d'un petit Tournant, qu'est-ce que j'ai faim ! J'espère qu'elle va faire vite, balbutiai-je.

— Rachel, je t'en prie, écoute-moi.

Je refermai la console et m'enfonçai dans mon siège. Cette conversation allait avoir lieu, que je le veuille ou non. J'expirai et le regardai. Son visage hagard était très déterminé.

— Je ne savais pas que tu étais en vie, reprit-il d'un air paniqué. Al a prétendu qu'il t'avait prise.

— C'est ce qu'il a fait.

— En plus, tu ne répondais jamais au téléphone. J'ai appelé. Dieu sait que j'ai appelé.

— Mon téléphone, il est au fond de l'Ohio, dis-je d'un ton creux.

Cette mauviette n'avait même pas pensé à appeler l'église. À moins qu'il l'ait fait et qu'Ivy lui ait raccroché au nez ?

— Les journaux ont raconté que tu étais morte dans l'explosion d'un bateau en sauvant la vie de Kalamack.

— C'est presque vrai.

Je me rappelai m'être réveillée dans la limousine de Trent ; je m'étais évanouie après avoir sorti son putain de cul d'elfe de l'eau glacée.

Nick tendit sa main gonflée au-dessus de la console, mais j'eus un mouvement de recul. Il poussa un gémissement de frustration et s'accouda au rebord de sa fenêtre fermée en regardant le semi-remorque de droite.

— Mais bon sang, Ra-ra, je te croyais morte. Je ne pouvais pas rester à Cincinnati. Et, maintenant que je découvre que tu es en vie, tu ne me laisses même pas te toucher. Sais-tu combien je t'ai pleurée ?

Je déglutis. Le souvenir du bouton de rose rouge dans le pot de gelée avec un pentacle dessiné dessus me revint. Ma gorge se serra. *Pourquoi faut-il que tout ça soit aussi troublant ?*

— Tu m'as manqué, dit-il avec un regard douloureux. Ce n'était pas ce que j'avais prévu.

— Moi non plus, répliquai-je tristement. Mais tu m'as quittée bien avant de quitter Cincinnati. Il m'a fallu du temps pour oublier que tu m'avais menti sur l'endroit où tu te trouvais, et il est hors de question que nous reprenions comme avant. Peu m'importe qu'il n'y ait pas eu d'autre femme. Ça, à la rigueur, j'aurais pu le comprendre, mais là, c'était pour une question d'argent. Tu es un voleur, et tu m'as fait croire que tu étais autre chose.

Nick s'affala et resta immobile, vaincu.

— J'ai changé.

Je n'avais aucune envie d'entendre ça. Ils ne changeaient jamais ; ils apprenaient juste à mieux cacher leur jeu.

— Je vois quelqu'un, annonçai-je à voix basse pour ne pas chevroter. Il est là quand j'ai besoin de lui, et je suis là pour lui. Il me fait me sentir bien. Je ne veux pas remettre ça, alors ne me le demande pas. Tu étais parti, et lui… (Je m'essuyai l'œil ; je ressentais un certain embarras à pleurer devant lui.)… il était là.

Il m'a aidée à t'oublier, connard.

— Tu l'aimes ?

— Que je l'aime ou pas, ça n'a aucune importance, dis-je en posant les mains sur les cuisses.

— C'est un vampire ?

Il ne bougeait pas d'un pouce. J'acquiesçai.

— Tu ne peux pas t'y fier, protesta-t-il en agitant faiblement ses longues mains. Il essaie juste de te plier à sa volonté. Tu le sais. Seigneur, tu ne peux pas être aussi naïve ! Tu n'as pas vu ce qui s'est passé avec ta cicatrice ? Avec Ivy ?

Je le dévisageai, mon sentiment de trahison réveillé par ma colère et ma peur.

— Un jour tu m'as dit que si je voulais être le scion d'Ivy, tu me raccompagnerais à l'église et tu t'en irais. Que tu m'aimais assez pour me quitter si tu savais que ça pouvait me rendre heureuse. (Le cœur battant, je me forçai à desserrer mes mains jointes.) Quelle est la différence, cette fois-ci ?

Il baissa la tête. Quand il la releva, ses traits étaient tendus par l'émotion.

— Je ne t'avais pas encore perdue, à l'époque. Je ne savais pas ce que tu représentais pour moi. Maintenant, si. Ra-ra, je t'en prie. Ce n'est plus toi qui prends les décisions, mais les phéromones vampiriques. Il faut que tu le quittes avant de faire une erreur que tu regretterais !

Un mouvement dans le rétroviseur attira mon attention. *Ivy. Dieu merci.* Je mis la main sur la poignée de ma portière.

— Ne me parle pas de faire des erreurs, dis-je en prenant mon sac.

Je sortis du van en claquant la porte. J'étais contente de voir Ivy, ne serait-ce que pour me changer les idées. Le van était à présent gris à la base ; il se dégradait vers le blanc en haut et était orné de décalcomanies à l'apparence très professionnelle. L'odeur mielleuse du fixatif n'était guère plus qu'un souvenir. Ivy vint vers moi tout en surveillant la route ; du bout des doigts, elle me fit signe de rester à l'abri des camions sales.

Je m'arrêtai net et attendis, bras croisés, près du pare-chocs noir. Je pinçai les lèvres en entendant Nick refermer sa portière et me rejoindre.

— La voie est libre à l'intérieur ? demandai-je gaiement quand Ivy arriva à ma hauteur. Bien. Je meurs de faim.

— Une minute, je dois récupérer quelque chose.

Elle me dépassa, ouvrit la portière côté passager et prit un sac en papier dont le rebord était enroulé sous le siège. Elle claqua la porte, bouscula Nick et m'entraîna dans son sillage. Après une pause au bout des deux semi-remorques, nous nous dirigeâmes vers le restaurant. Mes claquettes semblaient d'autant plus bruyantes que ses pieds de vampire étaient parfaitement silencieux. J'entendais Nick derrière nous. En tant que membre le plus vulnérable du groupe, il aurait dû se trouver entre nous, mais je n'avais pas envie de le protéger et le danger était minime.

— Tes cheveux sont plus longs, constata Ivy.

Nous traversâmes le parking pavé en direction du bâtiment en bois lové au milieu des pins. *La Queue de l'écureuil ? C'est très... sudiste.*

— Non, tu plaisantes ? (Je grimaçai en repensant à mes jambes.) Tu n'aurais pas apporté un rasoir, par hasard ?

Elle écarquilla les yeux.

— Un rasoir ?

— Laisse tomber.

Comme si j'allais lui dire que je ressemblais à un orang-outan !

— Tu vas bien ? demanda-t-elle de nouveau d'une voix chargée d'inquiétude.

Je ne la regardai pas. Je n'en avais pas besoin. Elle avait moins de mal à lire les émotions dans l'air que moi à regarder les panneaux à quatre-vingt-dix à l'heure.

— Ouais, répondis-je.

Je savais qu'elle ne parlait pas de la course mais de Nick.

— Qu'est-ce qu'il a fait ? (Ses bras étaient raides.) Il t'a fait des avances ?

Je la regardai de travers avant de me retourner vers la porte du restaurant.

— Pas encore.

Elle renifla, l'air énervée.

— Il le fera. Et alors, je le tuerai.

Je commençais à ressentir de l'agacement ; chacun de mes pas se répercutait dans ma colonne vertébrale.

— Je peux me débrouiller toute seule, dis-je sans me préoccuper que Nick m'entende.

— Moi aussi, mais le jour où je me ridiculiserai, j'espère que tu m'arrêteras.

— Je gère très bien, affirmai-je en me forçant à parler d'une voix agréable. Et toi ? (C'était mon tour de la cuisiner.) Je croyais que tu ne pouvais pas quitter Cincinnati.

Son visage se ferma.

— Ce n'est que pour un jour. Piscary surmontera. (Je ne dis rien.) Quoi, la ville ne va pas s'effondrer parce que je ne suis pas là. Sois réaliste, Rachel.

J'acquiesçai, mais j'étais toujours inquiète. J'avais besoin d'elle pour m'aider à trouver un moyen de me sortir de cette situation, mais elle pouvait aussi bien le faire par mail ou par téléphone.

— On devrait être en sécurité un moment, ici, décida-t-elle. (Nous ralentîmes en arrivant devant la porte ; elle scruta l'immeuble du regard pendant que Nick nous rattrapait.) Il n'y a que des humains.

— Bien, répondis-je faiblement.

Je ne me sentais pas à ma place ; j'étais vulnérable, ici. Ivy m'ouvrit de sa main libre en faisant craquer son sac en papier. Nick dut se débrouiller pour rattraper la porte de verre opaque. Je m'étais retransformée en sorcière sans rien dans le ventre, et je mourais littéralement de faim. J'inhalai la bonne odeur de viande grillée. L'ambiance était agréable : ni trop de lumière ni trop peu, et pas d'odeur de fumée pour venir tout gâcher. Il y avait des morceaux d'animaux accrochés aux murs, et très peu de clients – normal, pour un mardi après-midi. Peut-être faisait-il un brin trop froid, mais rien de grave.

Le menu était affiché sur le mur. Ils servaient de la nourriture de bar classique. Il n'y avait pas de fenêtres à part la porte vitrée, et tout le monde avait l'air de s'occuper de ses affaires une fois passé le long regard du début. Il y avait quatre hommes au petit bar – trois gros et un maigre. Ils étaient assis sur des tabourets dont le vinyle vert déchiré révélait leur rembourrage blanc. Ils engloutissaient leur repas en regardant le résumé de la semaine sportive et en discutant avec la femme imposante aux cheveux épais qui se tenait derrière le bar.

Il n'était que 15 heures – enfin, selon l'horloge qui surplombait la piste de danse et dont les aiguilles représentaient des cannes à pêche et les nombres, des appâts à poisson en forme de mouches. Un coin de la salle était occupé par un juke-box éteint, et un long néon coloré était suspendu au-dessus de la table de billard au revêtement de feutre rouge.

Le bar sentait le Redneck du nord à plein nez, ce qui me rendit toute chose. Je n'aimais pas que nous soyons les seuls Outres du restaurant, mais il y avait peu de chance que qui que ce soit fasse du barouf. Après minuit, il pouvait arriver que quelqu'un se sente pousser des ailes avec sept verres de Jäger dans la besace et une pleine salle d'humains pour le soutenir, mais pas à 15 heures dans un restau ne contenant que cinq personnes en comptant le cuisinier.

Jenks et Jax étaient assis dans le fond. Ils étaient séparés du mur par une enfilade de banquettes vides. Le père nous fit signe de le rejoindre. Je ressentis une certaine inquiétude en m'apercevant que sa chemise ouverte laissait voir son amulette anti-odeurs. Je supposai qu'il était fier d'être assez grand pour en porter une et qu'il avait envie que ça se sache, mais je n'aimais pas étaler mes origines d'Outre. Leur PPM, ou Permis de Population Mixte, était accroché au mur, mais il ne faisait aucun doute qu'il s'agissait d'un lieu essentiellement fréquenté par des humains.

—Je vais aux toilettes, marmonna Nick.

Il se dirigea tout droit vers l'arcade à côté du bar. Je le regardai en me disant vaguement qu'il ne reviendrait peut-être jamais. Je me tournai vers Jenks et hochai la tête; il envoya son fils le suivre. Bon, d'accord, je me comportais comme une idiote lorsqu'il était question d'affaires de cœur, mais ça ne voulait pas dire que j'en étais une.

Ivy me suivait d'un peu trop près à mon goût tandis que nous zigzaguions entre les tables vides. Nous dépassâmes le billard puis traversâmes la piste de danse. Jenks avait enlevé sa veste et tournait le dos au mur. Ivy prit la chaise à côté de la sienne avant que je puisse m'installer dessus. Irritée, je posai les doigts sur le bois usé de la chaise en face de la sienne. Je l'inclinai de manière à voir la porte. Les types assis au bar nous observaient ; l'un d'eux se décala d'un tabouret pour parler à son voisin.

Ivy les vit et fronça les sourcils.

— Lève-toi, le pixie, dit-elle d'une voix basse, mais dont la menace était sans équivoque. Je ne veux pas que Rachel s'asseye à côté de l'autre abruti.

En un battement de cœur, l'amusement de Jenks se mua en défi.

— Non, répliqua-t-il en croisant les bras. Pas question. Et tu ne peux pas me forcer. Je suis plus grand que toi.

Les pupilles d'Ivy se dilatèrent.

— Je n'aurais jamais pensé t'entendre dire que la menace est proportionnelle à la taille.

Le pied de Jenks couina sous la table.

— Bon. (Il repoussa sèchement sa chaise, prit sa veste, s'extirpa de derrière la table et vint s'asseoir à côté de moi.) Mais moi non plus, je n'aime pas tourner le dos aux portes, grogna-t-il.

Ivy ne dit rien. Ses yeux ne tardèrent pas à redevenir marron. Je savais qu'elle se maîtrisait ; la clientèle n'était pas habituée aux vampires, et elle était donc obligée de bien se comporter. Les gens avaient remarqué que Jenks avait changé de place pour lui faire plaisir. J'accrochai un sourire à mon visage en voyant la femme approcher. Elle posa sur la table quatre verres d'eau constellés de gouttes de condensation. Personne ne dit rien. Elle recula d'un bon mètre et sortit un carnet de notes de sa ceinture. Ce qu'elle voulait ne faisait aucun doute, pas plus que la raison pour laquelle elle ne nous avait même pas salués – elle avait peur de nous.

Ivy sourit, puis reprit une expression plus neutre en voyant Becky (si l'on en croyait l'étiquette accrochée à sa poitrine) pâlir. Je posai les avant-bras à plat sur la table et me penchai en avant, ce qui me donna un air nunuche.

— Bonjour, dis-je. C'est quoi, le menu du jour ?

La femme jeta un coup d'œil dans la direction d'Ivy, puis se tourna de nouveau vers moi.

— Euh, il n'y a pas de menu du jour – madame. (Elle toucha nerveusement ses cheveux blancs récemment teints en blond.) Mais Mike, en cuisine, fait des hamburgers d'enf… enfin, ils sont super. Et aujourd'hui, il y a de la tarte.

Nick nous rejoignit en silence avec Jax sur l'épaule. L'air mal à l'aise, il s'assit à côté d'Ivy et en face de Jenks. La femme se détendit un peu en s'apercevant qu'il était humain et en décidant de ce fait que nous étions à demi apprivoisés. Je ne savais pas comment ils faisaient pour se reconnaître entre eux, puisqu'ils ne pouvaient pas sentir que nous venions de l'Outremonde, contrairement à nous. Ils devaient avoir un code secret, un truc comme ça.

— Un hamburger, ce sera très bien, dit Ivy.

Elle baissa les yeux pour se donner un air sage, mais, avec la raideur de sa pose, cela la fit seulement paraître agacée.

— Alors quatre hamburgers en tout, dis-je pour en finir et commencer à manger au plus vite. Et un pichet de Coca.

Nick avança sa chaise. Jax s'envola de son épaule et alla se poser sur la lampe accrochée au-dessus de la table pour profiter de sa chaleur.

— Moi, j'en voudrais deux, des hamburgers, s'il vous plaît.

Il avait un ton de défi, comme s'il s'attendait que quelqu'un proteste.

— Moi aussi, intervint Jenks. (Ses yeux brillants étaient méchamment innocents.) Je meurs de faim.

Nick se pencha pour voir le menu sur le mur.

— Vous les servez avec des frites ?

— Des frites ! s'exclama Jenks. (Jax éternua sur son perchoir ; en plus des sécrétions classiques, il évacua une giclée de poussière pixie.) Nom d'une petite culotte de Clochette, moi aussi, je veux des frites !

La femme prit note de sa commande en haussant ses sourcils épilés et redessinés au crayon.

— Deux hamburgers d'une demi-livre et des frites pour chacun de ces messieurs. Autre chose ?

Nick acquiesça.

— Un milk-shake. À la cerise, si vous avez.

Elle souffla en regardant sa silhouette décharnée.

— Et vous, mon joli ?

Becky regardait Jenks, mais il était obnubilé par le juke-box.

— Du Coca, c'est très bien. Il fonctionne ?

La femme se tourna et suivit son regard.

— Il est cassé, mais pour cinq dollars vous pouvez utiliser la machine à karaoké autant que vous le voulez.

Jenks écarquilla les yeux.

— Excellent ! dit-il avec un accent de surfeur.

Au-dessus de nous, Jax s'exclama que tous les insectes de la lampe étaient grillés et que si elle n'y voyait pas d'inconvénient, il allait manger leurs ailes comme si c'étaient des chips.

Seigneur. Dire que ça se passait si bien.

Ivy se racla la gorge. Consternée, elle regarda Jax voleter d'une lampe à l'autre. À voir la quantité croissante de poussière pixie qui émanait de lui, il était de plus en plus excité.

— Euh, je pense que ce sera tout, conclus-je.

La femme tourna les talons. Elle se cogna à une table en regardant Jax sur le chemin des cuisines. J'avais les cheveux dressés sur la nuque ; tout le monde nous observait, y compris le cuistot.

Jenks suivit mon regard et haussa les sourcils.

— Attends, je m'en occupe, dit-il en se levant. Rache, tu as de l'argent ? J'ai laissé ma monnaie à la Cabane aux papillons.

Les yeux d'Ivy s'assombrirent.

— Je m'en charge.

Jenks poussa un petit gémissement.

— Comme au BFO ? se moqua-t-il. Reste assise, petite vampire. Je suis trop grand pour qu'on me colle dans un refroidisseur d'eau.

Sentant la tension monter d'un cran, je farfouillai dans mon sac et tendis mon portefeuille à Jenks. Je ne savais pas ce qu'il avait en tête, mais c'était sans doute moins grave que ce qu'avait prévu Ivy, et au moins ça ne nous vaudrait pas d'atterrir en prison.

— Ne fais pas fuir tous les clients, OK ?

Il m'adressa un demi-sourire charmeur ; ses dents parfaites accrochèrent la lumière.

— Eh, c'est moi !

Il claqua la langue pour signaler à Jax de le rejoindre et se dirigea vers le bar d'une démarche plus provocante qu'elle aurait dû l'être. Il ne pouvait pas savoir à quel point il était beau.

— Pas de grog au miel ! lançai-je. (Sans se retourner, il me fit signe de parler à sa main ; je croisai le regard désapprobateur d'Ivy.) Quoi ? Tu l'as déjà vu, quand il a pris du miel.

Nick reposa son verre d'eau en ricanant. Jax précéda son père en direction de la machine à karaoké en laissant une traînée scintillante dans son sillage. Jenks le suivit d'un pas décidé. Becky, qui parlait au téléphone, avait les yeux rivés sur le petit pixie ; j'avais comme l'impression qu'il faisait exprès de produire autant de poussière. Je me demandai si cela allait détourner les regards de notre tablée. Peut-être faisait-il diversion ?

Le père et le fils s'agglutinèrent devant l'écran et profitèrent de la liste des chansons pour faire une petite leçon de lecture. Ivy les regarda, puis se tourna vers Nick.

— Va les aider, grommela-t-elle.

Nick affronta son regard.

— Pourquoi ?

Ivy serra les dents.

— Parce que je veux discuter avec Rachel.

Nick fronça les sourcils et se leva avec un couinement de chaise sur le plancher. Nos boissons arrivèrent. La femme posa le milk-shake à la cerise, trois verres de Coca et un pichet couvert de condensation sur la table. Nick prit son milk-shake et alla rejoindre Jenks et Jax. Il avait l'air fatigué, dans son jogging gris.

Je sirotai un peu de mon Coca et sentis les bulles piquantes descendre. J'avais l'estomac vide et l'odeur de la viande qui cuisait me donnait la migraine. J'écartai mon verre pour ne pas le renverser et je m'affalai en comptant sur Ivy pour surveiller mes arrières. Je la regardai se détendre muscle après muscle jusqu'à ce qu'elle soit parfaitement calme.

— Je suis contente que tu sois là, déclarai-je. J'ai vraiment merdé sur toute la ligne. Il était au milieu d'un groupe de survivalistes, bon sang. Je ne m'attendais pas à ça.

J'aurais dû mieux me préparer, pensai-je. Mais je n'avais pas besoin de le dire. C'était évident.

Elle haussa les épaules et jeta un coup d'œil à Nick, Jenks et Jax.

— Tu l'as sorti de là. Je n'avais pas l'intention de rester mais, comme je suis là, je vais attendre un peu avant de repartir.

Je soufflai, soulagée.

— Merci. Mais est-ce que c'est bien… prudent ? Piscary va vraiment l'avoir mauvaise, si tu n'es pas de retour au coucher du soleil.

Elle suivit Jax du regard – il passait de Jenks à Nick.

— Et alors ? dit-elle en tripotant ses boucles d'oreilles toutes neuves. Il sait que je vais revenir. On n'est qu'à six heures de route.

— Oui, mais tu es hors de sa zone d'influence, et il ne… (Je m'interrompis en la voyant tambouriner des doigts d'un air légèrement menaçant.) Il n'aime pas ça, finis-je courageusement.

Mon pouls s'accéléra. Si nous n'avions pas été entourées d'humains, je n'aurais pas osé la pousser dans ses retranchements comme je le faisais. Elle essayait de se montrer sous son meilleur jour, et j'allais en profiter autant que possible.

Elle baissa la tête, mais ses cheveux étaient trop courts pour cacher son visage. L'odeur sourde de l'encens se fit évidente, et quelque chose commença à me chatouiller.

— Ça ira, affirma-t-elle.

Mais je n'étais pas convaincue. Elle releva la tête et ses joues rosirent sous l'effet de l'inquiétude, voire de la peur.

— Kisten est resté à Cincinnati, expliqua-t-elle. Tout le monde se fiche que je parte, à part ceux qui sont au sommet de l'échelle – et, de toute façon, ils ne feront rien. C'est Kisten qui ne peut pas partir. Son absence se remarquerait, les gens en parleraient et les idiots qui ne se sont pas fait les crocs depuis un mois tenteraient quelque chose. Il n'y a pas de problème.

Ce n'était vraiment pas ce qui m'inquiétait. Une partie de moi aurait voulu prendre son explication pour argent comptant et en rester là, mais l'autre partie, ma moitié la plus sage et la plus bête, voulait qu'elle soit honnête afin que nous évitions les mauvaises surprises. Je me retournai lorsque la porte s'ouvrit. Une femme entra et s'adressa d'une voix puissante à Becky tout en enlevant son manteau et en se dirigeant vers le fond de la salle.

— Ivy ? demandai-je doucement. Et ta soif ? Tu n'as pas… (Je m'interrompis, car je ne savais pas comment appeler les gens qui lui donnaient leur sang – ses donneurs, ses amis spéciaux, ses partenaires ?)… ton réseau de soutien.

Elle se raidit, m'envoyant une décharge d'adrénaline. *Merde. Peut-être que je ferais mieux de la fermer.*

— Excuse-moi, dis-je en le pensant sincèrement. Ce ne sont pas mes affaires.

— Ton sens du timing est vraiment à chier.

La tension redescendit d'un cran. Je n'avais pas outrepassé les limites de l'amitié.

— Ben…, commençai-je en grimaçant. C'est que je ne sais pas ce que tu fais quand tu sors.

— Je ne peux pas sortir me taper un passant, dit-elle avec amertume. (Son regard était dur ; je savais qu'elle réagissait plus à une profonde culpabilité qu'à ma question.) Si je me laisse aller à un acte sauvage, et avec n'importe qui en plus, je me comporte comme un monstre. Pour qui tu me prends ?

— Ce n'est pas ce que j'ai dit, protestai-je. Lâche-moi un peu, tu veux ? Je ne sais pas comment tu t'organises, et jusque-là j'avais trop peur pour te le demander. Tout ce que je sais, c'est que quand tu sors, tu es anxieuse et nerveuse, et quand tu rentres, tu es calme et tu t'en veux.

Le fait que j'admette ma peur sembla porter. Les rides de son front se lissèrent. Elle décroisa les jambes puis les recroisa sous la table.

— Désolée. Ça m'a étonnée que tu me poses la question. Ça devrait aller pendant quelques jours, mais le stress… (Ivy s'interrompit pour reprendre son souffle.) J'ai quelques personnes. On s'aide mutuellement, et puis chacun part de son côté. Je ne leur demande rien, et ils ne me demandent rien. Ce sont des vampires, au cas où tu te poserais la question. Je ne forge plus de lien avec qui que ce soit d'autre. Plus maintenant.

Vampire célibataire et bi cherche semblable pour relation de sang sans amour, pensai-je. J'avais senti le désir tacite contenu dans sa dernière phrase, mais je n'étais pas prête à gérer.

— Je n'aime pas vivre de cette manière, avoua-t-elle. (Elle n'accusait personne ; ses yeux étaient d'un brun profond, honnête.) Mais j'en suis là. Ne t'inquiète pas, ça ira. Et en ce qui concerne Piscary, il peut aller brûler en enfer – enfin, il pourrait si son âme ne s'était pas déjà évaporée.

Son visage était de nouveau dénué d'expression, mais je savais que c'était seulement une façade.

— Alors tu vas rester ? demandai-je.

J'étais à la fois embarrassée et fière d'avoir appris que je pouvais lui demander son aide si j'en avais besoin, et, bon sang, j'en avais besoin.

Elle acquiesça ; j'expirai en prenant mon verre.

— Merci, murmurai-je.

L'idée de tout quitter pour passer le restant de ma vie à faire la morte m'effrayait bien plus qu'une menace de mort n'aurait pu le faire. J'aimais ma vie, et je ne voulais pas être forcée de l'abandonner et de recommencer de zéro. J'avais mis si longtemps à me trouver des amis qui resteraient à mes côtés, quand bien même je ferais quelque chose d'idiot. Comme par exemple de transformer une simple mission d'extraction en une lutte de pouvoir interespèces.

Ivy haussa une épaule et récupéra le sac en papier sous sa chaise.

— Puisque je me suis farci ton courrier jusqu'ici, tu veux le voir ?

Elle cherchait à changer de sujet, mais ça m'allait.

— Je croyais que tu plaisantais.

Ivy posa le sac sur la table. Je le tirai vers moi. Jenks et Jax semblaient excités par une chanson de la liste. Les gens avaient cessé de leur jeter des coups d'œil ; ils les dévisageaient littéralement. Au moins, comme ça, ils ne nous regardaient pas, nous.

— C'est le paquet, qui m'intrigue, dit Ivy.

Elle regarda Nick et Jenks pointer le doigt sur l'écran.

Je vidai le contenu du sac sur la table, puis y remis ce qui était manifestement une lettre de remerciement de quelqu'un dont j'avais sauvé la peau lors d'une course précédente, ainsi qu'une facture de la compagnie d'assurances de David et un catalogue des graines de saison arrivé en retard. Il ne restait qu'un paquet grand comme mes deux poings enveloppé dans du papier. Je regardai l'écriture de plus près et me tournai vers Nick.

— C'est de Nick, dis-je en prenant un couteau sur la table. Qu'a-t-il bien pu m'envoyer alors qu'il pensait que j'étais morte ?

Ivy avait un air dédaigneux qui était clairement dirigé contre Nick.

— Je suis prête à parier que c'est ce après quoi les garous courent. Il me semblait bien que c'était son écriture, mais je n'en étais pas sûre.

Tout à fait consciente de la présence de Nick qui tétait son milk-shake en lisant les titres par-dessus l'épaule de Jenks, je mis le paquet sur mes genoux. Mon pouls s'accéléra. Je ne mis pas longtemps à me débarrasser de l'emballage. J'avais les doigts froids. J'ouvris la boîte et en sortis une lourde bourse.

— C'est emballé dans du plomb, ce truc, dis-je en la soupesant. Ivy, je n'aime pas ça.

Elle se pencha innocemment pour bloquer la vue de Nick.

— Alors, c'est quoi ?

Je me passai la langue sur les lèvres, ouvris la bourse et regardai son contenu. Je décidai qu'il s'agissait d'une figurine. Je la touchai avec délicatesse ; elle était froide. Prenant confiance, je la sortis et la posai sur la table entre Ivy et moi. Sans quitter la statuette des yeux, je m'essuyai les mains sur mon jean.

— C'est vraiment… moche, commenta Ivy. Enfin, je crois. (Elle me regarda brièvement.) C'est moche, ou juste bizarre ?

Je réprimai un frisson mais ne pus rien faire contre ma chair de poule.

— Je ne sais pas.

La statue était jaunâtre, parcourue de taches en forme de stries. De l'os, à vue de nez – mes mains avaient gardé cette impression de froid que j'associais au contact de l'os. En tout cas, c'était très ancien. L'objet faisait dans les dix centimètres de haut, et à peu près autant de profondeur. Et il donnait l'impression d'être en vie, comme un arbre ou un fromage moisi.

Je fronçai les sourcils en essayant de comprendre ce que représentait cette statue. Prenant garde de ne toucher que le socle, je la fis tourner avec deux doigts. Un gémissement de dégoût m'échappa ; l'autre face avait un long museau tordu comme par une douleur intense.

— C'est une tête ? dis-je.

Ivy posa le coude sur la table.

— Je crois. Mais les dents... C'est bien des dents, ça, non ?

Je frissonnai comme si quelqu'un venait de marcher sur ma tombe.

— Aaah, murmurai-je en comprenant ce que l'objet me rappelait. On dirait Pam en train de se transformer.

Ivy me regarda, puis se replongea dans la contemplation de la statue. Elle pâlit à vue d'œil et ses yeux se teintèrent d'effroi.

— Bon sang, je crois que je sais ce que c'est. Couvre-la. On est dans la merde jusqu'au cou.

Chapitre 20

L'apparition soudaine de Nick devant la table me fit sursauter. Son visage allongé était rouge, à la fois effrayé et en colère – un mélange dangereux.

— Qu'est-ce que tu fabriques ? siffla-t-il à l'intention d'Ivy. (Il prit la statue et la serra contre lui.) Tu l'as apportée ? Je l'ai envoyée à Rachel pour que personne ne la trouve. Je la croyais morte – ils ne pouvaient pas me faire dire qui l'avait, puisque je l'avais envoyée à une morte. Et toi tu l'apportes ici ? Sale idiote de vampire !

— Assieds-toi, ordonna Ivy sans desserrer les mâchoires. (Ses yeux virèrent au noir.) Donne-la-moi.

— Non. (Nick resserra son emprise sur la statue jusqu'à en avoir les articulations blanches.) Garde ta saloperie d'aura pour quelqu'un sur qui ça fonctionnera. Je n'ai pas peur de toi.

Mais il mentait. La main d'Ivy trembla.

— Nicholas. J'ai faim. Je suis fatiguée. J'en ai rien à foutre de toi. Mon associée est dans la merde par ta faute. *Donne-moi cette statue.*

L'adrénaline me donna mal à la tête. Nick était sur le point de paniquer. La machine à karaoké entonna une chanson triste et mélancolique. Jenks nous observait, mais le reste du bar ne savait pas qu'Ivy était sur le point de péter les plombs – la faute au stress et à son éloignement de Cincinnati.

— Nick, dis-je d'un ton rassurant. Il n'y aura pas de problème. Donne-la-moi. Je vais la ranger.

Nick amorça un mouvement. Ivy sursauta et se retint de l'attraper par la gorge. Il s'humecta les lèvres.

— Tu veux bien me la garder ? demanda-t-il.

— Oui, je la garde. (Je pris la bourse doublée de plomb à l'aveuglette et la présentai grande ouverte à Nick.) Tiens.

Son visage aux joues creuses rempli d'effroi, il rangea soigneusement l'objet dans la bourse. Ses doigts gonflés se recroquevillèrent autour de la statuette. Je la lui repris et tirai sur les cordons de la bourse. L'emprise que l'objet exerçait sur lui n'avait rien de magique ; c'était juste par avidité qu'il voulait le garder.

Ivy prit son verre d'une main tremblante et le descendit jusqu'à ce qu'il ne reste que les glaçons. Sans la quitter des yeux, je rangeai la statue dans mon sac, puis posai ce dernier sur mes cuisses. Il était lourd, comme un animal mort. La voix de Jenks s'éleva du coin où il se trouvait ; il chantait *The Wreck*. Le type squelettique assis au bar le regardait ; il ne faisait plus du tout attention à la télévision.

Jenks sait chanter ?

— Assieds-toi, répéta Ivy. (Cette fois, Nick obtempéra ; il prit la place de Jenks à côté de moi et posa la veste du pixie sur le dossier de la chaise libre à côté d'Ivy.) Où est-ce que tu l'as trouvée ?

— Elle est à moi.

Je remuai sur ma chaise en sentant notre nourriture arriver. La femme la posa et partit sans un mot. La tension était telle que même elle la sentait. Je regardai mon assiette. Le hamburger tant vanté était sous mes yeux, dégoulinant de jus, avec de la laitue, des oignons, des champignons, du fromage et, oh, mon Dieu, même du bacon. Et dire que je ne pouvais pas manger parce que nous devions d'abord discuter de l'horrible statue de Nick. *Oh, et puis zut*, pensai-je en enlevant le petit pain du dessus pour retirer les oignons.

Ivy prit le pichet et se resservit un verre ; ses pupilles étaient de nouveau entourées d'un liseré marron.

— Je ne t'ai pas demandé à qui elle était. Je t'ai demandé où tu l'avais trouvée.

Nick rapprocha son assiette avec la ferme intention de l'ignorer. Heureusement, il se ravisa.

— Je n'arrive pas à croire que tu l'aies amenée ici, répéta-t-il. (Il réorganisa ses pickles avec des mouvements saccadés.) Je l'ai envoyée à Rachel pour la mettre à l'abri.

Ivy le fusilla du regard.

— Quand tu impliques des gens intelligents dans tes manigances sans leur dire, il ne faut pas t'étonner qu'ils fassent des choses auxquelles tu ne t'attends pas et qu'ils ruinent tes plans.

— Je la croyais morte ! Je ne me suis jamais attendu que quelqu'un me vienne en aide.

Je mangeai l'une des frites de Jenks. Il n'y avait pas de ketchup sur la table, mais si j'en demandais nous nous ferions virer. Les humains mettaient le Tournant sur le dos des tomates ; pourtant, c'étaient eux qui avaient fait tous ces tripatouillages génétiques.

— Et pourquoi sont-ils prêts à se rassembler pour la récupérer ? demandai-je.

Nick avait l'air malade.

— Je n'ai rien à vous dire.

J'en restai bouche bée, incrédule. Je me tournai vers Ivy.

— Mais c'est qu'il continue à nous balancer ses conneries.

— Non, intervint Nick. (Il ouvrait de grands yeux dont l'innocence ne m'atteignait plus.) Mais les garous ne doivent pas la récupérer. Tu ne sais donc pas de quoi il s'agit ?

Il avait prononcé ces derniers mots en chuchotant. Ivy regarda par-dessus mon épaule dans la direction de la porte ; trois femmes gloussantes et fort peu vêtues entrèrent en sautillant. Becky se lança instantanément dans des bavardages aigus en jetant des regards à Jenks. Je pense qu'elle avait appelé ses copines pour qu'elles viennent mater la viande fraîche. Ivy les ignora.

— Moi, je sais de quoi il s'agit, affirma-t-elle. *Où l'as-tu trouvée ?*

L'un des types du bar chantonnait. Pendant que nous discutions en mangeant, voûtés au-dessus de nos assiettes, Jenks faisait chanter à un client l'histoire d'un tanker qui avait coulé une quarantaine d'années plus tôt. Je secouai la tête, incrédule, et revins à notre conversation.

— On attend, dis-je avant de me mettre le hamburger dans la bouche.

Je fermai les yeux en croquant. Quelle félicité ! C'était une merveille.

Nick plissa les yeux, prit l'un de ses hamburgers et posa les coudes sur la table.

— Rachel, tu as vu ces trois meutes, sur l'île ? Tu les as vues travailler ensemble ?

Je m'emparai d'une serviette.

— C'était super bizarre, répondis-je la bouche pleine. Vous auriez dû voir la vitesse à laquelle leur alpha a morphé. Et en plus, ils étaient déchaînés. Comme des alphas, mais sans la retenue. Les petits salauds...

Je pris une autre bouchée de mon sandwich.

— C'est la statuette, conclut Nick. (Ivy jura à mi-voix.) Je l'ai trouvée à Detroit.

— Alors c'est bien le Foyer ? murmura la vampire. (J'agitai une main pour attirer leur attention ; ma frite avait beau se balancer, ils refusaient de m'écouter.) Ça ne peut pas être le Foyer. Il a été détruit il y a cinq mille ans. On ne sait même pas s'il a vraiment existé. Et, s'il existe, il n'y a aucune raison pour qu'il se soit trouvé à Detroit.

— Pourtant, c'est là que je l'ai trouvé, répéta Nick avant de reprendre une bouchée de son hamburger. (Il poussa un petit gémissement.) On ne peut pas détruire quelque chose d'aussi puissant. Pas à coups de pierre et de bâton, en tout cas. (Il avala.) Peut-être avec un broyeur de voitures, mais ça ne courait pas les rues, à l'époque.

— Qu'est-ce que c'est ? insistai-je.

Je n'étais que vaguement consciente de la scène de drague qui s'intercalait entre les strophes narrant la mort de marins, de l'autre côté de la pièce. *Oh, Jenks, arrête de te ridiculiser...*

Ivy repoussa son assiette encore pleine.

— C'est un beau paquet de problèmes. J'allais le forcer à le rendre aux garous, mais maintenant...

— Bon sang ! m'écriai-je. (Les trois femmes qui reluquaient Jenks gloussèrent et se trémoussèrent – dans cet ordre ; je baissai d'un ton.) Que quelqu'un me dise ce que j'ai sur les genoux avant que je pète un câble.

— C'est toi le prof, fit Ivy d'un ton cassant en prenant une frite dans l'assiette de Jenks. Dis-lui.

Nick but une gorgée pour faire passer un morceau de son premier hamburger et hésita.

— Les vampires peuvent naître vampire ou se faire mordre, mais on ne peut être garou que de naissance.

— Nooon ? Les sorcières sont pareilles, de même que la plupart des Outres.

— Oui mais... (Nick hésita, regarda en tous sens.)... les garous qui possèdent cette statue peuvent créer d'autres garous par morsure.

Je mâchai et déglutis.

— Et c'est pour ça qu'ils veulent ta peau ?

Ivy releva la tête.

— Réfléchis un peu, Rachel. Pour l'instant, les vampires sont au sommet de la chaîne alimentaire.

Je lui lançai un regard lourd de sens, puis pris une autre bouchée de hamburger en déchiquetant un morceau de bacon au passage.

— Je veux dire que nous avons plus de pouvoir politique que n'importe quelle autre espèce de l'Outremonde, se corrigea-t-elle. C'est grâce à la manière dont nous sommes organisés : chaque vampire dépend de quelqu'un d'autre ; les vampires les plus élevés doivent tellement de services que c'est comme d'avoir un sénateur dans sa poche. C'est une toile inextricable, mais nous finissons généralement par avoir ce que nous voulons. Les humains auraient la gâchette qui les démange si nos effectifs n'étaient pas limités par le fait que seuls les vampires morts soient assez puissants pour que leur morsure les Tourne.

Je piquai une autre frite à Jenks. Qu'est-ce que j'aurais aimé avoir du ketchup.

Nick reprit la parole :

— Les garous, au contraire, n'ont pas de poids politique en tant que groupe, puisqu'ils ne comptent que sur le chef de leur meute. Et leur nombre dépend totalement de leur taux de natalité.

Nick se pencha en avant et tapota la table de son doigt gonflé ; à présent, tout, dans son comportement, évoquait l'enseignant.

— Grâce au Foyer, leur nombre peut augmenter à toute vitesse. Et l'alliance à laquelle tu as assisté sur l'île ne sera rien comparée à ce qui se passera si la nouvelle se répand que la statue existe. Ils vont tous vouloir une partie de son pouvoir ; pour ça, ils vont fondre leur meute avec celle qui en sera la détentrice. Tu as vu ce que ça leur fait. Tu t'imagines, si un vampire tombait sur une meute de garous avec un comportement pareil ?

La frite à demi mangée pendait au bout de mes doigts, oubliée. Je commençais à comprendre, et ça ne me disait rien de bon. Le problème n'était pas que le Foyer permette aux meutes de s'assembler ; c'était plutôt qu'il leur permette de rester assemblées. Je lançai un regard inquiet à Ivy. Voyant que j'avais compris, elle acquiesça.

Les garous de l'île avaient passé plusieurs jours, voire plusieurs semaines ensemble, et la seule promesse du Foyer avait suffi à accomplir cet exploit. S'ils le trouvaient, la ronde deviendrait permanente. Je repensai aux trois meutes qui m'encerclaient, sur l'île – trois meutes unies sous l'égide d'un seul garou détenant le pouvoir de six alphas. Leur attitude sauvage, impudente, m'avait choquée. Non seulement Walter tirait sa domination d'eux, mais il la recanalisait dans chacun d'eux, bien qu'ils ne disposent pas du calme et de la force morale propres aux alphas. Sans parler de la vitesse à laquelle ils pouvaient morpher si chacun amoindrissait la douleur de l'autre. Cette toute nouvelle agressivité et la faculté de résister à la douleur, ça faisait un sacré cocktail.

Je reposai la frite de Jenks. Je n'avais plus faim. Les garous étaient plutôt des citoyens soumis, dans la société des Outres ; les alphas étaient les seuls à avoir suffisamment de pouvoir personnel pour défier l'organisation politique vampire. S'ils se départaient de cette posture de soumission, vampires et garous allaient commencer à connaître des conflits. Des tas. D'ailleurs, c'était sans doute pour cette raison que les vamps avaient caché le Foyer.

Merde, si les vampires apprennent que la statue n'a pas été détruite, je vais les avoir sur le dos, eux aussi.

— Ça pue, conclus-je.

Je me sentais mal.

Ivy souffla en s'appuyant contre le dossier de sa chaise.

— Non, tu crois ?

À l'autre bout du bar, Jenks termina sa chanson. Il se lança immédiatement dans une version scabreuse d'*American Woman* en se déhanchant. Les trois femmes et l'un des routiers l'applaudirent et sifflèrent. Jax voletait au-dessus de lui et l'arrosait d'étincelles. Je me demandai si quelqu'un avait la moindre idée des changements qu'allait subir le monde, et que ces changements allaient commencer ici, dans ce petit bar.

Je m'essuyai les doigts et pris le sac posé sur mes cuisses.

— Avec ça, je peux donc changer l'équilibre des forces de l'Outremonde, dis-je.

Ivy acquiesça ; le bout de ses cheveux se balança.

— Ce serait aussi explosif que de lâcher un tigre dans une exposition canine, articula-t-elle sèchement. On dit que les garous avaient une structure politique très semblable à celle des vampires. Meilleure encore, puisque les garous ne se sont jamais trahis comme le font les vampires pour du sang. Leur hiérarchie gravitait autour du détenteur du Foyer, et leur organisation sociale s'est écroulée quand il a disparu. Ils se sont retrouvés politiquement castrés, réduits à se chamailler en petites meutes.

Nick attaqua son second hamburger.

— D'après les textes démoniques, poursuivit-il, ils allaient convertir l'humanité par la force. (Il enleva le petit pain du dessus pour manger le hamburger comme un sandwich à ciel ouvert.) Ceux qui ne voulaient pas devenir garous étaient tués. Des familles entières converties ou massacrées au nom de la conquête du monde par les garous au détriment des vampires. Ils auraient eu de bonnes chances de réussir si les sorcières n'avaient pas fait la traversée depuis l'au-delà vers cette époque ; elles ont pris parti pour les humains et les vampires. Grâce à leur magie, on les a repoussés.

J'enlevai et remis nerveusement mes claquettes, qui produisirent un bruit sec sur le plancher. Je me demandais ce qu'il avait donné à un démon pour apprendre tout ça. Personnellement, je n'en avais jamais entendu parlé, mais Ivy si – peut-être que je n'avais pas suivi le bon cours. Je ne pus m'empêcher de penser qu'en fin de compte, c'étaient peut-être les sorcières qui étaient au sommet de la chaîne alimentaire, nos tendances à l'indépendance et notre manque de structure politique mis à part. Tous les sorts de terre sur le marché, qu'ils soient utilisés par les humains, les vampires ou les garous, étaient faits par des sorcières. Sans nous, leurs guéguerres politiques, ils les auraient menées à coups de bâton ou en se lançant des cailloux et des noms d'oiseaux.

— Le Foyer a été détruit, affirma Ivy d'une voix grave.

Son regard était rempli d'inquiétude.

Nick secoua la tête. Il avala une gorgée de soda et dit :

— Il a été créé par un démon, et seul un démon peut le détruire. Les vampires de haute lignée se le sont passé de génération en génération.

— Jusqu'à ce que tu l'échanges contre un peu de ton âme, murmurai-je.

Nick blêmit.

Idiot d'humain, pensai-je. Puis je cachai mon poignet.

Jenks termina sa chanson au milieu des vivats. Il s'inclina et descendit de scène en lançant des baisers à son public. Il revint vers nous d'un pas léger. Il y eut un flash. Je regrettai d'avoir oublié mon appareil photo. Jax voleta au-dessus des dames pour les charmer et permettre à son père de les éviter. Grâce à Jenks, l'atmosphère avait changé du tout au tout ; à présent, les routiers nous lançaient aussi des regards à la limite du voyeurisme.

— Le repas est servi ? demanda le pixie.

Il me tendit mon portefeuille, puis s'assit et s'attaqua à son premier hamburger avec l'enthousiasme d'un adolescent affamé. Jax était resté avec les femmes. Il les distrayait tout en restant bien à l'écart de la conversation des grands.

— J'ai raté quelque chose ? demanda Jenks en mordant dans son sandwich.

Je fis la moue et lançai un regard pince-sans-rire à Ivy.

— Nick a piqué un artefact qui peut déséquilibrer les forces de l'Outremonde et provoquer une guerre entre vampires et garous, résumai-je en remisant mon portefeuille à côté de la statue.

Il fallait que j'appelle David pour avoir son avis sur la question. Enfin, à y repenser, peut-être ne valait-il mieux pas.

Jenks s'immobilisa, les joues gonflées par la nourriture. Il nous regarda tous dans les yeux pour voir si nous plaisantions, mais ce ne fut que lorsque Nick hocha la tête qu'il pensa à avaler.

— Sainte merde.

— Tu vois le topo, soupirai-je. Qu'est-ce qu'on va en faire ? On ne peut pas la leur donner.

Nick prit une de ses frites.

— C'est moi suis à l'origine de tout ça. Je vais prendre la statue et disparaître.

D'un mouvement plein de grâce, Ivy s'adossa à sa chaise. Elle avait l'air calme, en pleine possession de ses moyens, mais je voyais à ses doigts qui cherchaient son crucifix manquant qu'il n'en était rien.

— Les choses ne sont plus aussi simples, maintenant, professeur. Ils connaissent Rachel. Ils laisseront peut-être tomber concernant Jenks, mais, pour sauver tes miches, Rachel a mis les siennes en danger. Elle ne peut pas retourner à Cincinnati comme si de rien n'était. Ils la suivront jusqu'en enfer pour récupérer leur statue. (Elle posa un bras à plat sur la table et s'avança d'un air menaçant.) Ils lui feront ce qu'ils t'ont fait, et il est hors de question que je le permette, espèce de petite merde.

— Arrêtez tout de suite, l'interrompis-je tandis que Nick rougissait. On ne peut pas la rendre. Qu'est-ce qui nous reste comme options ?

Ivy préleva une graine de sésame sur son hamburger et fit la moue. Nick n'avait pas digéré l'insulte. Jenks était le seul dont le front était plissé par la réflexion plutôt que sous l'effet de la colère.

— Tu peux peut-être leur faire oublier tout ça ? demanda-t-il la bouche pleine ? Ou faire en sorte qu'ils nous oublient, nous ?

J'écartai mon assiette.

— Il y a trop de gens. J'en oublierais forcément. Sans parler du fait qu'il s'agirait d'un sort de terre noir. Pas question.

Pour quelqu'un qui se sert de malédictions démoniques... Tous les goûts sont dans la nature. Mais la malédiction de Ceri n'impliquait pas de faire du mal à quelqu'un d'autre que moi.

Jenks mâchait lentement.

— Et si on la recachait ?

— Pas question, protesta Nick. J'ai dépensé un an de salaire pour la trouver.

Je ne relevai pas, mais fronçai tout de même les sourcils. Il continuait à s'enfoncer.

— Ils s'en prendraient tout de même à Rachel, répondit Ivy. Si tu ne peux pas leur faire perdre la mémoire à tous, dit-elle en se tournant vers moi, je ne vois qu'une solution pour récupérer ta vie malgré les conneries de l'autre abruti.

Nick respira bruyamment.

— Si tu m'appelles encore une fois comme ça, je...

Ivy s'élança. Je sursautai, mais parvins à m'empêcher de faire un bond en voyant son bras partir et attraper Nick sous le menton. Nick écarquilla les yeux mais ne bougea pas. Il avait grandi dans le Cloaque et savait que cela ne ferait qu'aggraver la situation.

Les pupilles d'Ivy étaient presque entièrement dilatées.

— Tu quoi, abruti ?

— Ivy..., dis-je d'un ton fatigué. Arrête un peu.

Jenks nous regarda toutes les deux, l'œil brillant et le visage inquiet.

— Détends-toi, Ivy, murmura-t-il. Tu sais bien qu'elle est toujours du côté des perdants.

Les mots de Jenks pénétrèrent ses défenses, contrairement aux miens. Les iris d'Ivy redevinrent instantanément marron. Elle se mit à sourire béatement, lâcha Nick et le rattrapa par le col de son sweat-shirt avant qu'il bascule en arrière. Elle fit semblant de l'ajuster pour lui.

— Désolée, Nickie, fit-elle.

Elle lui tapota la joue du bout de ses doigts pâles. Un petit peu trop fort, peut-être.

Tandis que j'essayais de me détendre, Nick recula sa chaise en se massant précautionneusement la gorge. Ivy se reversa du Coca d'un geste sec.

— Il n'y a qu'une solution, déclara-t-elle en redressant méticuleusement sa paille. Le professeur ici présent doit mourir.

— Ouh là, ouh là, ouh là ! m'exclamai-je.

Nick, quant à lui, était tout raide et rouge de colère. Jenks rapprocha son assiette de frites.

— Alors là, je suis d'accord avec toi. (Ses yeux parcoururent le bar, sans doute à la recherche du ketchup inexistant). Ça réglerait tout.

(Il hésita en s'essuyant les doigts sur une serviette.) Attrape-le pendant que je vais chercher ton épée dans le van.

— Eh ! m'écriai-je.

J'étais en colère. Je savais qu'ils plaisantaient, mais ça commençait à m'agacer. Je baissai la voix en voyant les poules du bar nous regarder.

— Nick, relax. Ils ne vont pas te tuer.

Jenks attaqua ses frites en ricanant. Ivy prit une pose confiante, presque séduisante : elle s'affala contre le dossier de sa chaise et sourit à demi.

— Bon d'accord. Si ça te met de travers, on ne le tuera pas. On va se contenter de lui mettre en scène une mort bien spectaculaire en public, ainsi que la destruction de la statue.

Nick la fixa.

— Je ne te laisserai pas la détruire ! s'offusqua-t-il.

Elle haussa les sourcils.

— Tu ne pourras pas m'en empêcher. C'est notre seule chance pour qu'ils lâchent Rachel, alors soit tu as une suggestion, soit tu la fermes.

Nick s'immobilisa. Je regardai son front plissé par la réflexion, puis me tournai vers Jenks. Lui aussi l'observait ; il avait la bouche pleine, mais ses mâchoires ne bougeaient pas. Nous échangeâmes un regard entendu. Quelqu'un qui avait supporté une semaine de torture n'abandonnerait pas aussi facilement. Ivy n'eut pas l'air de le remarquer, mais elle ne connaissait pas Nick comme je commençais à le connaître. *Seigneur, pourquoi est-ce que je prends même la peine de l'aider ?* me demandai-je en faisant taper bruyamment mes claquettes sur le plancher. Déprimée, je pris mon soda.

— Donc, vous orchestrez ma mort et la destruction du Foyer. (Il faisait semblant de laisser tomber ; Jenks, lui, fit semblant de ne pas s'en apercevoir et retourna à son déjeuner.) Je pense qu'ils vont le remarquer, quand l'ambulance va m'emmener à l'hôpital plutôt qu'à la morgue.

Ivy suivit des yeux quelqu'un qui venait dans notre direction. Le Coca à la main, je me retournai et vis Becky avec trois verres décorés d'ombrelles et de cerises sur des cure-dents. Je regardai les trois poufes et grimaçai. *Oh… Comme c'est gentil.* Elles essayaient de se faire Jenks.

— Je peux nous trouver un corps, dit Ivy dans un moment de silence.

Je m'étouffai en avalant ma boisson. Prise d'une quinte de toux, je pensai à tout ce que cette remarque entraînait. Mais Becky s'était approchée et je ne pouvais rien dire – de toute façon, je n'avais pas assez de souffle.

— Tenez, mon joli, déclara la serveuse en posant les verres sous le nez de Jenks. De la part des trois dames au bar.

— Eh, waouh ! fit Jenks. (Apparemment, il avait oublié ce qu'accepter un verre proposé par un inconnu signifiait dans le monde des plus de dix centimètres.) Regardez, des épées pixies !

L'œil brillant, il tendit la main vers les cure-dents.

— Jenks ! l'interrompis-je.

Ivy soupira d'un air fatigué ; Jenks nous regarda à tour de rôle.

— Quoi ? demanda-t-il en rougissant. (Il fit la grimace et leva les yeux sur Becky.) Eh, euh, je suis marié. (J'entendis quelqu'un jurer du côté du bar – Dieu merci, ce n'était pas le routier.) Peut-être que…, commença-t-il en poussant les verres avec réticence. Peut-être que vous feriez mieux de les retourner à ces dames avec mes, euh, regrets.

— Oh, tant pis, réagit-elle avec un sourire. Gardez-les. Je leur avais dit qu'un beau gosse comme vous serait déjà hameçonné, pêché, découpé et cuisiné. (Son sourire s'élargit.) Et consommé.

Ivy souffla. Nick, quant à lui, semblait ne pas savoir s'il devait être fier de son espèce ou en avoir honte. Jenks secoua la tête en écartant les verres. Sans doute pensait-il à Matalina.

— Vous avez dit que vous aviez de la tarte, non ? demanda Ivy.

— Oui, madame. (D'un geste très professionnel, Becky reprit les verres avec les épées pixies et tout le saint-frusquin.) Au beurre salé ou aux pommes. Je vais vous apporter une part de tarte aux pommes, puisque vous êtes allergique au beurre salé.

Ivy cilla mais ne cessa pas de sourire.

— Merci. (Elle poussa son hamburger encore intact ; la femme eut l'obligeance de le prendre, ainsi que mon assiette.) Vous pouvez mettre une boule de glace dessus ? Et m'apporter un café ? Tout le monde veut du café ?

Elle nous interrogea du regard. Décidément, son sourire ne faisait rien pour arranger ma nervosité, surtout après l'avoir entendue dire « Je peux nous trouver un corps ». Je hochai la tête. *Un café ? Pourquoi pas, après tout ?*

— Avec du sucre et de la crème, ajouta Jenks d'un air timide.

Becky s'éloigna en se pavanant et en proclamant tout haut aux trois femmes assises au bar qu'elle avait vu juste depuis le début.

Ivy la regarda partir puis se tourna vers moi, l'air inquisiteur. Je compris soudain que Becky avait dû parler à Terri, la caissière de l'épicerie. Sentant arriver l'un de mes splendides moments d'embarras, je me voûtai et me remis à siroter ma boisson pour me cacher derrière mon verre. Pas étonnant que tout le monde ici soit gentil avec nous. Ils me prenaient pour une nympho qui aimait se farcir trois personnes à la fois tout en mangeant du pudding.

— Pourquoi suis-je allergique au beurre salé ? demanda lentement Ivy.

Je rougis.

— Euh, Rachel et moi, euh, sommes amants, bégaya Jenks. On aime les plans à quatre et le pudding. Apparemment, elle pense que toi et Nick vous appelez Alexia et Tom. Tu es allergique au beurre salé et l'autre abruti aime les pistaches.

— Arrêtez de m'appeler comme ça, grommela Nick.

Ivy expira. Elle haussa les sourcils, l'air abasourdi.

— D'accord…

Je reposai mon verre.

— On peut en revenir à comment on va tuer Nick ? Et puis c'est quoi, cette histoire de corps ? Tu ferais mieux de commencer à parler, et vite, Ivy, parce qu'il est hors de question que je joue à cache-cache avec un cadavre dans mon coffre. J'ai déjà fait ça à la fac, et je ne le referai pas.

Un sourire déforma la bouche d'Ivy.

— Vraiment ?

Je rougis de nouveau.

— Oui, enfin, il n'était pas mort, mais ils m'avaient dit qu'il l'était. J'ai eu la peur de ma vie, quand il m'a embrassé l'oreille – j'étais en train de le traîner et…

Je m'interrompis en sentant Becky juste à côté de moi, une part de tarte et un plateau de cafés à la main.

Un petit sourire narquois aux lèvres, elle servit les cafés et déposa la tarte surmontée de sa boule de glace devant Ivy. Elle prit les assiettes vides de Jenks et de Nick et s'éloigna en chantonnant *American Woman*.

Je regardai la glace d'Ivy, puis ma fourchette.

— Tu vas tout manger ? demandai-je en sachant pertinemment qu'Ivy finissait rarement ses plats.

Elle me demanda la permission d'un regard, puis enleva ma tasse de sa soucoupe et la remplaça par la boule de glace. Je la rapprochai de moi et sentis la tension baisser. Je n'avais pas de cuiller, mais je n'allais tout de même pas en demander une à Becky. Ma fourchette ferait l'affaire.

Ivy découpa soigneusement la pointe de sa part de tarte et la mit de côté pour la manger en dernier.

— Je propose qu'on fasse venir un kévorkien.

J'eus soudain froid dans le dos, et pas seulement à cause de la glace.

— C'est illégal, intervint Jenks.

— Seulement si on se fait prendre, répliqua-t-elle sans quitter sa tarte des yeux. L'ami d'un ami…

— Non. (Je reposai ma fourchette.) Pas question que j'aide un vampire à traverser. Pas question. Ivy, tu me demandes de tuer quelqu'un !

J'avais haussé la voix. Ivy fit un mouvement de tête pour écarter ses cheveux de ses yeux.

— Il a vingt ans, et il souffre tellement qu'il ne peut pas aller aux chiottes tout seul.

— Non ! m'exclamai-je encore plus fort. (Je me fichais que les gens commencent à se retourner.) C'est absolument hors de question. (Je me tournai vers Jenks et Nick pour chercher leur soutien, mais constatai avec effroi qu'ils étaient d'accord.) Vous êtes tous dingues ! Pas question que je fasse ça.

— Rachel, insista Ivy. (Ses yeux marron trahissaient une émotion inhabituelle.) Les gens font ça à longueur de temps.

— Eh bien, pas moi.

En colère, j'écartai mon assiette en me demandant si Ivy avait pensé que la glace aiderait à me convaincre. Elle savait que les glaces me rendaient dingue. Je grimaçai en entendant les rires en provenance du bar et me tournai pour voir Becky, penchée en avant, popotin en l'air, commérer avec les routiers. Je me dis qu'ils devaient croire qu'on venait de me faire une proposition que même moi, toute rousse nympho que j'étais, je ne pouvais accepter. Je croisai les bras et lançai un regard noir à Ivy.

— Il le ferait volontiers lui-même, dit Ivy à voix basse. Dieu sait qu'il en a le courage. Mais il a besoin du chèque de son assurance-vie pour s'installer, et s'il se tue il n'y aura pas droit. Ça fait longtemps qu'il attend.

— Non.

Ivy fit la moue. Puis son front se lissa.

— Je vais l'appeler ; tu vas lui parler et, si tu ne changes pas d'avis, on laisse tomber. C'est toi qui décideras.

J'avais mal à la tête. Si je ne disais pas oui maintenant, j'allais avoir l'air plus méchante que la baby-sitter de Satan.

— Alexia, proférai-je suffisamment fort pour que tout le bar m'entende, tu es vraiment une grande malade.

Son sourire s'élargit.

— Bonne fifille. (Manifestement contente, elle prit sa fourchette et mangea une autre bouchée.) Tu peux concocter un charme pour donner à quelqu'un l'apparence du petit professeur ici présent ?

Nick se raidit ; Jenks ricana.

— Petit professeur…, répéta-t-il en mettant un quatrième sachet de sucre dans son café.

J'avais l'impression de monter une blague à la cantine du lycée.

— Oui, c'est faisable, dis-je d'un ton maussade.

Je fis faire des ronds à la boule en train de fondre dans mon assiette. Les charmes de doppelgänger étaient illégaux, mais pas noirs. Pourquoi m'en priver ? Je n'étais pas à ça près, puisque j'allais tuer quelqu'un.

— Bien.

Ivy harponna ce qui restait de sa tarte. Elle s'immobilisa pensivement avant de manger la pointe. Je savais qu'elle était en train de faire un vœu. Et dire que les gens me trouvaient superstitieuse !

— Maintenant, il ne nous reste plus qu'à trouver un moyen de détruire cette chose, finit-elle.

Nick s'agita.

— Pas question que vous la détruisiez. Elle a plus de cinq mille ans.

Je fis du bruit avec mes claquettes.

— Je suis d'accord, intervins-je. (Nick me regarda avec reconnaissance.) Si on peut mettre un faux Nick à la place du vrai, alors on peut faire la même chose avec la statue.

Ivy s'adossa à sa chaise avec son café.

— Je m'en fiche. Mais toi… (Elle pointa le doigt sur Nick.)… toi, tu ne l'auras pas. Rachel va se charger de la cacher, et toi, tu n'auras *rien*.

Nick eut l'air attristé. Jenks et moi échangeâmes le même regard entendu que précédemment. Ç'allait être un problème. Jenks touilla son café.

— Bon, alors, comment on va niquer Nick ?

Je trouvai que son jeu de mot laissait à désirer, mais je ne relevai pas. J'ignorai même mon pot-de-vin en passe de fondre.

— Je ne sais pas. D'habitude, je suis plutôt du côté où on sauve les miches des gens.

Jenks souffla sur sa tasse puis répondit :

— Personnellement, j'aime bien leur écraser la poitrine jusqu'à ce que leurs côtes pètent et que leur sang gicle comme de la confiture dans un mixeur sans couvercle. (Il prit une gorgée et grimaça.) C'est ce que je fais avec les fées.

Je fronçai les sourcils et le regardai, consternée, rajouter deux sachets de sucre.

— On pourrait le pousser d'un toit, suggéra Ivy. Ou le noyer ? Il y a ce qu'il faut comme eau, dans le coin.

Jenks se pencha vers Ivy, l'air conspirateur, et il nous regarda à tour de rôle dans les yeux.

— Je propose de lui coller un bâton de dynamite dans le cul et de se tirer très vite, mais ça risque de faire très mal à celui qui va prendre sa place.

Ivy éclata de rire. Je les regardai en fronçant les sourcils. La machine à karaoké avait redémarré. J'entendis avec déplaisir les premières mesures du rythme enjoué de *Love Shack. Oh, mon Dieu.* Le routier maigrichon était sur scène avec les trois bimbos pour choristes.

J'eus beaucoup de mal à détacher mes yeux de ce spectacle. Je commençais à sentir le poids des dernières vingt-quatre heures.

— Écoutez, je suis debout depuis hier midi. On peut se trouver un endroit pour se poser une journée ?

Sans attendre, Ivy prit son sac sous sa chaise.

— Oui, tirons-nous. Je dois appeler Peter. Il leur faudra un jour pour monter, à lui, à son scion et à son mentor. Toi, tu dors, et Jenks et moi, on va faire quelques plans ; tu pourras choisir celui qui conviendra le mieux à ta magie. (Elle jeta un coup d'œil à Jenks, qui acquiesça ; ils se tournèrent tous deux vers moi.) Ça te va ?

— Oui.

J'inspirai lentement pour rester calme. Je tremblais intérieurement. Je n'étais pas trop chaude pour choisir un quelconque plan visant à tuer quelqu'un. Mais les garous ne lâcheraient pas le morceau tant que Nick serait en vie ; et s'il n'y avait pas de corps, ils sauraient que sa mort n'était qu'une entourloupe.

Et puis je voulais rentrer. Je voulais retrouver mon église et ma vie. Ils me traqueraient jusqu'au bout de la terre, s'ils savaient que j'étais en possession du Foyer.

Je me levai. J'avais l'impression de mettre le pied dans des endroits où je m'étais jadis juré de ne jamais aller. Si on se faisait prendre, on serait jugés pour meurtre.

Mais quel choix avions-nous ?

Chapitre 21

La chambre de motel embaumait la cannelle et les clous de girofle, comme si c'était le solstice. Nick faisait cuire des biscuits au gingembre, et la chaleur du four, petit mais efficace, dans mon dos n'était pas désagréable. Il n'était pas inhabituel qu'il fasse la cuisine ; cela dit, il avait sans doute plus l'intention de m'amadouer que l'envie de faire des cookies maison. Comme Jenks avait mis à Jax une chaîne pour enfants et qu'Ivy ne voulait pas confier à Nick le soin de planifier sa propre exécution, il ne lui restait pas grand-chose à faire pour s'occuper.

Les garous connaissaient Jenks. C'était donc Ivy qui était allée faire des courses, armée d'une liste pour l'épicerie et de ma pointure, pendant que je dormais. Il ne semblait pas prudent que nous sortions tous trois fois par jour – voire six fois dans le cas de Jenks – pour nous restaurer. Nous avions trouvé une suite à cinq minutes du bar et, après avoir jeté un coup d'œil aux pièces basses de plafond peintes en marron et or, j'avais posé sans équivoque que c'était moi qui prenais le van. Ivy avait pris la chambre minuscule qui donnait sur la pièce principale, Nick avait choisi le lit dans cette dernière, et Jenks avait insisté pour dormir dans le canapé-lit ; il l'avait déplié et replié deux fois le temps qu'Ivy et moi ayons fini de décharger nos affaires. Ivy refusait que Nick touche quoi que ce soit. Le van était petit et froid, mais il était surtout calme. Et, avec le cercle que j'avais dressé autour avant de m'endormir, il était plus sûr que le motel.

En me réveillant ce matin-là, j'étais toute raide et de mauvais poil. Il était 9 heures, heure particulièrement indue pour une sorcière, mais je n'avais pas réussi à me rendormir après ma sieste de 12 heures. Et comme Jenks et Jax étaient levés et que Nick, bien sûr, était réveillé, je m'étais dit que j'allais en profiter pour prendre de l'avance sur mes préparatifs magiques.

Ouais. C'est ça.

— Ra-ra, tu veux lécher la cuiller ?

Je n'avais pas vu Nick aussi décontracté depuis… l'automne précédent. Je souris d'un air aussi neutre que possible.

— Non, merci.

Je me reconcentrai sur l'écran de mon portable. Avec l'aide de Kisten, Ceri m'avait envoyé par mail la recette du charme nécessaire pour faire des amulettes de déguisement ; elle y avait apporté ses modifications pour en faire un sort de doppelgänger illégal. Ça restait de la magie blanche, mais je ne connaissais pas suffisamment les nouveaux ingrédients pour sensibiliser le charme afin d'imiter une personne en particulier.

Je m'étirai et rapprochai mon carnet de notes pour ajouter des graines de citrouille à la liste. L'ampoule au-dessus du four se reflétait sur mon bracelet non ensorcelé ; je secouai le bijou en or noir pour bien étaler ma rupture avec Nick. Il m'ignora et continua à déposer des gouttes de pâte à cookies sur une poêle à l'air bien peu amène. Il marqua une pause. Il voulut dire quelque chose mais se ravisa. La première fournée de cookies était sortie peu de temps auparavant, et l'odeur était paradisiaque.

J'évitais ses cookies à cause d'un vague sens moral, mais Jenks s'en était servi une pleine assiette. Il était penché sur les devoirs de Jax, sur la table près de la fenêtre dont les rideaux étaient restés tirés. La télé était allumée, mais ni le père ni le fils n'y prêtaient attention, absorbés qu'ils étaient par leur leçon. Rex était couchée sur les genoux de Jenks, ses jolies petites pattes blanches calées bien au chaud sous son corps ; elle me regardait depuis l'autre côté de la pièce. Jax se promenait sur la table, mais cela ne semblait pas l'intéresser à cet instant précis.

Jenks, en bon père vigilant, avait posé sur elle une main apaisante, au cas où elle se rappellerait l'existence de Jax et tenterait de lui donner un coup de patte. Mais la chatte semblait vraiment obnubilée par moi – à la limite, c'en était presque effrayant. Je crois qu'elle savait que c'était moi, la louve de la veille, et qu'elle attendait que je me retransforme.

Ses oreilles pivotèrent vers la pièce du fond. Un bruit de claquement la fit détaler. Jenks jappa en sentant ses griffes s'enfoncer dans sa chair, mais elle était déjà sous le lit. Jax se lança à sa poursuite dans une gerbe d'étincelles dorées et la rassura d'une voix haut perchée qui me crissait sur les globes oculaires. Un torrent d'insultes étouffées se déversa de la chambre d'Ivy. *Super. Quoi encore ?*

La porte d'Ivy s'ouvrit à la volée. La vampire portait sa nuisette en soie habituelle et ses cheveux noirs courts avaient pris le pli de l'oreiller. Mince et sexy, elle traversa la vilaine moquette, l'air prête à en découdre.

Le thème entraînant de « The Electric Company » l'accompagna. Elle déboula dans la cuisine. Les yeux écarquillés, je me tournai pour la suivre du regard. Nick resta planté là, l'air satisfait, le saladier de pâte dans ses longues mains. Sans desserrer les mâchoires, Ivy s'empara d'une manique, ouvrit le four et en sortit le moule rempli de cookies. Il fit un bruit métallique étouffé lorsqu'elle le posa sur l'autre récipient contenant la fournée suivante.

Les yeux marron d'Ivy se fixèrent un instant sur ceux de Nick, puis elle prit les deux moules à l'aide de la manique et se dirigea vers la porte de la suite. Toujours sans un mot, elle l'ouvrit et jeta le tout sur le trottoir. Elle revint à une vitesse quasi vampirique, arracha le saladier à Nick – qui n'offrit aucune résistance – et fit tomber dedans les cookies qui refroidissaient sur le plan de travail.

— Ivy ? demandai-je.

— 'jour, Rachel, fit-elle sèchement.

Ignorant Jenks, elle ouvrit la porte et envoya le saladier en métal rejoindre les autres récipients. Elle prit un cookie des mains de Jenks, le balança dehors, claqua la porte et disparut dans sa chambre.

Interloquée, je regardai Jenks. Le pixie haussa les épaules, puis baissa le volume de la télévision. Je suivis son regard et me tournai vers Nick. Il avait l'air positivement revanchard. Je plissai les yeux et m'adossai à ma chaise en croisant les bras.

— Qu'est-ce qui vient de se passer, au juste ? demandai-je.

— Oooh, j'avais oublié, dit-il avec un petit claquement de ses doigts en voie de guérison. Les vampires sont sensibles à l'odeur du clou de girofle. Mince alors, l'odeur a dû la réveiller.

Ma mâchoire se crispa. C'était la première fois que j'entendais ça. Apparemment, il en allait de même pour Jenks, puisque c'était lui qui avait acheté les épices. Nick se retourna vers l'évier – un peu trop lentement pour me cacher son sourire.

Je soufflai en me disant qu'il avait de la chance – Ivy aurait pu le gifler assez fort pour l'assommer. Vu l'état dans lequel il était, il n'aurait pas fallu grand-chose. Je posai les yeux sur l'amulette de douleur qu'il portait autour du cou et me dis que toute cette situation était complètement stupide. Jenks m'avait dit qu'Ivy avait passé la nuit sur Internet pendant que Nick essayait de dormir. Était-ce une vengeance ?

Je tambourinai du bout des doigts sur la table en contreplaqué, puis me levai et refermai mon portable. Je tirai mon grimoire de malédictions démoniques et le pris dans mes bras.

— Je serai dans le van, émis-je d'un ton neutre.

— Rachel…, commença Nick.

Mais je pris ma liste et mon crayon d'un geste sec et sortis de la cuisine. Le lourd grimoire me déséquilibrait et me faisait marcher maladroitement, ce qui, d'une certaine manière, s'accordait avec mon humeur du moment.

— Je m'en fous, Nick…, dis-je d'un ton exténué sans me retourner.

Jenks était à la fois inquiet et en alerte. La feuille devant lui était remplie du travail de Jax. Il s'améliorait.

— Je serai dans le van, si tu as besoin de moi, lui glissai-je en passant.

— OK.

Il regarda Jax, qui essayait de convaincre Rex de sortir de sous le lit. La vue de ce pixie soulevant un dessus-de-lit en disant « minou, minou, minou » ne me rassura pas malgré mon habitude du danger.

— Rachel, protesta Nick au moment où j'ouvrais la porte.

Mais je ne me retournai pas. Je reculai de quelques pas et pris mon sac, qui contenait le Foyer. Il valait mieux ne pas le laisser dans le coin.

— Espèce de grosse merde, dit Jenks à l'instant où je sortais. Tu ne sais pas qu'elle est toujours du côté du…

La porte coupa la fin de sa phrase en se refermant.

— Du côté du perdant, terminai-je.

Déprimée, je m'appuyai contre la porte, la tête basse, le Foyer coincé entre mon grimoire et moi. Pas cette fois. Je ne me mettrais pas du côté de Nick, et malgré l'incident des cookies c'était lui, le perdant.

Un chant d'oiseau et la fraîcheur matinale me firent relever la tête. La rue était déserte et l'air humide ; la circulation était inexistante malgré l'heure de pointe. Le soleil s'efforçait de percer la brume légère, baignant tout dans un voile doré. Le détroit, non loin, devait être sacrément joli, mais de là où je me trouvais il m'était impossible de vérifier.

Rassemblant mon courage, je déplaçai le poids de mon grimoire et fouillai ma poche à la recherche des clés du van. Nous nous étions garés à l'ombre d'un gigantesque pin blanc entre la route et le motel afin que je puisse faire un cercle sans que les gens se le paient. Les chaussures neuves qu'Ivy m'avait achetées pour cent dollars ne produisaient aucun bruit sur le goudron. Ça faisait bizarre, d'être debout aussi tôt. C'était presque effrayant. Par habitude, je passai les clés en revue sans les entrechoquer ; seul le claquement étouffé indiquant que le van était déverrouillé vint perturber le silence, du moins jusqu'à ce que je tire la porte latérale. Elle fit un bruit de métal qui glisse et de caoutchouc qui roule. Comme je n'étais toujours pas calmée, je montai dans le véhicule et refermai la porte en la claquant pour évacuer ma frustration.

Je posai le grimoire sur le lit et m'assis à côté. Les coudes sur les genoux, je donnai un coup de pied dans mon sac pour le ramener sous moi. Je n'avais pas envie d'être là, mais j'avais encore moins envie d'être dans cet hôtel. Le silence ne tarda pas à me peser. Je tirai le grimoire et le posai sans conviction sur mes cuisses. Tant qu'à être dans ce van, autant faire quelque chose. Je retirai mes chaussures sans les mains et m'assis en tailleur, dos au rideau qui me séparait de l'habitacle. Il faisait sombre. Je tirai donc le petit rideau qui cachait la fenêtre latérale. Mon pendentif en forme d'éclair frottait sur les pages jaunissantes tandis que je feuilletais le tome à la recherche de quelque chose de familier. Il n'y avait pas de table des matières, ce qui ne facilitait pas les choses pour une petite curieuse comme moi. Al se servait de la magie démonique pour prendre l'apparence de gens qu'il n'avait jamais vus ; il tirait leur description et leur voix des souvenirs de leurs proches aussi facilement que je cueillais des fleurs dans mon jardin. Je n'allais pas faire une malédiction démonique pour me déguiser alors que je pouvais me servir d'un charme blanc de terre illégal, mais comparer les deux pourrait m'aider à comprendre comment les trois branches de la magie puisaient dans les forces les unes des autres.

Le mot latin signifiant « copie » attira mon attention. Je me penchai un peu plus et sentis mes jambes protester. J'avais besoin d'aller courir ; je commençais à perdre en souplesse. À force de réflexion, je déduisis que le mot signifiait plutôt « transposition ». Ce n'était pas la même chose. Cette malédiction ne faisait pas en sorte que quelqu'un ressemble à quelqu'un d'autre mais déplaçait les capacités d'une personne dans le corps d'une autre. J'en restai bouche bée. C'était ce sort qu'Al utilisait ; grâce à lui, quand il devenait Ivy, il prenait en plus les capacités physiques d'un vampire.

Je haussai les sourcils en me demandant de qui Al pouvait bien tirer ses capacités vampiriques. De Piscary, en échange d'un service ? D'un vampire inférieur qu'il détenait dans l'au-delà ? Ceri devait le savoir.

Je baissai les yeux sur mon sac et mon pouls s'accéléra lorsqu'une pensée s'insinua en moi. Je ne pouvais dupliquer le Foyer sans engager un artiste – il mettrait une éternité à le copier, et ensuite, il faudrait lui lancer un charme d'oubli. Mais peut-être que si je déplaçais ses pouvoirs dans un autre objet…

— Malédiction démonique, Rachel, murmurai-je. Rien qu'en y pensant, tu es déjà une mauvaise fille.

Une porte du motel s'ouvrit et se referma ; cela m'alerta. Je n'entendis pas de bruits de pas. Je me réprimandai pour ne pas avoir puisé d'énergie plus tôt. Je touchai la ligne la plus proche.

— *Rhombus*, murmurai-je.

Par ce mot, j'avais déclenché une série de réactions durement apprises qui résumaient cinq minutes de préparatifs et d'invocation de cercle en un battement de cœur. Le soudain afflux d'au-delà me traversa en me picotant – j'avais l'impression que mon corps tout entier vrombissait. Je trouvais fascinant que les lignes de la région aient un « goût » différent, presque plus électrique. Je pense que c'était à cause du lac.

— Mince, fit la voix étouffée de Jenks. Quand elle veut être seule, elle ne rigole pas, dis donc !

Une voix stridente lui répondit. Je poussai le grimoire de mes cuisses et écartai le rideau pour aller me mettre au volant.

— Jenks appelai-je en tapant sur la vitre. (Je mis la clé dans le contact et abaissai la vitre.) Qu'est-ce qu'il y a ?

Le grand pixie était en train d'ouvrir la Corvette de Kisten. Il se retourna en plissant les yeux à cause de la brume puis traversa le parking, le sourire aux lèvres, deux amulettes au cou et une casquette de base-ball rouge sur la tête. L'une des amulettes servait à cacher son odeur, tandis que l'autre, un produit en vente libre, lui faisait les cheveux noirs. Ce n'était pas grand-chose, mais ça suffirait bien. Ses pieds s'arrêtèrent au bord du voile noir d'au-delà qui nous séparait ; j'abaissai mon cercle. Mon pouls s'accéléra temporairement à cause de l'afflux d'énergie précédant ma déconnexion de la ligne.

— Il me faut d'autres brosses à dents, déclara-t-il en s'approchant. Et peut-être un peu de fudge.

Je m'agenouillai sur le siège côté conducteur et croisai les bras sur le rebord de la fenêtre. Des brosses à dents ? Il en avait déjà six d'ouvertes sur le meuble de la salle de bain.

— Tu sais que tu peux les réutiliser ? dis-je.

Il frissonna.

— Non, merci. En plus, je veux emmener Jax pour lui faire un cours sur les courses en climat froid, histoire qu'Ivy puisse en coller une bonne à l'autre abruti s'il veut continuer à la défier.

— Coucou, mademoiselle Morgan, pépia Jax.

La casquette de Jenks se souleva et son fils me regarda par l'ouverture. Je ne pus m'empêcher de sourire.

— Coucou, Jax. Veille sur ton père, d'accord ?

— Un peu, oui !

La fierté perça dans le regard de Jenks.

— Jax, va faire une rapide reconnaissance de la zone. Surveille ta température. Et fais attention. J'ai entendu des geais bleus, tout à l'heure.

— D'accord.

Jax s'extirpa de sous la casquette de son père et s'éloigna dans un vrombissement d'ailes.

J'expirai ; j'étais à la fois mélancolique et fière que Jax apprenne quelque chose de nouveau.

— Tu veux bien arrêter de traiter Nick d'abruti ? demandai-je. (J'étais fatiguée de compter les points.) Tu l'aimais bien, avant.

Jenks grimaça.

— Il a fait de mon fils un voleur et a brisé le cœur de ma partenaire. Pourquoi devrais-je lui accorder la moindre considération ?

J'écarquillai les yeux, surprise. Je ne savais pas que ma rupture avec Nick l'avait attristé.

— Ne me joue pas le couplet de la pauvre fille, s'agaça-t-il. Je n'ai peut-être que dix-huit ans, mais je suis marié depuis dix ans. Quand il t'a quittée, tu es devenue une chiffe dégoulinante de bave et de larmes, et il est hors de question que j'assiste de nouveau à ça. C'est pathétique, et ça me donne envie de te pixer. (Il prit une expression inquiète.) Je t'ai vue côtoyer des hommes dangereux, et tu te laisses toujours attendrir par les perdants. Nick est les deux à la fois. Je veux dire, il est dangereux et il a souffert.

Il avait accéléré son débit, prenant à tort mon air malade pour de la peur. *Mince alors, je suis vraiment si transparente que ça ?*

— Il te fera de nouveau du mal, si tu le laisses faire, poursuivit-il. Même si c'est involontaire.

Déconcertée, j'essuyai l'humidité que la brume avait déposée sur mon bras.

— Ne t'inquiète pas pour ça. Pourquoi veux-tu que je me remette avec lui ? J'aime Kisten.

Jenks sourit, mais ses sourcils étaient froncés.

— Alors pourquoi on est venus ici ?

Je posai le regard sur les fenêtres aux rideaux tirés du motel.

— Il m'a sauvé la vie. Je l'ai peut-être aimé. Et je ne peux pas faire comme si mon passé n'avait pas existé. Toi si ?

Il ne pouvait pas répondre grand-chose.

— Tu as besoin de quelque chose, tant que je fais les courses ? dit-il pour changer de sujet.

Je souris.

— Oui. Tu peux me rapporter un appareil photo jetable ?

Jenks cligna des yeux, puis sourit à son tour.

— Bien sûr. J'aimerais beaucoup avoir une photo de toi et moi ensemble devant le pont.

Sans cesser de sourire, il siffla pour rappeler Jax et se retourna.

Je sentis mon estomac se nouer en me rappelant pourquoi nous étions là.

— Euh, Jenks. J'ai besoin d'autre chose. (Il me regarda, en attente ; je m'humectai nerveusement les lèvres en me disant qu'en fin de compte, j'étais une mauvaise fille.) Il me faudrait quelque chose qui soit à base d'os.

Ses sourcils s'arquèrent.

— À base d'os ?

J'acquiesçai.

— De la taille d'un poing, en gros. Ne paie pas ça trop cher. Je crois que je peux déplacer la malédiction de la statue dans un autre objet. Il faut que ça ait été en vie à un moment, et je ne crois pas que le bois soit assez animé.

Jenks frotta des pieds par terre et hocha la tête.

— D'accord, je te rapporte ça, dit-il en se tournant vers le vrombissement sec et désespéré.

C'était Jax, et il était épuisé ; il tomba presque dans la main de son père.

— Par le dia… – euh, par la culotte de Clochette ! s'exclama-t-il. Qu'est-ce qu'il fait froid. Mes ailes ne marchent même pas. Bon sang, papa, tu es sûr que ce n'est pas dangereux pour moi d'être dehors par ce temps ?

— Tu vas bien. (Jenks retira sa casquette et leva la main ; Jax lui sauta sur la tête, puis son père remit sa casquette en faisant attention à ne pas l'écraser.) Il faut de l'entraînement, pour savoir combien de temps tes ailes peuvent tenir par une telle température et te trouver une source de chaleur à temps. C'est le but de l'exercice.

— Oui, mais il fait froid ! se plaignit Jax d'une voix étouffée.

Quand nos regards se croisèrent, Jenks souriait.

— C'est marrant, s'étonna-t-il. Peut-être que je devrais ouvrir un camp d'entraînement pour éclaireurs pixies.

Je ricanai, puis retrouvai une certaine solennité. Enseigner toutes ces choses qu'il ne serait plus en mesure de faire, cela pourrait égayer les derniers mois de sa vie. En voyant toute trace d'émotion quitter son visage, je compris que ses pensées étaient proches des miennes.

— L'école pour pirates pixies de Jenks, plaisantai-je.

Cela le fit sourire, mais pas longtemps.

— Merci, Jenks, dis-je quand je vis qu'il allait retourner à la voiture. J'apprécie vraiment.

— Pas de problème, Rache. (Il toucha sa casquette.) Trouver des choses, c'est la quatrième spécialité des pixies.

Je gloussai en retournant à l'intérieur du van. Je savais déjà ce qu'il pensait être leur spécialité numéro un – et ce n'était pas de sauver mes miches, comme il aimait le dire à tout le monde.

Je remontai la vitre à cause de la fraîcheur et retournai sur mon lit en me demandant si Kisten avait une seconde couverture, quelque part dans son van. J'entendis le grondement de la Corvette ; il ne tarda pas à se fondre dans le bruit d'ambiance de la circulation.

— De l'os, grommelai-je en écrivant le mot à côté du texte latin.

Je retins mon souffle puis le laissai s'échapper en voyant, chagrinée, le crayon s'effacer. *Ah oui, c'est vrai.* Ceri s'était servie d'un charme pour fixer l'écriture sur les pages. Je lui poserais la question la prochaine fois que nous nous parlerions.

— Pour quoi faire ? marmonnai-je.

Je me sentais d'humeur amère. Ce n'était pas comme si j'allais passer mon temps à me servir de ces malédictions, si ? Je fermai les yeux et gémis en me massant le front. *Je suis une sorcière blanche. C'est juste pour cette fois.* Trop de capacités mènent à une confusion entre le bien et le mal et, manifestement, j'étais déjà bien assez embrouillée. Étais-je lâche ou bête ? Dieu, j'allais me coller une sacrée migraine.

Je relevai la tête en entendant une porte du motel grincer. Aucun moteur ne démarra. Je me sentis blanchir lorsqu'on tapa à la porte arrière du van. Une ombre se tenait devant la fenêtre sale.

— Ra-ra ?

J'aurais dû refaire un cercle, pensai-je avec amertume. Je me recroquevillai et pris cinq bonnes secondes pour décider de ce qu'il convenait de faire – une éternité, pour moi.

—Rachel, je suis désolé. Je t'ai apporté du chocolat chaud.

Je soufflai en entendant son ton d'excuse. Je refermai le *Grand Livre des malédictions démoniques* et allai ouvrir la porte tout en sachant que je commettais une erreur.

Nick se tenait là, dans son survêtement gris, l'air prêt à aller courir au parc : grand, élancé, abîmé. Un survivant. Il tenait une tasse de chocolat chaud en carton et arborait un air implorant. Ses cheveux étaient peignés en arrière et ses joues bien rasées. Il sentait le shampooing. Je baissai les yeux en me rappelant le contact soyeux de ses cheveux quand ils étaient essuyés mais encore humides, comme un murmure au bout de mes doigts.

L'avertissement de Jenks me revint, et j'étouffai mon premier réflexe de compassion. *Oui, il avait souffert. Oui, il avait le potentiel pour être dangereux. Mais, bon sang, je n'étais pas obligée de me laisser avoir par son cinéma.*

—Je peux entrer ? demanda-t-il après que je l'eus regardé sans un mot pendant un bon moment. Je ne veux pas rester assis dans ce motel en sachant qu'un vampire dort dans la chambre d'à côté, avec une porte mince pour nous séparer.

Mon pouls s'accéléra. Je mis les mains sur les hanches.

—C'est toi qui l'as réveillée.

Il sourit, ce qui lui donna un air à la fois charmant et inoffensif. Mais il était dangereux. Et il savait que je le savais.

—J'en avais marre qu'on me traite d'abruti. Je ne savais pas que tout le monde s'en irait.

—Donc, tu l'as fait partir en vrille en comptant sur Jenks et moi pour faire tampon ?

—Je t'ai dit que j'étais désolé. Et je n'ai jamais prétendu que c'était malin. (Il brandit son chocolat chaud.) Tu le veux, ou je repars ?

Ma logique s'insurgea contre mes sentiments. Je pensai à Ivy en me disant que moi non plus, je n'aimerais pas me trouver dans une chambre d'hôtel avec un vampire furieux. Et puis, sauver quelqu'un pour le laisser se faire massacrer par votre associée à la première occasion, ça n'avait pas de sens.

—Bon, entre, déclarai-je en me débrouillant pour avoir l'air de lui rendre service.

—Merci, murmura-t-il avec gratitude.

Son soulagement était évident. Il me tendit le chocolat chaud, prit appui sur le montant de la porte et monta dans le van. Son amulette antidouleur se balança à son cou. Il la rangea sous son tee-shirt en se redressant sous le plafond bas. À ses gestes raides et à sa grimace, je vis que l'amulette ne suffisait pas à annuler complètement ses souffrances. Il ne m'en restait qu'une jusqu'à ce que je trouve le temps d'en refaire, et il allait devoir me la demander.

Il avait l'air gelé. Il referma la porte du van, nous enfermant dans l'obscurité même où je me trouvais auparavant – sauf qu'à présent elle me semblait beaucoup moins accueillante. Les mains sur le chocolat chaud, je m'assis en plein milieu du lit, ce qui le força à s'installer sur la pile de boîtes en face de moi. Il y avait plus de place qu'avant, car Ivy avait déposé le matériel de Marshal à la piscine du lycée, mais c'était encore trop près. Nick s'installa avec précaution, tira sur ses manches pour cacher les marques des menottes et posa ses mains jointes sur ses genoux. Pendant un moment, le silence ne fut perturbé que par le bruit étouffé de la circulation.

— Je ne veux pas te déranger, commença-t-il en me regardant de sous ses mèches qui étaient retombées.

Trop tard.

— Pas de problème.

Je croisai les jambes, très consciente de la présence du grimoire démonique ouvert à côté de moi. Je pris une gorgée de chocolat puis posai le gobelet sur le plancher. Il était trop tôt pour avoir faim. Le silence s'étendit.

— Ça va, l'amulette ?

Il sourit avec reconnaissance.

— Bien, bien, s'empressa-t-il de répondre. J'ai les poils qui commencent à repousser sur les bras. D'ici un mois, je devrais avoir l'air… normal.

— C'est bien. Très bien.

À condition d'éviter les garous et d'être encore en vie.

Il regarda d'un air inquiet le livre qui occupait l'espace à côté de moi pour que lui ne puisse s'y asseoir.

— Tu as besoin d'un coup de main en latin ? Je peux te traduire, si tu veux, ça ne me gêne pas. (Son visage allongé se froissa.) J'aimerais bien faire quelque chose.

— Peut-être plus tard, dis-je prudemment.

Je me détendis en l'entendant me confier qu'il se sentait inutile. Ivy et Jenks mettaient un point d'honneur à le garder en dehors de tout ; j'aurais été gênée aussi, dans la même situation.

— Je crois qu'il y a une malédiction qui va pouvoir me servir, mais je dois d'abord en parler à Ceri.

— Rachel…

Oh, non. J'ai déjà entendu ce ton – généralement dans ma propre bouche. Il veut qu'on parle de nous.

— Si elle estime que le déséquilibre ne sera pas trop fort, m'empressai-je de poursuivre, je vais déplacer la magie du Foyer dans quelque chose d'autre pour qu'on puisse détruire cette vieille statue. Ça ne devrait pas être trop difficile.

— Rachel, je…

Mon pouls s'accéléra. Je ramenai le livre démonique vers moi.

— Eh, je pourrais te la montrer, cette malédiction. Peut-être que…

Il se déplaça. Je levai soudain les yeux. Il n'avait pas l'air dangereux, ni même inoffensif – il avait simplement l'air frustré, comme si je le privais de tout courage.

— Je ne veux pas discuter du plan, déclara-t-il en se penchant vers moi. Je ne veux pas discuter de latin ou de magie. Je veux qu'on parle de toi et moi.

— Nick, dis-je en sentant mon cœur battre la chamade. Arrête.

Il essaya de me toucher l'épaule. Je sursautai et écartai sa main.

Étonné, il eut un mouvement de recul.

— Bon sang, Rachel ! Je t'ai crue morte ! Tu ne peux pas… tu ne peux pas me laisser te prendre dans mes bras ? Tu reviens d'entre les morts et tu ne me laisses même pas te toucher ! Je ne demande pas qu'on se réinstalle ensemble. Je veux juste te toucher – pour me prouver que tu es en vie !

Je fis sortir la respiration que j'avais retenue, puis la retins de nouveau. J'avais mal à la tête. Je le laissai écarter le grimoire et s'asseoir à côté de moi. Notre poids nous rapprocha. Je me déplaçai pour lui faire face en prenant soin de mettre mes genoux entre lui et moi.

— Tu m'as manqué, murmura-t-il.

Ses yeux se froncèrent sous l'effet d'une ancienne douleur ; cette fois-ci, je ne fis rien lorsqu'il passa les bras autour de moi. Une odeur de cannelle et de farine emplit mes sens au lieu de celle des vieux livres et de l'ozone. Ses mains étaient légères, presque absentes. Je sentis son corps se détendre ; il soupira comme s'il avait retrouvé un morceau de lui-même.

Non, pensai-je en me crispant. *Je t'en prie, ne le dis pas.*

— Les choses auraient été différentes si j'avais su que tu étais en vie, murmura-t-il. (Je sentais son souffle sur mes cheveux.) Je ne serais pas parti. Je n'aurais pas demandé son aide à Jax. Je ne me serais pas lancé dans cette aventure débile. Seigneur, Rachel, tu m'as manqué.

Tu es la seule femme que j'aie rencontrée qui me comprenne, la seule à qui je n'aie jamais eu besoin d'expliquer le pourquoi du comment. Mince, tu n'es même pas partie quand tu as découvert que j'invoquais des démons. Tu… tu m'as vraiment manqué.

Il serra les poings l'espace d'un instant et sa voix se brisa. Je lui avais manqué. Il ne mentait pas. Je connaissais la solitude et je savais combien il était difficile de trouver l'âme sœur, même bousillé comme il l'était. J'avais le cœur qui battait la chamade.

— Nick, fis-je.

Je fermai les yeux et sentis ses mains me caresser les cheveux. Je les pris dans les miennes pour faire cesser leur mouvement et les ramenai sur mes genoux. Le souvenir de ses doigts dessinant les contours de mon visage emplit mes pensées, ses doigts délicats frôlant la courbe de ma mâchoire, descendant le long de mon cou pour finir par caresser mon corps. Je me rappelai sa chaleur, son rire, la lueur dans ses yeux quand je déformais une expression pour lui donner une signification totalement différente et nettement plus coquine. Je me rappelai la manière qu'il avait de me faire me sentir utile, appréciée pour qui j'étais, pour ce que j'étais ; je n'avais jamais eu à m'excuser d'exister, et j'avais été tout simplement heureuse que nous soyons là l'un pour l'autre.

Mais je pris la bonne décision.

— Nick. (Je m'écartai de lui et ouvris les yeux en sentant sa main frôler ma joue.) Tu es parti. Je me suis reconstruite. Je ne me remettrai pas avec toi.

Il écarquilla les yeux dans la pénombre.

— Je ne t'ai jamais quittée. Pas vraiment. Pas dans mon cœur.

Je pris le temps de respirer.

— Tu n'étais pas là quand j'avais besoin de toi. Tu étais ailleurs. À voler quelque chose. (Son visage se vida de toute expression ; je fis une moue de colère pour le mettre au défi de nier.) Tu m'as menti à propos de ta destination et de tes activités. Et tu as emmené le fils de Jenks. Tu as fait de lui un voleur à force de promesses de richesses et d'aventures. Comment as-tu pu faire ça à Jenks ?

Ses yeux étaient vides.

— Je lui ai dit que c'était dangereux et que ça ne payait pas bien.

— Pour un pixie, tu vis comme un roi, répliquai-je.

Les battements de mon cœur avaient encore accéléré.

— Le lien de familier est coupé. On peut recommencer à…

— Non.

Je reculai, de nouveau assaillie par un sentiment de trahison.

Bon sang de Nick.

—Tu ne peux plus faire partie de ma vie, repris-je. Tu es un voleur doublé d'un menteur, et je ne peux plus t'aimer.

—Je peux changer! (Je poussai un grognement incrédule.) J'ai déjà changé. (Il semblait croire à ce qu'il disait.) Quand ce sera terminé, je retournerai à Cincinnati. Je me trouverai un boulot de midi à minuit. J'achèterai un chien. Une télé avec le câble. J'arrêterai tout pour toi, Rachel.

Il me prit les mains. Je regardai mes doigts dans l'écrin de ses longues mains de pianiste, abîmées et enflammées mais toujours aussi délicates, qui enveloppaient les miennes comme ses bras qui m'avaient jadis protégée, m'avaient gardée en vie quand je saignais à en mourir.

—Je t'aime assez pour ça, murmura-t-il. (Je sentais mon pouls battre dans mes tempes; il porta mes doigts à ses lèvres et les embrassa.) Laisse-moi essayer. Donne-moi une seconde chance.

J'étais à bout de souffle.

—Non, chuchotai-je pour ne pas chevroter. Je ne peux pas. Tu ne changeras pas. Tu crois peut-être pouvoir changer, et peut-être que tu changeras, mais dans un mois, un an, tu trouveras quelque chose, et alors tu me diras: «Rien qu'une fois, Ra-ra. Après, j'arrête pour toujours.» Je ne veux pas de cette vie-là.

J'avais la gorge tellement serrée que j'étais incapable de déglutir.

Je me forçai à le regarder dans les yeux. À son expression choquée, je compris que c'était précisément ce qu'il avait eu l'intention de dire en cet instant, qu'il avait encore le projet de se tirer de cette affaire avec de l'argent dans les poches. Qu'il pensait tout ce qu'il avait dit, mais qu'il voulait aussi me convaincre de risquer nos vies, à Ivy, Jenks et moi, pour de l'argent. Il était toujours dans son foutu trip, même s'il savait que tant que la statue ne serait pas détruite, ma vie serait en danger.

Les bulles de la trahison percèrent à la surface. Mon estomac se noua.

—Ma vie actuelle me plaît, dis-je. (Je sentis ses doigts se desserrer.) Et tu n'en fais plus partie.

Nick serra les dents et recula.

—En revanche, Ivy en fait partie, répliqua-t-il d'un ton amer. Elle te court après. Elle va faire de toi son jouet. Pour les vampires, il n'y a que le frisson de la chasse qui compte. Rien d'autre. Une fois qu'elle t'aura eue, elle te larguera et passera à quelqu'un d'autre.

— Assez, assenai-je avec dureté.

C'était ma plus grande peur, et il le savait.

Il sourit avec amertume.

— C'est une vampire. On ne peut pas lui faire confiance. Je sais qu'elle a déjà tué. Elle se sert des gens, et ensuite elle les abandonne. C'est ce que font les vampires !

Je tremblais de colère. Le bracelet de Kisten, symbole que je lui appartenais, pesait lourdement à mon poignet.

— Elle prend exclusivement du sang aux gens qui le lui offrent de leur plein gré. Et, non, elle ne les abandonne pas après ! criai-je sans pouvoir m'en empêcher. Elle ne m'a jamais laissé tomber !

Son visage se durcit en réponse à cette accusation.

— Je suis peut-être un voleur, mais je n'ai jamais fait de mal à qui que ce soit qui ne le méritait pas. Même pas par accident.

La respiration rapide, je me levai. Il me regarda depuis sa pile de boîtes, le visage figé par la frustration.

— Tu m'as fait du mal, à moi, dis-je.

Il eut soudain l'air désespéré. Il essaya de me prendre les mains, mais je fis un pas en arrière.

— D'accord, c'est une vampire, et alors ? criai-je. Je suis une sorcière ! En quoi tu es plus en sécurité avec moi ? Et toi, Nick ? Tu invoques des démons ! Qu'as-tu offert à ce démon, pour qu'il te dise où se trouvait cette… chose ?

Ce coup bas le choqua. Mal à l'aise, il jeta un coup d'œil à mon sac qui était posé par terre et se détourna.

— Rien d'important.

Comme il refusait de me regarder, mes instincts de prédatrice s'éveillèrent.

— Que lui as-tu donné ? insistai-je. Jax a dit que tu lui avais donné quelque chose.

Il inspira et daigna enfin me regarder dans les yeux.

— Rachel, je te croyais morte.

Une froide inquiétude s'insinua en moi. Jax avait dit que le démon avait pris mon apparence. Me connaissait-il, ou avait-il simplement pris mon visage dans la tête de Nick ?

— De quel démon s'agissait-il ? demandai-je en pensant à Newt, le démon fou qui m'avait renvoyée dans ce plan d'existence au solstice d'hiver. C'était Al ?

J'avais parlé avec calme, mais je bouillonnais intérieurement.

— Non. C'était quelqu'un d'autre, répondit-il d'un air maussade. Al ne savait pas où se trouvait la statue.

Quelqu'un d'autre ? D'accord, Nick connaît donc plus d'un démon.

— Que lui as-tu donné en échange de l'information ? demandai-je en essayant au moins d'avoir l'air calme.

Ses yeux s'allumèrent et il fila s'asseoir sur le lit.

— Pas grand-chose, Rachel. Al demandait toujours des trucs inutiles, genre ta couleur préférée ou si tu utilisais du gloss pour les lèvres, mais celui-là n'a demandé qu'un baiser.

L'air m'échappa et j'eus l'impression que je n'allais pas réussir à remplir mes poumons. Nick avait donné des informations sur moi à Al en échange de ses services ?

— Il n'a demandé qu'un baiser ? parvins-je à articuler.

Je n'avais pas encore tout à fait saisi la gravité de ce que Nick avait fait. Je me sentirais trahie plus tard. Pour l'instant, j'avais juste la nausée. La main sur l'estomac, je me tournai de côté. Le démon avait-il mon apparence, quand Nick l'avait embrassé ? Oh, Dieu, je n'avais pas envie de le savoir.

— Quel… (D'une manière ou d'une autre, je parvins à inspirer.)… quel démon c'était ? demandai-je tout en sachant qu'il ne pourrait me répondre sans risquer son âme.

Nick ne manqua pas de se lever en écartant les mains dans un geste apaisant.

— Je ne sais pas. Je suis passé par Al pour le trouver. Il a pris sa part pour transmettre ma question, mais ça en valait la peine.

Je me tournai vers lui ; il écarquilla les yeux en lisant sur les rides de mon front la fureur qui m'habitait.

— Fils de pute, murmurai-je. Tu m'as vendue à des démons ? Tu as acheté leurs services en leur donnant des informations sur moi ? Qu'est-ce que tu leur as dit ?

Nick recula, les yeux écarquillés.

— Rachel…

Mon souffle s'échappa en sifflant. Je bondis sur lui et le plaquai contre la porte, mon bras sous son menton.

— Qu'as-tu raconté à Al ?

— Mais rien de grave !

Il avait le regard brillant et il me semblait bien qu'il souriait. Il trouvait ça drôle ? Il pensait que j'exagérais ; je dus faire un effort pour ne pas lui écraser la trachée sur-le-champ.

— Des bêtises, enchérit-il d'une voix haut perchée mais sans crier. Ton parfum de glace préféré, de quelle couleur sont tes yeux après la douche, à quel âge tu as perdu ta virginité. Bon Dieu, Rachel. Je ne lui ai rien dit qui pouvait te faire du mal.

Indignée, j'enfonçai le bras dans sa gorge puis rebondis et reculai de deux pas.

— Comment as-tu pu me faire ça ?

Nick se massa la gorge et s'écarta de la porte en essayant de ne pas montrer que je lui avais fait mal.

— Je ne comprends pas pourquoi tu es aussi énervée, dit-il d'un ton boudeur. Tu ne peux pas imaginer tout ce que j'ai appris en retour. Je ne lui ai rien révélé d'important jusqu'à ce que je te croie morte.

Mes yeux s'écarquillèrent ; je m'appuyai contre la paroi du van avant de tomber.

— Tu faisais ça avant qu'on se sépare ?

La main toujours sur sa gorge, Nick me regarda et je vis que lui-même commençait à être en colère.

— Je ne suis pas idiot. Je ne lui ai rien dit d'important. Jamais. Où est le problème ?

Je fis un effort pour desserrer les dents.

— Dis-moi, Nick. Ton démon, il avait mon apparence, quand tu l'as embrassé ? Ça faisait partie du marché ? Que tu fasses semblant que c'était moi ?

Il ne répondit pas.

Je montrai la porte d'un doigt tremblant.

— Casse-toi. La seule raison pour laquelle je ne te livre pas aux garous, c'est qu'ils doivent te voir mourir, et là, je me dis qu'on n'est pas obligés de faire semblant. Si tu révèles encore quoi que ce soit sur moi à un démon, je… je te ferai quelque chose de pas bien, Nick. Que Dieu me vienne en aide, je te ferai quelque chose de vraiment pas bien.

Furieuse, je tirai violemment la porte latérale. Le crissement du métal se répercuta dans mon corps. Seigneur ! Il avait acheté de la magie et des services à des démons en échange de renseignements sur moi. Et pendant des mois. Et même quand nous étions encore ensemble.

— Rachel…

— CASSE-TOI.

Ma voix était basse et menaçante, et je n'aimais pas ça. Dès que ses pieds touchèrent le goudron, je refermai la porte. Je retins mon souffle, croisai les bras et restai plantée là. J'avais mal à la tête, et je sentis les larmes gonfler dans mes yeux, mais il était hors de question que je pleure.

Salaud. Va au diable.

Chapitre 22

J'étais au trente-sixième dessous. Je ne voulais pas quitter le van de peur de croiser Ivy ou Jenks ; si ç'avait été le cas, j'aurais risqué de leur balancer ce que Nick avait fait. Ma réticence était en partie due au fait que j'avais besoin de lui pour terminer cette course, et s'ils s'en prenaient vraiment à lui, il allait partir. Elle était aussi due à la honte que je ressentais pour lui avoir fait confiance. En fait, c'était surtout ça. Nick m'avait trahie à de nombreux égards, et il ne comprenait même pas pourquoi j'étais fâchée. Je ne m'étais pas préparée à ça. *Seigneur ! Quelle idiote.*

— Je devrais le rendre aux garous, murmurai-je.

Mais il fallait qu'ils le voient mourir avec le Foyer. Rien ne me garantissait qu'il arrêterait de révéler à Al les endroits où j'étais chatouilleuse, ou qu'il m'arrivait de cacher la télécommande pour taquiner Ivy, ou n'importe laquelle des mille choses que j'avais partagées avec lui à l'époque où je croyais l'aimer. Je n'aurais jamais dû lui faire confiance. Mais j'avais envie d'avoir confiance en quelqu'un. Bon sang, je le méritais.

— Connard, grommelai-je en m'essuyant les yeux. Connard de fils de pute.

Les bavardages des femmes de ménage et le bruit de leur chariot cahotant sur le trottoir fissuré avait quelque chose d'apaisant. Il était midi passé et nous étions les seuls clients de l'hôtel. Comme c'était un mercredi, il y avait peu de chances que ça change.

Je me couchai en position fœtale sur le lit, la tête sur l'oreiller de l'hôtel qui sentait le propre, la fine couverture de voyage remontée jusqu'aux épaules. Je ne pleurais pas. Je-ne-pleu-rais-pas. Mes yeux fuyaient tandis que j'attendais que ces horribles émotions s'effacent mais, bon sang, je ne pleurais pas !

Tout en me rassurant sur ce point, je reniflai bruyamment. J'avais mal à la tête, à la poitrine, et je savais que si je desserrais mes poings de la couverture calée sous mon menton, mes mains se mettraient à trembler. Je restai donc vautrée là sans bouger, à sombrer dans un sommeil léger tandis que la chaleur du jour réchauffait le van. J'entendis à peine Jenks et Jax rentrer. En revanche, les éclats de voix qui s'échappèrent par la porte ouverte de notre suite me réveillèrent en sursaut.

— Je le croyais avec vous ! cria Ivy. Où est-il ?

Je n'entendis pas la réponse de Jenks, mais je fis un bond sur place lorsqu'on tambourina à la porte du van. Je m'assis sur le lit, posai les pieds par terre. J'étais vidée de toute émotion.

— Nick ! hurla Ivy. Ramène ton cul !

Engourdie, je me levai, attrapai la poignée de la porte coulissante et tirai cette dernière dans un grand bruit métallique. Les yeux chassieux et vides, je me retrouvai nez à nez avec Ivy.

Sa colère cala lorsqu'elle me vit, voûtée sous ma couverture. Elle scruta le van de ses yeux presque entièrement noirs. La brume s'était levée et une brise fraîche agitait les pointes de ses cheveux noirs comme le péché qui luisaient sous le soleil. Derrière elle, je vis Jenks qui attendait à la porte de notre chambre d'hôtel, Jax sur l'épaule et six sacs aux logos colorés à la main. Il observait la scène d'un air interrogateur.

— Il n'est pas là, dis-je à voix basse pour ne pas dérailler.

— Oh, mon Dieu, murmura Ivy. Tu as pleuré. Où est-il ? Qu'est-ce qu'il t'a fait ?

Son ton protecteur me frappa de plein fouet. Malheureuse, je me détournai en croisant les bras au niveau du ventre. Elle monta dans le van, qui ne bougea pas le moins du monde sous l'effet de son poids.

— Je vais bien, fis-je en me sentant bête. Il… (Je pris une grande inspiration et regardai mes mains, parfaites et vierges de toute marque ; mon âme était noire, mais mon corps était parfait.) Il raconte des trucs sur moi à Al en échange de ses services.

— Quoi !

Tout à coup, Jenks fut à côté d'elle.

— Jax, tu étais au courant ? demanda-t-il d'un ton sec.

Sa colère profonde n'allait pas avec ses traits pleins de jeunesse.

— Non, papa, assura le petit pixie. Je n'ai vu que la fois dont je t'ai parlé.

Ivy était très pâle.

— Je vais le tuer. Où est-il ? Je vais le tuer sur-le-champ.

Je repris mon souffle – je n'aurais sans doute pas dû être aussi contente qu'ils me défendent comme ils le faisaient. Peut-être qu'après tout, je plaçais ma confiance dans les mauvaises personnes.

— Non, non, m'écriai-je. (Jenks s'agita ; il avait très envie de protester.) Il n'a rien dit de très grave à Al…

— Rache ! jappa Jenks. Tu ne peux pas le défendre ! Il t'a vendue !

Je relevai brusquement la tête.

— Je ne le défends pas ! m'exclamai-je. Mais on a besoin qu'il soit en vie et coopératif. Les garous doivent le voir disparaître en même temps que ce… truc, finis-je en poussant mon sac du pied. Je le réduirai en bouillie plus tard. (Je levai les yeux au ciel en voyant le regard vide d'Ivy.) Je vais me servir de lui, et ensuite je le laisserai partir. Et s'il remet ça…

Je n'avais pas besoin de finir. Jenks se balançait d'un pied sur l'autre. Il mourait d'envie de prendre les choses en main.

— Où est-il ? demanda-t-il d'un air sinistre.

Je marquai une pause.

— Je ne sais pas. Je lui ai dit de se casser.

— De se casser ! s'exclama Ivy.

Je fis une grimace sarcastique.

— De se casser du van. Il va revenir. J'ai toujours sa statue.

Je regardai mes pieds, déprimée.

Jenks sauta du van. La lumière qui entrait par la porte se fit plus vive.

— Je vais le retrouver. Je vais ramener son cul de voyou. Il y a longtemps qu'on n'a pas… parlé.

Je relevai la tête.

— Jenks…, le prévins-je.

Il leva une main.

— Je sais me tenir. (Il regarda le bar, de l'autre côté du parking ; ses yeux étaient si durs que c'en était effrayant.) Je ne lui dirai même pas que tu nous as raconté ce qu'il t'a fait. Je prendrai un film à l'accueil en revenant, et on se le matera gentiment, comme des amis.

— Merci, murmurai-je.

La tête basse, je ne l'entendis pas partir. Mais je levai les yeux lorsque les ailes de Jax se mirent à bourdonner, et je m'aperçus qu'ils n'étaient plus là. Ivy me regardait. Je haussai les épaules, et elle referma la porte coulissante pour empêcher l'air frais de rentrer. Le bruit du métal sur le métal fut déchirant. Je fis l'effort de rassembler mes esprits. Ivy hésita. Elle était partagée entre son envie de me consoler et sa peur que je me méprenne sur ses intentions. Et puis il y avait la question du sang. Cela ne faisait qu'un jour qu'elle s'était rassasiée, mais ç'avait été une journée difficile, et celle d'aujourd'hui ne s'annonçait guère mieux. Je regardai le tapis de récupération aux poils emmêlés en me demandant quel genre de fille je pouvais bien être, à avoir peur de prendre mes amis dans mes bras et à coucher avec des gens qui se servaient de moi.

— Ça va aller, dis-je en m'adressant au plancher.

— Rachel, je suis désolée.

J'avais mal à la gorge. Je posai les coudes sur mes genoux, mis mon menton sur mes mains en coupe et fermai les yeux.

— Je ne sais pas. Peut-être que c'était ma faute – je n'aurais pas dû lui faire confiance. Même en rêve, je n'imaginais pas qu'il pourrait me faire ça. (Je reniflai bruyamment.) C'est quoi, le problème avec moi, Ivy ?

Je me dégoûtais et j'étais à la limite de me faire pitié.

— Tu es tout à fait normale, murmura Ivy.

Je la regardai, surprise.

— Ah bon ? répliquai-je. (Elle alla devant le minuscule évier et brancha la cafetière.) Regardons un peu mon dossier. Je vis dans une église avec une vampire qui se trouve être le scion d'un maître vampire qui veut ma mort.

Sans rien dire, Ivy sortit un sachet de cacao tellement vieux qu'il était tout raidi par l'humidité.

— Je sors avec son ex, poursuivis-je d'un ton amer, qui est l'ancien scion dudit maître vampire, et mon ex à moi est un voleur professionnel qui invoque des démons et troque mes secrets contre des informations lui permettant de voler des artefacts qui peuvent déclencher une guerre dans l'Outremonde. Il y a quelque chose d'anormal à faire confiance à des gens qui sont capables de te faire autant de mal.

— Tu noircis le tableau.

Elle se retourna, la tasse ébréchée à la main, en broyant, tête baissée, des morceaux de cacao avec une vieille cuiller contre le rebord du mug.

— Je noircis le tableau ? dis-je avec un rire incrédule. La statue a passé les cinq mille dernières années cachée. Piscary va être super dégoûté, de même que chaque maître vampire de chaque ville sur toute la surface de cette foutue planète ! Si on se plante, ils vont tous venir frapper à ma porte.

— Je ne parlais pas de ça. Je parlais du fait que tu fasses confiance à des gens qui peuvent te faire du mal.

Je rougis. Soudain, je me méfiai d'elle. Elle était tapie dans l'ombre, au fond du van.

— Ah.

La bouilloire commença à fumer et les traits d'Ivy devinrent flous.

— Ça te fait frissonner, et tu en as besoin, Rachel.

Oh, mon Dieu. Je jetai un coup d'œil crispé à la porte fermée.

Elle eut un petit mouvement qui trahit son agacement, puis elle posa la tasse d'un geste gracieux sur le minuscule plan de travail et débrancha la cafetière.

— Arrête un peu. Ça n'a rien d'anormal. Je te vois faire depuis l'époque où nous étions à la SO. Tous les mecs qui ont essayé de sortir avec toi se sont fait jeter dès que tu as compris que le danger qu'ils représentaient n'existait que dans ton imagination.

— Quel rapport avec Nick me vendant à un démon ? demandai-je un peu trop fort pour que cela soit vraiment sans danger.

— Tu lui as fait confiance alors que tu n'aurais pas dû, mais c'était par amour du danger, s'emporta-t-elle. Et oui, bien sûr que ça te fait mal qu'il ait trahi ta confiance, mais ça ne va pas t'empêcher d'essayer de remettre ça. Tu devrais trouver ton plaisir ailleurs, parce que tu vas finir par te faire tuer.

Offusquée, je plaquai le dos contre la paroi du van.

— Mais bon sang, de quoi tu parles ?

Ivy me fit face.

— Être en vie ne te suffit pas. Tu as besoin de te *sentir* en vie, et c'est pour ça que tu aimes le frisson que t'apporte le danger. Tu savais que Nick fricotait avec les démons. Oui, il a dépassé les bornes en leur vendant des infos sur toi, mais tu étais prête à prendre ce risque parce que ça t'excitait. Et, une fois que tu auras surmonté la douleur, tu vas te remettre à faire confiance à la mauvaise personne – juste parce que ça pourrait mal tourner et que cette perspective t'excite.

J'avais peur de parler. L'odeur du cacao emplit la cabine lorsqu'elle versa de l'eau bouillante dans la tasse. J'avais peur qu'elle ait raison. J'y réfléchis en étudiant mon passé. Cela expliquait beaucoup de choses. Même pendant mes années lycée. *Non. Non, c'est n'importe quoi.*

— Je n'ai pas besoin du danger pour être excitée ! protestai-je avec véhémence.

— Je n'ai pas dit que c'était mal, répondit-elle d'un ton neutre. Tu es une menace, et tu as besoin de côtoyer tes semblables. Je le sais bien, je suis pareille. Comme tous les vampires. C'est pour ça qu'on reste entre nous, à part pour les frissons à la petite semaine et les coups d'une nuit. Les gens moins dangereux n'ont pas les moyens de nous garder, encore moins de nous donner une raison de vivre et de nous comprendre. Seuls ceux qui sont nés vampires sont capables de compréhension. Et toi.

Je n'aimais pas ça. Pas du tout.

— Il faut que j'y aille, décidai-je.

J'étais sur le point de me lever, mais sa paume se plaqua brusquement contre la paroi du van pour me barrer la route, ce qui m'arrêta net.

— Regarde les choses en face, Rachel, dit-elle lorsque je levai sur elle un regard apeuré. Tu n'as jamais réussi à être la gentille Mme Tout-le-monde malgré tes efforts. C'est pour ça que tu t'es engagée dans la SO – et même là, tu n'étais pas à ta place, parce que, volontairement ou non, tu constituais une menace pour tous ceux qui t'entouraient. D'une certaine manière, les gens le sentent. Je vois ça tous les jours. Les gens dangereux sont attirés par leurs égaux. Les faibles, eux, ont peur ; alors ils t'évitent ou font des pieds et des mains pour te pourrir la vie de manière que tu partes. Comme ça, ils pourront continuer à s'imaginer qu'ils sont en sécurité. Tu faisais confiance à Nick en sachant qu'il pourrait te trahir. Et ce risque t'éclatait.

Je ravalai mon envie de nier en bloc, car je me souvenais à présent de mes mésaventures au lycée et de la série de mauvais garçons avec lesquels j'étais sortie. Sans parler de ma décision stupide de m'engager dans la SO, puis ma décision encore plus stupide de démissionner quand Denon avait commencé à me donner des courses de merde, dénuées du moindre risque. Je savais que j'aimais les hommes dangereux, mais expliquer ça par le fait que j'étais moi-même dangereuse, c'était absurde… ou ç'aurait pu l'être si je n'avais pas passé la journée de la veille transformée en un loup croisé avec une sorcière grâce à une malédiction démonique attisée par mon propre sang et si je n'avais pas été à présent une Rachel toute neuve, sans rides ni taches de rousseur.

— Donc, tu es une menace, reprit Ivy. (Elle s'assit en face de moi sur la pile de boîtes ; l'odeur du cacao s'éleva entre nous.) Et donc, tu as besoin d'une épée de Damoclès au-dessus de ta tête pour être excitée et que ton âme reste en éveil. Ce n'est pas grave. Ça veut juste dire que tu es une garce sacrément puissante, que tu en sois consciente ou pas. (Elle se pencha en avant et me tendit le mug ébréché.) Dangereux ne veut pas toujours dire indigne de confiance. Bois ton chocolat, et passe à autre chose. Trouve-toi quelqu'un en qui tu puisses avoir confiance et qui soit digne de te faire confiance en retour.

Je regardai la tasse entre mes mains sans desserrer les mâchoires. C'était pour moi ? La nuit où Piscary l'avait violée – esprit, corps et âme – je lui avais fait un chocolat. Mes yeux remontèrent le long de son jean moulant et de son sweat-shirt noir sans forme qui lui descendait à mi-cuisses.

— C'est pour ça que j'attends, murmura-t-elle quand nos regards se croisèrent.

Je retins mon souffle en sentant la cicatrice dissimulée sous ma nouvelle peau m'élancer.

Ivy avait dû la sentir aussi, car elle se leva.

— Je suis désolée, fit-elle en tendant la main vers la porte.

— Ivy, attends.

Ce qu'elle m'avait dit me faisait peur, et je ne voulais pas rester seule. Il fallait que j'y réfléchisse. Peut-être avait-elle raison. Étais-je vraiment aussi malade qu'elle le disait ?

Ses longs doigts agrippèrent la poignée, et elle s'apprêta à tirer la porte coulissante.

— Le van empeste nos deux odeurs, poursuivit-elle sans me regarder. Normalement, je devrais tenir quelques jours de plus, mais le stress… Il faut que je sorte d'ici. Je suis désolée… bon sang. (Elle inspira profondément.) Je suis désolée, mais je ne peux pas te réconforter si ma soif de sang est de la partie. (Elle releva la tête et m'adressa un sourire faible, chargé d'une douleur ancienne.) Quelle amie je fais, hein ?

Sans me lever, je passai les doigts à tâtons sous le rideau de la fenêtre qui se trouvait au-dessus de moi. Je poussai le bas du cadre pour l'ouvrir. Le cœur battant, je m'imprégnai de l'odeur des pins et du léger bruit de la circulation.

— Tu es une bonne amie. C'est mieux, comme ça ? demandai-je d'une petite voix.

Elle secoua la tête.

— Retournons dans notre chambre. Jenks ne va pas tarder à ramener Nick. On pourra regarder un film tous ensemble en faisant semblant qu'il ne s'est rien passé. Le supermalaise. Ça va être super drôle. Pour moi, ça ira, tant que tu ne t'assieds pas à côté de moi.

Son expression était calme, mais sa voix, amère. Mon visage se renfrogna et je serrai la tasse dans mes mains. Je ne savais pas quoi en penser, mais en tout cas j'étais certaine de ne pas vouloir que Nick sache que j'avais pleuré.

— Vas-y. Je viendrai quand mes yeux seront moins rouges.

Je fus gagnée par un sentiment d'abandon quand Ivy descendit du van et se retourna, bras croisés dans la fraîcheur ambiante. Elle savait sans aucun doute que plus je resterais dans le van, plus il me serait difficile de prendre mon courage à deux mains et de retourner au motel.

— Tu n'as pas de charme de joli teint en réserve ? demanda-t-elle.

— Ils ne fonctionnent pas sur les yeux injectés, me dérobai-je.

Bon sang, mais j'ai vraiment un problème.

Ses yeux se plissèrent sous l'effet du soleil et de la forte brise, puis son visage s'éclaira.

— Je sais...

Elle remonta dans le van et referma la porte. Je la vis écarter le rideau qui nous séparait de l'habitacle et farfouiller dans la console. Ses yeux étaient redevenus normaux grâce à l'air frais et au changement de sujet.

— Kisten doit encore en avoir un, marmonna-t-elle. (Puis elle se retourna avec ce qui semblait être un bâton de rouge à lèvres.) Ta-taaa !

Quoi, ta-taaa ? Je me redressai en la regardant contourner le fatras qui jonchait le sol pour venir s'asseoir à côté de moi sur le lit.

— Du rouge à lèvres ? m'étonnai-je.

Je n'avais pas l'habitude de me retrouver aussi près d'elle.

— Non. Tu mets ça sous tes yeux, et les vapeurs font que tes pupilles se contractent. Et, en prime, ça enlève le rouge. Kist s'en sert quand il a la gueule de bois – entre autre.

— Ah ?

Soudain, j'étais deux fois moins sûre de vouloir faire l'expérience, car j'ignorais que de telles choses existaient. J'avais toujours compté sur les pupilles des vampires pour trahir leurs humeurs.

Elle croisa les jambes, défit le bouchon et tordit le tube jusqu'à ce qu'une colonne de gel opaque en sorte.

— Ferme les yeux et lève le nez.

Mes lèvres s'entrouvrirent.

— Je peux me le mettre.

Elle poussa un soupir d'agacement.

— Si tu en mets trop ou trop près des yeux, tu peux endommager ta vision avant que l'effet passe.

Je me dis que j'étais idiote. Elle avait l'air d'aller bien ; elle ne serait pas revenue, si ça n'avait pas été le cas. Ivy voulait faire quelque chose pour moi et, puisqu'elle ne pouvait pas me prendre dans ses bras sans que sa soif de sang vienne salir ce moment, alors je pouvais bien la laisser m'appliquer ce magma dégoûtant.

— D'accord, cédai-je.

Je me réinstallai et tournai la tête vers le haut. *Le danger te fait frissonner*, l'entendis-je me dire. Puis j'étouffai cette pensée.

Ivy se rapprocha et je la sentis effleurer ma pommette, juste sous l'œil droit.

— Ferme les yeux, murmura-t-elle.

Son souffle fit bouger une de mes boucles. Mon pouls s'accéléra, mais j'obtempérai. Mes autres sens prirent le relais. Son gel sentait le linge propre ; j'étouffai un frisson lorsqu'une impression de froid se répandit sous mon œil.

— Tu, euh…, tu t'en sers beaucoup, toi, de ce gel ? demandai-je.

Je sursautai en sentant son doigt m'effleurer le nez.

— Kisten l'utilise quand il travaille, répondit-elle sèchement. (Elle avait l'air de bien se maîtriser – sa voix était calme, presque distraite.) Moi pas. Je trouve que c'est de la triche.

— Ah.

On aurait dit que c'était ma réponse favorite, ce jour-là. Le lit bougea lorsqu'elle recula et mit de l'espace entre nous. Je baissai la tête et clignai des yeux à plusieurs reprises. Les vapeurs me picotaient les yeux, si bien que je voyais mal comment ils pourraient être moins rouges qu'avant.

— Ça fonctionne, constata-t-elle avec un petit sourire satisfait. (Elle avait répondu à ma question avant que je la pose.) Je pensais bien que ça marcherait sur les sorcières, mais je n'en étais pas sûre.

Elle me fit signe de relever la tête pour terminer le travail. Je m'exécutai en fermant les yeux.

— Merci, murmurai-je.

Je ne savais que penser. Ivy avait dit que les vampires ne prenaient la peine de vous connaître que si vous étiez aussi puissant qu'eux. Ce qui voulait dire qu'ils étaient très seuls. Et c'était dangereux. Et tout à fait logique. Elle cherchait ce mélange de danger et de confiance. *C'est pour ça qu'elle supporte mes conneries ? Parce qu'elle pense avoir trouvé ce mélange en moi ?*

Un sentiment d'angoisse me traversa ; je retins mon souffle pour qu'Ivy ne le remarque pas à mon haleine. C'était ridicule – je n'avais pas besoin de danger pour éprouver de la passion pour quelqu'un. C'était tout simplement faux. *Mais… si elle avait raison ?*

Un jour, elle m'avait dit que le partage du sang était un acte de profonde affection, de loyauté et d'amitié. Je ressentais ces choses pour elle, mais ce qu'elle attendait de moi était si éloigné de ce que je connaissais que j'avais peur. Ce qu'elle voulait partager avec moi était si complexe et intangible que le maigre vocabulaire émotionnel des humains comme des sorcières ne recelait ni les mots, ni la toile de fond culturelle nécessaires pour le décrire. Elle attendait que je comprenne. Et moi, je faisais l'amalgame avec le sexe, parce que, justement, je ne comprenais rien.

Une larme s'échappa de ma paupière fermée ; je pleurais sur la solitude d'Ivy, son besoin d'être rassurée et la frustration qu'elle devait éprouver, car si j'avais la capacité de comprendre ce qu'elle attendait de moi, j'avais peur de découvrir si oui ou non j'étais capable de lui faire confiance en faisant la moitié du chemin. Je retins mon souffle lorsqu'elle essuya ma larme d'un doigt délicat, sans savoir que c'était elle qui me faisait pleurer.

Mon cœur se mit à battre la chamade. Le dessous de mon autre œil se refroidit. Elle s'écarta de moi. Le souffle court à cause de toutes ces pensées qui se confrontaient dans mon cerveau, je baissai la tête en cillant abondamment. J'entendis le petit claquement que produisit le bouchon quand Ivy le remit sur le tube. Elle me fit un sourire réservé. Je me sentis sur le point de faire en sorte que demain soit totalement différent du jour présent. Une vague d'émotions me frappa, aussi inattendue qu'entêtante. *Peut-être que je devrais écouter les gens dont l'âme est la plus semblable à la mienne – faire confiance à ceux qui me font confiance.*

— Et voilà, dit Ivy.

Elle ignorait qu'un éclair venait de s'abattre sur mes pensées et les avait redisposées pour faire place à quelque chose d'inédit.

Je la regardai, assise à côté de moi ; sans décroiser les jambes, elle souleva le rideau nous séparant de l'habitacle et jeta le tube sur le siège avant. Sans réfléchir à ce qu'elle faisait, elle tendit le bras et lissa une noisette de gel sous mon œil. L'odeur de linge propre monta.

— Mon Dieu, murmura-t-elle sans que ses yeux marron quittent son ouvrage. Ta peau est absolument parfaite. C'est vraiment très beau, Rachel.

Sa main retomba, et mon estomac se noua. Elle prit son élan et se leva.

— Ne pars pas, m'entendis-je dire.

Ivy s'arrêta brusquement. Elle se retourna avec raideur, d'un mouvement exagérément lent, et me dévisagea.

— Je suis désolée, déclara-t-elle. (Sa voix semblait aussi engourdie que son visage.) Je n'aurais pas dû dire ça.

Le cœur battant à tout rompre, je m'humectai les lèvres.

— Je ne veux plus avoir peur.

Ses yeux virèrent au noir. Une pointe d'adrénaline me transperça et mon cœur accéléra encore. Ivy chercha à tâtons derrière elle. Son visage pâlit ; elle était en territoire inconnu.

— Il faut que je sorte, dit-elle comme pour s'en convaincre elle-même.

Comme dans un rêve, je me vis fermer la fenêtre et tirer le rideau.

— Je ne veux pas que tu t'en ailles.

Je n'arrivais pas à croire que j'étais en train de faire ça, mais il fallait que je sache. J'avais passé ma vie à ne pas savoir pourquoi je ne parvenais pas à trouver ma place, et sa seule explication me fournissait à la fois une réponse et un antidote. J'étais perdue, et Ivy voulait dégager la route devant moi. La direction était indiquée dans une écriture que je ne connaissais pas, mais Ivy me tiendrait la main pour m'aider à dessiner les lettres, à redéfinir mon monde. Si elle avait raison, la menace cachée que je représentais avait fait de moi une paria parmi ceux que j'aimais, mais je pouvais trouver la compréhension chez mes semblables que leur force handicapait. Si cela signifiait qu'il me fallait adopter un autre moyen de montrer mon affection à quelqu'un, peut-être était-il préférable que je cache mes peurs jusqu'à ce qu'Ivy les fasse taire. Elle me faisait confiance. Peut-être était-il temps que je lui fasse confiance, moi aussi.

Ivy lut ma décision dans mes yeux. Son visage se figea quand ses instincts entrèrent en jeu.

— Ce n'est pas bien, dit-elle. Ne me force pas à te dire non. Je ne pourrai pas.

— Alors n'en fais rien.

La peur s'insinua en moi, se transforma en une écharde de tension délicieuse qui alla se nicher dans mon entrejambe et me donna la chair de poule. *Seigneur, qu'est-ce que je suis en train de faire ?*

Je sentais qu'elle combattait ses désirs de toute sa volonté. Je regardai ses yeux et ne lus aucune peur dans leur absolue noirceur. J'étais couverte de son odeur. La mienne était accrochée partout dans le van, telles des écharpes de soie. Elle se mélangeait à la sienne, tentante, attirante, prometteuse. Piscary était trop loin pour s'en mêler. L'occasion ne se représenterait peut-être jamais plus.

— Tu es troublée, sentit-elle.

Elle se surveillait, faisait attention de ne pas bouger.

Je me léchai les lèvres et elles furent parcourues d'un frisson.

— Je suis troublée. Je n'ai pas peur.

— Moi si, souffla-t-elle. (Ses cils noirs s'abaissèrent pour venir se poser sur ses joues pâles.) Je sais comment tout ça finit. Je l'ai trop souvent vécu. Rachel, tu as souffert et tu ne penses pas clairement. Quand ce sera fini, tu penseras que c'était une erreur. (Elle rouvrit les yeux.) J'aime les choses telles qu'elles sont. Ça fait près d'un an que j'essaie de me convaincre que je préfère t'avoir comme amie même si tu refuses que je te touche, au lieu que tu me laisses te toucher et que ça te fasse partir. Je t'en prie, dis-moi de m'en aller.

L'adrénaline alla s'enfouir au plus profond de moi. Je me levai, à bout de souffle. Je repensai au manuel de drague qu'elle m'avait donné, ainsi qu'aux sensations à la fois exquisément attirantes et d'une noirceur terrible qu'elle avait éveillées en moi avant que j'apprenne ce qu'il ne fallait pas faire. Je fus traversée par l'idée qu'en cet instant même je la manipulais, sachant qu'elle ne pouvait résister à son instinct face à quelqu'un de consentant. Je pouvais la manipuler comme je voulais, et cela me faisait peur à l'avance.

Je secouai la tête.

— Dis-moi pourquoi…, murmura-t-elle.

Une souffrance profonde lui froissait le visage, comme si elle se sentait glisser pour atterrir dans un endroit qu'elle avait désiré tout en craignant de l'atteindre.

— Parce que tu es mon amie, répondis-je d'une voix tremblante. Parce que tu en as besoin.

Je lus du soulagement dans les profondeurs de son regard, particulièrement noir au milieu de cette pénombre.

— C'est un peu court. J'ai tellement envie de te faire découvrir ça que j'en ai mal, proféra-t-elle d'une voix qui n'était guère plus qu'un ruban gris. Mais je n'en ferai rien si tu n'es pas capable d'admettre que c'est autant pour toi que pour moi. Sinon, ça n'en vaut pas la peine.

Au bord de la panique, je la dévisageai en pensant à ce qu'elle me demandait de reconnaître. Je ne savais même pas quels noms donner à ces émotions qui faisaient que les yeux me brûlaient sous l'effet des larmes qui ne voulaient pas couler, et que mon corps se languissait de quelque chose qui échappait à ma compréhension.

En voyant mon silence effrayé, elle se détourna. Ses longs doigts agrippèrent la poignée de la porte ; je me crispai en voyant toute la scène se dissoudre pour n'être plus qu'un incident embarrassant qui ne ferait qu'élargir à jamais le fossé qui nous séparait. Paniquée, je m'empressai de dire :

— Parce que j'ai envie de te faire confiance. Parce que je te fais confiance. Parce que je le veux.

Sa main retomba de la poignée. Le cœur battant la chamade, je vis ses doigts trembler. Je sus qu'elle avait compris que je disais la vérité, alors même que j'en étais encore à devoir l'accepter. Elle l'avait senti. Elle l'avait humé dans l'air grâce à ses sens incroyables et à son cerveau qui devait l'être encore plus pour être capable de déchiffrer ces signaux.

— Pourquoi tu me fais ça ? demanda-t-elle à la porte. Pourquoi maintenant ?

Elle se tourna, et son regard hanté me choqua. Le souffle court, je m'approchai d'elle en tendant la main, avant d'hésiter.

— Je ne sais pas quoi faire, dis-je. Je n'aime pas me sentir bête. S'il te plaît, fais quelque chose.

Elle ne bougea pas. Une larme avait coulé sur sa joue ; je tendis la main pour l'essuyer. Ivy sursauta et m'attrapa le poignet, recouvrant ma marque démonique. Ses longs doigts blancs tranchaient avec l'or noir du bracelet de Kisten. J'étouffai un sursaut instinctif et me fis docile lorsqu'elle m'attira à elle et posa ma main dans le bas de son dos.

— Ce n'est pas bien, murmura-t-elle.

Nos corps ne se touchaient pas, à part nos cheveux qui s'entremêlaient, mon bras autour de sa taille et sa main sur mon poignet.

— Alors fais en sorte que ça le soit, soufflai-je.

L'anneau brun autour de ses pupilles se rétrécit.

Elle inspira profondément en fermant les yeux pour sentir ce que j'étais susceptible de faire ou de ne pas faire. Quand elle rouvrit les yeux, ils étaient noirs – toute trace de brun avait disparu.

— Tu as peur.

— Pas de toi. De ne pas pouvoir oublier. Que ça me change.

Ses lèvres s'entrouvrirent.

— Ça *va* te changer, souffla-t-elle à quelques centimètres de moi.

Je frissonnai et fermai les yeux.

— Alors aide-moi à ne pas avoir peur jusqu'à ce que je comprenne.

Elle m'effleura l'épaule du bout des doigts. Je sursautai et mes yeux se rouvrirent brusquement. Quelque chose changea. Je repris ma respiration, mais mon souffle se coupa lorsqu'elle se mit en mouvement. Je reculai en trébuchant, mais elle me suivit, une main sur mon épaule, l'autre toujours autour de mon poignet. Mon dos heurta la paroi du van. Les yeux écarquillés et plongés dans les siens, je retins mon souffle ; je n'avais pas envie d'objecter. J'avais déjà vu ça. Je l'avais même déjà vécu.

Elle avait une expression résolue. Sa soif, désormais incontrôlée, entra en résonance avec mon sang, en augmenta le débit. Ses doigts me malaxèrent avec plus de fermeté, et sa respiration s'accéléra. Je me répétai que c'était ce que je voulais. Je le crus. Je l'acceptai.

— N'aies pas peur, murmura-t-elle en s'arrêtant en plein mouvement.

— Je n'ai pas peur, mentis-je.

Je ne pus m'empêcher de trembler. *Seigneur, ça va se produire.*

— Si tu as peur, ça va déclencher une paralysie. Ce n'est pas sous mon contrôle conscient ; c'est ta peur, le déclencheur.

Elle cessa de me regarder dans les yeux, et je ressentis un vertige délicieux quand son attention se porta sur mon cou. Je fermai les yeux, gagnée par un mélange de peur et de félicité. Je m'emplis de la sensation que j'éprouvais à la savoir si proche et l'acceptai. *Est-ce que j'ai besoin du danger pour me souvenir que je suis en vie ? Est-ce que c'est mal ? Est-ce important, si je suis la seule à m'en inquiéter ?*

La tête penchée, Ivy se rapprocha encore.

— Je t'en prie n'aie pas peur, répéta-t-elle. (Ses mots étaient une caresse sur ma peau, une caresse qui se répercuta jusque dans mes tréfonds.) Je veux que tu puisses me toucher aussi… si tu en as envie.

Ses dernières paroles m'évoquèrent quelqu'un de perdu, de seul. Elle avait peur de souffrir de nouveau. Je rouvris les yeux.

— Ivy, l'implorai-je. Je te l'ai dit, c'est tout ce que j'ai à t'offrir…

Elle me coupa la parole en posant le doigt sur mes lèvres.

— C'est suffisant.

Ce contact, léger comme une plume, envoya une décharge d'adrénaline dans mon corps. Je repris mon souffle quand le poids de son doigt quitta ma lèvre. J'exhalai, et sa main libre se glissa dans l'espace étroit entre la paroi du van et le bas de mon dos. Je fermai les yeux en sentant ses doigts s'enfoncer dans ma chair, m'attirer à elle. La respiration chevrotante, je bloquai mes genoux en prévision du rush qui risquait de les faire se dérober sous moi. Je sentis monter l'émotion tout en sachant qu'elle ressentait la même chose.

— Ivy ?

Ma voix trahissait ma peur. Elle écarta mes cheveux et murmura :

— Comme j'ai attendu ce moment.

Ses lèvres effleurèrent la peau douce sous mes oreilles. La chaleur moite de son haleine, mélange de familier et d'inconnu, me fit frissonner. Elle souffla doucement et releva la tête. Ses lèvres trouvèrent ma clavicule, restèrent à distance de feue ma cicatrice pour faire durer le plaisir. Des vrilles de plaisir se mirent à pulser de plus en plus intensément au rythme des battements de mon cœur. *Oh, mon Dieu. Préservez-moi de moi-même.*

La tension me fit rouvrir les yeux. Ses doigts dessinèrent un chemin le long de mon cou. Mes sensations s'épanouirent. Je rejetai la tête en arrière et inspirai. Son bras m'enserra la taille pour me rattraper avant que je tombe.

— Rachel, je... Seigneur, qu'est-ce que tu sens bon.

Un torrent de chaleur se déversa en moi quand, à ces mots, ses lèvres m'effleurèrent. Ses dents lisses contre ma peau firent battre mon cœur encore plus vite, et rendirent ma respiration difficile.

— Tu ne vas pas partir ? demanda-t-elle. Promets-le-moi.

Elle ne me demandait pas d'être son scion ; juste de ne pas la quitter.

— Je ne partirai pas.

— Tu t'offres à moi de ton plein gré ?

— Oui, murmurai-je en tremblant intérieurement.

Ivy expira comme si elle se sentait libérée. Le sang me monta à la tête, se mélangea avec ma peur de l'inconnu qui ne voulait pas disparaître. Ce mélange fit atteindre leur paroxysme à ses envies. Ses lèvres se posèrent à la base de mon cou et le vertige fit tourner la pièce, des brûlures de désir me marquant au plus profond. J'exhalai sous la promesse de plus de plaisir encore, appelant ce paroxysme de tous mes vœux. J'inspirai comme si c'était de la fumée, la passion grandissante déclenchant un sentiment d'abandon tout au fond de moi. Peu m'importait, à présent, que ce soit bien ou mal. C'était, tout simplement.

Son emprise sur mon épaule s'intensifia. Je sentis une légère pression sur ma peau, et ses dents me pénétrèrent sans préambule.

Je grognai de peur et de désir. Mes genoux cédèrent, et Ivy déplaça ses bras de manière à me maintenir. Le contact de ses mains était doux – juste de quoi me tenir droite, car la surcharge émotionnelle avait rendu mes jambes molles – mais sa bouche sur mon cou me fouillait avec sauvagerie, en proie à un besoin féroce. C'est alors qu'elle m'aspira.

L'air afflua dans mes poumons. Haletante, je me raidis et mes mains se saisirent d'elle, la retinrent quand elle fit mine de se retirer, car elle croyait m'avoir fait mal. Le feu me submergea.

— Non, gémis-je. Ne t'arrête pas. Oh… mon Dieu…

Mes paroles la frappèrent. Elle enfonça ses dents plus profondément. Mon souffle m'échappa. L'espace d'un instant, je restai pantelante, incapable de penser. Oui, c'était bon à ce point-là. Mon corps tout entier vivait, m'élançait. Une vague de désir sexuel me traversa, véritable torrent de promesses.

Je parvins à inspirer. Une fois, puis deux, en succession rapide, comme s'il y avait embouteillage. Je m'agrippai à Ivy ; je voulais qu'elle continue, mais j'étais incapable de le lui dire. Ses lèvres quittèrent ma peau et, dans un maelstrom de sensations, le monde reprit une forme reconnaissable.

Nous nous étions déplacées et étions à présent contre la porte fermée. Ivy me maintenait debout contre elle, dominée par son envie de me posséder. Bien que ses lèvres ne soient plus au contact de mon cou, elle continuait à souffler son haleine sur ma peau ouverte – exquis, bien qu'à la limite de la torture. Ma peur s'était évaporée.

— Ivy, gémis-je.

J'avais entendu son nom passer mes lèvres tel un sanglot, ou presque.

Cela lui suffit pour comprendre que tout allait bien ; elle se pencha de nouveau sur moi, et sa bouche me prit et mon sang, et ma volonté.

J'essayai de respirer – en vain. Je la serrai contre moi. Des larmes se déversèrent de mes paupières closes. C'était comme si son âme était du feu liquide, comme si je sentais son aura tourbillonner autour de la mienne. Elle ne faisait pas que me prendre mon sang, elle me prenait aussi mon aura. Mais le peu qu'elle pourrait me voler ne me manquerait pas, et de toute façon je voulais lui en faire cadeau, l'envelopper dans un petit morceau de moi pour la protéger. Ses besoins la rendaient si fragile.

Les phéromones vampiriques l'emplirent comme une drogue, transformant ses dents en pointes de désir. Mes doigts furent pris de spasmes. Mon contact brutal trouva un écho en elle. Haletante, je sentis ses dents replonger en moi et je me raidis. Toujours incapable de pensée, je la maintenais contre moi, paniquée à l'idée qu'elle parte.

À travers le mélange de nos auras, je sentais son besoin désespéré – besoin de sécurité, de satisfaction –, sa soif surnaturelle de mon sang, et je compris que même si je m'étais offerte à elle de mon plein gré, elle serait hantée par la honte et la culpabilité.

Un sursaut de compassion s'éleva de nulle part, au milieu de tout ce plaisir dans lequel j'étais perdue. Elle avait besoin de moi. Elle avait besoin que je l'accepte telle qu'elle était. Et quand je compris que j'avais en moi ce petit quelque chose qu'elle attendait, ce qui restait de ma peur fondit comme neige au soleil. Mes yeux s'ouvrirent sur la paroi du van, sans la voir. *Je lui ai fait confiance*, pensai-je tandis que nos auras se fondaient pour n'en faire qu'une et que mes dernières barrières s'écroulaient.

Ivy sut que cela se produisait à l'instant même.

Elle poussa un petit gémissement de plaisir et d'émerveillement mêlés. Tandis qu'elle me tenait la tête pour que je ne bouge pas et que ses lèvres agaçaient mon cou, sa main descendit jusqu'à se poser sur ma taille. Ses longs doigts hésitèrent. Elle aspira de plus belle, me transperçant d'un pic d'argent, et sa paume fraîche se glissa sous mon tee-shirt et me toucha le ventre. Ses doigts entreprirent de me caresser. J'eus un mouvement de recul mais elle me suivit.

— Ivy, haletai-je. (Une peur toute nouvelle se fraya un chemin à travers l'extase.) Attends…

— Mais je croyais…, murmura-t-elle d'une voix à la fois chaude et sombre.

Sa main s'immobilisa.

— Tu as dit que le sang te suffisait, précisai-je.

Je n'étais pas loin de paniquer. J'essayai de faire la mise au point, mais j'avais du mal à garder les yeux ouverts. Mon cœur battait la chamade. Je n'arrivais pas à respirer à fond, pas plus que je n'arrivais à la repousser. Je clignai des yeux et vacillai en m'apercevant que c'était elle qui soutenait tout mon poids.

— Je… je ne peux pas…, poursuivis-je.

— J'avais mal compris. (Elle posa ma tête dans le creux de son épaule ; le contact de sa main sur mon cou se fit plus ferme, perdit de sa douceur pour devenir plus impérieux.) Je suis désolée. Tu veux que j'arrête tout ?

Une centaine de pensées me parcoururent : je me dis que j'étais idiote, que je m'étais rendue bien vulnérable, que je prenais un risque, que le futur que je me dessinais était très incertain, qu'elle m'avait donné une magnifique poussée d'adrénaline.

— Non, soufflai-je.

J'étais perdue dans la contemplation du plaisir que j'éprouverais à enfouir mon visage dans le creux entre son oreille et son cou pour lui rendre la pareille.

Un soupir de plaisir, doux, grave, presque inaudible, s'éleva d'elle, et sa main glissa de mon épaule pour s'installer dans mon dos. Elle me serra contre elle et se remit à me sucer le sang. Je haletai et m'agrippai à elle en imaginant la chaleur de mon sang qui l'emplissait. Je savais quel goût il avait, et je savais aussi qu'il comblait le terrible vide qui résultait de la non-vie qui l'attendait.

Je me tendis comme une corde de piano en sentant ses dents s'enfoncer dans ma chair. Le désir de lui rendre la pareille et le besoin de me retenir allumèrent un feu dans le moindre millimètre carré de mon corps. Oh, Seigneur, les émotions jumelles du refus et du désir allaient me tuer ; elles étaient si intenses que je n'aurais su dire s'il s'agissait de douleur ou de plaisir.

Son souffle sur ma peau se fit irrégulier et mes muscles se détendirent lorsque ma peur s'écoula de moi et disparut dans le néant comme le dernier harmonique d'une cloche. Elle me maintenait en position ; sa prise était à présent complètement dénuée de tendresse. Ses dents s'enfonçaient toujours plus profond, tirant le sang que je lui donnais de mon plein gré, et l'objet de sa faim s'installait au creux de son ventre, remplissant d'anciens fossés.

Je pris une inspiration chevrotante et sentis les phéromones vampiriques m'imprégner, apaisantes, attirantes, promettant un paroxysme sans précédent. C'était comme une drogue, mais je n'en avais cure. Je pouvais bien faire ce cadeau à Ivy. Je pouvais bien accepter ce qu'elle m'offrait en retour. Et tandis qu'elle me maintenait en position et remplissait son corps de mon sang et son âme de mon aura, je me mis à pleurer.

— Ivy ? murmurai-je pendant que la pièce tournoyait autour de moi. Je suis désolée d'avoir attendu si longtemps avant de t'écouter.

Elle ne répondit pas. Je poussai un grognement lorsqu'elle m'attira à elle. Sa bouche se fit délicieusement sauvage, envoya des décharges dans mon corps tandis qu'elle fouillait toujours plus loin et que nous étions toutes deux perdues dans le brouillard de la félicité. Mais, tout au fond de mes pensées, un tintement d'avertissement se fit entendre. Quelque chose avait changé. Elle ne me touchait plus avec délicatesse, mais avec… brutalité.

J'ouvris les yeux sur la paroi sombre du van et mon pouls se fit grêle. Je commençais à avoir du mal à réfléchir au milieu de ce tourbillon enivrant d'exaltation. Ma respiration était irrégulière, non pas à cause de l'emportement de la passion, mais d'une épaisse léthargie. Elle me prenait trop de sang. Je déplaçai ma main qui tenait son épaule pour la pousser et voir ses yeux.

La poussée n'était pas très forte, mais Ivy la sentit.

Elle resserra son emprise sur moi, et je commençai à avoir mal malgré les phéromones vampiriques. Je repensai à la tendresse avec laquelle elle m'avait traitée avant que je lui rappelle que nous ne partagerions que le sang… et la terreur s'empara de moi.

Dieu me vienne en aide. Je lui avais demandé de se défaire des douces émotions liées à l'amour. Je lui avais demandé de se séparer de l'intérêt et de l'amour dont Kisten avait dit qu'ils étaient les sentiments qui permettaient à Ivy de tenir sa soif de sang sous bonne garde, si bien qu'il ne restait que la soif. Elle ne s'arrêterait pas. Elle s'était oubliée.

Elle sentit la peur qui me gagnait dans l'air et, sans un bruit, me déséquilibra. Je basculai en poussant un cri. Ivy ne me lâcha pas, et nous tombâmes toutes deux contre le minuscule plan de travail.

— Ivy ! Lâche-moi ! m'exclamai-je avant de gémir quand elle me mordit au point de me faire mal.

Dans un sursaut d'adrénaline, je me débattis. Elle lâcha prise et bascula sur le côté. Respirant bruyamment, je posai la main sur mon cou en sang et palpitant. Je la dévisageai. Elle me regardait d'un air entendu, telle une prédatrice, et alors que l'extase pulsait en moi au rythme des battements de mon cœur, mes jambes se dérobèrent et je glissai au sol, impuissante.

Ivy était debout au-dessus de moi, la bouche rouge de mon sang. Elle ressemblait à une déesse – au-dessus des lois de l'esprit comme de l'âme. Ses yeux étaient noirs et son sourire dépourvu de mémoire. Elle savait que j'étais à elle, qu'elle pouvait faire ce qu'elle voulait de moi sans s'encombrer de concepts tels que le bien et le mal. Ivy avait disparu ;

elle était sous le contrôle de sa faim, sans le garde-fou de l'amour dont je l'avais privée. *Oh mon Dieu. Je me suis tuée.*

Je lus dans ses yeux qu'elle comptait en finir un instant avant qu'elle se mette en mouvement.

— Ivy, non! m'exclamai-je en levant un bras pour la repousser.

Cela ne servit à rien.

Je poussai un cri lorsqu'elle me tomba dessus. C'était comme si tous mes cauchemars étaient devenus réalité. Impuissante, je ne pus que la regarder me clouer au plancher du van. Je pris une inspiration pour hurler, mais ne parvins à produire qu'un gémissement de plaisir lorsqu'elle trouva ma gorge. J'eus l'impression qu'une banquise argentée craquait en moi. L'extase me fit courber le dos un instant, puis je m'effondrai, haletante.

Nous nous rallongeâmes sur le sol comme une seule femme. Ses cheveux me caressaient la gorge comme une brosse de soie tandis qu'elle enfonçait de nouveau ses dents dans mon cou et se remettait à me sucer le sang. Je gémis et me laissai flotter dans une brume de douleur, de peur et d'exaltation. Ses dents dans mes chairs étaient à la fois comme le feu et la glace. Les yeux rivés sur le plafond sans parvenir à faire de mise au point, je sentis l'épaisse léthargie de la paralysie se répandre dans mes veines. Une extase délicieuse s'alluma en moi à l'instant où je perdais toute volonté de bouger.

Ivy avait fait ce que je lui avais demandé. Elle avait mis de côté ses sentiments amoureux, et elle était incontrôlable. Elle me lâcha les bras pour attirer mon cou contre sa bouche et, tout en flottant, je compris que je m'y étais prise trop tard. Je lui avais demandé de changer pour moi, et j'allais mourir à cause de ma témérité et de ma stupidité.

Un engourdissement se répandit en moi. Mon pouls faiblit, et mes membres se refroidirent. J'allais mourir. J'allais mourir parce que j'avais eu peur d'admettre que je pouvais aimer Ivy.

J'entendis, au loin, le bruit que fit ma main en tombant sur le tapis encroûté de terre après avoir glissé de l'épaule d'Ivy. Il se répercuta en moi, encore et encore et de plus en plus fort, comme s'il s'agissait des battements de mon cœur défaillant. Quelqu'un criait dans le lointain, mais c'était de peu d'importance comparé aux scintillements qui bordaient mon champ de vision, imitant les étincelles exquises qui crépitaient dans mon esprit et dans mon corps. J'expirai en frissonnant tandis qu'Ivy me vidait de mon aura comme de mon sang. Ivy était la seule chose au monde qui soit pourvue de chaleur, et j'aurais voulu qu'elle me serre plus près pour que je ne meure pas froide.

Mon cœur sembla hésiter lorsque le crissement effrayant du métal se fit entendre. Le froid et la lumière se déversèrent sur nous. Je gémis en sentant Ivy se retirer.

— Ivy ! s'écria Jenks.

Je compris que les coups ne venaient pas de mon cœur. C'était Jenks qui tambourinait à la porte.

— Mais qu'est-ce que tu fais ?

— Elle est à MOI ! grogna Ivy d'une voix sauvage et irréelle.

J'étais incapable de bouger. Il y eut un bruit assourdissant, et le van tangua. L'air devint subitement glacé. Je me recroquevillai, ramenai mes jambes contre mon torse. Mes doigts se réchauffèrent au contact du sang s'écoulant de mon cou, puis redevinrent froids. J'étais seule. Ivy n'était plus là. Quelqu'un criait.

— Espèce de salope de vampire ! s'exclama Jenks. Tu m'avais promis ! Tu m'avais promis !

Je me recroquevillai encore un peu plus en plissant les yeux à cause du froid et frissonnai violemment en regardant au-dehors par la porte arrière du van. Il s'était passé quelque chose. J'étais gelée. C'était lumineux. Ivy n'était plus là.

Il y eut un vrombissement d'ailes de libellule.

— Jenks..., fis-je tandis que mes yeux se refermaient.

— C'est moi, mademoiselle Morgan, répondit la voix haut perchée de Jax. (Je sentis la chaleur de la poussière pixie sur mes doigts, crispés sur mon cou.) Par la culotte de Clochette, vous êtes en train de vous vider.

Mais j'entendis Ivy pleurer, ce qui força mes pensées à s'extraire de la pénombre du van pour sortir au soleil.

— Rachel ! paniqua-t-elle. Oh, mon Dieu, Rachel !

Il y eut un raclement de métal, puis des bruissements de pieds.

— RECULE ! ordonna Jenks. (Ivy poussa un cri de douleur.) Tu ne l'auras pas. Je t'ai dit que je te tuerais si tu lui faisais du mal !

— Mais elle saigne ! implora Ivy. Laisse-moi t'aider !

Je parvins à entrouvrir les yeux. J'étais sur le plancher du van. La forte odeur de moisi du vieux tapis me pénétrait. Je sentais aussi le sang et le chocolat. Sans cesser de trembler, j'essayai de voir à travers le voile éblouissant du soleil.

— Ne bougez pas, mademoiselle Morgan, s'inquiéta Jax.

Je dus faire un effort pour comprendre ce qu'il me disait. J'avais les doigts à la fois froids et chauds à cause du sang. J'entendis de nouveau un crissement métallique sur le pavé. Je regardai dans la direction du bruit et essayai de faire la mise au point.

L'arrière du van était ouvert. Jenks barrait la route à Ivy, la longue épée de cette dernière à la main. Ivy était voûtée et tenait son bras ensanglanté ; ses joues étaient couvertes de larmes, et elle semblait ravagée par le chagrin. Nos regards se croisèrent – le sien exprimait une profonde panique – et elle se précipita vers moi.

Jenks bougea si vite qu'il en devint flou. Le katana d'Ivy s'abattit. La vampire se jeta en arrière, fit une roulade sur le goudron pour rester hors de portée. Mon pouls fit un bond lorsqu'il la suivit. L'épée frappa le goudron à trois reprises – chaque fois à un endroit où Ivy se trouvait une fraction de seconde plus tôt. Mon Dieu, qu'il était rapide – et je crois bien que c'était uniquement son désir de rester placé entre elle et moi qui l'empêchait de la suivre pour lui donner un coup mortel.

—Jenks ! Écarte-toi de mon chemin ! s'écria Ivy en se remettant sur pied. (Elle leva les mains en signe d'apaisement.) Elle a besoin de moi !

—Elle n'a pas besoin de toi, grogna-t-il. Tu as failli la tuer. Idiote de vampire ! Tu avais hâte de ne plus être sous l'influence de Piscary, hein ? Tu l'as séduite, et ensuite tu as manqué de la tuer. Et tu aurais pu aller au bout !

—Ça ne s'est pas passé comme ça ! protesta-t-elle tout en recommençant à pleurer. Laisse-moi l'approcher. Je peux l'aider !

—Qu'est-ce que tu en as à foutre ?

Il y eut un nouveau claquement métallique. Je me forçai à respirer lorsque ma vision commença à virer au noir.

—Rachel ! s'écria Ivy. (Je tournai mon regard vers elle.) Je suis désolée. Je ne savais pas que ça allait arriver ! Je croyais valoir mieux que ça ! Vraiment. Je suis désolée. Je suis désolée !

Jenks s'élança en poussant un cri féroce. Ivy fit un bond en arrière en agitant les bras. Il la suivit, et ils s'immobilisèrent tous deux lorsqu'elle atterrit sur le goudron. Le sang de son bras coulait entre ses doigts. Mon cœur sembla s'arrêter de battre quand le dernier coup d'épée de Jenks s'arrêta à quelques centimètres de la gorge d'Ivy. Luttant contre mon engourdissement, je me traînai vers la porte. Il allait la tuer. Il avait déjà tué pour me sauver la vie. Il allait tuer Ivy.

Jenks était debout, jambes écartées dans une pose menaçante.

—Idiote. Putain de vampire égoïste, psalmodia-t-il. Tu avais dit que tu ne le ferais pas. Tu avais promis. Maintenant, tu as tout cassé.

Tu n'as pas su te contenter de ce qu'elle était prête à te donner – il a fallu que tu prennes tout!

— Non, ce n'est pas vrai. (Ivy était étendue au sol, sa propre épée à quelques centimètres de sa gorge; le soleil faisait scintiller la lame, ainsi que ses larmes.) Je lui ai dit non. Je lui ai dit d'arrêter. C'est elle qui m'a demandé de le faire.

— Elle ne t'aurait jamais demandé ça, cracha-t-il. (La pointe de l'épée toucha la peau blanche d'Ivy, laissant dessus une marque rouge.) Tu détruis tout ce que tu aimes. *Tout*, espèce de sale tarée. Mais que je sois damné si je te laisse détruire Rachel.

Ivy plongea les yeux dans les miens. Son visage terrifié était trempé de larmes. Sa bouche bougea, mais aucun mot n'en sortit. Je sentis mes tripes se tordre en voyant qu'elle acceptait ce que venait de dire Jenks comme étant la vérité. L'épée de Jenks était toujours pointée sur sa gorge; il allait s'en servir, et elle ne ferait rien pour l'en empêcher.

Jenks changea sa prise sur la poignée et ramena l'épée en arrière. Ivy me regardait. Elle était trop perdue dans sa culpabilité pour faire quoi que ce soit.

— Non, murmurai-je.

Je fus prise de panique. J'agrippai le bord du van et agitai faiblement les pieds pour m'avancer. Jax était sur mon chemin. Il criait quelque chose de sa voix perçante, et ses ailes de libellule scintillaient au milieu de ma vision de plus en plus sombre.

— Jenks, arrête! criai-je en tombant du van.

Le goudron, dur et froid comme de la glace, heurta mon épaule et ma hanche et me griffa la joue. Je retins ma respiration, même si cela sonna davantage comme un cri, et me concentrai sur le revêtement gris comme s'il représentait ma mort imminente. *Oh, mon Dieu. Ivy va laisser Jenks la tuer.*

— Rachel!

J'entendis l'épée tomber, et tout à coup Jenks fut à mon côté. Il me prit dans ses bras et fit rempart de son corps pour me protéger de la dureté du sol. Je fis un effort pour faire la mise au point sur lui et fus choquée de le voir si près. Il n'aimait pas qu'on le touche.

— Ce n'était pas sa faute, murmurai-je en le regardant dans les yeux.

Ils étaient si verts que j'en oubliai ce que je voulais dire. J'avais mal à la gorge et la respiration bruyante.

— Ce n'était pas sa faute, répétai-je.

— Chut, murmura-t-il. (Il fronça les sourcils en m'entendant gémir lorsqu'il me souleva et se remit sur pied.) Ça va aller. Tu vas t'en sortir. Elle va partir. Tu n'as plus rien à craindre d'elle. Je ne laisserai plus aucun vampire te faire du mal. J'en suis capable. Je vais rester grand pour m'assurer que personne ne te fasse du mal. Ça va aller. Je vais veiller sur toi.

La salive vampirique perdait rapidement de son effet. Tandis qu'il me portait, je sentis une forte douleur s'installer et l'inconscience me gagner. J'avais froid et j'étais secouée de frissons.

Jenks s'immobilisa au-dessus d'Ivy et me serra contre lui. Ses bras se crispèrent.

— Va-t'en, dit-il. Prends tes affaires et va-t'en. Je veux que tu quittes l'église avant notre retour. Si tu restes, tu vas la tuer, exactement comme les autres personnes qui sont assez bêtes pour t'aimer.

Elle émit un bruit, puis il s'éloigna d'un pas rapide dans la direction de notre chambre d'hôtel, à la fois sombre et chaude.

Je ne parvenais pas à trouver assez d'air pour parler. J'entendais Ivy pousser de gros sanglots. Je ne voulais pas qu'elle parte. Oh, Seigneur. J'avais juste voulu lui prouver que je lui faisais confiance. J'avais juste cherché à la comprendre – et à me comprendre moi-même.

Jenks projeta son ombre sur moi et je me mis à trembler. Des larmes s'écoulaient de mes yeux, car tout s'écroulait autour de moi. J'entendais Ivy pleurer ; elle était seule et perdue. Elle allait partir. Elle allait partir à cause de ce que je lui avais demandé de me faire. Et en l'écoutant pleurer, allongée sur le goudron, seule, rongée par la culpabilité, quelque chose se brisa à l'intérieur de moi. Je ne pouvais plus continuer à me mentir. Ça finirait par me tuer.

— Je lui ai demandé de me mordre, murmurai-je. Jenks, ne la laisse pas toute seule. Elle a besoin de moi. C'est moi qui lui ai demandé. (Un sanglot monta dans ma gorge et s'en échappa douloureusement.) Je voulais savoir, c'est tout. Je ne pensais pas qu'elle perdrait le contrôle comme ça.

Jenks s'arrêta brusquement sous le débord de l'hôtel.

— Rachel ? dit-il d'un air perplexe.

Il y eut un claquement d'ailes de libellule. Je me demandai comment il faisait pour me porter, avec sa taille de pixie.

Je ne voyais pas Ivy, mais ses sanglots s'étaient arrêtés. Je me demandai si elle m'avait entendue. J'avais tellement de mal à respirer que je me mis à tousser. Les yeux choqués de Jenks étaient à quelques centimètres des miens. J'avais promis à Ivy que je ne la quitterais pas, et je refusais de la laisser partir, rongée comme elle l'était par la culpabilité. J'avais besoin d'eux deux. J'avais besoin d'Ivy.

— Il fallait que je sache, murmurai-je. (Jenks prit une expression paniquée.) S'il te plaît… (J'accueillis avec bonheur l'assombrissement de ma vision.) S'il te plaît, retourne la chercher. Ne la laisse pas seule. (Mes yeux se fermèrent.) Je lui ai fait tellement de mal. Ne la laisse pas seule.

Je m'évanouis sans savoir si mes paroles avaient franchi mes lèvres.

Chapitre 23

Je bougeais, et je trouvais ça super troublant. Je ne croyais pas être inconsciente, et je ne savais certainement pas ce qui se passait, mais j'étais dans les bras de quelqu'un – je sentais une forte odeur de chlorophylle. J'étais incapable de me rendre compte si j'étais en extérieur avec les yeux fermés ou en intérieur avec les yeux ouverts. J'avais froid, mais j'avais toujours eu froid.

Je reconnus la sensation de chute, suivie de celle de s'enfoncer dans un matelas. J'essayai en vain de parler. Une main large me souleva la tête, et on me retira mon oreiller. Je me lovai dans la couette pendant qu'on me surélevait les jambes pour mettre l'oreiller dessous. Il y avait une odeur de caramel.

— Reste avec moi, Rache, fit une voix. (J'essayai de me souvenir comment ouvrir les yeux ; des mains chaudes et légères se posèrent sur moi.) Ne t'évanouis pas. Laisse-moi d'abord te donner un peu d'eau, et après tu pourras te reposer.

Ma tête tomba. Une douleur lancinante monta de mon cou. La voix qui m'avait parlé était douce, mais j'avais senti la panique percer. La pensée de l'eau me permit de mettre un nom sur l'impression que je ressentais. *J'ai soif. Oui, c'est ça, cette sensation.*

Je sentis la nausée monter. Mes paupières battirent – j'étais dans un état de fatigue tel qu'il m'était impossible de bouger. Je me souvins. J'avais déjà connu ça.

— Où est Keasley ? murmurai-je.

À mes oreilles, mes paroles n'étaient guère plus qu'un souffle d'air. Il était impossible que qui que ce soit m'ait entendue par-dessus le bruit de l'eau qui coulait.

— Jax, une paille, intima la voix. Dans la poubelle à côté de la télé.

J'entendis un bruit de cellophane. On déplaça mes jambes pour les caler avec un second oreiller. Ce fut comme si un voile venait de tomber : tout à coup, tout retrouvait un sens. Mes yeux s'ouvrirent, et la réalité se réaligna d'elle-même. J'étais dans la chambre d'hôtel. J'étais allongée sur le lit, les pieds surélevés par rapport à la tête. J'avais froid. Jenks m'avait transportée à l'intérieur, et ce point de soleil doté d'ailes qui faisait du surplace à côté de la télé, c'était Jax.

Oh, mon Dieu, j'ai demandé à Ivy de me mordre.

Je retins mon souffle et tentai de m'asseoir.

Jenks posa précipitamment les mains sur moi et m'appuya sur les épaules pour que je me rallonge. *Elles sont grandes, ses mains*, pensai-je en faisant un effort pour me concentrer. *Et chaudes, avec ça.*

— Pas si vite, dit-il. Tu peux avaler ?

Mes yeux se posèrent sur le gobelet en plastique qu'il tenait. Je me passai la langue sur les lèvres. J'avais envie de boire, mais j'avais mal au cou. Très mal.

— Où est Ivy ? marmonnai-je.

Son visage se ferma. Je me concentrai sur ses yeux verts pendant que la périphérie de ma vision virait au gris. La nausée me serra les tripes. Kisten avait dit que sous l'emprise brutale de Piscary, elle avait oublié comment se contrôler ; elle avait sans doute tué dans des moments de passion provoqués par sa soif de sang. Je l'avais crue meilleure que ça. Kisten avait dit qu'elle valait mieux que ça. Elle avait l'air. Apparemment, en lui demandant de séparer ses sentiments amoureux de sa soif, je lui avais retiré ce qui lui servait de garde-fou. En l'espace de trois minutes, je l'avais fait retomber dans ce puits de dépravation dont elle essayait de s'échapper depuis si longtemps. C'était moi qui lui avais fait ça. Moi.

— Je suis désolée, gémis-je en me mettant à pleurer. (Il prit mes deux mains dans l'une des siennes pour les empêcher de se porter à mon cou.) Je voulais simplement comprendre. Je ne voulais pas la faire basculer. Jenks, ne sois pas en colère contre elle.

Du bout des doigts, il écarta des cheveux de mon front, mais il refusait de croiser mon regard ; il n'était pas encore prêt à me croire. Bien que ses traits lisses le fassent paraître trop jeune pour avoir des enfants adultes, cette lueur de compréhension teintée d'une profonde douleur trahissait toute une vie de joies et de peines.

— Laisse-moi te faire boire un peu d'eau avant que tu retombes dans les pommes, dit-il en se détournant. Jax! aboya-t-il. (Cela ne lui ressemblait pas.) Elle vient, cette paille? Je ne veux pas qu'elle lève la tête.

— C'est laquelle, la sienne, papa? s'enquit l'adolescent d'une voix encore plus haute que d'habitude à cause de son inquiétude.

— On s'en fiche. Apportes-en une, n'importe laquelle!

La lumière qui se réfléchissait sur le plafond s'assombrit.

— Elle a bu un Sprite, fit une voix hésitante depuis la porte ouverte. Et son gobelet, c'est celui dont tous les boutons sont enfoncés.

Jax s'éleva d'un mètre dans une gerbe d'étincelles.

Tiens! On dirait qu'ils servent à quelque chose, après tout, ces boutons en plastique.

— Tire-toi de là, siffla Jenks.

La chaleur de ses doigts me quitta. Il se leva de toute sa hauteur.

Frappée par la culpabilité, je n'eus qu'une envie: me recroqueviller pour mourir sur place. *Qu'est-ce que j'ai fait? Je ne pourrai jamais réparer ça.* J'avais juste cherché à comprendre Ivy, et je me retrouvais allongée dans une chambre de motel avec des trous dans le cou et mes deux meilleurs amis montés l'un contre l'autre. Ma vie était un vrai tas de merde.

— Jenks, murmurai-je. Arrête.

— Elle veut que je reste, enchérit immédiatement Ivy. (À l'entendre, elle était toujours sur le seuil – et désespérée.) C'était un accident. Je ne la toucherai plus jamais. Je peux vous aider. Je sais ce qu'il faut faire.

— J'en suis sûr, répliqua-t-il sournoisement en mettant les mains sur les hanches. (D'une certaine manière, maintenant qu'il faisait un mètre quatre-vingts, cette pose ne me semblait plus aussi agressive.) On n'a pas besoin de toi! Va-t'en!

J'avais hâte qu'ils règlent ça pour qu'on finisse par me donner un peu d'eau. Jax faisait du surplace au-dessus de moi, une paille rouge plus grande que lui à la main. Me sentant lointaine, presque irréelle, je dus écarquiller les yeux pour pouvoir faire la mise au point sur lui.

— Papa? appela-t-il d'un ton inquiet.

Mais ils ne l'écoutaient pas.

— Espèce de petit imbécile, lança Ivy. C'était un accident! Tu n'as pas entendu ce qu'elle t'a dit?

— J'ai entendu. (Il s'éloigna de moi sans que ses pieds produisent le moindre bruit sur la moquette.) Elle dit tout ce que tu veux qu'elle dise, hein? Tu l'as liée à toi! Bon sang, Ivy! Espèce de jalouse, sac de bave vampirique sans volonté. Tu as dit que tu pouvais gérer ! Tu as promis que tu ne la mordrais pas !

Il était furieux, ce qui me donna encore plus froid. Et s'il avait raison ? Si elle m'avait effectivement liée à elle ? Serais-je seulement capable de le remarquer ?

J'avais une envie désespérée de tourner la tête, mais Jax s'était posé sur mon nez. Ses pieds nus étaient chauds, et la goutte qui pendait au bout de la paille sentait le sucre et la cire. J'en eus envie, puis m'en voulus aussitôt de penser à boire alors que mes amis étaient sur le point de s'entre-tuer.

— Je ne te le redirai pas, Jenks. Écarte-toi de mon chemin.

Quelqu'un retint son souffle, et Jax sauta au plafond en poussant un jappement. J'entendis un grognement, suivi d'un choc et d'un bruit de roulade. Dans un sursaut d'adrénaline, je me redressai, puis me laissai retomber contre la tête de lit. Mon cou protesta.

Ils s'empoignaient au sol et bougeaient trop vite pour que mon cerveau privé de sang puisse suivre. La petite table basse était renversée et ils formaient un méli-mélo inextricable de bras et de jambes.

— Salope de vampire menteuse et manipulatrice ! hurla Jenks.

Il se débattit violemment pour se soustraire à la prise d'Ivy. Elle s'accroupit et lui sauta dessus. Ils heurtèrent le mur. Se déplaçant à une vitesse vertigineuse, Jenks parvint à s'extraire de sous elle, à lui attraper le bras et à se mettre sur son dos, la clouant ainsi au sol. Dieu, qu'il était rapide.

— Aïe, fit Ivy en s'adressant au mur.

Elle était parfaitement immobile, avec Jenks sur le dos et le bras tordu dans un angle contre-nature. De son autre main, Jenks pointait une dague contre ses reins. Quand se l'était-il procurée ?

— Bon sang, Jenks, protesta Ivy avec un petit trémoussement. Descends de là !

— Jure-moi que tu vas partir et que tu ne reviendras pas, dit-il. (Il avait la respiration rapide et les cheveux en bataille.) Sinon je te casse le bras. Et tu vas rester à l'écart de Rachel. Compris ? Et si je vois qu'elle essaie de te rejoindre parce que tu l'as liée à toi, je te retrouve et je te tue deux fois. Je le ferai, Ivy. Ne fais pas l'erreur de croire que je ne peux pas !

Ma bouche s'assécha et je me mis à trembler. J'allais entrer en état de choc. La main que j'avais plaquée à mon cou était collante. Je voulais leur dire d'arrêter, mais j'avais déjà du mal à rester assise.

Ivy se tortilla et s'immobilisa de nouveau quand Jenks la piqua avec la pointe de sa dague.

— Écoute-moi, pixie. Tu es rapide, pas à dire, mais si tu me plantes ce truc dans le dos, je vais t'en coller une à te faire passer dans l'au-delà. Je ne l'ai pas liée à moi. J'ai essayé de partir, et elle m'a demandé de rester. Elle voulait savoir. Bon sang, Jenks ! Elle voulait savoir !

Ma vision devint floue. J'essayai de tirer le couvre-lit sur moi, mais mes doigts étaient aussi forts que des bouts de ficelle. Je n'arrivais à rien. Jenks sursauta. Se tournant vers moi, il s'aperçut que je m'étais redressée et que je les regardais. Son visage anguleux et mortellement beau se vida de toute émotion.

— Tu l'as draguée, m'accusa-t-il.

Je baissai les yeux, honteuse. J'avais juste cherché à comprendre. Comment le simple fait de vouloir comprendre quelque chose pouvait-il tout casser à ce point ?

La joue appuyée sur la moquette, Ivy laissa échapper un petit rire impuissant.

— C'est elle qui m'a draguée, répéta-t-elle. (Je me sentis vaciller sous l'effet de la douleur et de la perte de sang ; je savais que c'était la vérité.) Je partais, mais elle m'a rappelée. Même là, je serais partie, mais elle a dit qu'elle voulait que je le fasse pour elle. Pas pour moi, pour elle. Je t'avais dit que si elle admettait ça un jour, je ne me défilerais pas. Je ne t'ai pas menti !

Ma respiration s'était accélérée, et je suffoquais finalement. J'étais en hyperventilation. Jax voletait au-dessus de moi, m'arrosant d'étincelles pour m'empêcher de mordre la poussière. Malheureusement, il ne parvenait qu'à me faire plisser les yeux pour voir à travers le rideau éblouissant. Au moins, les scintillements n'étaient pas dus à ma vision défaillante. Seigneur, que j'avais mal. J'allais soit mourir, soit dégueuler.

Jenks piqua le sweat-shirt d'Ivy avec sa dague et elle sursauta.

— Si tu mens…

Les épaules d'Ivy perdirent leur tension, et elle abandonna visiblement toute résistance.

— Je me croyais meilleure que ça, avoua-t-elle. (Je fus frappée par un nouvel accès de culpabilité en entendant la douleur dans sa voix.) J'y ai travaillé si dur, Jenks. Je croyais avoir fini par… Elle n'a pas voulu… le sexe, c'était trop pour elle, alors j'ai essayé de le dissocier du sang. Je voulais quelque chose d'elle. Et son sang, elle était prête à me le donner. J'ai… j'ai reperdu le contrôle de ma soif. Bon Dieu, j'ai failli la tuer.

Sans me quitter des yeux, Jenks lâcha le bras d'Ivy, qui tomba par terre avec un bruit mat. Lentement, Ivy le ramena dans une position plus confortable.

— Tu n'as pas séparé le *sexe* du sang, mais l'*amour*. (Je vacillai en sentant mon pouls s'emballer ; qu'est-ce que je lui avais demandé de faire ?) Mais si tu oublies l'amour, tout ce qui reste, c'est la soif.

Je m'efforçais de rester en position assise. Ma respiration allait et venait par petits à-coups. Mais alors tout le monde en savait plus long que moi sur les vampires ! Jenks était un pixie, et il en savait plus que moi.

— J'ai essayé, murmura Ivy. Elle ne veut pas que je la touche de cette manière.

Brisée, elle prit une inspiration chevrotante. Jenks jeta un coup d'œil dans ma direction. Il vit mon visage froid et comprit qu'elle disait la vérité. Il descendit lentement d'Ivy. Cette dernière s'assit, ramena les genoux contre son torse et prit ses jambes dans ses bras. Elle prit une grande inspiration et la garda en elle.

— Rachel n'a pas dit qu'elle trouvait ça mal ? insista Jenks.

— Elle a dit qu'elle regrettait d'avoir attendu si longtemps, murmura Ivy comme si elle avait du mal à le croire. Mais elle a vu ma soif, Jenks. Elle l'a vue toute nue. Et je lui ai fait du mal à cause d'elle. Elle ne voudra plus rien avoir à faire avec moi… maintenant qu'elle sait.

Elle avait une toute petite voix, vulnérable et craintive. Jenks me regardait moi, plutôt qu'elle.

— Pourquoi est-ce que vous essayez de cacher ce que vous êtes ? nous demanda-t-il d'une voix douce. Tu crois que ta soif l'a choquée ? Tu la crois assez superficielle pour te condamner ? Tu penses qu'elle ne savait pas que cette soif t'habitait et qu'elle ne t'aimait pas malgré tout ?

Ivy avait la tête posée sur ses genoux. Elle la secoua, ce qui me fit pleurer. J'avais mal à la tête et mon cou m'élançait, mais ce n'était rien à côté de mon cœur brisé.

— Elle t'aime, Ivy. Dieu sait pourquoi. Elle a commis une erreur en te demandant de séparer l'amour du sang, et toi, tu as commis une erreur en pensant que tu en étais capable.

— Je voulais prendre ce qu'elle pouvait me donner, répondit Ivy en se recroquevillant encore plus. Rien que ça, ça aurait suffi. Plus jamais ça, Jenks. Plus jamais, jamais. Elle n'a plus rien à craindre de moi. Tu as raison. Je détruis tout ce que je touche.

Je dus lutter pour ne pas m'évanouir. Ivy n'était pas un monstre.

— Ivy ?

Elle leva brusquement la tête. Elle avait le visage blême, zébré de larmes.

— Je te croyais inconsciente, dit-elle en se levant d'un bond et en essuyant ses larmes.

Je clignai des yeux et vacillai sur place. La culpabilité pesait lourd sur mes épaules. Jenks était assis en tailleur près de la porte ouverte, au milieu d'une flaque de soleil. Il avait un petit sourire triste sur le visage.

Ivy s'immobilisa, embarrassée.

— Tu vas bien ? demanda-t-elle.

Elle avait envie de se précipiter vers moi mais n'osait pas. Entre le sang que j'avais perdu et l'absurdité de sa question, je faillis rire.

— Mmh. (J'abandonnai l'idée que tout cela puisse avoir un sens.) Je peux avoir de l'eau ? chuchotai-je avant de verser sur le côté.

Mon cou m'envoya une décharge de douleur qui me paralysa. J'étais incapable de respirer ; j'avais le visage enfoui dans les couvertures. J'essayai d'appeler, mais rien ne sortit. Bon sang, même mes bras ne fonctionnaient plus.

— Oh, mon Dieu, s'écria Ivy en me redressant de ses mains froides.

J'inspirai avec reconnaissance et essayai de me concentrer malgré la douleur. Jenks était à mes pieds. Il les décala jusqu'à ce que je me retrouve sur le dos. Je regardai mes amis en écarquillant les yeux. Maintenant que l'adrénaline était retombée, j'étais au bord de l'inconscience. L'espace d'un instant, je fus soulagée de m'être rasé les jambes. Je sais, c'était idiot.

— Tiens, papa, dit Jax en tendant la paille de ses deux mains.

Jenks prit le gobelet d'eau absurdement petit sur la table de nuit et parvint à ne pas le renverser.

— Elle recommence à saigner, constata-t-il. (Sa voix était sinistre, comme son visage.) Poussière-la.

— Ne la fais pas boire tout de suite. (Ivy était étrangement floue ; je ne parvenais pas à faire la mise au point.) Il faut que je mette quelque chose dans son eau.

M'efforçant de ne pas m'évanouir, je la regardai prendre son sac et farfouiller dedans. Mon estomac se noua quand elle en ressortit une petite fiole.

— Du Soufre ? me plaignis-je en attendant que Jenks proteste.

Mais tout ce que je l'entendis dire fut :

— Pas trop, cette fois.

Le visage ovale d'Ivy grimaça sous l'effet de la colère.

— Je sais ce que je fais, répliqua-t-elle en dévissant le bouchon.

Jenks la fusilla du regard.

— Elle est trop faible pour la dose que tu lui donnes habituellement. En plus de tout le sang qu'elle a perdu, n'oublie pas qu'elle ne peut pas manger pour alimenter un métabolisme en effervescence.

— Et tu en connais un sacré rayon sur la question, pas vrai, pixie ? dit-elle d'un ton sarcastique.

Au temps pour la réconciliation. Fatiguée, je laissai mes yeux se fermer pendant qu'ils se disputaient en espérant ne pas mourir, ce qui aurait rendu le problème caduc. Je n'allais jamais avoir droit à mon verre d'eau. Jamais.

— Rachel ?

C'était proche et direct. Surprise, j'ouvris les yeux. Jenks était à genoux à côté du lit, le gobelet et la paille à la main. Ivy se tenait derrière lui, bras croisés au niveau de la poitrine, des points rouges sur les joues. La colère le disputait à l'inquiétude dans son expression. J'avais raté quelque chose.

— Pas de Soufre, marmonnai-je en levant les mains pour repousser le gobelet.

Ma gorge se serra ; mes émotions passaient d'un extrême à l'autre. Ils étaient tellement inquiets pour moi.

Jenks fronça les sourcils, ce qui lui donna un air trop sévère pour quelqu'un d'aussi jeune.

— Ne sois pas bête, Rache. (Il m'attrapa les bras et n'eut aucun mal à me les faire baisser.) Soit tu le prends, soit tu seras sur le cul pendant quatre semaines.

Il jurait. Je savais qu'il fallait que j'aille mieux. Je sentais l'eau. Je ne pouvais pas bouger les bras malgré la douceur de sa prise. Je me sentais mal. Pourquoi me faisaient-ils faire ça ?

Je regardai la paille et, prenant cela pour un oui de ma part, Jenks me la glissa entre les lèvres. Je retins mon souffle et aspirai en me disant que cette eau au goût de rouille était meilleure que la dernière bière fraîche que j'avais bue. Je me remis à pleurer ; mes émotions échappaient vraiment à mon contrôle. Je pensai à Ivy me faisant la même chose, me vidant en sentant le même goût métallique dans sa bouche.

Je fus prise de sanglots et faillis m'étouffer avec l'eau. Bon sang, mais qu'est-ce que c'était, mon problème, au juste ?

— Assez, murmura Ivy.

Malgré mes yeux mouillés, je la vis tendre le bras d'un air inquiet et poser la main sur l'épaule de Jenks. Il sursauta, et Ivy eut un mouvement de recul. Son visage trahit sa souffrance intérieure.

Elle se prend pour un monstre. Elle croit qu'elle ne peut toucher personne sans le détruire, et moi, je lui ai prouvé qu'elle avait raison.

L'énormité de sa souffrance, la souffrance de toute une vie, s'abattit sur moi ; je me mis à trembler.

— Elle est en état de choc, dit Ivy.

Elle avait oublié la vraie raison de mon état. Je lui avais fait du mal. Je m'étais crue assez forte pour lui survivre et, comme je m'étais plantée, je lui avais fait du mal.

Jenks mit le gobelet de côté et se leva.

— Je vais chercher une couverture.

— Je m'en occupe, s'écria-t-elle.

Elle était déjà partie.

Mes mains s'agitèrent, et je m'aperçus que j'étais en train de coller du sang sur tout le lit. Ils essayaient de m'aider mais je ne le méritais pas. J'aurais voulu que rien de tout cela ne soit arrivé. J'avais fait une erreur, et ils étaient tous les deux gentils avec moi au lieu de m'en vouloir.

Je fus secouée par un nouveau tremblement. J'essayai de me recroqueviller sur moi-même pour me réchauffer. Jenks plissa les yeux et me redressa. Il se glissa derrière moi et passa ses bras autour de moi pour m'empêcher de tomber en morceaux à force de trembler.

Ivy était mécontente.

— Qu'est-ce que tu fais ? demanda-t-elle depuis l'autre bout de la pièce.

Les lèvres serrées, elle déplia une couverture marron du motel en la secouant.

— Je lui tiens chaud.

Jenks sentait la verdure. Ses bras m'enlaçaient et son ventre était plaqué contre mon dos. J'avais la tête qui tournait et mon cou n'était que douleur. Je savais que je n'aurais pas dû être redressée de la sorte, mais je n'arrivais pas à me rappeler comment on disait « allonger ». Je crois que je pleurais toujours, car mon visage était mouillé, et ces bruits de fond ressemblaient à ma voix.

Ivy soupira, puis s'avança.

— Elle va s'évanouir, si tu la gardes tête en l'air comme ça, grommela-t-elle.

Elle nous enveloppa dans la couverture.

— La poussière pixie la fera tenir ce qu'il faut, murmura Jenks. Et puis je ne veux pas que Jax ait à se battre contre l'afflux de sang quand il va la recoudre.

Mes yeux s'ouvrirent soudain. *Me recoudre ? Merde, encore ? Je viens juste de me débarrasser de mes cicatrices.*

— Attendez, dis-je.

J'étais paralysée de panique à l'idée de la douleur que j'allais ressentir, maintenant que la salive vampirique ne faisait plus effet.

— Pas de points. Je veux mon amulette antidouleur.

Ils ne semblèrent pas me comprendre. Ivy se pencha sur moi et regarda mes yeux plutôt que moi.

— On pourrait l'emmener aux urgences.

Derrière moi, Jenks secoua la tête.

— Les garous retrouveraient notre piste. Ça m'étonne qu'ils ne nous aient pas encore retrouvés. Je n'arrive pas à croire que tu l'aies mordue. On a quatre meutes de garous qui nous pistent, et toi, c'est le moment que tu choisis pour changer la nature de votre relation ?

— Ferme-la, Jenks.

Mon estomac se retourna. J'avais besoin de mon amulette. Je n'étais pas quelqu'un de brave. J'avais vu ce film où un type se faisait recoudre avec du fil de fer et sans anesthésie. Ça faisait mal.

— Où est mon amulette ? implorai-je en sentant mon cœur accélérer. Où est Keasley ? Je veux Keasley.

Ivy recula.

— Elle devient incohérente. (Son front se plissa, dessinant une ride sur son visage habituellement impassible.) Rachel ? demanda-t-elle très fort et avec une lenteur exagérée. Écoute-moi. Il faut te recoudre. Quatre petits points de rien du tout. Je ne t'ai pas ouverte. Ça va aller.

— Non ! m'exclamai-je. (Ma vision s'assombrit.) Je n'ai pas mon amulette antidouleur !

Ivy me prit l'épaule à travers la couverture. Elle avait le regard plein de compassion.

— Ne t'inquiète pas. Avec la tête en l'air comme ça, tu vas t'évanouir en moins de trois secondes.

Elle avait raison.

Chapitre 24

— Jenks, arrête de tout tripoter, tu vas finir par casser quelque chose, dis-je.

Je retirai la main de l'une des babioles en céramique disposées sur les étagères de la boutique. C'était une citrouille avec un petit chat à côté, et ça me rappelait Rex.

— Quoi ?

Tout en souriant, Jenks lança trois clochettes en porcelaine et se mit à jongler avec. Je pointai le doigt vers la pancarte avec les mots QUI CASSE PAIE écrits à la main. J'étais fatiguée, affamée, et mes points tout neufs cachés sous mon col roulé rouge me faisaient mal, parce que j'étais une idiote et que je méritais de souffrir. Mais, de toute façon, la dernière chose dont j'avais besoin, c'était de payer pour de la marchandise cassée.

Jenks comprit que je n'étais pas d'humeur à plaisanter et son petit sourire s'effaça. Il lança les trois clochettes très haut, au niveau de l'étage ouvert, puis les rattrapa une à une d'un air très sérieux et les remit en place.

— Désolé, fit-il docilement.

Je soufflai et lui touchai l'épaule pour lui faire comprendre que ce n'était pas grave. Entre tout le sang que j'avais perdu et le Soufre qu'Ivy m'avait forcée à ingérer, j'étais sacrément fatiguée. Les mains dans le dos, Jenks continua à passer en revue les étagères à la recherche d'un morceau d'os. Il n'en avait pas trouvé la veille, et il m'en fallait absolument un pour pouvoir en finir avec cette course et rentrer à la maison.

Avec son amulette de camouflage, Jenks était très différent : il avait les cheveux noirs et le teint plus sombre. Il portait le blouson d'aviateur tout neuf qu'il avait acheté dans la précédente boutique. Il le rendait sexy, tout en jambes – un beau petit cul de pixie en jean. Pas étonnant qu'il ait cinquante-quatre mômes et que Matalina sourie comme la Joconde.

C'est un pixie marié, pensai-je en me forçant à regarder les animaux en céramique sur les étagères. *Il a cinquante-quatre enfants, une belle femme, douce comme une sucrerie, qui s'excuserait en me tuant dans mon sommeil.*

Jenks n'était pas content que je sois sortie, mais quand je m'étais réveillée à 15 heures – ce qui est bien tard pour une sorcière – j'avais appris qu'Ivy et Nick traversaient le détroit en taxi pour récupérer le camion, et je n'avais pas voulu rester enfermée. Comme d'habitude, le Soufre m'avait donné faim et la nausée et m'avait remplie d'une stupidité bravache qui, j'en étais sûre, était due à cette faculté énergisante qui en faisait la coqueluche des rues. Apparemment, en prendre une dose thérapeutique mais importante suffisait à déclencher cet effet. *Merci beaucoup, Ivy.*

C'était sa faute si je ne tenais pas en place ; j'avais l'impression d'aller mieux en bougeant. Bien que je sache qu'Ivy n'aurait pas été d'accord avec moi, j'estimais improbable que les garous nous cherchent ici – ils devaient penser que nous nous étions repliés sur Cincinnati. Mais je ne rentrerais pas tant que nous n'en aurions pas terminé. Pas question que je ramène une guerre dans ma rue, chez mes voisins.

— Oh, waouh, souffla Jenks. Rachel, regarde-moi ça !

Je me retournai et le vis, planté fièrement devant moi, un chapeau zébré rouge et noir sur la tête. Il devait faire au moins trente centimètres de haut, comme une espèce de haut-de-forme bizarroïde.

— C'est pas mal, Jenks.

— Je vais le prendre, décida-t-il, rayonnant.

Je me préparais à protester mais me ravisai. Il était à vendre. Cinq dollars. Pourquoi pas ?

Je parcourus un présentoir de perles en essayant de déterminer au toucher si certaines étaient faites en os. J'avais les doigts qui tremblaient. Ça faisait une heure que j'étais là avec Jenks et, bien qu'il ait les bras chargés de fudge, de tee-shirts et d'un bric-à-brac que seul un enfant de douze ans ou un pixie auraient pu apprécier, je n'avais toujours rien trouvé. Je savais qu'il n'était pas très malin de se promener en ville comme ça, mais j'étais coureuse, bon sang, et je pouvais prendre ma propre sécurité en main – en tout cas, tant que Jenks serait là pour me soutenir. Sans oublier le pistolet à air comprimé dans mon sac à main et qui était chargé jusqu'à la gueule de charmes de jolis rêves.

Je ne pus m'empêcher de sourire en voyant Jenks reluquer une étagère pleine de dinosaures en plastique. Il avait gardé son chapeau sur la tête mais, avec son physique, ce type pouvait se permettre de porter n'importe quoi. Sentant que je l'observais, il releva la tête et regarda ailleurs. Il s'extasiait devant les bibelots les plus merdiques, mais ses yeux étaient constamment en mouvement et scrutaient la zone avec plus de précision que le propriétaire d'une boutique de bonbons pleine de gosses de primaire.

Je savais qu'il aurait préféré que Jax soit là pour jouer les éclaireurs, mais il avait accompagné Ivy et Nick. Ivy ne quittait pas Nick des yeux depuis qu'elle l'avait retrouvé en train de noyer son chagrin à La Queue de l'Écureuil. Si elle ne le détestait pas avant, maintenant oui, car elle n'avait pas apprécié qu'il les mette tous en danger pour aller s'en jeter quelques-uns en compagnie d'humains.

Jenks fut soudain juste à côté de moi.

— Rache, viens voir ce que j'ai trouvé. C'est en os. Je crois que c'est exactement ce qu'il te faut. On va le prendre et on se tire.

Il avait le front plissé par l'inquiétude, car j'étais de plus en plus fatiguée. Décidant que j'avais bien assez tenté ma chance, je lui emboîtai le pas. J'étais à bout de forces ; la perte de sang recommençait à m'affecter malgré les cocktails au Soufre d'Ivy. Je remontai mon sac sur mon épaule et m'arrêtai devant une vitrine pleine d'objets amérindiens : des tomahawks, de petits tambours, des totems sculptés, des perles et des plumes enfilées sur des ficelles. Certains objets étaient ornés de turquoise. En voyant les étiquettes de prix, je compris qu'il ne s'agissait pas de bibelots attrape-touristes mais de véritable artisanat. Je me penchai pour y regarder de plus près. Les Indiens ne sculptaient-ils pas dans l'os ?

— Regarde ce collier, dit-il fièrement en pointant le doigt à travers la vitrine. Il y a de l'os dans le pendentif. On peut l'acheter. Tu mets ta malédiction dedans et hop ! – non seulement tu as un nouveau Foyer, mais en plus tu as une babiole amérindienne super classe.

Penchée sur le présentoir, je levai sur lui un regard fatigué.

— Oh ! s'exclama-t-il. (Je suivis son regard et vis un totem particulièrement laid tassé dans un coin de la vitrine comme s'il s'excusait d'être là.) Regarde-moi ça ! Ça serait super dans mon salon !

Je soufflai lentement en jetant un coup d'œil dubitatif à l'objet. Il faisait dans les dix centimètres de haut et les animaux qu'il représentait étaient tellement stylisés que je ne parvenais pas à décider s'il s'agissait de castors, de daims, de loups ou d'ours. De grosses dents et de grands yeux. C'était laid, mais joliment laid.

— Je le prends pour Matalina, dit-il fièrement.

J'écarquillai les yeux en essayant de m'imaginer ce que pouvait représenter un totem d'un mètre quatre-vingts au milieu d'un salon. Je ne connaissais pas les critères des pixies en matière de décoration, mais je ne pouvais accepter l'idée que Matalina puisse apprécier un tel cadeau.

— S'il vous plaît ? appela-t-il en se tenant bien droit et en arborant un air impatient. C'est combien ?

Je m'appuyai lourdement contre la vitrine pendant que la femme terminait ce qu'elle avait à faire à la caisse et se dépêchait de venir nous voir. Je les laissai à leur marchandage sur le prix du totem et regardai le collier. Il était un peu trop cher pour ma bourse, mais juste à côté il y avait une statue de loup. Pas donnée non plus mais, si ça ne fonctionnait pas, je pourrais toujours la rapporter.

Une fois ma décision prise, je me redressai.

— Je peux voir cette statue de loup ? demandai-je.

J'avais interrompu Jenks, qui essayait de la convaincre de lui faire un prix spécial senior. Elle refusait de croire qu'il avait des enfants et une hypothèque. Difficile de lui en vouloir ; il avait l'air d'être au lycée, avec ce drôle de chapeau sur la tête.

Les sourcils levés et l'expression fermée, la femme déverrouilla la vitrine et me posa la statue dans la main.

— C'est de l'os, n'est-ce pas ? demandai-je.

Je retournai l'objet pour m'apercevoir qu'il y avait un autocollant MADE IN CHINA sous le socle. Pas si authentique que ça, mais bon, je n'allais pas me plaindre.

— De l'os de bœuf, dit-elle avec méfiance. Il n'y a pas de lois contre l'importation d'os de bœuf.

J'acquiesçai en posant la statue sur le comptoir. Ça faisait cher, mais j'avais hâte de rentrer à la maison. Ou du moins à l'hôtel.

— Vous nous faites un prix, si on vous achète deux objets ?

Un sourire satisfait fleurit sur son visage.

Enchanté, Jenks prit le relais. Il supervisa la mise en boîtes individuelles et l'emballage des deux objets. Le pouls lent et léthargique, je fouillai mon sac à la recherche de mon portefeuille.

— C'est moi qui paie, déclara Jenks d'un air à la fois innocent et un peu agacé. Va m'attendre à la sortie, je ne sais pas, moi.

C'est lui qui paie ? Mais c'est moi qui lui donne son argent. Je haussai les sourcils et essayai de regarder derrière lui, mais il se mit en travers du chemin et enleva son chapeau pour cacher quelque chose qu'il avait discrètement posé sur le comptoir. J'entrevis un flacon de vernis à ongle à couleur variable. Je me détournai en souriant. Peut-être un cadeau pour le prochain solstice ?

— Je t'attends dehors, dis-je en apercevant un banc libre au milieu du centre commercial à ciel ouvert.

Jenks marmonna quelque chose et je m'appuyai contre la porte en verre qui n'opposa heureusement aucune résistance. L'air sentait le caramel et l'eau. Bien qu'à pas lents, je me dirigeai tout droit sur le banc de peur qu'un jeune couple et leurs enfants s'y installent avec leurs cônes de glace.

Je soufflai en m'asseyant sur le siège en bois. La zone était protégée ; le vent était léger et le soleil bien chaud. J'inspirai profondément pour m'imprégner de l'odeur du parterre de soucis, juste derrière moi. C'était le tout début de la période de plantation des plantes annuelles dans la région, mais au moins celles-ci seraient à l'abri du gel, au milieu de tout ce béton.

Bien que la saison touristique n'ait pas officiellement commencé, le centre commercial était plein. Il était réconfortant de voir les gens se promener sans but particulier avec leurs sacs colorés. Il s'agissait essentiellement d'humains avec, par-ci par-là, une sorcière revendiquant sa différence à travers ses habits exotiques. En dehors de cela, il était difficile de dire qui était qui – il aurait fallu que je me rapproche pour les renifler.

J'entendis, sans en voir l'origine, un bourdonnement d'ailes de pixies tellement léger qu'il en était presque subliminal. Je posai les mains sur mon amulette anti-odeurs pour m'assurer qu'elle était bien au contact de ma peau. Je savais que c'était une mauvaise idée d'être seule en extérieur, mais j'étais doublement déguisée. Et puis quel risque y avait-il que les garous me cherchent ici ? De toute façon, si c'était le cas, il n'y avait aucune chance qu'ils me reconnaissent.

La porte de la boutique s'ouvrit. Je relevai la tête et vis Jenks sortir en clignant les yeux à cause du soleil. Il finit par mettre ses lunettes noires. Je souris en voyant le haut de son chapeau dépasser de son sac. Il tourna la tête vers le bout du centre commercial. C'était là que nous avions garé la Corvette de Kisten. Manifestement, il voulait que nous la rejoignions sans attendre pour me ramener à la maison le plus vite possible mais, à mon affalement, il comprit que j'étais épuisée. Il vint se planter au-dessus de moi. Je levai lentement la tête.

— Tu vas…, commença-t-il.

— Bien, mentis-je. (Je mourais d'envie de tirer sur mon col roulé ; Jax m'avait recousue avec du fil dentaire, mais les points arrivaient quand même à s'accrocher dans les mailles.) C'est juste le canapé qui m'a un peu cassé le dos.

Jenks sourit et s'assit en tailleur sur le banc, comme il l'aurait fait sur un champignon. La nuit dernière, il avait dormi dans le van pour nous éviter cette corvée, à Ivy ou à moi. Bon sang, en ce qui me concernait, il était même hors de question que je roule dedans – c'était sans doute pour cette raison qu'Ivy avait traversé le détroit en taxi pour aller récupérer le camion de Nick.

— J'allais te demander si tu avais faim et si tu voulais un hamburger, dit-il en plissant les yeux, mais je préfère ton idée. Je me taperais bien une petite bagarre, histoire de me détendre. Ça fait circuler le sang.

Je détestais me sentir faible. Je poussai un soupir de lassitude et me redressai.

— Jenks, assieds-toi comme un homme. C'était mignon quand tu faisais dix centimètres, mais là, ça fait efféminé.

Il posa immédiatement les pieds au sol et serra les cuisses d'un air inquiet. Je soufflai sur la mèche qui me gênait la vue et, abandonnant toute résistance, je retroussai mon col roulé. Bon, d'accord, un vampire m'avait mordu. Ce n'était quand même pas rare.

— Ce n'est guère mieux, jugeai-je.

— Bon, ben alors comment je suis censé m'asseoir ? s'énerva-t-il.

J'entrelaçai mes doigts au sommet de mon crâne et m'étirai avec précaution. Je sentis mes fils tirer. Le bracelet de Kisten glissa le long de mon avant-bras et je perçus le froid du métal sur mon coude.

— Tu n'as jamais vu Kisten quand il traîne dans la cuisine ?

Bougeant avec une lenteur qui aurait pu être provocante, il tendit ses jambes fines moulées par son jean. Il s'affala jusqu'à ce que sa nuque repose sur le dossier du banc. Il étendit les bras le long de la planche usée et ses pieds s'écartèrent d'une manière suggestive.

Oh, mon Dieu. Je me redressai en rougissant.

— Ouais, dis-je moins fort. C'est mieux.

Cinquante-quatre enfants. Cinquante-quatre enfants. Et où il est, cet appareil photo qu'il était censé m'acheter ?

— Laisse-moi reprendre mon souffle une minute, demandai-je. (Je lui jetai des coups d'œil en douce.) Ensuite on pourra retourner à la voiture. J'ai besoin de quelques autres ingrédients pour préparer ma malédiction, mais pour l'instant je suis trop fatiguée.

Ça me tuait de devoir l'admettre mais, de toute façon, ça sautait aux yeux.

Jenks se leva avec un petit grognement et fouilla sa poche. Il en sortit une serviette de table pliée.

— Tiens, fit-il en me la tendant. Ivy a dit que tu serais peut-être assez bête pour quitter le motel, et que si c'était le cas je devais te donner ça.

Agacée, je dépliai la serviette et vis qu'elle renfermait un de ses cookies au Soufre.

— Mais bon sang, Jenks ! sifflai-je. (Je repliai la serviette en jetant des coups d'œil aux passants.) Tu veux que je finisse en prison ?

Il me fit un petit sourire narquois.

— Alors mange-le pour te débarrasser de la pièce à conviction. Par Clochette, cette putain au service de Disney ! Rache, tu es pire que mes gosses. Tu en as besoin. C'est médical. Mange-le, ce foutu cookie.

Je soupesai le gâteau, fort léger, en me disant que ce n'était pas aussi simple qu'il y paraissait à entendre Jenks. Si j'étais dehors, c'était uniquement parce que la dose que j'avais prise avant de me coucher m'avait énervée au point de me réveiller. Enfin, disons que c'était au Soufre que j'attribuais ma nervosité. Cela dit, je me sentais super mal ; je dépliai donc la serviette et grignotai un coin du cookie.

Immédiatement, la posture de Jenks se fit plus détendue. Je suivis son regard. De l'autre côté de la place bondée, je vis de lourds cache-pots et repérai enfin les pixies que j'avais entendus. Ils chassaient un oiseau-mouche avec une férocité étonnante. Il était trop tôt pour que les fées reviennent du Mexique, et, avec un peu d'entraînement, les pixies pourraient tenir la place avant qu'elles migrent vers le nord.

Le silence s'installa. Je cassai un deuxième morceau du cookie d'Ivy et le mâchai d'un air coupable. Je détestais être sous l'emprise du Soufre, mais je détestais encore plus être à plat. *Il doit bien y avoir une autre solution*, pensai-je. Mais le Soufre raccourcirait mon état d'épuisement de trois semaines à trois jours. Ce n'était pas de la magie, mais presque. Je sentais littéralement la drogue prendre possession de moi, faire accélérer mon rythme cardiaque et disparaître les légers tremblements qui s'étaient emparés de mes doigts. Pas étonnant que ce truc soit illégal.

Jenks ne disait rien ; il attendait que je récupère en observant les passants avec intérêt. Je n'avais pas de père avec qui parler et ma mère était trop loin. Jenks comptait pour un bon tiers de notre firme ; son avis avait de l'importance. Je pris le temps de respirer, inquiète de ce qu'il pourrait dire une fois que je lui aurais révélé ce qui m'avait vraiment attirée ici après réflexion.

J'avais passé la matinée à réfléchir, penchée au-dessus du lavabo à inspecter mes points tout frais et mon visage égratigné dans le miroir rendu trouble par la vapeur d'eau. Les coupures étaient petites et avaient l'air peu dangereuses à côté des terribles déchirures que m'avait laissées la morsure d'Al, mais elles m'avaient poussée à me demander combien de temps cela faisait que je poussais Ivy à me mordre – non, parce que ça ne datait quand même pas d'hier. Donc, pendant que l'eau de la douche passait du bouillant au froid, j'étais restée assise sur le rebord de la baignoire, enveloppée dans une serviette, tremblante et presque malade à l'idée qu'Ivy ait pu avoir ne serait-ce qu'en partie raison. Il m'avait suffi de passer à un cheveu de la mort pour l'admettre.

Donc, peut-être que j'avais voulu qu'elle me morde avant même de m'installer avec elle. Cela signifiait effectivement que quelque part, il me fallait me sentir en danger pour ressentir une quelconque passion. J'étais vraiment plus tarée que quiconque.

— Merci de m'avoir aidée, commençai-je pour en arriver à ce que je voulais vraiment lui dire. Avec Ivy.

Jenks haussa les épaules. Il changea de position et se redressa pour observer les pixies avec son œil d'expert.

— Qu'est-ce que j'aurais pu faire d'autre ? Me casser ?

Je baissai les yeux sur mon cookie à demi mangé. Nick se serait peut-être défilé, lui. C'était ce qu'il avait failli faire, la première fois que j'avais aiguillonné Ivy pour qu'elle essaie de me mordre. Jusqu'à ce que je lui dise non et qu'elle insiste. C'est alors qu'il était intervenu. À bien repenser à cet incident, il semblait évident que je l'avais bien cherchée, cette morsure. À cause de moi, tout ne tenait plus qu'à un fil.

— Désolée, fis-je. Je n'ai pas réfléchi.

Il renifla avec mépris et croisa les jambes.

— Dis-moi, Mademoiselle la Princesse des sorcières. Ivy gérait bien et toi, tu joues les petites curieuses et tu la pousses quasiment à te tuer. Mais bon sang de bonsoir ! Quand est-ce que tu vas arrêter d'avoir peur de toi-même ?

Je pris une bouchée de mon cookie – une grosse, cette fois.

— J'ai plus que peur, corrigeai-je après l'avoir avalée à sec.

— On va bien, lança-t-il à voix haute. (Il regardait les fleurs pendantes sans savoir, apparemment, quel était le fond de mes pensées.) On va tous bien. Ivy a dit qu'elle ne te mordrait jamais plus. Quand on rentrera à la maison, on ira se faire une pizza chez Piscary et tout redeviendra normal. Tu es plus en sécurité maintenant que tu l'étais quand vous avez passé votre première nuit sous le même toit.

Je mis ce qui restait du cookie dans ma bouche et repliai nerveusement la serviette pour contenir les miettes. Jenks avait probablement raison : Ivy ne serait plus jamais à l'origine d'une morsure sur ma personne. Mais elle n'était déjà pas à l'origine de la première. Le problème était que je ne voulais pas que les choses redeviennent normales.

Jenks pivota pour me faire face.

— Euh, tu as trop peur pour te relaisser mordre, hein ?

Un long souffle passa mes lèvres. Je sentis l'adrénaline monter, poussée par la peur. C'était une impression que je commençais à comprendre. *Je n'ai pas besoin d'avoir peur pour ressentir de la passion. Je n'en ai pas besoin.*

— Merde sur mes marguerites, souffla Jenks. Ça ne te fait pas peur. Rache…

Soudain effrayée, je posai les coudes sur mes genoux, mis la serviette en boule et l'écrabouillai comme s'il s'était agi de ma honte.

— J'ai un problème, murmurai-je. Elle ne m'a pas liée, mais c'est tout comme.

— Rache…, me coupa-t-il.

Son ton, doux et pensif, m'agaça.

— Tu veux bien m'écouter, oui ? m'emportai-je. (Je m'affalai de nouveau contre le dossier du banc et plissai les yeux au soleil sans rien regarder en particulier ; la gorge serrée, je me fourrai la serviette dans une poche.) J'ai… j'ai appris quelque chose sur moi. Et j'ai peur que ça finisse par me tuer si je l'ignore. C'est juste… Seigneur ! Comment j'ai pu être aussi aveugle sur mon propre compte ?

— C'est peut-être les phéromones vampiriques, me rassura-t-il. Le fait que tu aies envie de coucher avec Ivy ne signifie pas forcément que tu aimes les femmes.

J'écarquillai les yeux en me tournant vers lui. Je fus surprise de voir qu'il portait toujours son déguisement et que seuls ses yeux lui ressemblaient.

— Mais je n'ai pas envie de coucher avec Ivy ! Je suis hétéro. Je… (Je pris ma respiration car j'avais du mal à l'admettre à voix haute.)… je veux essayer de trouver un équilibre sanguin entre elle et moi.

— Quoi ? s'exclama-t-il. (Je jetai un coup d'œil aux gens autour de nous pour lui rappeler que nous n'étions pas seuls.) Elle a failli te tuer !

Cette fois, il avait parlé à voix basse mais sur un ton tout aussi intense.

— Seulement parce que je lui ai demandé d'ignorer ses sentiments pour moi. (Agacée, je me coinçai une mèche rebelle derrière l'oreille.) Seulement parce que je l'ai laissée me mordre en la privant du garde-fou émotionnel dont elle se sert pour contrôler sa soif.

Jenks se pencha en avant. L'espace d'un instant, son amulette quitta sa poitrine et ses cheveux virèrent au blond sous le soleil.

— Mais tu es hétéro. C'est toi qui viens de le dire.

Je rapprochai le sac contenant le fudge en rougissant. La faim me tenaillait l'estomac – la faute au Soufre –, aussi sortis-je la petite boîte blanche.

— Oui, dis-je. (Mal à l'aise, je me souvins de ses caresses qui s'étaient faites plus intimes avant que je la rappelle à l'ordre.) Mais après ce qui s'est passé hier, il est plutôt évident qu'elle peut partager le sang sans coucher avec quelqu'un.

Je lui jetai un regard tout en sentant un frisson monter inéluctablement en moi à l'évocation de ce souvenir et du bien que ça m'avait fait.

— Et, ce faisant, elle a failli te tuer, protesta Jenks. Rache, elle est toujours malade, et c'est trop, même pour toi. Elle en est incapable. Tu n'es pas assez forte, que ce soit mentalement ou physiquement, pour la contrôler si elle recommence à perdre la boule.

Je me voûtai pour cacher mon inquiétude en essayant d'ouvrir la boîte fermée par une bande adhésive.

— Eh ben il n'y a qu'à y aller doucement. (Je massacrai la boîte blanche sans parvenir à l'ouvrir.) Enfin, progressivement, quoi.

— Pourquoi ? s'exclama-t-il sans hausser la voix. (Il avait les sourcils froncés par l'inquiétude.) Pourquoi prendre le risque ?

Je ne pus répondre qu'en fermant les yeux avec lenteur et tristesse. Merde, peut-être qu'Ivy avait raison. Peut-être ne s'agissait-il que d'un nouveau moyen de mettre un peu d'excitation et de passion dans ma vie. Mais je me souvins alors du mélange de nos auras, du désespoir dans lequel son âme se noyait et du soulagement que lui avait apporté notre étreinte – fût-il temporaire.

— C'était bon, Jenks, murmurai-je. (Je fus surprise de voir ma vision se brouiller avec des larmes qui refusaient de couler.) Je ne parle pas de l'extase du sang. Je parle de ma capacité à remplir son vide émotionnel. Tu la connais aussi bien que moi – peut-être mieux. Elle en souffre. Elle a tellement besoin qu'on l'accepte comme elle est. Et c'est ce que j'ai eu l'occasion de faire. Si tu savais à quel point c'est bon, de pouvoir prouver à quelqu'un que tu vaux la peine qu'on se sacrifie pour toi, que tu l'aimes pour ses défauts et que tu le respectes pour sa faculté à les dépasser.

Jenks me dévisageait. Je reniflai pour ravaler mes larmes.

— Bon sang, murmurai-je. (Soudain, j'étais terrifiée.) Peut-être que c'est de l'amour.

Jenks tendit le bras avec lenteur et me prit la boîte de fudge. Il se contorsionna pour accéder à sa poche et en sortit un canif. Il l'ouvrit d'un coup sec et coupa le ruban adhésif. Toujours sans un mot, il me rendit la boîte ouverte et rangea son couteau.

— Tu en es sûre ? demanda-t-il d'un air inquiet.

J'acquiesçai en me découpant un morceau de fudge à l'aide de ce ridicule petit couteau en plastique qu'ils mettent dans les boîtes.

— Dieu me vienne en aide si je me trompe, mais j'ai confiance en elle. Je lui fais confiance pour trouver un moyen de faire que ça fonctionne sans que je meure dans le processus. J'ai envie que ça marche.

Il gigota.

— Tu es consciente que ça pourrait simplement être en réaction à Nick ? Est-ce que maintenant tu fais confiance à Ivy parce que Nick t'a fait du mal et que tu as simplement envie de pouvoir avoir confiance en quelqu'un ?

Je soufflai longuement. J'avais déjà réfléchi à cette possibilité – je l'avais essayée pour finir par l'écarter.

— Je ne crois pas.

Jenks s'appuya pensivement contre le dossier du banc. Tout aussi pensivement, je mis le morceau de fudge dans ma bouche et attendis qu'il fonde. Il était au caramel au beurre salé, en hommage à la nouvelle « allergie » d'Ivy, mais j'en sentis à peine le goût. Je lui tendis la boîte de sucreries en silence.

— Bon. (Il ignora le couteau et se cassa un morceau de fudge à la main.) Au moins, ce n'est pas ton besoin si mignon de mélanger danger et passion qui te pousse. Ou plutôt, il vaudrait mieux que ce ne soit pas ça, sinon je te pixerai jusqu'au jour de ta mort pour t'être servie d'Ivy comme ça.

Mon besoin si mignon… Mon cou m'élança lorsque je me redressai en sursaut. Je faillis m'étouffer en avalant.

— Je te demande pardon ?

Il me regarda, les sourcils arqués. Le soleil scintilla sur ses cheveux camouflés en noir.

— Tu fais les trucs les plus dingues pour te filer des frissons. La plupart des gens se contentent de le faire dans un ascenseur, mais pas toi. Non, toi, il faut en plus que tu fasses bisou-bisou avec un vampire.

Une vague de chaleur me traversa, provoquée à la fois par la colère et l'embarras. Ivy m'avait dit la même chose.

— C'est faux !

— Rache, dit-il d'un ton apaisant en se redressant pour prendre la même pose que moi. Regarde-toi. Tu te drogues à l'adrénaline. Non seulement tu as besoin de danger pour t'éclater au plumard, mais tu en as aussi besoin dans ta vie de tous les jours.

— La ferme ! criai-je en lui frappant l'épaule du revers de la main. J'aime l'aventure, c'est tout.

Mais il se rit de moi. Ses yeux dansaient de plaisir tandis qu'il se coupait un autre morceau de fudge.

— L'aventure ? répéta-t-il la bouche pleine. Tu n'arrêtes pas de prendre des décisions idiotes qui te mettent juste assez en danger pour qu'il y ait une chance que tu ne t'en sortes pas. Je m'éclate plus à te servir de filet de sécurité que pendant toutes ces années à la SO.

— C'est faux !

— Regarde-toi, dit-il en se repenchant sur la boîte de fudge. Regarde-toi là, maintenant. Tu as perdu tellement de sang que tu es à moitié morte, et tu fais les boutiques. Ces déguisements sont super, mais il ne s'agit *que* de déguisements : de minces couches de peut-être entre toi et les problèmes.

— C'est le Soufre, protestai-je. (Je lui arrachai la boîte des mains et la refermai.) Ça te fait te sentir indestructible. Ça te fait faire des tas de bêtises.

Il cessa de regarder la boîte blanche et se tourna vers moi.

— Ce n'est pas le Soufre qui t'a poussée à sortir. Ce qui t'a poussée à sortir, c'est ta manie de prendre les mauvaises décisions. Rache, quand même, tu vis dans une église avec une vampire ! Tu es sortie avec un mec qui invoquait des démons ! Tu fais des cochonneries avec un vampire ! Ces capuchons que Kisten porte ne vaudront pas tripettes s'il perd le contrôle, et tu le sais. Ça fait un an que tu flirtes avec la morsure, que tu te mets dans des situations pas possibles où tu te frottes à des vampires et, la première fois que tu vois Ivy hors de l'influence de Piscary, qu'est-ce que tu fais ? Tu la manipules pour qu'elle te morde. Tu es adrénalinomane – mais bon, au moins, ça te rapporte de l'argent.

— Eh là ! m'exclamai-je. (Je vis deux passantes nous regarder ; je baissai d'un ton :) Ivy avait quand même quelque chose à voir dans ce qui s'est passé hier.

Jenks haussa les épaules. Il tendit les jambes et joignit les mains derrière la tête.

— Ouais. Elle est venue te retrouver à Mackinaw. Bien sûr, je pense que c'est en partie dû au fait qu'elle sache que tu pourrais sauter sur l'occasion, après ton numéro avec le sweat-shirt de Kisten. Elle n'a pas dû avoir beaucoup de mal à te convaincre de te laisser mordre, hein ? Non, tu étais partante, et elle le savait.

Mince, mais il se moquait de moi. Je fronçai les sourcils et remis la boîte dans le sac, hors de sa portée. Je n'étais pas bête à ce point. Je ne vivais pas ma vie en essayant de m'attirer des problèmes pour m'éclater au lit.

— J'ai toujours une bonne raison d'agir comme je le fais, me vexai-je. Et mes choix ne dépendent pas du degré d'excitation que je peux en tirer. Simplement, depuis que j'ai quitté la SO, je n'ai jamais eu l'occasion de prendre de bonnes décisions – je passe mon temps à courir pour survivre. Tu crois que je n'ai pas envie d'avoir ma petite boutique de charmes ? Un mari et 2,2 enfants ? Une maison normale avec une clôture et un chien qui creuse des trous dans le jardin du voisin et court après son chat pour le faire grimper aux arbres ?

Le regard de Jenks était calme, égal, sage, et même un peu triste. Le vent lui ébouriffa les cheveux et porta jusqu'à nous le bruit des ailes de pixies.

— Non. Je ne crois pas. (Voyant que je lui lançais un regard noir, il ajouta :) Je crois que ça te tuerait plus vite que d'aller voir Piscary habillée de dentelles gothiques. Je crois que c'est uniquement en trouvant un équilibre sanguin avec Ivy que tu vas pouvoir survivre. D'ailleurs… (Il me fit un sourire espiègle.)… personne d'autre qu'Ivy ne pourra tolérer les choses dont tu as besoin pour vivre ou la merde que tu déterres.

— Ah ben putain, merci beaucoup ! grommelai-je.

Je m'affalai, bras croisés. Déprimée, je jetai un coup d'œil aux pixies puis y regardai à deux fois en m'apercevant qu'ils avaient tué l'oiseau-mouche et rassemblaient ses plumes. *Mince alors, ils sont sacrément dangereux, ces pixies, quand on les menace.*

— Je ne suis pas si difficile que ça à vivre.

Jenks éclata de rire. Je ne pus m'empêcher de le regarder, interloquée par ce changement de ton.

— Et qu'est-ce que tu fais de ta requête prochaine: pouvoir coucher avec qui tu veux tout en partageant le sang avec elle, sachant qu'elle, elle a envie de coucher avec toi ?

— La ferme. (J'étais embarrassée; c'était l'un des sujets que je comptais aborder avec Ivy.) Elle sait bien que je ne coucherai jamais avec elle.

L'homme qui passait devant nous se retourna, puis chuchota quelque chose à sa petite amie qui me dévisagea sans attendre. Je leur fis une grimace. Heureusement que je portais un déguisement.

— Il faut être incroyablement fort pour s'éloigner de la personne qu'on aime, fit Jenks en levant deux doigts comme pour faire une énumération. Surtout en sachant que cette personne va faire quelque chose de débile, comme de faire du shopping alors que son hémogramme est tellement bas qu'elle devrait être à l'hôpital. Tu devrais avoir plus de considération pour elle, avec le respect qu'elle te témoigne.

— Eh, m'exclamai-je d'une voix excédée. Tu as dit que ça ne la dérangerait pas.

Il sourit et se laissa glisser sur le banc.

— En fait, ce que j'ai dit, c'est que ce qu'elle ignore ne peut pas te faire de mal. (Il leva un troisième doigt.) Tu laisses les fenêtres ouvertes avec le chauffage allumé.

Une famille aux trois enfants particulièrement bruyants passa devant nous. Je regardai ce futur pour lequel je travaillais me tourner le dos et s'éloigner. Était-ce un problème ?

— J'aime l'air frais, protestai-je.

Je rassemblai mes affaires. Il était temps de partir.

— En plus, tu es une vraie pleurnicheuse. Je n'ai jamais vu de malade aussi pathétique. « Où est mon amulette antidouleur ? Où est mon café ? » Dieu tout puissant ! Et dire que je me trouvais grave.

Je me levai, requinquée par le Soufre. Ce n'était qu'une impression, mais autant en profiter.

— Range tes doigts, Jenks, ou je te les pète pour te les mettre quelque part.

Il se leva à son tour et tira sur son blouson d'aviateur.

— Tu ramènes des familiers de démons à la maison. « Oh, elle est gentille, tu ne trouves pas ? » s'exclama-t-il d'une voix de fausset. « On peut la garder ? »

Je remontai mon sac sur mon épaule et appréciai de sentir le poids réconfortant de mon pistolet à l'intérieur.

— Tu veux dire que j'aurais dû laisser Al tuer Ceri ? demandai-je sèchement.

Il rassembla ses sacs divers en riant et les sépara en deux groupes.

— Non, je veux dire qu'il faut être très fort pour te laisser être toi-même. Je ne connais personne qui vaille Ivy.

Je soufflai.

— Bon, eh bien je suis contente que nous ayons ta bénédiction.

Il renifla et regarda le parking par-dessus la tête des touristes, au-delà de l'arcade.

— Ouais, je vous donne ma bénédiction, et aussi un avertissement.

Je le regardai, mais il ne faisait pas du tout attention à moi ; il scrutait la zone, car nous étions sur le point de repartir.

— Si tu trouvais difficile de vivre sous le même toit en évitant de te faire mordre, attends de vivre sous le même toit en essayant de trouver un équilibre sanguin. Ce n'est pas un chemin plus facile, Rache. (Il avait le regard lointain et ne semblait pas remarquer l'inquiétude qu'il faisait naître en moi.) Il est même plus difficile. Et ça va faire mal tout du long.

Chapitre 25

Le vent faisait battre les drapeaux décoratifs contre l'arcade menant au parking. Fascinée, je plissai les yeux pour pouvoir les contempler. J'avais un reste de hamburger dans une main et une boisson gazeuse dans l'autre. Jenks avait insisté pour que je fasse le plein de protéines et de fer pour faire passer le Soufre, mais je le soupçonnais de s'être servi de ce prétexte pour aller acheter une boisson afin de la saupoudrer elle aussi de Soufre. Pourquoi, sinon, me serais-je sentie aussi bien alors que ma vie tourbillonnait au fond des chiottes ? Et je me sentais plus que bien, comme si un poids s'était enlevé de mes épaules et que le soleil recommençait à briller.

Ivy ne tarderait pas à rentrer et, même si j'avais été une grande fille en venant jusqu'ici, il semblait plus prudent de retourner à l'hôtel avant qu'elle s'aperçoive que j'étais partie. À les croire, Jenks et elle, je faisais en sorte que ma vie soit la plus horrible possible pour m'amuser au lit, mais mettre Ivy en colère dans la conjoncture actuelle pourrait s'avérer un peu risqué, même pour moi.

— Quelle heure est-il ? demandai-je.

Je cherchai la voiture du regard en clignant les yeux à cause de la brise qui soufflait plus fort sur le parking. Les gens que notre lenteur agaçait nous dépassaient ; quant à moi, je profitais du vent et de la vue sur le détroit.

Jenks ricana ; manifestement, il avait deviné ce à quoi je pensais. Il avait descendu sa boisson de soixante centilitres et passa trente bonnes secondes à trembler, nerveux et l'œil brillant, si bien que je me demandai qui de nous deux devait prendre le volant. Il jongla avec ses sacs puis vérifia son poignet en souriant.

—Seize heures quarante-six. Je ne me suis trompé que d'une minute, cette fois.

—Le temps que tu t'acclimates, on sera déjà sur le chemin du retour, dis-je avant de me mettre en mouvement. Quand est-ce que tu t'es acheté une montre ?

—Hier, avec Jax. (Il tendit le cou pour voir le parking par-dessus les têtes qui nous entouraient.) Je t'ai aussi acheté un appareil photo – et je me suis pris le couteau que tu as vu. Je n'aime pas être aussi grand.

Je ne comptais pas lui dire qu'il était illégal de se promener avec un couteau dissimulé dans ses vêtements. De toute façon, c'était un pixie. La loi ne s'appliquait pas à lui. Je souris en voyant le soleil luire sur ses cheveux, quand bien même ils étaient noirs.

—Les grands méchants loups, dis-je. (Je repris une gorgée de soda et butai sur le trottoir en arrivant au niveau de la rue.) On va leur souffler leur maudite maison.

D'un geste fluide, Jenks me prit ma boisson et la jeta dans la poubelle la plus proche.

—Ça va ? demanda-t-il.

—Oh oui, m'enthousiasmai-je. (Je lui tendis ce qui restait de mon hamburger pour qu'il se charge de le jeter aussi.) Tu devrais le savoir. C'est toi qui n'arrêtes pas de mettre de la drogue dans ma bouffe, après tout.

Il me fit un sourire sournois, puis me prit galamment par le bras. Un gloussement m'échappa devant le côté ostentatoire de son soutien. J'en fus horrifiée. Bon sang, c'était injuste. Si je me retrouvais dépendante au Soufre par leur faute, ils allaient sacrément m'entendre – enfin, à condition que je me rappelle pourquoi j'étais en colère contre eux.

Sans pouvoir m'arrêter de rire, je relevai la tête et me sentis refroidir sous l'effet de la peur. Brett et Walter Vincent étaient appuyés contre la Corvette de Kisten. Le premier étudiait le visage des gens qui quittaient le centre commercial, le second faisant la même chose mais avec une lueur de meurtre dans le regard. Je compris immédiatement ce qui s'était passé, et je remerciai Dieu que nous ne soyons pas au motel, pris au piège dans cette chambre minuscule. Jenks et moi étions déguisés et, bien qu'ils ne connaissent pas la voiture de Kisten, elle devait être imprégnée de l'odeur de Jenks, comme il avait passé la veille à la conduire. Ils nous avaient retrouvés.

—Oh, caramerde alors, murmurai-je en pesant de tout mon poids sur le bras de Jenks. (J'étais instantanément passée de l'exubérance à la panique ; le Soufre contrôlait mes humeurs.) Tu n'as rien de plus mortel que ton couteau, sur toi ?

— Non, pourquoi ? (Il eut à peine plus qu'une hésitation en relevant la tête – jusque-là, il regardait où je mettais les pieds.) Ah, murmura-t-il. (Je sentis ses doigts serrer mon avant-bras l'espace d'un instant.) D'accord.

Je ne fus pas surprise lorsqu'il fit brusquement demi-tour et retourna dans le centre commercial. Il se pencha sur moi pour me parler et je sentis son odeur de pré sec.

— Tes déguisements fonctionnent, chuchota-t-il. Fais comme si on avait oublié quelque chose et qu'on retournait le chercher.

J'acquiesçai en scrutant les visages satisfaits des vacanciers autour de moi à la recherche d'une expression de colère. J'avais le pouls rapide et la peau sensible. Pam était morte ; rien que pour ça, ils continueraient à me poursuivre. Les garous étaient d'un naturel timide exception faite de l'alpha et de quelques-uns de ses principaux acolytes, et comme la ronde était brisée ils allaient rester discrets et garder notre querelle secrète. Tout irait bien à moins que nous nous retrouvions dans un cul-de-sac. Et il y en avait pas mal, à Mackinaw.

— Je vais appeler Ivy, dis-je.

Je tirai sur mon sac à main et l'ouvris. Tendu comme une corde de piano, Jenks me fit m'arrêter, me plaqua le dos contre un mur de brique et se mit partiellement devant moi. Nous étions devant une confiserie – quelle surprise – et je sentis mon estomac gargouiller. J'appuyai sur la touche d'appel rapide.

— Allez, allez, râlai-je en attendant que l'appel passe.

Ivy décrocha et sa voix sortit de l'appareil.

— Rachel ?

— Oui, c'est moi. (Mes épaules se détendirent un peu.) Où es-tu ?

— Sur le pont. On revient. Pourquoi ? (Elle marqua une pause et j'entendis le bruit reconnaissable du camion de Nick.) Pourquoi est-ce que j'entends des gens ? ajouta-t-elle d'un ton soupçonneux.

Jenks grimaça. Je plissai les yeux au soleil et reculai jusqu'à être dans l'ombre du débord.

— Euh, Jenks et moi sommes en mission d'approvisionnement.

— Tu fais du shopping ! Rachel ! Bon sang, mais tu ne peux pas te tenir tranquille quelques heures ?

Je repensai au Soufre qui se promenait librement dans mon corps. Décidément non, je n'en étais pas capable.

Jenks tourna brusquement la tête d'un air torve ; je suivis son regard et vis un couple de touristes élégamment vêtus. Ils avaient des sacs de courses mais étaient un peu trop attentifs. Jenks leur tourna le dos et se déplaça pour se mettre entre eux et moi. Bon sang, ça devenait chaud. Mon pouls s'accéléra ; je me voûtai sur mon téléphone.

— Écoute, j'ai réfléchi et tu as raison. (Je jetai un coup d'œil sur le côté de Jenks puis me remis à l'abri.) Combien de temps il te faut pour nous rejoindre dans ce centre commercial en plein air ?

— Tu as réfléchi ? murmura-t-elle avec vulnérabilité.

Jenks scruta la place.

— Tic-tac, Rache.

Anxieuse, je me tournai vers mon téléphone.

— Oui, il est temps pour moi d'être plus réfléchie dans mes choix. Mais là, on est au centre commercial, et Brett et Walter sont assis sur notre voiture.

Les sensations agréables que le Soufre m'avait données s'étaient muées en peur. Je réprimai ma panique croissante. Le Soufre, qui était au cœur même de cette panique, ne faisait que l'intensifier. Avec cette drogue, quand on était heureux, on était très heureux ; quand on était triste, on devenait suicidaire. En cet instant, j'étais folle de peur. Jusqu'à ce que l'effet se dissipe, mes émotions allaient faire des montagnes russes. *Bon sang, je n'ai pas de temps à perdre avec ça !*

Ivy grogna quelque chose à Nick et j'entendis un klaxon.

— Combien sont-ils ? demanda-t-elle sèchement.

Je regardai derrière Jenks et vis des fleurs baignées de soleil et des devantures joyeuses.

— Quatre pour l'instant, mais ils ont des téléphones. On est déguisés, alors ils ne savent sans doute pas que c'est nous.

Calme-toi, Rachel, m'ordonnai-je en essayant d'utiliser la drogue à mon avantage. *Réfléchis.*

— Je savais que ça arriverait. Je le savais ! tempêta Ivy.

— Oui, bon, je préfère les croiser ici qu'au motel.

Têtue, j'essayai de ramener mes émotions de la peur vers l'invincibilité. En vain. J'avais toujours peur.

— Le pont ne fait toujours qu'une file dans les deux sens, grogna Ivy. Impossible de contourner ce type. Passe le téléphone à Jenks. Je veux lui parler.

Jenks pâlit et secoua la tête.

— Jenks ! s'exclama-t-elle. Je sais que tu m'entends. Je n'arrive pas à croire que tu te sois laissé convaincre d'aller faire des courses. Je t'avais dit qu'il lui fallait au moins une autre prise de Soufre avant de pouvoir ne serait-ce que faire la cuisine, alors sortir !

— Je ne suis pas si faible que ça, m'indignai-je.

Mais Jenks était très en avance sur moi. Il prit le téléphone et le tint de manière que nous puissions entendre tous les deux ce qu'elle disait.

— Elle a mangé le dernier cookie, Ivy, se vexa-t-il. Et je viens de lui en redonner une dose. Elle est à plein régime. Je ne suis pas idiot.

— Je le savais ! intervins-je sans quitter les passants des yeux. Tu m'en as refilé en douce !

Il y eut un court silence, puis Ivy reprit plus calmement :

— Tu t'es procuré du Soufre ?

Jenks me regarda dans les yeux.

— Ouais. Et ne t'inquiète pas, j'ai payé en liquide. Ça ne se verra pas sur tes relevés bancaires.

— Où as-tu trouvé l'argent, Jenks ? demanda-t-elle d'une voix menaçante.

— Ce n'était pas si cher que ça.

Mais je vis à son regard inquiet qu'il pensait avoir fait quelque chose de mal.

— Mais quel con ! s'exclama Ivy. Sors-la de là, bon sang ! Tu lui as acheté du tout-venant, idiot de pixie ! Elle est plus remontée qu'un réveil !

La mâchoire de Jenks bougea mais rien ne sortit de sa bouche.

— Euh, Ivy ? couina-t-il. Il faut qu'on y aille.

— Ne raccroche pas ! cria-t-elle. Repasse-moi Rachel. Jenks, donne ce téléphone à Rachel !

Jenks allait mettre fin à la communication, mais je lui arrachai l'appareil. J'avais pris du tout-venant ? Super. Vraiment super. Je me disais bien que je le trouvais un peu fort, ce Soufre. J'entendis Ivy raconter ce qui s'était passé à Nick ; je discernai le mot « invincible » et « se faire tuer ». Jenks se tourna pour scruter la zone, la posture tendue et l'air coupable.

— Eh, Ivy. (Mon humeur avait brusquement viré à la colère.) La prochaine fois que Jenks et toi vous voulez jouer au docteur, mettez-vous votre Soufre au cul, d'accord ? Tous les deux. Je ne suis pas votre poupée, putain !

— Je suis en route, dit-elle en m'ignorant royalement. Rachel, essaie de… t'asseoir dans un coin et de ne plus bouger. Tu crois que tu peux faire ça ? Je viens te chercher.

Je m'appuyai contre le mur de brique et sentis chaque petite avancée me rentrer dans la peau à travers mon tee-shirt.

— Prends ton temps, lançai-je négligemment. (J'étais à la fois agacée et remontée ; l'adrénaline coulait à flots et le Soufre me donnait la peau sensible.) Jenks et moi, on passe au plan B.

— Le plan B ? s'étonna-t-elle. Quel plan B ?

Jenks rougit.

— On choppe le poisson et on court comme des tarés, marmonna-t-il.

Je faillis glousser. J'avais décidé de me sentir invincible plutôt que d'être morte de peur.

— Je me casse. Je rentre au motel en tram. Et si quelqu'un s'interpose, je lui botte le cul.

— Rachel, dit Ivy plus lentement. C'est le Soufre qui te fait dire ça. Tu ne réfléchis pas. Assieds-toi et attends-moi !

Je plissai les yeux.

— Je peux me débrouiller.

Je commençais vraiment à me sentir bien. Ce n'était pas le Soufre. Non, je vivais pour l'adrénaline ! Je prenais mes décisions en fonction de ce qui foutrait le plus ma vie en l'air ! J'étais une idiote de sorcière complètement déjantée qui devait saupoudrer sa vie sexuelle de danger pour être excitée, et ma vie allait être courte mais passionnante. J'allais couper la communication, mais j'eus une hésitation.

— Eh, tu veux que je te garde en ligne ?

— Oui, murmura-t-elle. Non. Oui.

L'inquiétude qui perçait dans sa voix me fit recouvrer mon sérieux.

— D'accord.

Mon sang se mit à bouillir. Je coinçai l'appareil dans la ceinture de mon jean, la tête en bas pour que le micro soit à l'air libre. Ivy pourrait entendre tout ce qui se passerait. Je me tournai vers Jenks et vis qu'il était inquiet et tendu.

— Bon, alors, dis-je en m'écartant du mur, qu'est-ce que tu en penses ?

— J'en pense qu'Ivy va me tuer, murmura-t-il. Rachel. Je suis désolé. Je ne savais pas.

Je pris une inspiration et exhalai longuement. C'était fait. Dans l'immédiat, je pouvais surtout le remercier : je marchais, et je serais probablement capable de courir – même si j'allais devoir le payer plus tard.

— Ce n'est pas grave, le rassurai-je en lui posant la main sur l'épaule. Mais arrête de prendre mes décisions à ma place, d'accord ?

Mes yeux mobiles se posèrent sur le banc que Jenks et moi avions occupé. Ma bouche s'assécha. J'essayai de déglutir. Brett se tenait bras croisés à côté du banc, les yeux sur moi. Il souriait. Il *me* souriait.

— Merde ! soufflai-je. Jenks, ils nous ont reconnus.

Il acquiesça. Son jeune visage ne souriait plus.

— Ça fait quelques minutes qu'il est là. Il y en a six à la sortie derrière nous et quatre de l'autre côté au niveau du tournant.

— Et tu m'as laissé continuer ma conversation avec Ivy ? m'étonnai-je.

Il haussa les épaules.

— Ce sont des garous. Ils ne vont pas se donner en spectacle.

En temps normal, j'aurais été de son avis. Le cœur battant, je jetai un coup d'œil aux six garous qui bloquaient la sortie. Ils portaient des tas de bijoux et des vêtements très colorés, ce qui signifiait qu'ils appartenaient à la meute des rues. Je me servis de ma seconde vue et sentis ce qui me restait de bravade me quitter. Leur aura était de nouveau bordée de brun. Comment Walter avait-il fait pour les rassembler aussi vite ?

— Euh, Jenks ? dis-je en sachant qu'Ivy écoutait. Ils forment une ronde. Ils ne vont pas rester plantés là sans rien faire. On doit partir avant que les autres arrivent.

Jenks me regarda, regarda les garous, puis me regarda de nouveau. Il leva les yeux sur le toit et regretta sans doute de ne plus pouvoir voler.

— Il n'y a des boutiques qu'en devanture, déclara-t-il soudain. On y va.

Il m'attrapa par le bras et me fit entrer dans la confiserie. Je le suivis en trébuchant et m'imprégnai de la riche odeur du chocolat. Il y avait une petite file à la caisse, mais Jenks se fraya un chemin jusqu'au comptoir dans un chœur de protestations.

— Pardon. On s'excuse, dit-il en soulevant la barrière qui nous séparait de l'arrière du comptoir.

— Eh là ! s'écria une femme imposante dont le tablier était attaché avec une rigueur militaire. Vous n'avez pas le droit de venir de ce côté !

— On ne fait que passer ! s'exclama gaiement Jenks.

Ses sacs bruissèrent. Il me lâcha le bras un instant et plongea le doigt dans la flaque de fudge qui refroidissait sur une table en marbre.

— Faudrait mettre plus d'amande, apprécia-t-il en se léchant le doigt. Et vous le cuisez un demi-degré trop chaud.

La femme en resta bouche bée. Il la dépassa et entra dans les cuisines.

— Là, dis-je.

Les yeux de Jenks se posèrent sur la porte de derrière qui était entourée de boîtes empilées. La porte blindée était ouverte pour permettre à la chaleur de la cuisine de s'échapper par la moustiquaire – une moustiquaire à l'air tout à fait normal. Au-delà, je vis les voitures des employés dans une vilaine ruelle, et encore derrière, la route principale. Au loin, le détroit scintillait, grand comme un lac.

— Prête ? demanda Jenks.

Je sortis mon pistolet de mon sac.

— Ouaip. On y va.

— Mais qu'est-ce que vous faites ici? s'exclama une voix d'homme.

Je me retournai. L'homme écarquilla les yeux en voyant mon pistolet rouge cerise, puis il s'énerva.

— Ici, c'est mon lieu de travail ! cria-t-il. Pas une arène de paint-ball ! Sortez ! Sortez !

— Excusez-nous, marmonnai-je.

Je fonçai vers la porte en le voyant s'avancer, mains tendues, en traînant les pieds. Dans un accès d'adrénaline, nous plongeâmes pour éviter ses mains et débouchâmes dans l'allée en faisant une glissade. Le claquement de la lourde porte résonna en moi. Nous ralentîmes pour retrouver notre contenance.

— Oh, regarde, Jenks. Une impasse.

Le vent était vif. Il se répercutait sur le mur de la boutique. Le sang en ébullition et le pas vif, je pris la direction de la rue et du trottoir fissuré qui la bordait. Il faudrait un peu de temps aux garous pour quitter le centre commercial et faire le tour, à moins qu'ils passent de force par la boutique. Mais je trouvais cela improbable. Comme leurs prétendus lointains cousins, les garous n'étaient agressifs que si l'on s'en prenait aux leurs. Cela dit, ils formaient une ronde, alors comment prédire ce qu'ils allaient faire ?

— Ivy, haletai-je en sachant qu'elle m'entendait. (Nous rejoignions la rue au trot.) On est dehors, entre le centre commercial et la… Merde !

Je m'arrêtai en dérapage contrôlé ; trois garous déboulèrent au coin de la rue dans un grand bruit de graviers. Ils portaient des pantalons et des polos kaki, si bien qu'ils avaient l'air d'être en uniforme. Pis, l'un d'eux posa un sac en toile, en ouvrit la fermeture Éclair et lança des armes peu engageantes à ses copains. Je restai plantée là, comme paralysée. Ils étaient dingues ou quoi ? Ça allait bien au-delà d'une démonstration de force en public. Mince, même les vampires ne faisaient jamais ça ! Pas en plein jour et en pleine rue, à la vue du premier passant venu, en tout cas.

L'un d'eux leva son arme. Jenks me tira en arrière. Je n'avais toujours pas refermé la bouche quand nous atterrîmes contre une quatre-portes à la carrosserie rouillée par le sel dont l'avant était jonché de sacs de fast-food chiffonnés.

Brett tourna l'angle, le pas rapide et les yeux en alerte. En me voyant, il sourit.

— Nous les avons, monsieur, annonça-t-il dans le téléphone accroché à son oreille. (Il s'arrêta derrière les trois garous qui nous tenaient en joue.) Derrière la confiserie. C'est fini ; il ne reste plus qu'à pousser le hurlement de la victoire.

Le cœur battant, je regardai la rue et sa circulation sporadique. Le souvenir d'avoir trouvé Nick attaché à ce mur remonta de mon subconscient. Un frisson me purgea de tout sauf de ma détermination féroce. Je n'étais pas assez forte pour survivre à cette épreuve. Je ne pouvais pas me laisser prendre.

— Tu veux que je fasse un cercle et qu'on attende Ivy, ou tu préfères te frayer un chemin à coups de poing, Jenks ?

Ma main qui tenait le pistolet devint moite.

Jenks prit une barre rouillée dans une poubelle de recyclage. Elle en sortit avec un raclement métallique. Il lui fit faire quelques moulinets. Les trois garous armés prirent une posture plus agressive.

— Tu crois qu'on a besoin d'Ivy ? demanda-t-il.

— C'était juste pour être sûre, répondis-je. (Les bras tremblants, je me tournai vers les garous.) C'est ça. Comme si vous alliez nous descendre. Comment allez-vous nous arracher des renseignements sur Nick, si on est morts ?

La mâchoire de Brett se crispa. Trois autres garous arrivèrent par l'autre côté, ce qui faisait sept. J'avais quatorze potions de jolis rêves. Je devais agir, et tout de suite.

— Soumettez-les, ordonna Brett en plissant les yeux à cause d'un rayon de soleil. (Agacé, il arracha son arme à l'homme le plus proche.) Servez-vous de vos poings. Vous êtes plus nombreux qu'eux, et je ne veux pas que la SO débarque à cause des coups de feu.

Je ressentis une poussée d'adrénaline, mais elle me fit me sentir faible plutôt que forte. À côté de moi, Jenks cria puis s'élança. La moitié des garous vinrent à sa rencontre avec une vitesse et une férocité choquantes.

La panique me frappa. Je visai et en descendis un. Puis un autre. Je voulais aider Jenks, mais ils arrivaient trop vite. L'un d'eux le dépassa. Je posai un genou à terre et retins mon souffle.

— Pas aujourd'hui, fils de chienne ! m'exclamai-je en le mouchant.

Il fit une glissade et termina à moins d'un mètre de moi. Je relevai mon arme pour le suivant. Il fit trois pas de plus que le premier.

— Jenks ! Recule ! criai-je en battant moi-même en retraite.

Je tirai trois fois coup sur coup. Trois garous tombèrent. Je donnai un coup de tête frénétique pour écarter les cheveux qui me gênaient. Il y en avait plus de sept, nettement plus – moi-même, j'en avais au moins descendu sept. Mais où était Ivy ?

— Rache ! Derrière toi ! m'avertit Jenks.

Je fis volte-face. Un garou de cuir vêtu me fonçait dessus. Ils étaient passés par la boutique ? Bon sang ! C'était ce que je craignais. Ils n'avaient pas un comportement normal !

— Rachel ! cria de nouveau Jenks.

Le garou sourit de toutes ses belles, très belles dents, et ses doigts pleins de graisse se refermèrent sur mon poignet. Grave erreur.

Je poussai un grognement et me tordis le bras pour m'emparer de son poignet à lui – un poignet bien large. Mon pied droit partit et ma basket vint le frapper au niveau des reins. Je lui tordis le bras, le fis se retourner et basculer en me servant de son poids. Il tomba à genoux et son coude me heurta la jambe, se plia dans le mauvais sens et se disloqua. Le garou grogna.

Je poussai un soupir de satisfaction, le lâchai et me remis sur pied. Mais où était passé mon pistolet ?

Je le repérai, tout seul, au milieu de la ruelle et fonçai le récupérer.

— Eh ! m'écriai-je en sentant mon pied se dérober sous moi.

Je battis des bras pour protéger mon visage du goudron qui se rapprochait à toute vitesse et m'effondrai. Sous le choc, je me retournai et m'aperçus que le garou que je venais d'étendre, loin de se tortiller de douleur en tenant son bras cassé, se servait de ce dernier !

— Espèce de connard ! criai-je en lui donnant un coup de pied dans la figure. Lâche-moi !

Mais il n'en fit rien ; il s'accrochait à ma cheville avec ses mains sales. Paniquée, je compris qu'ils utilisaient le plein potentiel de la ronde. Quelqu'un se chargeait d'atténuer sa douleur. Il ignorait complètement le fait que je lui aie cassé le nez à coup de talon ; je le frappai de nouveau. Le sang gicla, et il finit par me lâcher, mais pas avant de m'avoir attaché un de ces maudits bracelets au pied.

— Sale connard ! grognai-je.

Je me jetai sur mon pistolet et lui tirai une bille en pleine figure. Furieuse, je me tournai vers les deux garous qui le suivaient et les descendis aussi.

Une fois les trois hommes abattus, je me relevai en frissonnant. J'en tins trois autres en joue, les visant à tour de rôle d'une main tremblante.

— Jenks ! appelai-je.

Il fut instantanément derrière moi. Idiote de sorcière ! Tant que je ne me serais pas débarrassée de ce bracelet, impossible de faire un cercle. Tout ce qui me restait, c'étaient les quatre charmes que contenait encore le magasin de mon pistolet, et Jenks, dont le dos était légèrement appuyé contre le mien.

Je sentis l'odeur de sa sueur, étrangement semblable à celle d'un pré. Dans la bagarre, il avait perdu son amulette de déguisement ; ses cheveux, redevenus blonds, étaient en bataille. La coupure sur son front s'était remise à saigner et ses mains étaient tachées de sang. Je blêmis en comprenant que ce n'était pas le sien, mais celui des cinq garous qu'il avait assommés avec sa barre.

Brett et Walter se tenaient derrière deux garous en armes prêts à nous descendre s'ils ne pouvaient nous maîtriser autrement. Derrière eux, les voitures passaient ; des garous à l'air professionnel portant des costards cravates rassuraient les badauds, leur expliquant sans doute qu'il s'agissait d'un tournage pour le cinéma ou quelque chose dans le genre. Derrière nous, les garous des rues étaient en attente ; s'ils se tenaient en retrait, ils étaient prêts à nous tomber dessus dès que Walter leur en donnerait l'ordre.

Je déglutis avec peine. Avec la force de quatre alphas à sa botte, Walter les avait rendus plus agressifs et, comme ils ignoraient la douleur, rien ne pourrait les arrêter. La seule perspective de retrouver le Foyer avait suffi à les rassembler.

Incroyable, songeai-je. Ma main se déplaça sur mon arme. J'essayais de penser à une manière de nous tirer de ce mauvais pas avec seulement quatre charmes en réserve. S'ils mettaient la main sur le Foyer, les choses ne manqueraient pas de virer au cauchemar. Chaque garou voudrait sa part du gâteau. Les alphas afflueraient et les grandes villes ne tarderaient pas à être le théâtre d'une guerre de territoire ; les vampires chasseraient les garous pour les abattre un à un, car ils ne trouveraient pas à leur goût ces nouveaux adversaires agressifs qui ne ressentiraient pas la douleur et pourraient morpher aussi vite que s'ils utilisaient la magie des sorcières. Et, avec le Foyer pour les lier, la ronde ne pourrait être brisée. Pas étonnant que les vampires aient caché cette horreur.

— Jenks, haletai-je en sachant qu'Ivy m'entendait. Ils m'ont accroché un de leurs bracelets. Je ne peux plus faire de cercle pour les retenir. On ne peut pas les laisser s'emparer du Foyer. Et, s'ils me capturent, je ne suis pas assez forte pour tenir ma langue.

Jenks se tourna vers moi, puis vers eux. Son poing se serra sur le morceau de tuyau ensanglanté.

— Tu as une idée ?

— Non, m'écriai-je en bougeant les pieds. À moins que tu puisses les retenir assez longtemps pour que je retire ce fichu bracelet de mon pied.

Il sortit son couteau en l'agitant et me le tendit. J'étais pleine de sang et je me sentais mal.

— Je vais les tenir à l'écart, dit-il d'un air sinistre.

Je le lui rendis car j'étais beaucoup moins efficace que lui avec un couteau.

— Ils sont conçus pour qu'on ne puisse pas les couper. Il va falloir une paire de tenailles.

Jenks se mit sur la pointe des pieds.

— Bon, alors on se bat jusqu'à l'arrivée d'Ivy.

— Ouaip.

La peur s'installa fermement en moi. Ça allait mal. Vraiment.

Brett attira mon attention en bougeant les pieds. Walter l'avait rejoint. Ses yeux brillaient d'une lueur sauvage née de son chagrin. Derrière moi, j'entendis les garous des rues dérouler les chaînes qu'ils avaient autour de la taille et sortir leurs crans d'arrêt.

Putain de bordel de merde. Je ne voulais pas mourir comme ça.

— M'dame ? fit Brett avec son accent traînant pour attirer mon attention. Ça épargnerait pas mal d'embêtements à tout le monde si vous nous donniez vos armes et que vous nous accompagniez.

— Des embêtements ? lançai-je. (J'avais crié pour évacuer un peu de ma frustration.) Pour qui ?

Je passai les garous en revue. Ils continuaient à affluer pour nous entourer. À présent, il y avait cinq alphas. J'avais les garous des rues dans le dos, les militaires devant et les costumes-cravates en périphérie pour s'assurer que nous ne faisions pas trop de barouf et que les piétons passaient leur chemin.

Mon estomac se noua lorsque je m'aperçus que trois des garous des rues derrière la benne n'étaient pas blessés mais en train de se transformer. Ils morphaient en plein jour. Dans un lieu public. Avec l'intention de me tailler en pièces. Et ils allaient très vite.

— M'dame, réessaya Brett. (Soit il jouait le rôle du gentil flic, soit il essayait de gagner du temps pendant que les trois autres finissaient de se transformer.) Posez votre arme et donnez un coup de pied dedans pour me l'envoyer.

— Allez vous faire voir, Brett, répliquai-je d'un ton sombre. J'ai vu comment vous traitiez vos invités. Je sais ce que vous cherchez, maintenant, et vous ne l'aurez pas. Et ce n'est pas une arme, c'est un *flingue* !

À la fois en colère et effrayée, je visai et tirai sur lui.

Quelqu'un s'interposa à toute vitesse et reçut le charme à la place de Brett. L'homme s'effondra et termina sa chute par une roulade, mais il était KO avant même que son visage morde le bitume. Brett sembla choqué que je lui aie tiré dessus pour de vrai. Je haussai les épaules. En périphérie, des abrutis applaudirent. Je ne parvenais pas à y croire. J'allais me faire massacrer sur fond d'applaudissements.

Brett les regarda, puis fronça les sourcils.

— Tirez-lui dessus. Dans la jambe.

— Bien joué, Rache, grommela Jenks.

Les sécurités cliquetèrent. Je fis volte-face. Il me restait trois charmes, et je voulais que les autres connards à quatre pattes fassent dodo avant d'avoir fini d'enfiler leurs habits de loup. Calmement, sans prêter attention au chaos qui m'entourait, je les descendis.

Autour d'eux, les garous des rues explosèrent de colère. Je reculai en les voyant se jeter sur moi.

— Non ! hurla Brett en gesticulant et en rougissant. Ne vous mettez pas en travers !

Jenks bougea tellement vite que mes yeux eurent du mal à le suivre. Le bruit des coups de barre sur la chair était écœurant. À l'occasion, des chocs métalliques se faisaient entendre – quelqu'un s'était jeté dans la mêlée avec sa chaîne. Ma première pensée, à savoir que nous allions mourir, se transforma en un soulagement ironique. Tant que les garous des rues nous entoureraient, les militaires ne pourraient pas tirer.

Un garou passa les défenses de Jenks. Je m'élançai. Attrapant le bras poilu que quelqu'un eut l'obligeance de me tendre, je le tordis avant de pousser son propriétaire. Le garou fut emporté par son élan et hurla de douleur, l'épaule disloquée. Je ne pus m'empêcher de sourire méchamment. Il l'avait senti passer. Le lien se brisait. Ils agissaient indépendamment et la ronde se défaisait !

Une forte détonation me fit sursauter. Ils tiraient malgré tout !

Je tourbillonnai sur moi-même en sentant une deuxième série de tirs passer non loin de moi. Les garous se replièrent. La séparation des meutes leur fit perdre toute agressivité. Le cœur battant la chamade, je vis Jenks brandir son arme vers le ciel, une expression féroce sur le visage. La faction militaire, plus disciplinée, resta en position, mais les garous des rues étaient pris de panique. En un instant, ils filèrent jusqu'au dernier, nous dépassant Jenks et moi en traînant leurs compagnons tombés, qu'ils soient à fourrure, en cuir ou en polyester.

— Restez groupés ! hurla Walter derrière une haie d'hommes.

Mais il était trop tard.

— Bande d'idiots ! jura-t-il. Restez groupés ! Il ne va pas vous tirer dessus !

Des sirènes se firent entendre au loin, portées par l'air frais printanier.

— Par le diaphragme de Clochette ! Il était temps ! s'exclama Jenks.

Les garous qui restaient les entendirent aussi. Encore haletants, ils échangèrent des regards incertains. La foule des badauds commença à s'égailler. Ils marchaient d'un pas vif et avaient le visage pâle ; ils avaient compris que le sang qui souillait le goudron était vrai.

— Vous savez qui je suis ? cria Jenks. (Il était en sang, mais il n'avait pas ployé.) Je m'appelle Jenks ! (Il prit une grande inspiration, le sourire aux lèvres.) BOUH !

Plusieurs costumes-cravates sursautèrent et quelques militaires touchèrent leur tatouage comme pour se donner de la chance ou du courage.

Walter se fraya un chemin pour passer devant ses troupes.

— Restez groupés ! hurla-t-il en sentant son emprise sur la deuxième meute lui échapper. Vous m'avez juré fidélité ! Vous avez juré, bordel !

Le mâle dominant en costume le regarda en grimaçant. Puis il se retourna et s'en alla sans mot dire. Sa femme passa un bras dans le sien, récupéra un sac de shopping sans s'arrêter, et tous deux se dirigèrent vers la sortie de la large impasse. Il n'y avait plus de badauds ; ils se mélangèrent sans difficulté aux touristes qui passaient dans la rue principale.

Voûtée et haletante, je regardai sans y croire le cercle de costumes-cravates se disperser. Je fis un joli sourire à Walter et levai mon pistolet sur lui. Le chargeur était vide, mais il n'en savait rien. Les sirènes se rapprochaient. S'ils étaient restés unis cinq minutes de plus, ils nous auraient eus. Ce n'était pas à cause des sirènes, mais de leur incapacité à rester unis. Sans le Foyer, ils étaient incapables de se serrer les coudes face à l'adversité.

En colère, Walter fit un signe à Brett.

— Rache ! s'écria Jenks.

Une bonne dizaine de fusils se braquèrent sur nous. Il n'y avait qu'une chose à faire, et je la fis.

Je sautai sur Brett en grognant. Cela le surprit et, bien qu'il soit de loin le plus expert des deux dans la chose militaire, je parvins à le faire vaciller en l'attaquant non pas comme une professionnelle, mais comme une fillette – avec les bras autour de ses genoux. Nous tombâmes tous deux sur le goudron et je me jetai aussitôt sur lui pour avoir une meilleure prise.

Je passai un bras autour de son cou et lui fis une clé. Si la ronde n'avait pas été dissoute, il n'aurait rien senti – mais elle l'était bel et bien.

— Dites-leur de reculer ! hurlai-je.

Brett gloussa mais son rire s'étrangla lorsque je tirai sur son bras.

— Aïe ! cria-t-il. (Je lui avais juste tordu le bras de quelques centimètres ; je n'étais pas prête à lui disloquer l'épaule.) M'dame Morgan, mais qu'est-ce que vous fabriquez, bon sang ?

J'entendis le camion de Nick.

— Je me tire, dis-je en essayant de me relever sans perdre ma prise.

Je faillis tomber malgré l'aide de Jenks. C'était une manœuvre aussi maladroite que précipitée, mais nous parvînmes à nos fins. Nous étions encerclés de canons braqués sur nous. Jenks prit ma place. L'air méchant, il tordit le bras de Brett et appuya la pointe de son couteau sur sa gorge.

— Tu as déjà vu un champ de bataille pixie ? chuchota-t-il à l'oreille du garou.

Ce dernier perdit toute velléité d'humour. Le visage blême, il accepta de se tenir tranquille. Ce qui, en soi, était vraiment effrayant.

Un camion bleu passa à toute vitesse devant l'allée.

— Trop loin, Ivy ! cria Jenks.

Nous entendîmes le camion piler puis, aussitôt, des coups de klaxon et un bruit d'accélération.

Je regardai mon téléphone, pris dans la ceinture de mon jean. Je ressentis un besoin irrépressible de rire. J'espérai que ça ne traînerait pas.

Il y eut un autre couinement de pneus et le camion bleu s'arrêta à l'entrée de l'allée en se balançant sur ses amortisseurs.

— Maman est venue nous chercher, Jenks, plaisantai-je. (J'allai sur le trottoir en boitant.) Je vais récupérer nos courses.

Je ramassai un des sacs qui se trouvaient sur mon chemin pour ajouter à la farce. Mon pistolet vide resta sans cesse braqué sur Walter, bien qu'il se cache derrière deux rangées d'hommes. Le lâche.

— Salut, Ivy, lançai-je d'un ton fatigué.

Je jetai le sac à l'arrière du camion, puis montai à mon tour. Bon, OK, il était interdit de rouler en camion sans être assis dans l'habitacle, mais bon, on venait de trouver le moyen de battre trois meutes de garous, alors il en fallait plus pour m'inquiéter.

— Merci de passer nous chercher, ajoutai-je.

Sur la banquette avant, Nick était très pâle. Il me tendit une paire de tenailles à travers la fenêtre.

— Oh, merci ! m'écriai-je.

Je sursautai lorsque Brett tomba à côté de moi comme un sac de pommes de terre. Il était inconscient. Jenks monta à sa suite, mais d'une manière infiniment plus gracieuse ; je l'interrogeai du regard.

— Je ne veux pas d'un otage, dis-je.

Je me demandai alors quand Jenks l'avait assommé. Il n'était pas mort, quand même ?

L'air sinistre, Jenks interpella Ivy :

— Qu'est-ce que tu attends ? Que Dieu te donne le feu vert ?

Le camion se mit en branle. Je m'accrochai au long casier gris métallisé que Nick avait fixé à la paroi du camion. Ma sueur se refroidit à cause de la nouvelle brise. Je me dis que nous avions réussi ; j'écartai les cheveux de mes yeux et souris à Jenks. Pas longtemps.

Tandis que nous nous insérions dans la circulation, Jenks ligotait Brett avec une sauvagerie qui faisait mal. Je repensai à la fois où j'avais vu ses enfants détruire le nid de fées dans son jardin. C'était un aspect de son caractère que je ne connaissais pas ; notre différence de taille m'en avait toujours préservée.

De l'avant du camion vint la voix blanche de Nick.

— Plus vite, Ivy ! Ils sont derrière !

Je me calai dans un coin, tins mes cheveux pour qu'ils ne se mettent pas en travers de ma vue et écarquillai les yeux. Je m'étais attendue à voir des jeeps ou des Hummer. Au lieu de quoi, trois garous qui avaient morphé nous poursuivaient en pleine rue. Et ils allaient vite. Très vite. En plus, ils ne s'arrêtaient pas aux feux rouges.

— Fils de putains à la solde de Disney, jura Jenks. Rache, il te reste des charmes, dans ton flingue ?

Je secouai la tête tout en réfléchissant à une manière de nous sortir d'affaire. Mes yeux se posèrent sur ma cheville.

— Jenks, débarrasse-moi de ce truc.

Brett reprenait ses esprits. Il essaya de se redresser, mais Jenks le frappa sauvagement derrière l'oreille ; ses yeux se révulsèrent et il sombra de nouveau dans l'inconscience.

— Accrochez-vous ! cria Nick. Virage à droite !

Je jetai mon pistolet à l'avant et m'accrochai au côté du camion. Les roues dérapèrent et décollèrent, mais Ivy parvint à ne pas quitter la route. Nick cria une obscénité et un camping-car nous croisa à toute vitesse dans un grand crissement de pneus. Nous n'avions sans doute pas été loin de faire partie du décor du quartier – je préférais ne pas y penser.

Le cœur battant, je baissai les yeux sur ma cheville en sentant le froid de l'acier contre ma peau. Les muscles des épaules de Jenks se tendirent, et au moment où nous nous enfonçâmes dans un nid-de-poule le bracelet d'argent enchanté céda.

Je me retournai frénétiquement. Sainte merde, ils étaient juste derrière nous !

— Ivy ! criai-je en sentant mon estomac se nouer. Quand je te le dirai, tu freines à fond.

— T'es dingue !

Elle jeta un coup d'œil en arrière. Les cheveux courts qui encadraient son visage volèrent devant ses yeux.

— Fais ce que je te dis !

Je touchai une ligne. Je me remplis d'une énergie chaude et dorée. Peu m'importait que mon aura soit souillée de noir, elle était à moi. J'inspirai. Si je n'assurais pas, ça risquait de faire mal. *Grand cercle, grand cercle.*

— Maintenant ! lançai-je.

Les freins hurlèrent. Je fus déséquilibrée, le bras de Jenks s'interposa étonnamment vite entre ma tête et le meuble en métal. Brett grogna en glissant vers l'avant.

— *Rhombus* ! hurlai-je avec assez de hargne pour me faire mal à la gorge.

D'une puissance entêtante, l'énergie de la ligne me traversa et prolongea le cercle que j'avais imaginé sur le bitume. La barrière n'était pas assez forte pour retenir un démon, mais elle tiendrait bien assez longtemps pour que je puisse mettre mon plan à exécution. Enfin, j'espérais.

Avant même que le camion ait fini de se balancer, je rejetai mes cheveux en arrière. L'exaltation me gagna quand je vis les garous percuter le cercle de plein fouet.

— *Yes*! exultai-je.

Je me retournai en entendant des bruits de tôle froissée et des cris. Ce n'était pas nous, nous étions à l'arrêt! Je retins mon souffle en m'apercevant qu'une voiture avait percuté l'autre côté de mon cercle qui luisait, noir et ambré, sous le soleil. Merde alors. J'avais oublié l'autre file.

Il y eut un nouveau coup de klaxon, et une autre voiture emboutit la première.

— Waouh, c'était super beau! s'exclama un Jenks admiratif.

Il regardait les garous qui se tordaient de douleur sur le bitume. Apparemment, il était assez douloureux de rentrer dans un mur quand on n'avait pas une ronde d'alphas pour se charger d'annuler la douleur.

Les gens commençaient à sortir de leurs voitures, à la fois hébétés et agités.

— Désolée, lançai-je en faisant la grimace.

Je coupai ma connexion avec la ligne et fis disparaître mon cercle.

J'entendis de nouveau les sirènes au loin, mais cette fois je vis des gyrophares. Jenks tapota à la vitre et Ivy redémarra doucement. Elle prit à gauche dès qu'elle le put et retourna à gauche une rue plus loin pour mettre autant de distance que possible entre les sirènes et nous. Je soufflai et m'affalai contre le casier à outils. Je passai une main par l'ouverture de la glace et touchai l'épaule d'Ivy. Elle sursauta.

— Merci, murmurai-je avant de récupérer ma main.

Nous avions réussi. Nous étions en vie et réunis. Et nous avions un otage.

— Nom d'un petit Tournant! jura Jenks.

Nick se retourna. Je poussai le pied de Jenks. Il fouillait son sac, l'air énervé, tandis que nous roulions en cahotant.

— Quoi, Jenks? soufflai-je.

J'étais fatiguée. Tellement fatiguée.

— J'ai perdu mon fudge! Cette bonne femme est partie avec mon fudge!

Chapitre 26

Le fast-food était plein de gosses, de mères et d'ados qui se lâchaient après l'école, ce qui me prouva plus clairement qu'une pleine page de relevés démographiques que la population du coin était décidément à majorité humaine. Je m'enfonçai dans ma chaise en plastique moulé et fis la moue en m'apercevant que la table était toute collante de soda. Brett ricana. Je lui fis une grimace. Le garou plein de morgue était assis en face de moi, menotté avec son propre acier au pied de table vissé au sol. Son orgueil le poussait à rester discret, et personne ne faisait attention à nous. Nous étions juste deux personnes prenant un café. Enfin, ce serait le cas dès que Jenks reviendrait avec nos boissons.

Le Soufre avait cessé de faire effet quelque part entre le moment où nous nous étions débarrassé de nos poursuivants et celui où Ivy et Nick nous avaient déposés ici ; la fatigue s'insinuait en moi comme l'eau à travers la boue. Ivy était certaine que les garous avaient les moyens de retrouver Brett en suivant son téléphone allumé à la trace ; Nick et elle étaient donc partis les attirer sur une fausse piste le temps que nous trouvions ce que nous allions faire de lui.

Le fait que nous ayons un otage avait vraiment ajouté un peu de piquant à cette journée passablement ennuyeuse. Jenks, Ivy et moi en avions déjà discuté en long, en large et en travers. Médusé, Nick avait écouté Jenks protester que nous devrions garder Brett pour pouvoir le tuer de sang-froid en guise d'avertissement, au cas où les garous viendraient renifler trop près. Le pire, c'était que Jenks était prêt à se charger de l'exécution.

C'était son côté choquant, sans pitié, que nous voyions rarement et qui était facile à rater sous ses dehors joyeux – un côté qui lui permettait de nourrir sa famille et de la garder à l'abri quand il neigeait. Prendre un otage lui avait semblé aussi naturel que de respirer, et j'étais intimement persuadée que le tuer lui viendrait tout aussi naturellement. Bien qu'étant insouciant et l'un des meilleurs amis que j'aie jamais eus, Jenks était aussi sauvage que féru de téléphones portables et d'ordinateurs ; il vivait en dehors des lois et suivant sa propre moralité. Je remerciai Dieu de le compter parmi mes amis.

C'était la première fois que lui et moi n'étions pas en accord sur la manière de gérer une course. Mince, c'était même la première fois qu'il avait une opinion sur la question. Je pense que le fait d'avoir pris un otage avait déclenché quelque chose dans sa nature de pixie. J'étais certaine que nous n'en avions pas terminé avec cette discussion, mais je ne voulais pas d'un otage.

Cela dit, je ne voulais pas non plus qu'Ivy nous dépose dans un fast-food, pensai-je amèrement. Je me recroquevillai dans la veste d'aviateur de Jenks – il avait eu la gentillesse de me laisser la porter. J'avais voulu aller à La Queue de l'Écureuil où j'aurais pu me prendre une bière et aller trembler tranquillement dans mon coin. En voyant les menottes, les clients du restaurant se seraient contentés de ricaner en se donnant des coups de coude. Ivy m'avait opposé une fin de non-recevoir en se garant dans le parking du fast-food ; elle pensait que nous avions laissé nos odeurs à La Queue de l'Écureuil et que seules les pratiques sanitaires d'un fast-food permettraient de cacher notre passage et de brouiller notre piste.

Peu importait. J'étais épuisée et j'avais mal partout à cause de notre échauffourée dans la rue, et en plus j'avais tellement soif que j'aurais pu engloutir une bouteille de deux litres de Coca à moi toute seule. Et pourquoi n'avais-je pas au moins pris mon amulette antidouleur ? Ç'avait vraiment été une idiotie, de sortir comme ça. Dieu me vienne en aide, mais, si les garous ne parvenaient pas à me tuer, peut-être arriverais-je à m'en charger moi-même.

Brett et moi sursautâmes lorsqu'un gosse poussa un cri strident en se jetant dans le toboggan, derrière lui. Nos regards se croisèrent brièvement. L'équipement de jeu fait d'éléments en couleurs primaires grouillait littéralement de mômes glapissants au nez qui coulait, avec leurs gros manteaux ouverts, et qui se bombardaient avec les bouchons offerts en cadeau dans les menus enfants de la semaine.

Mon pouls ralentit. Tandis que Jenks faisait du gringue aux serveuses derrière leur comptoir – il n'en resterait bientôt plus qu'une flaque timide –, j'essayais d'avoir l'air professionnel au milieu des jouets de plastique et des chapeaux en papier. Il n'y avait pas moyen ; j'essayai donc l'option « je suis dangereuse ». Je crois que je parvins à avoir l'air grincheuse, car plusieurs enfants écarquillèrent les yeux en passant devant notre table. Je mis la main devant l'égratignure dont j'avais hérité en mordant le goudron, et je fis de mon mieux pour épousseter mon jean encore souillé par la crasse de la ruelle. Peut-être bien que je paraissais moins en forme que je le pensais.

Brett, lui, semblait en pleine forme, car il n'avait que peu participé à l'échauffourée. Il émanait de lui une bonne odeur boisée d'après-rasage, et les éclairages faisaient luire ses cheveux gris coupés court. Malgré sa petite taille, il avait l'air capable de rejoindre la frontière au pas de course – à condition, bien sûr, de se débarrasser au préalable de ses menottes.

Je sentis la chaude odeur de pré de Jenks avant même de le voir. Je me redressai et me décalai pour lui faire de la place. Jenks posa sur la table le plateau en carton avec deux grands cafés et une minuscule tasse d'un drôle de breuvage rose fumant. *De la tisane ?* m'étonnai-je en prenant l'un des cafés. Depuis quand Jenks aimait-il la tisane ?

J'étais en train de me battre avec le couvercle de mon gobelet quand Jenks me l'enleva des mains.

— Eh ! m'exclamai-je. (Il posa la ridicule petite tasse d'eau rose devant moi.) Mais je ne veux pas de tisane, moi ! Je veux du café !

— C'est diurétique. (Il s'assit à côté de Brett.) Ça te ferait plus de mal que de bien. Bois ta tisane, elle est sans caféine.

Je repensai à notre discussion animée et me dis que c'était sa petite vengeance. Je plissai les yeux.

— J'ai failli mourir, là-bas, m'énervai-je. Si je veux une saleté de café, j'aurai une saleté de café.

Je le mis au défi de protester et pris mon café avec un soupir.

Brett observait l'échange avec intérêt. Il leva les sourcils et tendit la main vers le second café, mais Jenks l'intercepta. Le garou hésita, puis se rassit les mains vides.

— Qu'est-ce que vous comptez faire de moi, m'dame ? demanda-t-il.

Ses légères inflexions de sudiste se détachaient nettement sur l'accent des autochtones qui nous entouraient.

Comment veux-tu que je le sache ?

— Oh, j'ai des plans très précis en ce qui vous concerne, mentis-je. (J'étais surprise qu'il continue à m'appeler « m'dame ».) Jenks veut vous épingler pour servir d'exemple. Je suis à deux doigts de le laisser faire. (Je m'adossai, épuisée.) C'est assez efficace, quand il massacre des fées des jardins.

Brett jeta un coup d'œil inquiet à Jenks, qui opinait avec zèle, et je ressentis une grande lassitude. Merde. Pourquoi le Soufre choisissait-il ce moment pour me lâcher ? Un frisson me parcourut lorsque je me dis que j'allais peut-être devoir en reprendre si je voulais passer la semaine.

Les yeux du garou glissèrent sur moi, se posèrent sur mon col roulé déchiré avant de remonter sur mon visage. Ils n'en bougèrent plus mais son attention n'eut de cesse d'aller et venir tandis qu'il surveillait la salle en écoutant ce qui se passait derrière lui. C'était à vous filer les chocottes.

Je haussai les sourcils – une fois de plus, je regrettai de ne pas savoir n'en lever qu'un – en déchirant trois sachets de sucre à la fois. Je les versai dans mon café, non par goût mais parce qu'il ne sentait pas vraiment le frais.

— Je sais où il se trouve, dis-je d'un ton désinvolte.

Le simple fait qu'il ne réagisse pas en disait long. Jenks grimaça ; ce que je faisais ne lui plaisait manifestement pas. Mais je ne voulais pas d'otage. Je comptais renvoyer Brett chez lui avec un message qui me ferait gagner du temps et de l'espace. Maintenant que les garous de l'île savaient que nous étions toujours à Mackinaw, ils allaient nous chercher sans relâche jusqu'à nous débusquer. Que nous détenions Brett ne les arrêterait pas – il avait merdé dans les grandes largeurs et, contrairement aux fées auxquelles Jenks avait l'habitude de se frotter, je pense que les garous se fichaient qu'il meure – mais peut-être qu'une démonstration de bonne volonté doublée d'un bon gros mensonge nous permettraient de gagner suffisamment de temps pour que je puisse mettre mon arnaque en place.

Je l'espérais.

— Sparagmos vous a dit où il se trouvait ? demanda Brett sans essayer de cacher son incrédulité.

— Bien sûr, intervint Jenks. On l'a, et vous pas.

Nananèèèèreu.

— Je peux mettre la main dessus, corrigeai-je tout en donnant un coup de pied à Jenks.

La ferme, Jenks. Je préférais quand il se taisait. C'était la dernière fois qu'on prenait un otage.

Brett avait l'air détendu malgré son poignet menotté sous la table. Derrière lui, des enfants se battaient. Ils me faisaient mal aux oreilles.

— Donnez-le-moi, dit-il. Je le rapporterai à M. Vincent et je le convaincrai de vous laisser tranquilles.

Jenks tendit soudain le bras vers Brett. Le garou para le coup. Ils renversèrent un café qui se répandit sur la table. Je me levai en retenant mon souffle quand il menaça de me couler sur les cuisses.

— Mais bon sang, Jenks ! m'écriai-je. (Tous les regards se tournèrent vers nous.) Qu'est-ce que tu fabriques ?

Le restaurant fut soudain silencieux. Les occupants du bac à billes poussèrent un « Ooooh » à l'unisson. Je rougis. Au beau milieu du silence, un haut-parleur demanda s'il fallait remplacer « le soda par une bouteille d'eau. » Je fis une moue contrite aux mamans offusquées qui chuchotaient à l'oreille de leurs amies ménagères.

— Excusez-moi, marmonnai-je.

Je me rassis et le niveau sonore remonta. Merde alors. C'était mon café qu'ils avaient renversé.

— Vous n'êtes pas en position d'avoir des exigences ou de proposer des marchés, le menaça Jenks pendant que les regards se détournaient. Et si vous ou l'un de vos corniauds galeux la touchez, un matin, vous découvrirez tous vos proches mourants.

Le visage de Brett rougit.

— Arrêtez ça, ronchonnai-je.

Ce n'était pas comme ça que nous allions mettre un cessez-le-feu en place. Cependant, cela me confirmait que Brett avait besoin d'un argument pour amadouer Walter et faciliter son retour dans la meute. Brett avait un gros problème, et ce n'était pas dû au seul fait qu'il n'y avait pas que Jenks qui veuille le tuer.

Le petit homme prit une expression aigre et se rappuya contre son dossier. Maintenant qu'il savait à quel point Jenks pouvait être rapide, il allait faire beaucoup plus attention. Mince, même moi, j'étais impressionnée.

Je sortis un bon paquet de serviettes du distributeur et entrepris d'essuyer la table. Je ne pus m'empêcher de me demander si Jenks n'avait pas fait exprès de renverser mon café.

— Écoutez, tout ce que je veux, c'est qu'il n'y ait pas de représailles contre Nick. En ce qui me concerne, vous pouvez l'amener à Walter, votre statue pourrie.

Les yeux sombres de Brett se firent soupçonneux.

—Vous vous attendez encore à ce que je croie que vous ne travaillez pas pour quelqu'un et que vous avez risqué votre vie pour… lui ?

Je souris avec amertume.

—Je vous interdis de me traiter d'idiote. (Jenks poussa la tisane vers moi, mais je l'ignorai.) Il me faut un jour pour faire venir la statue, mentis-je. Un jour pour la rapporter et attacher un joli ruban autour avant de vous l'offrir.

Le léger tintement de ses menottes lui fit plisser les yeux.

—Vous allez me la donner ? demanda-t-il d'un ton neutre.

J'enroulai mes doigts autour de mon gobelet pour cacher qu'ils tremblaient.

—Ouaip. Et en plus, c'était votre idée.

Jenks me regarda, interloqué ; je souris.

—Je veux que vous nous lâchiez. Tous.

Je pressai le sachet de thé dont s'échappa un mince filet rouge qui coula dans la tasse. J'avais soif, et si je prenais l'autre café Jenks se débrouillerait sans doute pour le renverser aussi.

—Je n'ai pas besoin de quitter la ville pour la récupérer. Je peux la faire venir d'ici à demain soir. Surveillez-nous si vous voulez, mais si j'estime que quelqu'un nous renifle de trop près, l'échange est annulé et on s'en va. (Je me penchai au-dessus de ma tisane.) Jenks et moi on vous a réglé vos comptes avec un tuyau et une poignée de charmes de jolis rêves. Vous voulez prendre le risque de voir de quoi on est vraiment capables alors que vous n'avez qu'à attendre trente-six misérables heures ?

—Un échange ? railla Brett. (Jenks produisit un grondement sourd qui me fit me demander si les pixies grognaient.) Pour moi, ça ressemble plus à un paiement pour qu'on vous laisse tranquilles.

D'un geste fluide, sans précipitation, Jenks tendit la main et lui donna une claque.

—Et moi, j'ai l'impression que vous devriez vous sortir le cerveau du cul.

—Jenks ! m'exclamai-je.

Je survolai le microcosme du restaurant pour m'assurer que personne ne l'avait vu faire.

—C'est un loup mort ! protesta le pixie en s'agitant. Je pourrais le couper en deux et le laisser à bouffer aux vers, et il croit encore avoir l'avantage.

Je plissai les yeux.

—Mais nous n'allons pas le faire. Arrête de lui taper dessus.

— C'est ce qu'ils ont fait à Nick, contra-t-il. (La discussion était repartie.) Pourquoi tu le considères autrement que comme le quartier de viande en lequel il s'est transformé en se laissant capturer ?

Sous la table, mes genoux tremblaient.

— Parce que c'est comme ça qu'on travaille quand on fait plus d'un mètre cinquante, à moins d'être des animaux sans cervelle qui font joujou dans les bois.

Jenks s'affala avec son café et bouda.

Brett serra les dents, vexé par ma description peu flatteuse de sa meute. En repensant à ce qu'ils avaient fait à Nick, il n'aurait pas été difficile de laisser Jenks agir comme il l'entendait. Frustrée, je m'efforçai de cacher le tremblement de mes doigts en prenant une rasade de ma tisane surette pendant que Jenks versait tous les sachets de sucre dans son café jusqu'au dernier. Je sentais l'odeur de sa colère par-dessus celles des frites et du mauvais café ; c'était comme une senteur de gland brûlé.

— Je vais donner à Walter la statue que vous n'avez pas su retrouver malgré une semaine de torture. En échange, vous allez obtenir de Walter qu'il me donne la vie de Nick et qu'il ne me tienne pas responsable de la mort de Pam. Vous nous laisserez tous tranquilles, et vous ne chercherez pas à vous venger. Jamais. (Je levai les sourcils.) Sinon, je remonte à Mackinaw récupérer la statue.

Les ridules de Brett se froncèrent.

— Pourquoi ferais-je ça ? demanda-t-il.

— Parce que c'est votre idée, répondis-je gaiement. Et c'est votre seul moyen de survivre. Dès que les autres seront là, je m'en vais. (J'inspirai profondément en priant pour ne pas commettre une erreur.) Je vais appeler Walter pour lui dire où vous êtes et le féliciter d'avoir un bras droit aussi formidable, car vous m'aurez convaincue de vous donner la statue. Je laisserai quelqu'un pour vous surveiller. Si Walter accepte mes conditions, il vous emmène. Sinon, il vous laisse menotté à la table, et vous êtes sous la responsabilité de Jenks.

Jenks se redressa et retrouva le sourire.

— De la manière dont je vois les choses, commençai-je en me tournant vers la grande baie vitrée sans rien regarder en particulier, votre mâle dominant est sacrément en rogne contre vous, parce que non seulement vous nous avez laissé vous glisser entre les doigts, mais en plus vous avez été assez imprudent pour vous faire enlever, ce qui l'a mis dans une position très inconfortable.

Je me penchai suffisamment près pour que mes paroles soient un témoin palpable de ma volonté sur sa peau.

— Si vous ne parvenez pas à le convaincre que nous sommes assez dangereux pour qu'il accepte mes termes du contrat et se retire l'espace de trente-six heures, et que grâce à vos talents hallucinants de négociateur je ne vous donnerai la statue qu'à vous, et à vous seul, il n'aura aucune raison de laisser votre peau attachée à votre âme. Il va vous tuer, à moins que vous vous rachetiez. Pas sur-le-champ, mais il le fera. Un léger changement dans la hiérarchie qui permettra à tout le monde de tenter sa chance avec vous au fur et à mesure que vous descendrez. Je pense donc qu'un « merci » est de rigueur car, ce que je vous offre, c'est un moyen sans faille de retrouver ses bonnes grâces.

Les yeux bruns de Brett étaient vides, ce qui me laissa de nouveau penser qu'il était dans la panade. Je vis Ivy et Nick arriver en van.

— Je suggère que vous fassiez votre maximum pour convaincre Walter de voir les choses à ma manière. À moins que vous lui donniez le Foyer, vous resterez à jamais le souvenir de l'erreur que *lui* a commise en vous envoyant affronter un ennemi supérieur sans vous avoir donné des renseignements clairs sur ce que vous affrontiez. On a peut-être l'air de guignols, mais on a survécu à des démons. (Tremblant intérieurement, je mis de la distance entre lui et moi.) Je vous donne une chance de sauver votre peau. Saisissez-la.

Il suivit mon regard et vit le van.

— M'dame…, dit-il lentement. Vous êtes une sacrée négociatrice.

Je souris. Jenks et moi nous levâmes avant qu'Ivy entre.

— Trente-six heures.

Je pris ma tasse de tisane en essayant d'avoir l'air confiante, au contrôle des opérations. Je ne pensais pas y être arrivée.

Brett inclina la tête.

— Vous n'allez pas me le donner. Vous gagnez du temps.

Jenks me prit par le coude avant que je retombe sur ma chaise. Je m'efforçai de ne pas montrer ma colère.

— Peut-être, mais de toute façon il va vous tuer. (J'arquai les sourcils et essayai d'avoir l'air dure.) Et puis, qu'est-ce que vous lui devez, à Walter ?

Le garou baissa les yeux. Je me détournai en tremblant ; il m'avait reconnue comme étant sa supérieure. Mince alors.

— Dieu me vienne en aide, Jenks, murmurai-je en me dirigeant vers la sortie d'un pas incertain. J'espère qu'il va le faire.

— Il va le faire. (Il regarda Brett par-dessus son épaule.) Walter va le détruire à petit feu. (Il plongea ses yeux verts dans les miens.) C'était du joli boulot. Où est-ce que tu as appris à connaître aussi bien les garous ?

— Quand ils te massacrent deux fois dans la même semaine, tu piges deux ou trois trucs, rétorquai-je en m'appuyant lourdement sur lui.

Il ne dit rien, puis :

— Tu veux que je demande à Ivy d'appeler son ami vampire ?

J'opinai et jetai mon gobelet dans la poubelle en sortant. J'avais l'impression qu'un nœud coulant se resserrait autour de moi, mais je n'avais pas le choix. J'étais déjà en train de dresser une liste mentale : appeler Ceri pour les recettes qui me manquaient, chercher une boutique de sorcellerie pour du matériel dans les Pages jaunes. À un moment ou à un autre, il faudrait aussi que je dorme et que je fasse un plan.

Avec un peu de chance, pensai-je tandis que Jenks m'ouvrait la porte et que je sortais sous le soleil de cette fin d'après-midi, *je vais peut-être en faire un dans mes rêves.*

Chapitre 27

C'était l'une des boutiques de charmes les plus étranges dans lesquelles j'étais entrée. Rien à voir avec les magasins de magie de terre aux senteurs riches que j'avais l'habitude de fréquenter. Celle-ci était très éclairée (d'autant qu'il faisait noir dehors) et spacieuse, et un petit espace avait été aménagé vers l'entrée ; on pouvait s'asseoir sur des fauteuils douillets pour y siroter le merveilleux café que faisait la propriétaire. Les étagères étaient en verre, et les articles de magie de ligne étaient disposés comme des bibelots. Jenks en aurait eu un orgasme.

Le rayon consacré à la magie de terre était réduit, et l'odeur habituelle de séquoia était très discrète derrière l'arôme de gingembre qui émanait de la cafetière. J'avais le sentiment bizarre de ne pas être à ma place ; les calicots représentant des dragons et des magiciens à barbe blanche et les crucifix faisaient paraître tout cela idiot. Une sorcière de terre aurait souri avec dédain en voyant la plupart des objets rituels qu'on proposait dans cette boutique, mais peut-être s'agissait-il d'instruments utiles pour pratiquer la magie des lignes. Quoi qu'il en soit, il y avait un problème avec la marchandise. Son odeur n'était pas bonne. Littéralement.

Ivy se tenait à l'écart avec mon panier de commissions, car je lui avais grogné que j'allais bien et que j'aimerais qu'elle arrête de me filer le train comme elle le faisait. Je regrettais de m'être emportée, mais elle avait un comportement bizarre depuis qu'elle était passée nous chercher au centre commercial – elle avait presque l'air déprimée, m'évitait sans jamais être bien loin… c'était agaçant. Je me sentais vulnérable, ce qui n'aidait pas. J'avais de nouveau les genoux qui tremblaient à cause de l'anémie, maintenant que le Soufre de mauvaise qualité que Jenks m'avait administré avait cessé de faire effet.

J'avais trouvé cette boutique dans les Pages jaunes et, après m'être douchée et remplie d'une pleine boîte de macaronis au fromage, j'étais partie faire les courses. Ivy avait insisté pour m'accompagner en disant qu'à la seconde où je poserais un orteil dans la rue, les garous le sauraient. Elle avait vu juste ; deux voitures tunées avec des néons bleus et verts en dessous nous avaient suivies. Ce n'était pas rassurant mais, avec la trêve de trente-six heures, ma magie et la présence d'Ivy, il était peu probable qu'ils tentent quelque chose.

Comme je l'avais espéré, Walter avait lâché du lest. Jax avait rapporté que le trio de garous en treillis qui était passé cherché Brett n'y était pas allé de main morte, mais le fait que notre ex-otage leur raconte qu'il m'avait convaincue de lui rendre la statue en main propre lui avait sauvé la vie. Je ne savais pas pourquoi ça m'avait inquiétée. Je n'en avais vraiment rien à faire.

Je pense que Walter profitait du délai, tout comme moi : il devait fortifier ses défenses et préparer tout le monde pour une dernière attaque au cas où j'annulerais le marché. Je faisais la même chose mais, si je me débrouillais bien, il ne devinerait jamais que mon intention avait été de le tromper dès la première seconde. Les meutes ne devaient pas récupérer le Foyer. Cette chose avait été fabriquée par des démons, et tout le pouvoir que les garous pourraient en retirer était artificiel et conduirait inexorablement à leur damnation – sans doute en entraînant presque tout l'Outremonde dans leur chute.

Le téléphone à l'oreille, je faisais mes emplettes en compagnie de Ceri, qui était dans ma cuisine avec Kisten, à huit cents kilomètres de là. Ivy avait demandé à Kist de garder l'église et de répondre aux appels. Je préférais ne pas savoir à quoi ressemblait ma cuisine, sans rien d'autre qu'un vampire pour la protéger du chaos des pixies. Ceri était allée vérifier un détail dans une recette, et j'entendais Kisten parler aux enfants de Jenks. Les sons étouffés de mon chez-moi étaient à la fois réconfortants et déprimants.

Je pris une bouteille en verre fumé contenant un fixatif générique dont je pourrais me servir pour la malédiction de transfert, mais je blêmis en voyant le prix. *Sainte merde.* Peut-être que je n'avais pas besoin d'un aussi gros flacon, après tout. Je retournai la bouteille et regardai le liquide en plissant les yeux. Il était censé contenir du camphre, mais je ne sentais qu'une odeur de lavande. Je n'aimais pas acheter des ingrédients tout faits, mais je manquais de temps.

En voyant que je tenais une bouteille, Ivy se rapprocha pour la mettre dans le panier, mais s'arrêta lorsque je la reposai. Elle fronça les sourcils. Dieu lui vienne en aide, je n'étais quand même pas faible à ce point. Je pouvais tenir une fichue bouteille de fixatif sans un fix de Soufre.

Je m'étais fait à manger moi-même, car le sandwich d'Ivy m'avait donné des picotements au bout des doigts. Je ne sais pas comment elle avait réussi à y glisser du Soufre sans que je le remarque, mais j'en avais assez qu'ils me droguent à mon insu même si, sans le rush provoqué par le Soufre de Jenks, je n'aurais sans doute pas dormi à l'hôtel cette nuit-là.

Je pris une bouteille plus petite en soupirant. Mes genoux tremblaient. Peut-être aurait-il mieux valu que j'accepte la drogue qu'Ivy persistait à me refiler et que je me laisse aller. J'étais fatiguée rien que de piétiner dans le magasin. Ivy ne voulait pas me dire combien de sang elle m'avait pris, et Jenks ne m'était d'aucune utilité en la matière, puisqu'il paniquait pour un ongle cassé.

Des teintes de gris, pensai-je, consciente d'être en train de mettre le pied dans des territoires où je m'étais juré de ne pas aller. Bon sang, avant, j'arrivais à voir les choses en noir et blanc, mais tout s'était brouillé à peu près à l'époque où j'avais découvert que mon dernier chèque de la SO avait été maudit.

Mon regard dériva sur la vitrine, qui faisait l'effet d'un miroir à cause de la nuit noire. Voyant mon reflet, je réajustai le col de ma petite veste rouge. Elle allait à merveille avec le tee-shirt noir du personnel du dernier concert de Takata. Grâce à ma dernière amulette antidouleur, je n'avais mal nulle part ; pourtant, en voyant ma pose affalée je me dis que je n'avais pas l'air fatiguée mais malade. Mes tripes se nouèrent ; je m'aperçus que je ressemblais à l'ombre d'un vampire, bien habillée, sophistiquée, mince… et maladive.

Je me détournai de mon reflet, le cœur battant à tout rompre. *Fini, le Soufre. Plus jamais. Il y a du noir. Il y a du blanc. Le gris, ça sert d'excuse aux lâches pour mélanger leurs besoins et leurs désirs.* Mais je n'étais plus très sûre d'y croire, alors que j'étais dans une boutique de magie à acheter du matériel pour faire une malédiction noire. *C'est juste pour une fois. Rien qu'une fois, et ensuite c'est terminé pour toujours.*

Le téléphone toujours collé à l'oreille, je reposai le fixatif. J'aurais pu raccrocher et rappeler plus tard, mais j'appréciais d'entendre les bruits de la vie quotidienne, étouffés, lointains. C'était à huit cents kilomètres, mais ça semblait encore plus éloigné. Je me détendis et pris une boîte incrustée aux motifs élaborés. Elle était très belle, et la curiosité ainsi qu'un goût pour la belle ouvrage m'encouragèrent à l'ouvrir pour m'apercevoir qu'elle contenait de la craie magnétique. C'était horriblement cher, et la présence de ce matériau confirmait qu'il y avait une population de sorcières de ligne en activité dans le coin.

Soudain, je m'aperçus que la patronne m'observait par-dessus son café. À dessein, je continuai à tripoter la boîte et vérifiai les fermetures comme si je comptais l'acheter. Je détestais qu'on me regarde comme si j'allais voler quelque chose. Comme si le sort illégal au-dessus de la porte, un sort qui donnait des boutons, n'était pas assez dissuasif.

Techniquement, c'est de la magie noire, songeai-je. Pourquoi ne la dénonçais-je pas ?

— De la craie magnétique ? demanda Ivy, qui se tenait juste à côté de moi.

Je sursautai et manquai de faire tomber le téléphone coincé entre mon oreille et mon épaule.

— Je n'en ai pas besoin, dis-je en essayant de ne pas montrer ma surprise. Surtout dans une boîte comme ça. Le sel, ça marche aussi bien, et il suffit d'un coup d'aspirateur quand tu as terminé.

Je lâchai avec réticence la boîte magnifiquement ouvragée. Les jointures étaient en queue d'aronde ; seuls les gonds, la serrure et les coins renforcés étaient en métal – en or noir, en l'occurrence. Une fois vidée de la craie qu'elle contenait, elle constituerait un excellent moyen de conserver tout ce qui nécessiterait des précautions spéciales. D'après moi, c'était le plus bel objet de toute la boutique.

Je haussai les sourcils en voyant un sachet d'herbes dans le panier. Ce n'était pas moi qui l'y avais mis.

— C'est de la valériane ? demandai-je en voyant les petites pattes de chat imprimées sur la cellophane.

— Je me disais que Rex laisserait peut-être Jax tranquille, si elle avait de quoi s'occuper. (Ses yeux marron trahissant son embarras, elle recula d'un pas.) Ça va ? Tu veux t'asseoir ?

Comme c'était la troisième fois qu'elle me posait la question depuis que nous avions quitté l'hôtel, je me crispai.

— Ça va, m'écriai-je.

Menteuse, pensai-je. J'étais fatiguée, épuisée d'âme et de corps.

J'entendis un petit claquement au bout du fil, signe que quelqu'un venait de reprendre le combiné.

— Ceri, fis-je avant qu'elle puisse dire un mot. Combien de fixatif faut-il pour la malédiction de transfert, au juste ?

Les cris de pixies s'éloignèrent ; j'en déduisis que Ceri était partie dans le salon.

— Juste un doigt.

Je pris la petite bouteille avec reconnaissance.

— Un doigt ? me plaignis-je. Qu'est-ce que ça fait, une cuiller à café ? Pourquoi ils n'utilisent jamais des unités de mesure normales ?

— C'est une malédiction très ancienne, répliqua-t-elle. Il n'y avait pas de cuillers à café, à l'époque.

— Excuse-moi.

Mon regard croisa celui d'Ivy tandis que je mettais le fixatif dans le panier. Ceri était l'une des personnes les plus gentilles et les plus généreuses que je connaissais, mais elle avait son caractère.

— Tu as de quoi noter ? demanda-t-elle. (Malgré son ton poli, je sentais bien que la jeune femme, qui cachait à tous sa nature d'elfe, était agacée par mon impertinence.) Tu vas écrire ce que je vais te dicter. Je sais qu'il y a la malédiction d'estompage d'inertie dans l'un des livres que tu as emportés, mais je ne voudrais pas que tu te trompes en traduisant la recette du latin.

Je jetai un coup d'œil à la propriétaire – elle commençait à regarder Ivy, qui furetait alentour – et lui tournai le dos.

— Peut-être que tu pourrais te contenter de me donner juste les ingrédients, dans un premier temps.

Le fatras qui emplissait mon panier était déjà bien assez bizarre. Si la propriétaire connaissait son métier, elle allait comprendre que je préparais un charme de déguisement. Les seules différences entre mes charmes de déguisement légaux et les sorts illégaux de doppelgänger, c'étaient un point de loi, quelques étapes supplémentaires dans la recette et un échantillon cellulaire de la personne à copier. Il me semblait peu probable qu'elle comprenne que je comptais concocter une malédiction démonique pour transférer le pouvoir de la statue dans un autre objet. Impossible de savoir ce qu'elle déduirait des ingrédients qui allaient me servir pour la malédiction d'estompage d'inertie. D'après Ceri, c'était de la rigolade, mais ça fonctionnerait.

De la rigolade, pensai-je avec amertume. Ça restait de la magie noire. Si je me faisais prendre, je serais considérée comme une sorcière noire et castrée de ma magie. Je n'essayais même pas de me convaincre que c'était autre chose que de la magie noire. Pas de « C'est pour sauver le monde » ou ce genre de conneries. C'était mal, point.

C'est juste pour cette fois, me répéta l'écho de mes propres pensées. Je fronçai les sourcils en songeant à Nick. La longue série des révélations qu'il avait faites à Al avait sans doute commencé par un petit renseignement sans conséquence.

Ceri soupira.

— Tout ce dont tu as besoin pour cette plaisanterie, c'est d'un peu de poussière prélevée à l'intérieur d'une horloge et de bougies noires à base de graisse de fœtus. Tout le reste n'est qu'incantations et rituels.

— De fœtus ? fis-je d'un ton horrifié mais en sourdine. Ceri, tu as dit que ce n'était presque rien.

— De la graisse de fœtus de cochon, s'énerva-t-elle. Enfin quand même, Rachel !

Mon front se plissa. Bon, OK, il s'agissait d'un fœtus de cochon comme en disséquaient les étudiants de biologie, mais ça faisait quand même sacrément penser au genre de magie où on massacre des boucs dans sa cave. La malédiction de transfert semblait inoffensive exception faite du noir dont elle allait teinter mon âme, et le charme de déguisement était blanc. Illégal, certes, mais blanc. La malédiction d'estompage d'inertie était ce qu'il y avait de pire dans le lot – mais elle allait permettre à Jenks de rester en vie. De la rigolade. *C'est seulement pour cette fois.*

Qu'est-ce que je pouvais être bête.

L'estomac noué, je pensai à Trent et à ses labos illégaux qui sauvaient des gens pour pouvoir les faire chanter afin qu'ils voient les choses à sa manière. Lui, au moins, ne prétendait pas être autre chose que ce qu'il était en réalité. Les choses étaient beaucoup plus faciles, à l'époque où je n'étais pas obligée de réfléchir. Mais qu'étais-je censée faire ? Tourner le dos au monde et le laisser s'écrouler ? Parler à la SO aurait pour seul résultat de faire empirer la situation. Quant à donner la statue au BFO, c'était carrément de la blague.

À la fois énervée et malade, je contournai Ivy pour accéder aux bougies. J'avais déjà regardé ce rayon au moment où je m'étais procuré des bougies colorées pour la malédiction de transfert. Les articles sérieux se trouvaient derrière les châteaux sculptés et les « œufs de dragon » multicolores. Les bougies étaient rangées par couleur et par taille. Sur le dessous était gravé le lieu du premier allumage ou la provenance de la graisse. Le choix était étonnamment diversifié, mais je n'arrivais pas à comprendre pourquoi la propriétaire cachait ses bougies derrière une telle camelote.

— Des chandelles ou des grosses ? demandai-je en m'accroupissant pour en atteindre une sur laquelle était gravé le mot COCHON. Comme il est impossible d'allumer une bougie dans un cochon, je ne prenais pas beaucoup de risques en pariant que c'était la matière première de la bougie. Je n'avais jamais mis les pieds dans une boutique de magie de ligne hormis celle de la fac, et encore, ça ne comptait pas vraiment dans la mesure où ils ne fournissaient que ce qui était nécessaire pour les cours. Il existait peut-être un sort qui requérait des œufs de dragon, mais ils avaient vraiment l'air bidon.

— Aucune importance, répondit Ceri.

Je pris la plus petite chandelle et me levai en me retournant. Je faillis percuter Ivy. Elle grimaça et recula.

— Je vais bien, grommelai-je en posant la chandelle dans le panier. Tu n'as pas vu des sachets de poussière ?

Ivy secoua la tête, envoyant ses cheveux courts valser juste sous ses oreilles. Il y avait un présentoir de « poussière pixie » à côté de la caisse, mais il ne s'agissait que de paillettes. Jenks se serait bien marré. Peut-être que les articles sérieux étaient derrière, comme pour les bougies.

— Tu as l'air fatiguée, Rachel, déclara Ceri d'une voix inquisitrice tandis que je m'approchais du présentoir.

— Je vais bien. (Elle ne dit rien.) C'est le stress.

Rien que pour cette fois.

— Je veux que tu parles avec Kisten, ajouta-t-elle avec fermeté comme si elle me rendait service.

Oh, mon Dieu. Kisten. Que dirait-il s'il apprenait qu'Ivy m'avait mordue ? « Je te l'avais dit » ? Ou peut-être « À mon tour » ?

— Ceri…, protestai-je.

Mais c'était trop tard. Pendant qu'Ivy tripotait un étalage de bouteilles d'ambre qui servaient à stocker des potions à base d'huile, Kisten prit le combiné.

— Rachel… Comment tu vas, ma cocotte ? fit-il de sa voix virile.

Je clignai des yeux, choquée par la rapidité avec laquelle les larmes se mirent à couler. Mais d'où venaient-elles ?

— Euh… Ça va.

Il me manquait énormément. Des choses terribles s'étaient passées, et j'assumais seule la douleur qu'elles avaient provoquée. J'avais besoin de lui parler, mais pas au milieu d'une boutique de magie avec Ivy qui nous écoutait.

Cette dernière s'était crispée en entendant ma voix se déformer sous l'effet d'une émotion soudaine. Je lui tournai le dos en me demandant si je devais lui dire que le récipient en verre en forme de pleine lune qu'elle tenait servait habituellement à stocker des potions aphrodisiaques.

— Bien, dit-il d'une voix qui me transperça en plein cœur. Je peux parler à Ivy ?

Surprise, je me retournai vers elle, mais elle avait entendu la question et faisait non de la tête.

— Euh… euh…, bégayai-je.

Je me demandai si elle avait peur de ce qu'il lui dirait en apprenant ce qui s'était passé. On était des poules mouillées, mais au moins on était deux.

— Ivy, je sais que tu m'entends, appela Kisten. Il y a un gros problème qui t'attendra quand tu reviendras de *vacances*. Tout le monde sait que tu as quitté la ville. C'est toi, son scion, pas moi. Je ne peux pas m'opposer aux vampires morts, pas même aux plus jeunes. La seule soupape de sécurité, c'est que la plupart d'entre eux sont mes clients, et ils savent que s'ils vont trop loin je les fais interdire de séjour au club.

Ivy s'éloigna. Ses bottes faisaient beaucoup de bruit sur le plancher. Sa réaction passive me surprit. Il y avait vraiment quelque chose qui la dérangeait.

— Elle est partie, dis-je en me sentant coupable qu'elle soit venue m'aider au lieu de rester à Cincinnati.

Il soupira bruyamment.

— Tu veux bien lui dire qu'il y a eu une émeute dans les magasins du centre-ville la nuit dernière ? Heureusement, comme c'était à 4 heures, il y avait surtout des vamps vivants et quelques garous. La SO s'en est chargée, mais les choses vont empirer. Je ne veux pas d'un nouveau maître vampire dans cette ville, et les autres non plus.

Je m'arrêtai devant le présentoir de poussière pixie et passai en revue les fioles suspendues en lisant l'étiquette minuscule accrochée à chacune d'elles. Si Piscary perdait le contrôle de Cincinnati, Trent ferait tout ce qu'il voudrait. Pourtant, je ne pensais pas qu'il s'agissait d'une lutte pour le pouvoir orchestrée par les vampires morts de la ville, ni même par Trent. Il était plus probable que l'émeute avait été provoquée par les garous de Mackinaw qui s'étaient lancés à ma recherche. Pas étonnant que Walter ait accepté la trêve de trente-six heures ; il devait rassembler sa meute.

Fatiguée, je laissai les fioles me glisser entre les doigts.

— Je suis désolée, Kisten, mais il nous faut encore un ou deux jours pour en finir. Tout dépend de la vitesse à laquelle je vais pouvoir faire mes préparatifs.

Il digéra mes propos en silence. J'entendis Ceri chanter avec les pixies en fond sonore.

— Je peux vous aider ? demanda-t-il.

Ma gorge se serra en réaction à l'inquiétude qui perçait dans sa voix, quand bien même sa réticence à quitter Cincinnati était palpable. Mais il ne pouvait rien faire. D'une manière ou d'une autre, tout serait terminé le lendemain soir.

— Non, murmurai-je. Mais, si on ne t'appelle pas d'ici demain minuit, c'est qu'on a des problèmes.

— Si c'est le cas, un coup d'avion et je serai là en deux heures. Tu es sûre que je ne peux rien faire ? Appeler quelqu'un ? Vraiment rien ?

Je secouai la tête en tripotant un livre sur la manière de nouer les charmes d'amour faits à partir de cheveux. Ça aussi, c'était illégal. Les petites villes avaient très peu de réglementations sur les sorcières. Mais je m'aperçus qu'il s'agissait d'un faux, d'un livre gadget.

— On a la situation en main. Tu veux bien nourrir Mr Poisson pour moi ?

— Bien sûr. Ivy me l'avait déjà demandé.

— Il ne lui faut que quatre graines, dis-je précipitamment. Si tu lui en donnes plus, tu vas le tuer.

— Ne t'inquiète pas pour ça. J'ai déjà eu des poissons.

— Et défense d'entrer dans ma chambre.

Il se mit à produire un faux sifflement de radio en y ajoutant de petits bruits de bouche.

— Rachel ? La réception est en train de devenir mauvaise, dit-il en riant. Je ne t'entends plus, ça va couper.

Un sourire m'effleura les lèvres – le premier depuis pas mal de temps.

— Moi aussi, je t'aime, répondis-je.

Il se tut. Après une hésitation soupçonneuse, il demanda :

— Tu vas bien ?

Cela m'inquiéta. Il commençait à faire attention.

— Pourquoi ? fis-je en m'apercevant que j'avais machinalement levé la main pour me cacher la gorge. Euh, oui, répétai-je d'un ton coupable. Je suis juste un peu stressée. Nick… (Je ne pouvais pas lui avouer que Nick avait joué les commères – j'étais trop gênée de m'être montrée aussi idiote.) J'ai dit à Nick de m'oublier, et ça m'a un peu chiffonnée.

Ce n'est pas vraiment un mensonge. Pas vraiment.

Il marqua une pause.

— D'accord. Je peux parler à Ivy ?

Je poussai un soupir de soulagement dans le micro.

— Bien sûr.

Je passai le téléphone à Ivy – elle était revenue derrière moi pour écouter la conversation, je suppose – mais elle le ferma et me le rendit.

— Il peut se débrouiller quelques jours de plus, dit-elle. (Elle se tourna vers le comptoir.) Tu as tout ce qu'il te faut ? Il se fait tard.

Sa voix trahissait sa tension. Elle essayait de cacher son humeur, mais n'y arrivait pas très bien. Inquiète, je lui pris le panier des mains.

— Tout sauf la poussière. Peut-être qu'il y en a derrière le comptoir. Seigneur, qu'est-ce que je suis fatiguée, terminai-je sans m'en apercevoir.

Ivy ne répondit rien. Je posai le panier sur le comptoir et regardai la bouteille d'aphrodisiaque qu'elle posa à son tour à côté de l'herbe-à-chats.

— Quoi ? dit-elle.

— Rien. Pourquoi tu ne mets pas tes achats avec les miens ?

Elle secoua la tête.

— Je vais prendre autre chose, mais merci quand même.

La femme derrière le comptoir reposa sa tasse de café sur la plaque chauffante tachée et sortit mes achats du panier.

— Ce sera tout, mesdames ?

Elle cachait son inquiétude vis-a-vis d'Ivy derrière son professionnalisme.

— Vous n'auriez pas de la poussière d'horloge, par hasard ? demandai-je en désespoir de cause.

Toute trace de nervosité disparut aussitôt de son expression.

— D'horloge arrêtée ? Mais bien sûr. Combien il vous en faut ?

— Je remercie le Tournant, dis-je. (Je m'appuyai au comptoir ; debout depuis trop longtemps, mes muscles commençaient à souffrir.) Ça m'embêtait de devoir aller dans un magasin de meuble pour balayer leurs échantillons de parquet. Il ne m'en faut, euh, qu'une pincée.

Une pincée, un soupçon, une goutte. Ouais, ça c'est des unités de mesure précises. C'est vraiment de la merde, la magie de ligne.

La femme jeta un coup d'œil vers la porte d'entrée.

— Une petite seconde.

Le fixatif à la main, elle se rendit dans l'arrière-salle. Je regardai Ivy, héberluée.

— Mais elle a pris mon fixatif !

Ivy haussa les épaules.

— Elle croit peut-être que tu vas te casser avec en courant.

La femme revint au bout de ce qui sembla être une éternité, précédée du claquement de ses talons.

— Et voilà.

Elle posa soigneusement une petite enveloppe noire à côté du fixatif. À présent, il y avait une étiquette avec une date de péremption accrochée à une ficelle nouée autour du goulot de la bouteille. Je soupesai cette dernière et m'aperçus qu'elle ne faisait plus le même poids.

— Ce n'est plus la même bouteille, dis-je d'un ton soupçonneux.

La femme sourit.

— C'est le véritable produit, expliqua-t-elle. Il n'y a pas assez de sorcières dans le coin pour faire vivre une boutique de charmes, alors je mélange les attrape-touristes au matériel sérieux. Pourquoi vendre du vrai fixatif à des touristes alors qu'ils vont se contenter de le poser sur une étagère en prétendant savoir quoi en faire ?

J'acquiesçai en comprenant ce qui m'avait gênée depuis le début.

— Tout est faux ? Il n'y a rien d'authentique ?

— Presque tout est authentique, mais pas les raretés. (Elle enfonça fermement les touches de la machine avec ses doigts couverts de bagues puis regarda la pile de mes achats.) Voyons voir, vous allez faire un charme de déguisement à base de magie de terre, un sort d'inertie à base d'énergie de ligne – une plaisanterie – et... (Hésitation.) Mais à quoi il va vous servir, ce fixatif ? Je n'en vends pas des masses.

— À fixer quelque chose, répondis-je prudemment.

Merde, et si les garous avaient vent de quelque chose ? Ils risquaient de comprendre que je comptais déplacer le pouvoir de l'artefact avant de le détruire. Si je lui demandais de tenir sa langue, il était probable qu'elle en parlerait à tout le monde.

— C'est pour une blague, ajoutai-je finalement.

Elle jeta un coup d'œil à Ivy et sourit.

— Motus et bouche cousue. C'est pour le magnifique jeune homme qui vous accompagne ? Les saints nous préservent – qu'est-ce qu'il est beau ! Moi aussi, j'aimerais bien lui jouer un petit tour.

Elle éclata de rire. Je m'efforçai de lui adresser un petit sourire faiblard. Est-ce que la ville tout entière connaissait Jenks ? Ivy recula d'un pas en signe d'irritation tandis que la femme finissait d'emballer ma bougie noire dans un morceau de papier de soie assorti. Elle rangea l'ensemble de mes achats dans un sac en papier. Elle fit le total sans cesser de sourire.

— Ça fera quatre-vingt-cinq dollars et trente-trois cents, taxes comprises, dit-elle d'un ton satisfait.

Je réprimai un soupir et ramenai mon sac sur le devant pour accéder à mon portefeuille. C'était pour ça que j'avais un jardin de sorcière – ainsi qu'un clan de pixies pour s'en occuper. Non seulement la magie des lignes était stupide, mais elle était aussi très coûteuse – à moins bien sûr de cuire soi-même ses fœtus de cochon pour en faire des bougies. *C'est juste pour cette fois.*

Ivy poussa ses deux articles et regarda la propriétaire de la boutique dans les yeux.

— Je paie le tout. Il me faudrait aussi quatre-vingt-dix grammes de Spécial K, s'il vous plaît. Qualité thérapeutique.

Mes lèvres s'entrouvrirent et je rougis. Du Spécial K ? C'était l'argot de Cincinnati pour Soufre. Bien sûr, le K signifiait Kalamack, d'après ce qu'on disait.

La femme n'hésita qu'un instant.

— Vous n'êtes pas de la SO, au moins ? s'enquit-elle d'un air soupçonneux.

— Plus maintenant, grommela Ivy.

Agacée, je leur tournai le dos. Ivy ne voyait rien à redire à cette drogue illégale qui avait permis à la société vampirique de rester intacte et en bonne santé pendant toutes ces années, mais qu'elle en achète devant moi me perturbait.

— Ivy, protestai-je quand la femme retourna dans l'arrière-boutique. La marque de Trent ?

Elle me lança un regard de biais en haussant les sourcils.

— C'est la seule marque que j'achète. Et je dois refaire mon stock personnel. Tu l'as épuisé.

— Je n'en prends plus, sifflai-je.

Je me redressai en voyant la femme revenir avec un paquet grand comme sa paume enveloppé dans du ruban adhésif.

— C'est thérapeutique ? demanda-t-elle en regardant la bouteille aphrodisiaque. Si vous le stockez là-dedans, petite veinarde, vous allez vraiment avoir besoin de soins.

Le visage d'Ivy se vida de toute expression sous l'effet de la surprise. Je pris mon sac de course, prête à prendre mes jambes à mon cou.

— C'est une bouteille aphrodisiaque, expliquai-je. Ne prends jamais d'articles si tu ne sais pas à quoi ils servent… Alexia.

L'air aussi innocente qu'un chiot, Ivy mit le paquet dans son sac ouvert.

La femme nous sourit. Ivy compta treize billets de cent dollars et les lui tendit crânement.

J'écarquillai les yeux. *Sainte merde.* La drogue médicinale de Kalamack était cinq fois plus chère que la variété que l'on pouvait se procurer dans la rue.

— Gardez la monnaie, déclara Ivy.

Elle me prit par le coude et me poussa vers la sortie.

Douze cents dollars ? J'avais absorbé pour douze cents dollars de drogue en moins de vingt-quatre heures ? Sans compter la contribution de Jenks.

— Je ne me sens pas bien, dis-je en me posant une main sur l'estomac.

— Tu as juste besoin de prendre l'air.

Ivy me prit mon sac tandis que nous traversions la boutique. La porte carillonna, et nous fûmes à l'air libre. Il faisait froid et sombre ; la rue était à l'image de mon humeur. Nous entendîmes le bruit d'une serrure bien huilée. La femme retourna la pancarte sur la face FERMÉ. La boutique était officiellement ouverte de midi à minuit, mais après une vente pareille un commerçant avait bien mérité de rentrer chez lui plus tôt.

Je posai maladroitement la main sur un banc installé sous une pancarte bleu et blanc signalant un arrêt de tramway. Je ne voulais pas risquer de gerber dans la Corvette de Kisten. C'était le seul véhicule que nous pouvions utiliser pour nous déplacer en ville, maintenant que le camion avait été repéré en train de fuir les lieux d'un carambolage. Quant au van, ni Ivy ni moi ne voulions remonter dedans.

Merde. Mes colocataires étaient en train de faire de moi une vraie accro au Soufre.

Ivy plia sa silhouette gracieuse pour s'asseoir à côté de moi tout en scrutant la rue.

— Le Soufre de qualité thérapeutique est filtré six fois afin de le débarrasser des stimulateurs d'endorphine, des composants hallucinogènes et de la plupart des stimulateurs neuronaux, ce qui ne laisse que le stimulant métabolique. Techniquement parlant, la composition chimique est tellement différente que ce n'est même plus du Soufre.

— Ça ne m'aide pas beaucoup, dis-je en mettant la tête entre les genoux.

Il y avait un chewing-gum collé sur le trottoir. Je le poussai du bout du pied et m'aperçus qu'il était tout raidi par le froid au point de ne pas pouvoir être décollé. *Inspire : un, deux, trois. Expire : un, deux, trois, quatre.*

— Alors qu'est-ce que tu dis de ça : si tu n'en avais pas pris, tu serais alitée et tu aurais besoin de Jenks pour t'aider à aller aux toilettes.

Je relevai la tête et inspirai.

— Ça, ça m'aide plus. Mais il est toujours hors de question que j'en reprenne.

Elle me sourit brièvement, lèvres serrées, et son visage se fit aussi vide que la rue sombre. Je n'avais pas encore envie de me lever. J'étais fatiguée, et c'était la première fois que nous nous retrouvions seules depuis… depuis qu'elle m'avait mordue. Retourner m'entasser avec Jenks, Jax, la chatte et Nick dans cette chambre de motel pour faire mes supermalédictions et autres charmes illégaux m'attirait autant que de manger des fayots froids.

Un break passa devant nous. Son pot d'échappement crachait une fumée bleue qui aurait valu une amende au conducteur si l'on avait été à Cincinnati. Morte de froid, je me recroquevillai dans mon manteau. Il n'était que 11 h 30, mais on aurait dit qu'il était 4 heures du matin.

— Ça va ? demanda Ivy en me voyant frissonner.

— J'ai froid.

J'avais l'impression d'être hypochondriaque.

Ivy croisa les jambes.

— Désolée, murmura-t-elle.

Je levai les yeux pour m'apercevoir que je ne voyais pas son visage, à contre-jour devant la lumière d'un réverbère.

— Ce n'est pas ta faute si je n'ai pas apporté mon manteau d'hiver.

— Pour la morsure, précisa-t-elle à voix basse.

Elle regarda mes fils avant de baisser les yeux. Surprise, je m'efforçai de mettre de l'ordre dans mes pensées. Moi qui croyais être la première à amener ce sujet sur le tapis. Nous avions pourtant toujours suivi le même schéma : Ivy fait quelque chose qui me fiche la trouille, Ivy m'explique ce que j'ai fait de mal, je promets à Ivy de ne plus recommencer, nous n'en parlons plus. Et maintenant, elle voulait discuter ?

— Eh bien moi pas, lançai-je finalement.

Elle releva soudain la tête. La surprise, pure, franche, brillait dans ses yeux sombres.

— Au téléphone, tu… tu as dit que tu avais réfléchi, bégaya-t-elle. Que tu avais décidé d'être plus sage dans tes décisions. Tu quittes la firme, c'est ça ? Dès la fin de la course ?

Je vis soudain sa déprime d'une manière tout à fait différente. Je faillis rire de soulagement en comprenant mon erreur.

— Je n'ai pas l'intention de quitter la firme ! Je voulais dire que j'allais mieux choisir les gens en qui je place ma confiance. Je ne veux pas partir. Je veux que toi et moi essayons de trouver l'équilibre du sang.

Elle en resta bouche bée. Dans l'axe où elle se trouvait, la lumière des réverbères se reflétait sur ses dents parfaites. Elle referma soudain la bouche.

— Surprise, ajoutai-je faiblement.

Mon cœur battait la chamade. C'était la chose la plus effrayante que j'aie faite depuis longtemps – encore plus effrayante que d'affronter trois meutes de garous.

Ivy me fixa l'espace de six battements de cœur. Puis elle secoua la tête.

— Non, dit-elle fermement. (Elle se remit à regarder droit devant elle et à se cacher dans le contre-jour.) Tu ne comprends pas. J'ai perdu le contrôle. Si Jenks n'était pas intervenu, je t'aurais tuée. Jenks a raison. Je suis un danger pour tous ceux que j'aime. Tu ne sais pas à quel point il est difficile de trouver et de garder l'équilibre dans une relation de sang. Surtout si je ne te lie pas. (Sa voix était calme mais j'entendais la panique qui perçait.) Et il est absolument hors de question que je te lie pour faciliter les choses. Sinon, notre relation reposerait sur *mes* désirs plutôt que sur nos désirs à toutes les deux.

Je repensai à l'avertissement de Jenks et j'eus un doute. Je me souvins de ce que Kisten m'avait raconté sur le passé d'Ivy, et la peur me transperça. Mais, ce qui l'emporta, ce fut le souvenir des gros sanglots qu'elle avait poussés, recroquevillée sur le pavé, et du désespoir que j'avais lu dans ses yeux quand Jenks lui avait dit qu'elle détruisait tout ce qui comptait pour elle. Non – en fait, il avait dit qu'elle détruisait tous ceux qu'elle aimait. Et, en voyant ce même désespoir se cacher derrière ses paroles arides, je me sentis déterminée à la détromper : je ne pouvais pas la laisser croire ça.

— Tu m'as dit que je devais apprendre à faire confiance aux bonnes personnes, murmurai-je. (Mon cœur se mit à battre plus vite ; j'eus une hésitation.) J'ai confiance en toi.

Ivy leva les mains au ciel en signe d'exaspération et se tourna vers moi.

— Mais Rachel, j'aurais pu te tuer ! Ça veut dire que tu serais morte ! Tu sais ce que ça veut dire, morte ? Moi oui !

Je me redressai en sentant la colère me gagner.

— Ah ouais ? fis-je d'un ton agressif. Eh ben… Je peux être un peu plus futée. Je peux t'aider un peu à garder les choses sous contrôle, à être plus attentive à ce qui se passe au lieu de te laisser te perdre… Ce genre de trucs. On fera mieux la prochaine fois.

— Mais il n'y aura *pas* de prochaine fois.

Stoïque et immobile, Ivy laissa se prolonger un silence de mort. Les éclairages publics faisaient luire ses cheveux courts ; elle fixait le goudron dont les zones d'ombre alternaient avec les zones illuminées par les ampoules jaunes des réverbères. Elle se tourna soudain vers moi.

— Tu dis vouloir trouver l'équilibre dans le sang, mais tu viens de refuser de reprendre du Soufre. Tu ne peux pas avoir le beurre et l'argent du beurre, sorcière. Tu veux connaître l'extase du sang ? Tu as besoin de ce Soufre pour rester en vie.

Elle croit que c'est l'extase qui m'intéresse ? Vexée qu'elle me croie si superficielle que ça, je serrai les lèvres.

— Ce que je veux, ce n'est pas que tu me remplisses de ton… euphorie par pure mansuétude, m'emportai-je. Ça, je peux l'obtenir de n'importe quel vampire sur les berges de l'Ohio. Ce qui compte pour moi, c'est d'être ton amie !

Un torrent d'émotions se déversa sur son visage.

— Tu as été très claire sur ce point : tu ne veux pas qu'on soit amies de cette manière ! s'écria-t-elle. Et, dans ce cas, je ne pourrai pas avoir de relation de sang avec toi ! J'ai essayé de me réparer, mais je n'y arrive pas. Bon sang, maintenant, la seule manière que j'aie de ne pas tuer les gens, c'est de me servir de mes sentiments d'amour pour enchaîner la bête ! Et toi, tu ne veux pas que je te touche de cette manière-là !

Je ne l'avais jamais vue dévoiler ses sentiments de la sorte, mais il était hors de question que je cède du terrain – même si elle commençait à me faire peur.

— Oh, arrête un peu, Ivy, dis-je en mettant quelques centimètres entre nous. D'après ce que j'ai vu hier, tu es tout à fait capable de partager le sang avec quelqu'un sans coucher avec. (Elle me regarda, bouche bée ; je rougis.) OK, je le reconnais, ça ne s'est pas super bien passé, mais bon sang ! L'une comme l'autre, on s'est laissé surprendre. Il faut juste qu'on y aille doucement. Tu n'as pas besoin de coucher avec quelqu'un pour partager un sentiment de proximité et trouver la compréhension. Dieu sait que c'est ce que je ressens pour toi. Sers-toi de ça pour enchaîner la bête. (Je sentis d'autant plus mes joues chauffer que la brise nocturne était fraîche.) Ce n'est pas ça qu'on appelle l'amour ?

Elle continuait à me fixer, mais ses émotions étaient à présent cachées derrière l'écran de ses yeux noirs.

— Tu as failli me tuer – et alors ? surenchéris-je. Je t'ai laissé faire ! En fait, je t'ai vue. À un moment, tu étais la personne que tu voulais être, une femme forte qui assume ce qu'elle est et les choses dont elle a besoin, sans culpabilité, en paix avec elle-même !

Ivy pâlit à la lumière des réverbères. Aussi terrifiée qu'embarrassée, je détournai le regard pour lui laisser le temps de camoufler ses émotions nues.

— J'aime savoir que je peux te faire cet effet, repris-je doucement. C'est super agréable. Mieux que l'euphorie. Je veux faire en sorte que tu te sentes de nouveau comme ça. Je… j'aime te voir comme ça.

Ivy me dévisageait. Son espoir était si fragile qu'il me faisait mal. Ses yeux étaient un peu humides ; elle ne disait rien, restait assise là, raide, l'air effrayée.

— Je ne sais pas si j'en serai capable, poursuivis-je parce qu'elle ne semblait pas vouloir prendre la parole. Mais je ne veux pas faire comme si rien ne s'était passé. On ne pourrait pas juste assumer ce qui s'est passé et avancer un jour à la fois ?

Ivy inspira et sortit de sa paralysie.

— C'est arrivé, dit-elle d'une voix tremblante. Ça ne se reproduira plus. (Je me penchai en avant pour protester, mais elle s'empressa de reprendre :) Pourquoi tu ne t'es pas servie de ta magie pour m'arrêter ?

Surprise, je me rassis.

— Je… je ne voulais pas te faire de mal.

Elle clignait rapidement des yeux. Je compris qu'elle essayait de ne pas pleurer.

— Tu étais sûre que je ne te tuerais pas, même par accident ? demanda-t-elle.

Son visage parfait était de nouveau vide de toute émotion, mais je savais que c'était la manière qu'elle avait de se protéger.

J'acquiesçai en me rappelant ce qu'avait dit Kisten à propos des vampires vivants qui avaient presque aussi soif de confiance que de sang. Mais ce souvenir fut suivi d'une sensation de peur. Il avait aussi affirmé que Piscary avait fait d'Ivy un monstre capable de tuer d'instinct les personnes qu'elle aimait afin de pouvoir se repaître de son désespoir quand elle revenait le voir, honteuse et brisée. Mais elle n'était plus la même femme. Plus maintenant.

— Je t'ai fait confiance, murmurai-je. Et ça n'a pas changé.

Les phares d'un camion firent briller une larme sur sa joue.

— C'est pour ça qu'on ne peut pas faire ce que tu dis, Rachel.

Cela me fit penser qu'elle était peut-être encore sous la coupe de Piscary.

La camionnette passa devant nous à une vitesse anormalement lente. La méfiance me fit m'immobiliser; je la suivis du regard sans en avoir l'air et inhalai l'air frais empestant le diesel. Le véhicule freina un peu trop longtemps et hésita avant de tourner à l'angle de la rue.

— Oui, j'ai vu, murmura Ivy quand mes semelles frottèrent sur le goudron. On devrait rentrer à l'hôtel. Peter sera là à l'aube.

Elle essayait de mettre fin à la conversation, mais pas question de la laisser s'en tirer à si bon compte. Je décidai de retenter ma chance :

— Ivy, dis-je en me levant et en récupérant mon sac qui était posé à côté du sien. Je…

Elle se leva d'un bond, ce qui me coupa dans mon élan.

— Non. (Ses yeux apparaissaient noirs à la lumière des réverbères.) Ne dis rien. J'ai fait une erreur. Tout ce que je veux, c'est que les choses redeviennent comme avant.

Mais ce n'était pas mon cas.

Chapitre 28

Quand nous arrivâmes sur le parking du motel, nous remarquâmes une voiture que nous ne connaissions pas, garée à côté de la camionnette cabossée de Nick. C'était Ivy qui conduisait. Je regardai ses yeux passer le parking en revue avant qu'elle tourne le volant pour se garer sur une place vide. C'était une BMW noire avec un autocollant indiquant qu'il s'agissait d'un véhicule de location. Du moins semblait-elle noire ; c'était difficile à dire avec les éclairages. Sans couper le moteur, Ivy la regarda sans que ses yeux trahissent une quelconque émotion. Persuadée que Walter avait changé d'avis, je me préparai à sortir.

— Attends, dit Ivy.

Je me crispai.

Un rayon de lumière jaillit par une fenêtre de notre suite lorsque quelqu'un écarta le rideau. Le visage allongé de Nick apparut derrière la vitre ; en nous voyant, il lâcha le rideau. Ivy coupa le moteur ; son grondement sourd mourut, ne laissant que son souvenir derrière lui.

— C'est bon, décida-t-elle. Maintenant tu peux sortir.

Même si ç'avait été Walter je serais sortie, de toute façon. Néanmoins, soulagée, j'ouvris ma portière et quittai le confort du siège en cuir. Notre conversation interrompue m'avait perturbée. Je l'avais laissé penser qu'il suffisait qu'elle dise non pour que tout soit réglé, mais elle allait passer les jours suivants à se rejouer cette conversation en pensée. Et, le moment venu, je remettrais le sujet sur le tapis. Peut-être même autour d'une boîte de curry rouge à emporter.

Je récupérai nos sacs à l'arrière. Leur doux bruissement se mêla au grondement agressif des voitures qui nous avaient escortées jusqu'au motel.

—Je déteste le plastique, fit Ivy en me prenant les sacs.

Elle les roula de manière qu'ils cessent de faire du bruit.

La porte de notre chambre s'ouvrit et la lumière qui se déversa par l'embrasure me fit plisser les yeux. *Alors c'est pour ça qu'Ivy utilise toujours des sacs en toile*, pensai-je. Ce n'était pas spécialement qu'elle était une écologiste convaincue, mais plutôt parce qu'ils étaient silencieux.

Nick se glissa par l'ouverture et referma la porte derrière lui, coupant le flot de lumière. Dans le parking de l'autre côté de la rue, les garous des rues firent rugir leurs moteurs. Je leur fis un petit salut sarcastique. Ils ne me le rendirent pas, mais je vis un briquet s'allumer lorsqu'ils descendirent de voiture et s'installèrent.

Nick vint à notre rencontre, l'air très inquiet, sans quitter les garous des yeux. Sa grande silhouette décharnée était encore un peu voûtée et il s'appuyait davantage sur le pied gauche que sur le droit.

—Tes amis vampires sont arrivés, dit-il. (Il cessa de fixer les garous et toucha la BM noire.) Ils ont quitté Chicago en coucou dès la tombée de la nuit.

Je me tournai vers la porte de notre suite et cessai de bouger. Super. J'avais l'air d'une merde réchauffée.

—Qu'est-ce qu'ils font déjà là ? demandai-je sans m'adresser à personne en particulier. Ils ne devaient pas arriver juste avant l'aube ? Je n'ai pas encore préparé le moindre sort.

Ivy avait elle aussi l'air ennuyée.

—Je pense qu'ils voulaient avoir un peu de temps pour s'installer avant le lever du soleil, dit-elle.

Elle lissa son pantalon en cuir et tira sur son manteau pour le défroisser.

Elle donna une tape grossière sur l'épaule de Nick et le dépassa. Je lui emboîtai le pas sans faire attention à Nick, qui essayait d'attirer mon regard. Jenks avait pris sur lui de lui raconter que j'étais fatiguée à cause de notre échauffourée avec les garous et du temps que j'avais passé à préparer des sorts. Il ne savait pas qu'Ivy et moi avions eu une discussion un peu sanguine et, bien que je me fiche de ce que ce connard pouvait bien penser, j'étais contente – et un peu coupable de l'être – que le col de ma veste cache les minuscules points de mon cou.

Ivy entra sans préambule. Elle posa les sacs dans l'entrée et alla tout droit vers les trois personnes attablées devant la fenêtre dont le rideau était tiré. Nos visiteurs n'avaient pas du tout l'air d'être à leur place, dans cette pièce basse de plafond et remplie de lits et de bagages disséminés. Il n'y aurait pas eu le moindre doute sur la personne qui commandait, même si Ivy ne s'était pas arrêtée devant le plus vieux des trois en effectuant une petite révérence à la manière d'une élève d'arts martiaux s'inclinant devant son maître. Le sourire de l'homme, dépourvu de chaleur, dévoila un peu de ses dents.

J'inspirai longuement. Les choses risquaient d'être un peu compliquées.

DeLavine était l'un des principaux maîtres vampires de Chicago, et il en avait tout à fait l'air, avec son pantalon noir et sa chemise en lin. Ses cheveux couleur sable étaient coupés court et bien coiffés, et son visage jeune et sa carrure peu imposante rendaient difficile de lui donner un âge. S'il avait l'air d'avoir trente-sept ou trente-huit ans, c'était probablement grâce à un charme. En réalité, il devait être ridé et déformé. Les dernières années de leur première vie, les vampires dépensaient généralement jusqu'à leur dernier sou dans des potions à prise annuelle qui les faisaient paraître aussi jeunes qu'ils le désiraient.

Il avait les yeux sombres et ses pupilles n'étaient que très légèrement dilatées. Mon cou m'élança lorsque son regard passa sur moi presque sans me voir. Il tourna de nouveau son attention vers Ivy, ce qui eut pour effet de me soulager, mais aussi de m'agacer ; il me prenait pour son ombre. Très agréable.

DeLavine était assis tel un roi entouré de sa cour, les jambes croisées dans une posture pleine de confiance. Un verre d'eau était posé devant lui, sur la table éraflée. Un long manteau de cachemire recouvrait le dossier d'une chaise vide ; tous les autres occupants de la pièce avaient gardé leur veste. DeLavine avait l'air de quelqu'un qui avait bloqué un créneau sur son emploi du temps surchargé pour emmener lui-même son enfant chez le docteur et attendait de voir comment le personnel allait traiter sa varicelle.

Il était soucieux, mais pas inquiet. Il me rappelait Trent mais, alors que ce dernier agissait logiquement, DeLavine le faisait en fonction de sa soif de sang ou par habitude des responsabilités. Rex était assise par terre, devant lui, la tête penchée comme si elle essayait de déterminer ce qu'il était.

J'en suis au même point que toi, le chat.

Derrière DeLavine se tenait une vampire vivante. Elle était nerveuse, ce qui était rare pour une vampire de haute lignée. Elle était mince et pleine de grâce ; elle devait avoir un truc, parce qu'en fait elle était plutôt plantureuse du haut et avait de bonnes hanches. Ses longs cheveux raides, manifestement pas coiffés, étaient grisonnants. Pourtant, elle n'avait pas l'air plus âgée que moi. Sans son air inquiet, elle aurait été belle. Ses yeux hantés bougeaient sans cesse ; la plupart du temps, ils se posaient sur moi. La situation semblait ne pas la mettre très à l'aise. Elle avait les mains posées sur les épaules d'un autre vampire assis. *Peter ?*

Il ne faisait aucun doute que ce dernier souffrait. On aurait dit qu'il essayait de se tenir droit sans tout à fait y parvenir. Ses yeux bleu vif étaient étranges, avec ses cheveux noirs et son teint sombre. On voyait qu'il avait mal à la tension sous-jacente de son expression agréable ; je reconnus à l'odeur qu'il prenait une herbe qui n'aurait été délivrée que sur ordonnance si les humains avaient su qu'il s'agissait d'un analgésique puissant lorsqu'on la mélangeait à de la poudre à pâte.

Son pantalon et sa chemise décontractée semblaient aussi chers que ceux de son mentor, mais ils flottaient sur lui, de même que son manteau, comme s'il avait perdu beaucoup de poids. Il avait l'air d'être en pleine possession de ses facultés malgré l'analgésique. Nos regards se croisèrent, et je compris qu'il me voyait comme son sauveur.

Je n'aimais pas ça. Si tout se passait comme prévu, j'allais le tuer. *Des nuances de gris. Rien que pour cette fois. C'est pour sauver le monde, et caetera.*

Nick entra en se glissant derrière moi et alla discrètement dans la cuisine. Il s'appuya contre l'évier bras croisés. La lumière de l'ampoule au-dessus des plaques le faisait paraître encore plus décharné. Je suppose qu'il essayait de passer inaperçu, mais de toute façon personne ne daignait faire attention à lui.

À mi-chemin entre Nick et les vampires, Jenks était assis en tailleur sur le canapé, à côté de l'artefact. Je lui avais confié cette horreur, et il prenait la tâche au sérieux. Il avait l'air bizarre, assis comme ça, mais ses yeux plissés, son regard dur contrebalançaient son apparence de garçon délicat. Le fait que l'épée d'Ivy soit posée en travers de ses jambes n'y était pas étranger. Les vampires l'ignoraient. Avec un peu de chance, ils m'ignoreraient aussi.

— DeLavine, salua respectueusement Ivy en inclinant la tête.

Elle lança son manteau sur le lit. Elle donnait l'impression d'être un messager privilégié que l'on se devait de bien traiter. Le vampire mort leva une main pour la saluer et elle se tourna vers Peter.

— Peter, dit-elle d'un ton moins formel.

Elle lui fit signe de rester assis et lui serra la main.

— Ivy Tamwood, répondit poliment le vampire souffrant. (Sa voix résonnait particulièrement, malgré son corps amaigri par la maladie.) J'ai beaucoup entendu parler de vos bonnes œuvres. Merci de me recevoir.

Ses bonnes œuvres? m'étonnai-je. Je repensai alors aux premiers mois d'existence de la firme, mois au cours desquels elle était souvent partie à la recherche de personnes disparues.

— C'est un plaisir de vous rencontrer, poursuivit-il en lâchant la main d'Ivy. Vous pouvez imaginer le chambardement que votre appel a déclenché dans ma famille.

Il sourit, mais je discernai un soupçon de peur dans son expression.

— Allons, allons, le tança le vampire mort. (Il lui tapota la cuisse.) Ce n'est qu'un instant douloureux à passer. Rien que tu n'aies connu tout au long de ta vie.

C'était la première fois qu'il parlait; sa voix était teintée d'un accent si léger qu'il ne s'entendait que dans le minuscule allongement des voyelles.

Peter baissa les yeux et opina. J'avais l'impression que j'allais être malade. C'était mal. Je ne voulais pas participer à ça. Je n'avais jamais voulu. Il y avait moyen de trouver une alternative.

— DeLavine, Peter, dit Ivy en me faisant signe de m'avancer, voici ma partenaire, Rachel Morgan. C'est grâce à ses sorts que notre plan va se réaliser.

Je ne pus m'empêcher de remarquer que personne ne faisait attention à la femme qui les accompagnait et qu'elle ne semblait pas en prendre ombrage. Avec l'impression d'être une bête de foire, je retirai ma casquette et m'avançai en traînant les pieds, consciente que mes cheveux étaient tout plats à cause de ma casquette, que mon jean était élimé, et que je portais un tee-shirt. Au moins, ce dernier était propre.

— Enchantée de faire votre connaissance, monsieur, déclarai-je sans tendre la main à DeLavine. (Pas folle la guêpe!) Peter, ajoutai-je en serrant la main de ce dernier.

Il me sourit de toutes ses dents et glissa sa main glacée dans la mienne. Il avait de la poigne, mais je voyais à ses yeux qu'il avait peur. Je ne pourrais jamais lui faire ça.

— Rachel Morgan, répondit-il. (Son regard se posa sur mon cou puis remonta poliment au niveau de mes yeux.) J'aimerais que nous discutions de la raison qui me pousse à…

— Rachel, interrompit DeLavine à voix basse. (Je sursautai.) Je veux vous voir. Approchez.

Mon pouls s'accéléra. Je regardai Ivy. Son visage était vide de toute émotion. Armée de cette pensée rassurante, je me tournai vers DeLavine. Quand on avait affaire à un vampire qu'on ne connaissait pas, il était toujours préférable de le saluer puis de s'adresser à ses subordonnés, à moins qu'il montre de l'intérêt pour vous. Mon Dieu, je n'avais aucune envie d'être intéressante.

— Donc, vous allez libérer mon Peter de ses souffrances mortelles, dit-il.

Sa voix pénétra au plus profond de mes poumons et rendit ma respiration difficile.

— Oui, monsieur.

Je le regardai dans les yeux tout en combattant le fourmillement familier qui montait en moi.

Il me rendit mon regard. Ses pupilles se dilatèrent, indiquant qu'il cherchait à me séduire pour me tester. Derrière moi, je sentis Ivy s'avancer ; du coin de l'œil, je vis Jenks décroiser lentement les jambes et poser les pieds au sol. Je sentis la tension m'envahir et, bien que DeLavine ne me quitte pas des yeux, je savais qu'il commençait à comprendre que je n'étais pas à usage unique, même si j'en avais l'air.

L'homme rafiné se leva dans un léger bruissement. Je reculai d'un pas ; le sens commun l'emportait sur mon désir d'apparaître insolente. Rex se leva aussi. Elle s'étira et alla s'enrouler dans les pieds du vampire. Je me forçai à respirer. La présence d'Ivy derrière moi me donnait un sentiment de sécurité dont je savais qu'il était faux. Mes jambes n'allaient pas tarder à me faire défaut. Ses pupilles se dilatèrent lorsqu'il s'en aperçut. *Je n'ai pas peur*, pensai-je en me mentant à moi-même. Enfin, pas plus que nécessaire pour rester en vie.

— Je vous connais, dit DeLavine. (Je m'armai de courage pour lutter contre les phéromones qu'il expulsait ; il tendit la main, et je réprimai un sursaut en voyant qu'il se contentait de remettre une mèche rebelle en place.) Je me suis laissé distraire par votre jeunesse. J'ai failli ne rien voir, comme vous ne vous connaissez quasiment pas vous-même. Vous êtes la sorcière de Kalamack.

— Je ne suis pas à lui, protestai-je sans conviction. Je ne travaille pas pour lui. Pas beaucoup.

Je me crispai lorsqu'il poussa nettement Ivy et passa derrière moi. J'entendis ma colocataire vaciller en arrière et se rattraper sans la moindre protestation. Dans la cuisine, Nick pâlit. Jenks se leva en tenant fermement son épée. Peter avait l'air perturbé ; la femme se crispa. Bien que conscient des réactions de chacun, DeLavine concentrait toute son attention sur moi.

— Vous êtes une femme remarquable, déclara-t-il par-dessus mon épaule. (Il n'y avait pas de fourmillements, aucune trace de passion, mais ça ne durerait pas ; je le sentais à sa voix soyeuse.) Et votre peau… est si parfaite – pas la moindre trace de soleil. Mais, sacrebleu, fit-il avec une lenteur moqueuse. Quelqu'un… vous a mordue.

Il exhala. Mes yeux se fermèrent lorsqu'une vague de bien-être monta de ma nouvelle blessure et fit fondre ma peur comme du sucre filé. Il m'ensorcelait. Je le sentais. Impossible de résister. Et pourtant, Dieu me vienne en aide, je le voulais. Je ne pus que pousser un petit gémissement de protestation quand ses doigts écartèrent le col de ma veste en cuir.

— Non, murmura Ivy.

La peur perçait dans sa voix. Mes yeux s'ouvrirent et se plongèrent dans ceux de DeLavine. Il était repassé devant moi et avait une main levée pour empêcher Ivy d'intervenir. Rex s'enroula autour de mes chevilles en ronronnant. Tout cela n'était pas censé se produire. Ce n'était pas ce qui était prévu !

Jenks avait les traits tirés. On lui avait dit de ne pas s'en mêler ; il savait que cela ne ferait qu'aggraver la situation. Derrière lui, Nick était paralysé par l'horreur. Je ne crois pas que c'était à cause de DeLavine, mais plutôt de ces points tout neufs sur mon cou et de ce qu'ils signifiaient. Ivy m'avait mordue, et je me sentis rougir face à son accusation muette. Il pensait que j'avais échoué, que je m'étais laissé dicter mon comportement par la passion et qu'Ivy en avait profité.

Je serrai les mâchoires et levai le menton. Ce que je faisais et avec qui, ça ne le concernait pas. Et ce n'était pas par passion que j'avais cédé ; c'était parce que j'avais essayé de la comprendre, ou peut-être de me comprendre moi-même.

Mais DeLavine prit ma réaction pour du défi. Il frôla les bords douloureux de ma blessure.

Je sentis l'adrénaline m'envahir. Mon pouls affaibli essaya de l'absorber sans y parvenir. Je retins mon souffle en sentant une drôle d'impression naître de sa caresse et me traverser, à la fois familière et étrangère puisque c'était un vampire inconnu qui l'avait provoquée. Cette différence fit vibrer en moi une corde dont j'ignorais l'existence et ma vision s'assombrit, car avec tout le sang que j'avais perdu je n'étais pas en mesure de répondre à cette nouvelle stimulation.

Jenks se mit en mouvement. Du coin de l'œil, je vis Ivy lui rentrer dedans.

— Excuse-moi, grommela-t-elle.

Elle joignit les poings et s'en servit comme d'une massue pour l'assommer.

Bouche ouverte, Nick observait la scène depuis sa cuisine. Il vit le pixie rouler des yeux et tomber comme une pierre, inconscient. L'humain recula jusqu'à ne plus pouvoir. Il pensait qu'Ivy m'avait donnée à DeLavine. En réalité, elle avait sauvé la vie de Jenks, ainsi probablement que celle des autres, car en cas de bagarre DeLavine se serait emporté. Là, au moins, j'allais être la seule à mourir.

— Permettez-moi…, chuchota DeLavine à mon seul bénéfice.

Il me tourna autour, gaiement suivi par le chat, en sentant, soupesant, calculant chaque stimulus.

J'inspirai violemment et retins mon souffle. J'avais bloqué les genoux pour rester debout. Ivy ne pouvait rien faire ; j'entendais à sa respiration qu'elle était frustrée de ne pas pouvoir intervenir. Elle ne pouvait l'emporter sur DeLavine. Pas sans se reposer sur la force de Piscary – et elle était hors de sa zone d'influence. DeLavine le savait. Le fait que nous l'ayons invité pour aider Peter n'avait aucune importance.

— Mordue mais pas liée, constata le vampire mort. (Un frisson me parcourut.) Libre d'être prise par n'importe qui. Je sens que vous portez deux marques démoniques. Je sens deux morsures, mais une seule a atteint votre âme, et avec une telle douceur… Elle a été si douce, son baiser a été si doux, à peine plus qu'un murmure. Et quelqu'un… quelqu'un a marqué vos cellules mêmes de son empreinte. Objet de toutes les convoitises, mais la propriété de personne. Qui donc viendrait vous réclamer à moi ?

— Personne, fis-je d'une voix rauque.

Ses yeux se plongèrent dans les miens, ce qui m'empêcha de prononcer un mot de plus. J'étais debout, sous son contrôle ; je serais tombée si sa volonté ne m'avait maintenue en position.

— S'il vous plaît, murmura Ivy. (Elle se tenait à côté du corps inanimé de Jenks.) J'implore que vous m'accordiez une faveur.

Légèrement intéressé, DeLavine toucha le côté intact de mon cou.

— Quoi ? fit-il.

— Laissez-la-moi. (Les yeux d'Ivy semblaient d'autant plus noirs que son teint était blême.) Je vous le demande en guise de remerciement pour aider Peter. (Elle passa la langue sur ses lèvres et garda les bras baissés.) Je vous en prie.

DeLavine cessa de me regarder. Je clignai des yeux en retrouvant un semblant de volonté.

— Ceci, dit le vampire en me soulevant le menton du bout du doigt, devrait être la propriété d'un maître vampire, pas la vôtre. Piscary vous gâte au-delà de toute raison. Vous êtes une enfant gâtée, Ivy, et vous méritez d'être punie pour avoir quitté la zone d'influence de votre maître. Si je la prends pour moi, cela ennuiera Kalamack et Piscary m'aura à la bonne.

Les yeux d'Ivy se posèrent sur moi puis se détournèrent. Je sentis presque ses pensées se réaligner. Mon pouls s'accéléra lorsque sa posture, auparavant tendue, se fit séduisante.

Dieu nous préserve. Elle allait lui donner ce qu'il voulait pour qu'il me laisse tranquille. Je ne pouvais pas la laisser faire ça. Je ne pouvais pas la laisser se salir pour moi. Mais les fourmillements qui me parcouraient le corps et troublaient mes pensées ne me laissaient d'autre alternative que d'observer.

— Quel morceau de choix, reprit DeLavine en tournant le dos à Ivy. (Ses yeux brillaient d'une nouvelle lueur, si bien que je ne savais pas s'il parlait de moi ou d'elle.) Une louve déguisée en mouton qui empeste le Soufre, mais faible malgré tout. Je pourrais vous tuer par accident, sorcière. Mais vous aimeriez ça. (Il inspira, me privant de ma volonté, puis expira ; son souffle sous mon oreille envoya une décharge de désir au plus profond de mon corps.) Est-ce ce que vous voulez ?

— Non, soufflai-je.

Ce fut facile ; Ivy m'avait fait suffisamment peur pour que je trouve la force de refuser.

Contre toute attente, DeLavine parut enchanté. Ses pupilles étaient dilatées, ses yeux écarquillés. Ses lèvres rougies par l'envie se retroussèrent.

— Non ! s'exclama-t-il. De plus en plus curieux.

Il caressa l'arête de mon épaule du bout des doigts. Je savais qu'il avait envie d'y planter ses ongles pour me faire mal et tracer un délicieux chemin de sang que sa bouche pourrait suivre jusqu'à ma gorge.

Les yeux plongés dans les miens, il me dévoila ses longues canines en souriant. La pensée de ses dents me pénétrant tira un frisson du plus profond de mon âme. Je savais ce que ça me ferait, et la peur que mon sang me soit arraché se mêla au souvenir de l'extase que cela allait me procurer. Je fermai les yeux et me mis à hyperventiler. Je résistais, mais je perdais du terrain. DeLavine s'approcha presque au point de me toucher. Je sentis enfler son désir de briser ma volonté. Peu lui importait Peter. Il n'existait plus. J'étais beaucoup trop intéressante.

— Quelle force de volonté, apprécia-t-il. Je pourrais ébrécher votre âme comme de la pierre et en extirper votre conscience, morceau après morceau.

Il se déplaça. Derrière lui, je vis Ivy rassembler son courage. *Non*, l'implorai-je en silence. Mais sa peur pour moi était plus forte que sa peur pour elle-même. La culpabilité, la honte et le soulagement m'empêchèrent de parler ; elle s'avança avec un soupir pour lui faire savoir où elle était et posa une main sur l'épaule du maître vampire.

Je la regardai, horrifiée, passer l'une de ses longues jambes entre celles de DeLavine par-derrière. Elle enroula un bras nerveux autour de sa poitrine de manière à promener le bout de ses doigts à la base de son cou. Elle inclina la tête et passa ses lèvres sur l'oreille de DeLavine. Et, tandis que ce dernier me regardait et qu'elle réveillait la bête en lui, elle murmura :

— S'il vous plaît.

Sentant mon sang pulser dans mon corps, je la vis lui mordiller l'oreille, la tirer.

— Je l'aime bien…, ajouta-t-elle. J'aimerais qu'elle reste comme elle est.

DeLavine cessa de me regarder. Je sentis les larmes commencer à couler alors même que les phéromones vampiriques et leur petit jeu donnaient un coup de fouet à ma libido. *Oh, qu'est-ce que c'est mal !*

Ivy se coula entre lui et moi. Debout les jambes écartées, elle faisait courir ses mains entre la veste de DeLavine et sa chemise. Elle rejeta la tête en arrière et éclata de rire – une manifestation de plaisir qui ne laissa pas de me choquer.

— Je sens vos cicatrices ! glousssa-t-elle.

La fin du dernier mot se transforma en un petit gémissement de désir diabolique. C'était Ivy, et en même temps c'était quelqu'un d'autre. Elle était joueuse, sensuelle, dominatrice – un aspect d'elle qu'elle n'avait jamais voulu me montrer. C'était Ivy faisant ce qu'elle savait faire le mieux.

À la fois captivée et écœurée, je ne pus m'empêcher de la regarder poser les lèvres sur son cou. Il ferma les yeux et exhala. Ses mains tremblèrent lorsqu'il lui prit les poignets et les tint baissés.

— Ce soir ? murmura Ivy.

Elle avait parlé assez fort pour que je l'entende. DeLavine rouvrit les yeux et m'adressa un sourire mauvais.

— Amenez-la.

— Seule, contra-t-elle. (Elle le força à lui lâcher les poignets et entreprit de lui caresser l'intérieur des cuisses.) Ce que je veux faire, ça la tuerait.

Son rire se termina par un gémissement avide. Le son, plein de désir, joueur, me retourna l'estomac. Elle était probablement comme ça, au cours de ces années dont elle ne voulait pas parler, et elle redevenait ainsi pour me protéger. Seigneur, comment en arrivait-on toujours à ce que mes amis se vendent pour me sauver la vie ?

Ivy se déplaça, fit quelque chose que je ne vis pas mais qui fit écarquiller les yeux à DeLavine. Peter souffla, et je ne fus pas surprise de voir une expression jalouse et boudeuse sur son visage. La femme derrière lui caressait l'épaule pour le distraire, mais ça n'avait pas l'air très efficace.

— L'innocence peut être excitante, murmura Ivy. Mais l'expérience… Piscary a de bonnes raisons de me gâter. (Ses syllabes se détachaient, aussi certaines et chaudes qu'une pluie d'été, ce qui fit encore accélérer mon pouls.) Voudriez-vous savoir… pourquoi ? Peu de gens le savent.

DeLavine sourit.

— Piscary ne va pas être content.

— Piscary est en prison, contra-t-elle avec une moue. Et je suis seule.

Les phéromones qu'ils émettaient provoquaient en moi des vagues d'excitation. Soit j'allais jouir sur place, soit j'allais vomir. Ivy avait abandonné Skimmer et m'avait suivie pour échapper à son passé, et voilà qu'elle y revenait pour me sauver. J'allais la tuer en toute innocence. Je l'avais poussée à me mordre, et à présent elle se prostituait pour moi. Elle croyait que j'allais la sauver, mais j'allais la tuer.

Peter, qu'à peu près tout le monde avait oublié, remua sur sa chaise.

— DeLavine, je t'en prie, maugréa-t-il. (Je me sentis désespérée en pensant à la saleté dans laquelle je me vautrais, ce système au sein duquel Ivy avait travaillé toute sa vie.) Elle connaît les sorts. J'ai tellement mal.

DeLavine relâcha ma volonté. Mon cœur battait violemment et, sans le soutien du vampire, mes muscles furent pris d'un spasme massif et me trahirent. Je m'effondrai, à peine consciente.

— C'est pour toi, Peter, dit quelqu'un au-dessus de moi.

Je fis passer mes bras sous moi pour décoller mon visage du sol. Malgré ma tête qui tournait, je parvins à m'asseoir. Le vampire mort m'ignorait ; il scrutait la pièce du regard. Ivy s'était écartée de lui et se tenait près du rideau, la tête basse tandis qu'elle essayait de revenir à la réalité. Frappée par la culpabilité, je pris une inspiration qui sonna comme un sanglot.

— J'ai quelques exigences, annonça DeLavine. (Apparemment, il avait vraiment oublié que j'étais par terre.) Dans ses derniers instants, Peter veut voir le soleil couchant.

— On peut s'arranger, murmura Ivy.

Sa voix était encore rauque. J'essayai de ne pas repenser à la sensation que j'avais ressentie lorsque cette même voix m'avait susurré à l'oreille. La tête baissée, je rejoignis Jenks à quatre pattes. Je pris son pouls et écartai ses paupières pour voir si ses pupilles se dilataient. Il allait bien. Je m'affalai contre le bord du canapé et me satisfis de rester au sol. Ivy évitait de me regarder et, pour être franche, je préférais qu'elle s'en abstienne. Comment pourrais-je… comment pourrais-je jamais la dédommager pour ce qu'elle avait fait ?

— S'arranger ? (DeLavine ramassa Rex et fixa ses yeux verts ; ce fut le chat qui détourna le regard en premier.) Pas d'arrangements. Faites-le.

— Oui, DeLavine.

Ivy se tourna. Je réprimai un frisson en voyant le mince cercle brun de ses iris. Ses pupilles étaient presque totalement dilatées, et à la voir plantée là à respirer on aurait dit qu'elle n'avait qu'une envie : plaquer quelqu'un au sol et s'en donner à cœur joie.

Peter semblait agacé qu'Ivy prenne à son mentor ce que lui désirait ; la femme, son futur scion, semblait effrayée d'assister à son futur – elle avait compris qu'elle ne serait bientôt plus pour lui qu'une source de sang et de souvenirs. À la mort de Peter, il ne lui resterait plus que la coquille de l'homme qu'elle aimait. Elle le savait, mais le voulait tout de même.

— Je m'inquiète pour les dégâts structurels que pourrait subir son visage, reprit DeLavine en reposant le chat avec douceur. (Il rejoignit Peter ; aucun signe de sa soif de sang n'était visible, mais je la sentais scintiller sous sa voix.) Les accidents de voiture défigurent souvent leurs victimes, et Peter a déjà enduré trop d'atteintes à sa dignité.

Depuis le plancher, je regardai DeLavine faire courir un doigt le long de la mâchoire de son protégé. Le contact était à la fois possessif et distant – c'en était écœurant. Peter se calma et retrouva ses manières.

— Bien, DeLavine, dit Ivy. Les charmes y pourvoiront.

Ah oui, tiens. C'est pour ça qu'ils sont venus, à l'origine.

— Je, euh… (Je sursautai lorsque tout le monde se tourna vers moi.) Je dois récupérer la salive de Peter avec un tampon pour pouvoir sensibiliser le charme de déguisement à sa personne.

La soif d'Ivy était glaçante. Elle lut ma peur, ce qui la fit se mettre en mouvement. Elle alla dans la cuisine, au milieu de mon matériel de magie dispersé aux quatre coins de la pièce. Nick recula pour la laisser passer. La tête basse, elle farfouilla puis revint à grands pas, un tampon en coton cellophané à la main. J'aurais au moins aimé vérifier que Peter donnait un assez gros échantillon, mais DeLavine se déplaça de nouveau.

Je me recroquevillai en voyant qu'il se dirigeait vers moi. Mes doigts se saisirent à tâtons de l'épée d'Ivy, la traînèrent maladroitement sur le sol, où Jenks l'avait fait tomber. Ce n'était pas bon, pas bon du tout.

DeLavine me regarda en levant un sourcil, puis m'ignora. Il ramassa l'artefact, qui attendait, seul et vulnérable, sur la table de chevet. Il m'avait regardée, mais différemment. Il m'avait vue, avait évalué les risques et avait conclu qu'il pouvait m'ignorer, mais cette fois-ci il me voyait comme une menace potentielle, plus comme un simple sac de sang ambulant. Je me demandai ce qui avait changé.

— C'est ça ? demanda-t-il à voix basse tout en s'éloignant nonchalamment pour ne plus être à portée de la lame.

Mes doigts se resserrèrent sur la poignée, mais je pense que s'il m'observait sans en avoir l'air, ce n'était pas à cause de l'épée.

Ivy se rapprocha, le tampon décellophané à la main. Elle semblait de nouveau se contrôler ; seul un soupçon de la bête en fuite subsistait dans ses mouvements les plus subtils.

— Ce sera détruit en même temps que Peter, dit-elle.

Mais DeLavine ne l'écoutait pas ; il était tout à l'étude de l'horrible statue perchée sur le bout de ses doigts.

— Quelle merveille, songea-t-il tout haut. Tant de vies se sont éteintes à jamais à cause de cette statue. Elle aurait dû être détruite quand on l'a découverte, mais quelqu'un a été trop avide – et l'a payé de sa vie. Pour ma part… je suis bien trop malin. Si je ne peux pas l'avoir, personne ne l'aura. (De son pouce libre, DeLavine perça le bout de son index.) Peter ?

— Oui, DeLavine ?

Je retins mon souffle en voyant une goutte de sang gonfler. Le vampire mort l'étala soigneusement sur la statue. Le sang pénétra et ne laissa qu'une tache sombre, ce qui me fit frissonner.

— Assure-toi qu'elle sera bien détruite.

Il me regarda et sourit à pleines dents.

— Oui, DeLavine.

Confiant et satisfait, DeLavine reposa la statue marquée. Je fis la moue, car il semblait que la souffrance sculptée dans les traits de l'objet était plus profonde. Se tournant avec une lenteur exagérée, le vampire mort survola la pièce et son regard se posa sur Nick, recroquevillé dans un coin de la cuisine.

— C'est repoussant, dit-il. (Et soudain, les lieux me semblèrent effectivement repoussants.) Un sale petit trou qui empeste les émotions. Nous allons séjourner ailleurs. Peter, nous partons. Audrey veillera à ce que tu sois là où tu dois être au coucher du soleil.

Audrey, pensai-je en jetant un coup d'œil à la femme. Alors comme ça, elle avait un prénom. Je déplaçai mes pieds pour qu'il ne les écrase pas en passant, et il se dirigea d'un pas désinvolte vers la porte en prenant son manteau au passage. Peter se leva lentement. Audrey l'aida en le tenant avec professionnalisme, de manière à ne pas s'abîmer le dos. Mon regard croisa celui du vampire souffrant ; il ne faisait aucun doute qu'il voulait me parler, mais DeLavine prit son bras libre en feignant l'inquiétude comme sa mémoire lui dictait de le faire – sa mémoire et non son amour – et l'accompagna à la sortie.

Ivy leur ouvrit la porte. Tandis qu'Audrey et Peter quittaient la pièce, DeLavine marqua une pause.

Je resserrai ma prise sur la poignée de l'épée, mais ne pus rien faire d'autre que de regarder le vampire chuchoter à l'oreille d'Ivy en lui prenant la taille d'une main impérieuse. Mon cœur accéléra. Elle regardait le sol. Bon sang, ça n'allait vraiment pas. Elle acquiesça, et j'eus l'impression de l'avoir vendue au maître vampire.

La porte se referma derrière ce dernier. Les épaules d'Ivy s'affaissèrent.

Chapitre 29

— Ivy…

— La ferme.

Je lâchai l'épée et ramenai mes genoux contre mon menton pour lui faire de la place. Elle s'agenouilla à côté de Jenks. Grâce à sa force de vampire, elle le redressa et l'assit contre le canapé. Elle le secoua.

— Jenks ! appela-t-elle. Ouvre les yeux. Je ne t'ai pas frappé si fort que ça.

Il n'eut aucune réaction ; sa tête retomba et ses cheveux blonds pendirent sur son visage anguleux.

— Ivy, je suis désolée, dis-je. (La culpabilité fit encore accélérer les battements de mon cœur.) Tu… Oh, Seigneur, dis-lui que tu as changé d'avis. On trouvera quelque chose.

Juste à côté de moi, elle m'adressa un regard impénétrable ; son visage ovale était vide de toute émotion. Sa main ne quittait pas l'épaule de Jenks.

— Je n'aurais rien proposé que je n'aurais pas été prête à assumer.

— Ivy…

— La ferme ! hurla-t-elle. (Je sursautai.) Je veux le faire, OK ? Tout ce que je touche meurt, alors je vais en revenir à des choses qui sont déjà mortes ! Je fais ça pour moi, pas pour toi ! Je vais m'amuser, alors contente-toi de la boucler, Rachel !

Ma bouche s'ouvrit toute seule et je me sentis rougir. À aucun moment je n'avais pensé qu'elle faisait ça de son plein gré.

— Je… je croyais que tu ne partageais le sang qu'avec les gens que tu…

— Ouais, bah, t'as vu, j'ai essayé. Ça n'a pas marché. Puisque je ne peux pas t'avoir, autant redevenir comme avant. La ferme, maintenant.

Je me la fermai. Je ne savais que penser. Disait-elle ça pour que je me sente moins coupable, ou était-elle sérieuse ? En tout cas, elle avait sacrément eu l'air de savoir ce qu'elle voulait, enroulée autour de DeLavine. Je n'arrivais pas à croire qu'elle était partante. Pas après la confession qu'elle m'avait faite, à peine une heure plus tôt. Apparemment, nous étions toutes les deux destinées à nous rendre dans des endroits où nous ne voulions pas aller – moi, vers l'avant, et elle, vers l'arrière.

— Ivy ? insistai-je.

Mais elle refusa de me regarder. Elle avait des points rouges sur les joues.

— Jenks, dit-elle. Réveille-toi.

La respiration du pixie s'accéléra, et son visage lisse se fronça sous l'effet de la douleur, ce qui ne me surprit pas. Sans ouvrir les yeux, il porta la main à la tête. Nick était sorti de la cuisine et se planta à côté de la télé, bras croisés sur son tee-shirt défraîchi, telle la cinquième roue du carrosse. Rex, elle, s'éclatait ; elle se frottait sur tout le monde en ronronnant, heureuse que nous soyons à son niveau.

— Aïe, fit Jenks lorsque ses doigts trouvèrent sa bosse. (Il ouvrit subitement les yeux.) Tu m'as frappé ! s'écria-t-il.

Ivy le lâcha. Il retomba contre le canapé. Ses yeux verts trahirent sa colère, puis il me vit à côté de lui. J'avais sans doute l'air aussi mal en point que je l'étais. Il se tourna soudain vers la table de chevet, puis regarda partout jusqu'à ce qu'il trouve la statue.

— Sainte merde, qu'est-ce que j'ai raté ?

— Désolée, dit Ivy en se levant. (Elle lui tendit une main pour l'aider à se mettre sur pied à son tour.) Il t'aurait tué.

Donc elle l'a frappé au risque de lui donner une commotion cérébrale ? Ouais, ça tient debout.

Il posa son regard sur moi, et je retins mon souffle en lisant de la peur dans ses yeux.

— Tu vas bien ? Il t'a touchée ?

— Bien sûr, qu'il m'a touchée, rétorquai-je en me relevant. (Je vacillai quelque peu avant de trouver mon équilibre.) C'est un vampire mort. Ces gens-là ne savent pas regarder sans toucher. Ils sont incapables de ne pas toucher. Je suis un putain de sucre d'orge pour vampires, et ils veulent tous me mettre un petit coup de langue.

— Enfer et damnation ! (Jenks se leva et porta la main à l'arrière de son crâne, qui protesta sans doute devant la brusquerie du mouvement.) Quel idiot de pixie. Idiot de papier cul à mite avec un pouce dans son petit cul vert de pixie ! Tu m'as mis KO, Ivy !

— Jenks, protestai-je. Laisse-la tranquille.

Mais il n'était pas en colère contre elle ; il était en colère contre lui-même.

— Neutralisé par une petite vamp' pleurnicharde, continua-t-il en gesticulant. Rache, prends cette épée et colle-la-moi au travers du corps. Je suis bon pour la démobilisation, j'ai les ailes froissées, le cul trempé de rosée – une vieille chose poussiéreuse qui se prend pour un éclaireur. Aussi inutile qu'une capote pour pixies. Vaincu par ma propre partenaire. Scotchez-moi le cul, que je pète par la bouche.

Je clignai des yeux, impressionnée. Rex s'enroulait autour de mes pieds. Comme j'avais besoin de réconfort, je la pris. Elle sauta immédiatement sur le canapé, puis dans la direction de Jenks. Elle s'étira contre sa jambe. Le pixie jappa lorsqu'elle planta les griffes dans sa cuisse ; elle détala sous le lit.

— Regardez ! Elle m'a fait saigner. Rache ! Ton foutu chat orange m'a égratigné. Je saigne !

— Rex ! cria Jax en sortant de derrière le haut du rideau. Papa, tu lui as fait peur ! Rex, ça va ?

Il se jeta sous le lit à la suite du chat.

— Qu'est-ce que c'est dangereux, grommelai-je.

Fatiguée, j'allai clopin-clopant dans la cuisine pour mettre de la distance entre Jenks et moi. Il s'était effondré sur le lit et se tenait la jambe comme si Rex avait touché l'artère fémorale. Je m'arrêtai net juste avant de percuter Nick.

— Tiens, Nick, marmonnai-je en exagérant le claquement du *k*. Pousse-toi de mon chemin. J'ai beaucoup à faire avant de tuer Peter et qu'Ivy aille à son super rendez-vous.

Son visage allongé arborait une expression inquiète. Il se prépara à dire quelque chose. Je n'avais pas l'intention de l'écouter. Je ne lui devais rien. Je le contournai tant bien que mal, avec l'impression d'avoir quatre-vingts ans.

— Je peux aider, dit-il finalement.

Je me laissai choir dans l'une de ces horribles chaises de cuisine, mis les coudes sur la table et m'affalai vers l'avant. J'étais fatiguée, agacée, et j'avais faim. J'avais perdu tout contrôle sur ma vie. Nous étions bien loin de la mission de sauvetage initiale. Maintenant, je devais sauver le monde de mon ex et ma coloc d'elle-même. *Oh, et puis pourquoi pas ?*

Ivy avait récupéré les sacs, qui jusque-là étaient restés près de la porte d'entrée. Rendue muette par l'embarras, elle les posa sur la table et mit ostensiblement le tampon de Peter devant moi. Jenks, qui avait sans doute décidé qu'il n'allait pas se vider de son sang, attira mon attention.

Il se leva, commença par regarder l'artefact, puis Nick. J'acquiesçai ; j'avais compris. Avec une lenteur étudiée, Jenks ramassa la statue et s'avança en boitant. J'observais Nick de derrière le rideau de mes boucles libres.

Mon estomac sembla s'effondrer sur lui-même ; Nick regardait Jenks sans en avoir l'air. Il la voulait. Il comptait toujours nous la reprendre pour la vendre au plus offrant, même si cela signifiait que je devrais me cacher des garous car ils voudraient que je paie cet affront de ma vie. Impossible de savoir pour l'instant s'il allait passer à l'acte, mais il y pensait. *Le fils de pute.*

Jenks posa l'artefact souillé du sang du vampire devant moi et tira les sacs vers lui pour satisfaire sa curiosité de pixie.

— De l'herbe-à-chats ? s'étonna-il en sortant le sachet et en l'ouvrant.

Ce fut Ivy qui se dévoua pour répondre.

— C'est pour Rex, expliqua-t-elle.

Étonnamment, elle avait parlé d'un ton timide. Jenks sourit et émit un sifflotement trillé. Jax jaillit de sous le lit en vrombissant.

— De l'herbe-à-chats ! s'écria-t-il.

Il en prit une poignée et fila.

— Oh, là ! Du fudge ! s'exclama Jenks en trouvant la boîte d'une demi-livre que j'avais achetée en remplacement de celle qu'il avait perdue. C'est pour moi ? demanda-t-il.

Ses yeux verts brillaient.

J'opinai en essayant de cacher la colère que j'éprouvais pour Nick. Jenks s'appuya avec enthousiasme contre le plan de travail et ouvrit la boîte. Il ignora le couteau en plastique, cassa environ un tiers du contenu de la boîte et prit une énorme bouchée. Ivy le regarda, l'air horrifiée. Je haussai les épaules. Jenks chantonnait tout en jouant des mâchoires. Il finit de vider les sacs. J'étais à moitié morte, Ivy faisait la pute pour ma survie, mais tout allait bien pour Jenks tant qu'il y avait du chocolat.

Nous commencions à être serrés, dans cette cuisine minuscule, mais je ne voulais pas qu'Ivy ou Jenks s'en aille. J'avais froid et je me sentais vulnérable, et la promiscuité m'aidait à prendre du recul avec le spectacle que m'avait joué DeLavine. Je tremblais intérieurement de savoir ce qu'Ivy faisait pour moi – dans quoi elle retombait – et, s'ils s'éloignaient, ce tremblement gagnerait vite mes doigts.

— Rachel ? fit Nick en marge de notre petit groupe. Je peux t'aider ?

Ivy se hérissa, mais je lui tendis un tampon par-dessus la table.

— J'ai besoin d'un échantillon, dis-je. C'est un charme illégal, mais je ne pense pas que ça te gêne ?

Le visage fermé par la frustration, il prit le tampon et se détourna pour se le passer à l'intérieur de la bouche. Je me souvins de ce qu'avait dit DeLavine – que de nombreuses personnes avaient laissé leur marque sur moi – et dus réprimer un sentiment de honte. Je n'appartenais à personne. Mais, en voyant que Nick était incapable d'entrer dans la bulle que nous formions, mes amis et moi, je me rendis compte de la force, de la vigueur des racines qui me rattachaient à l'Outremonde.

Nick ne comprenait pas. Il ne comprendrait jamais. J'avais eu la stupidité d'espérer construire quelque chose de durable avec lui ; il m'avait prouvé que j'avais eu tort en vendant des morceaux de moi à Al.

Nick me rendit le tampon, en sécurité dans son emballage, mais je ne le regardai pas. Il allait parler, alors je m'empressai de poser une question à Ivy :

— Ça ne va pas déranger Piscary, que tu aides Peter ?

Les yeux baissés, je notai le nom de Nick sur l'emballage du tampon à l'aide d'un gros marqueur noir dont la pointe couinait sur le plastique.

— Non. (La voix d'Ivy était indistincte, derrière le bruit de l'eau qui coulait dans la cafetière.) Que je l'aide ou pas, Piscary n'en a rien à faire. Peter n'a aucune importance, pour lui. Ni pour personne. Enfin, à part son scion. Sans doute que DeLavine ne s'apercevra même plus de sa présence quand il se sera trouvé une distraction plus excitante.

Toi, par exemple ? pensai-je sans rien dire.

Ivy se tourna vers moi. Son mouvement fit se balancer ses cheveux, ce qui révéla ses boucles d'oreilles.

— Je fais du café, dit-elle. Tu en veux ?

Pas s'il est coupé au Soufre. Tartine de merde, qu'est-ce que je suis fatiguée.

— S'il te plaît, répondis-je.

Je sentais le regard de Nick peser sur moi.

— Jenks ? proposa-t-elle.

Elle sortit une minuscule tasse d'hôtel du placard dépouillé.

Jenks jeta un regard évaluateur à l'intérieur de la boîte de fudge et hésita avant de la refermer et de l'écarter.

— Non merci, répondit-il.

Il entreprit de farfouiller dans mes fournitures de magie.

— Rachel, insista Nick. Je peux te dessiner un pentacle, quelque chose comme ça ?

Ivy leva la tête ; j'agitai les doigts pour lui signifier que je pouvais me débrouiller.

— Non, lançai-je sèchement.

Je rapprochai mon livre démonique et l'ouvris. Je levai les yeux sur l'artefact et me demandai si Nick avait eu l'occasion de le remplacer par une copie, mais cela me semblait improbable. Et puis il ne pouvait exister deux choses aussi moches dans le monde.

— Ra-ra…, insista-t-il.

Ivy claqua la porte du placard.

— Bon sang, mais qu'est-ce que tu veux ? demanda-t-elle avec virulence en le fixant.

— Je veux aider Rachel, répliqua-t-il.

Il avait le dos raide et ne semblait pas très rassuré.

Jenks gloussa. Il roula le sac vide en boule et le jeta.

— Tu peux l'aider en tombant raide mort.

— Ça reste une possibilité, dit Ivy.

Je n'avais ni le temps ni l'énergie nécessaires pour m'occuper de ça.

— J'ai besoin de silence, intervins-je. (Je sentais ma tension monter.) De rien d'autre. Juste de silence.

Nick recula en croisant les bras sur son tee-shirt élimé, ce qui lui donna l'air solitaire.

— OK. Je vais…

Il hésita, regarda Jenks et Ivy qui m'entouraient et occupaient toute la place de manière qu'il ne puisse entrer dans notre cercle. Il relâcha lentement le souffle qu'il retenait et partit sans terminer sa phrase, les mouvements pleins de frustration. Il s'affala sur la chaise qu'avait occupée Peter, étendit ses longues jambes et se passa la main dans les cheveux, le regard perdu dans le vague.

Il était hors de question que je le prenne en pitié. Il m'avait vendue. La seule raison qui m'avait dissuadée de tout laisser en plan, c'était que les garous me pisteraient jusqu'à la fin des temps s'ils ne voyaient pas la statue détruite, et pour cela j'avais besoin de Nick. Et il fallait qu'il coopère.

Jenks tira une chaise de sous la table et s'assit à côté de moi. J'écarquillai les yeux en voyant qu'il avait tout classé en trois piles sans faire d'erreur.

— Tu as besoin d'aide ? demanda-t-il.

Ivy ricana.

— De l'aide d'un pixie ? railla-t-elle.

Jenks se hérissa.

— En fait, oui, dis-je avant qu'il se mette à l'insulter. Tu peux faire sortir Nick ?

Je ne voulais pas qu'il me voie préparer la malédiction de transfert. Dieu seul savait à qui il pourrait vendre la recette. Il ne pouvait l'invoquer sans mon sang ou celui d'un démon, mais il pourrait sans doute s'en procurer auprès d'Al en échange de ma taille de sous-vêtements.

Jenks fit un sourire méchant, mais Ivy frappa la table du plat de la main et décréta :

— Je m'en charge. Je veux lui parler.

Je relevai la tête, interloquée, mais elle s'était déjà détournée.

— Allez viens, abruti, dit-elle en se dirigeant vers la porte après avoir pris son sac. Rachel a oublié quelque chose, et comme je n'y connais rien en magie de ligne, tu vas m'accompagner pour t'assurer que je ne me trompe pas. Quelqu'un veut que je lui rapporte un truc, pendant que j'y suis ?

Nick prit une expression de défi. Pour ma part, je lui adressai un sourire affecté – c'était petit, mais je ne pouvais pas m'en empêcher.

— Gare aux garous, lançai-je.

Bon, d'accord, c'était vilain. Mais après tout j'étais vilaine. Demandez un peu aux gosses que je n'arrêtais pas de chasser de mon cimetière. Ils n'avaient qu'à aller jouer à cache-cache ailleurs.

— Je suis à court de brosses à dents, dit Jenks en allant tripoter la cafetière.

Ivy attendit que Nick enfile le manteau qu'il avait planqué dans son camion.

— Tu sais que tu peux utiliser plusieurs fois la même, l'informa Ivy.

Mais j'avais déjà fait cette remarque à Jenks et il haussa les épaules.

Nick, qui n'ignorait pas que nous nous débarrassions de lui, ouvrit la porte et sortit. Ivy me fit un sourire sournois, lèvres serrées, puis s'éclipsa.

— Je n'ai pas peur de toi, déclara Nick tandis que la porte se refermait.

Le niveau de mon stress baissa d'au moins six points.

— Tiens, ton café, dit Jenks en posant une tasse devant moi.

Il m'avait versé du café ? Je regardai la tasse, puis Jenks.

— Tu as mis du Soufre dedans ?

Jenks se laissa tomber sur la chaise à côté de la mienne.

— Ivy m'a dit d'en mettre, mais j'ai pensé que tu étais suffisamment en forme pour décider si tu en voulais.

Ma tension remonta en flèche ; j'eus une hésitation en me rappelant mon reflet dans la vitrine. Je me demandai si j'étais maligne ou complètement idiote. Le Soufre me permettrait de rester alerte pendant des heures et de faire tous les charmes dont j'aurais besoin, tout en augmentant le nombre de mes globules au point de le rendre presque normal. Quand je m'endormirais, je me réveillerais requinquée, affamée, dans une forme proche de celle que j'avais avant la morsure. Sans Soufre, je préparerais mes sorts en étant épuisée. Mes jambes trembleraient chaque fois que je me lèverais, et en me réveillant de ma sieste je me sentirais comme une merde.

Mais utiliser la magie noire ou des drogues illégales pour me faciliter la vie serait mentir par commodité – je me raconterais que j'avais le droit de faire fi des règles, que j'étais au-dessus d'elles. Il était hors de question que je devienne comme Trent.

J'expirai longuement.

— Je n'en veux pas, décidai-je.

Il acquiesça, non sans que ses yeux verts se plissent sous l'effet de l'inquiétude. Bien qu'il ne soit pas du tout d'accord, il acceptait ma décision, ce qui me fit me sentir instantanément mieux. Je prenais ma vie en main. Moi. C'eeeest ça.

— Par quel sort on commence ? demanda Jenks.

Jax arriva en voletant. Son père tendit une main pour qu'il se pose dessus. Il avait une aile froissée et de la poussière s'en échappait, mais ni Jenks ni moi ne dîmes rien. Il était agréable de voir le petit pixie s'intéresser à ce que son père jugeait important – même s'il nous avait juste rejoints parce que Rex l'avait écharpé.

Je tapotai nerveusement les pages du livre démonique.

— J'espère que tu n'as pas perdu la statuette en os en même temps que ton fudge ?

Jenks sourit.

— Nan.

Jax s'envola et se posa sur le lustre au-dessus de la table tandis que Jenks allait jusqu'à l'empilement grandissant de sacs à côté de la télévision. Je n'avais jamais vu d'homme qui pouvait me battre en matière de shopping, mais Jenks était un véritable maître. Je m'efforçai de ne pas le reluquer lorsqu'il se baissa pour farfouiller dans les sacs puis revint d'un pas rapide avec les boîtes jumelles. Il les posa sur la table et, tandis qu'il les ouvrait, de la poussière pixie se déversa sur nous. La première contenait cet abominable totem sculpté ; il le posa face à moi et ouvrit la seconde.

— Pas une égratignure, dit-il.

Ses yeux verts trahirent sa satisfaction.

Je pris la statue de loup, la soupesai, sentis le froid de l'os. Ce n'était pas le pire des choix pour recevoir la malédiction garou. Les yeux dans le vague, je repensai à l'avidité de Nick. Je regardai le totem de Jenks.

— Euh, à propos, Nick l'a vue ? demandai-je en montrant la statue de loup.

Jenks renifla pour exprimer son dégoût et se balança sur sa chaise.

— Je ne la lui ai pas montrée, mais il a sans doute mis son sale nez dans mes affaires.

Une idée commençait à se former dans mon esprit, mais je refusais de me sentir coupable de ne pas faire confiance à Nick.

— Eh, elle est vraiment belle, cette statuette, dis-je en reposant le loup pour prendre le totem. Matalina va l'adorer. J'aurais dû m'en prendre une. Ça aurait été classe, dans l'aquarium de Mr Poisson.

Jenks laissa sa chaise reposer sur ses quatre pieds.

— L'aquarium de Mr Poisson ? s'étonna-t-il. (J'indiquai la porte d'entrée du regard ; Jenks prit une expression entendue, puis de colère – il était peut-être arriéré en matière de déco, mais ce n'était pas un imbécile.) Tu as peur que…

Je fis un petit bruit car je ne voulais pas qu'il dise tout haut que je craignais que Nick vole la petite statue de loup, qui était une cible de choix pour la malédiction démonique. Mais comme les deux statuettes étaient en os…

— Ouais, dit-il soudain. (Il me reprit le totem et le posa au centre de la table.) Je t'en prendrai une la prochaine fois que je sortirai.

Il n'y en avait qu'une dans la vitrine, mais voyant qu'il avait compris, j'inspirai lentement en prenant ma recette. Le crayon à la main, je me penchai sur le livre et coinçai une mèche derrière mon oreille. Tu m'arnaques une fois, honte à toi. Tu m'arnaques deux fois, gare à ton cul.

Chapitre 30

L'index tendu, je me massais avec des gestes réguliers pour prélever le sang nécessaire à l'invocation du dernier sort d'estompage d'inertie. Je commençais à avoir mal au doigt, avec tous les charmes que j'avais invoqués. Ce n'était pas comme si je pouvais me prélever une éprouvette de sang et le distribuer à la pipette. Si le sang ne venait pas directement du corps, les enzymes qui servaient à stimuler le sort se décomposaient et l'invocation était impossible. Il y avait nombre de charmes sur la table ; cette seconde paire de sorts d'estompage d'inertie n'était qu'un petit ajout un peu coupable de dernière minute.

Le sang ne voulait pas sortir. Je dus presser douloureusement jusqu'à ce qu'une perle rouge se forme. Elle coula sur la première moitié du charme puis je pressai de nouveau pour faire tomber une seconde goutte sur l'autre amulette. Le sang pénétra avec une rapidité étonnante en produisant une odeur d'ambre brûlé qui imprégna l'air renfermé de la chambre d'hôtel. Ce que je n'aurais pas donné pour que la fenêtre s'ouvre.

De l'ambre brûlé au lieu du séquoia – c'est la preuve qu'il s'agit de magie démonique. Seigneur, mais qu'est-ce que je trafique ?

Je regardai la pièce silencieuse et plongée dans la pénombre. La lumière qui débordait sur les côtés des rideaux tirés me fit penser qu'il était près de midi. À part une sieste vers minuit j'avais passé la nuit debout. Manifestement, quelqu'un s'était débrouillé pour me refiler du Soufre. *Non mais vraiment, tu parles de colocs.*

Je me frottai le pouce et l'index pour faire disparaître les restes de sang puis tendis le bras pour ranger les deux charmes jumeaux avec les autres, à côté de Jenks. Il était assis en face de moi et dormait la tête posée sur la table. Un charme de doppelgänger pour Peter, un pour Nick, un charme de déguisement normal pour Jenks. *Et deux jeux d'amulettes d'estompage d'inertie*, pensai-je en les entreposant avec le reste. Après avoir rencontré Peter, j'avais décidé de changer le plan. Personne n'était au courant à part moi.

Les cliquetis des amulettes ne réveillèrent pas Jenks. Je me rassis en expirant lentement. J'étais épuisée, mais je n'en avais pas encore fini. Il me restait une malédiction à préparer.

Je me redressai et pris mon sac en faisant attention de ne pas réveiller Jenks. Il avait sauté son somme habituel de minuit pour veiller sur moi pendant que je dormais et il était épuisé. Sous la table, Rex ronronnait sur ses cuisses. La main lisse de Jenks était tendue et touchait presque le miniréservoir d'eau salée de la taille d'une tasse contenant les artémias salinas qu'il avait achetés en chemin.

— Les artémias sont des animaux de compagnie parfaits, Rache, avait-il dit.

Ses yeux brillaient, car il anticipait la réaction de ses enfants. Je n'avais pu qu'espérer que nous soyons tous en vie pour pouvoir nous inquiéter de la manière dont nous allions les ramener chez nous.

Je souris en regardant son visage, à la fois canaille et innocent, tandis qu'il dormait. Quel mélange étrange il faisait : jeune tout en étant un père éprouvé qui nourrissait sa famille et la protégeait – et près de la fin de sa vie.

Ma gorge se serra et je dus battre rapidement des paupières. Il allait me manquer. Jax ne pourrait jamais le remplacer. S'il existait un charme ou un sort pour allonger sa vie, je l'utiliserais, quoi qu'il en coûte. Je tendis la main pour écarter ses cheveux de ses yeux mais me ravisai et la posai sur la table. Tout le monde meurt. Les vivants trouvent un moyen d'apaiser leur douleur et la vie continue.

Déprimée, je dégageai une partie de la table. Je me servis du sel de mer supplémentaire que Jenks avait acheté en même temps que ses bestioles pour tracer soigneusement trois cercles de la taille d'une assiette, entrelacés en triangle de manière à former sept espaces distincts. Je jetai un coup d'œil à la pièce sombre avant de récupérer le Foyer dans mon sac, qui avait passé la nuit à mes pieds, hors de portée de Nick.

Jenks dormait à table, Ivy dormait dans la chambre du fond – elle était rentrée de son rendez-vous « galant » juste après le lever du soleil – et Nick et Jax étaient sortis s'assurer que l'airbag ne se déclencherait pas quand Jenks rentrerait dedans avec son camion la nuit prochaine.

Et puis il y avait le kit NOS – des bouteilles de protoxyde d'azote que Nick avait dans son horrible camion. Il ne fallait pas les oublier. Elles seraient installées de manière à exploser sous l'impact. Je ne disposerais pas d'un moment plus propice que maintenant. J'aurais aimé dire que si j'avais attendu si longtemps, c'était pour travailler au calme, sans être dérangée. Mais, en réalité, j'avais peur. Le pouvoir de la statue venait d'une malédiction démonique, et il faudrait une malédiction démonique pour l'en déloger. Une malédiction démonique.

Qu'aurait dit papa ?

— Oh, et puis quelle importance ? murmurai-je en grimaçant.

J'allais tuer Peter. Que valait un petit déséquilibre dû à une malédiction démonique à côté d'un truc pareil ?

Mon ventre faisait des nœuds. Je plaçai la statue dans le premier cercle, réprimai un frisson et m'essuyai les doigts pour me débarrasser de l'impression dégoûtante que m'avait laissée le contact avec l'os antédiluvien. J'avais déjà suivi la même procédure sous le regard de Jenks, un peu plus tôt ; je savais donc quoi faire ensuite. Mais à l'insu de tous les autres à part lui, avec la statue du loup, ç'avait été un coup à blanc. J'avais allumé les bougies, mais je n'avais pas invoqué la malédiction. Le petit loup avait passé la nuit sur la table. Nick avait fait bien attention à ne pas le regarder, sans savoir qu'il n'était pas maudit.

Après avoir rejeté un coup d'œil à la lumière qui entourait les rideaux, je me levai et m'approchai des affaires de Jenks entassées à la va-comme-je-te-pousse près de la télé. Je pris le totem. J'en ressentis une certaine culpabilité, bien que je lui aie demandé la permission de m'en servir. Nerveuse, je mis le totem dont le haut représentait un loup stylisé dans le deuxième cercle ; dans le troisième, je posai une mèche de mes cheveux à laquelle j'avais fait un nœud.

Mon estomac se serra. Combien de fois mon père m'avait-il dit de ne jamais faire des nœuds à mes cheveux, même pour m'amuser ? C'était grave. Nouer une boucle de cheveux avait pour conséquence de créer un lien très fort avec une personne, surtout quand il s'agissait de vos propres cheveux. Ce qui arriverait à la mèche placée dans le troisième cercle m'arriverait à moi. À l'inverse, ce que je dirais ou ferais se refléterait dans le cercle. Ce n'était pas un symbole de ma volonté ; c'était ma volonté même. La voir comme ça, au milieu d'un cercle dans l'intention de lancer une malédiction, ça me rendait malade.

Cela dit, c'est peut-être à cause du Soufre, pensai-je. Je n'aurais pas été étonnée que Jenks m'en ait glissé dans mon café, même s'il semblait avoir accepté ma décision de ne plus en prendre. Au moins, cette fois, c'était de la qualité ; je n'avais donc pas à gérer des humeurs qui feraient des montagnes russes.

— D'accord, murmurai-je en rapprochant ma chaise de la table.

Je jetai un coup d'œil à Jenks puis pris les bougies de couleur dans mon sac. Le léger craquement du papier de soie assorti dans lequel elles étaient emballées était apaisant. La première fois, j'avais utilisé des bougies blanches – Ivy les avait rapportées de ses courses avec Nick, une touche amère d'honnêteté au milieu du mensonge géant qui composait désormais nos vies.

Je les posai et m'essuyai nerveusement les paumes sur mon jean. Une seule fois dans ma vie, j'avais allumé une bougie à la force de ma volonté – c'était quelques heures auparavant, en fait. Mais comme mon âtre, autrement dit la flamme de ma cuisinière, se trouvait à huit cents kilomètres de là, j'en étais réduite à le faire par la pensée.

Je revis Al, dans ma cuisine, en train de me faire un cours sur la manière de placer les bougies et leur nom. Il s'était servi d'une chandelle rouge qu'il avait allumée avec son âtre ; il serait sans doute content de savoir que j'avais appris à me servir de l'énergie de ligne pour faire de même. Je pouvais remercier Ceri, puisqu'il s'agissait en gros d'une version modifiée du charme de ligne dont elle se servait pour chauffer de l'eau. Les allumer avec la volonté n'était pas tout à fait aussi puissant que de le faire avec un feu couvant dans un âtre, mais la différence était minime.

— La ligne d'énergie, murmurai-je.

Ma vision se brouilla tandis que je touchais la ligne que j'avais trouvée quasiment à l'autre bout de la ville. La sensation était différente de celle que me procurait la ligne qui passait dans ma cour – plus violente, et avec l'évolution lente et régulière et la fluidité caractéristique de l'eau.

L'influx d'énergie se déversa en moi. Je fermai les yeux. Mon pied qui tremblait était la seule indication qu'un torrent d'énergie emplissait mon chi. Cela ne prit qu'un battement de cœur mais il sembla durer une éternité, et lorsque l'énergie s'équilibra je me sentis trop pleine, mal à l'aise.

Les mâchoires serrées, je rejetai les frisottis roux qui pendillaient devant mes yeux, puis râclai un peu de paraffine en bas de la bougie blanche. Je la coinçai entre la langue et les dents.

— *In fidem recipere*, articulai-je en fixant la chandelle dans l'espace étroit constitué par l'intersection des cercles contenant le totem et l'anneau de cheveux.

Je pris la mèche de la bougie entre le pouce et l'index, puis, écartant lentement les doigts, je créai un point de chaleur entre eux ; la chaleur s'intensifia tandis que je pensai les mots *consimilis calefacio*, qui servaient à mettre en branle le charme de chauffage de l'eau – un charme de ligne blanc.

Bon, d'accord, je faisais chauffer l'humidité entre mes doigts jusqu'à ce que la mèche prenne feu. C'était peut-être tiré par les cheveux, mais ça fonctionnait. Et la paraffine dans ma bouche servait d'objet focal ; comme ça, je ne risquais pas de mettre le feu à la cuisine. Je jetai un coup d'œil à la petite brûlure sur la table. Oui, bon, ben, je débutais.

Je regardai, fascinée, la mèche luire, sa cire s'écouler, puis la flamme naître. *Et d'une. Plus que deux.*

Je passai à la bougie noire. Après avoir recraché la paraffine blanche, je la remplaçai par de la noire avant de poser la nouvelle bougie dans l'intersection des cercles contenant le totem et la statue.

— *Traiectio*, chuchotai-je en allumant la mèche.

La troisième bougie était dorée, comme mon aura. Je la mis dans l'espace entre la statue et ma mèche de cheveux.

— *Signare*, dis-je.

La bougie s'enflamma d'une pensée bien étudiée.

Mon pouls s'accéléra. Je n'avais pas été plus loin, ce matin-là, sous le regard de Jenks. Je levai la tête et vis ses cheveux vibrer devant son petit nez. Dieu, qu'il était petit, son nez, et que ses oreilles étaient mignonnes.

Arrête ça, Rachel, me repris-je. Je voulais en finir avant que l'alarme à incendie se déclenche. Je sortis une chandelle grise de mon sac et la posai au milieu du petit triangle formé par l'intersection des trois cercles. C'était cette bougie-ci qui me faisait peur. La première servait à la protection, la deuxième avait été ensorcelée avec le mot signifiant « transfert », et la troisième avec celui permettant de sceller la malédiction afin qu'elle ne se déclenche pas toute seule. Si la bougie grise s'allumait à la fin du processus, cela signifiait que la malédiction était réussie et que j'étais officiellement et volontairement devenue une praticienne des arts démoniques.

Seigneur, s'il te plaît, pardonne-moi. C'est pour une bonne cause.

À la lumière de mes trois bougies, je me massai le doigt pour faire monter une goutte de sang. Je traçai un symbole dont je ne connaissais pas le sens, puis essuyai ce qui restait de sang sur la bougie. J'eus l'impression que ma volonté me quittait en même temps que cette minuscule goutte de sang étalée sur le formica usé de la table, devant le pilier de cire grise auquel ma résolution avait donné une signification.

Je ressortis ma main tremblante des cercles mêlés. Je reculai ma chaise et me levai pour que, lorsque les cercles se formeraient, ils ne se brisent pas accidentellement en rencontrant mes genoux sous la table. Je regardai une dernière fois les trois bougies allumées et celle marquée de mon sang, et m'essuyai les mains sur mon jean. La table luisait à la lumière des bougies.

—*Rhombus*, murmurai-je.

Je touchai le cercle le plus proche du bout du doigt pour les fermer tous les trois.

Je ne pus réprimer un sursaut quand l'au-delà jaillit de moi. Une aura voilée de noir enveloppa les bougies, le totem, la statue et la boucle de cheveux. Je n'avais encore jamais créé de cercles mêlés ; à leur intersection, l'or de mon aura était plus net et dessinait des arcs scintillants parmi la souillure noire. Bien que petits, ces cercles étaient impénétrables par quiconque à part moi, puisque c'était moi qui les avais créés. Mais si je mettais le doigt dedans pour changer quoi que ce soit à l'intérieur de l'enceinte des cercles, je briserais ces derniers. Si je les avais faits assez grands pour tenir dedans, mon âme aurait risqué d'être transférée en même temps que la malédiction d'origine.

C'était ma mèche de cheveux qui rendait cela possible. C'était mon pont pour l'intérieur des cercles. La bougie noire s'éteindrait une fois le pouvoir de la statue transféré dans le totem ; la blanche s'éteindrait ensuite pour me protéger et empêcher une quelconque partie de moi d'être aspirée dans le nouvel artefact en même temps que le pouvoir de la statue que j'allais canaliser ; enfin, la bougie dorée s'éteindrait quand le transfert serait terminé et scellerait la malédiction afin qu'elle ne se déclenche pas d'elle-même.

Mon corps bourdonnait sous l'effet de l'énergie de cette ligne qui ne m'était pas familière. Ce n'était absolument pas déplaisant – en fait, j'aurais préféré que ça le soit. Je fis la grimace et lançai ma volonté.

—*Animum recipere.*

Je retins mon souffle en sentant l'énergie au goût de cendre qui s'échappa du Foyer et m'envahit, submergeant ma conscience de moi jusqu'à ce que je ne fasse plus qu'une avec la statue. Ma vue se brouilla et je me mis à vaciller. Bien que mes yeux soient grands ouverts, je n'y voyais rien.

Le Foyer chanta, tenta de m'attirer, m'emplit en me donnant l'impression que mes os et mes muscles se déformaient. Il ferait de moi ce que je voudrais, me donnerait tout ce qui me revenait de droit mais que je me refusais constamment. Je sentis le vent dans ma figure et le sol sous mes pattes. Le son de la terre qui tourne envahit mes oreilles et la senteur scintillante du temps qui passe submergea mon odorat. Tout cela était emporté comme par un torrent trop rapide pour la conscience. C'était ce qui faisait un garou – et ça faisait mal. Ça me faisait mal à l'âme de ne pas pouvoir être aussi libre.

Penchée en avant, je luttais pour continuer à respirer régulièrement afin de ne pas réveiller Jenks. Je pouvais être n'importe quoi à condition de prendre en moi le pouvoir du Foyer, de l'accepter pleinement. Le Foyer me faisait des promesses, me laissait en attente. Si j'avais pu concevoir le moindre doute sur le fait que Nick ait pu remplacer l'original par une copie, c'en était terminé.

Mais je n'étais pas garou. Je n'étais pas en mesure de comprendre son attraction. J'avais couru tel un loup, combattu tel un loup, senti un temps les messages que me portait le vent, mais je n'étais pas un loup. J'étais sorcière, et l'attrait n'était pas suffisant pour me forcer à briser mon cercle pour m'emparer de la statue, la faire mienne pour toujours, et m'autodétruire par la même occasion.

— *Negare*, chuchotai-je.

Le mot m'avait échappé, et j'en fus choquée. J'avais eu l'intention de dire non. Tout simplement non ! Mais c'était sorti en latin. *Damnation, mais qu'est-ce qui m'arrive ?*

Mon pouls battait la chamade. J'avais l'impression d'avoir perdu tout contrôle de moi-même. Je regardai la bougie blanche s'éteindre et me crispai en sentant tout en moi se déverser dans la sculpture en os bon marché. Je croisai les bras comme pour rester en un morceau au moment où la malédiction démonique me quitta en emportant avec elle la souffrance et la sensation d'attraction. La bougie blanche éteinte me préserva, me garda intacte de telle manière que seule la malédiction s'échappe de moi – rien de plus, rien de moins.

La bougie noire s'éteignit à son tour. Je sursautai. Oubliant de respirer, je regardai les trois cercles en sachant que le transfert était terminé et que la malédiction était presque renouvelée. Je sentais son énergie tourbillonner dans le totem en attendant un fléchissement de ma volonté pour pouvoir s'échapper. Je fixai la bougie dorée et fis une prière.

Elle s'éteignit au moment où la grise s'alluma. Soulagée, je laissai retomber la pression. C'était fait.

Je fermai les yeux et posai la main sur le dossier de la chaise. J'avais réussi. Pour le meilleur ou pour le pire, j'étais la première à pratiquer la magie démonique de ce côté des lignes. Enfin, il y avait Ceri, mais elle ne pouvait pas invoquer les malédictions.

D'une main tremblante, je mélangeai le cercle de sel pour le briser. Mon aura le toucha et l'énergie de la ligne s'échappa du cercle et entra en moi. Je lâchai la ligne et baissai la tête. J'avais trois secondes avant que la réalité s'équilibre et me colle une bonne tarte.

Je serrai les dents pour ne pas gémir. Je reculai en vacillant, tendis la main vers le mur, mais comme je ne l'atteignis pas à temps je heurtai les placards et me laissai glisser au sol. Je sentis la panique me gagner. Je savais que ça arriverait – je m'y étais préparée. Je survivrais.

Je ne parvenais pas à respirer. Je laissai pendre ma tête et fis semblant que tout allait bien tandis que mon aura s'imprégnait d'une nouvelle couche de noirceur qui se moula sur la conscience que j'avais de moi-même et la changea. Mes marques démoniques m'élançaient. Je fermai les yeux de toutes mes forces et écoutai le martèlement de mon pouls. *Je l'accepte*, pensai-je. La bande qui m'enserrait la poitrine relâcha un peu de son emprise. Je pris une inspiration qui sonnait fort comme un sanglot.

J'étais adossée au placard. Des larmes fuyaient de mes yeux. Je m'aperçus que quelqu'un me tenait l'épaule.

—Jenks ? divaguai-je.

Je ressentis du désespoir en m'apercevant que cette fois-ci, ç'avait été moins douloureux. Je commençais à m'habituer. Bon sang, je ne voulais pas que ça devienne facile. Il fallait que ça fasse mal. Il fallait que ça me fasse peur au point que je ne veuille jamais recommencer.

—Ça va ? demanda-t-il. (J'acquiesçai sans regarder au-dessus de ses genoux, si bien qu'il dut s'accroupir ; ils était beaux, ses genoux.) Tu es sûre ? insista-t-il.

Je fis non de la tête.

Il soupira. Je ne fis pas un geste ; j'essayais de réorganiser mes pensées. Je pratiquais les malédictions démoniques. Je faisais de la magie noire. Et je ne voulais pas. Dieu sait que je ne voulais pas.

Je levai la tête. Je fus soulagée de ne lire que de l'inquiétude, et pas du dégoût, dans son expression. Je ramenai mes cuisses contre ma poitrine et respirai lentement en les tenant dans cette position. Il avait toujours la main posée sur mon épaule. Je m'essuyai les yeux.

—Merci, dis-je en me préparant à me relever. Je crois que ça va mieux. C'est juste que ça m'a frappée de plein fouet.

Ses yeux verts se plissèrent sous l'effet de l'inquiétude.

— Le déséquilibre ?

Je le fixai, puis décidai qu'il avait probablement écouté, la nuit où Ceri m'avait tout expliqué.

— Ouais.

Il se leva et tendit la main pour m'aider.

— Je n'ai rien senti, quand j'ai grandi.

Mon cœur se serra. Une fois sur pied, je retirai ma main de la sienne, qui était bien chaude.

— Peut-être que tu la sentiras quand je déferai la malédiction pour que tu redeviennes petit, mentis-je.

La colère lui fit serrer les lèvres.

— Tu as eu mal aussi quand tu t'es transformée en louve. Je t'avais dit que je voulais assumer la noirceur de ma transformation. C'est à moi de le faire.

— Je ne sais pas comment te la donner, avouai-je d'un ton déprimé. Et, même si je savais, je n'en ferais rien.

— Rachel, ce n'est pas juste, dit-il plus fort.

— Contente-toi de me remercier et de la boucler.

Je me rappelai qu'il m'avait dit la même chose quand il avait accepté de devenir grand pour que les vilains vampires dépravés ne me mordent pas.

— Merci, fit-il.

Il avait très bien compris ce que je voulais dire. Nous nous entraidions. Inutile de tenir une liste précise des fois où l'un sauvait les miches de l'autre.

Déprimée, je retournai près de la table en traînant les pieds. Je me dis que les cercles et les bougies éteintes – elles l'étaient toutes, sauf la grise – ressemblaient à ce qu'on voyait sur la commode d'une sorcière ado. Mon pouls battait moins vite. Je décollai les bougies éteintes, les enroulai dans leurs papiers de soie blanc, noir et doré et mis un élastique autour de chacune avant de les ranger dans mon sac. Cette petite boîte de craie magnétique aurait été l'écrin idéal pour les conserver.

Pendant que Jenks faisait semblant de s'intéresser à ses artémias, je posai ma boucle de cheveux sur une soucoupe et en approchai la chandelle grise allumée. L'anneau de cheveux prit feu, se racornit et mourut. Rassurée, je soufflai la bougie puis contournai Jenks pour aller jeter les cendres dans l'évier. Je voulais me débarrasser au plus vite de la moindre preuve de ce que j'avais fait.

— Désolée de t'avoir réveillé, dis-je.

Je me servis du sel disséminé sur la table pour frotter le symbole tracé avec mon sang.

Jenks, qui était toujours penché sur ses bestioles, se redressa.

— Tu sais que tu fais vraiment peur, quand tu pratiques la magie des lignes ?

Une écharde de peur me pénétra.

— Ah ? C'est-à-dire ?

J'étais très consciente de la présence de mes marques démoniques qui pesaient sur mon poignet et sous mon pied.

Jenks baissa les yeux et haussa les épaules.

— Tu as l'air fatiguée. Plus vieille. Comme si tu l'avais fait si souvent que tu n'en avais plus rien à faire. On dirait presque que tu as une seconde aura, et que quand tu pratiques la magie de ligne elle prend le dessus.

J'allai me laver les mains avec une moue dégoûtée.

— Une seconde aura ?

Mais c'est absolument fabuleux. C'est peut-être pour ça que je suis ma propre familière ?

Il opina.

— Les pixies sont sensibles aux auras. Tu as vraiment endommagé la tienne, avec ta dernière malédiction. (Il retint son souffle.) Je déteste Nick. Tu te fais du mal pour l'aider, et il n'en a rien à foutre. Il t'a vendue. Rachel, s'il te refait du mal…

— Jenks, je… (Je posai une main sur son épaule ; cette fois, il ne sursauta pas.) Si je veux pouvoir en finir avec tout ça, il faut que je le fasse. C'est pour moi, pas pour lui.

Il recula et survola la salle vide du regard.

— Oui, je sais.

Je me sentis bizarre en le voyant se rapprocher de la table et regarder les reliefs de la malédiction.

— C'est la vraie ? demanda-t-il sans rien toucher.

Je me mis en mouvement et allai prendre le totem. Il me sembla plus lourd, même si je savais qu'il s'agissait d'une illusion.

— Matalina va l'adorer, déclarai-je en le lui tendant. Merci de me l'avoir prêté. Je n'en ai plus besoin.

Jenks écarquilla les yeux en sentant le totem dans sa paume.

— Tu veux que je garde le vrai ?

— Il va essayer de le voler, expliquai-je tout en pensant que je n'aurais jamais dû faire confiance à Nick. Si c'est toi qui l'as, il volera le mauvais.

Je soupesai la vieille statuette d'un air maussade. Elle avait l'air morte à l'intérieur, comme un morceau de plastique.

— Je vais garder celle-ci avec moi, ainsi que la statue de loup, dis-je.

Je fis tomber l'objet dans mon sac.

La porte d'entrée s'ouvrit et la lumière de l'extérieur se déversa sur les lits qui n'avaient pas été faits. Jenks se retourna vers la porte d'un mouvement fluide; pour ma part, je sursautai en voyant Nick entrer, sale et empestant le cambouis. Jax était posé sur son épaule. Il en décolla sans attendre pour venir voir comment se portaient ses nouveaux animaux de compagnie.

Je passai la main sur la table pour faire tomber le sel dans ma paume et aller le jeter dans l'évier. Je me demandai si la pièce sentait la bougie éteinte, les cheveux cramés et l'ambre brûlé.

La porte de la chambre du fond claqua et Ivy en sortit en peignoir, dépeignée et voûtée comme un troll des ponts. Elle adressa un grognement à Nick à cause du bruit qu'il faisait, puis passa devant Jenks et moi en se cachant les yeux et alla en boitillant dans la salle de bain. La douche se déclencha aussitôt. Une bonne odeur d'orange s'échappa par l'interstice sous la porte en même temps que la vapeur. Je ne voulais pas savoir ce qu'elle avait fait cette nuit-là qui avait pour conséquence de la faire boiter. Surtout pas.

Épuisée et coupable, je m'assis à table. Jax trouva le récipient de trente centilitres contenant la nourriture des artémias; Jenks l'arrêta et lui expliqua qu'il ne pouvait pas les nourrir, car ils n'avaient pas encore éclos. Jax pointa deux petits nerveux d'un air renfrogné – il les nomma Jin et Jen. Le petit pixie se mit à irradier, ce qui attira les bestioles. Jax gloussa de plaisir en les voyant s'approcher en bondissant. Je ne pus m'empêcher de sourire. Je souriais encore lorsque je me retournai et vis que Nick m'attendait, mal à l'aise. Je cessai de sourire. Lui serra les mâchoires.

— Le camion est prêt, Ra-ra, dit-il avec une gaieté feinte. Quand l'airbag ne se déclenchera pas, ça aura l'air d'un défaut. (Il grimaça.) Je... euh... je ne pourrais pas me laisser percuter par un camion, même en sachant que je vais me réveiller sain et sauf.

— La confiance, c'est ce qui te distingue de nous autres, les Outres, intervint Jenks à voix haute.

Il défit le couvercle de la nourriture à artémias. Jax en prit une poignée de la taille d'une tête d'épingle et la jeta dans l'eau avec des paroles d'encouragement tout en attirant Jin et Jen à la surface en émettant une forte lueur. Il me semblait effectivement que pour un pixie ces artémias faisaient des animaux de compagnie beaucoup moins dangereux que l'était Rex. Je me demandai si c'était pour cette raison que Jenks les avait achetés.

Je réprimai un soupir et me débrouillai pour qu'il ait l'air d'un bâillement. Je savais que Nick n'aimait pas tellement que son camion serve de véhicule sacrificiel, mais ce n'était pas comme s'il allait pouvoir le reconduire un jour. Il allait passer le restant de sa vie à faire le mort. *Le lâche.*

—Merci, Nick, dis-je. (Je reculai en croisant les bras ; je me préparais au combat qui allait suivre.) Maintenant, tu veux bien ressortir et le remettre ? Je vais accompagner Peter. Si je dois le tuer, au moins, je ne veux pas que ce pauvre garçon meure seul.

Chapitre 31

Ivy se tenait à l'entrée de la salle de bain, enveloppée dans une des serviettes blanches de l'hôtel ; de l'eau gouttait des pointes fines formées par ses cheveux courts.

— Putain, il est hors de question que tu montes dans le camion avec Peter !

Je serrai les lèvres et luttai contre l'envie de reculer. *D'accord, donc, il lui arrive de jurer, mais seulement quand elle est très en colère.*

Jenks avait battu en retraite dans le salon. Il avait l'air de regretter d'avoir fait irruption dans la salle de bain pendant qu'Ivy y était ; elle l'avait forcé à jouer les rapporteurs et à lui avouer qu'il allait me percuter en même temps que Peter. Nick était à côté de lui, avec sa salopette pleine de cambouis, et ils ressemblaient à deux gosses qui venaient de piquer une tête dans la crique avec leurs beaux vêtements pour aller à l'église juste avant que papa attèle le cheval.

— Nick, dis-je. (Il sursauta.) Nous avons quatre heures avant de retrouver Audrey et Peter. (*Quatre heures – peut-être que je pourrais en profiter pour dormir un peu ?*) Tu peux avoir remis l'airbag d'ici là ? Je serais plus tranquille s'il y avait l'airbag pour suppléer la malédiction d'estompage d'inertie.

— Ivy a raison, répondit-il. (Je fronçai les sourcils.) Tu n'as aucune raison de risquer ta vie.

Ivy rit amèrement.

— Non, et elle ne va rien faire du tout. Rachel, pas question que tu montes dans le camion de Nick.

Je me tournai vers la table sur laquelle étaient posés mes sorts. Mon pouls s'accéléra. Les pupilles d'Ivy se dilataient, mais c'était sous l'effet de la colère plutôt que de la soif. Je connaissais bien les règles du jeu – je commençais à être habituée à discuter avec des vampires.

— Tout est prêt, contrai-je. J'ai fait une seconde paire d'amulettes d'estompage d'inertie pour mon propre usage, donc il n'y aura pas de problème.

Ivy pointa l'index vers moi sans savoir que j'avais vu cette nouvelle estafilade qui courait sous son bras, du poignet au coude.

— C'est HORS DE QUESTION, Rachel !

— Ça va marcher, la rassurai-je. C'est de la rigolade, ce sort.

Enfin, en réalité, c'est une malédiction, mais ce n'est pas vraiment la peine de mettre ça sur le plateau.

Jenks s'assit sur le bord du lit. Il était blême.

— Ne me demande pas de faire ça.

Nick se mit à traîner nerveusement des pieds. On aurait dit un mécano, avec sa salopette bleue. Frustrée, je me massai les tempes.

— Vous voulez que les garous croient que j'ai laissé Nick s'échapper avec la statue et qu'on s'est lancés à sa poursuite ? Impossible. Surtout si ça finit par un accident. Je ne suis pas assez bête pour me faire piquer l'artefact par Nick, et ils le savent.

J'avais ressenti un certain plaisir à le dire. Il y repenserait quand tout serait fini, et il comprendrait que je lui avais fait un pied de nez. Mais je redevins nerveuse en voyant Ivy. Je pris Rex dans mes bras et m'assis sur une chaise de cuisine.

— C'est trois fois rien, assurai-je en lui faisant signe de ne pas s'en aller. Les charmes me préserveront du danger. Tu pourras me suivre dans le van, et on dira qu'on va au lieu du rendez-vous dans deux véhicules. Si on leur dit que Nick s'est fait la malle avec la statue, ils se lanceront eux-mêmes à sa poursuite. Et ils pourraient le rattraper.

Pour ce que j'en ai à faire.

Ivy secoua la tête.

— C'est débile. J'ai déjà tout prévu. Peter et l'autre abruti échangent leurs places. On dit aux garous que Nick nous a piqué la statue et que Jenks est redevenu pixie pour essayer de le rattraper. Jax prend sa place sur ton épaule et, déguisé, Jenks roule sur Peter « par accident » alors qu'on est sur le point de le rattraper. Le camion explose. La fausse statue est détruite. Peter est transporté à la morgue ou à l'hôpital, où on peut le débrancher si besoin est. Les garous s'en vont – nous on va prendre une bière. J'ai passé des heures à réfléchir à ce plan. Pourquoi tu le ruines, Rachel ?

Rex sauta de mes cuisses en me labourant la chair avec ses pattes arrière. Elle fila se cacher derrière les chevilles de Jenks. Je me levai, en colère.

— Je ne ruine rien ! Je vais monter avec Peter ! Pas question que je le laisse mourir seul, dis-je pour résumer ce qui me dérangeait vraiment dans tout ça.

Vexée, Ivy souffla en remontant sa serviette.

— On est toujours seul, quand on meurt, même en étant entouré par des centaines de personnes.

Le sang qui suintait de son bras souillait la serviette blanche. Elle rougit en s'en apercevant. Énervée, je lui tombai dessus.

— Tu as déjà été présente au moment de la mort de quelqu'un ? demandai-je en tremblant. Tu as déjà tenu la main d'un mourant pendant que ses forces lui échappaient ? As-tu jamais senti la gratitude qu'il ressent à ce que tu sois là au moment où il cesse de respirer ? Hein ?

Ivy blêmit.

— C'est moi qui le tue, Ivy ! La décision m'appartient. Et je compte bien être là pour comprendre ce que ça signifie. (Je repris mon souffle et m'en voulus de commencer à pleurer.) Je dois être présente pour savoir si c'est une bonne chose, une fois que ce sera fait.

Ivy s'immobilisa. Ses yeux trahirent la compassion qu'elle éprouvait. Elle avait compris.

— Rachel, excuse-moi…

Je croisai les bras et baissai la tête pour ne voir personne. Une flaque d'eau se formait sous les pieds d'Ivy, qui restait plantée là dans sa serviette. L'odeur de son shampooing aux agrumes envahit la pièce tandis qu'un silence gêné s'installait.

Du côté opposé de la fenêtre, Nick s'agita et se prépara à parler.

— La ferme, grogna Ivy en remontant sa serviette. Ça ne te concerne pas.

Elle posa le regard sur mes points. Je levai le menton. Je n'étais pas liée à elle. Je pouvais bien faire ce qui me chantait.

Jenks était très pâle.

— Je ne peux pas, dit-il depuis le lit. Je ne peux pas te rentrer dedans avec un camion.

— Tu vois ? se précipita Ivy en gesticulant. (Elle dut rattraper sa serviette.) Il refuse de le faire. Je ne veux pas que tu le fasses. Donc, tu ne le fais pas !

Sur ce, elle partit pour sa chambre. Nick s'écarta de son chemin.

— Mon plan est meilleur ! m'exclamai-je en lui emboîtant le pas. Ça va bien se passer !

— Bien se passer ? (Elle s'arrêta net et fit volte-face.) Ce poids lourd va aplatir le petit Ford bleu de Nick comme une crêpe ! Et toi, tu ne seras pas dedans. La course est terminée.

— Non, elle n'est pas terminée ! On va faire comme j'ai dit !

Ivy se tourna. Ses yeux étaient complètement noirs. Je fus prise d'un frisson de peur qui me fit m'arrêter net. Mais je ne voulais pas laisser Peter mourir seul. Je rassemblai mon courage. Nick s'avança.

— Je m'en charge, proposa-t-il en regardant Ivy puis moi. Je conduirai le camion à la place de Jenks.

La colère d'Ivy flancha un instant. J'étudiai Nick, surprise.

— Non, dit Ivy d'un ton neutre. Hors de question. Tu vas tenir compagnie à Audrey et rester en dehors de ça. Je ne te fais pas confiance.

Nick joignit les mains, puis les écarta.

— Rachel a raison. Son plan est meilleur. Ils ne surveilleront pas la chambre d'hôtel d'Audrey. Quand Peter aura pris ma place, je pourrai partir avec un charme de déguisement de base, traverser le pont, récupérer le camion. Bon sang, c'est le camion de DeLavine. Audrey pourra me donner la clé.

— Non ! s'écria Ivy. Je ne laisserai pas cet abruti te rouler dessus. C'est hors de question !

Je me massai les tempes en me disant qu'en fait, c'était beaucoup plus facile que ce que nous avions prévu à l'origine.

— Ivy...

— Non !

Nick poussa un grognement de frustration en gesticulant dans le vide.

— Je ne vais pas la tuer ! s'exclama-t-il. Je l'aime, mais si la seule manière de la sauver c'est de lui passer dessus avec un poids lourd, alors je jure devant Dieu que c'est moi qui vais m'en charger et personne d'autre !

Ivy le regarda comme si elle venait de manger de la merde – à moins qu'elle le regarde comme s'il était de la merde.

— Tu ne connais pas la signification du mot « amour »... Nick.

Je tremblais intérieurement. Je n'avais pas prévu que ce soit Nick au lieu de Jenks qui me percute en poids lourd, mais ça fonctionnerait aussi bien. Je déglutis et me tournai vers la cuisine. Il pourrait se servir du charme de déguisement classique que j'avais déjà fait. *Oh, Seigneur, mais qu'est-ce que je fais ?*

Ivy prit une grande inspiration.

— Rachel. Je n'ai pas confiance en lui.

— Ça ne change pas. (Je m'attablai avant que quelqu'un me voie trembler.) Ça va aller. Le fait que je sois avec Peter nous assurera qu'ils croient que la statue aura brûlé avec le camion de Nick. C'est le meilleur plan dont nous disposions. Je ne veux pas avoir à recommencer au cas où ils s'apercevraient que la statue n'a pas été détruite.

Nick s'agita et se passa la main dans la barbe.

— Je vais m'occuper de l'airbag, dit-il. (Apparemment, il avait conclu que j'allais arriver à mes fins.) Et du kit NOS.

Soudain, je me sentis nettement plus nerveuse.

— Ils surveillent toujours ? demandai-je en pensant aux garous de l'autre côté de la rue.

— Oui, confirma Nick en baissant la tête. Mais, d'après ce que Jax a entendu de leur conversation, ils pensent que je modifie les bouteilles de NOS au cas où je devrais me tirer à toute vitesse. (Il déglutit, ce qui fit monter et descendre sa pomme d'Adam.) J'ai réglé le kit pour qu'il explose à l'impact, mais ça aussi je vais le changer. Je vais installer un dispositif avec un bouton sur lequel tu pourras appuyer après être sortie.

Jenks regarda Ivy avant de se lever et de se diriger vers la porte.

— On a quatre heures. Je vais m'assurer que ça n'explose pas avant que tu le décides. (L'expression de Nick s'assombrit.) Je sais ce que je fais.

Les épaules voûtées, Jenks ne fit même pas mine de ralentir.

— Jax ? Allez, viens. Il faut que tu apprennes à installer un signal radio.

Savoir que Jenks s'y connaissait aussi en explosif me fit me sentir mieux. Nick s'agita un peu sur place comme s'il avait envie de me prendre dans ses bras mais préférait s'abstenir, puis il emboîta le pas à Jenks. La porte s'ouvrit et, d'où je me trouvais, je vis trois garous des rues qui bâillaient, appuyés sur leur petite voiture décorée, un gobelet de café à la main. Il avait fait froid, ce matin-là, mais ils avaient l'air d'avoir assez chaud, maintenant que le soleil était à son zénith et se reflétait sur leurs épaules nues et leurs multiples tatouages.

Ivy leur fit une grimace avant de regarder Nick sortir.

— Si Rachel est blessée, tu n'auras plus à t'inquiéter de te faire tuer par les garous, parce que je te retrouverai avant eux, sale petit voleur.

Mes tripes se nouèrent. Elle avait cédé. C'était fini. J'allais me trouver en compagnie de Peter quand Jenks nous rentrerait dedans.

— Ça va aller, dis-je en sentant mon pouls s'accélérer. Entre l'airbag et le charme, ce sera comme si je faisais le trajet dans les bras de Dieu.

La porte se referma derrière Nick, Jenks et Jax, et la tranche d'après-midi ensoleillé disparut comme si elle n'avait jamais existé. Ivy se retourna et se dirigea vers sa chambre, pieds nus et en boitant.

— Et si Dieu veut que tu rentres tôt ?

Chapitre 32

Une sorcière, une vampire et un pixie entrent dans un bar, pensai-je en pénétrant la première à La Queue de l'Écureuil. Il était tôt et le soleil n'était pas encore couché lorsque la porte se referma derrière Jenks, nous confinant dans l'atmosphère chaude et légèrement enfumée du restaurant. Nick la rouvrit immédiatement et entra à son tour. *Et voilà la chute de la blague.*

Ivy survola du regard la pièce basse de plafond en pinçant les lèvres. Elle cherchait Audrey et Peter. C'était un vendredi soir, et le restaurant était déjà bien rempli. De l'autre côté de la salle, Becky, notre serveuse de la fois précédente, nous reconnut et nous fit un signe de la main. Ivy lui répondit d'un air neutre qui plongea la femme dans l'incertitude.

— Là, fit Ivy en indiquant du menton une table vide dans un recoin sombre.

Je baissai la fermeture Éclair de mon manteau et secouai l'avant-bras pour faire descendre le bracelet que Kisten m'avait offert.

— Tu représentes l'Outremonde, dis-je. Fais un effort.

Ivy se tourna vers moi en haussant ses sourcils extrêmement dessinés. Jenks ricana tandis qu'elle se forçait à esquisser un sourire. Comme nous étions en quelque sorte venus au restaurant pour notre version personnelle de la Cène, elle s'était maquillée et avait l'air encore plus carnassière que d'habitude avec son pantalon en cuir, son tee-shirt moulant et ses bottes. Elle était venue avec Jenks dans la Corvette de Kisten, car elle ne voulait pas monter dans le van avec moi. Elle passa une main sur ses cheveux courts pour s'assurer qu'aucune mèche ne dépassait. Des gouttes d'or scintillaient au bout de ses lobes ; je me demandai pourquoi elle avait mis ses boucles d'oreilles.

Il était évident qu'elle n'était pas contente à l'idée que Nick me percute avec un poids lourd, mais sa logique lui disait que les modifications émotionnellement chargées que j'avais apportées au plan le rendraient non seulement plus crédible, mais aussi plus simple du point de vue de la logistique. Nous étions toutes deux inquiètes de devoir nous reposer sur Nick, mais parfois l'intuition devait passer sur la banquette arrière. C'était généralement à ce moment que les problèmes commençaient pour moi.

— Ils ne sont pas encore arrivés, dit-elle.

Le fait qu'elle souligne l'évidence montrait à quel point elle était inquiète.

Jenks ajusta le col de son blouson pour cacher sa tension derrière ses gestes fluides et désinvoltes.

— On est en avance.

Contrairement à Ivy, il gérait bien son stress. Il sourit aux femmes qui se tournèrent pour le reluquer, et nombreuses furent les clientes qui donnèrent des coups de coude à leur voisine pour leur signaler la présence de ce beau jeune homme. Je le regardai moi aussi. Je les comprenais.

C'était un délice pour les yeux, surtout maintenant qu'il se comportait comme un homme d'un mètre quatre-vingts. Il portait son blouson d'aviateur, et il était beau avec ses lunettes de soleil et sa casquette de garou retournée – vraiment très beau, mais avec un air innocent et individualiste.

— Euh, pourquoi on n'irait pas s'asseoir ? suggérai-je.

Les gloussements commençaient à me rendre nerveuse. *Youhou ! Les nymphos de l'Outremonde sont là ! Quelqu'un s'est chargé d'apporter le pudding à la pistache ?*

Nous nous mîmes en mouvement. Ivy attrapa Nick par le coude.

— Va chercher de l'eau pour Rachel et un jus d'orange pour moi. (Ses doigts blancs l'aggripaient plus fort qu'il était nécessaire ou même poli.) Juste du jus d'orange. Je ne veux rien dedans. Compris ?

Nick donna un coup de coude pour qu'elle le lâche. Mais il n'aurait jamais réussi à se soustraire à ses griffes si elle ne l'avait pas laissé faire. Il fronça les sourcils, secoua son manteau en tissu pour le défroisser et alla au bar. Il avait compris qu'elle se débarrassait de lui.

Nick avait l'air d'être à sa place, dans ce restaurant, et pas seulement parce qu'il était humain. Le bar était rempli de femmes maigres et court vêtues, des femmes qui ne posaient jamais leur verre et paraissaient vieilles avant leur âge, et d'hommes en chemises de laine et en jeans à l'air désespéré. Barbe en option. *Ah, c'est sûr, c'est l'endroit idéal pour prendre un repas avant de se manger un poids lourd.*

J'étais peut-être un peu déprimée.

Une femme dans une robe rouge coupée trop bas pour ses hanches fit un signe à Jenks. Elle se tenait devant la machine à karaoké. Je levai les yeux au ciel lorsque cette dernière commença à jouer *American Woman*. Jenks partit dans sa direction en souriant, mais Ivy le tira en arrière vers la table.

La femme fit la moue. Ivy la fixa du regard, ce qui la fit blêmir. Sa copine prit peur et l'entraîna vers le bar comme si Ivy allait les vider de leur sang. Agacée par leur ignorance, je remontai mon sac sur mon épaule et emboîtai le pas à Ivy et Jenks.

Je commençais à avoir les doigts moites, mais je ne pouvais pas lâcher mon sac. Il contenait feu le Foyer et la statuette de loup. Le vrai Foyer était pris en sandwich entre les boxers en soie de Jenks au motel – nous n'étions que deux à le savoir : lui et moi. Je l'aurais bien dit à Ivy, mais laisser le Foyer sans surveillance ne collait pas avec son plan, et je n'avais pas envie de me disputer avec elle. Nick voulait le Foyer. J'étais bien obligée de croire qu'il était prêt à voler n'importe quoi qui se trouverait sous ma protection. *Dieu, je t'en prie, prouve-moi que j'ai tort.*

Mon sac contenait aussi la moitié de mes malédictions d'estompage d'inertie. C'était Nick qui avait l'autre moitié ; il devait l'accrocher à la calandre du poids lourd. Quand les deux amulettes se rapprocheraient l'une de l'autre, elles entreraient en action et mes mouvements en seraient amoindris. Nick avait sa propre malédiction d'inertie, ainsi qu'un charme classique de déguisement et les deux charmes illégaux qui devaient le transformer en double de Peter et vice-versa. Je n'aurais pas osé les utiliser à Cincinnati où les videurs portaient couramment des amulettes de détection des sorts, mais ici je pourrais m'en tirer sans me faire prendre. La vie provinciale avait clairement ses avantages ; en revanche, être obligée d'éduquer les autochtones aurait été une tâche profondément ennuyeuse.

Ivy fut la première à atteindre la table. Comme on aurait pu le prévoir, elle prit la chaise qui lui permettait de faire face à la salle. Jenks s'assit à côté d'elle, et je dus me résoudre à tourner le dos aux clients du restaurant. Je rapprochai ma chaise. Elle cogna la table, mais le choc fut inaudible, étant donné le volume de la musique. Déprimée, je fixai le mur derrière Ivy. Super. J'allais passer la soirée à regarder un vison empaillé cloué au mur.

Mes cheveux se dressèrent sur ma nuque. Je me retournai en voyant Ivy regarder précipitamment la porte d'entrée. Notre escorte garou était arrivée. Elle semblait plus déplacée que nous. Je me demandai combien de temps Walter allait réussir à maintenir la cohésion des trois meutes, une fois le « Foyer » détruit. Quelques secondes, peut-être ? Brett était là aussi. Il était plein de bleus et se déplaçait avec lenteur. Walter avait dû le confier aux bons soins des garous des rues en guise de punition. Il ne faisait aucun doute qu'il se trouvait tout en bas de leur échelle sociale et qu'ils le maltraitaient. Ce n'était pas ma faute. Au moins, il était en vie.

Ils s'installèrent au bar. Je lui fis un petit coucou sarcastique avant de me rasseoir convenablement. En voyant les humains autour d'eux se crisper et marmonner, je fus heureuse de constater qu'en fin de compte, ils avaient déjà accepté notre petit groupe de libertins.

Jenks suivit discrètement quelqu'un des yeux derrière moi. Alertée, je m'écartai lorsque Becky s'avança pour prendre la commande. Elle resta un pas plus loin que d'habitude mais, après l'entrée en matière remarquable d'Ivy, je ne pouvais pas lui en vouloir. La musique, de la pop électro, était tonitruante ; j'aurais aimé qu'ils la baissent, car je n'entendais rien. Ça devait être la soirée rétro de ce bon vieux restau.

— Bienvenue, dit-elle avec sincérité malgré sa nervosité. Qu'est-ce que je vous apporte ? Pour vingt-cinq dollars, vous avez droit à un bracelet et à de la bière pression à volonté.

Mince. Soit la bière est vraiment bonne, soit les autochtones ont du blé.

Ivy n'écoutait pas et Jenks faisait de l'œil à l'une des filles qui jouaient au billard. Elle ressemblait à Matalina, avec la queue à la main et sa petite jupe légère qui lui couvrait à peine le derrière quand elle se penchait pour jouer. Dégoûtée, je lui donnai un coup de pied dans le tibia. *Les hommes sont vraiment impossibles.*

Jenks sursauta. Je lui répondis par un sourire agréable.

— On peut avoir une assiette de frites ?

Si je demandais à Becky d'y rajouter du piment, elle allait nous jeter dehors.

— Bien sûr. Autre chose ?

Jenks la regarda par-dessus ses lunettes de soleil, et il devint le sexe incarné.

— Qu'y a-t-il sur la carte des desserts, Becky ? J'ai besoin de quelque chose de… doux.

Ivy leva un sourcil et se tourna lentement vers lui. Nous échangeâmes des regards tandis que l'imposante serveuse rougissait – non pas à cause de ce qu'il avait dit, mais de la manière dont il l'avait dit.

— De la tourte à la pêche ? proposa-t-elle. Elle est d'hier, alors le dessus est toujours croustillant.

Non sans précaution, Jenks glissa un bras derrière Ivy. Sans montrer la moindre émotion, elle prit son poignet et le posa sur la table.

— Ajoutez-y une boule de glace et du caramel, et c'est vendu, dit-il. (Ivy lui lança un regard excédé.) Quoi ? demanda-t-il avec un petit sourire un peu merdeux. Il faut que je mange autant de sucre que possible, si je veux pouvoir tenir le rythme avec vous deux, cette nuit.

Les sourcils épilés de Becky s'arquèrent encore plus.

— Autre chose ?

— Pourquoi pas un de cocktails avec une cerise plantée sur une épée ? demanda Jenks. Je les aime bien, ces épées. Vous pouvez mettre une cerise et une épée pour chacun de nous ?

Son sourire se fit séduisant. Il se pencha vers Becky en cachant son poignet. Je pense qu'Ivy lui avait fait un bleu.

— J'aime partager, poursuivit-il. Et si ces deux-là ne sont pas heureuses quand le soleil se lèvera, je suis un homme mort.

Becky nous regarda à tour de rôle, Ivy et moi. La lèvre d'Ivy fut agitée d'un unique spasme, puis ses traits recouvrèrent leur neutralité sévère. Je décidai de jouer le jeu et fis craquer mes phalanges d'un air menaçant.

— Ouh, mets-m'en un bon coup, ma grande, dit Jenks en bougeant de manière suggestive sur sa chaise.

— Ça, c'est mon travail à moi, mon chat, ronronna Ivy en l'attirant à elle pour poser la tête au creux de son cou.

Ses doigts raides comme des griffes enserraient la gorge immaculée de Jenks, qui eut l'air légèrement inquiet jusqu'à ce qu'il comprenne qu'elle jouait et qu'elle était loin de perdre le contrôle.

— Ce coup-ci, je suis la vilaine vamp'. Elle, c'est la gentille sorcière.

Ivy retira sa main et lui donna une petite claque sèche sur le visage, mais Jenks fut le plus rapide ; il lui attrapa le poignet. Le regard voluptueux, il lui embrassa le bout des doigts.

— Hmmmm, fit Ivy. (Ses cils noirs battirent contre ses joues pâles et ses lèvres s'entrouvrirent.) Tu sais ce que j'aime, poussière pixie.

Becky rougit.

— Alors juste la tourte ? Et la boisson ?

Ivy acquiesça. Sa main libre enveloppa celle de Jenks et elle sortit sa langue pour lécher le bout des doigts du pixie. Jenks en resta paralysé. Il était vraiment surpris. La serveuse retint sa respiration et s'éloigna, ses pas parfaitement inaudibles dans le brouhaha. Super. Il y avait peu de chances que j'aie mes frites, à présent.

Jenks récupéra sa main. Il avait les joues un peu rouges.

— Quatre cuillers ! cria-t-il à Becky.

Mon souffle m'échappa dans un sifflement.

— Vous êtes vraiment horribles, tous les deux ! m'offusquai-je.

Je regardai Ivy en fronçant les sourcils tandis qu'elle s'écartait de Jenks, un sourire de chat satisfait sur le visage.

— Peut-être, reconnut Ivy, mais les garous nous ont regardés nous, plutôt qu'Audrey et Peter.

Je me crispai en voyant qu'Ivy cochait mentalement le deuxième item de sa liste. Nous nous rapprochions de la conclusion de toute cette histoire ; je commençai à ressentir les prémices du trac.

— Le goût de Jenks me rappelle l'odeur des feuilles de chêne, poursuivit Ivy.

Elle ignora la gêne du pixie, qui tapotait la table au rythme du morceau que nous passait la machine à karaoké.

Jenks se tortilla, ce qui lui donna l'air d'avoir vraiment dix-huit ans.

— Vous ne parlerez pas de ça à Matalina, OK ?

Ivy ne répondit pas. Je me forçai à m'adosser au dossier de ma chaise. Mais qu'est-ce qui retenait Nick ? Peut-être avait-il assisté au petit spectacle que nous autres, Outres de bas étage, venions de donner, et avait-il décidé de rester au bar. À moins qu'il ne veuille pas traverser la salle de peur d'attirer l'attention des garous sur lui. Quoi qu'il en soit, j'avais bien besoin du verre d'eau.

La tension d'Ivy se réinstalla, ce qui était inhabituel pour elle. Malgré ma nervosité, je gérais mieux qu'elle – pareil pour Jenks – et je voyais bien pourquoi. Je prenais chaque course personnellement. Ivy, au contraire, n'était pas habituée à ce que l'issue d'une mission puisse avoir des conséquences sur sa vie. Elle ne disposait pas des schémas comportementaux qui convenaient à la situation, et ça se voyait autour de ses yeux.

— Ça va bien se passer, dis-je.

Je résistai à l'envie de lui tapoter la main pour la rassurer. Le souvenir de ses doigts sur ma taille, de ses dents plongeant en moi, envahit mes pensées. Je dus réprimer une montée d'adrénaline.

— Quoi ? s'emporta-t-elle.

Ses yeux virèrent au noir.

— Ça va marcher, insistai-je en mettant la main sous la table pour ne pas toucher ma cicatrice.

Elle fronça les sourcils, mais l'anneau brun autour de ses pupilles grandit.

— Un poids lourd conduit par ton ex va te rouler dessus, et tu dis que tout va bien se passer ?

Ben, présenté comme ça...

Jenks renifla et écarta légèrement sa chaise de celle d'Ivy.

— Revoilà l'autre abruti.

Je pivotai sur ma chaise. J'étais presque contente de voir Nick. Il tenait un verre d'eau décoré d'une tranche de citron et deux verres contenant chacun une boisson orange, mais manifestement pas la même. Dans l'une des deux, il y avait un bâtonnet de carotte. Il posa l'autre devant Ivy et s'installa sur la chaise à côté de la mienne. Je posai mon sac sur mes genoux comme si de rien n'était. Ivy referma ses doigts sur son verre.

— Il vaudrait mieux qu'il n'y ait pas d'alcool dedans, dit-elle en regardant la boisson de Nick.

Jenks tendit le bras pour la prendre, mais Nick la mit hors de portée. Il faillit en renverser.

— Pas question que tu boives si tu dois braquer un camion sur Rachel, insista Jenks.

Ennuyée, je pris le verre de Nick et le portai à mon nez. Avant qu'il puisse protester, j'en pris une gorgée que je faillis recracher.

— Bon sang, mais qu'est-ce que c'est que ce truc ? m'exclamai-je.

Je me passai la langue sur les gencives. C'était à la fois granuleux et sucré.

— C'est un Bloody Rabbit, répondit Nick d'un air boudeur. (Il reprit son verre.) C'est sans alcool.

Un Bloody Rabbit ? Il s'agissait d'un Bloody Mary à base de jus de carotte.

— C'est meilleur à la tomate, remarquai-je.

Nick blêmit.

Jenks, qui tapotait toujours sur la table, sourit en voyant Becky arriver. Elle posa une assiette sur laquelle trônaient la glace et la pâtisserie, ainsi que le verre avec les quatre cerises et le même nombre de cuillers. Pas de frites. Quelle surprise.

— Merci, Becky, lança Jenks par-dessus la musique.

Elle était déjà repartie. Sa nuque vira au rouge.

Ivy prit une cuiller et préleva délicatement une noisette de glace qu'elle mit sans autre forme de procès dans sa bouche. Elle poussa ensuite l'assiette comme si elle en avait terminé.

— Peter est aux toilettes, annonça-t-elle.

Mon cœur fit un bond. *Étape suivante.*

Nick prit une inspiration chevrotante. Je m'abstins de le regarder en faisant semblant de m'intéresser aux cerises dans le verre de Jenks ; je pris celle dont la queue était la plus longue. Nick se leva, mais Ivy se pencha en avant et le prit par le poignet. Il s'immobilisa. Mes yeux allèrent de ses doigts masculins encore gonflés au visage d'Ivy. Elle avait les yeux noirs ; une colère sévère brûlait derrière son regard.

— Si tu ne te montres pas sur le pont, dit-elle en bougeant à peine les lèvres, je jure que je te retrouverai. Et si tu lui fais mal, je ferai de toi mon ombre – tu m'imploreras de te saigner nuit après nuit, jusqu'à la fin de ta vie pathétique. (Tel un spectre, elle inhala, retirant sa chaleur à la pièce.) Crois-moi.

Je fis remonter mes yeux au-dessus de la chemise en flannelle défraîchie de Nick et vis qu'il était blême de terreur. Pour la première fois, il avait peur. Moi aussi. Mince, même Jenks s'était écarté d'elle.

Nick se défit de son emprise. Clairement secoué, il recula pour ne plus être à sa portée sans qu'elle ait à se lever.

— Rachel…

— Au revoir, Nick, coupai-je d'un ton plat.

Ma tension monta. Je n'arrivais toujours pas à comprendre comment il pouvait penser que vendre des informations sur moi à Al – même des informations inoffensives – ne constituait pas une trahison par rapport à tout ce que nous avions partagé.

Je ne le regardai pas partir. Les yeux baissés, je pris une cerise embrochée au bout d'une épée. La bouillie sucrée me sembla bien fade. Je déglutis et posai la petite épée de plastique rouge à côté de Jenks pour qu'il la rapporte à ses enfants quand nous rentrerions à la maison.

— Je suis fatiguée de tout ça.

J'avais murmuré, mais à vrai dire peu m'importait qu'on m'entende.

Jenks prit une cuillerée de tourte en me fixant de ses yeux verts.

— Ça va aller ? demanda-t-il la bouche pleine.

Je m'emparai d'une cuiller et maintins l'assiette pour me prendre un gros morceau de glace.

— Comme sur des roulettes.

Pourquoi je mange ? Je n'ai même pas faim.

La musique finit par s'arrêter. Au milieu des bavardages de nouveau audibles, Ivy mit sa serviette devant sa bouche et marmonna :

— Je n'aime pas ça. Je n'aime pas ça du tout. Je n'aime pas Nick. Je n'ai pas confiance en lui. Et s'il ne se pointe pas pour faire ce qu'il a à faire avec ce camion, je le tue.

— Je te donnerai un coup de main, proposa Jenks.

Il coupa soigneusement la glace restante en deux et prit la plus grosse moitié.

— D'accord, j'ai eu tort de lui faire confiance, admis-je. On pourrait peut-être passer à autre chose, non ?

Je raclai le gros du caramel pour le rapprocher de mon côté de l'assiette. Mon Dieu, que j'avais été bête. *Reste avec ceux de ton espèce, Rachel*, pensai-je. *Enfin, ce n'est pas comme si j'avais beaucoup plus de réussite avec les Outres.*

— Cela dit, il y a une chose en laquelle j'ai confiance : c'est sa cupidité, ajoutai-je.

Jenks haussa les sourcils.

Je déplaçai mon épaule pour toucher le sac posé sur mes cuisses.

— Il veut la statue. Il va venir, ne serait-ce que pour essayer de la voler quand tout sera terminé.

Ivy croisa les bras et bouillonna en silence.

Jenks inclina pensivement la tête et avala une nouvelle bouchée de tourte.

— Tu veux que je demande à Jax de le filer ?

Je secouai la tête.

— Il va peut-être faire trop froid pour lui. Qu'il reste tranquillement au chaud, cette fois.

— Il s'en tire bien avec les sorties par températures basses, dit Jenks. (Il avait parlé la bouche pleine avant d'avaler.) Je suis fier de lui. (Un sourire satisfait planait dans son regard.) Il sait lire, maintenant. Il travaille dur. Il prend la succession de son père très au sérieux.

Mon sourire faiblit en l'entendant nous rappeler les raisons qui le poussaient à donner ces leçons à son fils. Il ne lui restait pas beaucoup de batailles à mener. Ivy se calma et se força à avoir l'air gaie.

— C'est super, s'écria-t-elle sans arriver à camoufler son stress. Il en est à quel niveau ?

Jenks repoussa son assiette.

— Par les nichons de Clochette, j'en sais rien. Il en sait assez pour se débrouiller.

Je me tournai vers la porte des toilettes lorsque Nick en sortit, la tête basse, l'air préoccupé. J'exhalai longuement en m'adossant au dossier de ma chaise.

— Oh, super, dis-je avec amertume. Il y a un problème avec les charmes.

Le visage triangulaire inquiet de Jenks suivit mon regard sans un mot. Ivy ne regarda même pas ; elle attendit la mauvaise nouvelle pendant que Nick s'asseyait devant son Bloody Rabbit et en prenait une gorgée.

— Mes chaussures sont trop serrées, chuchota-t-il.

Ses doigts tremblaient.

Je le dévisageai, bouche bée. Ce n'était pas la voix de Nick.

— Peter ? soufflai-je sous le choc. (Je cessai de le regarder pour me tourner vers Ivy et Jenks.) Mon Dieu. Qui c'est, la meilleure ?

Le souffle d'Ivy lui échappa doucement. *Étape suivante*, pensai-je en l'imaginant cocher une nouvelle ligne sur sa liste.

Jenks recommença à manger, un rictus sur les lèvres. Cette fois, il s'attaqua à ma moitié de glace.

J'essayais de ne pas regarder Peter, mais c'était difficile. Le vampire était assis à côté de moi, les bras posés sur la table comme s'il était fatigué. Ses doigts tremblaient très légèrement. Ils étaient un peu plus courts que ceux de Nick, et plus fins – pas gonflés. Ils avaient échangé leurs vêtements en même temps que leur identité, et la perfection du changement avait quelque chose d'étrange. Il n'y avait que dans ses yeux que je voyais une différence nette. Peter avait le regard voilé à cause des analgésiques qu'il avait pris pour pouvoir se tenir droit. Il n'était effectivement pas plus mal que je conduise.

— Pas étonnant que ce soit illégal, dit Ivy en se cachant derrière son verre de jus de fruits.

— Il a gardé son aura, intervint Jenks.

Mon inquiétude s'accentua au point que mon estomac se noua.

— Merde, murmurai-je. Je n'avais pas pensé à ça.

Jenks termina la glace et écarta l'assiette avec un petit soupir.

— Ça ne m'inquiète pas franchement. Les garous ne peuvent pas se servir de l'au-delà. Ils ne voient pas les auras.

Embarrassée, je me penchai sur mon verre.

— Toi tu y arrives bien, et pourtant tu ne peux pas te servir de l'au-delà.

Il sourit.

— C'est parce que les pixies *sont* de l'au-delà. On est magiques, cocotte. Tu n'as qu'à demander à Matalina.

Ivy gloussa. Elle prit une cerise puis tendit négligemment son épée à Jenks, qui la posa à côté de la mienne.

— Tu sais que tu peux en acheter une pleine boîte pour un dollar cinquante dans n'importe quelle épicerie ? dis-je.

Jenks haussa les épaules.

— Quel plaisir y a-t-il à ça ?

Peter sourit en observant nos badinages. Cela me rappela les fois où Nick m'avait regardée de cette manière, ce qui me fit mal au cœur.

— J'aurais aimé avoir eu la chance de vous connaître avant tout ça, fit-il doucement. Vous allez bien ensemble. Comme une camarilla de vampires, mais sans la jalousie et la politique. Une vraie famille.

Ma bonne humeur s'éteignit. Jenks joua à faire tenir la fourchette en équilibre sur les dents et Ivy s'intéressa soudain aux garous assis au bar.

Peter cligna rapidement des yeux – une réaction nerveuse que je n'avais jamais vue chez Nick.

— Excusez-moi, reprit-il. Est-ce que j'ai dit quelque chose…

Ivy le coupa.

— Peter, il nous reste en gros une heure avant que Nick soit en position, avec la circulation qu'il y a sur le pont. Voulez-vous manger quelque chose ?

Je me retournai pour chercher Becky mais poussai un jappement lorsque Jenks me donna un coup de pied sous la table. Je le fusillai du regard.

— Tu n'aimes pas Nick, expliqua-t-il. Nick peut se commander sa propre nourriture lui-même.

Je me laissai retomber sur ma chaise. Je me sentais bête.

— C'est vrai.

Je m'efforçai de ne pas gigoter tandis que Peter passait les cinq minutes suivantes à faire signe à Becky. Du coin de l'œil, je regardai Nick sortir des toilettes. Il ressemblait à s'y méprendre au vampire malade qui se trouvait à côté de moi et qui essayait d'attirer l'attention de tout ce qui portait un tablier. Mince, Nick marchait même comme Peter – lentement, douloureusement. C'était effrayant. Il était bon acteur.

C'est un voleur professionnel, me rappelai-je en agrippant mon sac pour vérifier qu'il était toujours en ma possession. Comment avais-je pu être aussi aveugle ? Mais je savais que mon ignorance était née de mon besoin d'obtenir cette saleté d'acceptation dont j'avais presque aussi faim qu'Ivy avait soif de sang. Nous n'étions pas si différentes que ça, quand on y pensait.

Je commençai à me sentir nerveuse quand Nick sortit de mon champ de vision. Je me tournai vers Ivy et lus la progression de mon ex dans le bar en la regardant le suivre des yeux.

— Il est bon, apprécia Ivy en sirotant son jus. Audrey ne l'a pas reconnu jusqu'à ce qu'il ouvre la bouche pour dire bonjour.

— Les garous l'ont senti ? demandai-je.

Elle secoua la tête.

À côté de moi, Peter serra les dents. J'étais contente qu'il ait pu prendre le temps de dire au revoir à Audrey. C'était un homme bien. Ce n'était pas juste. Peut-être parviendrait-il à emporter dans la non-mort le souvenir de sa souffrance et de sa compassion, mais j'en doutais. Ça ne se passait jamais comme ça.

Ivy tapa du doigt sur la table et Jenks poussa un soupir.

— Ils sont partis, dit Ivy.

Je posai le plat du bras sur la table et forçai mon pied à se tenir tranquille. Il ne restait plus qu'à attendre le coup de fil de Nick quand il serait en position.

Étape suivante.

Chapitre 33

Alors voilà ce que ça fait d'être un assassin, pensai-je en resserrant ma prise sur le volant du camion de Nick. J'avais les yeux plissés à cause du soleil qui descendait sur l'horizon. J'étais nerveuse, en sueur ; je tremblais et j'avais envie de vomir. *Oh oui. Je vois bien ce qui éclate les gens là-dedans.*

Peter était assis à côté de moi dans le jean et la chemise en toile de Nick. Il contemplait le paysage tandis que nous nous dirigions vers le pont avec la moitié de la malédiction d'estompage d'inertie de Nick sur la calandre. Il tenait la statue défunte souillée par le sang de DeLavine dans le creux de sa main gauche. La droite, légèrement plus petite que celle de Nick, tenait la poignée de la portière. J'étais à peu près sûre que c'était nerveux, puisqu'il ne pouvait pas savoir que la portière en question avait tendance à s'ouvrir quand on passait sur une bosse.

Le camion de Nick était vieux. Il vibrait et tremblait de tous côtés. Les amortisseurs étaient mauvais, mais les freins étaient excellents. Et avec le NOS, il pouvait rouler étonnamment vite. Exactement ce qu'il fallait à un voleur.

Nous supportâmes en silence la circulation en accordéon sur le chemin du pont. Je faisais attention à Ivy et Jenks, derrière nous, en même temps qu'aux voitures de devant qui manœuvraient pour atteindre le pont avant les autres. C'était l'idée d'Ivy, de faire ça sur le pont. Le vent important gênerait l'odorat des garous, et le pont lui-même empêcherait toute intervention d'un hélicoptère ambulance et ralentirait les secours. Et surtout, il nous fallait une ligne droite de plusieurs kilomètres sans bas-côté pour minimiser tout risque d'interférence des garous après l'accident. Le pont de huit kilomètres était donc l'endroit idéal ; il nous laissait en plus une bonne marge pour pouvoir nous rentrer dedans. Nous visions le milieu du pont, mais un kilomètre ou deux avant ou après suffiraient amplement.

Je jetai un coup d'œil au rétroviseur, mais ne me sentis pas mieux en voyant Ivy et Jenks dans la Corvette de Kisten ; ils étaient censés servir de tampon entre les garous du bar et nous.

— Mettez votre ceinture, dis-je.

C'était idiot, bien sûr, comme de partir à la recherche du cheval qui a fui la grange en feu en traînant votre selle derrière vous, mais je ne voulais pas que nous nous faisions arrêter pour une histoire de ceinture et que tout s'écroule quand les flics comprendraient que le camion de Nick, fraîchement repeint à la bombe, était le même que celui qui avait fui les lieux d'un accident la veille.

Peter s'exécuta, ce qui produisit un gros claquement. Nous allions nous faire rouler dessus par un poids lourd. Je ne pensais pas que le fait qu'il mette ou non sa ceinture allait changer grand-chose.

Oh, mon Dieu, mais qu'est-ce que je suis en train de faire ?

Le feu finit par passer au vert, et je m'engageai sur le pont en direction de St. Ignace, de l'autre côté du détroit. Je serrai le volant et mes tripes se nouèrent. Il y avait un sacré bazar, sur ce pont. Les deux files qui allaient normalement vers le nord étaient fermées et la circulation était à double sens sur les deux files qui allaient vers le sud. À mi-chemin du gigantesque ouvrage d'art, de grosses machines s'affairaient et de puissants éclairages transformaient la nuit en jour pour que les ouvriers puissent tenir leurs délais et terminer ce qu'ils avaient à faire avant le début de la saison touristique. C'était raté. Des cônes rouges séparaient les deux voies, permettant ainsi à la circulation de passer de l'une à l'autre si nécessaire. Le pont était incroyablement long, et il n'y avait pas un centimètre de ses huit kilomètres qui n'avait pas besoin d'être réparé. Peter expira lorsque nous accélérâmes jusqu'à atteindre une vitesse de croisière de soixante-cinq kilomètres-heure ; la file d'en face allait à la même vitesse, ce qui n'était pas rassurant puisque moins d'un mètre nous séparait. Au-delà des voies désertes censées aller vers le nord et des grosses poutres du pont, je regardai les îles, rendues grises et floues par la distance. Nous étions vraiment haut, et l'espace d'un instant je ressentis de la peur. Je la réprimai bien vite. Malgré les histoires, les sorcières ne savaient pas voler. Du moins pas sans un bâton de séquoia ensorcelé qui coûtait plus cher que le Concorde.

— Peter ? dis-je pour briser ce silence inconfortable.

— Ça va, répondit-il en serrant la statue plus fort.

Il avait un ton colérique – rien à voir avec Nick. Je ne pus m'empêcher de lui adresser un sourire compatissant particulièrement maladroit en me souvenant qu'Ivy m'avait ennuyée avec la même question. Mon estomac se souleva.

— Je ne comptais pas vous demander comment ça allait, corrigeai-je.

Je tripotai les deux charmes pendus à mon cou. Il y en avait un pour la douleur que ne manquerait pas de causer le choc ; l'autre devait empêcher ma tête de percuter le tableau de bord. Peter avait refusé les deux amulettes.

Je levai les yeux sur le rétroviseur et vis qu'Ivy et Jenks nous suivaient toujours.

— Vous voulez que j'allume les phares ? demandai-je.

C'était le signal dont nous avions convenu en cas d'abandon du plan. Je souhaitais qu'il dise oui. Je n'avais aucune envie de mettre le plan à exécution. Peu m'importait la statue, à cet instant. Seul Peter comptait. Nous pouvions trouver une solution de rechange.

— Non.

Je dus plisser les yeux en le regardant, car le soleil se couchait derrière lui.

— Peter…

— J'ai déjà tout entendu, coupa-t-il d'une voix rauque. (Il restait immobile, le dos raide.) S'il vous plaît, n'essayez même pas. Tout ça se résume à une chose toute simple : je suis en train de mourir. Ça fait longtemps que ça dure, et ça fait mal. J'ai arrêté de vivre il y a trois ans, quand les médicaments et les charmes ont cessé de faire effet et la douleur a occulté tout le reste. Il ne reste de moi que la souffrance. J'ai passé deux ans aux prises avec l'idée que j'étais lâche de vouloir en finir avec la douleur, mais il ne reste rien d'autre.

Je jetai un coup d'œil discret dans sa direction et fus surprise de voir Nick assis à sa place, les mâchoires serrées et le regard dur. C'était apparemment une histoire qu'il avait trop souvent racontée. Tandis que je l'observais, ses épaules s'affaissèrent et il lâcha la porte.

— Ce n'est pas juste pour Audrey que je m'attarde comme ça. Elle mérite quelqu'un de fort, quelqu'un qui soit capable d'être à ses côtés et de lui rendre, morsure pour morsure, la passion qu'elle meurt d'envie de me donner.

Je ne pouvais pas laisser passer ça sans rien dire.

— Et vous transformer en vampire mort, c'est juste, vis-à-vis d'elle ? (Ses mâchoires se serrèrent de nouveau en réaction à ma question.) Peter, je connais les vampires morts. Vous ne serez plus le même !

— Je sais ! s'exclama-t-il avant de reprendre plus doucement : je sais, mais c'est tout ce que je peux lui offrir.

Le bruit de l'air tourbillonnant sous le camion passa par-dessus celui du moteur lorsque nous passâmes sur la première des grilles destinées à alléger le poids du pont.

— Elle sait que je ne serai plus le même, reprit-il avec calme.

Il avait l'air d'avoir envie de parler et je comptais bien l'écouter. Je le lui devais bien.

Nos regards se croisèrent et il me fit un sourire de petit garçon apeuré.

— Elle m'a juré qu'elle serait heureuse. Avant, j'étais capable de danser avec une passion telle que ça la rendait dingue. Je veux pouvoir danser de nouveau avec elle. Je me souviendrai d'elle. Je me souviendrai de notre amour.

— Mais vous ne l'éprouverez plus, murmurai-je.

— Elle l'éprouvera pour nous deux, dit-il fermement en regardant passer les travaux. Et, avec le temps, j'apprendrai à simuler.

Tout ça est surréaliste.

— Peter…

Je tendis le bras pour allumer les phares, mais il m'arrêta en posant sa main tremblante sur mon poignet.

— Ne faites pas ça. Je suis déjà mort. Vous m'aidez simplement à avancer.

Je n'arrivais pas à y croire. Je ne voulais pas y croire.

— Peter, il y a tellement de choses que vous n'avez pas tentées. Que vous pourriez tenter. On sort de nouveaux médicaments tous les jours. Je connais quelqu'un qui peut vous aider.

Trent pourrait l'aider, songeai-je avant de me maudire. Mais à quoi je pensais !

— J'ai eu accès à tous les médicaments, répondit-il à mi-voix. Légaux ou pas. J'ai entendu tous les mensonges, cru toutes les promesses, mais je ne crois plus en rien à part en la mort. On me déplace comme une lampe de table, Rachel. (Sa voix dérailla.) Vous ne pouvez pas comprendre parce que vous n'en avez pas encore fini avec la vie. Moi si – et quand on en a fini… on le sait, c'est tout.

La voiture de devant freina et me força à lever le pied.

— Mais une lampe, ça éclaire une pièce, protestai-je.

Je sentais néanmoins ma résolution vaciller.

— Pas quand l'ampoule est cassée. (Il avait le coude sur le rebord de la fenêtre et la tête dans sa main en coupe ; le soleil couchant se mit à projeter des flashs sur lui tandis que les poutres qui tenaient le pont s'arquaient.) Peut-être que si je meurs on pourra me réparer, dit-il par-dessus le grondement d'un camion qui passait. Peut-être que je pourrai faire quelque chose de bien quand je serai mort. Vivant, je ne suis bon à rien.

Je déglutis avec peine. Il ne ferait rien, une fois mort, à moins que cela satisfasse ses besoins.

— Ça va aller, poursuivit-il. Je n'ai pas peur de la mort. J'ai peur de mourir. Enfin, pas de mourir, mais de la manière dont je vais mourir. (Il rit, mais d'un rire teinté d'amertume.) DeLavine m'a dit que naître et mourir sont les deux seules choses que nous faisons à la perfection. Il y a cent pour cent de chances de réussite. Je ne peux pas me planter.

— C'est marrant, de la part d'un mort.

Je retins mon souffle lorsqu'un gros camion fit trembler la grille sur laquelle nous nous trouvions. *C'est mal. C'est vraiment mal.*

Peter retira son coude de la portière et me regarda.

— Il a dit que la seule chose sur laquelle j'aurai un semblant de contrôle, c'est comment je me sentirai au moment de mourir. Je peux avoir peur ou y aller courageusement. Je veux être courageux – même si ça fait mal. J'en ai assez de la souffrance, mais je peux bien en supporter encore un peu.

Je commençais à trembler, malgré ma fenêtre ouverte qui laissait entrer l'air réchauffé par le soleil couchant. Son âme allait disparaître à jamais. Toute étincelle de créativité ou de compassion disparaîtrait en même temps.

— Je… je peux vous demander quelque chose ? hésitai-je.

La circulation en sens inverse se faisait moins dense ; je priai pour qu'ils n'aient pas fermé l'accès au pont vers le sud pour une raison ou pour une autre. Nick devait traînasser pour que nous nous rencontrions au milieu du pont, comme prévu.

— Quoi ?

Il avait la voix épuisée et lasse ; l'espoir perdu qui résonnait en elle me noua encore plus l'estomac.

— Quand Ivy m'a mordue, dis-je en jetant un coup d'œil dans la direction de Peter, elle a pris un peu de mon aura. Elle me prenait mon aura en même temps que mon sang. Pas mon âme, juste mon aura. Le virus a besoin de sang pour rester actif, mais est-ce bien tout ? (Voyant son expression indéchiffrable, je me dépêchai de finir ma question avant qu'il soit trop tard.) Peut-être l'esprit a-t-il besoin d'une aura pour le protéger ? Peut-être l'esprit encore vivant a-t-il besoin de s'entourer d'une illusion d'âme, sinon il essaie de faire en sorte que le corps s'autodétruise pour que l'âme, l'esprit et le corps retrouvent leur équilibre ?

Peter me regarda avec le visage de Nick, et je le vis tel qu'il était : un homme effrayé qui se jetait sans filet dans un nouveau monde, à la fois extrêmement puissant et d'une fragilité tragique ; un homme qui allait confier à quelqu'un d'autre le soin de faire en sorte que son corps et son esprit gardent leur intégrité quand son âme les aurait quittés.

Il ne dit rien, ce qui me confirma que j'avais raison. Ma respiration s'accéléra ; je me passai la langue sur les lèvres. Les vampires prenaient possession des auras pour faire croire à leur esprit qu'il était toujours baigné d'une âme. Cela expliquait pourquoi le père d'Ivy risquait sa vie en fournissant uniquement son propre sang à sa femme. Il baignait son esprit dans son aura à lui, dans son âme, dans l'espoir qu'elle se rappelle ce qu'était l'amour. Et peut-être y parvenait-elle, pendant l'acte.

J'avais fini par comprendre. Surexcitée, je fixai la route sans la voir. Mon cœur battait la chamade et j'avais l'impression d'être ailleurs.

— C'est pour ça qu'Audrey insiste pour être mon scion, dit-il doucement, même si ça va être très dur pour elle.

J'avais envie de m'arrêter. J'avais envie de piler au milieu de ce fichu pont pour réfléchir à la question. Peter avait l'air malheureux. Je me demandai depuis combien de temps il se tourmentait en pensant qu'il la faisait souffrir en restant tel qu'il était, et qu'il la ferait souffrir d'une autre manière en devenant un vampire mort.

— Ivy est au courant ? demandai-je. Pour les auras ?

Il opina et ses yeux se posèrent brièvement sur ma cicatrice.

— Bien sûr.

— Peter, c'est… c'est…, bégayai-je. (J'étais passablement interloquée.) Pourquoi cachez-vous ça au monde entier ?

Il se passa une main sur le visage – ce geste coléreux me rappela tellement Nick que c'en fut choquant.

— Auriez-vous laissé Ivy vous prendre votre sang si vous aviez su qu'elle vous prendrait en même temps votre aura, la lumière de votre âme ? s'emporta-t-il soudain en me regardant dans les yeux.

Je jetai un coup d'œil dans sa direction.

— Oui, lâchai-je. Oh, oui, pas de doute. Peter, c'est magnifique. Ça rajoute quelque chose à l'acte.

Oubliant sa colère, il prit un air surpris.

— Ivy a beaucoup de chance, dit-il.

Je sentis ma poitrine se serrer et me mis à battre des paupières. Je refusais de pleurer. J'étais aussi frustrée que perdue. J'allais tuer Peter dans moins de cinq kilomètres. J'étais embarquée dans un train que je ne pouvais pas arrêter. Je n'avais pas besoin de pleurer, j'avais besoin de comprendre.

— Tout le monde ne voit pas ça comme ça, reprit-il tandis que les ombres des poutres s'abattaient sur lui. Vous êtes vraiment bizarre, Rachel Morgan. Je ne vous comprends pas du tout. J'aimerais avoir du temps devant moi. Peut-être après ma mort. Je vous emmènerai danser et nous discuterons. Je vous promets de ne pas vous mordre.

Je ne peux pas.

— J'allume les phares.

Les mâchoires serrées, je me penchai pour atteindre le bouton. Il n'en avait pas terminé avec cette vie. Il avait encore des choses à apprendre. Il pouvait m'en dire plus avant de perdre le fil de sa conscience pour toujours.

Peter me laissa tirer le bouton sans bouger. Je me rassis mais sentis mon visage refroidir quand les phares ne s'allumèrent pas. Je repoussai le bouton et le tirai de nouveau.

— Ils ne marchent pas, dis-je pendant qu'une voiture nous dépassait. (Je réessayai.) Mais bon sang, pourquoi ça ne fonctionne pas ?

— J'ai demandé à Jenks de les débrancher.

— Le fils de pute ! criai-je en donnant un coup sur le tableau de bord. (Je réussis à me faire mal malgré l'amulette antidouleur.) Le sale fils de pute !

Les larmes commencèrent à sortir. Je me tortillai désespérément dans mon siège. Je voulais tout arrêter.

Peter me prit l'épaule et la pinça.

— Rachel ! s'exclama-t-il. (L'expression coupable qu'il me lançait avec le visage de Nick me déchira.) Je vous en prie. Je voulais en finir comme ça parce que ça aidait quelqu'un. J'espère que, parce que je vous aide, Dieu me prendra, même sans mon âme. Je vous en prie – ne vous arrêtez pas.

À présent, je pleurais sans retenue. Je ne pouvais m'en empêcher. Je gardai le pied sur l'accélérateur et maintins une distance de cinq mètres entre la voiture suivante et nous. Il voulait mourir, et j'allais l'aider, que je sois d'accord ou pas.

—Ça ne marche pas comme ça, Peter, luttai-je d'une voix haut perchée. Il y a eu une étude sur la question. Sans esprit pour la chaperonner, l'âme n'a rien pour la maintenir en un morceau et elle se désagrège. Peter, il ne restera rien. Ce sera comme si vous n'aviez jamais existé…

Il regarda la route. Son visage pâlit sous la lueur ambrée.

—Oh, mon Dieu. Le voilà.

Je retins ma respiration.

—Peter, soufflai-je d'un ton désespéré.

Je ne pouvais faire demi-tour. Je ne pouvais ralentir. Il fallait que je le fasse. Les ombres des pylônes semblaient passer de plus en plus vite sur nous.

—Peter! répétai-je.

—J'ai peur.

Je regardai par-dessus le toit des voitures le camion blanc qui se dirigeait vers nous. J'aperçus Nick; il ne portait plus le déguisement de doppelgänger de Peter mais son autre déguisement, légal celui-ci. Je cherchai et trouvai à tâtons la main de Peter. Elle était moite et se referma sur la mienne avec force, comme celle d'un enfant effrayé.

—Je suis là, dis-je.

J'étais à bout de souffle. Impossible de quitter des yeux le camion menaçant. *Qu'est-ce que je suis en train de faire?*

—Je vous en prie, ne me laissez pas brûler quand les réservoirs exploseront. Je vous en supplie, Rachel.

J'avais mal à la tête. Je n'arrivais plus à respirer.

—Je ne vous laisserai pas brûler. (Les larmes me refroidissaient le visage.) Je resterai avec vous, Peter. Promis. Je vous tiendrai la main. Je resterai jusqu'à votre départ. Je serai là quand vous partirez, comme ça vous ne tomberez pas dans l'oubli. (Je balbutiais, mais je n'en avais rien à faire.) Je ne vous oublierai pas, Peter. Je me souviendrai de vous.

—Dites à Audrey que je l'aime, même si je ne me souviens pas pourquoi.

La dernière voiture qui nous séparait passa. Je retins une nouvelle fois mon souffle sans quitter des yeux les roues du poids lourd. Elles braquèrent.

—Peter!

Tout se passa très vite.

Le poids lourd fit une embardée et traversa la ligne temporaire. L'instinct de survie prit le contrôle et mes pieds écrasèrent la pédale des freins. Mon bras se crispa. Je serrai à la fois le volant et la main de Peter.

Le camion de Nick fit un écart. Son panneau latéral envahit tout notre champ de vision. Il essayait de me manquer en traversant complètement la voie. Je tournai le volant, terrifiée, en serrant les dents. Il essayait de m'éviter. Il essayait de ne toucher que le côté passager.

Le camion nous percuta comme un boulet de démolition. Ma tête partit en avant. J'eus le temps de retenir mon souffle avant que la malédiction d'estompage d'inertie entre en action. L'airbag me frappa le visage tel un oreiller mouillé. C'était douloureux et étouffant. Néanmoins, je fus soulagée – puis frappée par la culpabilité : j'étais saine et sauve alors que Peter... *Oh, mon Dieu, Peter...*

Le cœur battant la chamade, j'avais l'impression d'être enveloppée dans une gangue de ouate. Je ne pouvais pas bouger. Je n'y voyais rien. Mais j'entendais. Le crissement des pneus fut englouti par le hurlement terrifiant du métal qui se tord. Je parvins à voler une respiration – guère plus qu'un râle rocailleux dans ma gorge. Mon estomac se souleva et le monde se mit à tourner lorsque notre élan nous fit faire un tête-à-queue.

J'écartai le plastique qui empestait le pétrole en poussant dessus de toutes mes forces. Nous étions toujours en train de tourner. La terreur me frappa quand je vis le poids lourd traverser le rail temporaire et entrer sur les voies abandonnées. Nous heurtâmes quelque chose. Le véhicule subit une forte secousse et s'arrêta net avec une force à vous tordre la colonne vertébrale.

Je baissai l'airbag, luttai contre lui. Toute tremblante, je ne pouvais que plisser les yeux au milieu de l'absence de bruits. Le plastique était souillé de rouge. Je regardai mes mains. Elles étaient rouges. Je saignais. Mes paumes étaient luisantes de sang aux endroits où mes ongles avaient pénétré. *Oui*, pensai-je avec détachement en voyant le ciel gris et l'eau sombre. *C'est à ça que doivent ressembler les mains d'un assassin.*

Je sentis la chaleur du moteur sur moi. C'était la brise du pont qui la soufflait dans ma direction. La banquette et moi étions couvertes de verre Securit. Je plissai les yeux pour regarder par le pare-brise défoncé. Le côté droit de l'habitacle était encastré dans un pylône. Il serait impossible de sortir Peter par ce côté. Le choc nous avait envoyés complètement sur les voies qui allaient vers le nord. Je voyais les îles, derrière Peter, et les rails de sécurité en réparation. Quelque chose...

quelque chose avait arraché le capot du camion bleu de Nick. Je voyais le moteur, tordu et fumant. Merde, il était quasiment avec moi sur la banquette avant, comme le verre du pare-brise.

Un homme criait. J'entendais des gens, des bruits de portières qui claquent. Je me tournai vers Peter. *Oh, mince.*

J'essayai de bouger, mais fus surprise de constater que mon pied était bloqué. Je paniquai, puis décidai qu'il devait être coincé, plutôt que cassé. Il était pris entre la console et l'avant du siège. Mon jean virait au noir – un noir mouillé – en dessous du mollet. J'avais dû me couper quelque part. Mes yeux descendirent lentement le long de ma jambe. C'était mon mollet. J'avais dû me couper au mollet.

— Madame ! s'écria un homme en se précipitant à ma fenêtre. (Il agrippa le cadre vide de sa main épaisse ; il portait une alliance.) Madame, vous allez bien ?

Super bien, pensai-je en le regardant d'un air ahuri. J'essayai de parler, mais ma langue refusait de bouger. Un son horrible sortit de moi. C'était glaçant.

— Ne bougez pas. J'ai appelé une ambulance. Je ne crois pas que vous devriez bouger.

Il posa les yeux sur Peter, à côté de moi, et se détourna aussitôt. J'entendis des bruits de haut-le-cœur.

— Peter, murmurai-je.

J'avais mal à la poitrine. Je n'arrivais pas à respirer à fond. Je devais donc me contenter de respirer superficiellement en me battant avec ma ceinture de sécurité pour parvenir à m'en débarrasser. Elle se défit enfin. Tandis que les gens se rassemblaient comme des fourmis sur une chenille, je dégageai mon pied. Je n'avais encore mal nulle part, mais j'étais sûre que ça allait changer.

— Peter, répétai-je en touchant son visage.

Il avait les yeux fermés, mais il respirait. Du sang s'écoulait d'une vilaine entaille au-dessus de son œil. Je défis sa ceinture ; il battit des paupières.

— Rachel ? dit-il en grimaçant de douleur. Je suis déjà mort ?

— Non, mon grand.

Je touchai de nouveau son visage. Parfois, la transition de la vie à la mort se faisait en l'espace d'un battement de cœur, mais pas quand le vampire était aussi endommagé et avec le soleil qui n'était pas couché. Il allait faire un long somme, et il se réveillerait affamé et en un morceau. Je parvins à lui sourire. Je retirai mon amulette antidouleur et la lui passai autour du cou. Ma poitrine était endolorie, mais je ne remarquai rien – j'étais engourdie à l'intérieur aussi bien qu'à l'extérieur.

Peter était si blême… Son sang s'accumulait sur ses cuisses.

— Écoutez, dis-je en ajustant son manteau avec mes doigts rouges pour ne pas voir ce qui restait de sa poitrine. Vos jambes ont l'air bien, pareil pour vos bras. Vous avez une entaille au-dessus de l'œil. Je pense que vous avez la cage thoracique défoncée. D'ici une semaine, vous pourrez m'emmener danser.

— Dehors, murmura-t-il. Sortez et faites sauter le camion. Bon sang, je ne peux même pas mourir correctement. Je ne voulais pas brûler. (Il se mit à pleurer ; ses larmes dessinèrent un trajet tout propre sur son visage ensanglanté.) Je ne voulais pas en être réduit à brûler…

Je ne pensais pas qu'il allait survivre à ça, quand bien même les secours parviendraient à être sur place à temps.

— Je ne vais pas vous brûler. C'est promis.

Je vais être malade, c'est tout ce qu'il y a de sûr.

— J'ai peur, pleurnicha-t-il.

Sa respiration s'échappait en gargouillant, car ses poumons se remplissaient de sang. Je priai pour qu'il ne se mette pas à tousser.

Dans les cliquetis des morceaux de verre Securit qui glissaient du siège, je me rapprochai de lui et serrai son corps détruit contre le mien.

— Le soleil brille, dis-je. (Je fermai les yeux, assaillie par des souvenirs de mon père.) Exactement comme vous le vouliez. Vous le sentez ? Ça ne sera pas long. Je suis là.

— Merci, murmura-t-il. (Le mot était terriblement liquide.) Merci d'avoir essayé d'allumer les phares. Ça me donne l'impression que je valais la peine d'être sauvé.

Ma gorge se serra.

— Vous valez la peine d'être sauvé.

Je le berçai doucement en pleurant à chaudes larmes. Il essaya de respirer, mais ne parvint qu'à produire un bruit horrible qui se répercuta en moi. C'était comme si la souffrance s'était trouvé une voix. Son corps fut pris d'un frisson. Je le serrai plus fort, même si j'étais certaine que ça lui faisait mal. Des larmes bouillantes me tombèrent sur le bras. Il y avait du bruit tout autour de nous, mais personne ne pouvait nous toucher. Nous étions à part pour toujours.

Soudain, son corps s'aperçut qu'il était en train de mourir et, tirant ses forces d'un sursaut d'adrénaline, il lutta pour rester en vie. Je serrai fermement sa tête contre ma poitrine et me préparai à la secousse massive qui, je le savais, se préparait. Je ne pus m'empêcher de sangloter lorsqu'elle survint ; on aurait dit qu'il essayait de déloger son âme de son corps. Je détestais ça. Je détestais ça. Je l'avais déjà vécu. Pourquoi fallait-il que j'en repasse par là ?

Peter cessa de bouger et de faire du bruit.

Je continuai à le bercer – pour moi, à présent. J'étais secouée par des sanglots qui me faisaient mal aux côtes. *Je vous en prie, dites-moi que c'était ce qu'il fallait faire.*

Mais ce n'était pas l'impression que j'avais.

Chapitre 34

— Rachel ! s'écria Jenks.

Je ne m'étais pas aperçue qu'il était là. Ses mains étaient chaudes et propres, pas collantes comme les miennes, et après avoir essayé en vain d'ouvrir la portière il passa le bras par la fenêtre pour la déverrouiller. Je relâchai ma prise sur Peter au moment où la porte s'ouvrit. Ma jambe, tordue derrière moi, me sembla un peu froide. Je la regardai et fus prise d'un vertige. Il y avait une grosse tache sombre sur mon jean, et ma basket neuve était barrée d'une bande rouge. Peut-être ma jambe était-elle plus abîmée que je l'avais tout d'abord pensé ?

— Sors Peter, murmurai-je. Aïe. Aïe, eh !

Jenks me traînait sur la banquette, m'éloignait de Peter. Il me prit dans ses bras. Barbouillé à son tour du sang de Peter, il me porta jusqu'à une zone dégagée de goudron froid.

— Assise, murmurai-je. (J'étais gelée et j'avais la tête qui tournait.) Ne m'allonge pas. N'appuie pas sur le bouton avant d'avoir sorti Peter. Tu m'entends, Jenks ? Sors-le !

Il acquiesça.

— Où est le conducteur du camion ? demandai-je en me rappelant que je ne devais pas l'appeler Nick.

— Une femme en blouse s'occupe de lui.

Bien qu'avec du mal, je parvins à enlever mon amulette d'inertie. Je la glissai à Jenks. En échange, il me glissa dans la paume la télécommande pour déclencher l'explosion. Je la tripotai machinalement en regardant Jenks faire passer l'amulette à travers la grille la plus proche. Ce faisant, il détruisait la moitié des preuves de notre fraude aux assurances. David en aurait fait une attaque.

— Vérifie que je sois de retour avant d'appuyer, d'accord ? grommela-t-il en jetant un coup d'œil à mon poing serré.

Sans attendre de réponse de ma part, il repartit vers le camion en criant à deux hommes de la foule de venir lui donner un coup de main. Une femme en blouse violette débarqua.

— Laissez-moi ! m'exclamai-je en la repoussant.

La femme au visage étroit recula. Comment avait-elle fait pour arriver si vite ? La sirène de l'ambulance était tellement loin qu'on l'entendait à peine.

— Je suis le docteur Lynch, dit-elle sèchement. (Elle regarda le sang que j'avais mis sur sa blouse et fronça les sourcils.) Exactement ce qu'il me fallait. On dirait que dans le genre patient de type E, vous êtes encore pire que moi.

— Type E ? demandai-je en l'écartant d'un revers de la main quand elle essaya de me prendre par les épaules pour me forcer à m'allonger.

Elle recula en fronçant les sourcils.

— E comme « emmerdeurs ». Il faut que vous vous allongiez pour que je vous prenne la tension et le pouls, mais après vous pourrez vous rasseoir jusqu'à ce que vous finissiez par vous évanouir, pour ce que j'en ai à faire.

Je me penchai pour essayer de voir Jenks, mais il était dans le camion avec Peter.

— C'est d'accord, dis-je.

Elle posa les yeux sur mon jean imbibé de sang à partir du mollet.

— Vous croyez que vous pouvez faire un point de compression ?

J'opinai. Je me sentis mal. Ça allait être douloureux. Je retins mon souffle pour surmonter la douleur puis laissai le docteur Lynch me prendre par les épaules et m'allonger. Genou plié, je plaquai la main sur la partie de ma jambe qui me faisait le plus mal, ce qui renforça encore la douleur. Pendant qu'elle prenait tout son temps pour m'examiner, j'écoutais les bruits de panique en fixant le ciel de plus en plus sombre encadré par les câbles du pont. Je me tenais les côtes en essayant de ne pas montrer qu'elles me faisaient mal, de peur que le médecin se mette à les tripoter aussi. Je pensai à mon amulette antidouleur et priai pour qu'elle ait soulagé Peter quand rien d'autre ne le pouvait. Moi, je méritais de souffrir.

Elle grommela qu'il fallait que je me tienne tranquille lorsque je tournai la tête pour regarder les voitures qui passaient. Une décapotable noire était garée à l'entrée des voies barrées. La voiture de Lynch, sans doute ?

Je sursautai en entendant un horrible bruit de déchirement. Je sentis immédiatement le froid sur ma jambe.

— Eh ! hurlai-je.

Je posai mes paumes meurtries sur le goudron pour me redresser. Je retins mon souffle ; ma vision vira au gris sous l'effet de la douleur. Folle de rage, je m'aperçus qu'elle avait coupé mon jean le long de la couture jusqu'au genou.

— Bon sang, mais il m'a coûté cinquante dollars, ce jean ! m'exclamai-je.

Elle me lança un regard froid.

— Je me disais bien que ça vous aiderait à vous relever.

Elle reposa ma main ensanglantée sur ma jambe et me reprit la tension et le pouls.

Je voyais que c'était une vampire vivante de haute lignée bien qu'elle essaie de le cacher avec les bonnes vieilles méthodes ; je me sentais en sécurité, auprès d'elle. Elle maîtriserait soigneusement sa soif de sang tant qu'elle travaillerait sur moi. Les vampires vivants étaient tous comme ça. Les enfants et les blessés, c'était sacré.

Cependant, j'étais toujours en colère qu'elle ait déchiré mon jean. Je pris une inspiration superficielle en contemplant le chaos éclairé par le jaune orangé du soleil couchant.

— Voyons ça, fit-elle.

Je cessai de me comprimer la jambe. Je baissai les yeux, inquiète. Ça n'avait pas l'air grave dans le genre « Je me vide de mon sang » –, juste un petit suintement au milieu de ce qui s'annonçait comme un énorme hématome – mais, question douleur, c'était l'enfer. Le docteur Lynch ouvrit sa trousse sans rien dire et déchira l'emballage d'une petite bouteille.

— Détendez-vous, c'est de l'eau, dit-elle en voyant que je me crispais à la perspective qu'elle me verse le contenu du flacon sur la blessure.

Elle dut me tenir la jambe d'une poigne de fer tout en la triturant et en l'examinant. Elle la nettoya en marmonnant des histoires d'artérioles déchirées et que ç'allait être la merde pour arrêter le saignement, mais que j'allais survivre. Mon rappel de tétanos, vieux de trois ans, sembla la satisfaire. Le temps qu'elle décide qu'elle m'avait suffisamment torturée et glisse un pansement de compression élastique blanc sur ma blessure, mon estomac était complètement noué.

Quelqu'un se chargeait de diriger la circulation pour forcer les curieux à avancer et empêcher que le pont soit fermé. Deux voitures pleines de garous s'étaient arrêtées pour donner un « coup de main », ce qui ne laissait pas de m'inquiéter. Je voulais qu'ils voient la statue rouler sur le plancher du camion, mais qu'ils approchent autant était à double tranchant.

Lentement, je cachai sous ma bonne jambe la télécommande qui devait me permettre de faire exploser les réservoirs. Le vent du détroit me soufflait dans les cheveux et faisait en sorte qu'ils ne me gênent pas la vue. Je regardai passer les visages pressés contre les vitres et me mis à rire. Mes côtes le sentirent passer.

— Ça va, dis-je en voyant Lynch me regarder avec attention. Je ne suis pas en train d'entrer en état de choc. Je suis en vie.

— Et on dirait que ça va rester comme ça. (Elle me prit les mains et les disposa de manière qu'elles pendent au-delà de mes genoux pliés.) C'est vous qui avez tiré le bon numéro, à ce qu'il semble.

Elle me versa de l'eau sur les mains pour les nettoyer puis me posa les paumes sur les cuisses, ce qui fit des taches mouillées sur mon jean. Dégoûtée, je la vis prendre un autre sachet dans sa trousse. Elle le déchira. Une odeur d'antiseptique en monta, portée par le vent. Je sursautai de nouveau en poussant un petit cri lorsqu'elle me frotta les mains pour enlever ce qui restait de poussière et de débris de verre, ce qui me valut un nouveau regard méprisant.

D'autres voitures s'étaient arrêtées. La peinture d'origine du camion de Nick était visible aux endroits où le métal s'était froissé. Jenks était à l'intérieur avec Peter. Ils essayaient de le sortir de l'habitacle. Des garous étaient amassés autour de la scène – certains en jeep, d'autres dans des voitures haut de gamme, d'autres encore dans de petits véhicules rapides. Je sentais la télécommande sous ma cuisse. J'avais envie de l'utiliser pour en finir avec cette course. J'avais envie de rentrer à la maison.

Nick.

— Où est le type qui nous est rentré dedans ? dis-je en scrutant les visages sans le voir.

— Il va bien, hormis une blessure au genou. (Elle termina de me nettoyer les mains ; je les approchai pour inspecter les petites coupures en forme de croissants qu'avaient faites mes ongles en pénétrant dans mes paumes.) Ça va peut-être nécessiter une intervention chirurgicale à un moment ou à un autre, mais il survivra. (Ses yeux d'un brun foncé se posèrent sur mes points réalisés au fil dentaire.) Votre gnomon est avec lui.

Je clignai des yeux. *Gnomon ? Késako ?*

— Elle l'occupe le temps que la SO vienne prendre sa déposition, reprit-elle.

J'écarquillai les yeux. Elle parlait d'Ivy. Elle pensait que j'étais le scion d'Ivy – le gnomon semblait être le nom qu'on donnait à l'autre pôle de la relation. C'était logique, quand on y pensait, le gnomon étant la partie du cadran solaire qui projette son ombre sur les heures. J'allais lui dire qu'Ivy n'était pas mon gnomon, mais je me ravisai. Peu m'importait ce qu'elle pensait.

— La SO ? soupirai-je.

Maintenant que j'étais à peu près sûre de survivre, je commençais à ressentir une certaine inquiétude. D'un mouvement rapide, elle fixa un gros bandage sur chacune de mes paumes. Je n'avais pas oublié la SO, mais s'ils arrivaient avant que le camion ait explosé, il allait être beaucoup plus difficile de se débarrasser de la statue morte.

Elle suivit mon regard dans la direction du camion et ses épaules se raidirent quand Jenks, aidé de deux hommes, sortit le corps brisé de Peter de l'habitacle. Je m'attendais qu'elle se fâche ; en fait, j'étais surprise qu'elle s'occupe des vivants plutôt que de lui, qui était clairement le plus mal en point. Mais elle se rapprocha et braqua une petite lampe dans mon œil.

— Vous avez pleuré pour Peter. Personne ne pleure jamais pour nous.

Choquée, je m'arrachai à sa prise.

— Vous savez…

Elle se mit en mouvement. Je fus prise de panique. Grâce à sa vitesse vampirique, elle fut instantanément sur moi, les genoux de part et d'autre de mes cuisses. Elle me plaqua contre le rail. Elle me mit une main derrière la nuque pour m'empêcher de bouger ; de l'autre, elle continua à braquer sa lampe dans mon œil telle une dague. Elle était à quelques centimètres de moi. Sa proximité passa inaperçue ou fut considérée comme normale, étant donné l'air officiel que lui donnait sa blouse de médecin.

— Je suis ici parce que DeLavine m'a demandé de venir. Il voulait être sûr que vous alliez survivre.

Je pris le temps de respirer une fois, puis deux. Elle était si proche que je voyais les légères imperfections de sa peau sur ses joues, dans son cou recousu par des professionnels. Je ne bougeais pas. J'aurais aimé ne pas être aussi intéressante pour les non-morts. Mais bon sang, c'était quoi, leur problème ?

— Je lui dirais bien de vous laisser tranquille, reprit-elle. (Son haleine se perdit dans la brise.) Que je pense que s'il essaie de vous chasser, vous le tuerez. Mais au lieu d'être simplement... inquiet, il risquerait de vraiment s'intéresser à vous, du coup.

— Merci, fis-je en sentant mon cœur battre à tout rompre.

Mon Dieu, je ne comprendrai jamais les vampires.

Elle abaissa lentement sa petite lampe et se leva.

— Bons réflexes. Pas de traumatisme crânien. Pas de râle pulmonaire. Ne les laissez pas vous emmener aux urgences. Vous n'en avez pas besoin, et ça ne fera qu'augmenter le montant de vos cotisations d'assurance.

Elle était repassée en l'espace de quelques secondes du mode « Vampire qui vous fout les chocottes » à celui de professionnelle de la santé.

— J'en ai fini avec vous. Vous voulez une amulette antidouleur ?

Je secouai la tête. Je me sentis soudain coupable d'être en vie ; Jenks et ses comparses étaient en train de poser délicatement Peter sur le sol, à l'écart de la foule. Jenks s'accroupit pour lui fermer les paupières tandis que les deux hommes, effrayés, reculaient respectueusement.

La vampire blêmit.

— Vous ne m'avez pas vue, d'accord ? dit-elle. Vous vous êtes débrouillée pour vous bander la jambe comme une grande. Je ne veux pas être assignée à comparaître. Je n'étais pas là.

— Pas de problème.

Sur ce elle partit, sa blouse violette battant sur ses mollets tandis qu'elle disparaissait au milieu de la bousculade de plus en plus importante autour du seul îlot de calme que constituait Peter, dont le corps brisé et ensanglanté était abandonné sur le goudron.

Sentant mon adrénaline s'écrouler, je croisai le regard de Jenks. Il se laissa tomber à côté de moi de manière à voir Peter du coin de l'œil. Respect pour ceux qui sont partis. Il me passa mon sac à main. Je le posai sur mes cuisses pour cacher la télécommande.

— Appuie, dit-il.

Il y avait des sirènes au loin. Elles n'approchaient pas vite, mais cela changerait une fois que les ambulances auraient atteint le pont et ses deux files désertes. Derrière Jenks, je voyais le camion de Nick, un fatras de tôle tordu avec des roues et sans capot. Difficile de croire que j'aie pu en sortir vivante.

Les garous commençaient à s'approcher. Ils voulaient chaparder la statuette. Personne ne se trouvait dans le cercle d'or de six mètres autour du camion, ni entre ce dernier et le rail de sécurité temporaire d'une sûreté douteuse et qui n'empêcherait pas une chute éventuelle. Jenks se pencha plus près de manière à protéger mon visage avec son corps. Je fermai les yeux et appuyai sur le bouton.

Rien.

J'ouvris un œil et regardai Jenks. Il avait l'air horrifié. Je rappuyai sur le bouton.

— Attends, je vais essayer, s'écria-t-il.

Il m'arracha la télécommande et s'exécuta. Le petit bouton de plastique fit un petit clic joyeux, mais il ne fut pas suivi d'un gros boum.

— Jenks ! m'exclamai-je d'une voix à peine plus forte qu'un murmure. C'est encore toi, qui t'es chargé de ça ?

— Ce n'est pas ma faute ! dit-il en écarquillant ses yeux verts. J'ai fait moi-même les branchements. Le NOS aurait dû exploser. Putain de télécommande de merde. J'aurais dû le faire faire à Jax. Impossible de faire des soudures correctes, avec la saloperie de fer à souder de Nick. J'ai dû faire fondre les composants de ce putain de gode pour fées.

— Jenks ! le tançai-je.

C'était le pire juron que je l'aie jamais entendu prononcer. Gagnée par un état d'esprit à dire « Et merde », je regardai les garous. Dès que des officiels commenceraient à mettre leur nez là-dedans, nous pourrions faire nos adieux à la statue – et à ma vie, à la seconde où les garous verraient qu'il s'agissait d'un faux. Mon estomac se noua.

— Tu peux la réparer ? demandai-je.

— Cinq minutes avec un fer à souder que je n'ai pas, dans un lieu privé qui n'existe pas sur un pont à deux cents mètres au-dessus de l'eau, entouré par deux cents bons samaritains qui ne comprennent rien à ce qui se passe. Bien sûr. Aucun problème. Mince, peut-être que c'est juste la pile ?

Ça ne sentait pas bon. Je restai là, assise, à bouillonner en attendant que Jenks sorte la pile et se prenne une décharge en la testant sur sa langue. Tandis qu'il jurait en se dandinant à cause du petit coup d'électricité, je ramenai mes cuisses contre ma poitrine et me relevai. Je fis la grimace en sentant un élancement sourd dans ma jambe. Ivy et Nick étaient toujours à côté du panneau du poids lourd. Nick ne se ressemblait pas du tout, avec son charme de déguisement légal. Le vent qui montait de la grille sur laquelle ils se tenaient faisait voleter les cheveux d'Ivy. Elle me fit un petit signe ; je lui répondis par un air perdu. Elle fit la moue et s'en prit à Nick.

Ce dernier avait la tête baissée ; elle resta baissée tandis qu'Ivy, les mains sur les hanches, le harcelait de questions dont je n'entendais pas un traître mot. L'une de ses jambes de pantalon était imbibée de sang et il était pâle. Sa blessure faciliterait son transfert à l'hôpital, où le docteur vampire l'attendrait, prêt à le déclarer mort d'une complication, à mélanger la paperasse et à le virer par la porte de derrière en même temps que de ma vie. Peter serait transporté dans la partie réservée aux vampires, en sous-sol, et il y resterait jusqu'à ce que son corps soit réparé. Tout était parfait. Sauf ce foutu camion qui refusait d'exploser.

— Quelles sont nos options ? demandai-je à Jenks en lui reprenant la télécommande pour la fourrer dans mon sac.

— Peut-être le bouton sur les réservoirs, dit-il. Si Jax était là…

— Il n'est pas là.

Je vacillai. Jenks m'attrapa par le coude.

— Tu peux le faire exploser avec la magie de ligne ?

— Tu veux dire comme quand j'allume des bougies ? (Je remontai mon sac sur mon épaule et fis non de la tête.) Je ne peux pas toucher une ligne au-dessus de l'eau. Et je n'ai pas de familier pour me connecter à une ligne de la terre ferme.

Je pensai à Rex. *Je devrais peut-être y remédier. Ça commence à devenir handicapant.*

— Nick en a peut-être un.

Je fus prise d'un frisson en repensant à la fois où j'avais canalisé la capacité de Trent à toucher des lignes pour faire un cercle protecteur, l'année précédente. Je lui avais fait mal. Peu m'importait de faire mal à Nick à ce moment précis – tout ce que je voulais, c'était en finir avec cette course –, mais la question que je me posais était purement académique : je ne savais pas si Nick avait un familier.

— On va lui demander, décidai-je en me mettant aussitôt en mouvement.

J'avais mal à la poitrine ; je croisai les bras pour la maintenir et me forçai à inspirer lentement avant d'essayer de me relever. Il était parfaitement inutile de faire semblant d'être indemne, aussi laissai-je tomber. Je me voûtai et respirai superficiellement. Le vent canalisé par le détroit était plutôt frais, et le soleil couchant se cachait derrière des nuages. Il n'allait pas tarder à faire froid. Nous avions bien fait de laisser Jax à l'hôtel pour qu'il s'occupe du chat.

Ivy entendit le bruit de mes pas sur la grille et se tourna avec un froncement de sourcils, mélange de colère et d'inquiétude, qu'elle me réservait en exclusivité. Elle était énervée. Quelle surprise.

— Rachel, souffla Nick.

Il tendit les mains comme si j'allais les prendre. Je m'arrêtai net. Ses mains retombèrent.

— Pas question que je touche un drôle de type dans votre genre, dis-je pour lui rappeler qu'il était déguisé. Surtout s'il vient de me rentrer dedans.

Il posa les yeux sur mes points en fil dentaire, et je me sentis rougir. Voyant que je me crispais, il se força à prendre une expression neutre. Bien qu'il ne se ressemble pas le moins du monde, je voyais bien que c'était lui. Non seulement il y avait sa voix, mais je le reconnaissais à toutes ces petites manies que seule une ex peut identifier : la crispation d'un muscle, un doigt recourbé… une lueur d'agacement dans l'œil.

— Mon Dieu, reprit-il moins fort. Je n'ai jamais rien fait d'aussi difficile. Tu vas bien ? Tu es sûre que tu n'es pas blessée ?

Jamais rien fait d'aussi difficile ? pensai-je avec amertume. Tout mon côté droit était couvert du sang poisseux de Peter. Tout ce qu'il avait fait, c'était me percuter avec un poids lourd. J'avais tenu Peter dans mes bras pendant qu'il mourait en sachant que c'était mal, mais que c'était aussi la seule chose à faire.

— La télécommande ne fonctionne pas, Nick, repris-je aussitôt tout en observant son comportement pour voir s'il se trahissait. Ça te dit quelque chose ?

Il écarquilla les yeux, exprimant une émotion que je ne pouvais déchiffrer, et regarda mon sac à main, ce qui me laissa penser qu'il m'avait vue y ranger la télécommande.

— Comment ça, elle ne fonctionne pas ? Elle doit marcher, c'est obligé !

Il tendit la main vers mon sac. Je grognai lorsque Jenks me tira en arrière. Mes baskets eurent du mal à accrocher la grille métallique. En un clin d'œil, Ivy fut entre nous. Les gens autour de nous commençaient à être nerveux – ils devaient penser que nous allions nous faire justice nous-mêmes – tandis que les garous observaient pour déterminer s'il s'agissait d'un vrai accident ou d'une supercherie. Le corps de Peter était étendu sur le goudron, mais son visage était celui de Nick. Quelqu'un l'avait recouvert d'un manteau, et en voyant cela une partie de moi se recroquevilla et pleura.

— Ne me touche pas, sifflai-je presque. (Malgré la douleur, j'étais prête à lui en coller une.) C'est ton œuvre, hein ? Tu crois que tu vas récupérer l'artefact vide et le leur vendre. Toi tu seras caché, alors c'est moi qu'ils pourchasseront quand ils s'apercevront que la statuette n'a pas de pouvoirs. Ça ne se passera pas comme ça. Je ne te laisserai pas faire. C'est ma vie que tu détruis, pas juste la tienne.

Nick secoua la tête.

—Non, ce n'est pas ça. Il faut que tu me croies, Ra-ra.

Tremblant sous l'effet de l'adrénaline, je me mis de côté. Je n'aimais pas tourner le dos au camion sachant que le Foyer vide se trouvait dedans. Ivy le surveillait – ainsi que Nick – mais il y avait à mon goût trop de garous qui rôdaient en faisant semblant d'être des témoins de l'accident.

—Bonne vie, Nick, dis-je. Mais ne m'inclus pas dans tes projets.

Je m'éloignai, entourée d'Ivy et Jenks. Qu'allais-je faire ?

—J'espère que tu seras heureuse en tant qu'ombre d'Ivy, lança-t-il tout haut.

Sa voix était pleine d'une haine vitriolique qu'il se cachait sans doute à lui-même depuis l'instant où Ivy m'avait pour la première fois demandé d'être son scion.

Je me retournai, ma main bandée sur ma cicatrice.

—Nous ne sommes pas… je ne suis…

Le fils de pute. Il avait grillé notre couverture.

Trois voitures à l'air officiel arrivèrent par les files barrées avec leurs gyrophares jaune et bleu à l'arrière ; deux d'entre elles appartenaient au BFO, la troisième était à la SO. Le camion ne brûlait toujours pas. *Merde et remerde, est-ce que ça pourrait vraiment être pire ?*

Nick, qui se ressemblait malgré son déguisement, s'appuya contre le panneau du poids lourd blanc et se tint le genou ensanglanté. Il lança un regard goguenard aux voitures derrière nous. Leurs portières claquèrent et les agents aboyèrent aux curieux de passer leur chemin et ordonnèrent qu'une zone de sécurité soit établie autour du camion. Trois d'entre eux se dirigèrent vers nous.

—Tu n'es qu'une pisse de rat, lança soudain Jenks à Nick. Non, tu es le genre de mecs qui arrosent leurs céréales de pisse de rat. Elle te sauve tes petites miches d'humain, et c'est comme ça que tu la remercies ? Si tu reviens, c'est moi qui te tuerai. Tu n'es qu'un tas de merde de fée sans couilles.

Le visage de Nick se déforma.

—J'ai volé une statue, cracha-t-il. Elle, elle a lancé une malédiction démonique pour la garder et elle a tué un homme. Je dirais que je vaux mieux qu'une sale sorcière marquée par un démon.

Je me mis à postillonner. Prise de vertige, je sentis mon cœur s'emballer. *Mais va te faire foutre !*

Ivy se jeta sur Nick, mais Jenks l'intercepta et se servit de son élan pour se propulser sur ce connard. Les poings serrés, il lui en colla une bonne en pleine mâchoire.

Je retins mon souffle. Les gars de la SO se mirent à courir. J'étais en colère, mais contrairement à Jenks je savais un minimum me tenir ; je courus souffler dans les bronches de Nick.

— Espèce de pauvre con ! criai-je en recrachant des cheveux. C'est *vous* qui nous êtes rentré dedans !

J'aurais voulu en dire davantage, mais Nick me poussa de tout son poids. Comme Jenks le tenait toujours, nous tombâmes tous les trois. L'instinct me poussa à garder les mains devant le visage, et mes bandages furent les seules choses qui sauvèrent mes paumes. Je heurtai la grille. Une douleur intense se répercuta dans mes paumes et ma cage thoracique. Mon tibia nu toucha le métal glacé.

— Lâche-la ! grogna Ivy.

Elle souleva Nick et le poussa loin de moi. Soudain, je pus de nouveau respirer. Je levai la tête à temps pour voir Nick valser dans la direction de Jenks. Tel un danseur suivant une chorégraphie, ce dernier leva le poing ; cette fois-ci, il frappa Nick juste sous la mâchoire. Les yeux de Nick se révulsèrent. Il s'effondra.

— Bon sang, ça fait du bien, dit le pixie. (Il secoua la main ; un agent de la SO trapu le prit par les épaules.) Ça faisait un sacré bout de temps que ça me démangeait. (Il se laissa entraîner par les hommes.) C'est bon, d'être grand.

Je tremblais si fort que j'avais l'impression que j'allais tomber en morceaux. Je me relevai et acquiesçai en réponse aux questions de l'agent du BFO – questions que je n'écoutais pas – en me laissant diriger, mais perdis mon calme lorsqu'une main se referma sur mon bras.

— Rachel, non ! s'écria Ivy.

Mon coup de pied retourné dans la face se transforma en coup de pied retourné dans les cheveux. L'adrénaline m'éclaircit les idées ; je pris une inspiration si profonde qu'elle en fut douloureuse. L'homme me lâcha en sachant que j'avais failli lui en coller une. Sa moustache se fronça et ses sourcils se levèrent d'un air interrogateur. Il me regardait différemment, à présent.

— Il l'a tué ! m'écriai-je pour que les garous m'entendent. (Je me mis aussi à pleurer comme une petite amie affolée.) Il l'a tué ! Il est mort !

La triste réalité, c'était que je n'avais pas eu trop de mal à me tirer des larmes. Comment Nick avait-il pu me dire ça, même sous l'effet de la colère ? Une sale sorcière marquée par un démon. Il m'avait traitée de sale sorcière marquée par un démon. Je me sentis encore plus trahie, ce qui renforça ma colère.

Jenks parvint à se soustraire aux deux hommes qui le tenaient. Tandis qu'ils essayaient de le rattraper en criant, il se jeta sur mon sac à main abandonné sur le goudron. Le sourire aux lèvres, il fourra mon téléphone et mon portefeuille dedans avant de secouer le tout. Je n'en étais pas sûre, mais il me sembla voir la télécommande passer à travers la grille. J'eus soudain beaucoup moins de mal à respirer.

Un agent de la SO s'empara de lui et lui passa les menottes avant de le pousser pour qu'il rejoigne notre petit groupe. L'homme farfouilla dans mon sac avant de me le rendre. Je pensai qu'il valait mieux le laisser faire plutôt que de parler de mes droits.

— Merci, marmonnai-je à l'intention de Jenks.

Je me passai la sangle sur l'épaule, ce qui me fit mal aux côtes. Je regardai le camion détruit de Nick en passant devant. L'artefact était toujours dedans grâce à l'excité du BFO en costume marron qui se faisait fort de garder tout le monde à distance.

— Le plaisir est pour moi, répliqua Jenks en boitillant.

— Je parlais du coup de poing.

— Moi aussi.

L'agent de la SO à côté de moi fronça les sourcils, mais il sembla se radoucir en voyant le cadavre recouvert. Jenks avait seulement donné un coup de poing à Nick ; il ne lui avait rien fait de permanent, comme le tuer, par exemple.

— Madame, dit l'homme, je vais vous demander de garder vos distances avec l'autre partie tant que nous n'aurons pas déterminé ce qui s'est passé.

Partie. Ouais, c'est ça, je te lui en collerais un bon, de coup de latte dans les parties !

— Oui, monsieur l'agent.

Je me crispai lorsqu'il m'enfila, d'un geste habile, un de ces bracelets en argent enchanté gainé de plastique. Il tira dessus pour le serrer.

Enfer et damnation.

— Eh ! protestai-je. (Jenks et Ivy échangèrent des regards fatigués ; pour ma part, je me sentais insultée.) Je suis calme ! Je ne vais pas faire de mal à qui que ce soit. Je ne suis même pas capable de pratiquer la magie des lignes…

Enfin, pas tant que je serai sur ce pont!

L'agent secoua la tête. Je me sentais prise au piège ; le bracelet de Kisten était coincé entre mon poignet et le bracelet anti-magie.

— Je peux… accompagner mon petit ami ?

Je parvins à émettre un petit gazouillis. Le costaud me posa une main sur l'épaule.

— Bien sûr, madame, répondit-il d'une voix plus douce. Ils l'emmènent à l'hôpital pour prononcer le décès. Vous pouvez l'accompagner si vous le désirez. Je suis désolé. Il avait l'air gentil.

Plan A pour évacuer la sorcière tarée des lieux de l'accident. Il applique le manuel à la lettre.

— Merci, dis-je en m'essuyant les yeux.

— C'est vous qui conduisiez, madame ? demanda-t-il tandis que nous marchions. (J'opinai.) Je peux voir votre permis ?

Oh, merde.

— Oui, monsieur l'agent.

Je fouillai mon sac pour le trouver. En l'espace de cinq minutes, la SO de Cincinnati lui aurait dit tout ce qu'il y avait à savoir sur moi. Nous nous arrêtâmes derrière une Chevrolet Blazer noire. Le haillon baissé laissait voir une niche ouverte. Il y avait un chien dans les parages ? Derrière moi, j'entendis Ivy et Jenks dire à l'agent qui se chargeait d'eux que nous étions colocataires. *Oh, mon Dieu. Le Soufre d'Ivy. Je devais empester la came. Accident. Points. Et s'ils me prennent mon permis ?*

L'agent qui se tenait devant moi plissa les yeux pour voir mon permis malgré la pénombre. Lorsqu'il releva la tête, il souriait.

— Je vous le rapporte tout de suite, mademoiselle Morgan. Ensuite, vous pourrez accompagner votre petit ami et vous faire examiner.

Il jeta un coup d'œil à mes mains bandées et mon jean déchiré en levant un sourcil, puis acquiesça en regardant Jenks et Ivy et s'éloigna au petit trot, nous laissant à ses deux acolytes.

— Merci, lançai-je dans le vide.

Épuisée, je m'appuyai contre le véhicule auquel Jenks était menotté. Les deux types du BFO s'éloignèrent un peu – très peu, au cas où ils devraient intervenir – en attendant que du personnel de la SO se charge de nous interroger. Je me pris les coudes avec mes mains bandées et regardai ma vie tourbillonner au fond des chiottes.

Les automobilistes curieux passaient avec une lenteur exaspérante. Ils étaient obligés de coller le nez à la vitre pour discerner quelque chose dans la pénombre de plus en plus prononcée. Mon jean neuf était déchiré jusqu'au genou, ou presque. Le camion refusait de brûler. Une quatrième meute de garous en uniforme avait rejoint les trois autres sur les lieux de l'accident. À eux tous, ils essayaient de déborder les limites imposées par les agents du BFO et de la SO qui les retenaient. Est-ce que j'oubliais quelque chose ? Ah oui. J'avais contribué à tuer quelqu'un, et ça allait se retourner contre moi et me mordre le cul. Je ne voulais pas aller en prison. Contrairement à Takata, l'orange ne m'allait pas du tout.

— Bon sang, dit Ivy. (Elle se lécha le pouce pour essuyer une égratignure sur son pantalon en cuir.) C'était mon pantalon préféré.

Je regardai le camion. Mon estomac se serra encore plus. Je m'appuyai sur le haillon de la Chevrolet et fulminai en silence en classant les Outres qui arrivaient des quatre coins de la scène selon leur métier.

La sorcière blonde et élancée devait être leur spécialiste de l'extraction ; son rôle était de soutirer des informations aux victimes éplorées aussi bien qu'aux mâles débordant de testostérone qui refusaient de parler à moins d'avoir l'espoir de coucher avec l'interrogateur. Ensuite, il y avait le gars trop gros pour vraiment travailler sur le terrain mais qui avait une moustache, ce qui signifiait qu'il devait s'agir de quelqu'un d'important. Il devait être bon pour séparer les gens en colère ; il allait sans doute me dire que nous pouvions trouver un arrangement si j'étais prête à parler. Les gars de l'équipe sinophile étaient près du poids lourd, car après tout c'était lui qui avait franchi la ligne jaune, mais j'étais certaine qu'ils n'allaient pas tarder à inspecter la camionnette, puis qu'ils viendraient faire un petit tour de ce côté-ci.

Je cherchai et finis par trouver l'agent qui se tenait un peu à l'écart et prenait son boulot trop au sérieux pour notre sécurité. C'était le type auquel personne ne faisait confiance – et il y avait encore moins de gens qui l'aimaient. Généralement, c'était un sorcier ou un garou, trop jeune pour être un gros moustachu, mais avec la gâchette trop facile pour se charger de recueillir les données. Il traînait autour de la camionnette cassée en remontant le ceinturon auquel était accrochée son arme et en regardant les poutrelles comme si elles dissimulaient un sniper prêt à nous descendre un par un. *Et n'oublie pas l'inspecteur de la SO*, pensai-je. Je ne le ou la voyais pas mais, puisqu'il y avait un mort, il y en aurait bien un qui ne tarderait pas à faire son apparition.

Il y avait des agents du BFO dans tous les coins. Ils prenaient des mesures et des photos. J'étais un peu désarçonnée de voir le site sous leur contrôle, mais je n'aurais sans doute pas dû être étonnée ; après tout, le BFO de Cincinnati avait déjà partagé de nombreuses informations avec moi pour une enquête sur un homicide.

Ivy se vautra contre le flanc du véhicule de la SO en croisant les bras. Elle était vraiment excédée. Elle fixait l'ambulance dans laquelle se trouvait Nick comme si elle pouvait le tuer d'un simple regard. Quant à moi… Je m'inquiétais davantage de savoir comment nous allions faire brûler ce camion. Je commençais à avoir l'impression que nous n'allions pas y arriver. Une grosse dépanneuse s'approchait lentement, comme si elle somnolait à moitié, de la camionnette. Apparemment, ils voulaient dégager l'épave avant que les équipes de télé débarquent.

Jenks glissa les poignets hors de ses menottes et se hissa pour s'asseoir à côté de moi sur le haillon. Ce faisant, il poussa un grognement de douleur.

— Tu vas bien ? demandai-je tout en sachant pertinemment que ce n'était pas le cas.

— Hématome, répondit-il en fixant le camion bleu de Nick.

La dépanneuse recula dans sa direction en émettant un bip haïssable.

— Tiens, dis-je. (Je ramenai mon sac devant moi et entrepris de le fouiller.) J'ai une amulette. Ivy n'en prend jamais, et je n'ai pas l'habitude que tu sois assez grand pour en utiliser.

— Pourquoi tu ne t'en sers pas ? demanda-t-il en étirant son épaule avec une grimace.

— Je n'ai pas le droit.

Je regardai Peter et ma gorge se serra. J'étais contente que Jenks n'essaie pas de me convaincre. Je sentis à peine la piqûre de l'aiguille qui me permit de me prélever une goutte de sang pour l'invoquer. Ivy s'agita ; elle avait senti le sang frais malgré le vent, mais c'était bien la dernière vampire dont j'avais quelque chose à craindre. En règle générale.

— Merci, soupira Jenks en se passant l'amulette autour du cou. (Il ne fit rien pour cacher son soulagement.) Je me demande s'il y aurait un moyen pour que tu fabriques des mini-amulettes ? Ça va me manquer.

— Ça vaut la peine d'essayer.

À moins que ce camion brûle spontanément sous le regard d'Ivy, j'aurais environ une semaine pour réfléchir à la question. Une fois que les garous comprendraient que l'artefact était un faux, ils viendraient frapper à ma porte. À condition que je ne sois pas en prison. Nous étions comme trois gosses qui attendaient à la porte du bureau du Principal. Enfin, je n'avais pas d'expérience dans ce domaine. Pas beaucoup, disons.

La camionnette fut hissée sur la dépanneuse avec des bruits de treuil épouvantables et des gémissements d'appareillage hydraulique. Le type du garage bougeait lentement, avec son bleu de travail sale et sa casquette enfoncée jusqu'aux yeux; il semblait appuyer sur divers leviers et boutons au petit bonheur. Le type trop zélé de la SO lui disait de se dépêcher de débarrasser le plancher avec son véhicule avant que les premiers vans de la télévision débarquent.

Le conducteur boitait. Il était à peine visible, au milieu de tous ces uniformes du BFO et de la SO. Je les trouvai bien impolis de demander au vieil homme de se déplacer plus vite qu'il lui était possible de le faire confortablement.

Quelqu'un avait déplacé l'une des grosses rampes d'éclairage pour illuminer la zone. À quatre cents mètres de là, les générateurs se réveillèrent en grondant, et une douce lueur enfla au milieu de l'éclat éblouissant du soleil couchant. Progressivement, la grisaille environnante céda du terrain. Le grondement lointain finit par passer à l'arrière-plan. Mon esprit était toujours à la recherche d'une idée. Je laissai tomber la lame usagée dans mon sac et poussai un soupir.

Je m'immobilisai en effleurant les objets familiers qu'il contenait. Il ne manquait pas que la télécommande. Surprise, je regardai à l'intérieur du sac en tissu sombre en l'inclinant pour profiter au maximum de la lumière de plus en plus forte. Je revis mes affaires disséminées sur la grille quand Nick m'avait fait tomber.

— Elle n'est plus là, dis-je avec un sentiment d'irréalité.

Je relevai la tête et croisai les regards interrogateurs de Jenks puis d'Ivy. Cette dernière s'écarta du véhicule.

— La statue de loup, elle a disparu! répétai-je. (Je ne savais pas si je devais rire ou pleurer – j'avais eu raison de ne pas faire confiance à Nick.) Il l'a prise, ce connard. Il m'a fait tomber, et il a pris la statue!

J'avais bien fait de cacher le totem parmi les caleçons en soie et les dizaines de brosses à dents de Jenks. Bon sang. Cette fois-ci, j'aurais été contente de m'être trompée.

— Nom d'une pisseuse de fée..., s'écria Jenks. C'est pour ça qu'il a déclenché une bagarre.

Le visage interloqué d'Ivy s'éclaira. Elle avait compris – ou plutôt, elle croyait avoir compris.

— Excusez-moi, dit-elle en prenant une impulsion sur le véhicule de la SO.

— Ivy, attends.

J'aurais aimé lui dire ce que j'avais fait, mais je ne pouvais pas vraiment crier sur les toits que Nick était parti avec un faux. Je me levai du haillon. La douleur fut violente ; j'avais oublié que je venais de me faire rentrer dedans par un camion.

— Ivy ! criai-je.

Un gars de la SO courut pour la rattraper.

— J'en ai pour une minute ! lança-t-elle par-dessus son épaule.

Elle traversa à toute vitesse les voies fermées. Des hommes en uniforme accoururent de tous côtés pour l'intercepter. J'allais la suivre, mais l'un des types à moustache m'attrapa immédiatement par le coude. Des images de procès et de cellules me firent me tenir tranquille. Le premier homme à atteindre Ivy se prit une manchette en pleine mâchoire qui l'étendit au sol.

Quelqu'un lança un appel, et j'en fus réduite à regarder la scène avec un sentiment d'enlisement en me rappelant la fois où elle et Jenks avaient étalé un plein étage d'agents du BFO. Mais, cette fois, il s'agissait de coureurs de la SO.

— On aurait peut-être dû la mettre au courant…

Jenks frotta ses poignets débarrassés de leurs menottes avec un petit sourire.

— Il faut bien qu'elle évacue la pression, dit-il. Bon sang, regarde ! ajouta-t-il en chuchotant.

Ses yeux verts brillaient vivement à la lumière de la rampe d'éclairage braquée sur nous. Je suivis son regard et vis la dépanneuse. J'en restai bouche bée. La lumière vive rendait évident ce que la pénombre cachait quelques minutes plus tôt. Les mains du garagiste étaient immaculées, et la tache sombre sur le genou de son bleu de travail était trop fraîche pour qu'il s'agisse d'huile.

— Nick, soufflai-je.

Je ne comprenais pas comment il avait fait pour donner aussi vite à ses cheveux cette teinte blanc sale. Il portait toujours mon amulette de déguisement mais, avec sa combinaison et sa casquette, il était méconnaissable.

Jenks s'avança à ma hauteur.

— Par le jardin du péché de Clochette, qu'est-ce qu'il fabrique ? demanda-t-il.

Je secouai la tête et vis que les garous l'observaient, eux aussi. *Double merde, je crois qu'eux aussi, ils l'ont reconnu.*

— Il pense avoir le Foyer, expliquai-je. Il essaie de se procurer aussi l'original.

— Et il nous laisserait porter le chapeau ? finit Jenks d'un ton dégoûté. Quel cul de chenille. S'il ne va pas à l'hôpital pour y mourir sur le papier, on se retrouve avec un vampire mort sur les bras et on va se faire inculper de fraude aux assurances. Rache, je suis trop mignon pour aller en prison !

Le visage blême, je me tournai vers Jenks. Mon estomac était une vraie corde à nœuds.

— On doit l'arrêter.

Il acquiesça.

Je me mis les mains en coupe autour de la bouche.

— Ivy ! hurlai-je. La dépanneuse !

Ce n'était pas ce qu'il y avait de plus malin à faire, mais cela porta tout de même ses fruits. Ivy n'eut besoin que d'un seul coup d'œil à la dépanneuse pour reconnaître Nick. Elle assomma le dernier agent de la SO en poussant un cri, puis partit à fond de train. Dans un instant de chance, l'un des agents à terre réussit à lui placer un croc-en-jambe. Elle s'étala et se retrouva menottée en moins de deux secondes.

Jenks se mit en mouvement pour distraire les agents du BFO qui nous entouraient. Persuadée que tout cela allait être du plus bel effet sur mon CV, je les contournai et courus dans la direction de la dépanneuse. Des gens hurlaient. Quelqu'un avait dû sortir une arme, car j'entendis :

— Arrêtez ou j'emploie la force !

Force, mon cul, pensai-je. S'ils me tiraient dessus, j'attaquais leurs beaux petits badges brillants en justice – et je ne les lâcherais pas ; je n'avais rien de plus dangereux qu'une amulette antidouleur sur moi. Ils le savaient : j'avais été fouillée.

Ce fut à peu près à ce moment que Nick s'aperçut que je me dirigeais vers lui. Effrayé, il ouvrit la portière à la hâte. Le moteur de la dépanneuse se mit à tourner, tel un cri par-dessus le bruit des générateurs. Un sifflement perçant se fit entendre, et le chef de la faction militaire inconnue agita la main au-dessus de sa tête comme aux manœuvres. Des klaxons hurlèrent ; trois voitures s'arrêtèrent au beau milieu de la circulation et des garous en jaillirent. L'air sinistre, ils se rapprochèrent. Ils n'étaient pas contents. Moi non plus.

— Arrêtez-le ! aboya le chef.

J'accélérai. Soit je serais la première à rattraper Nick, soit celui ou celle qui me coifferait au poteau se prendrait mon pied dans les tripes. Il m'avait fait du mal, m'avait trahie en me laissant nettoyer ses cochonneries et en prenant sa place. Deux fois. Il n'y aurait pas de troisième.

Je regardai avec ferveur le camion faire un bond en avant, manquant de caler. Tout à coup, un éclair de poussière pixie me fit m'arrêter net.

— Jax ? m'exclamai-je.

J'étais sous le choc.

— Mademoiselle Morgan, fit l'adolescent. (Les yeux brillants, les ailes rouges d'excitation, il faisait du surplace devant mon nez en tenant une amulette aussi grosse que lui.) Nick m'a demandé de vous dire qu'il est désolé et qu'il vous aime. Pour de vrai.

— Jax !

Je clignai des yeux en regardant les étincelles mourir. Je me tournai vers la dépanneuse. Ses pneus fumaient ; Nick essayait de faire rouler l'imposant véhicule. Soudain, les roues accrochèrent le macadam. Je blêmis en m'apercevant que la dépanneuse se dirigeait droit sur moi. Je regardai Nick se battre pour tourner l'énorme volant, les bras raides, la peur dans les yeux.

— Rachel, ne reste pas devant ! cria Ivy par-dessus le grondement du moteur.

Paralysée, je vis les roues tourner. Le véhicule me manqua de peu ; les pneus qui amortirent la pression du virage furent dangereusement comprimés. Jenks me rentra dedans pour m'écarter encore plus. Je réprimai un cri et terminai sur le bitume pour la troisième fois en une heure. Le camion me dépassa en poussant un rugissement effrayant dans un nuage de fumerolles parfumées au diesel. Il y eut un craquement, suivi d'un boum qui me secoua l'intérieur. Je sentis l'onde me rouler sur le dos comme une vague. Jenks me força à garder la tête baissée, et une seconde détonation retentit.

Bon sang, mais qu'est-ce que c'était ?

Le cœur battant à tout rompre, je repoussai Jenks et levai la tête. La dépanneuse tanguait, hors de contrôle. Les pneus avaient explosé. Quelqu'un avait dû tirer dedans.

Je me relevai à la hâte lorsque la dépanneuse surmontée du camion de Nick fit une grosse embardée pour éviter les équipes de journalistes disséminées. Ses pneus hurlaient, la boîte de vitesse grinçait ; les freins se bloquèrent et cramèrent. Le véhicule fut emporté par son élan et heurta la glissière temporaire en virant.

— Nick ! m'écriai-je.

La dépanneuse était passée à travers comme dans du beurre. Ne restait plus qu'un silence choquant.

Le cœur serré, je m'approchai du bord clopin-clopant. J'avais trop mal pour me tenir droite. Jenks était derrière moi. Il me tira en arrière quand j'atteignis le rebord effrité. Le vent remontait par bourrasques du détroit et me dégageait les cheveux des yeux. Je regardai le lac, loin en dessous de mes pieds, et fus prise de vertige.

Je mis la main sur mon ventre et entrai en hyperventilation. Le monde vira au gris ; je repoussai Jenks.

— Je vais bien, grommelai-je.

Mais il n'y avait rien à voir. À deux cents mètres, même une dépanneuse est minuscule.

Nick était dedans. *Dieu me vienne en aide.*

— Doucement, Rache, fit Jenks en me tirant vers l'arrière.

Il me fit m'asseoir.

— Nick, gémis-je.

Je me forçai à écarquiller les yeux au moment où mon arrière-train rencontra le goudron froid. Pas question que je m'évanouisse. *Pas question, bon sang !* Je regardai le rebord ; la chaussée fissurée laissait entrevoir l'infrastructure métallique du pont et, mise à mal par la dépanneuse, menaçait de s'écrouler. Les paires de pompes cirées des agents venus regarder en bas s'agglutinèrent autour de moi. Au bord de la foule surexcitée, je vis les garous. Qu'ils soient en costume, en cuir ou en uniforme, ils avaient tous la même expression sur le visage : une expression d'incrédulité, de choc. Le Foyer était perdu.

Un grésillement radio se fit entendre. C'était un agent de la SO qui jurait à voix basse en regardant le détroit en contrebas.

— C'est Ralph, dit-il en enfonçant le bouton de sa radio avec le pouce. On a deux camions qui viennent de tomber du pont et un corps à l'eau. Souriez, tout le monde. On est bons pour passer au vingt-heures.

Je n'entendis pas la réponse, qui se perdit au milieu d'un chuintement dû à la mauvaise réception et des battements de mon cœur tandis que j'essayais de me faire entrer la vérité dans la tête. Il était tombé du pont. Nick était tombé du pont.

— Ouais, fit l'homme à la radio. Je confirme qu'un véhicule professionnel transportant un pick-up est tombé à l'eau, ainsi qu'un homme. Vous feriez mieux d'envoyer le bateau. Quelqu'un a le numéro de Marshal ?

Il écouta la réponse puis raccrocha l'appareil à sa ceinture. Les mains sur les hanches, il regarda de nouveau en bas. Des jurons chuchotés s'échappaient de lui comme la fumée grise de sa cigarette, dont l'odeur se mélangeait à une légère senteur d'encens. Ralph était un vampire vivant, le premier vampire indigène que j'aie vu hormis la femme qui m'avait fait mes pansements. Je me demandai qui il avait refusé de mordre pour se retrouver coincé dans ce trou, si loin de l'agitation des villes où ses semblables prospéraient.

Je levai la tête.

— Vous croyez qu'il a survécu ?

Ralph jeta un coup d'œil surpris dans ma direction.

— Madame, répondit-il en remarquant ma présence. Il est mort d'une crise cardiaque avant même d'avoir touché l'eau. Et, si ce n'est pas le cas, l'impact l'a tué. De cette hauteur, c'est comme s'il avait percuté un mur de brique.

Je clignai des yeux en essayant de digérer ce qu'il avait dit. *Un mur de brique.* Ce serait son deuxième de la journée. Ma vision se brouilla. Je revis Jax et son amulette. Et si…

— Le corps ? insistai-je. (Il se retourna, impatient.) Quand est-ce qu'ils vont le récupérer ?

— On ne le retrouvera jamais. Le courant va l'emporter ; il va faire le trajet jusqu'au lac Huron plus vite que des grains verts dans un touriste. C'est fini. La seule manière qu'il aurait eu de ne pas mourir, ç'aurait été d'être déjà mort. Bon sang, je suis content de ne pas me charger d'annoncer ça à son parent le plus proche. Je parie qu'il a une femme et trois enfants.

Je me pliai en deux, frappée par la vérité. Dieu merci, je m'étais fait avoir par deux fois. Nick n'était pas mort en tombant du pont. C'était une arnaque – elle avait commencé à l'instant où je lui avais dit qu'il ne récupérerait pas la statue – et j'avais marché à fond.

— Il s'appelait Nick, murmurai-je.

L'agent fit volte-face au milieu de la pente ; son visage ridé afficha une expression surprise. Ivy et Jenks se crispèrent. J'étais en train de compromettre notre couverture, mais nous serions interrogés sous peu, et je voulais que nous racontions tous la même histoire.

— Nick Sparagmos, ajoutai-je en réfléchissant à toute vitesse. Il nous aidait à retrouver une œuvre d'art ; on m'avait engagée pour que je la récupère. Je suis coureuse indépendante à Cincinnati, et il s'agissait d'une course. (La vérité, ça a du bon, même si Ivy semblait de plus en plus tendue.) Il n'était pas censé être là. Mais quand ce type nous est rentrés dedans et a tué Peter… (Je pris le temps de respirer ; ma tristesse n'était pas feinte.) Peter devait juste s'assurer que la statue arriverait en un morceau à destination. Il n'était rien censé lui arriver. Les gens à qui nous avons repris la statue… Je crois que l'accident était une tentative de leur part pour la récupérer avant qu'on fasse la livraison. Nick s'est pointé en dépanneuse pour s'assurer qu'ils ne la reprennent pas. L'artefact était resté dans le camion. Il allait le sauver, mais quelqu'un a tiré dans les pneus. Oh, mon Dieu, il est tombé du pont.

Un petit mensonge saupoudré de vérité pour faire bonne mesure.

Jenks me posa une main sur l'épaule et la serra un peu pour me faire comprendre qu'il avait saisi. Peter était mort dans un accident, ce qui satisfaisait la compagnie d'assurances. Nick avait fait une chute mortelle, ce qui satisfaisait les garous. Personne ne penserait que Nick était aussi le conducteur du poids lourd ; l'absence de ce dernier s'expliquerait facilement par un délit de fuite. Si quelqu'un d'un tant soit peu curieux découvrait que le camion appartenait à DeLavine, ce serait lui qui serait poursuivi pour interruption anticipée illégale du contrat d'assurance, pas moi.

Ça me va. Je vais m'en tenir à cette version.

Je sentis presque l'inquiétude de Jenks s'évaporer, mais Ivy était toujours tendue comme une corde à piano ; elle ignorait que Nick s'était fait la malle les mains vides.

L'agent de la SO qui m'avait pris mon permis rejoignit l'homme à la radio.

— Salut, Ralph. T'as fait sacrément vite pour venir. (Il se tourna vers moi et me rendit mon permis ; je lus de la camaraderie dans ses yeux, car c'était un sorcier.) Mademoiselle Morgan, qu'est-ce que vous faites aussi loin du Cloaque ?

— Cincinnati ? s'étonna Ralph en me dévisageant. Vous voulez dire Rachel Morgan ? (Il se tourna vers Ivy.) Vous êtes la bonne femme de Piscary. Qu'est-ce que vous faites aussi loin de lui ?

— Je suis venue m'assurer que le petit ami de mon associée soit tué, dit-elle.

L'agent Ralph prit cela pour de l'humour noir, surtout avec la grimace qu'elle lui fit. Il avait déjà sorti ses clés pour la débarrasser de ses menottes. Il fronça les sourcils en s'apercevant que Jenks ne portait déjà plus les siennes. Je levai le bras pour lui montrer le petit bracelet noir autour de mon poignet. Il le coupa avec une pince spéciale accrochée à son porte-clés. Il m'en faudrait une comme ça.

— Où séjournez-vous ? demanda Ralph tandis qu'Ivy massait

ses poignets libres. Je vais avoir besoin de vous parler avant que vous rentriez chez vous.

Pendant qu'Ivy lui donnait les renseignements nécessaires, je fixai l'eau du détroit. Nick n'était pas mort ; le choc que j'avais tout d'abord éprouvé en le voyant basculer du pont se transformait en un vilain sentiment de satisfaction. Je l'avais battu. J'avais battu Nick à son propre jeu. Je m'écartai du précipice, les genoux tremblants. Ivy se dépêcha d'en finir avec Ralph et, entourée d'elle et Jenks, je commençai à ricaner. Je ne savais pas comment nous allions faire pour retourner à l'hôtel. Difficile de tenir à trois dans la Corvette de Kisten.

— Par les marguerites de Clochette, chuchota Jenks à l'oreille d'Ivy pendant que j'avais le dos tourné. Elle déjante.

— Je vais très bien, rétorquai-je. (Je me maudissais tout en riant.) Lui aussi, il va bien. Ce sale taré va bien.

Jenks et Ivy échangèrent un regard plein de chagrin.

— Rache, dit le pixie à voix basse. Tu as entendu l'agent. J'ai lu ce qui était écrit sur le set de table à propos du pont et du nombre d'ouvriers qui sont morts au cours de sa construction. Il n'a pas pu survivre à l'impact. Et, même s'il avait survécu, il aurait été inconscient et se serait noyé. Nick est parti.

Nous passâmes devant les équipes de journalistes. Je pris une inspiration superficielle ; la douleur dans mes côtes avait quelque chose de réconfortant. J'étais vivante, et j'allais le rester.

— Nick n'ignorait rien de tout ça, admis-je tandis que nous quittions la lumière vive des projecteurs. Et effectivement, il est parti, mais il n'est pas mort.

Jenks allait protester, mais je l'interrompis.

— Jax était là.

Jenks s'arrêta en plein milieu des voies fermées, et nous avec. Les gens s'activaient en tous sens autour de nous, mais tout le monde nous avait oubliés.

— Jax ! s'exclama Jenks.

— Ferme-la, le coupa Ivy dans un grognement.

— Il avait une amulette d'estompage d'inertie, dis-je. (Le visage de Jenks passa de l'espoir à une expression de compréhension à vous briser le cœur.) Jax était censé la lui descendre avant que la dépanneuse touche l'eau. (Jenks pâlit.) Quant au NOS, il n'a jamais explosé. Il s'est servi des charges pour faire sauter les pneus, sachant que le camion était assez lourd pour passer à travers la glissière temporaire.

Le visage d'Ivy était vide de toute expression, mais ses yeux commençaient à virer au noir sous l'effet de la colère.

Je regardai ailleurs en secouant la tête avant qu'elle me fiche les chocottes.

— Je vais passer un coup de fil à Marshal, mais je parie qu'il lui manque de l'équipement. Je n'ai jamais regardé ce que Nick avait rangé dans le placard de son camion. Il est en train de se tirer à la nage, et je pense que Jax est avec lui.

Jenks poussa un gémissement de douleur. J'aurais aimé pouvoir lui dire que rien de tout ça n'était vrai. Nos regards se croisèrent et je ressentis sa souffrance. Ses yeux révélèrent un sentiment profond de trahison dont il ne parlerait jamais. Jenks avait passé les derniers jours à enseigner tout ce qu'il pouvait à Jax dans l'espoir que ce dernier prenne la relève. Et Jax s'était servi de ça pour nous arnaquer. Avec Nick.

— Je suis désolée, Jenks.

Il se détourna, l'air vieux, voûté.

Ivy essaya de se coincer une mèche de cheveux derrière l'oreille, mais ils étaient trop courts.

— Moi aussi, Jenks, je suis désolée, mais on a un gros problème. Dès que Nick se sera installé dans sa nouvelle vie sans identité, il va vendre la statue, et ce sera la guerre entre les vampires et les garous.

Quelque chose en moi durcit, et ce qui me restait de sentiments pour Nick mourut. Je fis un petit sourire à Ivy en remontant mon sac sur mon épaule meurtrie.

— Il ne la vendra pas.

— Et pourquoi ça ? répliqua-t-elle d'un ton sarcastique.

— Parce qu'il n'a pas le vrai Foyer.

Je cherchai la Corvette de Kisten et vis qu'elle se trouvait près d'un pylône. Peut-être pouvions-nous mettre les petits plats dans les grands et aller passer la nuit à l'Holyday Inn. Je n'aurais rien eu contre un bain chaud.

— Je n'ai pas déplacé la malédiction dans la statue de loup, ajoutai-je en me rappelant que j'étais au milieu d'une phrase. Je l'ai mise dans le totem que Jenks a acheté pour Matalina.

Ivy nous dévisagea et comprit, à l'absence de réaction de Jenks, qu'elle était la seule à ne pas être au courant. Jenks avait les yeux dans le vide mais sa posture trahissait la souffrance qu'il éprouvait à savoir que son fils avait traîné dans la boue tout ce pour quoi il se battait.

— Et vous comptiez me le dire quand ?

Elle rougit. Elle était belle quand elle se mettait en colère ; cela me fit sourire. Pour de vrai, cette fois.

— Quoi, pour risquer de passer les deux jours suivants à essayer de te convaincre de modifier tes plans ? (Elle souffla ; je lui touchai le bras.) J'ai essayé de te le dire, mais tu es partie comme un ange vengeur.

Ivy regarda mes doigts sur son bras. Je n'eus qu'un instant d'hésitation avant de les retirer.

— Nick est un con, repris-je. Mais il est malin. Si je te l'avais dit, tu te serais comportée différemment et il l'aurait su.

— Mais tu l'as dit à Jenks.

— Le totem est caché au milieu de ses caleçons ! m'énervai-je. (Pour moi, le sujet était clos.) Bon sang, Ivy, pas question que je farfouille dans les sous-vêtements de Jenks sans le lui dire.

Elle fit la moue. La vampire d'un mètre quatre-vingts, sexy dans son cuir noir vieilli, croisa les bras et fit la moue.

— Je vais sans doute devoir me refarcir des travaux d'intérêt général pour avoir frappé tous ces agents de la SO, grogna-t-elle. Merci beaucoup, vraiment.

La pression retomba ; j'avais entendu à son ton qu'elle me pardonnait.

— Au moins, il n'a pas le Foyer, insistai-je.

Ivy leva un bras au ciel en essayant d'avoir l'air dégoûtée, mais je voyais bien qu'elle était soulagée.

Jenks regarda la Corvette et parvint à esquisser un sourire.

— Je peux conduire ? demanda-t-il.

Ivy serra les lèvres et fronça les sourcils.

— On ne va pas tous pouvoir tenir dans cette voiture. Peut-être qu'on peut quémander une place dans celle de Ralph. Attendez-moi une seconde, OK ?

— On tient, insista Jenks. Si je recule le siège, Ivy peut s'asseoir sur mes genoux.

Ivy partit d'un côté, Jenks de l'autre. J'allais protester mais un point immobile au milieu de ce capharnaüm de journalistes, d'agents et de curieux attira mon attention. J'en restai bouche bée. C'était Brett. Il était monté sur un muret en ciment pour voir par-dessus la foule. Il me regardait ; quand nos regards se croisèrent, il toucha la visière de sa casquette en guise de salut. Elle était déchirée en son centre ; l'emblème avait été arraché. D'un geste lourd de sens, il l'enleva et la laissa tomber. Il se détourna et partit dans la direction de Mackinaw City. Je ne le vis plus.

Je m'aperçus qu'il croyait que tout ça était mon œuvre. Cela me donna froid dans le dos. Il pensait que j'avais tiré sur les pneus et tué Nick parce qu'il avait essayé de me doubler. Bon sang. Impossible de savoir si ce genre de réputation allait me sauver la vie ou me faire tuer.

Jenks revint.

— Rache ? Qu'est-ce qu'il y a ? s'inquiéta-t-il.

Il avait reculé au maximum le siège passager de la Corvette.

Je portai une main à mon visage glacé et le regardai dans les yeux.

— Rien.

J'avais décidé de réfléchir à tout ça plus tard ; pour l'instant, seul comptait le bain chaud que j'envisageais de prendre. J'avais battu Nick à son propre jeu. La question était : allais-je survivre assez longtemps pour savourer ma victoire ?

Chapitre 35

Le talon de ma chaussure glissa sur le trottoir irrégulier. Le bruit que je fis en me rattrapant fut assourdi par la lourdeur de l'atmosphère vespérale chargée de pluie. Un élancement dans ma jambe me rappela que je n'étais pas encore tout à fait remise. Le soleil avait disparu depuis belle lurette et les nuages, proches et chauds, rendaient la nuit encore plus sombre. Je me mouillai les chevilles en traversant une flaque, mais cela n'avait aucune importance – j'étais de trop bonne humeur pour m'en inquiéter. De la pâte à pizza était en train de monter dans ma cuisine, et je revenais de l'épicerie avec un plein sac de garniture.

Nous allions dîner tôt ; Ivy était sur une course et Kisten m'emmenait au cinéma – et je ne voulais pas me remplir de pop-corn. Je passai sous un érable rabougri par la pollution et éclairé par les réverbères. Je tendis la main pour toucher ses feuilles au passage et souris en sentant la verdure me caresser les doigts. Elles étaient humides. La fraîcheur sur mes mains était bienvenue. La rue était silencieuse. La seule famille humaine qui y vivait regardait la télévision ; tous les autres habitants étaient soit au travail, soit à l'école. Le bourdonnement lointain de Cincinnati rappelait le grondement de lions endormis.

J'ajustai la bretelle de mon nouveau sac de courses en toile et me dis que, pendant notre absence, le printemps avait vraiment passé la vitesse supérieure. Cela faisait presque un an que j'avais quitté la SO.

— Et j'ai survécu, murmurai-je au monde.

J'étais en vie, et je ne m'en sortais pas mal. Non, en fait, je m'en sortais formidablement bien.

Je venais de traverser la rue lorsque j'entendis quelqu'un se racler doucement la gorge. Je parvins à ne pas sursauter et à ne pas presser le pas. Je scrutai les ombres et finis par voir un garou musclé en jean et chemise. Il m'avait suivie toute la semaine. C'était Brett.

Je me forçai à desserrer les mâchoires et lui adressai un signe de tête respectueux, auquel il répondit par un rapide salut. Je continuai à remonter la rue en balançant mon bras libre sans prendre la peine de contourner les flaques qui se présentaient sur mon chemin. Brett ne m'ennuierait pas. Je m'étais dit qu'il cherchait peut-être le Foyer – soit pour confirmer qu'il avait vraiment disparu, soit, si ce n'était pas le cas, pour s'en servir comme monnaie d'échange afin de retrouver les bonnes grâces de Walter – mais cela me semblait improbable. Quand il avait lâché sa casquette avant de partir de son côté sur le pont de Mackinac, j'avais cru comprendre que cela signifiait qu'il avait choisi la voie de la solitude. Mais il ne faisait qu'observer. David avait fait la même chose avant de prendre contact avec moi – ç'avait duré des mois. Quand les garous n'étaient pas sûrs de leur rang, ils attendaient prudemment, patiemment. Il viendrait me parler quand il serait prêt.

Et j'étais de bien trop bonne humeur pour m'en inquiéter. J'étais tellement contente d'être de retour chez moi ! Je n'avais plus de fils, et mes cicatrices n'étaient guère plus que de fines lignes faciles à cacher. Je boitais moins et, grâce à la malédiction que j'avais utilisée pour morpher en loup, je ne portais plus la moindre tache de rousseur. L'air doux entrait dans mes poumons et en sortait sans problème tandis que je marchais avec une classe impertinente. Pas à dire, je déchirais, avec mes bottes faites à la main par des vampires et le blouson de Jenks. Je portais aussi la casquette qu'il avait piquée aux garous de l'île ; elle contribuait agréablement à mon look de *bad girl*. Le vendeur de l'épicerie du coin m'avait trouvée mignonne.

Mon humeur s'assombrit lorsque je passai devant ma voiture bâchée dans son garage ouvert. La SO avait suspendu mon permis. Ce n'était vraiment pas juste. Je leur avais épargné un plein camion poubelle d'emmerdes politiques, et vous croyez qu'ils m'auraient remerciée ? Non. À la place, ils m'avaient retiré mon permis.

Je me forçai à défroncer les sourcils ; je ne voulais pas perdre ma bonne humeur. La SO avait annoncé publiquement dans la section locale du journal que j'étais lavée des accusations d'implication dans les décès du pont. Mais, en coulisse, un vampire mort m'avait passé un savon pour avoir essayé de m'occuper moi-même d'un artefact aussi puissant au lieu de le ramener à ses congénères. Il ne m'avait pas lâchée jusqu'à ce que Jenks menace de lui couper les couilles et de me les donner pour que j'en fasse un bola magique. On ne pouvait qu'aimer un ami comme lui.

Le vampire n'avait pas réussi à me convaincre d'avouer que la mort de Peter était préméditée, et ça l'avait agacé au plus haut point. Il était dangereusement joli, avec des traits anguleux et des cheveux blancs comme neige, et, bien qu'il m'ait stimulée au point que j'aurais été prête à porter son enfant, il n'avait pas réussi à me faire oublier que j'avais des droits. Pas après avoir survécu à Piscary – qui, lui, n'en avait rien à faire de mes droits. Toute la SO à l'échelle nationale était folle de rage contre moi, car ils croyaient que le Foyer avait disparu avec Nick alors que j'aurais pu le leur donner.

Ils avaient fait des recherches au fond du détroit pendant vingt-quatre heures. Les autochtones les avaient pris pour des idiots, car ils savaient que le courant avait tout entraîné dans le lac Huron peu de temps après que le camion fut tombé à l'eau, et moi je les avais pris pour des idiots car je savais que le véritable artefact était caché dans le salon de Jenks. Leur position officielle étant ce qu'elle était, la SO ne pouvait pas m'enfermer, mais avec les points perdus dans l'accident ils avaient au moins réussi à me sucrer mon permis. J'avais le choix entre prendre le bus pendant six mois ou serrer les dents et assister à des cours de remise à niveau. Seigneur, pas ça. J'allais être la plus vieille de la classe.

L'humeur émoussée, je gravis les marches de l'église deux à deux – mes jambes protestèrent. J'ouvris la lourde porte en bois, me glissai à l'intérieur et inspirai profondément. Je savourai l'odeur de la purée de tomate et du bacon. La pâte à pizza devait être prête et la sauce de Kisten avait mijoté une bonne partie de la journée. Il m'avait tenu compagnie tout l'après-midi dans la cuisine pendant que je reconstituais les stocks de mon placard à charmes. Il m'avait même aidée à ranger mon bazar.

Je refermai la porte avec un claquement à peine audible. Toutes les fenêtres de l'église étaient ouvertes pour laisser entrer l'air nocturne humide. J'avais hâte d'aller dans le jardin, le lendemain ; j'avais même quelques graines que je voulais essayer. Ivy se moquait de moi, avec ma pile de catalogues de graines qui continuaient à me parvenir malgré mon changement d'adresse, mais je l'avais surprise en train d'en feuilleter un.

Je me coinçai une boucle folle derrière l'oreille en me demandant si j'allais vider mon porte-monnaie pour acheter le paquet de graines d'orchidées noires à dix dollars pièce qu'elle avait regardé. Il était extrêmement difficile de s'en procurer et plus encore de les faire pousser, mais qui sait, avec l'aide de Jenks ?

Je quittai mes bottes et mon manteau mouillés et traversai le sanctuaire paisible en chaussettes. Le bruit étouffé d'une voiture qui passait entra par les hautes fenêtres à croisillons au-dessus des vitraux. Les pixies avaient passé des heures à décaper leur vieille peinture et à huiler les gonds pour que je puisse les ouvrir à l'aide de la perche que j'avais trouvée dans l'escalier du beffroi. Ces fenêtres n'étaient pas dotées de moustiquaires ; c'était pourquoi les lumières étaient éteintes. Il n'y avait pas non plus de pixies. Mon bureau était de nouveau à moi. *Je remercie tout ce qui est saint.*

Mon attention vagabonde se posa un instant sur les plantes en pots que Jenks avait laissées sur mon bureau. Je m'arrêtai net en voyant, sous la chaise, une paire d'yeux verts sur lesquels se reflétait le peu de lumière. Je relâchai lentement mon souffle.

— Foutu chat.

Rex allait me faire mourir de peur, si elle ne me faisait pas fondre avant. Je m'accroupis pour essayer de l'attirer à moi à force de cajoleries, mais elle ne bougea pas, ne cligna pas des yeux, n'agita même pas sa jolie queue.

Rex ne m'aimait pas beaucoup. Elle aimait bien Ivy. Elle aimait le jardin, le cimetière et les pixies qui l'habitaient, mais pas moi. La petite boule de poils orange dormait sur le lit d'Ivy, ronronnait sous sa chaise au déjeuner en espérant recevoir des gâteries et se lovait sur ses cuisses, mais moi, elle se contentait de me regarder avec de grands yeux qui ne cillaient pas. Je ne pouvais m'empêcher de me sentir blessée. Je pense qu'elle s'attendait que je me retransforme en loup. Le son des voix de Kisten et Ivy se fit entendre par-dessus l'ambiance slow jazz du sanctuaire. Je remontai mon sac en toile sur mon épaule et me rapprochai maladroitement de Rex, main tendue.

Cela faisait une semaine qu'Ivy et moi étions rentrées et nous étions encore tous dans des limbes émotionnels. Trois secondes après que nous avions franchi le seuil, Kisten avait regardé les points en fil dentaire, inspiré profondément et compris ce qui s'était passé. En un instant, Ivy, qui était heureuse de rentrer à la maison, avait sombré dans la déprime. Le visage plein d'un vide qui faisait peine à voir, elle avait posé ses sacs et était partie « faire réviser sa moto ».

C'était aussi bien comme ça. Kisten et moi avions eu une discussion longue et douloureuse au cours de laquelle il s'était lamenté sur mes nouvelles cicatrices tout en les admirant. J'avais apprécié de pouvoir confier à quelqu'un qu'Ivy m'avait fichu la frousse, et encore plus de l'entendre dire qu'avec le temps elle oublierait peut-être sa peur à elle et essaierait de trouver un équilibre dans le sang avec moi.

Depuis lors, il avait été comme d'habitude. Presque. Il y avait à présent une hésitation calculée dans ses caresses, comme s'il se limitait à certaines actions en attendant de voir si j'allais lui en demander davantage. Résultat malheureux : le mélange de danger et de sécurité que j'aimais chez lui avait disparu. Comme il ne voulait pas s'interposer entre Ivy et moi, il me laissait le soin de faire avancer notre relation.

Je n'aimais pas être responsable. Moi, ce que j'aimais, c'était avoir le cœur qui battait en étant forcée de prendre des décisions qui pouvaient se retourner contre moi. En comprendre aussi long sur moi avait quelque chose de déprimant. Il semblait bien qu'Ivy et Jenks aient eu raison sur toute la ligne : non seulement j'étais accro à l'adrénaline, mais en plus j'avais besoin d'une sensation de danger pour être excitée.

En y pensant, mon humeur se gâta sérieusement. Je m'accroupis à côté de mon bureau et tendis le bras pour essayer de forcer cette abrutie de chatte à m'aimer. Elle étira le cou et me renifla les doigts mais refusa de me donner un coup de tête dans la paume comme elle l'aurait fait avec Ivy. Je décidai de laisser tomber. Je me levai et me dirigeai vers le fond de l'église en suivant le son grave de la voix de Kisten. Je pris ma respiration pour appeler et leur dire que j'étais là, mais je m'immobilisai en entendant qu'ils parlaient de moi.

— Enfin, tu l'as mordue, quand même, dit Kisten d'un ton à la fois rassurant et légèrement accusateur.

— Je l'ai mordue, admit Ivy dans un murmure.

— Et tu ne l'as pas liée, l'encouragea-t-il.

— Non.

J'entendis sa chaise craquer ; la culpabilité lui donnait la bougeotte.

— Elle voudrait savoir ce qui l'attend, maintenant, s'exclama Kisten avec un gloussement impoli. Bon sang, même moi, je voudrais le savoir.

— Rien, répliqua-t-elle. Ça ne se reproduira pas.

Je me passai la langue sur les lèvres en me disant que je devrais ressortir du couloir et revenir en faisant du bruit, mais j'étais incapable de bouger. J'en étais réduite à fixer les boiseries vieillies bordant l'entrée du salon.

Kisten soupira.

—Ce n'est pas juste. Tu l'as fait marcher jusqu'à ce qu'elle comprenne ton petit jeu, et maintenant tu refuses d'aller de l'avant, alors qu'elle, elle ne peut plus reculer. Regarde-la. (Je l'imaginai gesticuler dans le vide.) Elle veut atteindre l'équilibre du sang. Bon Dieu, Ivy, ce n'est pas ce que tu voulais ?

Elle soupira durement.

—J'aurais pu la tuer ! (Je sursautai.) Comme toujours, je ne me suis pas maîtrisée, et j'ai failli la tuer. Elle m'a laissé faire parce qu'elle avait confiance en moi. (Elle parlait d'une voix étouffée, à présent.) Elle comprenait ce qui se passait, et elle ne m'a pas arrêtée.

—Tu as peur, accusa Kisten.

J'écarquillai les yeux en entendant l'amertume qui perçait dans sa voix. Mais Ivy ne se démonta pas.

—Non, tu crois ? fit-elle avec un éclat de rire sarcastique.

—Non, je veux dire : tu as vraiment peur. Tu as peur d'essayer de trouver un équilibre dans lequel vous pourriez vivre, parce que si tu n'y arrives pas elle partira et tu n'auras plus rien.

—Ce n'est pas ça, répliqua Ivy d'un ton neutre.

J'acquiesçai. C'était en partie ça, mais pas complètement.

Kisten s'avança sur sa chaise – je l'entendis au craquement qu'elle produisit.

—Tu crois que tu ne mérites rien de bien. (Je sentis mon visage refroidir ; je me demandai si j'avais bien compris la portée de tout ça, en fin de compte.) Tu crains de détruire tout ce que tu peux récolter de bon, alors tu préfères t'en tenir à ce semblant de relation merdique au lieu d'accepter de voir où elle pourrait te mener.

—Ce n'est pas un semblant de relation, protesta Ivy.

Il a touché la vérité du doigt, pensai-je. *Mais ce n'est pas pour ça qu'elle se tait.*

—À côté de ce que tu pourrais avoir, si. (J'entendis l'un d'eux se lever et marcher.) Elle est hétéro, et pas toi. (Mon pouls s'accéléra ; la voix de Kisten ne provenait plus du même endroit.) Ce qu'elle veut, c'est une relation profonde mais platonique, et tu sais parfaitement que même si tu en entames une, tu finiras par te faire croire à toi-même que ça va plus loin que ça. Elle sera ton amie alors que ce que tu veux, c'est une amoureuse. Et une nuit, dans un moment de passion induite par le sang, tu vas commettre une erreur très concrète, et tu la perdras.

—La ferme ! cria-t-elle.

J'entendis un claquement – peut-être le bruit d'une claque interceptée.

Kisten rit avec douceur. Son rire se termina en un soupir de compréhension.

— Cette fois, je ne me suis pas trompé.

Sa voix liquide, grise de vérité, me fit frissonner. *Va-t'en*, pensai-je. *Va-t'en, retourne jouer avec le chat.* Le silence était tel que j'entendais les battements de mon cœur. Le morceau qui passait sur le lecteur CD prit fin.

— Tu partageras de nouveau le sang avec elle ?

La question avait été posée sur un ton doux, presque hésitant. Ivy inspira bruyamment avant de répondre.

— Je ne peux pas.

— Ça te dérange si j'essaie ?

Oh, mon Dieu. Cette fois-ci, je me mis en mouvement. Je battis en retraite en serrant mon sac contre moi. Kisten possédait déjà mon corps. Si en plus nous partagions le sang, ce serait trop pour la fierté d'Ivy. Quelque chose se briserait.

— Connard, dit Ivy.

Je m'arrêtai net.

— Tu sais ce que je ressens pour elle, se défendit-il. Pas question que je me retire à cause de tes complexes débiles en ce qui concerne le sang.

Je restai bouche bée devant la cruauté de l'accusation. Ivy retint son souffle.

— Des complexes ? s'emporta-t-elle. Mélanger le sexe et le sang, c'est la seule manière que j'aie trouvée de ne pas perdre le contrôle avec les gens que j'aime, Kisten ! Je me croyais au-dessus de ça, mais apparemment je me trompais.

Ivy s'exprimait avec hargne, mais Kisten n'était pas moins agacé qu'elle, et cela s'entendait à la sévérité de son ton.

— Je ne comprends pas, Ivy, dit-il en s'éloignant d'elle. Moi, je n'ai jamais mélangé. Le sang, c'est le sang. L'amour, c'est l'amour. Prendre le sang de quelqu'un sans l'aimer ne fait pas de toi une pute, pas plus que le fait de vouloir que quelqu'un que tu n'aimes pas te prenne ton sang.

— Les choses sont ce qu'elles sont, Kisten. Je ne la toucherai pas, et toi non plus.

Le soupir bruyant de Kisten me fit penser qu'il s'agissait là d'un vieux sujet de discussion en suspens.

— Rachel vaut la peine qu'on se batte pour elle, déclara-t-il à mi-voix. Si elle me le demande, je ne dirai pas non.

Je fermai les yeux en voyant où tout cela menait.

— Oh, et comme tu es un homme, ça ne la gênera pas quand le sang se transformera en sexe, hein ?

— Sans doute pas.

Son ton confiant me fit rouvrir les yeux.

— Salaud, murmura-t-elle. (Elle semblait brisée.) Je te déteste.

Kisten ne dit rien. J'entendis le bruit délicat d'un baiser.

— Tu m'aimes.

La bouche sèche, j'hésitais à me déplacer dans le couloir au milieu du silence que le CD avait laissé en se terminant.

— Ivy ? cajola Kisten. Je ne l'éloignerai pas de toi, mais je ne resterai pas non plus assis à faire semblant d'être une pierre. Parle-lui. Elle connaît tes sentiments, et elle continue à coucher dans la chambre à côté de la tienne plutôt que de prendre un appartement à l'autre bout de la ville. Peut-être...

Je refermai les yeux, en proie à des émotions paradoxales. Je nous vis, Ivy et moi, partager la même chambre, et cela me choqua. Je me vis me glisser entre ses draps de satin et dans son dos, respirer ses cheveux ; je la vis se retourner, contemplai son sourire détendu, à quelques centimètres du mien. Je visualisais parfaitement ses yeux mi-clos, ses paupières alourdies par le sommeil. J'entendis même le petit gémissement avec lequel elle m'accueillerait. Mais qu'est-ce que j'étais en train de faire, bon sang ?

— Elle est irréfléchie, reprit Kisten. Impulsive. Et c'est la personne la plus attentionnée que je connaisse. Elle m'a raconté ce qui s'est passé, mais elle n'a aucun mépris pour toi, ni pour elle, même si ça a mal tourné.

— La ferme, murmura Ivy d'une voix pleine de souffrance et marquée par les reproches qu'elle se faisait à elle-même.

— Tu as ouvert la porte, accusa-t-il. (Il la confrontait à ce que nous avions fait.) Et si tu ne l'aides pas à la franchir, elle trouvera quelqu'un qui le fera. Je n'ai pas à te demander ta permission. Et, à moins que tu me dises tout de suite que tu vas essayer de trouver l'équilibre du sang avec elle, je m'en chargerai si elle me le demande.

Je frissonnai et sursautai en sentant quelque chose me caresser la jambe. C'était Rex, mais pour elle j'étais à peine plus qu'un truc sur lequel elle pouvait se frotter sur le chemin du salon, attirée qu'elle était par la détresse d'Ivy.

— Je ne peux pas ! s'exclama cette dernière, ce qui me surprit car le chat m'avait fait oublier la conversation. Piscary… (Elle retint son souffle.) Piscary va s'en mêler et va me forcer à lui faire du mal, peut-être même à la tuer.

— Alors ça, c'est une excuse ! s'exclama-t-il. La vérité, c'est que tu as peur.

J'étais dans mon couloir, à trembler en sentant la tension monter dans la pièce d'à côté. Mais la voix de Kisten se fit plus douce maintenant qu'il lui avait fait avouer ses sentiments.

— Tu devrais le lui dire, reprit-il.

Ivy renifla – c'était entre le sanglot et le ricanement amer.

— Je viens de le faire. Elle est dans le couloir.

Je retins mon souffle et me redressai d'un coup.

— Merde, paniqua Kisten. Rachel ?

Je levai les épaules et le menton et allai dans la cuisine. Kisten déboula dans le couloir. Je me crispai ; il occupait l'entrée de la cuisine avec sa silhouette élancée, ses épaules larges et sa chemise rouge en soie – ma préférée. Il portait des bottes, et elles étaient particulièrement belles. Le bracelet qu'il m'avait offert me pesait au poignet. Je tirai dessus en me demandant si je devais l'enlever.

— Rachel, je ne savais pas que tu étais là, dit-il d'un air soucieux. Je suis désolé. Je n'ai pas à demander la permission à Ivy comme si je lui empruntais un jouet.

Je continuais à lui tourner le dos. Les épaules raides, j'ouvris mon sac en toile et en sortis mes commissions. Je laissai le fromage, les champignons et l'ananas où ils étaient et allai pendre le sac au crochet que j'avais fixé la veille dans le garde-manger. J'imaginai la chambre confortable d'Ivy, le visage de Kisten, son corps, l'impression de son corps sous mes doigts, les sensations qu'il me procurait. D'un pas emprunté, j'allai soulever le couvercle pour regarder où en était la sauce. De la vapeur à l'odeur de tomate sortit de la casserole et fit bouger mes petites mèches de cheveux. Je touillai la sauce sans regarder car Kisten était dans mon dos.

— Rachel ?

Un souffle m'échappa. Je retins le suivant. Je ne savais plus où j'en étais.

Doucement, si doucement qu'il aurait pu ne pas être là, Kisten posa une main sur mon épaule. Ma tension s'apaisa. Il le sentit et se pencha jusqu'à ce que son corps soit plaqué contre mon dos. Ses bras m'entourèrent, m'emprisonnèrent, et je cessai de touiller la sauce.

— Elle a su que j'étais là à l'instant où j'ai franchi le pas de la porte.

— Sans doute, me murmura-t-il à l'oreille.

Je me demandai où était Ivy – si elle était restée dans le salon ou avait carrément fui l'église, honteuse d'avoir des besoins et des peurs comme tout le monde. Kisten me prit ma cuiller et la posa entre les brûleurs avant de me faire me retourner. Je le regardai dans les yeux et ne fus pas surprise de les voir plissés par l'inquiétude. La lumière du plafonnier faisait luire sa barbe d'un jour. Je le touchai, tout simplement parce que je le pouvais. Ses bras m'enserraient la taille. Il m'attira encore un peu plus près.

— Quand elle ne peut pas te dire quelque chose en face, elle te le dit quand elle sait que tu écoutes. C'est une mauvaise habitude qu'elle a attrapée en thérapie.

J'opinai ; c'était une chose que j'avais déjà comprise par moi-même.

— Quel bordel, me lamentai-je en regardant le couloir sombre par-dessus son épaule. Je n'aurais jamais dû…

Il me serra contre lui. Les bras autour de sa taille et la tête sur sa poitrine, je m'imprégnai de son odeur relaxante de cuir et de soie.

— Si, murmura-t-il. Tu as bien fait. (Il m'écarta de lui jusqu'à ce que je voie ses yeux.) Je ne te demanderai rien, dit-il avec franchise. Si ça doit arriver, ça arrivera. Les choses me plaisent telles qu'elles sont. (Puis, d'un air rusé :) J'aimerais encore mieux ça si ça changeait, mais les forts survivent moins bien aux changements précipités.

Tout en gardant l'entrée à l'œil, je refusais de le lâcher. J'entendais qu'Ivy était toujours dans le salon ; elle essayait de trouver un moyen de faire une entrée gracieuse. La chaleur du corps de Kisten était apaisante. Imaginer ses dents me pénétrer me fit retenir mon souffle. Je savais très précisément à quel point ce serait bon. Qu'est-ce que j'allais faire ?

Kisten releva la tête un instant avant que le carillon de la porte d'entrée retentisse dans toute l'église.

— Je m'en occupe ! cria Ivy.

Kisten et moi nous séparâmes avant que le bruissement de ses bottes atteigne le couloir. La lumière s'alluma et j'entendis un début de conversation à voix basse. Il fallait couper les champignons. Je me lavai les mains ; Kisten se joignit à moi. Nous nous disputâmes à coups de hanche la place devant l'évier, ce qui me remit de bonne humeur.

— Coupe-les en biais, me conseilla-t-il tandis que je me saisissais de la planche à découper.

Il plongea les mains dans le sac de farine puis les claqua une fois au-dessus de l'évier avant d'aller s'installer devant le plan de travail et la boule de pâte qu'il avait mise à lever sous un torchon.

— Ça change quelque chose ?

Toujours mélancolique, j'allai poser mon matériel en face de lui pour pouvoir le surveiller.

— David ? lançai-je en mangeant la première tranche de champignon.

Ça devait être lui, puisque je lui avais demandé de passer.

Kisten poussa un petit gémissement. Je souris. Il était beau, derrière son plan de travail. Il y avait une tache de farine sur sa chemise dont les manches retroussées dévoilaient ses avant-bras légèrement bronzés. En le voyant manipuler la pâte avec délicatesse tout en me regardant, je compris que le frisson était revenu – ce « et si » délicieusement dangereux. Il avait dit à Ivy qu'il ne me tournerait pas le dos. J'étais de nouveau en terrain glissant. Enfin.

Dieu me vienne en aide pensai-je avec dégoût. *Est-il vraiment possible d'être plus bête que ça ?* Ma vie était décidément un bordel innommable. Comment pouvais-je rester là à couper des champignons comme si tout était normal ? Après tout, peut-être que, comparée à la semaine précédente, cette vie-ci était effectivement normale.

Mon attention se porta sur David, qui entra, suivi d'Ivy. Malgré sa petite taille, il semblait d'autant plus large qu'Ivy était mince et gracieuse.

— Salut, David, lançai-je en essayant de m'éclaircir les idées. C'est la pleine lune.

Il acquiesça sans rien dire ; il regarda Kisten travailler sa pâte comme si de rien n'était pour lui donner la forme d'un disque.

— Je ne peux pas rester, précisa-t-il en s'apercevant que nous préparions le repas. J'ai quelques rendez-vous. Mais tu as dit que c'était urgent ? (Il sourit à Kisten.) Salut, Kisten. Comment va ton bateau ?

— Toujours à flot.

Kisten haussa les sourcils en voyant le costume de David, qui avait dû lui coûter les yeux de la tête. Le garou était en plein travail, et il avait tout à fait le look, malgré sa barbe de trois jours d'autant plus dense que la lune était pleine.

— Ça ne sera pas long, dis-je en découpant le dernier champignon. Je veux te montrer quelque chose. J'ai trouvé ça en vacances, et j'aimerais avoir ton opinion.

Malgré son air interloqué, il déboutonna son long cache-poussière en cuir.

— Maintenant ?

— C'est la pleine lune, répétai-je mystérieusement.

Je fis glisser les tranches de champignon dans mon plus petit pot à sorts en faisant fi de la légère inquiétude que le fait de violer la règle numéro deux – ne jamais mélanger cuisine et magie – éveillait en moi. De toute façon, elle avait la taille idéale pour y faire cuire ma garniture. Ivy alla ouvrir le frigo sans un bruit. Elle en sortit le fromage, le hamburger maison et les restes de bacon du petit déjeuner. J'essayai de croiser son regard pour lui faire comprendre qu'il n'y avait aucun problème entre nous, mais elle refusait de me regarder.

Cela me mit en colère. Je reposai sèchement mon couteau sur la table tout en prenant garde de ne pas me blesser. *Idiote de petite vamp' qui a peur de ses sentiments.*

Kisten soupira en suivant des yeux le disque de pâte qu'il venait d'envoyer en l'air à la manière d'un professionnel.

— Un jour, mesdemoiselles, je vais vous prendre toutes les deux.

— Je ne fais pas dans les plans à trois, dis-je sournoisement.

David sursauta, mais les yeux de Kisten se firent à la fois voluptueux et pensifs à l'instant même où il rattrapa la pâte.

— Je ne parlais pas de ça, mais d'accord.

Les joues d'Ivy virèrent au rouge. David se crispa en sentant la tension qui envahit soudain la pièce.

— Euh…, fit-il. (Il avait encore son manteau à moitié sur lui.) Le moment est peut-être mal choisi.

Je m'efforçai de sourire.

— Non, non. Tu sais, ce genre de conneries, c'est quotidien, ici. On est habitués.

David acheva d'enlever son manteau.

— Pas moi.

J'allai devant l'évier et me penchai vers la fenêtre en me disant que David était tout de même un peu prude.

— Jenks ! appelai-je.

Les enfants pixies qui jouaient à tourmenter les papillons de nuit éclairaient le jardin sombre. C'était tellement beau que je me perdis presque dans la contemplation de ces bandes de couleur qui partaient en fumée.

Il y eut un claquement d'ailes pour seul avertissement ; je m'écartai lorsque Jenks jaillit du trou à pixie pratiqué dans la moustiquaire.

— David ! s'exclama-t-il en voletant à hauteur d'homme. (Il était très beau, avec ses habits de jardinage décontractés vert et noir ; il avait apporté une odeur de terre mouillée dans la cuisine.) Je remercie les petites chaussures rouges de Clochette que tu sois là. (Il monta de soixante centimètres en voyant Rex apparaître sur le pas de la porte, les yeux grands ouverts et les oreilles dressées.) Matalina va me rendre dingue. Il faut que tu m'enlèves ce truc de mon salon. Mes gosses n'arrêtent pas de le tripoter, de le faire changer.

Je me sentis blêmir.

— Il continue à changer ?

Ivy et Kisten échangèrent des regards inquiets. David soupira et enfonça les mains dans ses poches comme pour se désolidariser de ce qui allait suivre. Il n'était pas tellement plus vieux que moi, mais à cet instant il avait l'air d'être le seul adulte dans une pièce pleine d'adolescents.

— De quoi s'agit-il, Rachel ? demanda-t-il d'un ton fatigué.

Soudain nerveuse, je me préparai à lui répondre, puis changeai d'avis.

— Tu pourrais… tu pourrais juste y jeter un coup d'œil ? suggérai-je en grimaçant.

Jenks se posa sur le rebord de la fenêtre et s'appuya nonchalamment sur son cadre. On aurait dit Brad Pitt en fermier sexy ; cela me fit sourire. Deux semaines plus tôt, il se serait posé les mains sur les hanches. C'était un progrès ; peut-être cela expliquait-il l'air bienheureux qu'affichait Matalina, ces derniers temps.

— Je vais demander à mes garçons de nous l'apporter, dit-il avec un mouvement de tête pour chasser les cheveux qui lui gênaient la vue. On a un hamac pour le transporter. Ça ne prendra qu'une seconde, David.

Il ressortit par la fenêtre. Tandis que David dansait d'un pied sur l'autre en regardant sa montre, je remontai complètement la fenêtre en me battant avec le cadre dilaté par la pluie. La moustiquaire s'ouvrit avec un claquement et l'air sembla soudain beaucoup plus frais.

— Ça n'a rien à voir avec la sentinelle garou postée au coin du pâté de maisons, n'est-ce pas ? demanda David d'un ton sarcastique.

Oups. Je me retournai et regardai immédiatement Ivy, assise devant son ordinateur. Je ne lui avais pas dit que Brett me suivait, car elle m'aurait piqué une crise. Comme si je n'étais pas capable de me débrouiller avec un garou qui, de plus, avait peur de moi. Comme de bien entendu, elle fronça les sourcils.

— Ah, tu l'as vu ? fis-je en lui tournant le dos.

Je passai la sauce à Kisten. Un peu nerveux, David regarda Kisten l'étaler en une couche fine sur la pâte avec désinvolture.

— Je l'ai vu, confirma le garou. Je l'ai senti – j'ai même failli perdre mon téléphone portable dans la bouche d'égout en t'appelant pour savoir si tu voulais, euh, que je lui demande de partir, mais il m'a… mmmm…

J'attendis la suite, mais le silence ne fut brisé que par les sifflements aigus des pixies en provenance du jardin. Quand David releva la tête et se gratta la barbe, ses joues étaient rouges.

— Quoi ? demandai-je d'un ton méfiant.

Il avait l'air embarrassé.

— Il, euh… (Il jeta un coup d'œil dans la direction d'Ivy avant de cracher le morceau :) Il m'a fait les oreilles de lapin depuis l'autre côté de la rue.

Ivy en resta bouche bée. Les yeux écarquillés, elle me regarda, puis se tourna vers Kisten.

— Pardon ? proféra-t-elle enfin.

— Ben, tu sais… (Il fit le V de la victoire et plia les doigts deux fois de suite.) Bisou-bisou… C'est pas un… truc de vampire, ça ?

Kisten ricana. La chaleur de son rire me fit me sentir bien.

— Rachel, dit-il en tamisant le fromage râpé sur la sauce rouge. Qu'est-ce que tu as fait pour qu'il quitte sa meute et te suive jusqu'à Cincinnati ? On dirait bien qu'il essaie de s'incruster dans ta meute.

— Brett n'est pas parti ; je crois qu'ils l'ont viré. (Je marquai une pause.) Toi aussi, tu savais qu'il était là ?

Il haussa les épaules et avala un morceau de bacon. J'en pris un aussi. Je n'avais encore jamais pensé que Brett pouvait être à la recherche d'une nouvelle meute. Je lui avais sauvé la vie. En quelque sorte.

Jenks entra par la fenêtre ouverte et décrivit des cercles au-dessus de Rex jusqu'à ce qu'elle se mette à siffler de peur. Jenks la conduisit vers le couloir en riant tandis que cinq de ses enfants entraient en trimballant ce qui ressemblait à une culotte en dentelle noire qui servait de hamac à la statue.

— Eh, c'est ma culotte ! s'écria Ivy en se levant et en fonçant vers l'évier. Jenks !

Les pixies s'égaillèrent. La statue enveloppée dans le sous-vêtement de soie tomba droit dans la paume d'Ivy.

— C'est ma culotte ! répéta-t-elle. (Rouge de colère et de honte, elle la décrocha de la statue et la fourra dans sa poche.) Bon sang, Jenks ! Je te défends d'entrer dans ma chambre !

Jenks revint en volant au niveau du plafond. Rex le suivait, le pas léger et les yeux brillants.

— Sainte merde ! s'exclama le pixie en faisant des cercles autour d'Ivy, ce qui eut pour effet d'envelopper la vampire dans une bande chatoyante dorée. Comment ta culotte a-t-elle atterri dans mon salon ?

Matalina arriva à toute vitesse, l'air contrite. Sa robe de soie verte s'enroula sur elle lorsqu'elle freina. Jenks la rejoignit immédiatement. Je ne sais pas si c'était dû à sa joie de retrouver sa femme, ou à la période où il avait eu une taille humaine, mais il était beaucoup plus rapide. Matalina était accompagnée de Jhan, une pixie sérieuse, solennelle, récemment dispensée de ses tâches de surveillance pour apprendre à lire. Je ne voulais pas savoir dans quelle intention.

Ivy abandonna le nouveau Foyer sur le plan de travail à côté de la pizza. Vexée, elle alla bouder sur sa chaise, les pieds sur la table et les jambes croisées. David se rapprocha, et cette fois-ci je ne pus m'empêcher de frissonner. Jenks avait raison. Il avait encore changé.

David se pencha pour se mettre au niveau de la statue.

— Bon Dieu, dit-il. Mais qu'est-ce que c'est ?

Je pliai les genoux pour l'imiter. Le Foyer était entre nous. Il ne ressemblait pas au totem que j'avais mis dans la valise de Jenks. Il avait retrouvé la forme de la statue originale au fur et à mesure que la pleine lune approchait ; à présent, c'était sa copie conforme, à part pour le reflet couleur mercure qui flottait à la surface comme une aura.

Ivy s'essuyait les doigts sur son jean. Elle arrêta en voyant que je la regardais. Je ne pouvais pas lui en vouloir. Ce truc me filait les chocottes.

Kisten finit d'ajouter la viande à sa garniture, puis écarta la pizza et posa les coudes sur le plan de travail. C'était la première fois qu'il voyait la statue.

— Ça doit être le truc le plus moche de la Création, dit-il avec un air bizarre.

Mal à l'aise, il tripota inconsciemment son lobe déchiré.

Matalina opina, son beau visage pensif.

— Je ne veux pas le revoir dans mon salon, déclara-t-elle d'une voix claire et déterminée. C'est hors de question. Jenks, je t'aime, mais si tu rapportes ce truc à la maison, je déménage dans le bureau de Rachel et toi, tu pourras toujours dormir avec ta libellule !

Jenks se voûta et émit de petits gémissements pour apaiser sa femme. Je croisai le regard de cette dernière et souris. Si tout se passait bien, David allait nous débarrasser du Foyer.

— David, commençai-je en me redressant.

— Hmmm ? murmura-t-il sans cesser de fixer la statue.

— Tu as déjà entendu parler du Foyer ?

Son visage rugueux afficha une expression apeurée, ce qui ne laissa pas de m'inquiéter. Je m'avançai d'un pas et fis glisser la pierre à pizza pour l'enlever du plan de travail.

— Je ne pouvais quand même pas le donner aux garous, dis-je. (J'ouvris le four et plissai les yeux pour les protéger de la vague de chaleur qui fit voler mes cheveux.) Les vampires les auraient massacrés. Quel genre de coureuse je serais, si je laissais une meute se faire balayer sans rien dire ?

— Alors tu l'as apporté ici ? s'étonna David. Le Foyer ? À Cincinnati ?

Je fis glisser la pierre dans le four et refermai la porte. Je me redressai pour profiter de la chaleur qui sortait du four fermé. David avait le souffle court et les yeux toujours rivés à la statue ; l'odeur du musc monta.

— Rachel, reprit-il. Tu sais, ce que c'est, hein ? Je veux dire… Oh, mon Dieu, c'est le vrai.

Il se redressa. Ses petites épaules étaient tendues. Il regarda Kisten, solennel derrière son plan de travail, Jenks, qui se tenait au côté de Matalina, et Ivy, qui faisait claquer son ongle sur le rivet de sa botte.

— C'est vous qui le détenez ? paniqua-t-il. Il est à vous ?

J'acquiesçai en me passant les doigts dans les cheveux de derrière.

— Euh, je crois.

Kisten s'élança.

— Ouh là ! s'exclama-t-il en tendant les bras. Il est en train de partir !

— David !

Choquée, je regardai les jambes du petit homme se dérober sous lui.

Je tendis les mains vers lui, mais Kisten avait déjà glissé un bras sous chacune de ses aisselles. Il l'assit sur une chaise tandis qu'Ivy feignait l'indifférence en tripotant son rivet. J'écartai Kisten et m'agenouillai devant le garou.

— David ? dis-je en lui tapotant les joues. David !

Il battit immédiatement des paupières.

— Ça va, grogna-t-il. (Il me repoussa alors qu'il n'était pas encore tout à fait conscient.) Je vais bien ! (Il respira et ouvrit les yeux ; sa propre réaction lui inspira une moue de dégoût.) Où… où l'avez-vous trouvé ? demanda-t-il, la tête baissée. D'après les légendes, il est maudit. À moins qu'on vous l'ait offert, vous êtes maudits aussi.

— Je ne crois pas aux malédictions… de ce genre, intervint Ivy.

Je pris peur, car moi, j'y croyais. Nick l'avait volé, et il était tombé du pont Mackinac. *Non, il a sauté.*

— On me l'a envoyé, dis-je. Tous ceux qui savaient qu'il était en ma possession pensent qu'il est tombé du pont. Personne ne sait que je l'ai.

À ces mots, David se redressa.

— À part l'autre solitaire, là-dehors.

Ses pieds bougèrent, mais il ne se leva pas. Il jeta un coup d'œil à Kisten, qui lavait les bols de garniture comme si tout cela était normal.

— Il n'en sait rien. (Je grimaçai en voyant Ivy aller régler la minuterie sur la cuisinière – merde, alors, j'avais encore oublié !) Je crois que Kisten a raison : il doit essayer d'intégrer la meute, vu ce que je lui ai mis.

Je fronçai les sourcils ; je ne pensais pas qu'il récoltait des informations pour les rapporter à Walter – pas après que ce dernier l'avait humilié en l'offrant aux garous des rues.

David acquiesça et se replongea dans la contemplation du Foyer.

— On m'a avisé que tu avais remporté un autre duel d'alphas, dit-il distraitement. Tu vas bien ?

Jenks s'envola de la table et m'arrosa d'une pluie d'étincelles. Il attira Rex à mes pieds en se posant sur mon épaule.

— Elle s'en est super bien tiré ! proclama-t-il en ignorant le chat. Tu aurais dû voir ça. Rachel s'est servie de son charme de transformation. Elle avait la taille d'une vraie louve mais le pelage rouge d'un setter. (Il s'envola de nouveau et alla se mettre en sécurité sur l'épaule d'Ivy.) C'était un sacré joli chien-chien. Des jolies oreilles duveteuses… des petites pattes noires.

— La ferme, Jenks.

— Et la plus belle petite queue qu'on ait jamais vue sur une sorcière !

— Bon, tu vas te mettre un bouchon, oui ? m'exclamai-je en me jetant sur lui.

Le duel contre Pam n'était pas équitable ; je me demandai qui m'avait attribué la victoire sur le registre garou. Brett, peut-être ?

Jenks m'esquiva d'un bond en riant. Ivy souriait légèrement. Son seul mouvement fut de reposer ses pieds à leur place, c'est-à-dire sur le sol. Je crois qu'elle était fière de moi.

— Un loup rouge, murmura David.

Dans sa bouche, cela semblait curieux, mais pas important. Il avait tiré sa chaise jusqu'à la table. Il tendit la main vers la statue, la toucha en retenant son souffle. La sculpture en os s'enfonça sous ses doigts, tel un ballon. Il eut un mouvement de recul et poussa un petit gémissement bizarre. Nerveuse, je m'assis en face de lui, avec la statue entre nous.

— Quand j'ai déplacé la malédiction dedans, c'était un totem, mais chaque jour il ressemblait un peu plus à la statuette telle que nous nous l'étions procurée à l'origine, et voilà le résultat. C'est la même.

David se passa la langue sur les lèvres. Il parvint à s'arracher à la contemplation de la statue le temps de croiser mon regard, puis se tourna de nouveau vers elle. Quelque chose en lui avait changé. Il n'avait plus peur. Il n'y avait aucune avidité dans ses yeux, mais plutôt de l'émerveillement. Les doigts recourbés à deux centimètres à peine de la statue, il frissonna.

J'en avais assez vu. Je jetai un coup d'œil à Ivy, qui acquiesça, puis me tournai vers Jenks. Il était sur le rebord de la fenêtre à côté de Mr Poisson et de son bocal d'artémias, bras et jambes croisés. Malgré tout, je le voyais toujours comme un homme d'un mètre quatre-vingts. Sentant que je l'observais, il opina.

— Tu veux bien me le garder ? demandai-je.

David retira sa main et pivota sur sa chaise.

— Moi ? Pourquoi ?

Jenks s'envola d'un mouvement fluide et, dans un gros vrombissement d'ailes, il vint se poser à côté du Foyer.

— Parce que si je ne vire pas ce truc de mon salon, Matalina me quitte.

Je haussai les sourcils. Ivy ricana. Matalina avait littéralement plaqué Jenks contre le paquet de farine, à notre retour. Elle pleurait et riait tout à la fois. Ç'avait été dur pour elle – très dur. Je ne demanderais plus jamais à son mari de repartir.

— Tu es le seul garou à qui je puisse le confier en toute sécurité. Mais bon sang, David, je suis ton alpha. À qui d'autre veux-tu que je le donne ?

Il regarda le Foyer, puis moi.

— Rachel, je ne peux pas. C'est trop.

Morveuse, je rapprochai ma chaise de la sienne.

— Ce n'est pas un cadeau. C'est un fardeau. (Prenant mon courage à deux mains, je tirai la statuette vers moi.) Un artefact aussi puissant ne peut pas retourner se cacher une fois que son existence est révélée. (Je regardai ses horribles courbes ; je crus voir une larme sous son œil, mais je n'en étais pas sûre.) Même si le fait de l'accepter pourrait envoyer tout ce qui me tient à cœur au fond des chiottes. Si nous l'ignorons, il va nous mordre le cul, mais si nous y allons la tête la première, peut-être qu'on peut sortir plus fort de cette histoire que quand on y est entré.

Kisten rit, mais Ivy se figea devant son ordinateur. En voyant son expression soudain fermée, je m'aperçus que ce que je venais de dire pouvait aussi bien s'appliquer à elle et moi. J'essayai de croiser son regard, mais elle refusait de lever la tête et continuait à jouer avec son rivet. Je vis du coin de l'œil que Jenks nous observait ; ses ailes s'affaissèrent.

Ignorant notre petit manège, David fixait la statue sans la toucher.

— D'accord, décida-t-il. Je... je la prends, mais elle est à vous. (Ses yeux marron étaient écarquillés et ses épaules musclées étaient tendues.) Elle n'est pas à moi.

— C'est d'accord.

Heureuse de m'être débarrassée de cette horreur, j'inspirai joyeusement. Jenks cessa lui aussi de retenir son souffle. Matalina n'aimait pas voir ce truc dans son salon. C'était un peu comme si Jenks avait rapporté un marlin de ses vacances. Ou une tête d'orignal.

Une bulle commençait à gonfler sur la pizza. Kisten ouvrit la porte du four et la perça avec un cure-dent pour libérer l'air chaud prisonnier. Une bonne odeur de coulis de tomate et de pepperoni s'échappa du four – une odeur sécurisante, satisfaisante. Je me détendis. David prit le Foyer.

— Je, euh... je crois que je vais le rapporter chez moi avant d'aller à mes rendez-vous, dit-il en le soupesant. J'ai l'impression que... Bon sang, je pourrais faire n'importe quoi, avec ça.

Ivy reposa les pieds sur le sol et se leva.

— Tant que tu ne déclenches pas une guerre, grogna-t-elle. (Elle partit vers le couloir.) Je vais te donner une boîte pour le ranger.

David reposa le Foyer.

— Merci.

Son visage se fronça sous l'effet de l'inquiétude. Il rapprocha la statuette d'un air protecteur – pas avide, juste protecteur. Kisten le vit aussi faire et sourit.

— Vous êtes sûrs que les vampires, euh, ne vont pas le chercher ? demanda le petit homme.

Kisten se prit une chaise, s'assit dessus à l'envers et posa les bras sur le dessus du dossier.

— Personne ne sait que c'est toi qui l'as, et tant que tu ne te mettras pas à rallier des garous ça ne changera pas. Le seul qui pourrait avoir vent de tout ça, c'est Piscary. (Il jeta un coup d'œil au couloir désert.)

Par l'intermédiaire d'Ivy, dit-il moins fort. Mais elle garde jalousement ses pensées. Il serait forcé de creuser pour trouver l'information. (Kisten prit un air inquiet.) Il n'y a pas de raison qu'il pense que le Foyer a refait surface, mais les gens parlent.

David mit ses mains dans ses poches.

— Je pourrais peut-être le cacher dans la litière de mon chat.

— Tu as un chat ? m'étonnai-je. J'aurais plutôt pensé que tu étais du genre à avoir un chien.

David se tourna vers l'entrée de la cuisine. Ivy fit sa réapparition. Elle posa une petite boîte en carton sur la table. Jenks atterrit dessus et commença à tirer sur le scotch qui la maintenait fermée.

— C'est le chat d'une ex, précisa David. Vous le voulez ?

Ivy allait faire partir Jenks pour ouvrir la boîte elle-même, mais elle se ravisa.

— Non, dit-elle en s'asseyant et en se forçant à garder les mains sur les cuisses. Tu veux le nôtre ?

— Eh ! s'écria Jenks. (Le ruban adhésif céda ; le pixie tomba en arrière, emporté par son élan.) Rex est mon chat. Arrêtez d'essayer de la refiler à tout bout de champ.

— Elle est à toi ? s'étonna David. Je croyais que c'était le chat de Rachel.

Embarrassée, je haussai une épaule.

— Elle ne m'aime pas.

Je fis semblant de vérifier où en était la pizza.

Jenks se posa sur mon épaule pour me montrer son soutien.

— Je crois bien qu'elle s'attend que tu te retransformes en loup, Rache, me taquina-t-il.

J'allais le chasser, mais je changeai d'avis. Je me souvins de la manière dont il me traitait quand il était grand. Je me contentai d'un « Mmmm » timide.

— Vous avez vu comment elle me regarde ? (Je me retournai et vis qu'elle était justement en train de m'observer depuis le pas de la porte.) Là, tenez.

Je la pointai du doigt. Elle avait les oreilles dressées et une drôle d'expression dénuée de peur sur son joli visage de chaton.

David enleva l'écharpe posée autour du col de son cache-poussière et enveloppa le Foyer dedans.

— Tu devrais faire d'elle ton familier, suggéra-t-il. Comme ça, elle t'aimerait.

— Nom d'une merde de fée, pas question ! cria Jenks. (Ses ailes se mirent à vibrer tandis qu'il tenait la boîte ouverte pour aider David.) Je refuse que Rachel fasse passer de l'au-delà à travers Rex. Elle va griller sa petite cervelle de minette.

Ça ne sera pas pire que maintenant, pensai-je avec amertume.

— Ça ne fonctionne pas comme ça. Il faut qu'elle me choisisse. Et il a raison. Je grillerais sans doute sa petite cervelle de minette. J'ai bien grillé Nick.

David frissonna. La cuisine tout entière sembla s'immobiliser. Inquiète, je regardai Ivy et Kisten.

— Un problème ? demandai-je.

Mon regard vide se heurta aux leurs.

— La lune vient de se lever, annonça David en frottant sa barbe noire. Elle est pleine. Désolé. Parfois, ça a un impact assez fort. Là, ça va.

Je l'inspectai de pied en cap et me dis qu'il avait changé. Il y avait plus de grâce dans ses mouvements, mais aussi une nouvelle tension – comme s'il entendait le tic de l'horloge avant qu'il survienne. J'ouvris le tiroir et le fouillai à la recherche du couteau à pizza.

— Tu es sûr que tu ne veux pas rester manger ? demandai-je.

J'entendis des pattes de chat détaler sur le lino, puis David retenir son souffle.

— Oh, mon Dieu, souffla-t-il en expirant. Regardez-moi ça.

— Sainte merde ! s'exclama Jenks.

Ivy retint elle aussi son souffle.

Je fis volte-face, la roulette à la main et haussai les sourcils en clignant des yeux.

— Waouh.

Cette maudite horreur était à présent tout argentée et aussi malléable que du mercure. Elle avait achevé sa transformation en loup ; ses lèvres étaient retroussées et de la salive d'argent gouttait de sa gueule pour aller se fondre à la fourrure au niveau du socle.

C'était elle. D'une manière ou d'une autre, j'en étais sûre. Un frisson me traversa ; j'eus l'impression d'entendre quelque chose, mais sans certitude.

— Tu sais… (Ma voix tremblait ; je contemplai le Foyer dans sa boîte, reposant sur l'écharpe de David.) Tu peux le garder. Je ne veux pas le récupérer. Vraiment.

David déglutit.

— Rachel, on est amis, et tout, mais… non. Pas question que j'emporte ce truc dans mon appartement.

— Putain ! s'exclama Jenks. Hors de question qu'on le remette chez moi ! Mais écoutez-le ! J'en ai mal aux dents. Je vis déjà l'enfer une fois par mois, avec vingt-trois filles à la maison, alors je ne vais pas en plus devoir supporter la même chose à chaque pleine lune de la part d'une statue garou bizarroïde. Rachel, recouvre-la, je ne sais pas, moi. Par les tampons de Clochette, non mais vous entendez ça ?

Je pris la boîte et mes poils se dressèrent sur mes avant-bras. Je réprimai un frisson, ouvris le congélateur et enfournai le Foyer entre les gaufres brûlées par le froid et le cake à la banane que ma mère m'avait apporté et qui avait un goût d'asperge. Le frigo était en acier inoxydable. Peut-être cela suffirait-il.

Le téléphone sonna. Ivy se leva d'un bond et partit dans le salon tandis que Jenks faisait du surplace au-dessus de l'évier en l'arrosant d'étincelles dorées.

— Ça va mieux ? demandai-je en refermant le congélateur.

Jenks éternua et opina sans cesser de produire des étincelles.

Ivy réapparut à l'entrée de la cuisine avec le téléphone. Elle avait les yeux noirs et, à en juger par sa posture tendue, elle était en colère.

— Qu'est-ce que tu veux, abruti ?

Nick.

Jenks fit un bond vertical d'un mètre. J'étais sûre que mes yeux étaient pleins de pitié, mais Jenks secoua la tête ; il ne voulait pas parler à son fils. Que Nick ait détourné Jax de lui pour lui offrir une vie de criminel, c'était bien pire que tout ce qu'il avait pu me faire à moi.

Je tendis la main sans trop savoir ce que je ressentais. Ivy hésita ; je plissai les yeux. Elle grimaça et me mit le téléphone dans la main d'un geste sec.

— S'il débarque ici, je le tue, grommela-t-elle. Je le pense vraiment. Je le remonte à Mackinaw et je le balance du pont pour de vrai.

— Prends un numéro, rétorquai-je. (Elle s'assit devant son ordinateur ; je m'éclaircis la voix et mis le récepteur contre mon oreille.) Saluuut, Nick. (Je veillai à bien faire claquer mon *k*.) Tu es le plus gros connard du monde, après ce que tu as fait à Jax. Si tu ramènes ton cul famélique à Cincinnati, je te colle un manche à balai dedans et j'y mets le feu. Compris ?

— Rachel, fit-il d'une voix frénétique. C'est un faux !

Je regardai le frigo en mettant la main sur le combiné.

— Il dit qu'il est en possession d'un faux, minaudai-je. (Kisten gloussa ; soudain contente de moi, je revins à Nick.) Quoi ? m'étonnai-je d'une voix légère et fleurie. Ta statue ne s'est pas transformée en argent, Nickie chériii ?

— Tu sais parfaitement que non, répliqua-t-il. Ne te fous pas de moi, Rachel. J'en ai besoin. Je l'ai gagnée. J'ai promis que…

— Nick, dis-je pour le calmer. (Il continuait à parler.) NICK ! Écoute-moi !

Enfin, je parvins à obtenir le silence, hormis les sifflements et autres bourdonnements de la ligne. J'embrassai la cuisine du regard. L'odeur de la pizza et la présence de mes amis avaient réchauffé la pièce. La nouvelle photo de Jenks et moi collée au frigo accrocha mon regard. Il avait un bras sur mon épaule, et nous plissions les yeux à cause du soleil. Ivy n'était pas dessus, mais elle l'avait prise, et sa présence était aussi forte que celle du pont, derrière nous. Tout était dit, sur cette photo.

Oui, je vivais dans une église avec des pixies et une vampire qui rêvait de me mordre mais n'osait pas le faire. Oui, je sortais avec son ex qui allait sans doute passer tout son temps libre à me convaincre qu'il était un meilleur choix, quand il ne ferait pas des insinuations sur un plan à trois. Et oui, j'étais l'alpha d'une meute et le seul sort qui me permettait de morpher était noir, mais je n'étais pas obligée de m'en servir. Personne ne savait qu'il y avait dans mon congélateur un artefact garou assez puissant pour déclencher une lutte pour le pouvoir entre vampires et garous. J'avais enveloppé mon âme de noirceur pour sauver le monde, mais il me restait une centaine d'années pour m'en débarrasser. Nick était peut-être plus intelligent que moi… la belle affaire ! J'avais des amis. Et des bons.

— Chat, mon chéri. Tu as perdu la partie.

J'appuyai sur le bouton et le coupai en pleine protestation. Je lançai le téléphone à Ivy en souriant.

CPI
Aubin Imprimeur

Achevé d'imprimer en août 2009
N° d'impression L 73237
Dépôt légal, août 2009
Imprimé en France
35294333-1